Wild Card

by Lora Leigh

禁じられた熱情

ローラ・リー

菱沼怜子=訳

マグノリアロマンス

WILD CARD
by Lora Leigh

謝辞

ナタリー、ジェニファー、メリッサ、作家にとって最高の妹であるケリ、ロニー、ジェニン、アンマリー、そして、クリスとジェスには特に感謝しています。何時間もかけて草稿を読み、感想を述べ、様々な提案をしてくれてありがとう。みんなの協力なしに、本書の完成はありえませんでした。

担当編集者のモニークにも大変お世話になりました。お尻も叩かれましたが、わたしのアイデアにも真剣に耳を傾けていただきました。

最後に、わたしの家族にもお礼を言わせてください。締め切りに追われるわたしに我慢してつきあってくれてありがとう。わたしがちゃんと食事をするように気を配ってくれた夫のトニー、コーヒーを淹れてくれた息子のブレット、締め切りに遅れそうになったわたしの愚痴を聞いてくれた娘のホリー。

本書の誕生は本当に皆さんのおかげです。

禁じられた熱情

主な登場人物

サベラ・マローン――通称ベラ。ネイサンの妻。
ネイサン・マローン――SEAL所属。作戦遂行中に命を落としたことになっている。
ノア・ブレイク――ネイサンと同一人物。エリート作戦部隊所属。
ローリー・マローン――ネイサンの異母弟。
ジョーダン・マローン――ネイサンの叔父。エリート作戦部隊の司令官。
リアダン・マローン――ネイサンの祖父。
グラント・マローン――ネイサンの父。
シエナ・グレイソン――サベラの友人。
リック・グレイソン――町の保安官、シエナの夫。
カイラ・リチャーズ――イアンの妻。サベラの友人。
イアン・リチャーズ――エリート作戦部隊の司令官。ネイサンの親友。
トラヴィス・ケイン――エリート作戦部隊所属。
ニコライ・スティール――エリート作戦部隊所属。
ミカ・スローン――エリート作戦部隊所属。
ジョン・ヴィンセント――エリート作戦部隊所属。

プロローグ1

　ネイサンの祖父リアダン・マローンの住む家は、掘っ立て小屋と言ってもよかった。その玄関先の粗末なベランダで祖父と並んで座るネイサンは、まだ十歳だというのに、祖父が自分や両親と一緒に暮らしていない本当の理由を知っていた。ネイサンの父グラントが、祖父を恥じているからだ。

「アイルランド人の最たる例だ」祖父と話したあと、父の怒りはいつも何時間も収まることがない。「誇らしいとでもいうように、アイルランド訛りでしゃべりやがる」

　ネイサンがアイルランド訛りをかすかにでも出そうものなら、とんでもないことになるのは確実だった。それでも少年は、父親の目を隠れて、できるかぎりアイルランド訛りを練習した。

　ネイサンの父は、自分がアイルランド人だということに我慢がならなかった。さらに、自分がアイルランド人だということを人に知られることもいやがった。祖父をどこかにやってしまえるものなら、父はそうしていただろう。少年はときおりそう考えることがあった。しかし、グラント・マローンがその父リアダン・マローンになにかを強いることなど論外だった。マローン老は、峡谷のように深い知恵に満ち、しかも頑固なのだから。

「ネイサン、あの夕焼けを見ろ」そう言って祖父は山の上を指差した。空は見事な色に染まっていた。「まるでアイルランドの空のようだ。もちろん、同じとは言えんが」祖父の口調には郷愁の思いがかすかに感じられた。

「どうして、戻らないの?」ネイサンは尋ねた。「おじいちゃんはどこでも暮らせるだけのお金を持ってるって、父さんは言ってるよ」

ネイサンは、長年雨風にさらされてきたような祖父の顔を見あげた。祖父の瞳は、ネイサンの瞳と同じ明るい青色だ。父の瞳より明るく、父の瞳にかすかに交じる緑色の影はまったくない。

祖父は微笑んだ。初めて見る悲しげな、かすかな微笑みだった。

「ここにはエリンがいるからな」そう言って、祖父は小さな墓地の方を示した。

そこには祖父の妻エリン・マローンが埋葬されている。その片側にはベトナム戦争で戦死したふたりの息子が、そして、熱病で亡くなった娘イーダンが埋葬されている。ネイサンにとっては祖母と伯父、それに伯母が眠る墓地だった。

「おばあちゃんが、おじいちゃんに行ってほしくないって言うの?」ネイサンは眉をひそめた。死んでしまった祖母が、なにを求めるというのだろう?

「まあ、おれがどこにいようと、エリンは天国から微笑んで見ててくれるだろうさ」祖父は先ほどと同じかすかな微笑みを浮かべた。「だが、エリンから離れてしまうことになる。そうすると、離れていることが心の中に染みるんだ。わかるか?」

ネイサンは首を横にふった。

祖父はため息をついた。「おまえにはアイルランドの目がある。いつかおまえ自身の目ではない目で見、おまえのものではない心で感じることになる。猛るアイルランドの目の力でな。ネイサン、いつか誰かを愛したら、その相手を心の底から存分に愛し、守るんだ。アイルランドの目は、おまえ自身の魂の窓というだけじゃない。愛する相手の魂への窓でもある」祖父は妻の墓に目を向けた。「その相手を失えば、一番いい思い出をくれた土地から離れられんようになる。それに、おれがここを離れれば、あれの横に埋めてもらえんだろう」

そう言うと、祖父はネイサンの瞳を見つめた。硬く暗い土の中に祖父を埋葬すると考えただけで、ネイサンは胸が締めつけられそうだ。

「猛るアイルランドの目」祖父がつぶやいた。「いまおまえに言ったのと同じ忠告を親父からされたもんだ。愛する者を失うな。そうなれば、自分自身の魂の一部も失うことになる。その目のおかげで確実にそうなる、とな」

ネイサンは、また眉をひそめた。なんだかわけがわからない。あとでジョーダン叔父さんに訊いてみよう。ジョーダンはいまも祖母エリンのことを覚えている。エリンが亡くなったのはジョーダンが五歳のとき、ネイサンが生まれるほんの少し前のことだった。ジョーダンはいまヒューストンにいる。ネイサンにとってはもうひとりの叔父となる兄ドーランとその家族と一緒に、夏休みを過ごしているのだ。

「じゃあ、僕の目はよくないの?」しばらくしてネイサンは尋ねた。

「悪いわけじゃない」祖父はため息をついた。「悪いことなんかちっともない。いつかわかるようになる。猛るアイルランドの目は見るべきでないものまで見えてしまうが、それよりもっと大切なものも見せてくれる」祖父は悲しげにネイサンを見おろした。「おまえの魂を、そして、おまえの心をとらえる者が現れるとな」そう言うと、祖父はネイサンの胸をぽんぽんと叩いた。「その相手も、おまえのすべてを見通すことになるぞ」

「それじゃあ、父さんはアイルランドの目を持ってないんだね」父グラントの瞳には緑の斑点があった。それに、いつもしかめ面をして、怒鳴ってばかりいる。

祖父の顔に心配そうな表情が一瞬よぎった。「おまえの父さんはいい男だ」いつもの言葉を繰り返した。

「そうかな、おじいちゃん?」ネイサンの頭に家の中で眠っている赤ん坊のことが浮かんだ。その赤ん坊はネイサンの弟だと祖父は言った。でも、父はそうじゃないと言う。「赤ん坊のローリーにも父さんが要るよね」

祖父はネイサンの頭に優しく触れると、穏やかな口調で応じた。「なにごとも見かけとは違うもんだ。一口に白だ黒だ灰色だと言っても、それぞれに数えきれないくらいの色の層がある。表面にとらわれず、そう見える理由を考えんといかん」

「だって、父さんは僕たちのことなんか愛してないんだもん」ネイサンはつぶやいた。子どもだけができる、事実の受け入れ方だった。

しかし、祖父は首を横にふった。「無数の色が層のようになっておる。それを覚えておけ。おまえが知らないこと、おまえには見えないことがたくさんあるんだ。愛しているなら当たり前だと思われることを、愛しているからこそできんこともある。それを忘れんようにしろ。そうすれば大丈夫だ」

それから何年も、ネイサンは色合いの違いを探し、異なる色の層を見つけようとした。成人したネイサン・マローンは、米国海軍特殊部隊《SEAL》の一員となり、その記憶は心から薄れていった。だが、色の層は常に変化し、動き続けていた。彼が地獄を見る日まで。そして、地獄の灰の中から、ネイサンは、それまで存在にまるで気づかなかった色の層を見つけることになる。

プロローグ 2

十六年後

自分が所有する自動車修理・整備工場の中にあるオフィスの机に座ったまま、ネイサン・マローンは、修理工のひとりに話しかけている若い女性の姿を眺めていた。

彼女は機嫌がよさそうには見えない。それどころか、かなり不満そうだ。太陽にさらされメッシュになった金髪が、波を打って肩にかかり、陽光に輝いている。ほっそりしていても痩せぎすではなく、黒いスカートの下にはむしゃぶりつきたくなるような尻がかたちよく納まり、濃赤のブラウスに隠された胸が誘うように盛りあがっている。

ハイヒールを履いた脚を覆っているのはパンスト、それともガーターストッキングだろうか。どちらかというと、ガーターストッキングをはきそうなタイプだ。

しばらくすると、女性は諦めたように両手をあげて辺りを見回した。そして、ネイサンの視線をとらえ、決意のほどを示すように小鼻を膨らませて、止めようとする修理工を無視したまま、足早にオフィスに向かってきた。

目を見張るように美しいその女性は、大またでオフィスの中を横切ってくると、机に両手をついてネイサンの目をきっと見つめた。

「レンチがあればいいのよ」美女は強い口調で切り出した。「一本貸してくれればいいの。売ってくれてもいい。どっちでもかまわないわ。あの車をもう少しでも走らせたら、わたしがヒッチハイクをする羽目になるのは確かなの。ヒッチハイクをしたいように見える?」彼女は背筋を伸ばして両腕を広げてみせた。美しい灰色の瞳が曇り、困りきった様子だ。先刻応対していた修理工が背後に近づくと、女性のピンク色の唇が引き締まった。

「そうは見えませんね」ネイサンは頭をふって答えた。女性の全身に満足げな目を走らせると、後ろにいる修理工に目をやった。「このお客さんの車を見て差しあげられない理由があるのか?」

サミーの目が抗議するように細まった。「忙しいんです。お客さんにもそう言ったんですよ」

「レンチ一本でいいの」女性は絞り出すような声を出した。「貸してちょうだい」爆発寸前という様子だ。汗が額に浮かび、頬を光らせている。しかし突然、自制心を精一杯働かせたらしく、表情を和らげた。

「ねえ、お願い」優しい口調に、ネイサンはすっかり魅了された。南部美人《サザン・ベル》の甘い声に、ネイサン・マローンは、その瞬間、心を奪われてしまったのだ。「本当にちょっと手を貸していただくだけでいいの。仕事の面接に遅れてしまいそうなのよ。そんなに時間はかからないはずだから」

彼女の微笑みに、ネイサンの世界が軸ごと傾いた。かすかな緊張と不満を漂わせる唇の甘やかな曲線。柔らかな曲線には不安がまとわりついている。それでも、彼に微笑んでいた。まったく、なんていい女だ。ネイサンはまるで十代のころに逆戻りしたような気分だった。

ネイサンは机を回って前に出ると、手でドアを示した。「車を見ましょう。走れるようにしますよ」

「ボス、仕事がいっぱいですってば」サミーが抗議する。

ネイサンはその声を無視して、女性の後ろ姿を見つめていた。踵を返し、先に立って歩いていく尻の眺めは最高だった。彼女の体に触れたくて、ネイサンの手はうずうずしていた。あの双丘に両手をすっぽりかぶせて、その下の動きを感じたい。

「わたしはサベラよ」肩越しに振り返って、美女は一瞬微笑んだ。「本当に助かったわ」ジョージア訛りに、ネイサンはジーンズの中でイッてしまいそうになる。このまま's しゃべり続けられたら、我慢できそうにない。

この女はおれのものだ。

「かなり費用がかかりそうだ」小型のスポーティーセダンのボンネットを開けて、ネイサンはゆっくり言った。

「いつもそうなのよ」サベラはため息をついた。「どれくらいかかりそう?」

サベラは不安そうだ。目標を持ち、それを達成しようとするタイプに見える。よく手入れされた美しい爪。軽い化粧がその美貌を引き立てている。可憐な唇はいかにも柔らかそうだ。

「ディナー一回分」ネイサンは笑顔を返した。サベラの瞳に驚きがよぎった。

「ディナーって？」その口調は警戒心に満ちている。

「ただのディナーです」ネイサンは誓った。とりあえず、いまのところは。「今夜」サベラはしばらくのあいだネイサンをじっと見つめていた。灰色の瞳が、ネイサンの心に染みこんでいく。その瞳は心の中を探り、ネイサン自身も存在を知らなかった部分を温めていった。そこが冷えきっていたことなど、もちろん知りようもなかった。

ようやく、サベラは魅力にあふれる色っぽい笑顔を浮かべた。

「アルパイン一の凄腕とあだ名される人が、ディナーに誘ってくれてるの？」彼女の口調は悪戯っぽかった。「わたし、気が遠くなりそう」

「それはおれじゃない。サミーのことだろう」ネイサンは修理工を指差した。「おれはただの修理工で、SEALの一員にすぎませんよ」女の子はSEAL隊員に憧れるものだ。彼女を感心させるためなら、なんだって利用してやる。

「ネイサン・マローン。SEAL隊員で、野性的な青い瞳と、女性を夢中にさせる微笑の持ち主」とサベラが説明する。「あなたのことは知ってるわ」

「でも、おれはきみのことを知らない」ネイサンは真面目な口調で応じた。「なんとしても知りたいものだ」

ふたりの視線が絡み合う。熱く、そして探るように。「ディナーね」サベラは小さな声で承諾した。「いいわ」

とりあえず、最初の一歩というところか。「〈ピードモンツ〉で」町で一番のレストラン。

とはいっても、たかが知れているが。「七時に」

「七時ね。でも、車を直してくれないと行けないわ」

サベラは心の中でにんまりしていた。故障の原因をネイサンに教えても、どうせ信じてくれないだろう。サベラは、ネイサンがあちこち点検するにまかせた。少しすると、ネイサンはホースのゆるみに気づき、締め直した。ほら、言ったとおり、レンチがあれば直せたのに。サベラはずっと前に父親から車の修理法を教えてもらっていた。ただ、残念なことに、今日は自分のレンチが見つからなかっただけなのだ。

サベラがネイサンの手を借りることになったのはそのせいだった。頼りないふりをしたのは、自分を見るネイサンの目つきが気に入ったからだ。野性的な青い瞳はいつもよりわずかに濃く見え、日焼けした顔に映えてひときわ輝いていた。

「七時に」ネイサンはボンネットを閉じながらもう一度念を押すと、サベラを見おろした。

「待っているから」

「ええ」サベラは約束した。こんなチャンスを無駄にするなんて考えられない。町でよくネイサンの姿を見かけることがあり、そういう日は、彼との逢い引きを夢見たことも一度ならずあった。

セクシーなＳＥＡＬ隊員。アルパイン一の凄腕。カレッジでサベラが知っている女の子たちは、みんな彼に夢中だった。ネイサンを自分のものにすると、サベラが心に決めたのはそのときだった。

二年後

「なんてこった、ベラ。なんてことをしてくれたんだ」

ネイサンに向き直ろうとしていたサベラは跳びあがった。厳しい目つき、青ざめた顔、日に焼けて引き締まった男の体が前庭を大またで横切ってくる。その胸は汗にまみれていた。ネイサンは、サベラが車をトラックにぶつけた場所に大急ぎで向かっている。彼のジーンズには、それまで刈っていた芝が少しついている。

「少しくぼんだだけよ、ネイサン。本当に……」胸がどきどきして喉が詰まりそうだ。恐怖のあまりというわけではない。ネイサンは絶対に彼女を傷つけたりはしないのだから。でも、その気になれば、彼はすね方をよく心得ているのだ。

「少しくぼんだだけ、ね」ネイサンはサベラの肩をつかんで脇に押しのけると、自分のトラックの後ろのバンパーにめりこんでつぶれた泥よけ《フェンダー》を見つめた。

事故だった。それもすべてネイサンのせいだ。彼が尻にぴったりしたジーンズとブーツだけという姿で、シャツも着ずに芝刈りをしていなければ、絶対に起こらなかった事故だった。

「おれのトラックにぶつけたんだぞ」口調には、男のプライドと尊厳に傷がついたことへの怒りがこもっている。「おれのトラックなんだぞ、ベラ」

まさにそのとおりだ。パワフルな黒い四輪駆動車はネイサンの誇りそのもので、どんな子煩悩な母親も太刀打ちできないほど、彼は後生大事に面倒をみている。その車を家の中にまでは入れられないという事実がなければ、サベラは車に嫉妬していたことだろう。

「本当にごめんなさい、ネイサン」彼を仰ぎ見るサベラの南部訛りはいつもより強くなっていた。不安げに唇を噛みながら、彼がどれほどすねるつもりかを推し量る。

機嫌を悪くしたネイサンは、黙りこくって陰鬱になり、サベラがなにか言ってもそっけない返事をするだけだ。おかげで、気が狂うほど苛々させられた。そのうえ、サベラをにらみつけたりもする。

たいていの場合、テレビで野球を見て、寝室には夜遅く入ってくる。かなり遅い時間に。サベラが眠ってしまったあとで。そして、翌朝まで彼女はおあずけさせられる。本当に不公平だ。

「ネイサン、どうか怒らないで……」

「どうやったらトラックにぶつけられるんだ？　まったく、どうやったんだ？　よく見える場所にとめてるのに。はっきり見えただろう、サベラ」ネイサンは怒っている。彼女をサベラと呼ぶのは、本当に怒っているときか、心底彼女とやりたがっているときのどちらかだ。この場合、やりたがっているとは到底思えない。ああ、最悪。セックスなしだって、何日も我慢はできる。でも、そうなるのはいやだった。

サベラは足を踏み鳴らし、苛立った様子で相手をにらみ返した。「トラックにぶつけたのは、あなたのせいよ」

「おれのせい？」ネイサンは信じられないという顔で、頭を強くふりながら身を引いた。「一体全体、どうやったらおれのせいになるんだ？」

「シャツも着ずに、セクシーなジーンズとブーツだけで芝刈りなんかするからよ。あなたのきゅっと引き締まったお尻が芝の上を行き来するのを見たら、うずうずしちゃったの。運転に集中できなかったのはあなたのせいよ。全部あなたのせいですからね。あなたがちゃんと服を着ていたら、こんなことにはならなかったのよ、ネイサン――」

ネイサンはサベラにキスした。優しい、軽いキスではなく、荒々しく、深い、欲情に駆られたキスだ。ネイサンはサベラをしっかり抱き締め、悦びにあえぐ彼女の腹部にペニスを押しつけた。

「悪い子だ」そう言いながらネイサンはサベラを抱えて芝生を横切った。彼女の車はドアが開いたまま、彼のトラックもへこみをつけられたままあとに残された。「尻を引っぱたかないといけないな、サベラ。かわいいその尻が赤くなるのをじっくり眺めさせてもらうぞ」

ネイサンはドアをぴしゃりと閉めると、素早く鍵をかけて階段に向かった。

「ああ、叩いて、ネイサン」サベラは思わせぶりに彼の耳に息を吹きかけた。「わたしにせがませて」

サベラはネイサンの身震いを感じた。そして、彼女をベッドの上に放り投げると、サベラにせがませる行為を始めた。

一週間後

「一週間で戻る」ジーンズにTシャツという姿のネイサンが言った。かっこいいSEAL隊員とは到底思えない。出張前の夫でしかない。心配することなどなにもないのだ。

サベラは自分をごまかすのがうまかった。

「トラックは明日戻ってくるはずよ」戸棚からダッフルバッグを取り出して向き直った夫に、サベラはうなずいた。「大切にガレージに入れておくわね」

顔にかかった長い髪を後ろに押しやりながら、悪戯っぽくにっこりした。「でも、あなた、わたしに借りができたわよ。早くやってもらうのに、この脚をちらつかせないといけなかったんだから。あなたのとこの社員はだらしないわね、ネイサン」

ネイサンは町外れで自動車修理・整備工場を経営している。ささやかながらも繁盛している工場が、夫にとって大きな意味を持っていることをサベラはよく理解していた。

ネイサンは低くうなった。彼の視線がベッドの上で身を反らせているサベラの裸の脚にとまった。ショートパンツが太腿のかなり上の方まであがっている。

「魔女め」ネイサンはうなるようにつぶやいた。「下で車が待ってるんだ。わかってるだろう」

サベラはシャツを脱ぎ捨て、ショートパンツをゆるめると脚に沿って落ちるにまかせた。

そして、ネイサンに視線を当てたまま、太腿のあいだの露わになったしっとりと濡れた割れ目に指を滑らせてから、その指を彼の唇に向けた。

ネイサンはふたたびうなり声をあげた。サベラはそんな声がたまらなく好きだ。口を開いて彼女を味わった途端、ネイサンの目が興奮に輝いた。

「急いで」サベラはささやいた。彼が欲しい。彼が行ってしまう前にもう一度。サベラはベッドの上で体を伸ばし、相手のベルトを手早くゆるめた。「激しくして……」

ネイサンはサベラに背を向けさせると、ベッドの端にひざまずいた彼女の中に入ってきた。硬く脈打つペニスに激しくこすられ、貫かれ、サベラの全身を白熱の感覚が駆け巡る。

ネイサンの腰がサベラを激しく攻め立てる。彼の両手の指は彼女の体に食いこんでいた。

「ネイサン、ああ、ネイサン、愛してるわ」クライマックスを迎えたネイサンに、サベラは叫んだ。

そのとき、ネイサンはあの言葉をささやいた。詩のように流れるゲール語の響き。ネイサンは祖父から教わった言葉で、妻への愛をささやいていた。サベラは魂の奥底まで夫の愛を感じていた。

「ずっと」サベラはささやき、肩越しに彼のキスを受けた。「永遠に、ネイサン」

一週間後

ドアを開けたサベラの体が硬直した。ネイサンの叔父ジョーダンが、牧師と並んで立っている。黒い制服から、サベラはそれが牧師だと直感した。ジョーダンは海軍の白い礼装姿で、制帽を手に持っている。胸にはいくつもの勲章が輝いている。サベラの心は砕け散った。

「ネイサンはもうすぐ戻るはずよ」サベラはつぶやいた。ジョーダンの目を見つめ、そこに悲嘆の表情を見いだしたサベラの唇がわななないた。「ジョーダン、早過ぎたみたい。彼はまだ戻ってないの」

サベラは泣いていた。焼けるように熱い涙が頬を流れ、両拳を強くみぞおちに押し当てたサベラの足から力が抜けていく。

「ベラ」ジョーダンの声は重く、流れずに目に溜まった涙がきらめいている。「申し訳ない」

申し訳ない？　申し訳ない、ですって？　彼女の魂をずたずたにしておきながら、ただ、申し訳ない、なんて。

サベラは頭をふった。「それ以上言わないで、ジョーダン。お願い」

「ベラ」ジョーダンは硬い表情で応じた。「言わなければならない。わかっているだろう」

そう。彼女の心を打ち砕かなければならないのだ。

「ミセス・マローン」ジョーダンの代わりに牧師が口を開いた。「誠に残念ではありますが……」

「いや。いや！」叫ぶサベラをジョーダンは抱きとめ、狂ったように叫び声をあげ続ける彼女を両腕に抱きかかえて家の中に連れこんだ。叫び声は、ナイフのように残酷に情け容赦なくサベラの胸を裂き、ほとばしった。その痛みからもたらされた絶望は底知れぬほど深く過酷で、自分が生き延びられるとはサベラには思えなかった。

「ネイサン！」サベラは大声で呼び、叫び、請うた。彼女が自分を必要としているときはいつでもわかると、ネイサンは誓った。死んだあとでも。生まれつき備わった能力だと。この目のおかげだ――そうネイサンが言ったとき、サベラは笑ったものだ。でも、いまは、それが真実であることを願った。ネイサンが必要だ。彼女の猛るアイルランドの目が。「お願い、ネイサン！」

六カ月後

目を覚ましたサベラはすすり泣いていた。ベッドを探る彼女の胸はあえぐように大きく上下し、夫を必死に求める両手がシーツの上を、枕の上を這った。

ネイサンは血を流していた。彼の目を通して見ているかのように、手についた血が見えた。彼の苦悩が自分のことのように感じられた。ぼろぼろに傷つき苦悩にあえぐ剥き出しの魂の、はらわたがねじれるような狂おしいうめき声が周囲から聞こえた。

夢に違いない。毛布を剥ぎ取ったサベラの喉から絞り出すような泣き声がほとばしり、胸から苦悩そのもののうめきがわきあがる。

「ネイサン！」サベラは叫んだ。苦痛に満ちたこの半年のあいだに流した涙のせいで、声はかすれ、剥き出しの感情に満ちていた。

葬式の日、彼の遺体を見ることさえ禁じられた。サベラは体をのめらせた。それが夢でなかったことを思い出し、理解した彼女の涙がベッドに滴った。ネイサンは本当に逝ってしまったのだ。永遠に。

棺を開くことは許されなかった。彼に触れ、彼女が愛したその顔に口づけをし、別れの言葉をささやくことさえ許してもらえなかった。拠り所にできるものも、彼女をのみこむ苦悩を和らげるものもなにもなかった

あるのはむなしさだけだ。ベッドも、人生も、すべてがむなしかった。サベラの魂を満たすのは、凄惨な、そして痛みに満ちたむなしさだけだ。むなしさが彼女を蝕み、心を腐食し、ネイサンがいないことを常に思い出させる。

ネイサンは逝ってしまった。

永遠に。

彼が戻ってくるのは、サベラの悪夢の中だけだ。夢の中でネイサンは彼女の名を大声で呼ぶ。彼女に触れ、すっと身を引き、うつろな悲しげな表情で彼女を見つめる。サベラは彼から染み出てくる痛みを感じることもあった。終わりのない苦悩に満ちた、とてつもない痛みを。

悪夢は突如訪れ、それがネイサンの苦悩だと気づいた途端、訪れたときと同じように突然その内容が変わる。

「永遠に愛してるよ、魔女さん」そう言って、ネイサンはサベラの方に身を乗り出す。全裸

で、胸元が輝いている。黄金色の肉体が日差しをさえぎり、彼の素晴らしいきらめく瞳が彼女をじっと見つめる。「おまえの魂に触れるおれの魂を感じてくれ、サベラ。この愛を感じてくれ、ベイビー……」

苦悩に満ちた叫び声を喉から漏らしながら、サベラは空《くう》をつかんだ。ぼんやりした記憶が薄れ、失われる。ネイサンを失ったときのように。

「ああ、ネイサン……」

サベラは枕をつかんで胸に押し当てたまま、前後に身を揺らした。そして、頭を反らせた彼女の魂の奥底から、叫び声がほとばしった。

「ひどいわ、ネイサン……」

1

九カ月後

ネイサン・マローンは病室のように清潔なオフィスに立っていた。想像を絶する凄まじい悪夢から生還して、六カ月が過ぎていた。六カ月。ネイサンは自分の「死」から何日、何時間、何分、何秒経ったのかまで知っている。

自宅の玄関を出て地獄に向かったあの日から。簡単な任務のはずだった。コロンビアの麻薬シンジケートのボスのもとから三人の若い女性を救出したあと、わざととらえられて、ディエゴ・フェンテスというボスのもとで活動している政府のスパイから情報を得たら脱出するという手はずだった。

ネイサンの踵には電子追跡装置が埋めこまれ、スパイと接触した瞬間にスイッチを入れられるようになっていた。残念ながら、スパイもそのことを知っていた。そして、スパイが姿を見せる前に、すでに彼の踵は切り裂かれていた。ネイサンは、自分の陥った危険に気づく間もなく、硬材のテーブルに縛りつけられ、その後何度も打たれることになる混合麻薬の最初の洗礼を受けていた。

娼婦の粉と呼ばれるその麻薬は、想像を絶する強力な媚薬だった。地獄だった。欲望を解放するすべはなかった。しかし、猛り狂い、理性をなくし、獣のようになっても、ネイサンは妻への誓いを破れなかった。どれだけ麻薬を打たれようと。どれだけ挑発されようとも。

いまネイサンは、ディエゴ・フェンテスによって落とされた地獄から自分を救い出した数人の男たちを見つめ返していた。医師が三人、提督、それに、スーツを着たしかめ面の阿呆がひとり――たぶん軍の法務担当官だろう――そして、叔父のジョーダン・マローン。

ジョーダンは制服を着ていない。当然だった。叔父が三カ月前にSEALを引退したという噂を耳にしたとき、ネイサンは驚いた。もっとも、ネイサンが治療を受けていた警備の厳重な特殊な私立病院では、噂話に耳を傾けるほかにすることがあまりなかったのも事実だった。

ネイサンの体と顔の治療のために、何度も手術が必要だった。傷ついた部分は治され、そのままでは使いものにならない部分は再建された。しかし、心は破壊されたままだ。昔のネイサンは、夢の中の存在でしかなくなっていた。

いまもSEAL隊員であるということに変わりはない。引退したわけではない。それでも、心の中では、SEAL隊員としての自分の経歴は終わりに近づいているという気がしていた。

「マローン大尉」提督がネイサンにうなずいた。長い年月を海上で過ごしてきたことを示す皺の刻まれた顔には、気遣うような表情が浮かんでいた。「順調に回復しているようだな」

まったく、よく言うぜ。

ネイサンは直立不動の姿勢で立っていたが、それには大変な努力が必要だった。実際は、火の燃えさかる台の上に寝かされているような気分がしているのだから。

三人の医師は無言のままネイサンを見つめる。担当の心理学者がメモを取っている。このとんま野郎は、いつだってメモを取っているのだ。

「おかげさまで」ネイサンはなんとか言葉を絞り出した。ちくしょう、いままでやっていたトレーニングを続けさせてくれ。体を極限まで疲れさせることで、ようやく、いまだに経験する猛烈な興奮が少しは抑えられるのだから。

提督は眉をひそめた。

「痛みはあるかね？」

ネイサンはどうにか我慢した。至難の業だった。

「はい、あります」嘘なんかついてやるものか。

提督はうなずいた。「きみの無礼ともいえる態度もそれで説明がつく。おそらくな」

ネイサンは歯ぎしりした。「申し訳ありません。このところ礼儀作法に疎くなっておりまして」

厳しい答えが返ってくるとネイサンは覚悟した。しかし驚いたことに、提督の表情は和らぎ、眼差しには理解を示すきらめきが宿っていた。

ホロラン提督はネイサンの昔の上官というだけではなく、彼が尊敬している人物でもあった。

「座りたまえ、ネイサン」提督はネイサンの背後にある椅子の方にうなずいてみせると、自らも椅子に腰をおろした。

ネイサンはジョーダンに目をやった。叔父はすでに座っている。ジョーダンに関するかぎり、規則はまったく意味をなさないらしい。だが、それは礼儀を軽視するゆえの態度ではなく、以前はかすかに見え隠れしていた横柄さと自信がすっかり表に現れたというだけのことだった。

ネイサンは用心しながらゆっくりと腰をおろした。片方の脚がまだ治りきっていない。それでも力は戻ってきていた。背中の筋肉も、トレーニングのおかげで回復しつつある。

沈黙の落ちた部屋で、ため息をついた提督が口を開いた。

「きみの葬儀にはわたしも参列した。悲しかったよ、ネイサン。いまのきみを見ると」そして頭をふった。「わたしの知らないところで決定される計画のことを考えさせられてしまう。わたしなら、あの任務を認めなかったはずだ」

「同感です」

簡単な任務だった。これ以上はないというほど単純なはずだった。ただ、そうではなかったことを証明する穴が、ネイサンの踵にはいまも残っている。

「その件に関しては、別の機会に話そう」提督はうなるように言った。「実は別の問題が持ちあがっているのだ」

「妻にはわたしの生存は知らされておりますでしょうか？」その声は、ネイサンの傷ついた声帯からむしり取られたように聞こえた。

ネイサンの声は以前より粗く、暗い響きを帯びているが、それでも、少なくとも口がきけるようになっただけでもましだった。

「まだだ」提督が答えた。

「妻に知らせたくないという気持ちは、いまも変わっておりません」

ネイサンはまっすぐに前を見つめていた。いまも自分の顔を覆う包帯が、そして治りきっていない体の傷が意識された。しかし、それ以上に、憎いフェンテスとヤンセン・クレイが彼の体に注ぎこんだ娼婦の粉の影響を強く感じていた。

一年七カ月。ネイサンはモルモットとして扱われた。黒い悪魔を無理やり注ぎこむことで、SEAL隊員を破壊しようという実験だった。ネイサンは破壊されなかった。しかし、その代わり、怪物となって生まれ変わってしまった。

「サベラは嘆き悲しんでいるぞ、ネイサン」ジョーダンが告げた。「彼女はいまでも悲嘆にくれている。おまえを思っては泣いている」

「妻はいつか泣きやみます。強い女性ですから」関心がないという様子で肩をすくめたネイサンの視野の端で、提督とジョーダンが視線を交わした。

ネイサンの言葉は真実を語ってはいなかった。彼のベラは強くない。たおやかな女性だ。ネイサンは悪夢の中で彼女の泣き声を聞いた。彼の魂につけられたぼろぼろの傷跡が癒えることは決してないだろう。サベラの叫び声を忘れることなど、できるはずがないのだから。いまの彼を見たら、サベラの叫び声は夢の中よりさらに恐怖に満ちたものになるだろう。

彼の優しいベラは、ネイサンの体を愛していた。あの最後の日、玄関を出たネイサンは、強く力に満ちていた。なによりも、優しく振る舞うすべを心得ていた。その男はもはや存在しない。彼が見る暗くねじれた夢には、優しさの入りこむ余地はなかった。死の夢。ベラの夢。そして、彼女に会ったら、抑えることができないとわかっている飢え。

「わたしは死んだのです」ネイサンは言った。自分がサベラのもとに戻ろうとした場合に起こるであろう結果について、思いを巡らせた彼の声は冷ややかだった。「そのままにしておいてください」

心理学者が忙しくメモを取っている。ネイサンはその男に鋭い視線を向けた。彼の怒りを覆う刺に触れたかのように、頭の薄くなりかけた小男は顔をあげた。

体に合わない背広の下で男の肩がもぞもぞ動き、安物の眼鏡の奥で茶色の瞳が不安そうに揺らいだ。

ネイサンは視線をすっと提督に向けた。「あの男を、わたしから見えない場所にやってもらえませんか」

ホロラン提督はしばらくネイサンを見つめていたが、医師たちに向かってうなずくと、顎でドアを示した。医師らは急いで退室した。彼らはネイサンと同席していると居心地が悪くなるらしい。いつもそうだった。もっとも、彼らがネイサンを診た最初の三カ月間は、獣を相手にしているようなものだったのだから、それも仕方はない。

ホロラン提督は疲れたようにため息をつくと、ネイサンに視線を戻した。

「最後のチャンスだぞ」その声は静かだった。「奥さんに連絡させてくれ。誰かをやろう」

ネイサンは激怒して歯を剥き出した。「やめろ、提督《サー》」サーと口走ったのはただの習慣からだ。だが、怒りのこもったうなり声は初めてのものだった。怒りが全身を駆け巡り、心を麻痺させ、悪夢が蘇ってくるような感覚がネイサンの意識を満たしていた。

「いい加減にしてください」静けさを破ってジョーダンが口を開いた。「ネイサンが気を変えることはないと忠告したはずです」

「敬意というものをすっかりなくしてしまったようだな、ジョーダン」提督がびしりと応じた。

「忍耐力もね」ジョーダンが反撃する。「わたしはこの部隊の完全な指揮権を与えられています。提督、わたしの権限はあなたの階級をも上回っているのですよ」

「あとで気が変わっても、もう戻れないぞ」提督は言い返した。「自分の甥がそうなってもいいのか、ジョーダン？」

「ネイサンが気を変えたとしても、あとのことはわたしが決定します。あなたも含めて誰の意見も関係ありません」ジョーダンの態度はかたくなだった。叔父が見せた暗い怒りは、ネイサンが初めて目にするものだ。「ネイサンは明日、司令部に移されます。そこの医師が、ほかの連中と一緒にネイサンを診ることになります」

「本人の意思も確認せずにか！」提督はジョーダンに噛みつかんばかりの剣幕だった。鼻を突き合わせたふたりの男の強固な意志が激しく衝突する。ネイサンがそういう争いを楽しむ気分だったとしたら、なかなか興味深い見物になっていたはずだ。

しかし、そんな気分ではなかった。

ネイサンは立ちあがり、ドアに向かった。

「ネイサン」

呼ばれて立ち止まると、振り返って叔父の顔を見た。ジョーダンとは親戚というだけでなく、ふたりがＳＥＡＬに所属しているあいだ、つまりネイサンが獣に生まれ変わる前、彼がまだ人間だったころは、上官と部下という間柄でもあった。

ネイサンはジョーダンをじっと見つめた。「早く済ましてください。今夜のトレーニングが残っているんです」

ジョーダンが立ちあがった。「ＳＥＡＬ以外にも選択肢はあるんだ」

ネイサンは眉を吊りあげた。「ＳＥＡＬよりいいところがあるんですか、叔父さん？　地獄ですかね？　そこなら、もう行ってきたし、いまもときどき戻ってますよ」

ジョーダンはゆっくりうなずいた。目を引きつけられるような青い瞳が、猛るアイルランドの目と祖父の呼ぶ瞳が、ネイサンを見つめていた。「ほかにも選択肢はあるんだ、ネイサン」

「そうですか？」ネイサンはジョーダンと提督のあいだの空間に視線を向けた。

「そうだ」ジョーダンはうなずいた。「おまえはここを、ＳＥＡＬ隊員として、ネイサン・マローンとして出ていく。そして、わたしと一緒に行けば、ネイサン・マローンは消滅する」

提督はぎこちなく椅子から離れると、オフィスの反対側に歩いていった。

「彼と一緒に出ていったら、きみにとってＳＥＡＬは存在しなくなるぞ、ネイサン。きみが接触できるのはチャベス司令官のもとにいる、きみの古い部隊の連中だけになる。きみは永遠に死んだことになってしまう。ネイサン・マローンは存在しなくなる。きみにとっても、それに、奥さんにとってもだ」

ネイサンは提督を見つめ返したが、その脳裏に浮かんでいたのはサベラのことだった。爪を折っては大騒ぎし、顔の皺を気にするサベラ。怪物と大して変わらなくなった夫を、彼女がうまくあしらえるはずがない。

ネイサンはジョーダンに向き直った。「登録はどこですればいいんですか？」

三年後

ジョーダン・マローンは、自分のオフィスの壁にはめこまれたマジックミラーを通して、隣のトレーニングルームを眺めていた。ジーンズのポケットに両手を突っこんで立ったまま甥の姿を見つめるジョーダンの顔には、苦い表情が浮かんでいる。

いまでは、ノア・ブレイクとして知られているネイサンは、ジョーダンより五つ年下だ。母がジョーダンを身ごもったとき両親は驚き、兄たちはショックを受けたという。トレーニングルームで滝のような汗を流している男にとって、ジョーダンは叔父というより兄に近い存在だった。この数年のネイサンの変化は、奇跡と言っても過言ではない。最初の半年は地獄だった。彼が生き延びたこと自体、奇跡としか言いようがなかった。しかし、最もひどかったのは最初の三年だ。娼婦の粉の影響が体に残り、悪夢に苦しめられていたノアは、正気を失いかけていた。

だが、本当に生き延びたと言えるのだろうか？　ときおり、ジョーダンは、ＳＥＡＬにおける最後の任務に赴いた男が、いま目の前にいる男と同じ人間なのかどうか、疑問を抱くことがあった。

ネイサンに昔の面影はなかった。整形手術の結果、その顔は以前より細面になり、骨格と筋肉がくっきり見える。彼がフェンテスにとらわれていたあいだに粉々にされた骨を再建するためには、かなり大がかりな手術が必要だった。変化は劇的と言ってもいいだろう。以前のネイサン・マローンを知る者で、ノアの正体に気づく人間はひとりもいないはずだ。体つきも変わってしまった。前より細身だが、より強力で、岩のように堅固だ。さらに、そこには鋼鉄のような意志が備わっている。ネイサンは、氷の目を持つ冷徹な殺し屋として生まれ変わったのだ。

ネイサン・マローンは、完全にノア・ブレイクになっていた。ネイサンだった部分を自分で意識的に消し去った結果だった。

ここ数年、レノ・チャベスの部隊で訓練を受けてきたノアの行動も、ジョーダンを不安にさせる一因となっていた。ＳＥＡＬ時代のネイサンは敵にも手心を加え、必要な場合にかぎって命を奪ったものだが、いまは……。ジョーダンは頭をふった。ノアは音もなく完璧な手際で殺しを行う。フェンテスの基地からネイサンだった男を救出した夜のことを、ジョーダンは忘れられない。体中のほとんどすべての骨が、いずれかの部分で折れていた。すっかり痩せ細り、ほとんど飢え死ぬ寸前で、しかも、娼婦の粉をたっぷり注がれ続けた結果、彼の目は悪魔のようにぎらついていた。それでも彼は闘っていた。同じ牢に入れられた若い女性をレイプしないように、そして、彼女を守るべく必死で闘っていた。救出されたときも、運び出されることを拒否し、自分の足で歩くと主張して争った。

麻薬による後遺症と禁断症状を甥が乗りきれるとは、ジョーダンには思えなかった。予想を覆して、ネイサンが前にも増して強力になって戻ってくることなど想像もしていなかった。ただ、外見も性格もあまりにも変わってしまったせいで、いまでは、ジョーダンが違和感を覚えることもなくなっていた。

「もう、昔の奴に戻ることはないんでしょうね？」誰もが口に出すことを控えていた事実を受け入れたという様子で、イアン・リチャーズ大尉が陰鬱な口調で言った。イアンもＳＥＡＬの一員で、ノアと呼ばれる男と共にこの数年を過ごしてきたチームのひとりだ。

ある面では、それはイアンにとって一層つらい体験だったといえるだろう。イアンはネイサンの親友で、ネイサンとはジョーダンよりも親しい間柄だった。ネイサンが十歳のある夜、一家が所有する牧場を囲む砂漠から幼いイアンの叫び声が聞こえてきた。父を叩き起こしたネイサンは、機嫌の悪いグラントを脅すようにして外に連れ出し、瀕死の母親を腕に抱いた男の子を見つけた。

グラントは、珍しく同情して、その若い女性と子どもを助けた。めったに拝めないグラントの良心を垣間見た出来事として、ジョーダンは記憶していた。

「ああ、それはまずないだろう」ジョーダンは、イアンに、そして自分自身に、真実を告げた。「あの男はもうネイサン・マローンじゃないんだ、イアン。ノア・ブレイクだ。それを受け入れるしかない」

「奴はいまでは機械《マシーン》ですよ」イアンが重い口調で告げた。トレーニングを続けるネイサンを見守る表情は悲しげだ。「これまで見たこともないような、最高の殺人マシーン。まったく音を立てないマシーンだ」

ジョーダンは部隊の司令官レノ・チャベスに向き直った。

黒髪のレノは頭をふった。「奴はもうSEAL隊員じゃない。始終命令に疑問を投げかけ、バックアップ計画をしつこいほどいくつも立て、しかもそれがうまくいかなかったときの計画まで用意する。逸脱する必要があると思えば、そうしてしまう。反抗的なわけではなく、指揮官としての資格もすでにある。これ以上はないという計画でなければ、簡単に受け入れようとはしない。奴は切り札《ワイルドカード》になる、ジョーダン。それも最高に効果的な。鮫のように冷血で、なにごとにも気を散らされることなく、必ず相手を倒す」

ジョーダンはうなずいた。「ありがとう、レノ。その報告は有効に使わせてもらおう」

「書類でも提出している」レノはジョーダンの机の上に置かれたファイルの方にうなずいて

みせた。

ここ数年間、毎月提出される報告の内容はいずれも同じだった。ネイサンはもう人間ではない。ジョーダンにとって、ノアはほとんどロボットのような存在となっていた。

「ジョーダン、このままでは奴はまいってしまう」静かな声で告げると、イアンは窓に向き直って自分の友人だった男を見つめた。「このままでは自己崩壊してしまう。いつか自分の頭に弾丸を撃ちこむ羽目になりますよ」

まるでそのイアンの声が聞こえ、存在を察したかのように、ノアはウエートトレーニング用のベンチの上で上体を起こすとタオルをつかんだ。そして、マジックミラー越しでも相手の姿が見えるかのように、ふたりに視線を向けた。ネイサン・マローンのものより暗く厳しい瞳が、浅黒く鋭い顔の中で濃い青色の炎のように燃えている。ノアが切らせようとしない豊かな黒髪は、肩に届くほど長い。ノアが背を向けると、その左肩に彫られた、赤い剣に貫かれた黒い太陽を描いた刺青がちらりと見えた。

エリート作戦部隊の紋章は、ノアがネイサン・マローンとしての過去を切り捨てたさらなる証しとなっていた。ときには自殺任務ともいえる作戦を遂行する部隊に、彼は命をあずけたのだ。

「奴は生き延びる」ジョーダンは穏やかな声で応じたが、内心はそれほど冷静でもなかった。「まだ人生が終わったわけじゃない。奴が自分でそう思っているだけだ」ネイサンはいまだに妻のもとに戻ろうとしない。それでもノアと前身は、あの女性を忘れられないでいる。彼女のもとに戻ることで、ようやくノアは自分自身を見つけることができるのだ。

ジョーダンがこの部隊に甥を引きこんだ理由は、自分が弟のように愛している男が、病院から退院してすぐに外の世界に投げ出され妻と顔を合わせることになれば、悲惨な結果になると考えたからだった。

心理学者もその意見に同意した。ネイサンは、ある日散歩に出かけたまま行方をくらますという結末が予想されたのだ。ネイサンには心の準備が十分にできていなかった。ノアとなったいまでも、準備ができているという確証はない。それでも、ジョーダンは、彼を試すつもりでいる。

三年後

「奴を納得させるのは難しいでしょう」エリート作戦部隊に属する六人組のチームの隊員らがトレーニングに励む様子をマジックミラー越しに眺めながら、イアン・リチャーズはジョーダンに忠告した。

ノアは最高の仕あがりを見せていた。体に無駄な脂肪は少しもなく、力強く、しかも冷徹だ。

「同意するさ」ジョーダンは静かな口調で答えた。「彼女を危険の中に放っておけるものか」

いまでは誰もがノアとして受け入れている男に視線を向けたまま、イアンは大きく息を吐き出した。

「あんな状態の奴を彼女は受け入れるでしょうか?」

ジョーダンがすでに自問していた問いだった。サベラ・マローンが夫を失ってから六年。ようやく三年前から、彼女はふたたび生きることを学び始め、デートの誘いにも応じるようになっていた。ノアは妻の存在を絶対に認めようとしないが、彼がその妻をほかの男に奪われるという可能性もあった。それも、かなり近いうちに。

「すぐにわかるだろう」というのがジョーダンの答えだった。

「アルパインでの任務はわたしたちがバックアップする」レノが告げた。レノの小人数の部隊は、エリート作戦部隊に組みこまれていた。エリート作戦部隊は、政府の後押しを受けて試験的な組織として誕生したもので、隊員は、死んだことになっている男や社会のはみ出し者だ。資金の一部は民間から提供されている。部隊は数年のうちに、非常に高度な技術を持つ専門的なものに成長し、政治的な問題があったり危険過ぎるという理由でほかの組織が手を出さない作戦を遂行するようになった。

ジョーダンはゆっくりうなずくと、もう一度ノアに目をやった。

「ビッグベンド国立公園に設置した司令部に集合する」そう告げたあと、ジョーダンは続けた。「明日か明後日には各員に命令が届くはずだ」

イアンとレノは、間近に迫った作戦の準備に取りかかるべく退室した。残っているのは、ノア・ブレイクを説得する仕事だけだ。

ジョーダンは席に着くと、作戦に関するファイルを手に取り、ノアにオフィスに来るよう命じた。

ノアはすぐには姿を現さなかった。オフィスに入ってきたノアの髪はシャワーのあとでまだ湿り、青い瞳は冷たく、感情も生命の輝きも見られなかった。

「準備完了ですか？」机の前に置かれた椅子をジョーダンに示されると、ノアは腰をおろした。

「ほとんど」ジョーダンはうなずいた。「今夜、司令部を空路で新たな目的地に移す。四十八時間以内に行動を開始できるはずだ」

ノアはなにも言わず、ジョーダンを見つめたままじっと待っていた。いまのノアは無限の忍耐力を備えているように見える。しかし一旦行動に移ると、ほかの誰よりも迅速で、誰よりも危険だ。

「もったいぶりますね」ようやくノアがゆっくりと言った。きしるようなしわがれた声だった。

昔は、流れるように深かった声が、いまはしゃがれ、粗い。

「最初の任務はテキサスだ」ジョーダンが告げた。

ノアはまったく反応を見せなかった。彼の視線は揺らぎもしない。まるでテキサス州が自分には無関係な土地だとでもいうように。そこにいる家族にも、祖父にも、弟にも、父親にも、そして妻にも関心がないというように。

「司令部はアルパインから四十マイルの地点に設置する」

「承諾できません」ノアの口調は氷のようだった。

ジョーダンはファイルを手に取ると、ノアの前に投げた。

「ファイルに目を通すんだ。この任務がいやだというのなら、勝手にしろ。かまわんからシベリアに行って、先月わたしたちがさらったあの科学者のお守りを、極寒の中ですればいい。だが、まずその前にファイルを読むんだ」

ジョーダンは憤然とした様子でオフィスから出ていくと、ドアを乱暴に閉め、収集された情報と共にノアをひとり残した。

ノアは——彼はもう自分がネイサンだと思うことはなかった——まるでガラガラヘビでも見るようにファイルを見つめていた。読みたくはなかった。知りたくなかった。シベリアの方がよっぽど気楽だ。科学者は静かな手のかからない女性だった。自分の研究を続けていさえすれば満足し、邪魔されることを嫌った。あの女の面倒をみるのも悪くはない。

立ちあがったノアは、ファイルを少し見つめたあと踵を返しかけた。そのとき、ファイルから滑り出た一枚の写真の一部がノアの目にとまった。その顎に見覚えがある。

写真をゆっくりと引き出して手に取ったノアは眉をひそめた。身を焼くような痛みが硬い塊となって胸を貫いた。

写真に写っている眉の曲線には見覚えがある。美しく柔らかな灰色の瞳にも。しかし、その女性がノアの知る人であるはずがない。

サベラに似ている——彼のサベラに。そう、それは彼のサベラだ。だが、記憶の中のサベラとは違っていた。

日にさらされたようなメッシュだった豊かな金髪は、いまは色が濃く、茶色といってもいい部分もある。長く伸びた髪は豊かで、肩のずっと下まで重たげにかかっている。顔は前より細く、表情は覚えがないほど穏やかだ。

唇に微笑みは浮かんでいない。

怒っているときを除けば、ノアが覚えているサベラはいつも微笑んでいた。笑顔を浮かべて快活に笑うサベラが、いまもときおりノアの夢を訪れる。ときには、そのおかげで悪夢を退けることができた。あの笑顔が失われてしまったら、なににすがればいいのだ。

ノアは片手に写真を持って、サベラの顔をじっと見つめた。サベラに関する報告書をジョーダンが保管していることは知っていたが、ノアはわざと読まないようにしていた。この六年間、彼女に関する話題は避けてきた。

サベラの名が話題にのぼったときにノアがする質問はふたつにかぎられていた。

生きているか？

無事か？

彼の問いにジョーダンはいつもうなずいた。そのあと、ノアは歩き去った。

ノアは作戦ファイルを開いた。

読むのにそう時間はかからなかった。抑えようのない怒りからわきあがる喉を焼くようなうめき声をのみこむ時間さえ、十分にはないほどだった。

すでに連邦捜査局《FBI》の捜査官が三人、そして、ある高名な政治家の妻が犠牲となった事件の真っ只中にサベラはいた。

なんてことだ。ノアは一生に一度という願いを父にしていた。自分の身になにかあったら、サベラの面倒をみてほしいと頼んだとき、あの嘘つき野郎はそうすると誓った。それなのに、誓いは破られていた。サベラは無防備でいる。

この時点でサベラに救いの手を差し伸べているのは、ノアの異母弟だけだ。

ファイルには、ノアの家族に関する情報が散りばめられてある。サベラ、異母弟のローリー、祖父リアダン、父。父に対しては、読み進むうちにますます嫌悪感がつのってきた。

そこには、さらに多くの危険性が指摘されていた。危険がサベラにも及ぶ可能性のあることが、ノアにはわかった。彼の妻の周囲に網が張り巡らされ、ある方向に糸が引かれれば彼女の首が絞まり、窮地に陥ることは明らかだ。

いや、ネイサンの妻だ。苦い気持ちでノアは自分に言い聞かせた。ノアの妻ではない。ノア・ブレイクに妻はいない。それでも、いくら努力してみても、一度は自分のものだった過去を、一度は自分のものだった妻の夢を拭い去ることはできなかった。

そしていま、彼女が危険に直面している。

彼が気を配っていなかったせいで。

ノアは腰をおろして写真を見つめた。愛する男を失っただけでも十分不幸なのに、その男の名残である悪夢に取りつかれて抜け殻のようになったノアは、彼女に気を配ることさえ怠っていたのだ。

写真に指を滑らせ、頬の曲線を撫でる。目を閉じると、彼女の笑顔が脳裏に浮かぶ。彼女の体の感触が蘇る。ノアになってから初めて、夢の外で彼女を愛した思い出に浸った。

「ガ・シリー《永遠に》」ノアはゲール語でささやき、記憶の中の香りを深く吸いこんだ。「永遠に、サベラ。永遠に愛している」

その瞬間、ノア・ブレイクを覆う殻に最初の亀裂が走った。

「ネイサン」サベラが目を覚ますと、彼の名は暗闇の中に吸いこまれていった。六年前に戻ったような気がしていた。まるで彼を失ったことが嘘のように。彼の声が暗闇の中で聞こえた。意味を尋ねたことのないあの言葉が。ガ・シリー。

薄暗い部屋の中をサベラは懸命に見回した。ネイサンの姿はない。ネイサンはここにはいない。乾いた目が痛み、サベラはふたたびベッドに横たわると目を閉じた。「さよなら、ネイサン」サベラはささやき返した。泣きたいのに涙が出ない。彼女の胸の痛みをたやすく流し出せたらどんなにいいだろう。「寂しいわ」

2

広大なロッキング・M牧場の真ん中に建つその小さなあばら屋は、寒々とした暗い夜空のもとで、昔と変わらぬ古ぼけ色あせた姿をさらしていた。

ノアは闇の中を亡霊のように移動していた。そして、低い鍛鉄の柵を跳び越えると、祖母の墓の前に立った。『エリン・マローン。ガ・シリー』御影石の墓にはそれだけが刻まれている。祖父が自らの手で彫った文字だった。

墓石の横に膝をついたノアは左手を伸ばして石に触れ、頭を下げた。祖父はいつもそうして祖母に敬意を表した。祖母の子どもたちもグラント・マローンを除くと、誰もが祖父を真似てそうしていた。ノアもいま、それに倣った。弟のローリーも同じようにしているのだろうか。ノアはふとそう思った。

顔をあげたノアは、家の方をじっと見た。暗く明かりは見えないが、異母弟がそこにいるのはわかっていた。

墓石から身を起こしたノアは、ふたたび柵を跳び越えて家の方に向かった。

ローリーは利口だ。それに用心深い。誰かが一日中家を監視していたことに気づいているはずだ。ノアの方も、あえて自分の存在を隠そうとはしなかった。

ノアは音を立てずに家の周囲を回った。影を伝い、その一部となって移動しながら裏口のベランダまで来ると、古い揺り椅子に座っている若者を見つめた。

二十五歳になったローリーからは子どもっぽさがすっかり抜け、その年ごろのネイサンと瓜ふたつといってもいいほどだ。ただ、兄より肩幅が広く、筋肉がついているものの、威力の面では負けていた。

ローリーは静かに座っているように見えるが、彼の体は緊張し、太腿の上にライフルを横たえている。

「そこにいるのはわかっている」弟が低く言った。「立っている場所もわかっている。弾を撃ちこまれたいのか」声には敵意がこもり、あげた顔は嫌悪感に満ちていた。

皆と同様に、ローリーもネイサンは死んだと思っている。ノアは、自分の死に誰も疑問を抱かないように注意する必要があった。ただし、ローリーを除いては。弟の手を借りる必要があるのだ。

ノアは、月光のように音もなくベランダの手すりを越えると、ローリーの手からライフルをもぎ取り、弟の喉元に銃身を押しつけた。揺り椅子の背が壁に触れる。

手荒くするつもりはなかった。ただの警告だ。祖父を起こしたくはない。ローリーの悲しみを深め、自分自身をさらに貶めるようなことはしたくなかった。

「静かにしていろ」ノアはローリーの浅黒い顔に小声で命じた。「傷つけるつもりはない」

ローリーは信じるものかという顔をした。だが、弟がそれ以外の反応を見せるとはノアも思ってはいなかった。

「おまえの兄貴について、おれが知っていることを聞くチャンスを一回だけやる」ノアは静かな声で告げた。「一回きりだ。それを無駄にすれば、チャンスは二度とない」

ローリーの目が細まった。見る者をどきりとさせる、本物のマローン家の瞳だ。

「兄さんは死んだ」ローリーは静かに吐き出すように言った。「叔父貴も知らないなにを、あんたは知ってるっていうんだ?」

ノアは身を乗り出した。「ドレホー《弟》イル、なにが知りたい?」

訊いてから、ノアはゆっくり身を起こした。ローリーの体が震えている。浅黒い顔から、ゲール民族の血を引く浅黒い顔から、血の気が引いている。ローリーは、目の前で動く影を見つめ続けている。

ゆっくりとした動作で後ずさりしたノアの手には、相変わらずライフルが握られていた。

「ついてこい」そう言うと、ノアは庭の端にある物置小屋を顎で示した。「物置にはいまでも電気が通っているのか?」

質問に答えないまま、ローリーはノアのあとに続いた。小屋に入ると、ノアはドアを用心深く閉めてから、電灯のスイッチを入れた。

ローリーは隅に置いてある古い椅子の上に身を投げ出すと、見知らぬ男をじっと見つめた。弟の眼差しは暗く、苦悩と怒りに満ちている。

「兄さんかと思った」ローリーはつぶやいた。「そうであればいいと思ったんだ」

ローリーは両手で顔を撫でると頭をふった。

ノアはかけていた暗視眼鏡を外した。部隊で玩具《おもちゃ》にしている新しい装備だ。ノアもよく利用していた。ローリーを見つめ返したノアは、毎日鏡で見る自分の瞳が、弟のものより鋭く、冷たく、一層暗く、危険に満ちていることに気づいた。

ローリーは目をしばたたかせた。

「いまもここで隠れてタバコを吸ってるのか？」誰もいないと思ったときに、弟がこっそりタバコを吸っていたことを思い出して、ノアは尋ねた。

彼とローリーだけが知っている秘密だった。

ローリーは震える手で古い椅子の肘掛けを強くつかむと、努力すれば見るべきものが見えるとでもいうようにノアを凝視した。

「あんたは誰だ？」しばらくして、ローリーが苦しげに息を吐き出した。彼の声は、ノアが予想もしなかったような失望に満ちていた。「それに、一体全体なにが欲しいんだ？」

ノアは頭をふった。「遊んでいる時間はないんだ、ローリー」

「ネイサンじゃないんだな」ローリーはつぶやいた。

「おまえが覚えているネイサンじゃない」ノアは小屋の奥にある衣装ダンスのところまで行くと、下にある小さな扉を開けて祖父が隠しているウイスキーの瓶を取り出した。

祖父は妻のエリンに隠れて、ときおりこっそりウイスキーを口に含んでは嬉しそうににっこりしていたものだ。妻が亡くなったあとも、祖父は習慣を変えなかった。

ノアは、輸入物の上等なアイリッシュウイスキーの蓋を取って口に当てるとぐいとあおり、顔をしかめることもなく、喉元を過ぎる液体を味わった。そして、蓋を閉めて瓶をもとの場所に戻すと、ローリーに向き直った。

若者は幽霊でも見たかのようにノアを見つめていた。

「じいちゃんがそこに酒を隠してることは誰も知らないはずだ」ローリーがつぶやく。

ノアは軽くうなずいてみせた。「おまえとおれ以外はな。グラントは知らない」

ローリーは荒く息を吐き出した。「おれのことがわかってから、兄さんはグラントを父さんと呼ぶのをやめたんだ」

ノアは肩をすくめた。「奴がおまえの父親じゃないっていうんなら、おれの父親でもないからさ」

混乱を払い落とすように、ローリーは頭をふった。ネイサンは弟に対して同情に近い感情を覚えていた。だが、感傷に浸っている暇はない。

ローリーのそばに置かれた古い木製の椅子にまたがって、ノアは弟を見つめた。

「わけがわからない」ローリーは怒鳴るように言った。「ネイサンじゃないくせに、兄さんしか知らないことを知っている」ノアを見つめる若者の目は必死だった。「何者なんだ？」

「ネイサンの幽霊だ」ノアはため息をついた。「おれの名はノア・ブレイクだ、ローリー。それを忘れるな。この瞬間から、ネイサンは死んでしまったと思え。ずっと前に本当に死んでしまったんだ。いま存在するのはノアだけだ」

それでもローリーは、ノアの中にネイサンの面影を見つけようとしていた。弟の眼差しには必死の思いが宿り、ノアは心を打たれた。

「手を貸してほしいんだ、ローリー」

「手を貸す?」ローリーはふたたび頭をふった。「まったく、あんたの正体さえ知らないんだぞ」

「五年前でもわからなかっただろう。地獄の口が開いた。そして、おれは死んだ」

「サベラは?」

「知らされていない」ノアの声は硬かった。「それはこれからも変わらない。冗談なんかじゃない。ネイサン・マローンは死んだんだ」

ローリーはノアの方は見ずに、しばらくあちらこちらに視線をさまよわせていた。長く感じられる、緊張に満ちた時間が過ぎていった。

「ちくしょう!」若者は立ちあがった。顔には怒りがみなぎっていた。「くそったれ野郎! あんたはネイサンじゃない。あんたがネイサンじゃないことがどうしておれにわかったか、わかるか?」

ノアは冷ややかに弟を見ていた。感情を押し殺すのは難しかった。もっと容易にことが運ぶと考えていたのだ。ノアはジョーダンに、公園を散歩するように簡単なはずだと告げていた。公園での散歩どころか、これではとんでもない悪夢だ。

「教えてやるよ」ローリーが怒鳴った。「あんたがネイサンでないわけはな、本物のネイサンならここにこうしているはずがないからだ」そう言いながら、ローリーは小屋の床を指で突くように示した。「いまこの瞬間、おれとこんなところにいるはずがない。ネイサンなら、サベラの面倒をみているはずだ。ほかの奴が代役を申し出る前にな」

　自制心が剥げ落ちたことに気づく間もなく、ローリーがその意図を悟る間もなく、ノアは弟の首をつかんで椅子から持ちあげると壁に叩きつけていた。そして、ローリーを壁に押しつけたまま、うなり声を漏らした。

　ローリーは昔のネイサンにそっくりだ。体つきも以前のネイサン——もしくはノア——とほとんど変わらない。双子といってもいい時期もあった。異母兄弟というより、両親を同じくする兄弟といった方が自然だった。

　ローリーはネイサンの若い分身だった。ただし、ローリーは笑い方を忘れてはいまい。

「彼女に触れたのか？」心の中に張る氷が広がり、声を、魂を満たした。「彼女を慰めたのか？」

　ローリーの喉をつかむノアの手に力がこもった。ノアには光景が見えるようだ。ローリーがサベラに触れ、彼女を抱いている。サベラがローリーの名を何度もささやく。ノアの手にさらに力がこもった。

　彼のサベラ。優美で、温かく柔らかな彼のサベラが、耳元でささやき続ける。彼女は永遠に、と誓った。その誓いを、いまはローリーにしているのか？

「ネイサン？」ローリーは息を詰まらせながら、ショックを受けたようにノアを凝視していた。

ローリーの目に溜まった涙が、瞳の色を濃く見せている。「ネイサン」あえぎながらローリーが呼んだ。「ああ、なんてことだ。生きていたんだな。こんちくしょう！」

ノアは自分を蹴ろうとする弟の足を、腹部を打とうとする拳を、切れ切れに浴びせられる悪態を払いのけた。そして、首をつかんだ手をゆるめると、ローリーの片腕をひねって背中に回し、壁の横にあるテーブルに弟の顔をしっかりと押さえつけた。

「おれの妻に、手を出したのか？」

「そうすればよかったよ！」ローリーは叫んだ。涙と怒りが交じった叫びだった。「そうすればよかった。馬鹿野郎。ちくしょう。兄さんはあいつと同じだ。兄さんを生み出したあの冷血漢とな」

ノアが手を離してもローリーは頭をあげなかった。肩が震えている。木製のテーブルに額を押しつけたままのローリーの喉から、泣き声がほとばしった。

曲げた手の指を伸ばしながら弟の首を絞めたことを突然自覚したノアは、自分の手を見つめたまま、骨がきしみ始めるほど強く歯を噛み締めた。

「出ていけ！」ローリーは背筋を伸ばしたが、背はノアに向けられたままだ。「出ていってくれ」

「それはできない、ローリー」

振り向いてあざけるようにノアを見返すローリーの目は怒りに燃えていた。「じいちゃんは、兄さんのことを話すときはいつも泣くんだ。サベラがあの工場を人手に渡さないように苦労している姿を見て泣くんだ。なんとか生きていこうとする姿を見てな。じいちゃんはサベラを助けようとしたのに、兄さんのあのくそ親父が、財産をほとんど取りあげたんだ。そこに、あんたのお出ましだ」ローリーはノアを手で払うような仕草をした。その顔は激怒に染まっていた。「じいちゃんがあれほど誇りにしていた、タフな戦士のご帰還だ。六年だぞ。ネイサン。六年も一体全体どこにいたんだ?」

ノアはローリーに襲いかかると、にらみ返す弟を椅子に押し戻した。「気をつけろ」ノアは警告した。「それ以上言うと、後悔することになるぞ」

「昼間、誰かがここを監視してることに気づいたときに、もう後悔してたよ」ローリーはとげとげしく応じた。怒りのあまり、恐怖を忘れているようだ。

「おれは戻ってきた。それで十分だろう」ノアは短く刈りこんだ髭を片手で撫でた。「戻らなかった理由は一言では説明できない。これほど長い年月、おれに戻る自由があったかどうかということもな。いずれにしろ、おれはいまここにいる。情報が必要なんだ」

「そのためにコンピューターがあるんだろうに」ローリーが我慢の限界に達していることにノアは気づいていた。弟はアイルランド人の誇りと気性を備えているのだから。

「よく聞け、馬鹿野郎!」ノアは憤然としてローリーに詰め寄った。「おれの顔を見ろ。そして、体を。こんなことになったのは、おれが別の人間になりたかったからだとでも思うのか? 人生をやり直したかったからとでもいうのか? 見ろ、ローリー。この傷跡を見るんだ。背中も見たいか? 脚はどうだ? 足に開けられた穴が見たいか? 見れば、納得できるか？」

ノアはさっと身を引いた。自制できないほど、怒りが全身を駆け巡っていた。この五年間、自制心を失うことなどなかったのに。

ノアは荒々しく息を吸った。いま、これ以上感情的になるわけにはいかない。怒りを押し殺して、ノアは弟に向き直った。弟の瞳に宿る恐怖を見たくはなかった。

「兄さんがいなくなってから、ベラは人が変わってしまった」ローリーがつぶやいた。「いつも悲しそうで、仕事以外のことに興味を示さないんだ。自分の殻にこもって、すっかり変わってしまった。兄さんが変わってしまったようにな」

ノアは歯を噛み締め、固く拳を握った。サベラのことを話す用意はできていない。いまはまだ。

「黒襟市民軍のことを聞かせてくれ」

ローリーは驚いたように目をしばたたかせたが、「市民軍？」と言って馬鹿にしたようにせせら笑うと続けた。「あのくだらない組織には関わらないようにしてるよ。兄さんが行く前にくれた仕置きのことは忘れてないからな。だから、もういいだろ？」

「おまえがいまも阿呆なのかを確かめたかったんじゃない」ノアはうなるように言った。「知ってることを言ってみろ」

ローリーは唇を舐めて、一瞬目をそらした。「ベラが雇ってる修理工のうち、ふたりがメンバーだ。ほとんどが下っ端だ。上の連中のことは誰も知らない。そのふたりは、たまに偉そうに自慢話をしているが、奴らがやってるのは、使い走りとかのくだらない仕事だけだ」

ノアはふたたび椅子にまたがった。「ふたりがサベラのもとで働き始めたのはいつだ?」兄に向けられたローリーの目が細まった。「いつも彼女をベラって呼んでただろう、ネイサン」

「ローリー、またおれを怒らせたいのか」ため息をつくと続けた。「質問に答えろ。それから、もう一度その名でおれを呼んだら、頭をぶっ飛ばすぞ。おれの名はノア・ブレイクだ」

ローリーは一瞬ぎくりとしたようだったが、緊張した様子で頭をふった。

「くそ」ローリーは荒く息を吐き出した。「一年かそこら前だ。兄さんが雇ってた連中は、みんな最初の年に辞めていった。ベラはかなり長いあいだひどい状態だったからね。立ち直ったころには、家も工場も人手に渡りそうになっていた。おれには経営を維持できなかった」ノアを見つめる顔は苦しそうにゆがんでいる。ローリーは小さな声で続けた。「やってはみたんだ。でも、おれの手には負えなかった」ローリーは肩をすくめた。「それにベラは、修理の腕はすごいけど、人の扱い方はうまくなくてさ。工場を軌道に戻して、運営していくのに休む暇もないほどだ」

サベラが修理? 信じられないという思いをノアは表には出さなかった。とにかく、この目で見なければ信じられない話だ。それに、人あしらいがうまくない? 妻をさらって、替え玉を置いていったのはどこのどいつだ?

「市民軍についての話だけでいい」ノアはうなるように言った。

ローリーは髪をかきあげた。「本当に詳しくは知らないんだ」頭をふると続けた。「マイク・コンラッドが関係しているのは確かだと思う。兄さんが死んだというニュースが流れて以来、奴は工場を手に入れたがっている。ベラは何度か打診されたけど、売るのを断った。奴はときどき少し酔っ払うことがあるんだ。そういうときはおしゃべりになるんだが、危なそうな話を漏らしたことはないな。保安官は役立たずだ。メンバーになってる可能性はあるが、奴に関してはなんとも言えない。国立公園であった殺人に市民軍が絡んでいるという噂もある。もっとも、いま言ったように噂にすぎない。まったく、ノア、狼どもをベラから遠ざけるのにくそ忙しくて、あんなくだらない連中のことを気にしてる暇はないんだ」

ノアはうなずいた。もともとローリーの情報に期待していたわけではない。

「おれを工場で雇え。今夜決めたことにするんだ。おれとは、オデッサにあるバーで先月会ったと言えばいい」

ローリーは驚いたようだった。「あのバーのことを知ってるのか？」

「ホステスのこともだ」ノアは低く言った。「おれは今日の昼間にやってきて、家に帰る途中のおまえを呼び止めた。少し話をしたあと、おまえがおれに仕事をくれた、という筋書きだ」

ローリーは混乱した様子で兄を見つめていた。「ベラには？」

「おれの正体は明かさない」ノアは静かに答えた。「もし彼女に教えたら、ローリー、少しでもほのめかしたら、この件が決着するまで、おまえは消えることになる。わかったな？」

ノアは弟をじっと見つめ返す。ノアにはもう怒りはない。どんな感情も。ただ、氷のような冷たさが戻ってきていた。

「でも、ベラは兄さんの奥さんじゃないか」ローリーは苦しげにつぶやいた。「長く放っておき過ぎたかもしれないぞ」

「サベラの面倒はおれがみる。おれのやり方でな」そう言うとノアは立ちあがって、厳しい眼差しでローリーをじっと見おろした。「おれの言ったことがわかったな、ローリー？　おれのやり方で、だ」

ローリーは不承不承という様子でうなずいた。

「明日はここにいろ。今夜酔っ払って、明日は一日中、二日酔いで寝てるということにしろ。うまくやれるという自信がつくまで姿を現すな」

ローリーはうめき声をあげた。「それじゃあ、次に生まれ変わったときに会おう」

しばらくのあいだ、ノアは無言で弟を見つめていた。

「わかったよ。一日か二日のうちにな」弟が肩をすくめた。

「それから、じいさんにも話すんじゃない」ノアは警告した。

ローリーはふたたび肩をすくめた。「おれは言わないけど、じいちゃんに気づかれないという保証はできない。じいちゃんのことはよく知ってるだろ」

残念ながら、そのとおりだった。リアダン・マローンには、いつでもなんでもわかっているとしか思えなかった。子どものころはそれが不気味だったが、成長するにつれて頼もしく思えるようになった。しかしいまは、とてつもない心配の種だ。

「どうして、ノアなんだ？」ローリーがノアには答えられない質問をしてきた。「どうして、その名前なんだ。それに、戻ってきた理由が市民軍のためで、家族のためじゃないのはなぜなんだ？」

声も、表情も、苦々しさに満ちていた。だが、そんな弟を責めることはできなかった。

「戻ってきたのは、市民軍がおれの家族にとって危険だからだ」そう告げるノアのきしむような声は、意図した以上に厳しく暗かった。「名前に関しては」ノアの唇が震えた。「アイルランド系だからだ。とりあえずは、その目と耳を大きく開いておけ。あとで、できるかぎり話してやる」

ローリーは小馬鹿にするようにせせら笑った。「まったくな。兄さんの言うとおりだ。ベラが兄さんの正体を知る必要はない。二度目のチャンスがようやく巡ってきたんだからな。今度こそは、ちゃんと家にいてくれる男と結婚できるかもしれないいんだもんな」

ノアの体が凍りついた。まばたきさえしなかった。「どういう意味だ？」

「いまごろ戻ってきて、おれが兄さんのものに手を出したと非難する前に、少し下調べをしておくべきだったんだ。警戒する相手はおれじゃない、ノア。兄さんのご親友のダンカン・サイクスだ。一年前に離婚したあと、奴はベラとつきあってるんだぜ」ローリーは、からかうような笑みを浮かべた。「おれが賭け屋なら、彼女が兄さんのトラックをもうすぐ奴に運転させる方に賭けるね」

ノアは自分の中で起きあがりかける魔物を押し戻した。その長い牙と鋭い鉤爪が脳を切り裂き、自制心が、理性が失われていく。

ダンカン・サイクス？

まさか、そんなはずがない。ベラがほかの男とつきあうはずがない。ほかの男が彼女に手を出すはずがない。誰にもそんなことをする勇気はないはずだ。彼に殺されることはわかっているはずだ。奴も知っているはずだ。

来たときと同じように、ノアは静かに夜の闇に溶けこんでいった。家を回るように帰途についたノアは、敏捷な動きで、ハーレーダビッドソンをとめた一マイル以上先の谷間まで、陰伝いに戻っていった。

ローリーがあとをつけてくるのはわかっていた。だが、経験の乏しいローリーは、ノアが立ち去った数秒後にはその姿を見失っていた。

しかし、ノアの姿を見守る目がもう一組あった。涙をあふれさせた年老いた目が歓喜に輝きながら、誇らしげに愛情をこめてその一歩一歩を追っていた。

夜明けが近かったが、司令部に戻って数時間睡眠を取る代わりに、ノアはバイクをかつての自宅に向けて走らせた。

ローリーの言葉が頭から離れない。サベラがほかの男とつきあっている？　昔からの友人ダンカン・サイクスと寝ているというのか？　確かめなければならない。彼女を抱けないとわかっていても、この目でサベラを見て、感じ、彼女が自分のものだということを確認する必要がある。

六年経ったいま、昔の自分として生まれ変わることはできない。失ったものはネイサン・マローンという名前だけではなかった。昔の自分は死んでしまった。サベラが愛した男は死んでしまったのだ。その代わりを務める男を、彼女は見つけたというのか？

そんなことは考えられない。六年間、彼女に触れず、その柔らかな香りを嗅ぐことなく過ごしてきた。ノアには、ほかの女性を抱くことなどできなかった。考えることさえ我慢ならなかった。誓いが、サベラの魂が、彼を縛っていた。サベラを抱くことは無論できなかったが、ほかの女性を抱くこともなかった。サベラがほかの男に抱かれるという現実に、耐えられるだろうか？

ノアは古い裏道に入り、林の中に乗り入れると、エンジンを切ってバイクから飛びおりた。そして、家の裏に続く短い距離を歩き始めた。レンガ造りの二階建ての家は、町外れにある。敷地の端の低くなった場所に立っていても、少し離れた隣近所から見られる心配はない。ちょっと覗くだけだ。夜明け前の薄明かりの中、裏庭の境に植えられた木々にまぎれるように移動しながら、ノアは自分にそう言い聞かせていた。

庭に足を踏み入れそうになって足を止めたノアは、突然、凍りついたように体を硬直させると、裏のベランダに現れた人影を見つめた。

ノアは下腹部にパンチを食らったような衝撃を感じ、体がふたつに折れそうになった。ジーンズの中で一瞬の間にペニスが激しく勃起し、胸がどきどきして、血液が猛烈な勢いで全身を駆け巡り始めた。喉を締めつけられたように息が詰まった。骨がきしむほど、拳が固く握り締められる。

ノアはその女性を見つめた。太腿の下まで届く男物の丈の長いシャツの下から、白いタンクトップとボックスショーツが覗いている。口元に当てたコーヒーカップからあがる湯気が、顔にゆらゆらとかかった。日がのぼり始め、金色と紫色の光線が庭を、ベランダを、そして女性を照らした。

「サベラ」ノアはささやいた。

ローリーが指摘したとおり、ネイサンはいつも彼女をベラと呼んでいた。やりたいときを除いては。ビロードのように柔らかく心地よい温かな彼女の体の中に埋もれたいという欲求が、耐えられなくなったときを除いては。いまほどその欲求が耐えられなく感じられたことはなかった。

大気の中に彼女の香りが漂っているようだ。スイカズラの花と女性らしい温かさの混じった香り。手の平に彼女の体温が感じられるようだ。滑らかで生気にあふれるその体が彼の方に浮きあがり、唇が彼の名をささやく。

あのベランダで何度か、いや何度も楽しんだセックスをノアは思い出していた。ブランコに座り、彼女を抱えあげて自分の上にまたがらせ、上半身を手すりにあずけた彼女を後ろから攻めた。

胸を突き抜けた苦しみが、獣の牙のように魂に噛みついた。同じように彼女を噛みたい。獣のように彼女の首に噛みつき、体を押さえつけたい。彼女を突きまくり、あの叫びをもっと聞きたい。

しかし、彼女があげる叫び声は、さらなる悦びを求めるあのころの声とは、似ても似つかぬものになるだろう。いまの彼に、彼を満たす飢えの暗さに、彼女は恐怖することだろう。

それでも、ノアは彼女を見つめ続けた。朝一番のコーヒーを楽しむ彼女を見つめ続けた。熱い液体を口にするサベラの顔には、ほとんど官能的ともいえる喜びが浮かんでいる。ノアはその喜びが自分にも向けられていたことを思い出していた。

彼女の笑い声と笑顔が思い出される。彼女に触れ、この腕に抱いたことが思い出される。だが、彼女と一緒に夢を抱いていたことまでは思い出す必要はない。昔、ふたりは夢を持っていた。単純な夢だった。犬を一匹飼い、子どもをひとり持つこと。裏庭にプールを造ることを話したときもあった。

なのに、いまここにいる自分は、誰にも見られないように姿を隠し、妻が見覚えのない厳粛な表情で朝日を見あげる様子を見ているだけだ。ノアには、自分の名をささやく彼女の声が聞こえたように思えた。

数時間後には、ジョーダンに報告を済ませ、シャワーを浴び、服を着替えて自動車修理工場に向かうことになる。

自分が加わったエリート作戦部隊の隊員らと共にテキサスに戻ってきたばかりのころ、ノアは、仕事を済ませたらすぐにこの地を去るつもりでいた。そのつもりだった。しかし、妻を見つめながら、ノアはそれほど簡単にことは進まないという気がしていた。

今日、彼は別人として妻の人生にふたたび登場することになる。自分の中のあまりにも暗く深い飢えに、ときおり自分でもためらいを覚える男として。反逆者。ワイルドカード。ネイサン・マローンではなく、ノア・ブレイクとしてサベラの前に姿を現す。彼女が想像もしたことのない男として、彼女の人生に侵入するのだ。

3

「ねえ、ベラさん。マイク・コンラッドが車のことで電話してきたんです。まだ車が戻ってないって。ここに来る途中らしいですけど、また酔っ払ってるみたいなんですよ。それから、オフィスでたちの悪そうなのが、ローリーさんを待ってます。仕事が欲しいそうです。ローリーさんは今朝二日酔いで電話してきました。脚に話しかけてると頭がおかしくなりますよ。そこから早く出てきてください」

いい兆候ではない。受付兼雑用係の青年の声は、朝早い時間にしては苛つき、不機嫌そうで、落ち着きがなかった。サベラはいま修理中の車の内部を見あげた。油と汚れにまみれ、何年にもわたっておろそかに扱われていたことは明らかだった。自分の人生のようだと思って、サベラは顔をしかめた。

「返事は今日中でいいですからね、ベラさん」トビーは刻々と苛立ちをつのらせている。「ねえ、オフィスにいるあの男は本物のごろつきですよ。あなたが顔を出さないと、僕の頭をつぶして野球のボールみたいにポケットに突っこむって言うんです」

サベラの唇が笑いをこらえるようにぴくぴく動いた。トビーのひょろ長い体と生真面目な性格は、初めて会ったころのローリーをときどき思い出させた。しかも、昔のローリーと同じように大げさに騒ぐ傾向がある。

サベラは疲れた様子で車の下部を押して作業寝台《クリーパー》を滑らせ、車体の下から姿を現すと、事務回りの仕事をまかせるために雇ったトビー青年を見あげた。

肩まで伸びたトビーの明るい茶色の髪は、ゆるいポニーテールに束ねられている。茶色の瞳は不安に満ち、額には皺が寄っていた。

この子につきあってる暇はないのに。

「マイクには、車は今日じゃなく、明日できるって言ったのよ」サベラは上体を起こすとジーンズをはいた脚を広げて、堅いプラスチック製の幅の狭いクリーパーをまたぐように座った。台は車の下で仰向けになって作業するときに使うもので、キャスターがつき自由に動かせるようになっている。両腕を膝に乗せると、サベラは不機嫌そうにトビーを見あげた。

サベラはジーンズの側面で無造作に汚れた指を拭ってから、顔にかかった髪をかきあげた。髪は濃い茶色と金がメッシュになっている。

「いま、求人はしてないわ。それに、ローリーは来たいときに来るでしょう。わたしに言えるのはそれだけよ。さあ、仕事に戻りなさい」サベラはふたたびクリーパーに仰向けになった。修理工たちが彼女に知らせることを怠ったせいで、奥の方に放置されていたセダンの最終調整を早く済ませてしまいたかった。車を待っているのはマイク・コンラッドだけではないのだから。

「待ってください」車の下に戻りかけたサベラに向かって、トビーは必死の様子で頭をふった。「あの男は僕の手に負えませんよ、ベラさん。死神の従兄弟かなにかみたいなんだから。

あんなのを相手にするなんて、僕の職務外ですからね。自分でやってください」

サベラは怒りを押し殺した。怒りはトビーの態度に対してというより、自分自身に向けられたものだった。この坊やは普段はえらく冷静で、たちの悪い客でもうらやましくなるくらいうまくあしらってくれるのに。

「明日の朝また来るように言いなさい。ローリーがいるでしょうから……」ふたたび激しく首を横にふるトビーを見て、サベラは頭をうなだれた。「わかったわ」

少しもたつきながら立ちあがったサベラは、クリーパーを持ちあげて壁に立てかけてから、汚れたタオルを手に取り両手についた油を拭い始めた。しかし、すぐにその布切れをベンチに投げかけると、車四台分の広さのある駐車スペースを大またで横切って、その先にあるオフィスに向かった。

修理工場が利益をあげ続けるためには、もっと修理工が必要なことは確かだ。それでも、新しい人間を雇う余裕はない。このままではだめになるのはわかっている。夫を亡くしたあとの悲惨な三年間、彼女が悲嘆にくれているうちにどんどん悪化した末のこの状況をなんとかしなければ、工場も家も失うことになってしまうのはわかっている。受け取った扶助金も、その両方を救えるほどではなかった。

ネイサンとふたりで住んだ家は手放せない。再建するのに三年もかかったのだ。失うわけにはいかなかった。

ふたりを結ぶ最後の絆を失うことはできない。彼女に残された唯一のものなのだから。

「お客さんに戻せるよう、午後にはあの車を仕あげてってダニーに言っといて」オフィスの前でサベラはトビーに告げた。「カールトンさんのトラックは、今日の夕方には仕あがるけど、直すのに時間がかかり過ぎたってこともね。ジェニーは仕事に行くのに車が要るんだから。修理は終わっているから、あとは最終点検と試乗だけよ」

「わかりました」トビーはうなずくと、踵を返して工場の反対側に向かって身軽に駆けだした。

「それから、走らないで」サベラはつぶやいた。その声が聞こえたとしても、トビーが気にもとめないことはわかっている。ひょろ長い脚をして、まるで子犬のように元気いっぱいの若者なのだ。

ここで働きたいという男の名前を尋ねる暇さえなかった。頭をふり、指で髪を整えて事務所のドアを一気に開けたサベラは、その場に凍りついた。

傲慢さがその男の全身から漂っていた。彼女の意識に焼きつくような濃い青色の瞳が、赤銅色に日焼けした怖いほど厳しい顔の中で輝いている。頬は平たく、鼻がほんの少し曲がっていた。唇は官能的だが、少しばかり薄過ぎる。短く刈りこんだ黒く濃い顎鬚が顔の下半分を覆い、危険な雰囲気を加えていた。長い黒髪は後ろに撫でつけられ、首筋にかかっている。

男を見つめるサベラの肌に、危険を知らせるように寒気が走った。男は背が高くスリムだが、身を包む黒い革のジャケット、Tシャツ、ジーンズ、バイク用革ズボンの下の筋肉は鋼のように硬そうだ。ごついブーツが大きな足を覆っている。男は、柔らかそうな濃過ぎるほどの睫毛の下からサベラをじっと見ていた。

危険な男。彼女が抱いた最初の印象はそれだった。背が高く、筋肉質で、危険に満ちている。夫を亡くして以来、彼女が避けてきたタイプだ。誰でも一度噛まれたら、用心深くなるものだから。こういう危険な雰囲気はもうこりごり。ふたたび巻きこまれるつもりは一切なかった。

男はリラックスした様子で机にもたれていた。そして、机の上に両手の平を広げてつき、獲物を見るような眼差しでサベラをじっと見つめている。一瞬、そう、ほんの一瞬、サベラは過去に戻っていた。初めてここを訪れたあの日に。車のエンジンが加熱し、仕事の面接に遅れそうだったサベラは泣きたいような気分だった。その日は暑く、テキサスの夏の終わりの日差しを浴びて彼女は汗をかいていた。いつまで経っても慣れることなどできそうもないテキサスの暑さに、ジョージア州から移ってきたことを悔やんでいた。

あのとき、この男がいまいるのと同じ場所に立っていたのが、修理工場の持ち主で、のちに彼女の夫となったネイサン・マローンだった。ネイサンの視線は彼女の全身をゆっくりと探るように這っていた。セクシーな唇の片端があがってその顔に微笑みが浮かび、魅惑的なきらめく瞳が、アイルランドの瞳が、サベラの心を奪った。

サベラの口の中は痛いほどからからに乾いていた。見知らぬ男を見つめ返す彼女の両手は震え、胃が締めつけられるようだった。こんな男のことは知らない。知りたくもない。でも、一瞬、ほんの一瞬、サベラはその男に似た人と過ごした過去に戻っていた。愛と喪失、そして、運命が彼女の手から奪っていったすべてのものへの甘く切なく苦しい思いに。

「空きはないわ。帰ってください」

その言い方が無作法なのは自分でもわかっている。でも、本当に忙しいのだから。それに、この男がいずれ頭痛の種になるのはわかりきっている。

「修理工の仕事があるとローリーは請け合ったが」

ああ、なんという声だろう。

深く、かすれ、耳障りなくらいだ。その声が彼女の神経の末端を刺激し、暗い思いの一端を送りこんできた。いやだ。もう、たくさん。何年も深く凍りついていた体を、いまになって目覚めさせられたくはない。これまで知り合ったどんな男よりも危険で、扱いの難しそうなこんな男のせいで体が目覚めるなんて。

男の声は冷静で確信に満ちていたが、その底には暗く飢えたような響きがあった。それは、夫の声にも、瞳にも感じたことのないものだった。

サベラはゆっくり目をそらして、男の顎に視線を向けた。短く刈られた顎鬚と口髭で輪郭ははっきりわからない。あれは、傷跡?

だめ、知りたくはない。興味すら持ってはいけない。

「ローリーはいまいないわ」ようやく口を開いたサベラは、自分の声の苦しげな響きに驚いた。「それにここの責任者は、彼じゃなくてわたしよ。空きはないわ」

男が身じろぎした。サベラは感心したように視線を下げた。色あせたデニムと革に包まれ力強い筋肉質の太腿、薄い綿シャツの下の硬そうな腹筋。一九〇センチを超えるがっしりした男らしい体をしっかり支える大きな足をブーツが覆っている。

サベラが視線を相手の顔に戻すと、男の目は大きな窓に向けられていた。窓の外には、修理工場に付属したガソリンスタンドと駐車場が見える。真昼の焼けるような日差しの中で、数台の車がぽつねんと修理を待っている。ガソリンスタンドに客の姿はなく、表面のアスファルトには亀裂が走り、そこここに雑草が元気に茂っている。そう、見た目は確かによくない。苛立ちと、心の痛みを押し殺してサベラは認めた。これでも、最善を尽くしているのだ。悲しみの中からどうにか這い出して、自分がなにを失いかけているのかに気づいた三年前からすれば、これでもずっとましになっていた。

「よくやっているようだ。しかし、ここを手放したくないんなら、ちゃんと仕事をする気のある人間が必要だ。それと、雇っている連中の力を最大限に引き出すことだ」男の視線が彼女に戻ってきた。青い瞳に、サベラはふたたび息をのみそうになった。

男の口調は静かで冷静だったが、その言葉を聞いて、サベラの全身を激しい怒りが駆け巡った。彼女がようやく人生に見いだしたいまにも崩れそうな平安を、青い瞳とかすれ声でめちゃめちゃにしかけておいて、指図までするつもりなのか。サベラは反抗するように顎をあげた。なにもかもが憎かった。男の瞳も、そこに広がる疲れたような色も。それが気になりかけた気持ちを、サベラは急いで抑えつけた。

「わたしはちゃんとやっていけるわ。誰の助けも借りずにね」サベラはあざけるような口調

だから——」

できっぱりと告げた。そして、背筋をぴんと伸ばすと続けた。「あなたはここに来たばかり

「事実を言ったまでだ」

ああ、もう……。怒鳴りつけたい。心の平安を奪い去り、ようやく築きあげたもろくても平穏な生活を取りあげようとするこの男を殴りつけたい。説明のつかない感情がサベラの心をかき乱していた。「ローリーが約束してくれた仕事をもらえれば、それでいいんだ」男は一瞬硬い微笑みを浮かべた。「彼は共同経営者なんだろう?」

「そういう問題じゃないの」サベラはぴしりと応じた。「あのね、あなた……」

「ノアだ。ノア・ブレイク」

ノア。アイルランド系の名前。ガ・シリー。永遠に。一瞬、心の中でささやく声がして、サベラはネイサンを思った。

でも、ネイサンの愛は永遠ではなかった。彼は危険を、アドレナリンが体を駆け巡る感覚を、胸の躍るような興奮をいつも求めていた。だから、ネイサンは彼女のもとを去り、命を失う結果になったのだ。彼女をひとり残して。そのせいで、この六年間、張り裂けそうな心を抱いて、サベラはひとりで生きてこなければならなかった。

それなのに、いま、野性味あふれるアイルランド人が、彼女の人生にふたたび足を踏み入れようとしている。いずれ、彼女の人生を支配しようとするのだろうか。サベラは頭をふった。いや、そんな羽目には二度と陥らない。ネイサンと同じように彼女を満たし、彼女をす

っかり自分のものにできる男などどこにもいない。そういう人がほかにいるはずがない。それを試すチャンスをこの男にやるつもりもなかった。

目を開いて頭をあげ、男を見た途端、激しい怒りがふたたび彼女を満たした。サベラは肩を張り、挑戦するように顎をあげた。

「雇えないと言ったでしょ。さあ、もう帰って。仕事が残ってるし、あなたの相手をしてる暇なんてないのよ」サベラは踵を返して工場に戻った。彼女の喉を締めつけ、目の奥を熱くする理由のわからない痛みを払いのけようとしながら。

ようやく、忘れ始めたのに。アイルランドの瞳、魂を奪われてしまいそうなキス、それに果たされなかった約束をいまさら思い出したくはない。

夫は逝ってしまった。彼の遺体は軍が用意した棺に納められて、暗く口を開けた穴の中におろされた。その穴を埋めるシャベルの一すくいごとに、サベラは懸命に否定しようとしていた事実を次第に認めていった。

ああ、どんなに夫を愛していたことか。彼の笑いを、声を、大柄な体を、そして気性を。サベラはあえて夫の記憶を呼び戻した。心に秘められた記憶を呼び起こした男に惹かれそうになる自分を、押しとどめるために。

「ベラ・マローン」やりかけていた仕事を続けようとセダンの方に向かいながら、物思いにふけっていたサベラの耳を、怒りに満ちた男の声が突然貫いた。立ち止まり、開いた工場のドアの方にゆっくり向き直ったサベラは、口から出かけた悪態をのみこんだ。

悪い言葉を口にしてはいけない。レディーなんだから。サベラは自分にそう言い聞かせた。どんなに挑発されても。しかし、いま彼女は怒りに満ちていた。ああ、家で寝ていればよかった。でっぷりとしたマイク・コンラッドは夫の友人のひとりだったが、いまでは頭痛の種でしかなかった。

「マイク、いまやってるところなの」手をあげて挨拶をしながら、サベラは彼が酔っていないことを祈っていた。「午前中にはできるはずよ」

「ローリーの野郎も、この二週間同じことを言ってるがな」そう言うとマイクは、黄色の線から先に入らないようにと顧客に注意をうながす表示を無視して、薄汚れた線を越えて修理場に足を踏み入れた。「二週間で直すと言っただろう。それ以内に、となﾞ」

サベラは我慢した。マイクを怒らせることは得策とはいえない。この工場と自宅を担保に、彼の銀行でローンを組んでいるのだから。一度でも返済が遅れたら担保権を行使するとマイクから脅されたことも、一度ならずあった。

彼はすでに少し酔っているようだ。薄くなりかけた金髪は短く、意志の弱そうな茶色の目は水っぽい。アルコールのために血走り、むくんだ赤ら顔は怒りにゆがんでいた。もう、たくさん。この男も、いまもオフィスにいるあの大男も放り出してしまいたい。

「今日という日はまだ終わってないわ、マイク」底をついているはずの忍耐力を振り絞ってサベラは応じた。彼を怒らせるわけにはいかない。彼にはローンの返済をとてつもなく面倒にする力があるのだから。それに、マイクはネイサンの友人だった。

あれでも。

「冗談じゃないぜ」その声は不機嫌そうだ。大きなあばた面を真っ赤にしたマイクが近づいてくると、酒臭いにおいがサベラの鼻腔を刺激した。「いまやれよ、このアマ。できなけりゃ、工場にバイバイするんだな。わかったか？　そしたら、ネイサンは、おまえのかわいいおケツをえらく自慢してくれるだろうよ。この工場は奴の誇りだったんだからな」

酔っていても、マイクの機嫌の悪さはいつもと変わらなかった。

「ネイサンはもういないのよ、マイク」なんとか冷静さを保ちながら、サベラはマイクに告げた。どういうわけか、マイクはネイサンの死を彼女のせいだと考えているふしがあった。

「彼がどう思うかなんて、関係ないでしょう」

サベラは背筋をぴんと伸ばした。しかし、いくら頑張っても、彼女の一六五センチの小柄な体は、一八〇センチを超えるマイクの前では貫禄負けした。もともとがっしりした体格のマイクの太鼓腹は、この数年のあいだにますます膨らんできている。ネイサンが友と呼んでいたこの男は、性格的な弱さとアルコールで自分自身を破壊しつつあった。サベラ自身の心痛が、工場を破産に追いこみかけたときよりも速いスピードで。

「ネイサンは、面倒に巻きこまれてケツを吹き飛ばされちまう前に、信頼できる奴にここをまかせればよかったんだ。おまえを追い出してな」いくら無視しようとしても、容赦のない言葉は、サベラの心をぐさりと突き刺した。「意気地のないちっぽけな金髪女に、まともなことができるなんて信じたのが大間違いのもとだ」

もう、たくさん。トビーに保安官を呼ばせる羽目にはなりたくない。質問と書類攻めになるのが関の山で、そういうくだらないことに関わっている暇は本当にないのだから。

「でも、彼はわたしを信じてくれたのよ、マイク。それに、この意気地なしの金髪女は、できるかぎり一生懸命働いてるの」修理工たちが背後に集まってきていることに気づいたサベラは、苛立ちのあまりうめき声を漏らしかけた。本当に、うんざりだ。「明日の朝一番には仕あがってるようにします。契約では今晩までにやればいいはずでしょう？　期限までに仕あげます」もちろん、そうしないわけにはいかない。

血走った茶色い目が、サベラを馬鹿にしたように探った。「奴がなかなか頭の切れる女と結婚したのは確かだな」

体を硬くさせて怒りを噛み殺し、歯を食いしばるサベラの目が細まった。一旦悪い噂が流れ始めれば困ったことになる。これ以上事態を悪化させることはできない。サベラは自分にそう言い聞かせた。

「コンラッドさん、マローンさんは明日の朝には仕あげると言っているんです」サベラの横に立ったトビーの声は、彼女が受けた侮辱に対する怒りで震えていた。

「ちゃんと仕あげます」

侮蔑のこもったかすかな笑みに唇をゆがめたマイクは、視線を青年の顔にさっと向けた。

「おまえもこの女と寝てるのか、小僧？　こういう風に熟れきった女には――」マイクの言葉は途中で切れた。しかしそれは、トビーが飛びかかったせいではなかった。

トビーが、二歩ほど離れたところにいるマイクに手を触れる間もなく、ひとつの影が目にもとまらない速さでふたりの脇を通り過ぎた。次の瞬間、マイク・コンラッドの両足は宙に浮き、文字どおり工場から投げ出されていた。

サベラはそうした男、ノアを見つめた。アスファルトで覆われた地面からマイクをつかみあげ、彼が運転してきたコンバーチブルのＢＭＷの上に放り投げたノアの顔には、怒りがみなぎっていた。

マイクの太い首を片手でつかんだノアは、氷のように冷たい険悪な形相で相手の首を絞め始めた。

「やめて」なんとか体が動くようになったサベラは、ふたりのところまで飛んでいくと、両手でノアの手首をしっかりつかんだ。彼の冷酷で無慈悲な瞳を見つめながら、サベラは恐怖に駆られていた。「死んでしまうわ。酔ってるだけなのよ。馬鹿、やめなさいってば！」

濃い青色の瞳の奥で怒りがぎらついていた。彼の指にさらに力がこもる。殺意が瞳に影を投げ、不思議な色を濃く染めている。うなり声を漏らす唇がねじ曲がった。

「頭がおかしくなったの？」ノアの手首を引っ張りながら、サベラは叫んでいた。背後でマイクの窒息しかけているような声が聞こえる。サベラは必死だった。

マイク・コンラッドを見つめるノアの瞳には、相手を死に至らしめようとする決意が宿っている。

「今度彼女に近づいたら」マイクの目をじっと見ながら口を開いたノアの声は、怒りにかすれていた。「殺す」

ノアの手首から力が抜けたが、サベラに向いた彼の輝く瞳は激怒に黒ずんでいた。ノアの顎の筋肉がぴくぴく痙攣し、唇はきっと引き結ばれている。サベラの肩越しに、その目が、苦しそうにうなり声をあげているマイクに一瞬向いた。静けさに満ちた駐車場で、マイクが車の中にへたりこむ音が異様に大きく聞こえた。

「工場の上のアパートメントが空いているとローリーから聞いた」ノアの声は低く、しゃがれていた。「荷物を置いたら、おれがこいつのトラックを仕あげよう。それとも、いまここでこいつを殺すか。決めてくれ」

ノアは本気だ。

混乱したようにサベラは頭をふった。その後ろで、ＢＭＷのエンジンがかかり、そのままタイヤをきしませながら工場を走り去った。

「どうして？」ようやくサベラはかすれた声でつぶやいた。たったいま起こったことを理解しようとしていた。どうして、こんなことになったの？　どうして、いまなの？　ようやく、人生を再建しかけたいまになって、彼女を破壊することが確実な男を、運命はなぜ連れてきたのだろう。

「選ぶんだ」

そのときになって、自分でも驚くような力でノアの手首をつかんだままでいることに気づき、サベラは力を抜いた。

サベラは懸命に一本ずつ指をゆるめていった。彼の問いに答えることはできなかった。選ぶことなどできない。でも、今度ローリーに会ったら、とっちめてやる。

ショックを受け、驚いたような表情を浮かべている周囲の男たちに背を向けると、サベラはゆっくりと工場の建物に向かった。やるべき仕事が残っている。こんなことで邪魔されるわけにはいかない。

もう、たくさん。

サベラはクリーパーに仰向けになると、やりかけていた車の下に戻った。あと少しいじるだけで終了するはずだ。あと、ほんの少しで。

コンクリートの床の上からレンチを取ると、サベラは作業にかかった。目の端から零れた涙が髪の中に流れこんでも、サベラは無視した。胸を締めつける苦痛に心臓が張り裂けそうになっても、それを無視した。

今日やるべき仕事は、まだ残っている。ノア・ブレイクには、みんながいなくなったあとで、一日分の賃金を渡して帰ってもらおう。惜しいけれど。銀行への支払いが次の週に迫り、サベラには金銭的な余裕がなかった。ほかに手段がなければ、母が残してくれた宝石をまた少し売って支払いの足しにするしかない。

ひとつだけ確かなのは、ノアには出ていってもらうしかないということだ。サベラの手には負えそうにない。彼に反応してしまう自分の気持ちを抑えきれない。彼を見るだけで全身を駆け巡る正反対の感情を抑えることができない。ノアには、なにか懐かしいものを感じる反面、その雰囲気は危険過ぎ、サベラはどうしていいかわからなくなった。彼の中のなにかが、サベラの感情を呼び覚ましていた。三年前に彼女が感じるようになった、後悔の念以外の感情を。三年前、彼女は悲しむことをやめたが、代わりに、後悔の念をときおり感じるようになっていたのだ。

物思いに浸っていたサベラは、自分の胸から漏れた嗚咽に気づかなかった。しかし、車のそばに立っていた男にはそれが聞こえた。その声に男の心は乱れた。

体中を巡る、心を焼き尽くす赤いもやのような怒りをノアはいまだに感じていた。サベラに向かってしゃべっているマイクの姿に、声に、その唇からあふれ出た悪意に満ちた言葉の数々に、ノアは理性を失った。いまでも、マイクを殺してやりたいという気持ちは変わらない。ずっと続いてきたふたりの仲、そして、友情は一瞬のうちに無と化していた。いまはもう、マイクはノアが許した余分の時間を生きているにすぎない。

視線を下げたノアの目に、サベラの両脚が入った。足の裏を床にしっかり押しつけ、膝を車のフェンダーに触れさせている。その姿に、ノアの中で別の怒りがこみあげた。

車の下はサベラのいるべき場所ではない。油の染みのついたジーンズをはき、顎と頬に油汚れをつけた彼女がいくらセクシーに見えるとしてもだ。

彼女は気張り過ぎている。サベラの目の下の黒ずみと、霧のかかったような灰色の瞳の奥の取りつかれた表情に、ノアは気づいていた。体重も減っている。彼が残してきた妻と同じ女性だとは到底思えないほどだった。驚くほどに若々しい顔に化粧気はまったくなく、蜂蜜色のメッシュだった明るい金髪は、いまではつやのある金とさらに濃い金色のメッシュになっている。彼女が髪を染めていたことに、以前の彼は気づいてもいなかった。自分の妻が髪を染めていることに気づかなかったとは、どういうことだ?

ノアは彼女の裸体を思い起こした。その体を彼はなによりも愛していた。曲線が美しく、彼の体にぴったりと寄り添う温かな体を。太腿のあいだの柔らかな部分に陰毛はなく、本来の髪の色を知るすべはなかった。

ああ、それに彼女はなんて若く見えるんだ。以前、もっと年上に、もっと成熟して見えたのは、化粧のせいだったのか。結婚したとき彼女が十八歳だということは知っていた。当時の彼女の若さが、ノアには突然強く意識された。

成熟した雰囲気を与える化粧の膜をかぶっていないサベラは、二十六歳になったいまも皺ひとつなく少女のようだ。それでも、その顔には悲しみが漂っていた。悲しみが瞳に深く根を張って暗い表情を与え、強い意志を示す唇の線に、そして張った肩に影を落としていた。

さっき、ノアはそのことに気づいた。

サベラが車の下に姿を消すと、ノアは深く息を吸った。その姿を修理工たちがじっと見つめている。用心深い態度で、安心半分、不安半分といった様子だ。彼が以前雇っていた人間はひとりもいない。ノアの知らない連中、つまり敵だ。だが、ほかの連中がなにもせずに立っていた中で、サベラを守ろうと前に出たのがたったひとり、あの一番若い奴だったということは覚えておこう。

「彼女はもうひとりじゃないぞ」怒鳴るノアの声は、激怒のあまり荒々しかった。「さっさと持ち場に戻って仕事を片づけろ。さもなきゃ、荷物をまとめて出ていくんだ。残っている車を全部仕あげるまで、今夜は誰も家に帰れるとは思うな。それがいやなら、明日の朝ここに来るのはあいつだけだ」そう言って、ノアはぐいとトビーを指差した。「おれの判断が正しければ、おまえはオフィスにいるはずだろう」

トビーはごくりと唾をのみこんだ。彼の茶色い目は、サベラが姿を消した工場の方をためらうようにちらちら見ている。自分の仕事のことより、サベラを無防備のまま残していくことを心配しているのは明らかだ。

「さっさと行くんだ、坊や」ノアは大声で命じた。「詳しいことはあとで話そう」ノアは視線を残りの男たちに戻した。男たちは、そわそわした様子で身じろぎし、油で汚れた顔の中の警戒するような目をノアに向けていた。

「いま、この場で決めろ」ノアはぴしりと命じた。「正しい選択をするんだな」

返事を待たずに、ノアは工場に足を向けた。クリップボードの並んだ作業台まで行くと、最初のボードを手に取った。仕事に取りかかる時間だ。

ノアは自分をごまかすつもりはなかった。ほかの連中が帰ったあと、サベラは、彼が知っているあの怒りを爆発させるはずだ。結婚してから、それを経験したのは一度きりだった。彼女の行動に口を出すという過ちを犯してしまった日のことだ。彼女の行動を管理しようとしたらどうなるかを、サベラは即座にきっちりと教えてくれた。

SEALの隊員にとって、状況をコントロールすることはごく自然の行動だった。隊員にとってはほとんど本能といってもよく、機能的な活動を可能にする能力でもあった。従って、あの夜、幾人かの女友だちと一緒に飲み、ディナーを楽しむ計画を立てていたサベラをネイサンが止めたのも、ごく自然の成り行きだった。彼はサベラに家にいてほしかった。むらむらしていたネイサンは、妻に相手をしてほしかったのだ。彼女が女友だちと連れ立って地元のバーに行き、彼女を物欲しげに見つめる男どもと一緒にいるなどとんでもなかった。

しばらくのあいだなにも言わずに夫をじっと見つめたあと、サベラはどこに行くのか、いつ帰宅するかという説明を続けた。

〝だめだ、ベラ、今夜は家にいろ。おれと一緒に〟

頭すれすれに飛んできた塩入れをぎりぎりのタイミングでネイサンがかわした途端に、いつもは優しく穏やかな小柄な南部の天使は爆発した。

怒りに顔を紅潮させて、サベラはふたりの関係についての規則を並べ立てた。そして、まるで怒り狂った小さな鶏のようにジーンズに包まれた尻をふりながら彼女が家を出ていくころには、ネイサンは尻尾を巻いていた。とにかく、彼女の友人だけと過ごすようにと説得はできた。彼女がいなくても、自分は平気だとも伝えた。

その夜、午前二時、町中を走り回って、ようやくサベラの女友だちの家の外で彼女の車を見つけたネイサンは、ほろ酔い加減の妻を担ぐと自分のトラックに放りこみ、家に連れ帰ったのだった。そのあと、同じ過ちは二度と繰り返さなかった。

ノアは、自分が妻を本当に理解していたのかと疑わざるをえなかった。しかし、車の下から漏れる彼女の押し殺されたかすかな声を耳にしたいまでは、自分と同じように、彼女も彼の目からなにかを隠していたのかもしれないという考えが、ノアの頭に浮かんでいた。

彼が死んでしまう前、彼女と過ごせた時間は十分とはいえなかった。あのころでさえ、本当にしたいように彼女に触れることはなかった。自分を満たす闇が常にはけ口を求めていたことに、ノアは気づいていた。そしていま、ひとりの小柄な自立した女性に、その闇は目標を定めていた。その女性は、これから彼女が受けるものより、ずっと素晴らしいものを手にして当然なのに。

4

その日も夕方七時近くになり、太陽は山の陰に隠れかけていた。従業員たちは、サベラがノアとふたりきりになるのを危ぶむように、彼の方にちらちら視線を投げながらも去っていった。

保安官は姿を現さなかった。マイクは警察に通報するつもりはないらしい。それに、彼のトラックは銀行の業務時間中に、銀行まで届けられた。運がよければ、マイクに煩わされることもしばらくはないだろう。

もうひとつの問題であるノア・ブレイクに立ち向かう用意も、サベラにはすっかりできていた。一日中、血液が体中を激しく駆け巡り、神経が張りつめ、興奮のあまり胸が鋭い鉤爪につかまれているような気分だった。

ノアはずっと働きづめで、ほかの修理工の仕事ぶりも向上していた。それでも、ノアはここには必要ない。ここにいてほしくない。彼女が自分のために築きあげ、それなりに機能している世界に干渉してもらいたくはなかった。それに、いまも感じている胸が締めつけられるような興奮も、緊張感も、サベラにとっては邪魔でしかない。

いま雇っている連中も、そのうち彼女の言うことを聞くようになるだろう。さもなければ、この三年間やってきたことを繰り返すだけだ。首にして、また新しい人間を雇う。事業を引き継いでから、ずいぶん人を首にしてきた。あと何人かの首を切ることなどなんでもない。

トビーは、サベラにオフィスから押し出すようにして追い出されるまで、ぐずぐずしていた。そのあと、ようやくノアとふたりきりになったサベラは、机から取り出した現金袋を革のハンドバッグに詰めこんで肩にかけると、ノアをにらみつけた。

これでおしまい。やっとこの男を追い出して、あまりにも溌剌とした気分から解放される。「ローリーに会ったら、わたしが話をしたがってると伝えて。すぐに話したいって」サベラはぴしりと言った。「それに、明日出てこなかったら、もうここでの仕事はないと考えていい、ともね。仕事がないのは、あなたも同じよ。お客さんに暴力を働くような人は、わたしの工場には要りません」口を開きかけたノアを、サベラは片手をあげてさえぎった。「どんなお客であろうとね」

ノアはサベラをじっと見つめている。彼の瞳は怒りに燃え、厳しく、石から掘り出したような硬さがあった。

その視線が彼女の体にさっと下がると、サベラは顔を赤らめた。シャツとブラジャーの下で乳首が硬くなる。太腿のあいだがうずき、サベラは自分を呪った。感じてしまう自分自身も、そういう反応を引き出す男も厭わしかった。

車がとまる音を耳にして、駐車場の方に目を向けたサベラは顔をしかめかけた。ダンカンのことを忘れていた。いつも笑顔を浮かべ、優しくおおらかで危なげのない、濃い金髪と茶色い瞳のダンカン・サイクス。ダンカンに危険な雰囲気はない。サベラの精神や自制心を粉々にするような力は、彼にはなかった。

「明日の朝、ここで待っている」車のドアが閉じる音に、ノアは唇を引き結んだ。「ローリーと一緒に」

ローリーをとっちめることを思い、サベラはにんまりとした。こてんぱんにしてやる。

「いいわ」そう答えるサベラの声は穏やかだった。ドアに近づいてくるダンカンは眉をひそめている。「出ていく用意をしておくことね。あら、あなたのおかげで遅くなっちゃった。デートなのに。それだけでも、あなたは首になって当然よ」

ドアが開きダンカンが入ってくると、サベラは笑顔を作った。比較のしようがなくても、ついふたりの男を比べてしまう。ダンカンには到底太刀打ちできないほど、ノアは精悍で強靭な雰囲気を漂わせ、しかもセクシーだ。そのうえ、生命力と自信にあふれている。

「まだ仕度ができていないようだね」ノアに興味深げな目を走らせながら、笑みを漂わせるダンカンの瞳には、楽しんでいるような表情がうかがわれた。「忙しくて、きみがデートの約束を忘れていたという気がするのはなぜかな？」

「わたしのことがよくわかってるからでしょう」サベラは微笑みを返したが、笑顔は心からのものとはいえなかった。

サベラはノアをちらりと見た。

「新しく入った人？」ノアの方に体を向けると、ダンカンは相手が野放しの狂犬であることにはまったく気づかない様子で手を差し出した。「ダンカン・サイクスだ。町で電気店をやって《て》る」

ノアの笑みを見たサベラの全身を不吉な予感が走った。笑みを浮かべてはいても、冷たい瞳、ちらりと見せた歯には、友好的とはとても思えない本心が覗いていた。

「ノア・ブレイクです」

ダンカンはサベラをちらりと見た。

「よろしく」ダンカンはノアにうなずくと、サベラに笑顔を向けた。「すぐに帰って着替えないと予約した時間に遅れてしまう。代わりに戸締まりをしようか？」

とんでもない。

「全部できてるの。あとはこのドアに鍵をかけるだけ」サベラはノアに向き直った。ダンカンをじっと見つめ続けるノアの様子に、彼女の目が細まった。「ノア、もう鍵をかけないといけないいんだけど」

ノアを見たサベラの背筋を、かすかな不安が駆けあがった。ノアの瞳は冷ややかで、感情が見えない。唇に笑みはなく、仮面のように表情がなかった。あまりにも穏やか過ぎる。

「楽しんでくるといい」ノアは静かにそう言うと、オフィスを出て、工場の外にとめてある見事な黒いハーレーダビッドソンの方に足を向けた。

静かに息を吐き出したサベラは、そのときになってようやく自分が息を詰めていたことに気がついたが、ダンカンに向き直ると、「仕度ができるまで、ワインを飲んでいてちょうだい。今日は時間があっという間に過ぎてしまって」と言い訳をした。

「きみはいつだって待つ価値があるよ」連れ立ってオフィスを出ながら、ダンカンが言った。サベラはドアに鍵をかけた。「それに、もうきみとのつきあいも長いからね、サベラ、余裕を持たせて予約したよ」

サベラは顔をしかめた。そう、彼女はいつも遅くなる。夫を失うまで、どんなことにも遅刻しなかったのに。あれからずっと、彼女は遅れ続けているように思える。心のどこかで、前に進むことに尻ごみし、後戻りをしたがっているかのように。

自宅に送ってもらうためにダンカンの車の助手席に滑りこんだサベラは、ノアがまだそこにいることに気づいた。身をかがめてバイクになにかしている。しかし、彼の視線はバイクではなくふたりに向けられていた。ふたりの様子をうかがっていたのだ。

「僕の推測では、彼を雇ったのはローリーだね」ハーレーダビッドソンの脇を走り抜けながら、ダンカンが言った。

「正解よ」サベラは深く息を吐き出した。

ローリーはいつもあぶれ者を連れてくる。幸い、誰も長続きはしなかった。だが、今度ばかりは厄介払いをするのに骨が折れそうだ。

そのあとは会話がないまま、車はサベラの家の私道に乗り入れた。

「入って」玄関の鍵を手に急いで車の外に出たサベラは、ダンカンに告げた。「ワインのある場所は知ってるでしょ。好きに選んで、飲んでて。シャワーを浴びて、三十分で仕度を済ませるわ」

サベラはドアを開けると急いで中に入り、足早に階段に向かった。「一時間かかることに二十ドル賭けてもいい」

「時計を見てるからね」ダンカンは笑いながら応じた。

「乗ったわ」サベラは笑顔をひらめかせたが、すぐに顔を下に向けた。自分の笑みが自然なものではないことがわかっていたからだ。

六年以上も前に死んでしまった夫を裏切っているという気持ちを、どうしても抑えることができない。ダンカンと初めてデートをした日から一年間闘ってきた気持ちだった。あの日、サベラはネイサンの死を乗り越えようと自分に誓った。

それなのに、ネイサンと暮らしたこの家からダンカンと一緒に出かけるたびに、自分が愛した男を、自分を愛してくれた男を裏切っているという、落ち着かない、吐き気に似た気分を感じてしまう。

このままではいけない。ネイサンは彼女に幸福でいてほしいと思っているはずだから。サベラは毎日、そう自分に言い聞かせなければならなかった。ふたりが分け合ったものに背を向けたからといって、天国から見守っているネイサンが傷つき、怒るようなことはないはずだと。

背を向けたわけではない。降り注ぐシャワーを浴びながら、サベラは思った。ネイサンは戦い、そして倒れたのだ。彼は命を失い、逝ってしまった。しかし、彼女はいまも生きている。でも、本当にそう言えるだろうか？

ノアには出席しなければならない会議があった。いまこの瞬間にも、作戦会議に間に合うようにバイクを飛ばしているはずだった。それなのに実際は、昔サベラと暮らした家の外で木々の陰に身を隠しながら立ち、軍用双眼鏡で家の中を覗いている始末だ。

結婚していたころ、いくら口うるさく注意しても、サベラはいつも暗くなるまでブラインドとカーテンを開けっ放しにしていた。いまと同じように。

いまいましいことに、ダンカン・サイクスはキッチンでワインを開けている。ノアは唇を引き結んだ。あれは彼のワインだ。ネイサンだろうがノアだろうが関係ない。何年もかけて集めたワインのコレクション。自分ではほとんど飲まずに、地下室の小さなワイン貯蔵棚が次第にいっぱいになっていく様子を楽しんでいた。

それなのにいま、あの野郎はよりにもよって一番いいワインを開け、グラスに注いでいる。なんてことだ、奴が妻とベッドにいるところを見つけたら、殺してやる。

ノアは激しく息を吐き出した。自分には関係ない。そう己に言い聞かせる。関係ないのだ。混じり気のない怒りが、先の分かれたぎざぎざの刺となって脳を突き刺す。この数年間築きあげてきた自制心が崩れ始めていた。ダンカンが彼女に触れるところを目にしたら、怒りをコントロールできる自信はない。

ローリーが後ろから近づいてくる気配がした。工場からかけた電話を受けたローリーは、ノアから与えられた指示に従いはしたものの、そのときの兄の機嫌の悪さに懸念を抱いていた。とてつもなく悪い兆候だった。ネイサンが機嫌を悪くすることはめったになかったのだから。

「このおままごとはいつから続いている?」吐き出すように尋ねるノアの視線は、ローリーに向けられることなく、家に固定されていた。

「おままごと?」ローリーは用心しつつ兄を見た。

ノアは手で払うように家の方を示した。「サイクスだ」

「一年になるかな」ローリーは木の根元にどさりと座りこむと、自分は安全だという様子であくびをした。

ノアは弟に目を走らせた。「なぜ止めなかった?」

驚いたように兄を見あげたローリーは、考え深げに頬をかいた。「そうだな、たぶん、彼女がつきあった男の中で、おれが気に入ったのは奴だけだったからだろう」

ノアは歯を噛みしめた。「何人だ?」

ほかにもいたのか。ひとりだけではなかったのだ。何人もの男が妻とデートし、彼女の微笑みを見つめ、その体を欲しがったのか。彼女に触れた男がいるとは考えられなかった。いたとすれば、殺すだけだ。

「ほんの二、三人」大したことではないという様子でローリーは肩をすくめてみせた。「長続きしたのはいなかった。ときどきデートをしては、サベラは罪悪感でいっぱいになるんだ。そして、しばらくのあいだ結婚指輪をはめて、仕事に行く以外は家に閉じこもる。それからまた、自分の尻を叩いてほかの奴とつきあってみるんだ。でも、今回はもう一年以上、結婚指輪をはめてないな」

ローリーは草を一本地面から引き抜き、ノアはふたたび家の監視に戻った。

サイクスはまだキッチンにいる。あちこち見て回り、引き出しの中まで覗いている。フックにかかったカップの一個の向きを直すと、反対側の窓まで行って工場を見おろした。自分に約束されているものを見ているという目つきだ。さらに、サベラの人生のどこをどう変えようかと思案している様子でもある。

あいつらしい。ノアはダンカンをよく知っている。ダンカンはその強い性格を周囲の目から巧みに隠しているが、一筋縄ではいかない男だ。サベラと一年もつきあっているのなら、奴は本気だ。ネイサン・マローンとしてノアが所有していたものを、すべて自分のものにするつもりでいるに違いない。

「兄さんが彼女を捨てていったんだろうに」ローリーの声にはかすかに怒りがこもっていた。

「彼女が町にいる男の半分と寝たとしても、兄さんには関係ない」

ノアは答えなかった。弟の言葉が正しかったからだ。自分の意思で彼女のもとを去ったのだから。失敗する可能性があるとわかっていながら、受けた任務だった。そして、失敗し、戻れなくなった。

「グラントはどうしてる？　おれになにかあったら、彼女の面倒をみると約束しておきながら、奴は工場と家を取りあげようとしたんだろう。なぜだ？」

「じいちゃんの財産を取りあげたのと同じ理由だろう」ローリーはため息をついた。「そういう男なんだよ。だけど、じいちゃんはいまでも奴をかばってる。彼女を守ることになると信じてやってるんだって言ってね。じいちゃんはいつも奴をかばうんだ。色の層の話をしてさ」

その昔、ノアはいつも、無数にあるという色の層の話を聞かされたものだ。なにごとも見た目とは違うものだ、と。しかしグラントに関するかぎりは、単なる利己主義者としか思えなかった。

「マイク・コンラッドは?」

ローリーは鼻を鳴らした。「あの豚野郎。サベラが、奴と寝るのも、ガレージを売るのも断ったもんだから怒ってるのさ。どっちも欲しがってたからな。一年以上も彼女を追っかけてたんだ。セクハラで訴えると彼女が脅すまでね。そのあと奴の態度が豹変した。でも、彼女のことより、工場の方に魅力を感じてたのは確かだ。しばらくのあいだ、町中を彼女の敵に回そうとしたけど、うまくいかなかった。兄さんには友だちが多いからね。家に戻りたがらなかった男への喪がようやく明けたと思ったら、彼女、仕事に身を投げ出して、工場をなんとか持ち直させた。いまはよくやってるよ」

「口のきき方に気をつけろ、ローリー、しばらく歩けなくなっても知らないぞ」

ローリーはまた鼻を鳴らすと、しばらく黙ったあとで告げた。「じいちゃんが、今日、兄さんの墓に行った。いつもならばあちゃんに話しかけるだけなのに、今日は兄さんの墓の前に立って、黙って墓石を見てたな」

ノアは聞きたくなかった。怒りと心の痛みを押し殺して、キッチンをうろつくダンカンの監視を続けた。

「おれは、じいちゃんがどこか変だと思ってたんだけど、いまになるまで、どこがどうおかしいのかわからなかった」

「悲しまなかったんだろう」ノアは弟の代わりに答えてやった。

まったく、祖父を騙せると考えたのは大きな誤りだった。ジョーダンにもわかっていて当然だった。祖父はなにかが起こる前から、いつでもなんでもわかっているのだから。

「そうなんだ」ローリーがうなずいた。「一度も。少なくともサベラのようにはな。おれはときどき兄さんの家に泊まってたけど、毎晩、兄さんの名前を呼ぶ彼女の叫び声で起こされたもんだ。手に血がついているとか、兄さんが怪我をしたとか必死で言うんだ。兄さんを助けるようにおれに頼むんだよ」

ローリーは急に立ちあがった。「もうやめた。おれは家に帰る」

「彼女の言うとおりだった」

ローリーは立ち止まった。「なんだって?」

「サベラの言うとおりだった。おれは怪我をしていた、ローリー。ひどい怪我だった。救出されたころは、死にかけていた」ノアが見守る中、キッチンに入ってきたサベラがダンカンに微笑んだ。

ダンカンはワインを飲み干すと彼女の頬にキスした。ふたりはそのままドアに向かった。ダンカンの手がサベラのウエストに回り、彼女の体に触れながら外に導いている。ちくしょう。奴を殺すのは楽しそうだ。

双眼鏡を目から離したノアは黙って家の方を見ていたが、しばらくするとローリーに向き直った。

「じいさんは悲しむべきだった」ノアの声は低かった。「おれだった男は、ジャングルの牢の中で死んでしまった。サベラの夫、おまえの兄、息子、孫だった男はな。おれの中で死んでしまったんだ、ローリー。おれは以前のおれではないし、昔のおれに戻ることも決してない」

ローリーはしばらく兄を見つめたあと「それは違うな」と答えた。「すべてが死んでしまったわけではない。ノア、本当だ。兄さんがサベラから隠していた、あの愚かな、男性ホルモン《テストステロン》ではちきれそうな傲慢なプライドはいまもしっかり残ってる」ローリーはからかうようにノアを一瞥した。「その部分はかすり傷も負っちゃあいない」弟の言葉にノアの唇がゆがんだ。ある意味では、おそらくローリーは正しいのだ。ネイサンは、そんな部分を愛する者からいつも隠していた。だが、ローリーはマローン家の男だ。弟は自分自身の中にそうした部分があることを知っている。そして、ネイサンがいまになるまで隠していた部分にも気がついていたのだ。

心の奥にある暗い核、威圧的ともいえる傲慢さ、堅固な意志。ずっと隠され、あるいは抑えられてきた本性。ネイサンは礼儀正しかった。ノアは違う。

「ふたりをつけろ」ノアは命じた。

「なにをしろって？」ローリーは大声をあげた。激怒とショックが瞳を彩っている。「彼女にをおれを殺させたいのか？」

「じゃあ、おれに殺された方がいいか？」ノアは自分の顔をローリーの目の前に突きつけるとすごんだ。低い声には迫力があった。「どっちに殺《や》られるのがいい？」

ローリーを傷つけるつもりはない。そんなことは想像もできない。かわいい弟なのだ。なかなかいい男に成長した弟に向かって、ノアはもう少しでにやりとするところだった。弟への愛情と親近感が胸の中にわきあがった。何年ものあいだ、ノアは感情といえるものを意識してこなかった。しかし、いまは感情があふれてくる。感情が自制心を押し流し、ここ数年の彼の姿を笑っていた。

ローリーは頭をふって両手を腰に当てると空を見あげた。「お祈りもしてます。教会のミサにも行ってます。年長者を立て、道を渡るお年寄りには手を貸しています。こんな羽目に陥るなんて、おれはどんな罪を犯してしまったのでしょうか？」

ノアは弟の肩を片手でつかんだ。「おまえは息をした。ローリー、覚えておくんだな。マローン家の人間が息をすると、悪いことが起こるんだ。天の理《ことわり》。一族の運命だ」

「ひどいな」ローリーは顔をゆがめた。「ベラに殺されちまう」

「おれに殺されるよりはいいだろう」ノアは低くうなるように応じた。「おれの方がずっと痛いぞ」

ローリーは兄をにらみつけた。「兄さんは全然わかってないんだな。ベラのことをなんにも知らないんだろう?」そう言うと、不良っぽい笑みを浮かべた。ノアはその表情を忘れていなかった。かつての自分もよく浮かべていた笑みだったが、ノアにとっては癪に障る顔だった。

三十分近くも遅れて、作戦会議室に大またで入ってきたノアを見たジョーダンの目が細まった。

危険で強靭な姿は、ジャングルを徘徊する豹を思い起こさせる。流れるような動きと捕食動物特有の鋭敏な感覚。冷血な鮫などではない。ノアの瞳には凍りつくような鋭さはなかった。彼の瞳がマローン家独特の青さを取り戻すことはないだろう。ジョーダンやローリーと同じサファイアを思わせる明るい青色の瞳は、レーザーで濃い青色に変えられてしまった。

この五年間、ノアの瞳はいつも変わらず、硬く、冷ややかだった。だが、今夜は少し雰囲気が違う。いま、立ち止まってジョーダンを見つめ返しているノアの瞳は、野性的で険しかった。

「話があります」うなるような声に含まれる動物的な響きに、ジョーダンの眉があがった。

「あら、ワイルドカードさん」よりにもよってそのとき、ノアの後ろに姿を現したテイヤが、彼の尻を軽く叩いた。

ジョーダンにも彼女の手の動きは見えたが、ノアの反応は予想外だった。テイヤがノアの尻をいまのように叩いてみせるのは、もう長年の習慣になっていた。それはむしろ、ジョーダンに対するいやがらせといってもよく、ノアは彼女を無視するのが常だった。しかし、今回、ノアはテイヤの手首を軽くつかむと、彼女を見おろした。

「やめてくれ」静かに告げる声を聞いて、ジョーダンはゆっくりと立ちあがった。

テイヤは、男を苛立たせる生意気そうな笑みを浮かべた。

「まあ、テストステロン満々ね」彼女は震えるふりをした。「気をつけなさい、ノア。恋人かなにかができたみたいよ」

恋人かなにか、ね。生意気な娘が、運んできた大量のファイルをテーブルの上に置くと、ジョーダンは席に着いた。テイヤはジョーダンにウインクをした。「ほかのメンバーもすぐに来ます。イアンとカイラは遅くなるようです」

テイヤが出ていくと、ノアは静かにドアを閉めて鍵をかけた。ジョーダンは椅子の背にもたれてアームに肘をつき、胸の前で両手の指先を合わせた。

「なにか問題でもあるのか、ワイルドカード」

ゆっくりと振り向いたノアの目は怒りに燃えていた。

「彼女が男とつきあってるのは知っていたんでしょう」

うなずいたジョーダンは笑みを噛み殺した。「毎月渡している報告書に書いてあるとおりだ。彼女が生きているか、安全かとだけわたしに尋ねたあと、おまえがごみ箱に投げこむあれだ」

ノアはジョーダンに歩み寄った。危険な雰囲気が漂っている。ノアの体の中で怒りが波打っていた。

「男とつきあってるんだ」腹立ちのあまりノアの唇は捲れあがった。

ジョーダンは首をかしげてノアを見つめた。「どうして、それがおまえと関係ある？ネイサン・マローンは死んだんだ、ワイルドカード。忘れたのか？」

ノアは一瞬ひるんだ。しかし、蜂にでも刺されたように急に体を反らせたその顔は、すでに無表情だった。

「ドアの鍵を開けろ」ジョーダンは冷ややかに命じた。「すぐに会議が始まる。遂行するべき任務も待っている」そう告げると、テイヤが運んできたファイルに目を通し始めた。「ノア」顔をあげたジョーダンは、怒気に燃える青い瞳を見つめた。「彼女の夫が彼女を捨てたんだ。そんな男を、彼女が永遠に待ち続けると思うのか？」

それは、心の片隅では彼もわかっていたことだ。

ノアは自分の席にゆっくり腰をおろした。感情を、怒りを押し殺す。過去を葬り去ることに長い年月をかけてきた。それでも、なぜか、サベラがほかの男に体を許すということは想像もできなかった。それはおそらく、ノア自身が、ほかの女性に触れることを自分に許さなかったせいでもあるのだろう。

サベラに誓ったのだから。心と体、そして魂を彼女に捧げると。彼のすべては、永遠に彼女のものだと。

地獄の灰の中から生まれた男は、ネイサン・マローンとは似ても似つかなかった。救出されてから何カ月も経って、ようやく頭が少しはっきりしたあの日、彼はそのことに気がついた。彼はもうサベラが結婚した男ではなかった。それなのに、その男は、ネイサン・マローンの人生のあの一点だけは自分のものだと主張している。ノア・ブレイクは、ネイサンの妻が自分のものだという考えだけは捨てきれずにいた。

ほかのメンバーが入ってきても、ノアはジョーダンを見つめていた。ノアはジョーダンが自分の叔父であることさえ忘れるようにしていた。ローリーが弟であることも、祖父がいつも自分のいしずえだったことも。しかし、すべてを忘れても、妻だけは手放すことができなかった。

「いま手元にある情報です」室内の明かりが落とされ、テイヤがファイルを渡していった。イアン・リチャーズと妻のカイラは、テーブルの向かい側の壁にかかった大型の液晶ディスプレーモニターの横に立っている。

テーブルを囲むのは死んだはずの五人の男たちだ。アメリカ人、ロシア人、イスラエル人、オーストラリア人、そしてイギリス人。エリート作戦部隊を構成するメンバーだ。暗号名《コードネーム》と、死と再生の刻印である黒い太陽と真紅の剣の刺青を持つ、死んだはずの男たち。復讐の機会と引き換えに、人生を捨てた男たちだ。

ジョーダンとイアンが指令を与え、ドゥランゴ部隊のメンバーであるレノ、ケル、メーシーは援護役を務める。彼らはノアの正体を、その前世を知っていた。

「黒襟市民軍の犠牲者だ」最初の写真がモニターに映った。

「アンジェリーナ・ロドリゲス。メキシコ系アメリカ人である、テキサス州上院議員候補の妻だ。殺害され、腰に市民軍の印がつけられていた。文字どおり黒襟市民軍のイニシャルの焼印が彼女の華奢な腰に残されていたということだ。妻の遺体が発見されたあと、エミリオ・ロドリゲスは上院議員選挙への出馬を取り消した。双子の娘が次の標的だとほのめかすメッセージを受け取ったからだ。市民軍を捜査する時間をかせぐために、FBIは殺人の事実は公表していない。その代わり、ロドリゲス夫人の遺体が、彼女が訪問していたオデッサからほど遠くない峡谷の底に放置された車の中で発見されたことから、事故死と発表した」

モニターから写真が見つめている。美しい女性だ。長い黒髪と、濃い茶色の瞳。生前の写真の中で零れるような笑みを浮かべているその女性の死に顔はゆがんでいた。

「そのほかの犠牲者だ」テキサスとニューメキシコの二州にまたがって発見された、メキシコ人不法入国者たちの写真の数々。不法移民狩りの犠牲者だということが、ノアにはわかった。いずれの遺体も、背中あるいは臀部に市民軍の焼印が押されている。

「狩りと殺人は十件以上起こっている」ジョーダンが告げた。「市民軍がアルパインを本拠地にしているという情報を確認するために派遣されたFBI捜査官が三人死んだ。男性捜査官がふたり、女性捜査官がひとりだ。どの遺体も身元判定が困難なほど損傷を受けていた。歯が抜かれ、指は切断されていたため、身元の確定はDNA鑑定で行った」

ぞっとするような写真だった。焼かれ、ずたずたに切り裂かれ、その顔はめった打ちされて肉の塊となっている。

「黒襟市民軍は、白人至上主義団体のひとつだが、実際には国内のテロリスト組織に近い」イアンが前に出た。「情報はいま渡したファイルの中だ。市民軍の活動の中心はテキサスだが、近隣の州にも急速に広がっている。ロドリゲスは奴らが標的にした犠牲者の中では、最も名が知られているというだけだ。不法入国者だけでなく合法的に入国した外国人を雇っている工場や製造関係の会社でも、とりあえずは事故として処理されている事件が何件も起こっている。持ち主が誘拐されて拷問を受け、その家族が様々なかたちで不審な事故に遭うという場合もある。死者も出ている」

「市民軍のメンバーの正体はまったくわかっていないのか?」イギリスの諜報機関にいたトラヴィス・ケインが口を開いた。イアンを、次いでジョーダンをじっと見る明るい青灰色の目が細まっている。「少し変じゃないか?」

「市民軍に関する捜査は、いずれも突然中止になるか、捜査官が死ぬかで幕を閉じている。かなりの影響力を持つ関係者が政府内に少なくともひとり、あるいはそれ以上いるということだ」

「入国管理法に対する国民の支持が高まっている」ロシアの特別部隊にいたニコライ・スティール、通称ニックが告げた。

「いつもこちらの計画どおりにことが運ぶとはかぎらないが」ジョーダンは荒い息を吐いた。

「しかし、こんなことは――」と言いながら、犠牲になった捜査官の写真を指差して続けた。「繰り返させるわけにはいかない。われわれの任務は、ここアルパインに本拠を置くグループの指導者を特定して、尋問することだ。すべての状況が、ここが中心だということを示している」

「このチームにはイスラエル人とアイルランド移民、それにロシア人がいる」ノアが口を開いた。「関心を引けるはずだ」

「これも見てくれ」ローリーとサベラが経営する自動車修理・整備工場の写真がモニターに映し出された。人工衛星から撮られたものだ。

ノアは無言で写真を見つめた。一同の視線が自分に注がれるのがわかった。

「彼女は巻きこまない」ノアはかすれた声で言った。

「それは不可能だ、ノア」ジョーダンがため息をつく。「彼女はすでに巻きこまれている。工場自体が標的にされているんだ。収益をあげているうえに、地元の噂話が集まる格好の場所でもある。さらに、この数カ月、経営状態は急速に向上している。マローン自動車修理・整備工場が標的になっているという情報は、現地で活動している諜報員からの最新の報告にある。所有者はローリー・マローンとサベラ・マローン。報告によれば、サベラ・マローンを組織の中心グループのひとりとの結婚に誘いこむか、さもなければ、ローリーを殺害するという計画が立てられているという。この報告は無視できないし、サベラ・マローンを圏外に置いておくわけにもいかない」

「どうしてガソリンスタンドが標的にされるんだ？」イスラエルの諜報機関モサドにいた冷徹なミカ・スローンがふたつ目となる質問をした。「収益といっても、たかが知れているだろう。マローン工場をなにに利用するにしても、新しいスタンドを開設すれば済むことだろう？」

「マローン修理工場は地元に定着しているからだ」ノアが答えた。「創設者はネイサン・マローン。町中のほとんどの人間から尊敬され、あるいは恐れられていた男だ。そこで不正行為が行われているとは誰も疑わないだろうから、武器の移動や不正資金の合法化にはうってつけの場所といえる」

「そのとおりだ」イアンは無表情な顔をノアに向けた。「市民軍のメンバーと思われる数人が彼女とつきあおうとしたが、関係が続いているのはこの男だけだ」

　モニターにダンカン・サイクスの写真が映った。

「ダンカン・サイクス。町で電気店を経営している。経営は順調。合法、不法にかかわらず、外国人を一切雇わない。生前のネイサン・マローンの親友だった。ネイサンの元友人マイク・コンラッドと同様に、最終報告書に名前が挙がっている。注目すべきは、ワシントンDCのオフィスに送信された二、三日後に、この報告書が紛失してしまったことだ。捜査官が姿を消したのは、その直後のことだ」

「上層部が関係しているということか」ジョン・ヴィンセントがつぶやいた。コードネームは赤外線探知装置《ヒートシーカー》。オーストラリアの特別部隊にいたのだが、悪い相手を怒らせてしまったらしい。

「かなりのな」ジョーダンがうなずく。「アルパインが本拠地となっている。この組織を破壊して、中心となる連中をとらえれば、ワシントンまでたどって情報提供者を確定できるはずだ。それがわれわれの任務になる」

「ニックとおれは工場を中から見張る」そう告げるノアの視線は、工場の空中写真に向けられたままだ。「修理工のうちふたりがメンバーだという情報がある。工場が主な標的のひとつで、サイクスが中心グループのひとりということなら、少し刺激してみよう」

サイクスはもう終わりだ。サベラとのおままごとを続けられるチャンスを、この手で粉々にしてやる。

「まずは、情報収集に専念しろ」ジョーダンが指令を下した。「次の会議は一週間後だ。その時点の状況を見て、次の動きを決める。トラヴィスはイギリス史の教授としてカレッジに潜入する。ジョン、きみとミカは援護に回れ。遊び人の風来坊のふりをして、連中がメンバーを勧誘するのに使うバーや、カレッジの学生のたまり場を張るんだ」

ミカとジョンがうなずく。ふたりの尾行の腕は一流だ。この部隊の誰もがそうだが、中でもミカは抜群である。

「ドゥランゴ部隊も、われわれがトラブルに巻きこまれた場合に備えて待機している。それ以外の援護はない」イアンが告げた。「この任務は六週間以内に完了する必要がある。六週間後には、こうなるからだ」

ふたたび画面が変わった。映し出された手紙は簡潔極まるものだった。宛先は、正規の手続きを経て入国した外国人を、国籍を問わず雇っているダラスの製造会社の所有者だ。内容は簡単。六週間以内に、アメリカ国内で生まれたアメリカ人だけを雇うようにすること。さもなければ、そのつけを払うことになる。

「その所有者というのは誰だ？」ミカが尋ねた。

「多国籍企業の成長と協調を支援するヘルピング・ハンドという組織に、財政的な援助を行っている人物だ」ジョーダンは硬い笑みを浮かべた。「きみらの雇い主のひとりでもある」

5

三日後、サベラがまた別の車の下に姿を消すのを見ながら、ノアはしぶしぶ修理工場をあとにした。彼女が検査しているのは、彼が修理を終えた車の一台だ。約三十五年の人生の大半を車を相手に過ごしてきた彼の仕事の最終点検を、サベラがするというのだ。

一日かけて、彼が手を加えた部分を端から端まで検査するという。

しかめ面でレンチを後ろポケットに差しこんだノアは、肩越しに振り返ってサベラをもう一度見ると、オフィスのドアを開けた。

彼の足が止まる。

「失礼」ノアはそのまま体を反転させて外に出ようとした。

「ああ、ノア・ブレイクだね」ローリーの座っている机の横の椅子から、マローン老が立ちあがった。「そんなにすぐに出ていかなくてもいいだろう。おれたちには共通点があると聞いたもんでね」

ノアは顔をしかめて歯を噛み締めると、仕方なく振り向いた。ドアが閉じる。子どものころからずっといしずえとなってくれていた男が目の前に立っていた。

皺が増え、腰は曲がっていても、いまだに威圧感に満ちている。ノアが変えることを選んだ、サファイアを思わせる明るい青色の瞳も以前のままだ。

「共通点？」そう尋ねながら、ノアはローリーの困惑しきった顔にちらりと目を走らせた。

「アイルランド人ということさ」祖父の言葉にノアは黙りこんだ。祖父は知っている。ノアにはそれがわかった。「おれたちはふたりともアイルランド人だろ」

ノアは否定できなかった。祖父に嘘をつく準備は十分できているはずだった。いずれ祖父に会うことになるのはわかっていたからだ。しかし、そのときが来たというのに、嘘はつけなかった。

「少しだけですが」ノアは用心深く答えた。

ふたたび椅子に腰をおろした祖父は、姿勢を直した。最後にノアが見た、というより確かめたときより、背の高い祖父の姿は弱々しく見えた。髪はすっかり白くなり、黒かったころの名残はほとんどなかった。

「ローリー、少し出かけてくる」ノアは外に出る口実を探した。

「逃げるのか？」祖父の顔から笑みが消えた。「アイルランド人は逃げたりしないもんだ」

ノアの眉があがる。「おれに逃げる理由があるとでも？」

祖父はノアを見つめ返した。訳知り立てな確信に満ちた表情に、ノアはふたたびローリーを見た。口を割ったとわかったら、ただではおかない。

かすかに首をふるローリーの顔はゆがんでいる。すでにノアに忠告したように、祖父からなにかを隠すのは容易なことではないのだ。

「ずっと会いたいと思っていたんだ」祖父が立ちあがると、ローリーも続いて席を立った。

「おれの娘っ子を夢中にさせた新しい男というのに会ってみたくてな。亭主が姿を消してからは、あの娘が夢中になるような相手はひとりもおらんかったから」

「亡くなったと聞きましたが」ノアは指摘した。

祖父はゆっくりうなずいた。「うん、そう言われた。息子とも言い合ったんだ。あれもずいぶん長くSEALにおったから」老人は頭をふった。そして、「だが、おれは信じんかった」と言うと、ノアをじっと見つめる。「まあ、結局、おれも気を変えたがね」

ノア、ネイサン。夫。孫息子。兄。彼のすべてが、誰の助けも借りずに真実を見通すこの老人に手を差し伸べていた。祖父を悲しませてしまったのか。

「おれの孫は英雄だった。知ってるか？」ドアに向かいながら、祖父が訊いた。

「ローリーからそう聞いてます」少し間をおいて、ノアは静かに答えた。

かけがえのない敬愛する祖父はふたたび立ち止まると、しばらくのあいだノアをじっと見つめた。

「あれはいつもやるべきことをやっていた。正しいこと、まっとうなことをな」目をしばたたかせて涙を見せまいとする祖父の様子に、ノアは胸が締めつけられた。「しかし、死んでしまった。どうして行かねばならんのかおれにはわかると言ってやる前にな」

祖父の姿はオフィスから消えた。ノアは、祖父の選び抜かれた言葉の裏に隠された本当の意味を理解していた。ローリーは老人のあとを急いで追っていった。

ちくしょう！　どうしてこんなことになるんだ。

「おじいちゃん、行っちゃったの？　あなた、なにかしたんでしょう？」急いで入ってきたサベラの声が後ろからした。彼女はノアを一瞬にらみつけると、ローリーと祖父のあとを追って駐車場に向かった。

まったく、どうしてこうなってしまうんだ。

「おじいちゃん」小型トラックの運転席に着いた老人は、声を聞くと、車のドアを開けたま、近づくサベラを見やった。「大丈夫？」

老人はサベラに向かって微笑んだ。愛情と好意に満ちた笑顔が彼女を包みこむ。サベラは老人を軽く抱き締めた。「わたしに声もかけないで帰るつもりだったのね」

老人はいつも帰る前に少し話をしていくのに。

「おまえの新しい彼氏に会いに立ち寄っただけだ」老人は彼女に微笑み返した。「おれたちアイルランド人は助け合わんとならんからな」

「わたしの彼氏なんかじゃないわ」サベラは不満げにつぶやいた。「ローリーの彼氏よ」そう言って、サベラは義弟をにらみつけた。ローリーは、ノアを首にすることにどうしてもうんと言わない。

ノアが来て以降、サベラはローリーと言い争ってきた。それなのに、ローリーはまた別の修理工を雇う話をしている。今度は、バイクに乗った金髪の大男。工場を乗っ取ろうとしているあの傲慢な男と、なにか繋がりがあるに違いない。

しかし、ローリーは断固として気持ちを変えようとしない。この三日間、確かにいつもより客が多い。サベラは、新入りの修理工が住民の好奇心を刺激したにすぎないと思っていた。

老人はいつもの辛抱強く英知にあふれる笑みを浮かべて、節くれ立った手でサベラの肩を軽く叩いた。「夜中にアイルランドの男が、血を熱く騒がせてくれるんだろう」そう言うと、悪戯っぽくウインクした。

「わたしには、やんちゃなアイルランドっ子がちゃんといたわ」サベラは静かな声で応じた。「おじいちゃん、誰もあの人の代わりにはなれないのよ」

ネイサンは彼女の魂だった。そして、いまでも心の中にしっかりとどまっている。そのせいで、サベラはほかの男たちをいつもネイサンと比べていた。それなのに、ノアを見ると、ついそのことを忘れてしまう。

「心に従うがいい。頭ではなくな」老人が優しく言った。いつもサベラに与えるアドバイスだった。「おれのうちにも遊びにおいで。おまえの顔を見んと寂しくてな」

老人が車のドアを閉じると、サベラは後ろに下がって、走り去る小型トラックを見送った。

「ローリー、なにを企んでるの？」トラックが無事に道路に出るのを確かめると、サベラは義弟に向き直った。

ローリーのそのいかにも無邪気な表情は、彼女に隠しごとをしているときのネイサンを思い出させた。表情も同じなら、体つきまで同じだ。

「疑い深いなあ、ベラ」ローリーはため息をついた。

「あのバイキングは雇えないわよ」

歯を噛み締めるローリーの青い瞳がぎらついた。「おれも辞めた方がいいか、ベラ?」

　彼の口調にわずかに混じる怒りに、サベラの目が細まった。

「いいえ、そういうことじゃないのよ」サベラは眉をひそめた。「人を雇うときは、わたしに相談してほしいと言ってるの」

「あんたがおれに相談するみたいにか?」ローリーはあきれたという表情で応じた。「三年前に、ベラ、あんたはネイサンが死んで三年も経っていきなりやってきたと思ったら、そうするのが当然だという顔をして、ここを仕切り始めた。おれはあんたの好きなようにさせた。おれには経営のことがなんにもわかってなかったからだ。だが、いまは違う。ちゃんとわかってる。いま雇ってる連中は最低だ」

　サベラには反論できなかった。しかし、その点をわざわざ指摘するローリーに腹が立った。

「ノア・ブレイクは気に入らないわ。彼を首にして、代わりにバイキングを雇えばいいでしょ。ほかの連中のことはあとで話しましょう」

「わかってくれよ、ベラ」ローリーの口調は不満げだった。「あんたが奴を嫌うのは、奴が仕事ができるからだ。それに、はっきり自分の考えを言うからだ。ネイサン以外にそんなことをする男はいなかったから、どうしていいかわからないんだろう」ローリーは責めるように言った。

　サベラはたじろいだ。ネイサンの死という現実の陰に潜む痛みが、彼女の胸の奥を焼くように鋭く貫いた。

「ネイサンは、むやみにわたしに反対したりはしなかった」噛みつくような口調だった。「そのとおりだ」ローリーは乱暴に答えた。「あんたが自分の本当の姿を兄さんに見せなかったからだ。この工場があんたにとってどれだけ大切かもね。いまはそれを知ってる奴がいるってことだ。噛みつく相手はおれじゃなく、奴だろう」

ローリーは作業ズボンのポケットに深く両手を突っこむと、憤懣やるかたないといった様子で立ち去った。そこに、工場のドアを開けてノアが姿を現した。

その深い青色の瞳がサベラに釘づけになっていた。引き締まった体から、飢えと力が漂っている。好むと好まざるとにかかわらず、彼の姿は常にサベラの注意を引いた。サベラにはそれが気に入らなかった。もう危険な男とは関係を持ちたくない。それでも、自分の言うことを聞くばかりの男もいやだった。あまりに無難な男も好きになれない。結婚指輪を外して三年、サベラは初めて、心の奥ではすでにわかっていたことをはっきり認めた。無難な男では自分が満足できないということを。ダンカンでは不足なのだ。残念ながら、ノア・ブレイクはその部分を十分に満たしている。彼を見るだけで性的な興味をかき立てられ、胸がどきどきし、さらに、体中を興奮が駆け巡る。ほかの男を見てもそんな気持ちになることはなかった——夫を除いては。それゆえにサベラは苦しみ、このひとりの男に対して一層深い怒りと憎しみを感じるのだ。

いまサベラは、ノア・ブレイクを心の奥底から憎んでいた。いままで誰にもできなかったことを彼女にさせようとしているから。彼女が夫だけに感じた気持ちを、ふたたび掘り起こそうとしているから。

サベラにとって、それはネイサンの思い出を裏切ることであり、決して許されない行為だ。そうした思いがサベラの頭から離れなかった。その日、なかなか思うようになってくれない車のコンピューターを相手にしながらも、彼女は困った修理工の存在を意識せずにはいられなかった。

とうとうサベラは、修理中の小型トラックの内部に突っこんでいた顔をあげると、ノアをうっとりと見つめた。ノアは、指のあいだでゆっくりレンチを回しながら別の車の内部をにらんでいる。

ノアのその厳しい表情は妙に懐かしかった。それに、レンチを指から指へと回しながらエンジンをじっと見つめ、考えこんでいる様子も。

これ以上はないというほどノアはセクシーだ。濃灰色の作業ズボンに、揃いの半袖シャツ。力強く男らしいその姿に、サベラの目は釘づけになった。

「おい、ノア」ローリーの声に、サベラははっと我に返った。振り向いたノアが、オフィスにいるローリーを見て眉をひそめた。「オフィスに来てくれ」

「少しあとにしてくれ」ノアはそう返事をすると、エンジンに向き直った。

「すぐにだ！」ローリーの声は厳しかった。

硬くなったノアの表情には危険な雰囲気があった。それでも、手にしていたレンチを後ろポケットに突っこむと、ノアはすぐにオフィスに向かった。忍び寄ったといった方がいいかもしれない。その様子には、なにか獲物を狙う獣のように危険な雰囲気があった。ただ、そこには苛立ちも感じられた。

ノアの後ろでドアが静かに閉まり、ローリーが修理工場に面した窓にブラインドをおろす。目を細くしたサベラは、後ろポケットから引っ張り出した油まみれの布で手を拭うと、オフィスに向かった。しかし、ドアノブを回そうとして、鍵がかけられていることに気づいた。

自分のオフィスから閉め出されるなんて。ふん、面白いじゃない。怒りに顔を紅潮させたサベラは、ポケットから鍵束を取り出した。だが、開錠しようとした途端、ドアがさっと開いた。

「男同士の話だ」ローリーの笑みは強ばっていた。きらめく青い瞳には、怒りというよりはむしろ不安げな表情が漂っている。

「男同士の話ですって?」硬い笑みを浮かべてオフィスに足を踏み入れたサベラの目に、彼女の机の横に立っているノアの姿が入った。腕を組み、ローリーに硬い視線を向けているその表情からは、なにも読み取れない。「彼、なにをやったの?」

「サベラ、これくらいおれにまかせてくれないか?」ローリーは苛ついたように言った。「本当だ。誓ってもいい。おれにも、まともにやれることがあるんだから」

ローリーは少し気分を害しているようだった。そう、彼女は確かに工場のことになると縄張り意識をあからさまにし過ぎるのかもしれない。独占欲が強過ぎるといってもいい。でも、この数年のあいだに工場は、夫か赤ん坊かなにかのようにサベラの愛情の対象となっていた。

ローリーにもそれはわかっているはずだ。それなのに、どうしていまさら怒ったりするのだろう。

「ちょっと気になっただけ」サベラはポケットに両手を突っこむと、愛らしく見えるはずの笑顔をノアに向けた。「彼がなにをやったのか教えてくれたら、退散するわ。首にするの？見てていい？」

「わかったよ」ローリーは機嫌が悪そうだ。それだけでも十分異常だ。彼がサベラに腹を立てることなど、いままで一度もなかったのだから。ローリーの笑みは硬く、目がまるで笑っていない。いつの間に大人になったのだろう？　弟分という感じはもう全然しなかった。

「この男は、あんたの尻を見てたんだよ！　あとは、勝手にやってくれ」

ローリーはそのまま背を向け、乱暴にドアを閉めて出ていった。びっくりしてその姿を見送ったサベラが向き直ると、ノアが愉快そうに見つめていた。

「いまの話は嘘ね」

ノアはにやりとしたものの、すっかり彼女に魅了されていた。前にも思ったことだが、六年前に知っていたサベラは、一体どこに行ってしまったのだろう。爪切りでなく、いつも爪やすりを使っていたサベラ。なにがあっても、男同士の争いに割って入ることなどなかったサベラはどうなってしまったのだ。

「おまえの尻は目の保養だから」ノアは言ったが、彼女を騙せないことはわかっていた。

サベラの目が細まった。「あなたのお尻にローリーが噛みついていたわけは、言わないつもり？」

ノアはつい含み笑いをしていた。「警告を受けたと言えばいいかな」

危ないところだった。ノアが願っているほど、ネイサンだった部分は消えていないらしい。すっかり身についた癖はまだ残っていた。ボンネットの下の難問に頭を悩ませながらレンチを回すのも、そうした癖のひとつだった。

サベラはノアの答えを聞いて鼻を鳴らした。「彼を怒らせてくれたから、やっとあなたを首にするように説得できるわ」

のんびりとした足取りでドアの方に向かっていたノアは、その言葉に思わずにやりとした。そして、サベラの横で立ち止まると、顔を寄せてささやいた。「おれの尻を見てたのは知ってるぞ。おまえのこともローリーに告げ口した方がよさそうだ」

サベラは、ドアを開けようとしたノアの腕をつかみ、相手の顔を真剣な表情で見つめた。「あなたはわたしの人生に土足で踏みこんでるのよ」穏やかな声だった。「やめてちょうだい」

ノアは気持ちが引き締まる思いがした。サベラの瞳には、認識とかすかな痛みが見えた。この三日間、ふたりは闘士のようにじわじわと前後に移動しながら互いの周りを回り、いつか始まるとわかっている闘いに相手を誘いこもうとしていた。

「どんな風におまえの人生に足を踏み入れたというんだ、サベラ？」ずっと昔なら、彼にはわかっただろう。あのころなら、いま目の前に立っている女性のことならなんでもわかっている、その考えも行動も予想がつくと躊躇することなく言えたはずだ。しかしいまは、自分がサベラをほとんど理解していなかったということを学びつつあった。その事実を受け入れたくはなくても。

　ネイサンの妻が、オフィスに無理やり入ってくることなど考えられなかった。車の修理をすることも、いまのように彼を見下すように見つめることも。ネイサンのものだった女性は、彼に秘密を持っていた。ちょうど、ネイサンが彼女に秘密を持っていたように。

　だが、この女は、ノアのものにする。

「自分の好きなようになると思ってるんでしょ？」サベラの口調は妙に優しかった。「いきなりやってきて、なんでもすぐに自分の都合のいいようになると」

　彼は目を細めて、サベラを見つめる。おそらく、言われたとおりなのだろう。彼女は、ノアのそういう考えをさっさと捨てさせようとしている。

「仕事が欲しかっただけだ」ノアは無理に笑みを浮かべると、自分の顔の上を探るように動いているサベラの目を見つめた。

「支配する対象が欲しいだけなんでしょ」ノアから視線をそらして、サベラは自分の机に向かった。「あなたには、支配できる相手が必要なのよ。なんでも自分の思いどおりにしないと気が済まないんだわ」

　ノアは向き直ると、机にもたれて立っているサベラをしげしげと見た。

　髪はポニーテールにまとめられ、顔には油汚れがついている。首筋にも汚れの跡があり、ジーンズは染みだらけだ。そして、なによりも魅力的だ。いかにも女らしく、しかも自信にあふれ、威厳があると言ってもいいほどだ。自制心の隙間から漏れ出た欲情に、ノアの体を震えが走りかけた。

「おまえとやりたいと思っていることは認める」

サベラは目を丸くした。「そんなことは訊いてないでしょ」

「この話題を避け続けるのは、もううんざりだ」うなるような声になった。「そんなことはまるで考えていないというふりをしているのは、もういい加減飽き飽きしてきたぞ」

からかうような笑みがサベラの唇に浮かんだ。「わたしはあなたを必要としていないわ、ノア。数日前のことを忘れたのなら言いますけど、わたしにはつきあっている人がいるの。別の人とつきあう暇なんてありません」

「奴とは寝てないんだろ」ノアはサベラに近づいた。

サベラの灰色の瞳の奥に怒りがきらめいた。「なぜそんなことがわかるの?」

「おまえの乳首がいま硬くなってるからだ」シャツの上からもわかる硬い小さな突起を見おろしながら、ノアは絞り出すように答えた。「それに、精一杯おれを怒らせようとしながら、同時におれに近寄ってきている。おれたちが互いに惹かれ合ってることは、おまえにもわかってるはずだ」

深く息を吸いこんだサベラは、すぐにそれを後悔した。油のにおいに隠されていた男のにおいを嗅いでしまったからだ。汗で湿り、欲情に満ち、固い決意を秘めたにおい。彼の瞳から、そして、緊張した体から漂い出るようなにおいが、サベラを包みこんだ。その感覚が、最後に男性に寄り添ったときから流れた歳月をサベラに思い出させた。ネイサンが最後に彼女に触れたあのときから。サベラはそれを懸命に思い起こそうとした。

「この話はもうやめましょう」サベラは机から離れるとドアに向かったが、突然、大柄なノアの体が彼女の前に立ち塞がった。

「無視しても、消えはしない」サベラの肩をつかんだノアの声は優しかった。サベラは首を反らしてノアを見あげた。

「起こりもしない、ありもしないことを無視する必要はないわ」サベラは必死に反論した。

「必ず起こる」

サベラは身じろぎもせずに立っていた。彼に反撃しなければならないのに。走り回るとか、叫び声をあげるとか、なにかしていなければならないはずなのに。じっと立ってなどいられないはずなのに。それなのに、サベラの足からは力が抜けていた。ノアは彼女の瞳を見つめながら顔を近づけた。彼の唇がすぐそこにあった。

「やめて」ノアの唇がほとんど触れそうになったそのとき、サベラがささやいた。「闘いになるわ」

「すでに闘いは始まっている」そう警告するノアの声は、きしむようにかすれていた。顎鬚に隠された傷跡を見ていたサベラは、それが本来の声ではないことに気づいた。「キスしろ、サベラ。したいんだろう。自分でもわかっているはずだ」

ノアの唇が彼女の唇にかすかに触れた。サベラの唇が思わず開く。ノアの手首を強く握る彼女の中で、焦がれる思いに反応するようになにかがきゅっと締まった。

「やめて」不意に身を離したサベラを、ノアは引き戻した。

抵抗する間も、逃げる暇もなく、サベラは快感にのみこまれていた。

ノアの唇が彼女の唇を覆い、少し顔を傾けて彼女の唇を開く。サベラは我を忘れた。彼女が意識したこともない場所までもを激しく揺さぶる、暗く、力強い、圧倒されるようなキスだ。

そのままサベラをドアに押しつけて抱きあげると、ノアは彼女の口に舌を押し入れた。サベラは、恐れとショックが綯い交ぜになった歓喜の叫びをあげていた。

「これが欲しかったんだろう」顔を離してノアが責めるように言った。ノアの瞳は欲情に燃え、サベラの血管も焼けるようだった。「欲しいんだろ、サベラ。おれと同じように、熱く、激しく。用心しろ、スイートハート。用心しないと、心の準備ができる前に満たされてしまうぞ」

あまりのショックに、サベラは動けなくなった。快感が全身を駆け巡っている。暗く、圧倒されるようなキスが、直面したくなかったなにかを呼び覚ましていた。彼女には、まだ準備のできていないなにかを。

サベラはゆっくり後ずさった。「ローリーに、工場を閉めたあとで会いたいと伝えて」

「逃げるのか？」外に通じるドアに向かって歩いていくサベラに、ノアがうなるように呼びかけた。

サベラは振り返ると、ノアの全身に視線を走らせた。ズボンの前が膨らみ、目は飢えきっている。

「ノア、わたしに近づかないで」彼女の声は悲しげだった。「わたしはあなたを必要としていない。あなたのことは欲しくない。あなたには出ていってほしいだけよ」

嘘だった。それはサベラにもわかっていた。ドアを押し開け、外に出たサベラは、工場から丘の上の自宅までほとんど走るように戻った。たったいまノアがしたことのできた唯一の男と暮らした家に。抑えきれないような欲望を呼び覚ました唯一の人。彼女が争うことのできなかった唯一の人と。ノアから離れなければ、それも、いますぐ離れなければ、その先にあるのは、さらなる苦しみと喪失感だけだ。ノアは家庭に落ち着くタイプではない。愛情にあふれたタイプでもない。彼はサベラの夫ではないのだ。

6

　翌日、サベラはノアを避け続けた。その翌日も。オフィスで仕事をする自分に向けられるノアの視線は感じていた。ノアがオフィスに入ってくると、コンビニに逃げた。工場では、ノアのしゃがれ声をほとんど無視できるほど離れた場所を選んで仕事をした。

　ノアの声は自然のものではない。あまりにも深く、粗く、そしてかすれている。彼の顔に残る傷跡、筋肉質の腕の体毛の下に蜘蛛の巣のように走るかすかな傷跡、それに、シャツの襟元から見える傷跡が、サベラの好奇心を刺激した。なにがあったんだろう？　あれほど屈強な男にこれほどひどい傷を負わせるのは、並大抵のことではないはずだ。

　どこにいても、ノアの視線が感じられる。彼の視線が彼女を焼き尽くした。そのあと何時間も体が震え、脱力感に苛まれたキスの感触が蘇る。

　次の日の夕方、サベラは徐々に高まっていく緊張を感じていた。ノアが話しかけようとするたびに、彼が近づいてくるたびに、彼女は反対方向に逃げた。ノアの相手をしたくなかった。彼が現れる前の人生は、一応満足できるものだった。ひとりでも大丈夫だった。ダンカンとのたまのデートは楽しかった。ダンカンはもっと深い関係を求めているものの、まだつきあうのをやめたくなるほどでもなかった。彼の友情は心地よかったし、笑い声は好ましかった。サベラはノアの激しさを恐れていた。

その日もノアを避け続けられそうだった。工場を閉める時間までは。仕事を済ませたローリーが姿を消すと、ほかの従業員もすぐにいなくなり、サベラはオフィスにひとり残された。そこにノアが入ってきた。

「話す必要がある」現金袋をハンドバッグにしまっているサベラにノアが声をかけた。サベラの鼓動が激しくなる。

「そんな暇はないわ。今夜はデートだから、間に合うようにここを出ないといけないのよ」

「できるものならな」

ノアはドアまでずかずか歩いていくと、素早く鍵をかけた。彼の態度の荒っぽさに、サベラは一瞬ぎくりとした。ノアはサベラが避ける間もなく彼女の手首をつかむと、階上《うえ》のアパートメントに続く階段まで彼女を引っ張っていった。

「なんてことを……」

「サベラ、おれに悪態をつくのはよせ」ノアはうなるように言い、彼女を引きずるようにして階段をのぼっていった。「最後までやる。いまここで」

「なにを?」サベラはつかまれた手首をぐいと引いた。ノアはサベラを自分の前に引き寄せ、彼女が昔ネイサンと暮らしたアパートメントに押しこんだ。

広いアパートメントに連れこまれながら、彼女は叫ぶべきだった。彼を蹴り、殴るべきだった。それなのに、抵抗らしい抵抗もせずにここまで来てしまった。

ソファの上に革のダッフルバッグが投げ出され、キャビネットには箱が一個載っている。

食料品が入っているらしい。ノアはここに居を定め、すっかり落ち着いている様子だ。彼女とネイサンが初めて結ばれたアパートメントに。彼が彼女に求婚し、初めて愛し合ったこの場所に。そこにほかの男がいるという思いに、サベラは突然耐えられなくなった。

「出ていって」サベラはノアに向き直った。ネイサンのものだった場所にほかの男の持ち物が置かれているのを目にして、体が震えるほどの怒りがこみあげてきた。「すぐに、出ていって!」

熱いもやが彼女を満たしていた。怒りだ。それは怒り以外のなにものでもないとサベラは自分に言い聞かせていた。

ノアは小馬鹿にしたように鼻を鳴らした。「下でおれが車をせっせと直しているあいだに、ローリーが親切にも食料を置いていってくれたらしい。出ていくわけにはいかない」

「あなたには、ここにいてほしくないの。出ていかないと、保安官を呼ぶわよ」サベラは激昂していた。ノアはまるで、アパートメントも工場も、そして彼女さえも自分のものだとでもいうようにサベラを見つめていた。眼差しは、彼女が調子に乗り過ぎていると警告しているようでもあった。

それでも、サベラは諦めなかった。ノアを自分の人生から、追い出してしまいたかった。たったいま。遅くなり過ぎる前に。

「おれが保安官に追い出されるままになると思うのか?」彼のかすれた声に、サベラの背筋を震えが駆けあがった。

サベラは口をつぐむと、ノアを見つめ返した。危険な雰囲気だ。彼を取り巻く緊張感が危険を告げている。それなのに、怖いという気がしないのはなぜ？　昔あったはずの常識は、どこに行ってしまったのだろう。

「どうしてここにいるの？」サベラはノアを見つめた。信じられないという思いと怒りが、心の中を満たしていた。「一体どうしたら、他人《ひと》の人生にずかずか入りこんで、自分の思いどおりにできると思えるの？」

ノアは彼女に背を向けた。なにかを隠しているのか、あるいは必死で怒りを押し殺そうとしているのか。どちらなのか、サベラには確信が持てなかった。すぐに向き直ったノアから、彼女は本能的に身を引いていた。

「サベラ、おまえは自分自身から逃げてる。なぜだ？」

そのとき突然、サベラは、ノアに出ていくつもりのないことを悟った。しかも彼の表情を見れば、無理やり追い出せないことも明らかだった。ノアを雇ったのはローリーだ。経営権の半分を持つローリーには、サベラと同じようにアパートメントの借家人を選ぶ権利がある。それに、相手が誰であれ、雇いたい人間を雇う権利も彼にはあった。

ネイサンの身になにかあったら、彼が築きあげた事業の半分をローリーが引き継ぐという段取りは、サベラとネイサンが結婚する前から合意していたものだった。弟が父親から財産を残してもらえないことが、ネイサンにはわかっていたからだ。

ノアが自らの意思で立ち去るのを待つほかに、いまのサベラにできることはなにもなかった。

「逃げているとすれば、なんでも自分の思いどおりになって当然と思っている男からだけよ。ブレイクさん、あなたはマローン家の人間じゃない。ここでは、あなたはただのよそ者だし、これからもそれが変わることはないわ」サベラはノアに背を向けると、ドアの方に足を踏み出した。一歩。次の瞬間、彼女はドアに押しつけられていた。優しく、それでもしっかりと、引き締まった大柄な体に。

サベラは息をのんだ。もう逃げられない。サベラの体が突然熱くほてり、力が抜けた。ノアは自分の顔を彼女の顔に寄せた。その頬が彼女の髪に触れている。男の両手に体をしっかりとつかまれ、腰には勃起したものが押しつけられている。

「こうなるのがどうして怖いんだ?」ノアがささやく。「それとも、もう一度生きるのが怖いのか?」

「あなたのために生きることが?」サベラは小馬鹿にしたように応じた。「あなたは、夫とは比べものにもならないカスよ。あの人がいなくても、わたしは生きてきた。あなたなんか必要なはずがないでしょ」

「それなら、サイクスとなら生きているという気分になれるのか? おまえがどれだけ完璧かを奴は話してくれるのか? 壊れ物を扱うみたいにおまえに触って、甘ったらしい言葉をささやいてくれるのか?」冷たく笑うと、ノアは続けた。「おまえに必要なのは本当にそういうことなのか、サベラ?」

「けだもの！」サベラはあらがった。

サベラは体をねじると膝を突きあげたが、そのときすでに、彼女はノアに抱えあげられていた。ノアは、自分の太く硬直した部分がサベラの局部に触れるほど彼女の太腿を押し広げると、彼女の唇に自分の唇をいきなり激しく押しつけた。

ノアの髭の粗い感触は馴染みのないものだった。硬く締まった飢えた唇が、サベラの唇を奪う。承諾も請わず、一瞬の迷いも見せない。自分では気づかないままにサベラが抱えこんでいる願望を、熟知しているかのように。

荒々しい、むさぼるようなキス。あまりにも貪欲で、生々しい欲望に彩られたそのキスに、サベラの体の奥に眠っていたかすかな炎が大きく燃えあがった。

サベラの体が、突然自らの意思を持ったかのように反応した。両腕がノアの首にしっかり巻きつき、その指が乱れた豊かな髪を深々とまさぐると、男の体を激しく抱き寄せた。

最後に男性に体を触れられたのは、本当にもうずいぶん前のこと。ネイサンを別にすれば、男性に触れられたいという思いが心に浮かんだのも、ずっと昔のことだった。でもいま、その思いがサベラの中で爆発した。

ノアの舌がサベラの唇を割り、引き際に唇を舐めると、鋭く激しい叫び声が彼女の喉からほとばしった。サベラは相手の髪を一層強く握り締め、その下唇に軽く歯を立て、さらに少し強く噛んだ。サベラが息をつく間もなく、ノアの体が、身動きできないほど強く彼女をドアに押しつけていた。もはや彼女の心を占めるのは、抑えようのない飢えと欲望だけだ。

たくましい手をサベラの髪に絡めて、ノアが彼女の頭をぐいと後ろに引く。そこに優しさはなかった。サベラも優しさなど求めてはいなかった。欲しいのは、狂おしいほどの情熱と強引なまでの力、それにふたりのあいだで燃えあがりつつある、信じられないほどの欲望だ。サベラは両膝でノアのたくましい引き締まった脇腹を挟み、彼の腰の上で自分の腰をくねらせた。ふたりを隔てる布地を通して、ノアのペニスが一層激しく彼女を求める。

ノアが言葉にならないうなり声をあげ、うめいた。サベラの髪をつかむ手に力がこもり、彼女の頭がさらにのけぞる。ノアの唇がサベラの顎先を、そして顎の線を探り、舐め回す。

「腰を使え」耳元でノアが怒鳴った。身をよじったサベラの耳たぶに男の髭が触れ、粗い感触を残した。「これがおれのやりたいことだ、サベラ。いま、ここで」ノアは片手でサベラの尻をつかみ、彼の膨れあがった部分の上に沈む彼女の体をきつく抱き締めた。

ジーンズの縫い目がクリトリスに食いこみ、貫くような感触に、サベラは夢中でさらなる悦びを求めた。すでにしっとりしている部分が、さらに濡れそぼってくる。クリトリスが膨らんでいる。彼女の秘所はますます熱く滑らかになり、欲情であふれんばかりだ。

「腰を使え、サベラ」ふたたびノアが吐き出すように命じる。「いいぞ、ベイビー。こすりつけろ」そう言いながら、ノアは自分の体をサベラの体にこすりつけていた。彼の腰がサベラの腰を突き、彼女の太腿のあいだをより一層、貪欲にむさぼる。

サベラは両手をおろすと、ノアのTシャツをつかんで捲りあげた。触りたい。この手で彼の肉体を感じたい。ノアの唇がまた唇に戻ってくると、サベラはすすり泣くような声をあげた。彼女がTシャツをさらに捲りあげようとしたとき、ノアは急に体を引いて、頭からシャツを引き抜く一瞬だけ上体を離したが、ふたたびサベラに覆いかぶさった。彼女の口を吸いつつ、ノアは片方の手をサベラの髪の中に埋め、もう一方の手で彼女の尻を揉んでいる。

ああ、素敵。必要だったのはまさにこれだ。ノアの体の熱さがサベラの体に染み渡る。ノアの肩を撫でる両手の平に、燃えるような男の体温が伝わってくる。縦横に走る粗い感触は、そこにあることがわかっていた傷跡のもの。サベラの爪に体をなぶられるままに、ノアは彼女の唇にふたたび軽く歯を立てた。サベラは叫び声と共に、男の体にきつく爪を食いこませる。

いつしかドアから離れて互いをむさぼるふたりの動きに合わせて、部屋が回転し、傾く。やがてサベラの背中が革製のソファに当たり、彼女にのしかかりながらノアが押しやったダッフルバッグが床に落ちる音がした。

そのあいだも、ノアの唇が彼女の唇から離れることはなかった。サベラには冷静に考えるチャンスが一瞬たりともなかったが、考える時間など欲しくもなかった。ノアが両手で彼女のTシャツをつかみ、手荒にジーンズから引き抜いた。そして、サベラが相手の意図を察する間もなく、シャツもブラジャーも胸の上に押しやられていた。

硬く尖ったサベラの乳首に最初に触れたのはノアの髭だった。乳首の先端を髭がかすめると、サベラの背中が弓なりにのけぞった。その直後、ノアは彼女の乳首を唇で軽くなぶり、口に含んだ。

ノアは彼女の太腿のつけ根にさらに強く腰を押し当て、情け容赦なく攻め立てる。ジーンズに隔てられているというのに、サベラは犯され、何年ものあいだ近づくことさえなかった淵《ふち》の間際まで追いやられていた。浮きあがったサベラの腰がもだえるように沈み、くねる。サベラの頭はソファの上のクッションに埋まり、ノアの肩に食いこんだ指が、彼の体をしっかりととらえていた。

なんという快感。熱く、とろけてしまいそう。サベラの目の前で小さな星が炸裂し続け、神経の末端が興奮でわななく。

「今度は」そう言うと、ノアは急に身を反らして、サベラの頭を荒々しくつかんで自分の胸を近づけた。「ここだ。妖婦め、ここに触るんだ、サベラ」

サベラは噛んだ。硬く盛りあがった筋肉に歯を食いこませ、自分の行為の荒々しさに彼女は我を忘れた。ノアの乳首の周りの硬く平らな乳輪に軽く歯を立て、舐め回し、片方を吸う。サベラは両手で男の背をまさぐりながら、そこにある傷跡の感触をかすかに意識する。ノアの腰がサベラを突き、こね回す。彼のジーンズを剥ぎ取りたい。自分のジーンズも。この太く重たいものに体を貫かれたい。喜悦と苦痛の境界を越えるほどに、突きまくられたい。

体中を激しく走る血流に、サベラの頭も脈打っていた。もう少し。あとほんの少し。サベラはふたたびノアの胸を噛んだ。そのとき、ノアが体を強ばらせると悪態をついた。

さっと体を起こしてサベラから身を離しつつ、ノアはブラジャーとTシャツを彼女の胸の上に素早くおろしたが、厳しい視線はずっとアパートメントの裏口に鋭く向けられている。サベラには、激しく打ち続ける自分の心臓の鼓動が聞こえていた。

「ベラ？　ベラ・マローン？　保安官のグレイソンだ。ベラ。ドアを開けてくれ。さもないと、強制的に入らせてもらうぞ」

ノアに引っ張り起こされたサベラは、散り散りになった理性をともかく表面だけでも繕おうとする。ノアは上半身裸のまま部屋を横切り、キッチンを通って修理工場の側面に当たるベランダへのドアに、足音を響かせながら向かっていた。

背中の傷跡は醜くはないが、痛々しい。左肩には真紅の剣に貫かれた黒い太陽の刺青。ノアの体と同じように、タフでセクシーに見える。そして、危険にも。

サベラは冷やりとしたものを心の中に感じていた。リック・グレイソンがキッチンに入ってくると、氷のように寒々しい現実が襲いかかってきた。リックの茶色い目はすぐにサベラをとらえた。保安官はノアに近寄り過ぎないように気を配っている。

「大丈夫か、ベラ？」彼の目が細まっている。ノアが注意深くドアを閉めるあいだも、保安官の手は拳銃の台尻に用心深く置かれていた。

サベラはノアを見つめていた。彼の目はいつもより鋭く、明るいといってもいいが、それがかえって、一層危険な雰囲気をかもし出している。奥で燃える炎に照らされているようなその瞳が、サベラの胸を興奮と恐怖で高鳴らせた。

「ベラ？　外に出て少し話さないか」サベラに話しかけながらも、リックの視線はノアに向けられたままだ。

サベラは頭をふると髪をかきあげて、あざけるような硬い笑い声を漏らした。葬式の日も、リックは同じような口調で彼女に話しかけたものだ。

〝わたしとシエナが体を支えてあげるから、安心しなさい、ベラ〟リックと妻は、ネイサンの棺の横で体をふらつかせるサベラの両脇に立っていた。〝大丈夫だよ、ベラ。ほら、きみはよくやっている。あと少しでおしまいだから〟

リックはサベラの親友であるシエナの夫だ。シエナは彼女と一緒に立ち、一緒に泣き、一緒に苦しんでくれた。そして、リックはいまと同じように彼女に話しかけていた。手厚い保護を必要とする子どもを相手にしているように。

「リック、こちらはノア・ブレイクよ」サベラは、カウンターに寄りかかっているノアを手で示した。ノアは裸の胸の上で腕を組んだまま、彼女に背を向けている。「ローリーが雇った人よ」

リックはしぶしぶ立ちあがろうとするサベラを注意深く見ていた。彼女は動きたくなかった。丸くなって、心の中に生まれつつある痛みが消えるまでじっとしていたかった。

「ベラ、顎に痣ができているようだ。ちょっとだけでいいから、わたしと外まで来てくれ」

サベラは顎をこすると、顔をしかめて壁にかかった鏡のところまで行った。小さな痣に指を軽く触れさせてから、かすかな赤みと痣が浮き出ている首に触る。

「彼にも痣ができてるはずよ」そう言うと、サベラはリックに向き直った。「彼が噛んだから、わたしもお返しをしてあげたの」

サベラに向けられたリックの目が細まった。ハンドバッグを手に取ってドアに向かいながら、サベラはばらばらになってしまいそうな気分だった。

「話すことなんかないわ、リック」

「そうは思えないな、ベラ」彼女とノアのあいだに入るようにリックは移動した。緩衝材のつもり？　サベラはノアを見た。彼の目に警告するような輝きがあった。ノアとサベラのあいだに割りこんだ者は、誰も助からない。彼が許さないかぎりは。

しかしいまは、なにもせずに立ったまま、ただ見つめ、待機している。

サベラはリックに向き直った。「あなたは、すごいお楽しみの最中を邪魔したのよ。でも、許してあげる」彼女の笑みは弱々しく頼りなかった。「彼のせいではないの。わたしが最初に噛んだと思うから。もし気になるのなら、彼の話も聞いてみて。もう家に帰らせてもらうわ」

「ベラ、きみがこの男にいやがらせをされているという通報があったんだ」リックは横を通り過ぎようとしたサベラの腕をつかんだ。「助手たちを外に待たせてある。きみは、ここでは安全だ。わかっているだろう。この男を放り出したいか？」

ショックを受けたように、サベラはリックを見つめた。「なにをする、ですって？」

「聞こえたろう、サベラ」ノアがゆっくり言った。「保安官は、おれがおまえにいやがらせをしていると考えているから、おれを牢にぶちこみたがってるんだ。そのチャンスをやりたいのか？」

「黙っていろ」リックはノアに向き直った。その顔が怒ったように硬くなっている。「わたしはきみのことを知らない。わたしにわかっているのは、すでにこの町の住民ひとりとトラブルを起こしたということだ。きみが何者でもかまわん。だが、ベラにいやがらせをするのを許しておくわけにはいかない」

「この人がいやがらせをしたとしたら、わたしの忍耐力を試したことだけよ」サベラが鋭く言った。「本当よ、リック。偏見でなく、自分の目を信じて。彼の肩を見てごらんなさいよ」ドアノブをつかんで、サベラはノアに冷ややかな硬い表情を向けた。「彼に血の出るような傷を与えた罪で、わたしを逮捕してもいいわ。でも、あなたに報告しないといけないようなことは、彼、なにもしていないわよ」

ふたりの問題だ。自分とノアだけの。サベラにはそれがわかっていた。ほかの人間を巻きこむような間違いを犯すつもりはなかった。少なくともいまのところは。

サベラが去ってドアが閉まると、ノアは保安官に向き直った。からかうような笑みを投げかけたかった。リック・グレイソンはびっくりするほどまっとうな男だ。元海兵隊員で、法を信じ、自分が守ろうとしているこの州に忠誠を誓っている。しかし、だからといって、確認リストから外すわけにはいかない。いまの彼を信頼しているわけでもなかった。信頼というもののもろさは、ずっと前に学んでいた。

「身分を証明するものを持っているか？」リックはノアをにらみつけていた。

手をおろしたノアがわざと無造作に振る舞うと、リックは拳銃の台座をしっかり握った。

ノアは後ろポケットから引き出した財布を開いて、保安官に差し出した。

リックは身分証明書を取り出して一瞥したあと、ゆっくりノアに戻した。

「ベラは友人なんだ、ブレイクさん」それは警告だった。「ここでは、友人同士、面倒をみ合う習慣があってね」

「本当か？」ノアはからかうように眉をあげてみせた。サベラに関するかぎり、その習慣は無効らしい。「グレイソン保安官、それは心強い。どんなことがあってもサベラは安心していられるな」

リックはノアを冷たく見返した。「彼女を傷つけるな。さもないと、わたしを相手にすることになるぞ」そう告げてから、リックはようやくドアに向かった。しかし、ドアの前で立ち止まると、ノアに向き直る。「用心するんだ、ブレイクさん。わたしを敵に回すな。つまらないことをすれば、確実にわたしを相手にすることになるぞ」

リックが去ると、ドアが静かに閉まった。保安官の来訪は、大きな衝撃をもたらした。

ノアは自分の手を見つめた。傷跡の残る手を。わかっていたはずなのに。サベラが華奢なことを忘れて手荒に扱い、痣までつけてしまった。以前は、彼女の柔らかな体に跡を残さないよう、細心の注意を払っていたのに。

肩に触ると、指に血がついた。下唇がひりひりする。胸にも嚙み跡がついている。サベラはノアを昂らせ、ふたりとも互いの行為に激しく反応してしまった。まるで、しっかり蓋をされていた欲望が、一気に開放されたようだった。

同じ機会を必ずまた作ってみせる。


自宅に戻ったサベラは、樫の木のドアを乱暴に閉めた。その激しさに家中に残響が漂い、全身を電流のような衝撃が走り抜けた。頭の後ろから流れこむ電流に脳がじりじり焼かれるような感覚に、サベラはパニックに陥った。

ああ、どうしよう。大変なことをしてしまった。

床に落ちたハンドバッグもそのままに、サベラは二階に駆けあがった。そして、汗にまみれた服を脱ぎ捨てるとごみ箱に入れ、シャワーの温度を我慢できる限界まで熱く設定すると、噴き出す湯の下で懸命に髪と体を洗った。

ノアの感触を体からすっかり洗い流してしまいたかった。すべての毛穴から彼のにおいを拭い去りたかった。それでも、彼のにおいは残った。彼を感じることができた。

サベラは壁に頭をもたれさせて、荒く息を吸いこんだ。こみあげてくる涙が胸を締めつける。ほかの男が彼女に触れた。その手が乳房を揉み、唇が乳首を吸い、ペニスがクリトリスを激しくこすった。しかも、彼女はそれ以上の行為を請う寸前だった。

「ネイサン」サベラは壁に顔を押し当てて泣き始めた。

罪悪感が心を焼く。罪の意識が消しようもない大きな炎となって魂を焼いた。苦しい。失うことなど想像もできなかった男を求めて心が痛む。それでも、これほど長いあいだ拒否してきた感触を、体は痛いほど求めている。

バスタブにしゃがみこんだサベラは、膝を胸に押し当て、うなだれた。体を揺らしながらすすり泣く。

〝おれの魔女さん。ガ・シリー。愛してくれ、サベラ。永遠に〟

ネイサンの声が、サベラの記憶の中を流れていった。さらに激しい嗚咽がほとばしる。サベラは彼を愛していた。彼がいない人生を、彼に触れてもらえず、そのキスを受けられない人生を、どうやって生きていけばいいのかわからないほど、彼を愛した。

六年。それを考えるだけで、嗚咽がこみあげてくる。降り注ぐ湯の刺激を感じながら、サベラは顔をあげ、頭を壁に当てた。湯は彼女の涙のように熱かった。しかし、湯も涙も、彼女の心を焼く凄まじい罪悪感を和らげはしなかった。夫が逝って六年。それでも、ふたりで交わした誓いがサベラを縛り、苦しめる。

涙を流しても、痛みはさらに深まるばかりだ。涙で苦悩を流し去ることはできない。海を満たすほど涙を流しても、ネイサンは戻ってこない。彼女を腕に抱いて、彼女をときには生きたまま食い尽くそうとする悲しみを和らげてくれることはない。

そしていま、そこに罪悪感までが加わってしまった。

サベラはタオルと石鹸を取ると、また体を洗った。肌が痛くなるほどこすっても、もうひとりの男の感触は消えなかった。しかも、いまでも彼女の体は欲望があふれ、解放を求めている。

「あなたがわたしを残して逝ってしまったのよ、ネイサン」体の周囲を流れる湯に涙が落ちる。「約束したくせに、ネイサン。わたしをひとりにしないって、約束したくせに」

ネイサンはいつも彼女を離さないと誓った。それなのに、その約束は果たされなかった。六年以上もサベラはひとりで生きてきた。癒えることのない苦痛に、いまでも心が張り裂けそうになる。まるで彼がサベラを裏切り、彼女のもとに戻らないと決めたかのように。まだ生きているのに、彼女には触れないと決めたかのように。

涙が次々にあふれてくる。雨のように。寂しさが、触れられたいという思いが、キスを求める気持ちが、そしてもうひとりの男から解放されたいという願いが、涙になってあふれてくる。

ようやく涙が枯れたころ、湯もぬるくなっていた。ずっとこうしているわけにもいかない。そろそろと立ちあがったサベラは、バスタオルを体に巻くと、床を覆う毛足の長い柔らかな敷物に足をおろした。

鏡を覗きこんだサベラは、リックが彼女の顔をしげしげと見つめていた理由がようやくわかった。ノアの髭にこすられた部分が赤くなり、噛まれた場所がほんの少し青ずんでいる。そのときのことを思い出すだけで、サベラの子宮や秘所がわななないた。腫れあがった唇を舐め、鏡に映った自分の首を見ると、途端に足から力が抜けるような感覚に襲われた。首から胸にかけて、ノアの跡が残っている。かすかに赤くなったその部分は、彼が触れ、キスし、噛んだ刻印だった。

優しさなど要らなかった。欲しかったのは情熱だ。自分の中で育っていたことさえ知らなかった、暗く激しい欲望を解き放ちたかった。彼女が解放したかった欲望に、ノアは自由を与えてくれた。

ダンカンとの今夜のデートは断るしかない。こんな様子で彼に顔を合わせるわけにはいかない。彼には見せられない。今後、彼とデートをしたいという気持ちもまったくなくなっていた。

頭をふりながら髪を乾かしたあと、バスタオルを床に落としてバスローブをまとったサベラは、階下《した》におりてダンカンに電話を入れた。

ダンカンは機嫌を悪くしたようだった。直前のキャンセルに彼は苛立っていた。ダンカンは予定どおりにことが運ぶのを好んだ。サベラは彼の予定のひとつを台無しにしてしまったのだ。受話器を置いたサベラは、ダンカンの苛ついた声に疲れを覚えてため息をついた。もうすぐ彼との関係を清算しよう。話し相手が欲しいという理由で、彼を引きとめておくわけにもいかない。それだけの関係に、サベラはもう満足できなかった。飢えをふたたび味わったいまは、それ以上のものが欲しかった。

それ以上のものが。

薄暗い家の中をサベラは歩き回った。最後にリビングルームに入ると、大きな窓の前まで行った。そこに置かれた長いテーブルの上には、彼女とネイサンの結婚式の写真が並んでいる。

彼は誰よりもハンサムだった。サベラはふたりが並んで写っている写真を手に取った。彼女はネイサンから贈られた長く白いドレスをまとい、彼の胸に頭をあずけている。糊の効いた海軍の礼服を着たネイサンの手が、彼女の露わな肩をつかんでいる。そして、ほかのどこでも見つからなかったものをサベラの中にようやく探し当てたとでもいうように、彼女を見つめていた。

ネイサンのベラ。おれの南部《サザン》のベラ、と彼は呼んでいた。彼女が直そうともしない南部特有のゆったりした話し方に由来するニックネームだった。

ネイサンの目は美しい。真っ青で、生命力に輝いている。ガラスの上からその目に触れたサベラは、親指で彼の顔をなぞった。サベラは窓の外を見た。

下に見える修理工場から、加速するハーレーダビッドソンのエンジン音が聞こえてきた。ヘッドライトが闇を貫き、バイクは道路に向かった。

黒い影にしか見えないノアとバイクは、そのままスピードをあげて視界から消え去った。見えなくなるまで赤いテールライトを見送ったサベラは、ネイサンの笑顔をふたたび見おろした。

その顔を覆うガラスに一粒の涙が落ちる。

「あなたがわたしをひとりにして逝ってしまったのよ」サベラはふたたびささやいた。「どうすればいいの、ネイサン？　教えて」失ったものの大きさを思うと、みぞおちの辺りがきりきり痛み、サベラは一瞬息ができなくなった。「教えて。これからどうすればいいの？」

7

エリート作戦部隊の隊員用の車庫は、外部の目からうまく隠されている。そこにバイクを乗り入れたノアは、エンジンを切ると深く息を吸いこんだ。ちくしょう、町を離れたくはなかった。まっすぐに丘の上の家まで行って、妻と激しく交わりたかった。彼女は燃えさかる炎より熱く、六年前以上に彼を魅了した。ノアは頭をふった。ふたたび彼女と親しくなり、結婚していたころは知らなかった彼女の一面が明らかになればなるほど、自分が人生最大の失敗をしてしまったのではないかという思いが強まっていた。自分の身に起こった恐ろしい出来事をサベラが受け入れきれないと考えたのは、間違いだったのかもしれない。

　ほかの連中はすでにノアを待っていた。彼が遅れたのだ。サベラがまだそこにいるような感じがどうしても抜けず、アパートメントの中を歩き回っていたからだった。山ほどの聖書に誓っても、彼の名をささやく彼女の声が聞こえたと断言できた。だが、それは初めてのことではなかった。この数年のあいだに何度も体験してきたことだった。

　フェンテスにとらわれていた、あの地獄の一年七カ月のあいだ、サベラが自分のそばにいると誓って言えることが何度もあった。彼の額を拭う彼女の目には、混乱したような表情が浮かんでいた。彼を助けたいと請う彼女の声は苦しげだった。しかし、彼女に触れようとすると、血のついた自分の手に気づくのだ。脱出しようとして怪我をしたときの血か、彼が殺そうとした見張りが流した血か。それを見ると、サベラが泣きだした。そうした無残な悪夢の中で、彼女はいつも泣いていた。

蘇った記憶に歯を噛み締めながら、ノアは作戦会議室に入ってドアを閉めた。

「遅かったな」そう言って椅子から立ちあがったジョーダンは、ノアが席に着くと、電灯のスイッチを切った。「黒襟市民軍に関係する疑いがあるとして、この一週間で名前の挙がった連中に関する情報だ」

ジョーダンはわざわざ時間を割いて、ノアに遅れた理由を尋ねた。

「マイク・コンラッド。町で最大の銀行の支配人。この銀行は、市民軍が受けている多額の資金の洗浄に対し、中心的な役割を果たしている可能性がある」

壁にかかった液晶モニターにマイクの顔が映っている。

「奴のことは知っている」ノアは静かに言った。「マイクは市民軍に加わる要素を満たしている。おれが以前住んでいたころでさえ、入国管理法について自分の意見を大っぴらに話していた。国には正しい法律を制定する能力がないとか、現在ある法律をしっかり運用していないとか。より厳しい法律の制定を支持していて、効果をあげるために民兵組織を使うことにも賛成していた」

「おまえらふたりが友人だったって？」ミカが興味深そうに尋ねた。

ノアは肩をすくめてみせた。「幼友だちでね。意見は合わなくても、あのころはいい奴だと思っていた。六年以上も前の話だ。結局、奴は自分の考えを実現する方法を見つけたというわけだ」

「奴らはみんなそうだ」ジョン・ヴィンセントがうんざりしたように言った。そのいかつい顔には危惧しているような表情が浮かんでいる。メンバーはそれぞれ、たったいまテイヤから渡されたファイルをぱらぱらとめくっていた。

「そこにあるように、マローン修理工場で雇われているふたりの修理工、ティミー・ドリアンとヴィンス・ステップトンはどちらも、市民軍の末端構成員と見られている」ふたりの写真がモニターに映った。「ふたりともわれわれの監視下にある」そう言ってジョーダンは続けた。「ふたりはゲイラン・パトリックの牧場と、郊外にあるマイク・コンラッドの自宅をしばしば訪れている。コンラッドとその関係者もわれわれの監視下にある」幾枚かの写真が映し出されたが、そのうちの一枚はダンカン・サイクスのものだった。

「少し前の夜にコンラッドのコンピューターにハッキングしようとしたんですが」口を開いたテイヤに、ジョーダンはうなずいてみせた。「なかなか手強くて」ため息をつきながらテイヤは続けた。「とても高度なセキュリティーシステムが通信回路に取りつけられてるんです。サイクスには、その手のセキュリティーに関する知識も、使用する能力もあります。このシステムを外さないことには侵入できないので、パトリックのコンピューターも試してみました。そこにも同じシステムが使用されています。このシステムの検知を完全に回避できるプログラムを作ったんですけど、対象となるコンピューターから直接アップロードする必要があるんです」

「おれがやろう」ノアが言った。「マイクの家を建てるとき手伝ったんだ。奴は本来の設計図に一カ所手を加えている。奴とおれしか知らないことだ。狭い避難用トンネルで、出入り口は奴の書斎にある。おれが死んだあともそのままのはずだ。それまで以上に安全になったと思っているだろうからな」

「よかろう」ジョーダンはうなずくと、疲れたように息を吐き出した。「過去一週間に行われた、新たな狩りの報告も来ている。昨夜、国境監視員が遺体を発見した」

遺体がモニターに映った。若い男女。恐怖にゆがむ破壊された顔に、うつろな目がぽっかりと開いている。

「若いメキシコ人夫婦。国境を不法に越えようとしたと思われる」その夫婦の写真はぞっとするものだった。女性は明らかにレイプされ、拷問を受けている。夫の体はずたずたに切り裂かれ、まるでパッチワークのキルトのようだ。「血縁者によれば、夫婦は赤ん坊を連れていたはずだが、現在行方不明だ。写真はない。生後三カ月で、左臀部に痣がある。わかっているのはそれだけだ」

「この殺人は、不法移民狩りの一環として行われたという報告を受けている」そう告げて、ジョーダンは続けた。「ダラス、ヒューストン、そしてその近隣地域で行方不明になった何組かの夫婦——不法、合法を問わない——の遺体がここ、ビッグベンド国立公園で発見されている。いずれも逃げようとした、あるいは、加害者と争ったと思われる形跡がある。前回話した殺害されたＦＢＩの捜査官は、彼らが姿を消した日の夜に、狩りが行われるという密告を受けていた」

「国境監視員が関係しているのか？」イスラエルの諜報機関モサドにいたミカ・スローンがジョーダンに尋ねた。ミカの黒い瞳は冷ややかだ。このイスラエル人はメンバーの中で最も腕の立つひとりだ。彼がほかのメンバーに教えたトレーニング法は、部隊全体の威力を高める役割を果たしていた。

「実証はない。この二年間で遺体を発見したのは、国境監視員、公園監視員、牧場主、ハイカー、それに数名のカウボーイだ。発見される地域はいつも異なっている。広範囲にばらまいているということだ」ミカにそう説明したジョーダンは、一同を見回した。「なにかつけ加えることはあるか？」

「明日、工場で修理の仕事につく」椅子の背にもたれながら、ニックがにやりとした。「ローリー・マローンは試用期間ということで、共同経営者をようやく説得したらしい」

ノアはそれを聞いて鼻を鳴らした。ローリーは死に物狂いでサベラと戦ったのだ。弟には思っていたよりずっと骨があった。

「おれは人目につかないように噂を集めた」ミカが報告した。「噂はいくらでもあるから、それは報告書にまとめてある。色々な話が飛び交っているが、決定的なものはまだない」

「本当かよ」オーストラリア人が皮肉っぽく応じた。ジョン・ヴィンセントは、いやみっぽい言い方をすることがよくあった。「おれが探ったバーとたまり場は時間の無駄だったね。詮索好きの小娘どもと、飲んだくれのカウボーイしかいない。おれが怪しいとにらんだ数人は、そういう場所では落ち合うだけで、必要な話は別の場所でするらしい」

「相手の訛りと態度に注意するんだ、ジョン」ジョーダンが淡々と告げた。「ミカ、これまでと同じように。なにげない会話に耳を傾けていてくれ。誰が中心グループに属し、誰が下っ端の兵隊かを確定する必要がある」

「狩りはプロの手で行われている」ニックが発言した。「ただの兵隊じゃない。下っ端の連中は、その話を聞いているかもしれないが、実際に関われるほどの地位にはないはずだ」

「ダンカン・サイクスと同じように、兵隊どもも修理工場によく顔を出して、メンバーで修理工のティミーやヴィンスとしゃべっている」ノアが報告した。「おまえは金髪で十分アメリカ人らしく見えるから、連中も話しかけてくるかもしれないな」

それを聞いて、ニックはうめき声をあげた。

「知り合いはたくさんできたか？」ジョーダンがニックに尋ねた。

大柄なロシア人は首をふった。「ただのニックということで自己紹介している。軽く飲むだけで、誰ともじっくりと話をしたことはない。だが、おれのアメリカ訛りは十分通用するようだ」

エリート作戦部隊に入るずっと前に、ニックがアメリカ訛りを学んでいたことをノアは知っていた。

「ニック、きみはニコラス・スティールという名前を使え。生まれはカリフォルニアだ」ジョーダンはそう告げると、テイヤに向き直った。「彼の経歴を用意してくれ。メイフラワー号までたどれる家系図もな。落ちぶれた生粋のアメリカ人を連中に紹介してやろう」

テイヤはニックにウインクをしてにっこりした。「あなたが帰るまでに用意するわね、ニッキー」

アメリカっぽい軽いニックネームで呼ばれて、ニックは顔をしかめた。

そのとき、ジョーダンがノアに鋭い視線を向けた。「修理工場では、ほかに問題は起こってないか?」

「予測していた以外のことはなにも」そう答えて肩をすくめると、ノアは続けた。「ローリーに修理工のティミーを首にさせて、少々揺さぶりをかけてみるつもりです」

ティミーは修理工としては無能だった。いや、それ以下だ。レンチとジャッキの違いさえ知らないと言っても言い過ぎではない。ローリー、あるいはサベラが彼を雇った理由が、ノアにはいまもわからなかった。

その提案にジョーダンはうなずいた。「われわれの任務の内容は簡単だ。メンバーを確定し、可能ならとらえる。そのあとは、ＦＢＩが情報を聞き出し面倒をみられるようになるまで収容する。ほかの手段がすべて失敗した場合は、抹殺する。これは最悪のケースだ。必要なのは情報だ。中心グループと組織のリーダーの名前だ。広まりつつあるこの市民軍の動きを封じこめなければならない。そのためには情報が必要だ。核心に迫るために必要な情報を手に入れる方法を考えてくれ。それでは、始めよう」

ファイルが開かれ、それから二時間にわたって計画が話し合われた。ジョーダンは椅子に深々と座って耳を傾け、必要な場合のみ意見を出した。グループはよくまとまっていた。この任務も、過去数年のあいだに遂行してきたほかの任務同様の進展を見せると、ノアは確信していた。つまり、危険で、血なまぐさい事態が待っているということだ。

メンバーは、共同作業が必要になるまで、ひとりで行動する訓練を受けていた。必要に応じて隊から離れ、ふたたび隊として活動する訓練を。今回は、個人個人による活動が最も効果的と思われるが、ノアとニックだけは工場で共同作戦に当たることになる。

サベラとローリーの事業を妨害しようとする動きがあるのは、ノアの目には明らかだった。サベラが工場を管理するようになる前は、まだ修理の終わっていない車が顧客に戻されたことがあったと、前夜、ローリーは認めた。ときには、走らせるのが危険な状態で。サベラが、修理の完了した車を自分でもう一度点検し、異常がないかを確認したうえで客に戻すことにしたのもそのせいだった。

サベラが工場で遭遇した問題を考えるたびに、ノアの首の後ろがうずいた。彼にはどうしようもできなかった。マイク・コンラッドが姿を見せてから、ずっとそうなのだ。あれほど酔っ払い、礼を欠き、攻撃的なマイクを見たのは、ティーンエイジャーのころ以来だった。彼がサベラに暴言を吐いたことに、ショックを受けたほどだ。

しかし、サベラはいつもマイクを嫌っていた。父から言われるままにマイクと過ごした歳月より、彼女の勘を信じるべきだったのだ。

コンラッド家とマローン家は家族ぐるみのつきあいで、同い年のマイクとネイサンは兄弟のようにして育った。狩りにも、釣りにも一緒に行った。ネイサンは、自分たちの子どもも同じように一緒に育っていくものと考えていた。マイクの父親がいまでもグラント・マローンと友だちづきあいをしているのか、ローリーに確かめる必要がある。

「テイヤとメーシーは、ここで通信と電子機器の面倒をみる。わたしは明日と明後日、しばらくマローン牧場に行ってみる。なにか情報を得られるかもしれないからだ。携帯電話をなくすなよ。ミカとジョン、きみらは待機だ。いま、メーシーを除いたドゥランゴ部隊が公園を見張っている。彼らに頼るのは最後の手段だ」とジョーダンは告げた。

　エリート作戦部隊は最少人数で任務を遂行するという意図のもとに結成され、訓練されている。メンバーの正体と任務内容を知る者が少なければ少ないほど、情報が漏れる危険性が低くなるからだ。彼らが死んだままでいる方が、作戦には都合がいい。

　会議も終わりに近づき、ふたたび部屋が明るくなった。ノアは時間を無駄にしなかった。今夜はデートだとサベラは言っていた。くそダンカンに迫られずにちゃんと家に戻れたか、確かめるつもりでいる。

「ノア」バイクにまたがろうとしたノアをジョーダンが呼び止めた。ノアの指はいつでも回せるよう、すでにキーにかかっている。

　近づいてくる叔父にノアは視線を向けた。ジョーダンが彼を、特にこの部隊に引き入れたのはなぜだろう。この疑問がノアの頭に浮かんだのは、これが初めてではなかった。

「今日、電話があった」

「それで?」

「保安官のリック・グレイソンからだ」

ノアは叔父を見つめ返した。

「グラントがわたしの番号を教えたんだ。リックは、町によそ者がいると言っていた」ジョーダンの唇の端がねじれた。「修理工場で働いているらしい。彼によれば、よそ者はベラに乱暴を働いたそうだ。だから、家族の誰かが、この男をよく調べた方がいいということだった」

ノアはバイクのキーをゆっくり回すと、ジョーダンと目を合わせたままギアをニュートラルに入れ、方向転換ができる場所までバイクを後退させた。それから、ギアを一速に戻し、駐車場を出て、二方向に延びる小ぶりな峡谷に乗り入れた。

ビッグベンド国立公園には、峡谷や渓谷、崖、それに山々が連なっている。ノアはヘッドライトをつけなかった。ブレーキライトにもスイッチがあり、必要なときは完全に人目につかずに走れるようになっている。

一般道に出ると、ノアはヘッドライトとブレーキライトのスイッチを入れ、修理工場を目指した。その上の小高い場所に建つ家に明かりは見えず、真っ暗で人気《ひとけ》はない。しかし、サベラはまだ起きている。そして彼を見ている。ノアはその視線が感じられるような気がした。

ダンカンの車は見えない。デートのあと、サベラは飲み物を勧めなかったらしい。

バイクを駐車場に入れて飛びおりると、ノアは寝室の窓を見あげた。ふたりの寝室。ふたりの窓を。いまもサベラは、ふたりのベッドで寝ているはずだ。いまでも彼の枕を抱いて寝るのだろうか？　それとも、横に置いて寝るのだろうか？

頭をふりつつ、ノアはアパートメントへの階段をのぼっていった。バイクのエンジンを切る前から、階段の上で待っている者の正体はわかっていた。

「もう問題を起こしたんだな」デッキに足をかけたノアに、ローリーは文句を言った。

ドアの横の椅子に座っていたローリーは立ちあがって、兄がドアの鍵を開け、用心深く中に入る様子を顔をしかめて見つめていた。

中は物音ひとつ聞こえず、人の気配はなかった。そうでなければ困る。ドア枠のあいだに張った蜘蛛の糸のように細い紐は、もとのままぴんとしている。別のドアの鍵穴に差しこんだ爪楊枝の小さなかけらもそのまま残っていた。

それでもノアは、細心の注意を払いつつ中に入った。ローリーが無言であとに続いているのはわかっていた。アパートメントの内部を調べ終わると、ふたりはキッチンに戻った。

「くそ、ビールより強いものが欲しいな」冷蔵庫からビールを二本取り出し、その一本をノアに投げながらローリーはため息をついた。「ダンカン・サイクスが電話をしてきてさ。どういうわけか、今夜ベラがデートをキャンセルしたのは兄さんのせいだと言って、おれを責めるんだ」

唇の両端が自然に満足げにあがるのを、ノアは止めようともしなかった。

「彼女の面倒はおれがみる」ビール瓶の蓋をねじって取り、ごみ箱に放り投げると、ノアはよく冷えたビールを喉に流しこんだ。

「この前の夜にも同じことを言ってたな」ローリーは吐き出すように応じた。その青い目が怒りに燃えている。「ちくしょう、彼女がおれを見るたびに泣くのを、二年近くも眺めてきたんだぞ。ようやく彼女が再出発しようという気持ちになったときになって姿を現して、しかも、自分の正体を隠したまま、彼女の人生をまためちゃめちゃにしようってのか」

「おれを怒らせるな、ローリー」弟の言葉を聞きたくなかった。「一体なにをしにここまで来たんだ？」

ローリーは鼻を鳴らした。「部屋の中を歩き回る音がうるさいって、じいちゃんに家から追い出されたんだ。それで、外を歩き回ってたら、今度は撃ち殺すって脅された」

ノアはもう少しでにやりとするところだった。いかにも祖父らしい。

「空いてる部屋を使え」ノアは肩をすくめた。「それはそうと、明日の朝、ティミーを首にしろ。朝一でやるんだ」

ノアを見つめるローリーの目は苛立っていた。「それはないだろ、ノア。奴は母親を助けてるんだ」

「それは違う。誰も見ていないときは、工場の裏で薬《ヤク》をやっている。それに、隙を見てはサベラの行動を逐一マイク・コンラッドに報告している。奴を追い出せ」

「困ったな。ベラが雇ったんだ。また食ってかかられる」

「噛みつきはしないだろう」ノアはまた肩をすくめてみせた。

そう、実際に噛むことはないが、サベラが怒り狂えば、大の男でも恐怖に股間が縮みあがることになる。彼女の気持ちを傷つけ激怒させてしまったら、サベラがきらきら光る涙を目に浮かべてものを投げつけ始めたら、彼女の気持ちが落ち着くまで外に出ているしかなかった。なにしろ怖い。暴力は振るわなくても、サベラににらみつけられるだけで、相手はたじたじとなってしまうのだ。

「噛みはしなくても、その気になれば、すごいパンチを出してくるぞ」ローリーが反論する。「初めて修理中の車から彼女を引き離して、オフィスに座らせようとしたときは、殴られた顎が風船みたいに腫れあがったんだからな」

その話に驚き、ショックを受けたものの、ノアはそれを表には出さなかった。サベラがなにかを叩くところなど見たことはなかった。怒ったときでも、枕に八つ当たりすることさえなかったのに。

「少し休め」ノアは寝室を顎で示した。「おれはちょっと外に出てくる」

「一緒に行こうか」そう言うとローリーは立ちあがった。「援護の仕方は知ってる。兄さんが教えてくれたからな」

そう、そのとおりだった。前世の話だ。

「今夜は要らない」ノアは首をふった。いまから行こうとしている場所に関しては、助太刀を連れていくどころか、誰かに見られるわけにも、尾行されるわけにもいかなかった。それに、ローリーをこんなくだらないことに巻きこむつもりは毛頭ない。「少し寝ろ。朝にはサベラの相手をしないといけないんだからな」

「ひどいな」ローリーは顔をしかめた。「また殴られる」

「彼女の腕は長くはないから、一メートル以内に近づかないようにしていろ」ノアはドアを開けると、ふたたび夜の中に戻っていった。

マイク・コンラッドの家は遠くない。ノアは基地を出る前に、マイクのコンピューターにインストールするプログラムを渡されていた。彼の家に忍びこむのはそれほど難しくないはずだ。

一時間後、ノアは秘密のトンネルを通って、マイクの書斎に通じる羽目板を外していた。音声・ビデオ防犯装置の有無を調べ、持ってきた電子装置の表示をチェックしたノアは頭をふった。部屋には盗聴器が設置されているが、いまは解除されている。盗聴器が作動し始めることのないように、念のため持参の電子装置のスイッチを入れたまま、ノアは書斎内に移動した。

マイクはいつも傲慢な奴だったが、愚かだと思ったことは一度もなかった。だが、彼がサベラを攻撃したのは愚かな行為だった。マイクが実際に黒襟市民軍のメンバーだとしても、ノアが感じたほどには不似合いな行動ともいえないかもしれない。

ノアの記憶が正しければ、結婚する前にサベラが銀行で働いていたころ、マイクはいつも少し馴れ馴れし過ぎる態度で彼女に接していた。一方、彼の妻はサベラに対して、いつも少しばかり冷たかった。いまなら納得がいく。ネイサンは、その警告のサインを自分が疑い深過ぎるせいだと考えて無視するようにしていた。マイクは不倫をするような男ではないと信じていたのだ。それは間違いだったのだろう。

机に載っているノート型パソコンが第一目標だ。テイヤに渡されたフラッシュドライブをUSBポートに差しこみ、静かにコンピューターのスイッチを入れる。テイヤの話では、フラッシュドライブに入ったプログラムが自動的に起動し、すべての問題が解消されるはずだ。コンピューターのセキュリティープロトコルが迂回され、自動的に打ちこまれたパスワードがノアの差しこんだフラッシュドライブに書きこまれる。そして、テイヤのプログラムが猛烈な速さでアップロードされていった。

すべてが終わると、パソコンは自動的にオフの状態に戻った。ノアはフラッシュドライブを引き抜いて、作戦用ズボンのファスナーつきポケットに入れた。そのあと部屋の中を見回したノアは、目を細め、室内を点検し始めた。

暗闇の中で物音ひとつ立てずに机の下部の扉の鍵を開けると、動きを止めて中を冷ややかに見つめた。

予備の拳銃、銃弾のカートリッジ、それに顔を隠す黒いマスクと一緒に入っていたのは、三枚の黒いスカーフだった。この数カ月のあいだに狩られ、殺害されたすべての犠牲者の首に黒いスカーフが巻かれていた。

扉を閉め、ふたたび鍵をかけたあと、ノアはトンネルに戻った。羽目板をもとどおりにし、埃まみれの床に足跡を残さないよう気をつけながら外に向かう。その通路が使われた形跡はまったくなかった。
とりあえず、黒襟市民軍の中心メンバーのうち、ひとりの正体ははっきりした。

8

その夜ダンカンにしたつまらない言い訳が通用すると自分がなぜ考えたのか、サベラ自身にもよくわからなかった。これまで、デートのキャンセルを彼がいつも快く受け入れてくれたせいかもしれない。それとも、ダンカンとの関係をよく考えてみればみるほど、それがこっけいなくらいプラトニックだったことに気づいてしまったせいなのだろうか。

ダンカンの車が私道に入ってくる音が聞こえたのは、夜もかなり更けたころだった。居間にいたサベラは、前日にダンカンが開けたワインを空にしかけていた。窓にヘッドライトの光が反射するのが目に入った途端、彼女の頭に突然いくつかのことが浮かんだ。

どういうわけか、男たちはみんな、彼女を扱いやすい相手だと思うということも、そのひとつだった。ネイサンは、妻であるサベラを守ってやる必要のある弱い女として扱った。ダンカンは、修理工場での彼女の「趣味」のことを少し見下したように話す。最近では、ローリーまでが、彼女の決断にいちいち口を挟んでくる。そして今夜は、デートをキャンセルしたくらいで、判断の正しさを問い質されようとしている。

サベラはソファから立ちあがると、絹のように柔らかで光沢のあるショートパンツの上に着ているゆったりしたTシャツの皺を伸ばして、ワイングラスを手にドアに向かった。ドアを引き開けると、ダンカンがドアをノックしようと拳をあげたところだった。ハンサムな顔に、苛立ちが見て取れる。

皺ひとつない白い半袖のポロシャツと褐色のズボン、それに黒いローファーを身につけたダンカンは、いかにもきちんとした雰囲気を漂わせている。完璧な身だしなみはいつものことで、今夜も例外ではなかった。

ワイングラスに落ちたダンカンの視線がサベラの顔にあがり、次に顎と首で止まった。そう、まだ跡が残っているのだ。小さな噛み跡が顎にひとつ、首にもひとつ。あのときの快感を思い起こすと、罪の意識でたまらない気持ちになった。そして、あの飢えが蘇ってくる。

「入ってもいいかな?」そう尋ねる滑らかなダンカンの声を聞いて、サベラは突然不安になった。

彼の口調は辛抱強く温かいが、目には怒りが宿っている。

「もちろん」サベラはワインを口に運びながら後ろに下がり、ダンカンに道を開けた。「もう真夜中よ。少し遅くない?」

「僕に門限はない」彼の怒りは、前より明らかだった。

サベラはおろした髪に指を走らせると、ふたたび居間に戻った。そこは彼女の聖域だ。ダンカンはその部屋に入るのがあまり好きではないらしく、キッチンの方を好んでいた。ダンカンが、寝室のある階上に足を踏み入れたことはまだ一度もなかった。

ダンカンはサベラについてきたものの、暖炉が正面に見える入り口で立ち止まると炉棚を見つめた。サベラは椅子のひとつに膝を曲げて座った。

ダンカンの顔には、あからさまではないにしろ傷ついたような、落ち着かないような表情が浮かんでいる。サベラは少し胸が痛んだ。この数年のあいだ、彼はいい友だちでいてくれた。彼女の体と心が彼を進んで受け入れるつもりになれば、いい恋人、それに夫になってくれていただろう。

「彼がいまにも戻ってくるみたいに、写真を飾ってるんだね」彼の声は静かだった。「彼が両腕を広げていつ入ってきてもおかしくないとでもいうようだ」

サベラは炉棚に、そして窓の下の長いテーブルに目をやった。テーブルの上にも写真が並んでいる。ずっと前に片づけてしまった方がよかったのかもしれない。でも、そんなことはできなかった。

「あの人のことを忘れるのは簡単じゃないわ」しばらくしてそう答えると、サベラは落ち着かない様子で肩をすくめた。「ねえ、真夜中にあなたが来たのは、わたしの夫が戻ってくるかどうかという話をするためじゃないんでしょう」

「ネイサンは死んだんだ、ベラ」口調は乱暴で、ダンカンが苛立っているのは明らかだった。「きみはそれを信じようとしない。僕たちの関係がうまくいかないのもそのせいだろう？彼が逝ってしまったことを、きみが受け入れないからだ」

ネイサンが永遠に逝ってしまったという事実をサベラが受け入れるのに三年かかった。彼女が生きてきた身の毛のよだつような悪夢を克服するのに、三年以上の時間が必要だった。最初は血まみれの夢だった。そのあと、苦痛と怒りにあふれた夢が訪れた。サベラはネイサンが生存し、苦しんでいることを確信していた。悪夢の中で、彼はサベラに自分のもとに来るように懇願していた。でも、悪夢は突然去った。ある夜を境に見なくなった。同時に、ネイサンも永遠に彼女から去っていった。

「ええ」少ししてサベラはうなずいた。「それは認めるわ、ダンカン。だけど、つきあい始めたときに、はっきり言ったはずよ。わたしが求めているのは愛情じゃないって」

ダンカンは厳しい表情で口を引き結んだ。

「それに、セックスでもないとな」吐き出すように言って、ダンカンは続けた。「きみはキスさえほとんど許してくれない。だが、きみが新入りの修理工と寝ているという噂はどうやら本当のようだな」そして、サベラに人差し指を突きつけた。「そのキスマークは見逃しようがない」

「ノア・ブレイクとは寝てない」サベラはもどかしさと苛立ちを押し殺した。「どんな噂が立っていようと関係ないわ」

「僕と寝るつもりもないんだ」ダンカンは部屋の奥まで入ってきた。「教えてくれ、ベラ、この写真は夜中にきみを温めてくれるのか？」ダンカンは、炉棚とテーブルを手で示した。「子どもをくれるのか？　彼を思って泣くきみを抱いてくれるのか？」

ダンカンの声は次第に大きくなり、怒りを抑えきれない様子だった。サベラがずっと言ってきた言葉が本心からのものだったことを、ようやく理解したらしい。友情以上のものを求めていないという、彼女の警告を。

「彼を思って泣くわたしを、あなたは抱き締めてくれるの?」サベラはやり場のないもどかしさを感じながら椅子からさっと立ちあがると、ワインのボトルとグラスをつかんでキッチンに向かった。「それがあなたの望みなの、ダンカン?」

「じゃあ、ノアがきみの顔と首にキスマークをつけているあいだ、きみはネイサンを求めて泣いていたのか?」サベラのあとを追ってくるダンカンの顔には、憎しみに満ちたぞっとするような冷笑が漂っていた。

「やめて、ダンカン」サベラは警戒するような表情で肩越しに振り返って相手を見た。明るいキッチンに入ってカウンターまで行くと、サベラはようやく少しほっとした。テーブルとしても使えるL字形のカウンターの上に手にしていたボトルとグラスを置くと、ダンカンに向き直った。

ダンカンが怒ったところは一度も見たことがなかった。彼が怒ったという話も聞いたことがないくらいだ。しかし、いまは明らかに気分を害している。

カウンター越しにダンカンを見つめるサベラには、彼の怒りがますます膨らんできているのがわかった。口元が固く引き結ばれ、顔が赤くなっている。

「あの修理工にそこまで許して、僕には許さなかった理由を、僕が知らないとでも思っているのか?」怒りに満ちた声だった。「ベラ、きみは自分自身をごまかしている。自分でもわかっているはずだ。しかも、きみは間違いを犯している」

「もう真夜中よ、ダンカン。あなたと今夜、こんな話はしたくない。したかったら、わたしの方から来てくれるように頼んでたわ。あなたには、わたしの行動に口出しをする権利なんかこれっぽっちもない。わたしの判断にあれこれ文句を言う権利もね」

「奴はネイサンに似ている」ダンカンはサベラをにらんだ。「だから奴が欲しいんだろう。だからきみの肌に奴の印がついているんだ。ネイサンを思い出させるからな。だが、奴はネイサンじゃない」

サベラはショックを受けてダンカンを見つめた。「彼はネイサンとは全然似てないわ」反論しながらも、サベラの中で怒りがこみあげてきていた。「ネイサンとは全然違う。ネイサンはわたしを愛してくれたわ、ダンカン」

「きみをそれほど愛していたから、SEALを辞めることさえ考えなかったのか」あざ笑うような言い方だった。「いつか死ぬことになると僕が彼に忠告したことが、何度あったと思うんだ？　きみをひとり残して、苦しませることになると。だが、彼は耳を貸そうともしなかった」

ネイサンらしかった。男らしくあること、そして、SEALの隊員であることが、ネイサンの核だった。彼は、サベラが夫の死を乗り越えると考えていたのだろう。それだけのことだ。

「あなただって、あなたが好きな崖のぼりの最中に死んでしまうかもしれないじゃない。ネイサンはSEALだった、ダンカン。彼にとってはただの仕事ではなく、彼そのものだったのよ」

「そしてきみは、ネイサンが家にいるあいだは、彼の自尊心《エゴ》を満足させてやるために、頼りなげな南部美人を演じていたというわけだ。僕はそれを見ると、反吐が出るほど胸くそが悪くなったものだ」彼の口調にも表情にも、嫌悪感があふれていた。サベラは驚いて相手を見つめた。

「わたしは彼の妻だったのよ」ダンカンの怒りの矛先がまるで違う方向に向かったことに戸惑いながら、サベラは告げた。「あの人が必要としていることをしてあげただけだわ。わたしが必要としていることを彼がしてくれたように。ダンカン、あなたにはまったく関係ないことだし、あなたにあれこれ言われる筋合いはないわ」

「『ねえ、ネイサン、車のオイルを替えないといけないの』」ダンカンは甲高い、あざけるような声でサベラの真似をしてみせた。「『ねえ、ネイサン、わたしの車のタイヤを見てちょうだい』。きみは睫毛を震わせて、なにも知らないふりをしただろう。ところが、彼が死んだ途端に修理工場に乗りこんで、まるでプロみたいに仕事に取りかかった。まったくな、ベラ、少しは罪悪感を覚えないのか？　あんな風に自分の亭主に嘘をついておいて」

嘘をついたことはない。サベラと一緒にいるとき、ネイサンにとっては彼女の面倒をみることがかけがえのない仕事だった。任務と任務のあいだに彼から受けるひたむきな愛が、サベラにも必要だった。ずっと一緒にいたら、ふたりの関係は変わっていっただろうか？　そうなっていたはずだとサベラは思う。でも、結婚していた二年のあいだ、そんなことは関係なかった。車の修理は、彼女にとって天職と言えるほどでもなかった。車をいじるのは好きだったけれど、それよりもネイサンと過ごす時間が楽しかった。彼が任務で留守にしているあいだは、自分の車は自分で修理し、彼の大事なトラックまで直していたものだ。

「夫に嘘をついたことは一度もないわ」そう答えるサベラの口調は穏やかだった。「それに、わたしの気持ちのことで、あなたに嘘をついたことも一度もない。あなたがわたしに求めているものを、わたしは望んでいないと言ったはずよ。一年前にそう言ったし、そのあとも何度も繰り返したわ」

「だが、臭い油のにおいのする、あの下衆野郎ならいいのか？」その声はとげとげしかった。

サベラはダンカンを見つめた。怒りがこみあげてくる。「それがわたしの大好きな香りのひとつだという事実は、あなたにもよくわかってるはずでしょ」

「馬鹿らしい」ダンカンが怒鳴った。「きみはいつも油臭い。ディナーの最中までそのにおいを嗅ぐのは、もううんざりだ」

ダンカンのこういう面を見るのは初めてだった。そんな面があると想像したことさえなかった。

「あなたは、ネイサンの妻を手に入れられると思ったんでしょう」サベラの口の端があがり、苦々しい笑みが浮かんだ。「家庭的なか弱い女をね。なんでも言われたとおりにする女を」

サベラは頭をふった。「あなたは、わたしたちのことをなんにも知らないのね、ダンカン。ネイサンが命じたことをわたしがほとんどやらなかったなんて、全然知らないんでしょ。表面に見える以上のものを、あなたが一度も見ようとしなかったことは確かね」

ダンカンは怒りに満ちた顔をサベラにちらりと向けると、窓の方に歩いていった。

「奴を追い出せ！」サベラに向き直ったダンカンの硬い声は、前より威圧的で冷たかった。

「首にしろ、サベラ」

サベラは眉を吊りあげた。「ローリーが雇った人だから、わたしには首にできないわ。いずれにせよ、彼を首にするつもりはないけど。それはね、ダンカン、わたしは誰の命令も受けないからよ。特にあなたからの命令はね」

「あのごろつきを追い出さないと、後悔する羽目になるぞ」その顔は激怒にゆがんでいた。

「奴は危険だ。奴の顔を、あの目を見ればすぐにわかる。きみが奴を求める理由はそれだけだ。しかも、そのことを認める分別がきみにはない。奴はネイサンと同じように危険な男だ」

「出ていきなさい」サベラはゆっくり背筋を伸ばすと、電話の方ににじり寄った。ダンカンは彼女をにらみつけている。「すぐに出ていって、ダンカン」

「事実を認めたくないからか？」

突然、以前ほどダンカンの顔がハンサムに思えなくなった。サベラが男性に求める条件に、ハンサムであることという条項が含まれているわけでもないのだが、ダンカンにはいつも洗練された雰囲気があり、男性的な上品さを漂わせていた。その顔が、ひどい癇癪のせいですっかり台無しになっている。

「あなたが手をつけられないほど興奮しているからよ」サベラは電話を手に取ると、ダンカンを見つめた。「出ていって」

ダンカンは電話にちらりと目をやった。「好きなように、あのごろつきを呼ぶがいい。どうぞ、ベラ、呼んでみるんだな。奴がいないことに、いくら賭けようか。きみは、男をずっと惹きつけていられるほど女っぽくないから、奴はどこかでほかの女とよろしくやっていることだろうよ。ネイサンのような男も、ましてやノア・ブレイクみたいな流れ者も、きみに引きとめられるはずがない」

その言葉に傷ついて当然だった。それが当たり前なのだろう。しかし、サベラは理解していた。会計士とではなく、SEAL隊員と結婚したのだから。そのことがなにを意味するのか、彼女にはよくわかっていた。夫が安全に戻ってくる保証はもともとなく、彼女は早い時期にゲームに負けただけだった。

「それなら、あなたも出ていくのは平気でしょ?」サベラは冷ややかにダンカンに告げた。

「なんだと?」彼女の方に向かってくるダンカンにサベラは驚いた。サベラが思っていた以上に、ダンカンは怒っていた。それに彼女が気づいたときは、遅過ぎた。

警察への緊急電話番号九一一の最初の番号を押した途端、電話はサベラの手から飛んでいた。手首をつかもうとする相手の手を避けようと、サベラは素早く身を引いた。

ダンカンの指が彼女の体に触れかけたそのとき、サベラの耳に怒りのこもったうなり声が聞こえた。ダンカンのものより大きく厚く日焼けした手が彼の手首をつかみ、仰天しているサベラの目の前でねじりあげた。ダンカンは女の子のような悲鳴をあげながら床にひざまずいた。

ノアの表情は氷を思わせた。サベラは信じられないという思いでノアを見つめた。Tシャツに革のベスト、色のあせたジーンズと黒い革ズボン、そして、バイク用ブーツという姿で、彫りの深い顔は無表情だ。

彼女がなにもしなければ、ダンカンが死んでしまうのは確実だ。周囲を凍りつかせるようなノアの怒りは、彼がマイク・コンラッドの首を絞めたときよりも一段と凄まじかった。

「ノア。わたしの周りであなたが男の人たちに乱暴をするのには、もう飽き飽きしてきたわ」サベラは、自らの怒りは見せずに、単に事実を述べるという口調で、ぴしりと告げた。「彼を殴ることとくらいわたしにもできたのに」

ノアは彼女に視線を向けた。ノアの足元でダンカンがあえいでいる。

「彼を放しなさい」昔、怒り狂ったネイサンに何度かしてみせたように、サベラは鼻に皺を寄せた。「わたしの家の床をこんな人の血で汚されたくないわ。そうなったら、本当に怒るわよ」

「死体の処理方法は知っている」そう告げるノアの視線が、サベラが着ているTシャツとショートパンツに一瞬流れた。「それほど難しいことじゃない」

「ええ、でも、そうなったら、わたしは罪悪感を覚えないわけにはいかないし、ローリーにも、もちろん話さないわけにはいかないでしょ」サベラは大した問題ではないとでも言いたげに肩をすくめた。「そうしたら、ローリーにあなたを首にさせる理由ができるわ」

「奴はおれに手を貸してくれるさ」ノアは請け合ったが、氷にかすかにひびが入ったような雰囲気があった。「こいつの命を救おうとしているらしいが、本当はなにを言いたいんだ、サベラ?」

「あなたが手に負えないくらい馬鹿だってこと。彼を放さないとふたりとも家から放り出して、保安官を呼ぶわよ」サベラは怒りも露わにノアに怒鳴った。頭の弱い男どもの相手は、もう、うんざり。

ノアの眉があがった。

「彼を放しなさい、まったく」サベラは手に取った受話器をもとに戻すと、愛想が尽きたという顔をしてみせた。ノアが、ダンカンの手首を握っていた手をゆるめる。「さもないと、彼、吐きそうな顔をしてるわ。そのあとを掃除するのはまっぴらですからね」

ダンカンは本当に吐きそうな顔をしていた。手首にかかった力は大変なものに違いない。ノアの方は平然とした顔をしている。

ノアはゆっくりダンカンを放した。

「さっさと行け」ノアが身を引くと、ダンカンはあせったように立ちあがった。シャツは皺くちゃだった。それに、ズボンの股の辺りが少し湿り気を帯びていそうだ。しかし、サベラはわざわざ覗く気もしなかった。

彼女まで吐きそうな気分だ。ダンカンは大慌てで姿を消し、玄関まであとについていったノアは、ドアを乱暴に閉めるとキッチンに戻ってきた。

カウンターに両手をついて下を向いたサベラは、心を苛む痛み、そして怒りと闘っていた。

なんということだろう。ダンカンのことが好きだったのに。愛やセックスを受け入れる用意が彼女にできていない理由やそのほかの面倒なことは、すべて話し合っていたはずだった。「奴を家に入れたのは間違いだったな」ノアがカウンターの前に立った。「まったく。サベラ、跡がまだ残ってるあいだは、あの野郎と顔を合わせないだけの分別はあると思っていたぞ」

サベラは下を向いたままだ。ネイサンも同じような言い方をした。ネイサンが彼女に腹を立てたときの決まり文句だった。そういうとき、彼女はただ彼を笑ったものだ。それとも、男性なら誰もがそう言うのだろうか。

結婚した最初の年、シエナとふたりで四輪駆動車を駆って、野山を走り回らないだけの分別がサベラにはあって当然だった。問題は、彼が一緒でなかったことだ。車をぶつけ、サベラが足首を捻挫したときも、彼には彼女の無事を確かめるすべがなかったからだ。それに、地下室で水道管が破裂したときも、ひとりでなんとかできると考えないだけの分別がサベラにはあってもよかったはずだった。おかげで、彼女はすっかりずぶ濡れになり、地下室も水浸しになってしまったのだから。そういう例にはこと欠かなかった。ネイサンはいつも彼女に、勝手になにかをしない分別を求めていた。

サベラは顔をあげるとノアに告げた。「もう帰ってくれていいわ。すでに怒り狂っている女をもっと怒らせるようなことをしないだけの分別は、あなたにもあるでしょう」

ローリーに勝手に従業員を雇わせないだけの分別も、持っていればよかった。

「サベラ、スイートハート、おれを見ろ」ノアの声はいつもより粗かった。「奴がおまえを傷つけたら、奴を殺すしかなかった。奴を殺るのをおれは楽しんだはずだ」

「そして、それもわたしのせいになるのね」サベラは苦い笑みを浮かべてうなずいた。「そうでしょ」

「いや、おまえに手を出すほど愚かなのは、奴自身の責任だ。それにしても、男というものが他人のものに手を出さないでいられるほど、いつも賢明なわけじゃないということがまだわかっていないのか？」

サベラはびっくりしたように頭をあげた。「つまり、わたしはいまはあなたのものだと言いたいの？」

ノアが彼女に触れようと手を伸ばしてきても、サベラは落ち着いていた。何年ものあいだ、ほかの男が彼女に触れ、キスをしようとするたびに、身を引きそうになる自分を抑えなければならなかったことが嘘のようだ。

「おまえは奴のものじゃない」ノアは彼女の顎に残る髭のこすり跡を指先で撫でていた。「テストステロンはときには危険なものだ。奴と会うのは、もう少し待てばよかったな」

少なくとも、ノアの言うことには筋が通り、しかも正しかった。そう、彼が正しいことはわかっている。でも、ダンカンならわかってくれると思ったのだ。彼女が彼の望みを叶えられないという事実を、ダンカンは納得しているものと思いこんでいた。

「彼は立ち直るでしょう」しばらくして、サベラは荒く息を吐き出した。「でも、あなたも帰った方がいいわ。もう疲れちゃった」

　サベラはノアをドアまで送ろうとカウンターを回って前に出た。その体にノアが腕を巻きつけた。そして、驚いて見あげるサベラを、自らの引き締まった体に抱き寄せた。

「奴からは逃げたのにな。おれといれば安全だとわかっているんだろう。認めるんだ」

「彼と一緒でも安全だった」彼女の声は穏やかだった。「わたしは馬鹿じゃないのよ、ノア。自分を守るすべは心得てる。必要なときはそれを使うわ」

「それなら、証明してみろ」かすれた粗い声は、暗く、歌うようだ。「おれから逃げてみろ、サベラ」

　その挑戦に、サベラはもう少しで笑ってしまいそうだった。ただ、彼女の中で燃えているなにかが、懸命に彼を求めていた。ノアはサベラを抱きあげた。

「おれが欲しいんだろう」乱暴な言い方だった。

「あなたを欲しくはなりたくない」サベラは苦しげにささやいた。「ダンカンの言ったことで、ひとつ正しいことがあったわ。あなたは危険だということよ。わたしの手には負えないほど危険で、謎が多過ぎる。わたしが少しでも利口だったら、一週間前にはあなたを追い出してたわ」

「おまえは十分利口だ」ノアは顔を寄せると、唇を彼女の唇に軽く触れさせた。「誰の腕に抱かれればいいかわかるだけの知恵がある。どこにいれば安全かを理解する頭もある」

　ノアは彼女を篭絡しようとは思っていなかった。いまがそのときでないことはわかっていた。朝になれば、彼女の良識がふたたび頭をもたげ、ノアだけでなく自分のことまで責め始めるだろう。それでも、ノアの全身をアドレナリンが駆け巡っていた。娼婦の粉と欲情が彼のペニスを攻め立て、血液で満たし、股間では睾丸が悲鳴をあげていた。

　妻との最後のセックスから、熱く甘美な固く締まったあの感触を味わってから、もう六年以上になる。彼女をむさぼり、頭の先から足の指の先まで舐めまくり、もっとと叫ぶ彼女の声が頭の中に響き渡ってから、六年以上の歳月が流れていた。

　いま、ノアの中にあるのは飢えだけだ。飢えがその鉤爪で彼にかき傷をつけ、サベラを腕に抱きあげて唇を奪う。ノアは顔を少し傾けて舌を押し入れると、情熱と女っぽさ、それにワインの入り交じった甘く繊細なサベラの口の中を味わった。

　ワインを彼女の体中にかけて舐め取りたい。ワインが彼女の陰部に流れこむ様子をじっくり眺めたい。彼女の太腿のあいだに入って、ワインをすすりたい。彼女の体を、酔うほどに味わいたい。六年間忘れることのできなかった、そして逃げることもできなかった、欲情と欲求、快感に酔いしれたい。

「ああ、いい味だ」頭を反らしたサベラの唇を吸いながらノアはうめいた。サベラは両手をノアの頭の後ろに回し、彼の髪に深く指を差し入れた。

　彼女が欲しがっているものはわかっている。硬い笑みを唇に浮かべて、ノアは彼女の首筋を髭でこすった。彼女の体の震えがノアにも伝わってきた。

　サベラをカウンターに座らせ、太腿のあいだに入る。薄いショートパンツは、デニムに覆われた硬いペニスの前では、存在しないも同然だった。サベラに股間を押しつけると、そこが熱く濡れていることがはっきりわかった。固く締まった彼女の内部が、あの甘美な鞘が、さざめきながら彼を包みこんだときのことが蘇る。

サベラのうめき声に、ノアの中ですでに燃えさかっていた炎がさらに大きく燃えあがった。舌でサベラの首筋を味わい、髭で撫でさすると、彼女は局部を彼にこすりつけてきた。

ふたりを邪魔する保安官はここにはいない。

ノアは両手をおろして彼女のシャツに触れた。ゆったりしたTシャツの下に、サベラはブラジャーをつけていなかった。美しい乳房を縛るものはなく、乳首は硬く熱く立っている。味わいたい。どうしても。

サベラはうめき、体中を走り抜ける快感に叫び声をあげた。あまりの素晴らしさと激しさ、次々にあふれてくる自らの欲情に、なにも考えられなくなっていた。考えたくもなかった。髭にこすられる感触は暗い快感をもたらし、ノアのキスは強いワインのようだ。頭がくらくらする陶酔境に浸るサベラの心臓は、これ以上はないというほど激しく打っていた。

それでも満足できない。触れられたい。ノアの両手がTシャツの中に入ってくると、サベラは体をさらにすり寄せ、乳首を手の平で撫でるようにと無言で要求した。どうしてもそうしてほしかった。そんな気持ちになった相手は、これまでひとりだけだった。しかしいま、彼女の願望はさらに熱く、さらに強く、その鉤爪を立てていた。

夫を求めた以上に、彼女はノア・ブレイクを求めている。

恐怖がサベラを襲った。ショック。怒り。それは、ノアと自らに対する怒りだ。

体を反らしてノアから身を振りほどき、カウンターから飛びおりると、サベラはありったけの精神力を振り絞ってノアから離れた。

「こんなことをしてはいけないと、わたしにはわかっていたはずだったのに」サベラはノアから二歩ほど離れて立った。「こんなこと、わたしには必要じゃない。お願いだから、わたしをひとりにして。このまま帰って。さもないと、ふたりとも後悔することを、わたしはしてしまう」

ノアはしばらくのあいだサベラを見つめていた。彼女を自分のものにするのは簡単だ。彼女に触れ、抱き締めて、瞳にある痛みを少し取り除けばいい。そうしたかった。どうしても。

妻になんということをしてしまったのだろう。夫を目の前にしているというのに、サベラは彼を、自分が恋い焦がれた男としてではなく、邪魔者として見つめている。彼女の眼差しは、罪の意識に苛まれていた。夫ではない男に反応してしまったという罪悪感、夫にしかさせなかった触れ方を許してしまったゆえの罪悪感なのか。

ノアは自分が嫉妬していることがわかっていた。ネイサンだった部分は、ノアが思っていたほど完全に失われてしまったわけではないらしい。より暗く支配的で傲慢なノアは、ネイサンだった自分を憎んだ。サベラがあれほど求めているのは、ネイサンだ。ノアは、彼女への飢えも渇きも満たせないまま、生きていかなければならないのだ。

「朝、工場で会おう」自らの思いに頭をふりつつ、ノアは絞り出すように言った。そして、サベラに背を向けると家を出た。

拷問を受けているようだ。ペニスが脈打ち、欲情が血管の中を駆け巡り、血を熱くたぎらせていた。

9

翌朝、サベラはようやくベッドから這い出ると、シャワーを浴びるためにふらふらと浴室に向かった。キッチンにおりるころには、タイマーのおかげでコーヒーがすでにできていた。それでも、カイラ・リチャーズの家に行けるほど目が覚めるかどうか自信はなかった。前夜、保安官の妻シエナ・グレイソンを含めた三人で、カイラの家で朝食がてらおしゃべりをしようという約束をしてしまったのだ。

イアン・リチャーズはネイサンの一番の親友だった。彼が社交家のカイラ・ポーターと数年前に結婚したときは、この小さな町の住人は皆驚いたものだ。しかも、アルパインで彼が母親と暮らしていた家をイアンがずっと手放さず、毎年夏になると妻とふたりで戻ってくることに、住人たちはますます驚いていた。

三人は数年来の友人同士だが、朝食会にシエナが加わるようになったのは、ようやく昨年からだった。彼女は早起きが苦手なのだ。

その朝は、サベラにもシエナの気持ちがよくわかった。

苦痛に満ちた夢のせいで、神経がぼろぼろになっていた。夢の中で、ダンカンが彼女を責めていた。ネイサンの愛と苦痛に満ちた野性的な青い瞳が、彼女を見つめていた。ノアが彼女を求めて手を差し伸べた。でも、その目と声はネイサンのものだった。それまで見たどんな夢よりずっと鮮明で、しかも恐ろしかった。より鮮明に思えるのは、ついさっきまでそれを見ていたせいなのかもしれない。

リチャーズ夫妻の家の私道に車を入れたサベラは、深く息を吐き出した。イアンの焦げ茶色のジープが見える。イアンとカイラの家は、国立公園内の崖と松に囲まれた広々とした平屋《ランチハウス》だ。人里離れたその場所の荒涼とした美しさに、サベラはいつ来ても息をのむ。

後ろでシエナの車がとまった。

「こんなに早く起きるのは違法にするべきよ、サベラ」ふたりが車から出ると、シエナが断言した。「リックにあなたを逮捕させたいわ」

サベラは友人をしげしげと見つめた。完璧な化粧にもかかわらず、緑がかったハシバミ色の目の下は黒ずみ、額には皺がかすかに寄って不安げな雰囲気を漂わせている。

「午後は仕事があるから、外に出られるのは朝だけなのよ」そう言い訳をしながら、シエナを軽く抱き締めたサベラは、数週間会わないうちに友人が痩せたことに気づき、眉をひそめた。「大丈夫？」

「わたし？」シエナは疲れたような微笑みを浮かべた。「大丈夫よ。リックがずっと忙しくしてて。事件を解決できないと、彼がどんなに機嫌が悪くなるか知ってるでしょう。ここ数カ月に起こった殺人事件のせいで、彼、荒れてるのよ」

「黒襟市民軍ね」サベラはつぶやいた。「ひどい連中だわ。殺された女性は、わたしの知り合いだったのよ」

「彼女はＦＢＩ捜査官だったんですって」家の方に向かいながら、シエナはため息をついた。「新聞で読んだときには信じられなかった。もちろん、リックは知ってたけど、わたしには秘密にしてたのよ」

関わっている事件について、それが解決しかけているときでさえリックがなにも教えてくれないと言って、シエナはいつも夫に腹を立てている。そのせいで、ふたりの関係が何度か気まずくなったこともサベラは知っていた。

「規則なのよ、シエナ」サベラは穏やかに指摘した。「ネイサンも任務について話すことを禁じられていたもの」

「そうね、でもネイサンは、任務についているあいだは家にいなかったでしょ」シエナは鼻を鳴らした。「彼、一晩中家に戻らないこともあるんだから」静かなその声は悲しげだった。「そういうときはいやになっちゃうのよ」

サベラにはなにも言えなかった。彼女にはリックの立場がよくわかる。サベラは、ネイサンがＳＥＡＬの隊員であることの意味もよくわかっていた。しかし、シエナには、保安官という職務に対するリックの情熱がまったく理解できないらしい。

「あなたが新しい修理工と面倒なことになったという話も、リックはしてくれなかったんだから」ドアに歩み寄りながら、シエナは唇を尖らせた。サベラはドアを軽くノックした。

「噂でやっと知ったのよ」

サベラはあきれたという顔をしてみせながら、顔が赤くならないことを祈っていた。

「髭のこすり跡に関しては、噂は正しかったようね」首を伸ばして覗きこみながら、シエナはクスクス笑った。「やり方を心得ているわ」

「おはよう」ちょうどそのとき、カイラがドアを開けて、ふたりを招き入れた。「もうすぐ用意ができるわ。すぐに始められるから」そこで口をつぐむと、カイラはサベラを見つめた。トルティーヤができたら、目が丸くなり、小ぶりでかたちのよいふっくらとした唇の端がからかうようにあがる。「わーお、サベラ、噂は本当ね。あなたのとこの新入りさんは、髭のこすり跡のつけ方をよく知ってるじゃない？」

友を見るサベラの目が細まった。「新しい修理工の話はやめましょう」

「新しい修理工だって？」ちょうどそのとき、イアンが部屋に入ってきた。「ベラ、おれのジープを見てもらいたいと伝えてくれないか」そこで言葉を切ると、イアンは彼女の顎と首を見つめた。そして、眉をあげてカイラに目を向けた。

カイラはにやりとした。「新しい修理工よ」

もう、まったく。「あなたたち、まるで初めて髭のこすり跡を見たみたいよ」サベラは不服そうに小声で反撃した。

「鏡は見たの？」シエナは笑い声をあげたが、声は硬かった。「それとも、いつもみたいに、見たくないものは無視したの？」

サベラは口を引き結んでシエナに向き直った。「どういう意味？」

「つまり、髭のこすり跡だけじゃないってこと」シエナは笑った。「あなたの修理工は、キスマークもつけてるわ。そこにある噛み跡をつけた技はなかなかよ」手を伸ばすとサベラの顎のすぐ下に触れて、頭をふった。「わたしたちも幸運にあやかりたいわ」

サベラが修理工場に顔を出したのはもう昼近かった。修理を待つ車置き場には、五台以上の車が並んでいる。トビーは客の車にガソリンを入れている最中で、ガソリンスタンドに付属するコンビニには数人の学生がいた。

ローリーは勤務表を作成中だ。オフィスに入ってドアを閉めたサベラがコーヒーを注ごうとしていると、修理工場に通じる大きめのドアが開いてノアが入ってきた。

彼の視線がサベラをとらえた。ノアの視線はどんなときでも彼女をとらえる。

「遅かったな、問題はないか?」ノアはドアを閉じた。

「朝食に呼ばれた友だちの家に長居し過ぎただけよ」サベラは肩をすくめると、コーヒーを注いで自分の机に向かった。サベラは、Tシャツの上に羽織っているシャツをきつく体にかき寄せた。ネイサンのシャツを。油の染みのついたシャツから、ネイサンのにおいがするようだ。もちろん、ずっと昔に彼のにおいが消えてしまったのはわかっていた。それでも、それを身につけていると気持ちが安らいだ。ネイサンのシャツは、ほかの男への警告でもあった。ノアから身を守りたかったのだ。サベラは効果があることを祈っていた。

ノアの視線がシャツのポケットに動いた。ポケットにはネイサンの名前が刺繍されている。サベラの視線をふたたびとらえたノアの瞳には、かすかに怒りが宿っていた。

「いまだに彼にすがってるのか？」口調は優しかったが、粗い声はいつもより暗かった。

「いつもよ」好きなように思わせておけばいい。ネイサンが戻ってくるかもしれないという希望にすがりつくのは、三年前にやめた。でも、ふたりで築いた思い出を忘れることはできない。どんなに努力しても。

「六年」ノアはコーヒーを注ぐと、空いた机の端に腰かけた。「死んだ亭主を思い続ける期間としては長過ぎる。そうは思わないか？」

「昨夜ダンカンにも指摘されたわ」サベラはぴしりと応じた。「同じことをまたあなたに言われたくなんかない」

サベラの瞳に一瞬宿った痛みに、ノアは怒りを感じた。そして、彼女の記憶の中の自分自身と闘っているという思いに、ますます苛立ちがつのった。

サベラがこんな風になるとは考えもしなかった。誰も彼女に触れることも抱き締めることもできないほど、自分自身を氷の中に深く沈めてしまうとは。まるで動物のように、穴に隠れて傷口を舐めているのだ。その傷はいまなお癒えず、生々しい苦痛に満ちている。

しかし、ノアはそんな彼女を責めることができなかった。彼も同じことをしてきたのだから。すべてから自分を閉ざし、一瞬一瞬だけに集中して、来るべき戦いに備える。少なくとも、彼はずっとそうしてきた。故郷に戻り、すべてがあるべき姿にないと知るまでは。

「もう少し人生を楽しんだ方がいい」自分の身になにかあったあと、彼女にずっとひとりでいてほしいと考えたことはなかった。だが、彼もしていたように、サベラもふたりを繋ぐ糸にしがみついている。ネイサンが切ろうとして果たせなかった、あの糸に。

「あなたには関係ないわ。あなたは彼を知らないし、わたしのことだってわかってないでしょ」

彼女の言葉にノアは低いうめき声で応じてコーヒーをすすると、帳簿を見るために下を向いたサベラの頭を見つめた。彼は自分でも帳簿を確かめていた。何度も。なにも問題はなかった。工場に乗りこんで経営を立て直して以来、サベラは奇跡的に、どうにか持ちこたえていた。ローリーによれば、彼女が寝る間も惜しんで、工場にかかりっきりになった末の成果だという。

「生前の彼を知っている必要はない」ノアはコーヒーカップを持った手を膝に置いて、サベラを見つめ続ける。「ここに来てから毎日、いやになるほど彼の話を聞かされてるからな。あの『アイルランド人《アイリッシュ》』と呼ばれてた男を悪く言う奴に会ったことがない」ほとんど吐き出すような言い方だった。自分自身の話を聞かされるのにうんざりして、もう我慢の限界なのだ。

この町の連中はいつの間に、ネイサンが並外れた男で、誰もその足元にも及ばないなどと考えるようになったんだ?

「ネイサンには友だちが多かったから」サベラは肩をすくめた。指で帳簿の角をいじっている表情は硬かった。

「苦しんでいる未亡人を助けようともしない友人か」ノアは指摘した。「なにがあったんだ、サベラ？　修理工場が危機に瀕していると教えたのは誰だ？　ローリーの話だと、おまえは丘の上の家に隠れて、誰かがドアをノックしても顔も見せない日があったというじゃないか。マローン家の連中がおまえを破滅させようとしていたことを、どうやって知ったんだ？」

サベラは唇を引き結んだ。

「本当に、ネイサンはみんなから愛されていたらしいな」ノアは冷笑を浮かべた。「彼の未亡人に手を差し伸べることもせず、悲しみの中で正気を失いかけるままにしておくほどに。一体どういうことだ、サベラ？」

「それもあなたには関係ないわ」彼女の声には、前より硬く傷ついたような響きがあった。

ノアはなにがあったか知っていた。彼自身の家族が彼女の敵に回ったのだ。それに、噂によれば、マイク・コンラッドは、自分と寝てくれさえすれば彼女に手を貸すという条件を出したという。ノアは、彼を殺したくなる気持ちを抑えた。マローン家と銀行が一度背を向けると、彼女を助けようという人間はなかなかいなかった。ネイサンの友人たちが以前と同じように修理工場を使ってくれたおかげで、彼女はようやく危機を乗りきれたのだ。そういう真の友人たちには金も力もなかったが、その数は多く、グラント・マローンやマイク・コンラッドの攻撃も決定的な効果をあげられなかった。

ノアにはマイク・コンラッドの目的がわかっていた。修理工場は資金の洗浄のための格好の条件を備えているうえに、この地域の中心に位置しているおかげで、市民軍のメンバーが集合するのに都合がよかった。修理工場の評判は高く、階上にはアパートメントまである。

さらに、元所有者ネイサン・マローンの名声まで利用できるのだから、市民軍にとっては願ってもない場所だった。

保安官と妻はサベラに味方した。だが、マイク・コンラッドの友人で地方政府にいる連中が、保安官にどちらにつくか決めるようにプレッシャーをかけたという噂もある。マイクかサベラか、どちらかに。ノアは保安官のリック・グレイソンをよく知っていた。市民軍に加わっていないとしても、少なくともいまのところは容疑者だ。うまくいけば、ノアがマイクのパソコンに入れたプログラムが、マイクを破滅させるのに必要な証拠を提供してくれるはずだ。奴と仲間を破滅に追いやる決定的な証拠を。

グラント・マローンの幼友だちのひとりである市長は、修理工場が受けていた市の仕事を不法に引きあげた。その件に関しては、起訴ができるかどうかを、ローリーがオデッサの弁護士と調べている最中だ。連中がサベラにしたことは、あまりにも理不尽で、これ以上容認できる種類のものではなかった。

小さな町の日常を満たす噂話は、聞こうと思えばいくらでも入ってくる。アイリッシュと呼ばれていた男の後釜に、ノアが座りそうだという最新の噂にまつわる質問を詮索好きな客からされるたび、彼は耳を傾けた。耳をそばだて、噂話を選り分けて真実を見つけ出す。しかし、真実はいつも彼をますます怒らせるだけだった。

「もうおれにも関わってきてるんだ」しばらくして、ノアはサベラに告げた。

相手がほかの人間なら、なかなか面白い戦いになっていたはずだ。ところが実際は、妻の思い出の中の自分自身から、彼女の心を奪い返すという闘いになってしまった。救いようのない状況だ。

サベラは、顔を下に向けたまま視線だけをあげてノアを見つめた。そのとき、ノアの睾丸が警告を発するようにぴくりと動いた。少なくとも彼にはそう思えた。彼女と一緒に過ごした二年のあいだ、それと同じ表情を見たのは一度きりだった。

サベラが口を開いたが、なにか言う前にコンビニに通じるドアが開き、ローリーが入ってきた。

ノアは弟に鋭く視線を向けると、姿を消すように目で告げた。ノアに向かってにやりとしてみせたローリーの視線が、サベラの首筋に落ちる。男がキスマークを残したということに、驚き、ショックを受けたというその表情に、彼女はうんざりしているようだ。きっと、サベラが男の情熱をかき立てられるような女ではないと、みんな思っていたと感じているのだろう。

怒った様子で唇を曲げたサベラは、立ちあがって机を回ると、工場に通じるドアをさっと開けた。そのまま外に出て、乱暴にドアを閉めた。

「くそったれ」サベラが出ていったドアを見つめるノアに向かって、ローリーが小声で言った。

ノアは振り返ってローリーを見た。「おまえはずっと後回しにしているようだが、今日、首を切るのを忘れるなよ。新しい修理工は明日来る」

ローリーは顔をしかめた。「いいよ、彼女におれのことを完璧に嫌わせればいいさ」

「やるんだ」ノアは怒鳴りつけると、立ちあがって工場に続くドアに向かった。「それから、これから少しのあいだ、おれの邪魔をするな」

ノアが外に出ると、サベラは修理工たちが使うテーブルの横に立って勤務表に目を通していた。サベラは眉をひそめ、ローリーがこれから解雇しようとしている修理工をちらりと見た。

次にノアがとった行動は、サベラとその場にいた全員を驚かせた。口を開こうとしたサベラの手からクリップボードを取りあげ、テーブルの上に叩きつけるようにして戻すと、彼女をオフィスに引っ張っていったのだ。

「気でも狂ったの！」ドアが閉まると、サベラは怒鳴った。「ティミーの名前が勤務表にないのは、なぜ？　彼、もじもじしながら突っ立ってるのよ。理由を知りたいわ」

「ローリーが外したんだ」ノアはローリーに罪をなすりつけた。「首にするつもりらしい」

サベラの目が細まった。「あなたが指示する前から、彼はそうするつもりだったのかしら？」柔らかな南部訛りには怒りがこもっていた。

ノアは腕組みをすると、彼女を厳しい目つきで見おろした。

「ローリーも、ティミーが仕事ができないのに同意して、解雇することに決めたんだ」まったくの嘘とも言えない。

「そうでしょうよ」サベラは噛みつかんばかりだ。灰色の瞳は激怒に燃え、頬は紅潮し、体の脇では小さな拳が握り締められている。「でも、この工場も従業員も決定権も、わたしのものよ」

顎が砕けるのではないかと心配になるほど、サベラは固く歯を食いしばっていた。引き結ばれた唇がわなわなと震えている。彼女が怒り狂っているのは言うまでもなかった。憤怒と興奮。それはノアの中でも燃えていた。抑えつけようとしている暗い欲望に、懸命に抑えつけようとしている飢えに、火がついていた。サベラに対してあまりにも早くさらけ出してしまわないように、用心している願望に。

「ローリーはなんでも、まずわたしに相談するはずよ」サベラは噛みつくように言った。「あなたが無理やりそうさせたんでしょ」

ノアは肩をすくめた。「提案したまでだ」

「ろくでなし！」

「またそんな口をきくと、サベラ、後悔することになるぞ」警告だった。

結婚していたころ、彼女が彼に悪態をつくことは一度もなかった。それどころか、彼女が悪態をつくこと自体かなりまれなことだった。

サベラはノアに歯を剥き出した。「傲慢なはみ出し者」

これまでだ。

ノアはかがんでサベラを肩に担ぎあげると、アパートメントに通じる階段に向かった。

サベラは小さな拳で彼の背中を殴り、金切り声をあげながら彼の腕から逃れようともがいたが、ノアはそれを完全に無視した。

サベラはそれ以上は悪態をつかなかった。もともと、悪態をつくような女性ではない。ネイサンが「ちくしょう」とでも言おうものなら、お高くとまった優等生のような顔をして、生まれてくる子どもに父親がそんな汚い言葉を使うのを聞かせたいのかと尋ねたものだ。

二年のあいだに、サベラのおかげでネイサンもほとんど悪態をつくことがなくなった。しかし、悪態をつきたいというのなら、サベラにはその結果を受け入れる覚悟ができているだろう。もともとむらむらしていたノアは、悪態をつく彼女に、欲情を一層かき立てられていた。彼女をうまく誘導したら、さらにどんな言葉を聞けるのだろうか。

アパートメントのドアを乱暴に閉めると、ノアは鍵をかけ、サベラが床に滑りおりるにまかせた。次の瞬間に顔をめがけて繰り出されたサベラの拳をつかみ、さらに襲ってきたもうひとつの拳もとらえたノアは、彼女をじっと見おろした。

「やめるんだ！」

サベラの瞳の中でなにかが、戦慄のようななにかが一瞬揺らめいた。ノアはつかんでいた彼女の両手首を放し、後ろに下がった。

「あなたにはティミーを解雇できない」サベラは、羽織っているネイサンのシャツをまるで盾にするように体にかき寄せた。

「ティミーを首にするのはローリーだ。それに、今日かぎり、おまえも、もともと担当しているはずのオフィスで仕事をしろ」そうきっぱりと言い放ってサベラに向き直ったノアは、相手の顔に突然走った深く傷ついたような表情に気づいた。

「あなたの言うことなんて聞かない」肩をいからせ、挑戦するように顎をあげてノアをにらみつけるサベラの瞳は、激怒に燃えていた。「あなたもローリーも、わたしをオフィスに押しこめておくことなんかできない。ノア、追い出されるくらいなら、工場を燃やしてしまった方がましよ」

怒りに燃えた厳しいサベラの顔は、友人と外出することを禁じ、家にいるように命じたあの夜を思い出させた。

ノアは眉をひそめた。「わからないのか、サベラ。あんな仕事を続けていたら、死んでしまう。汚い重労働だ。おまえがやるなんて狂気の沙汰だ。代わりにエステにでも行ったらどうだ。爪の手入れもしてもらえる。そうしたくはないのか？」

サベラは、喉を締めつけるような怒りをなんとか押し戻そうとしていた。ノアを殴りつけたくてたまらない。彼を怒鳴りつけ、傲慢で人を見下したような表情を叩きつぶしてやりたい。そういうノアを見ると、彼がネイサンにそっくりだと言ったダンカンの言葉が理解できた。高圧的な態度。自分の力を疑うことなく、自らの意志を通そうとする態度。ネイサンがサベラを思うようにできたのは、面と向かって夫に立ち向かえるほど彼女が精神的に成熟していなかったせいだ。しかし、いまは違う。それに、目の前にいる男はネイサンではない。いつ任務に呼び出されるかわからないＳＥＡＬ隊員でもない。彼は、その昔彼女の魂を奪った人ではない。ノアが地獄に落ちようと、サベラにはどうでもいい。

「マニキュアを塗りたくなったら、勝手にやります。机に座って一日中受けつけをやりたかったら、反対されたってそうします。わたしがなにをして、なにを着て、どう振る舞うかを男に決めてもらいたければ、自分から頼みます。ブレイクさん、こんなこと、あなたの職務には含まれてないでしょ。自分の思いどおりになると思ってるのなら、地獄に落ちるがいいわ」

ノアはサベラを見つめた。ショックだった。

「おまえの亭主が、そういうものの言い方を教えたのか？」腹の底に氷が張りつめたような気分だ。そんな言い方を教えた覚えはない。

サベラは答えなかった。そして、和らぐと同時に、悲しげな表情が浮かぶ。灰色の瞳が興奮したようにきらめき、どんな記憶が蘇っているにしろ、ほっそりした体から突然緊張感が抜け、色っぽさが滲み出た。

「いいえ」しばらくして、サベラは認めた。「いまのはわたしの言葉。以前の言葉は、彼がそう望んでいると思ったから、わたしが口にしていたことよ。彼はきちんと化粧した妻が好きだった。きれいな爪をして、きれいな服を着ている妻が。彼の助けを必要としている妻がね」サベラは頭をふった。彼女の悲しみがひしひしと伝わり、ノアは胸が締めつけられるようだ。「わたしのことを、かわいいサザン・ベラと呼んでいたわ。そして、わたしがどんなにぶりっ子だったかを知る前に、逝ってしまった。わたしには、彼が雇っていた修理工の誰にも負けないほど、車に関する知識があるということも知らないまま。わたしはネイサンを愛していた。彼はわたしが心を捧げた人だった。一緒にいられるあいだは、彼が必要としているものをあげたかった」サベラはノアに燃えるような視線を投げかけた。「でも、あなたはネイサンじゃない。あなたが必要なものを手に入れるかどうかなんて、わたしには関係ないわ」

サベラは、ネイサンがマニキュアをした爪が好きだと信じていたのか？　怒りがノアの全身を走り抜けた。彼女に対する憤怒ではない。抑えようのない屈辱を感じたからだ。男のプライドが傷ついたからだった。なんて女だ。彼女が嬉しそうにしていると、彼も嬉しかった。だが、サベラは、彼の望みを満たすために、本当の自分を隠す必要があると信じていたのか？

熱い欲情が体中を怒濤のように満たし、ノアは体を硬くした。自制心を働かせる間もなく、サベラに大またで近づいて抱き寄せた。

「彼はおまえが必要なものをくれたのか？」ノアの声はかすれていた。「おまえに触れるたびに、おれは生きたまま食われてしまうような気分になるんだ。サベラ、おまえは望みを叶えてもらったのか？　それとも、そのときもかわいいお人形のふりをしていたのか？」

「必要なものはすべてもらったわ」サベラはあざ笑うように答えた。

ノアにはわかった。いまの言葉には嘘があると。そう、ささやかな嘘が。ベッドの中で、彼女が落ち着きなく寝返りを打ち続ける夜があった。彼が与えるものよりもっと激しく、もっと暗いなにかをサベラが求めていると感じるときがあったことを、ノアは思い出していた。

ただ、そういうときは、そう感じるのは自分自身の暗い妄想と願望のせいにすぎないと考えていた。

しかし、彼の直感は正しかったのだ。彼女の目を見ればわかる。鋭い爪で彼の肩を傷つけたときにサベラが見せた圧倒的であふれ返るような欲情や、地獄が開く前のふたりの生活を思い起こしてみても、それははっきりしていた。あのころの彼が彼女には限界だと思っていたものより、ずっと激しい行為をサベラは求めていたのだ。純粋な情欲を。

ノアの唇に硬い笑みが浮かんだ。サベラは、自分が相手の中に解き放った獣にようやく気がついた。

「嘘つきだな」ノアは荒く息をついた。彼女の本音を知ったことで気持ちが昂り、サベラを思いどおりにしたいという欲望が高まっていた。「言うんだ、サベラ。やりたくてたまらなかったのか？　激しく乱暴にやられることを夢見たのか？　だんなとすごくいやらしいことをしたいと考えていたのか？　だんなの前で獣になる勇気がなかったのか？」

その言葉には真実が含まれていた。サベラの顔から血の気が引き、瞳の色が深まった。欲情が、束縛を解かれた純粋な欲情がわきあがっていた。だが、そこに混じるある感情に、ノアは胸が締めつけられるような思いがした。

サベラが求めているものはセックスだけではない。彼女は激しいセックス以上のものを求めている。彼が彼女に与えたいと思っていたすべてのものを、サベラは望んでいるのだ。そして、ノアには、いまここでそれを与える用意ができていた。

サベラは彼に隠しごとをしていた。一方、ノアにも彼女から隠していたものがあった。彼の優しいサザン・ベラが、淫らに乱れる声を聞きたくてたまらなかった。

「おれとならいくらでも奔放になれるぞ、ベイビー」ノアはきつく彼女を抱き締め、ジーンズの下で膨れ、脈打つペニスの感触を味わわせた。「どうした、やってみろ。おれはよそ者だ。サベラ、おまえの知らない男だ。おまえの亭主のような聖者じゃない。好きなだけ乱れてみろ。おれも、手加減はしない」

彼と乱れる？　ネイサンとすることを妄想したあらゆる行為を、ノアに明かすですって？　サベラはノアを見つめた。彼女の神経は研ぎ澄まされ、興奮の極みにあった。欲望を押し殺すことはもうできない。

考えるだけで、息が止まりそうになる。欲情が彼女の血管を走り抜け、ノアの提案に彼女の秘所は燃えるようだ。

「激しく、めちゃめちゃにやられたいんだろう、サベラ」その声はいつもより深く、暗い。ノアは両手をサベラの髪に埋めると、髪を握り締めてぐいと引いた。

サベラの中で、自分でも驚くような感覚が目覚めていた。睫毛がわななき、足から力が抜けていく。

「おれの髪をつかみたいか、ベイビー？　やってみろ、サベラ。やるんだ。だんなにしてやったことは、やらなくていい。彼にしてやらなかったことをやってみろ」

ノアの唇が彼女の唇に触れ、ささやくのを感じた途端、サベラは体をのけぞらせた。彼女の目を見つめる野性的な深い青色の瞳に、吸いこまれそうだ。

「おまえにつけられた傷は、おれにとっては勲章だ」うなるようにそう言うと、ノアは彼女の唇を軽く噛んだ。「おれの腕に抱いたおまえの熱さを思い出しながら、おれはマスをかいた。おまえの口を想像した。その目を見ると、おまえがどれだけ飢えているかわかる」

ノアの言葉がサベラの妄想を刺激した。

無意識のうちに想像を膨らませながら、サベラは唇を舐めた。そして、髪を握るノアの手の感触を楽しみながら、彼女の体をつかんだまま体を強ばらせたノアが、ペニスをしゃぶるように要求するところを夢想していた。

サベラの瞳を見たノアは、そこに欲望を見て取った。彼のペニスはこれまでにないほど硬く、太くなっている。

片手をサベラの髪に入れたまま、ノアはもう一方の手で彼女が羽織っている彼のシャツを剥ぎ取った。サベラは、そのシャツが、彼女を現実から守ってくれると思っているようだ。だが、彼から身を守ろうとする行為はもう許せなかった。

シャツの下に着ている袖なしのTシャツの裾はジーンズの中にたくしこまれている。

「でも、わたし……」

「なにも考えるな」ノアは命じた。その声は低く、視線はサベラに釘づけになっている。

「その口をおれが犯すところを考えたいのなら、別だ。これからそうするつもりだからな、サベラ。おまえのかわいいピンクの唇が開いて、そこにおれのペニスが埋まる様子をじっくり見せてもらう」

昔サベラは、彼にそうしたことがあった。からかうように彼のペニスをなぶり、舐め、吸った彼女は、放出された精液を飲みこむと、猫のように唇を舐めてみせた。しかしそれは、いまの彼女がやりたいことではないだろう。必要としているものでもないはずだ。「ブーツを脱げ」彼女をソファまで導いて座らせながらも、ノアはサベラの目から視線をそらさなかった。「いまのうちに脱ぐんだ、サベラ、さもないと、おれがおまえの中に深々と入っていくとき、ジーンズを足首までしか下げられないぞ。そのきれいな脚をおれの背中に回して、おれのペニスを楽しみたくはないのか?」

サベラはふたたび唇を舐めた。少し後ろに下がってどっしりしたコーヒーテーブルに座り、自分のブーツを脱いだノアは、サベラの動きを察して顔をあげた。

彼女が動いたのは、ブーツを脱ぐためではなかった。ノアはテーブルの上に座ったまま、近づいてきたサベラを抱くと、彼の唇を求めるサベラの髪に指を埋めた。欲望と飢えに満ちた叫びが部屋中を満たした。

「ああ、いいぞ!」サベラは流れるような動きでノアの腰にまたがると、相手の髪をまさぐった。サベラの口に舌を押し入れたノアは、彼女を圧倒するように激しくその口を吸った。

サベラは荒々しかった。ノアの上で背中を弓なりにのけぞらせて身もだえしながら、股間をジーンズの中で膨れあがったペニスに押しつけ、両手でノアのシャツを引き裂こうとしている。

ノアはシャツを脱ぎ、彼女のシャツとブラジャーを乳房の上に押しあげた。脱がしているあいだも、サベラは彼の首筋を吸ったり噛んだりする。その跡を誰に見られようが、ノアは平気だ。

彼女が跡を残したのはそこだけではなかった。サベラの唇がノアの胸に、そして、硬い乳首へと動く。

平らな硬い乳輪を吸い舐めるサベラの舌の動きが、娼婦の粉の影響下でさえ経験したことのない欲望でノアを満たした。

「妖婦め、いいぞ」うなるような声だった。サベラはさらに下の方に動いていく。その手がノアのジーンズに触れ、ベルトをゆるめると、ジーンズの前を開けにかかった。「くわえろ、サベラ。山猫め。おれにイッてくれとおまえが頼むまで、その口を犯してやる。おれの種を味わいたい、感じたい、息ができなくなるほどおれを吸いたいと言うまでな」

あざけるような口調だった。ノアは両手をサベラの髪に差し入れて、彼女をさらに下へと押しやった。サベラは前を開けたジーンズから、すっかり硬くなり脈打っているペニスを引き出した。

ノアの顔を見たサベラの表情は、永遠に彼の記憶にとどまりそうだ。まぎれもない純粋な飢えがそこにはあった。

サベラはペニスを握ろうとしたが、その太さは彼女の片手に余った。それを撫でさすりながら、このうえなく感じやすい亀頭に触れると、サベラは欲情に満ちた物憂げな視線をノアに向けた。彼女の呼吸とあえぎに合わせて、硬く締まり赤みのさした乳房が大きく上下する。

「そうさせてみて」サベラがささやく。

その挑戦が、ノアの脳を、妄想を熱く刺激した。

ノアは片手で自分のペニスを握ると、もう一方の手でサベラの頭を押し下げた。そのまま、相手の目から視線をそらさずに、ノアは膨れあがった亀頭の上で彼女の唇が花のように開く様子を見つめた。

サベラは、自らの欲情に我を忘れていた。ノアの体に股間を押しつけてこすりながら、膨らんだクリトリスに布が当たる快感を満喫していた。そのとき、熱く硬いペニスが彼女の口に押しこまれた。

なんという味。熱い男の味だった。力強く、欲情に満ちている。膨らんだ亀頭を舐めながら、サベラは鋼のような硬さと絹のように滑らかな舌触り、さらにその下で脈打つ欲望を感じていた。

サベラは視線をあげてノアを見た。野性的な瞳に宿るこの世のものとは思えないような輝きを目にしたサベラの全身を、原始的な暗い欲求が駆け抜けた。味わいたい、そして、苦しめたい。

サベラは亀頭の下を舐め、かつてネイサンが触れられるのをたまらなく好んだあの場所を舌でこすった。ノアの体が緊張し、太腿の筋肉が膨らむ。ノアは腰を反らせて、彼女の口にさらに深くペニスを埋めた。

「吸うんだ、サベラ」粗く暗い声は不思議に詩的だった。「強く」

サベラは強く吸った。彼女の髪をつかんだノアの手に力がこもり、彼女の頭が揺れるほど髪を引いた。ノアに犯される彼女の口は、熱く硬いもので満たされている。

彼女は貪欲にノアを求めた。体に広がっていく飢えを感じながら、サベラは自分の乳房に手を当てると乳首をつまんで引っ張り、焼けるような興奮と快感に我を忘れた。

「イキそうだ、ベイビー」サベラの唇のあいだで、痣ができそうなほどペニスを激しく動かしながら、ノアは彼女の下で体を強ばらせた。サベラは楽しんでいた。

ノアは荒々しかった。暗く、力強く、それはまさに彼女が必要としていたものだった。

サベラはノアのペニスをさらに激しく、深く吸った。同時に、自らの乳首を強く引き、乳房を揉むサベラのクリトリスは、燃えるように熱くなっていた。

「そうだ！　そこだ！」ノアが叫んだ。

サベラは舌を亀頭の下に押し入れ、揉み、こすった。ノアは手を伸ばして、彼女の口に入りきれなかった部分をしごいている。彼の引き締まった肉体がさらに強ばり、最後の瞬間が近づいていた。

サベラはノアを見あげた。クライマックス寸前の顔を。強ばった禁断の表情を。そのとき、ノアがすべてを解き放った。

最初のほとばしりが彼女の口の中で爆発し、さらに噴き出す精液を味わいながら、サベラはうめき声を漏らした。ノアの体にこすりつけているクリトリスが絶頂を迎えようとしている。

「ああ、すごいぞ、イエス、小さな魔女」ノアがうめいた。

サベラは硬直した。自分の身にいま起こっていることを、感じるのも味わうのもできた。

彼女はそこにいた。だが、ノアの瞳を見つめながら、サベラは昔に戻っていた。

〝吸ってくれ、魔女さん。おれの優しいきれいな小さな魔女さん〟

ノアの手から力が抜け、サベラは身を引いた。ノアを見つめる彼女の体が震えていた。恐怖と罪の意識がこみあげてくる。たったいま自分がやってしまったことをようやく意識して、サベラの魂は切り裂かれそうだ。

口の中にはいまも彼の味が残っている。ノアは彼女をじっと見つめていた。サベラが震える手でブラジャーとシャツをおろすのを見つめる瞳は、自らの過ちに気づいたことで暗くなっている。

ふらふらとドアに向かうサベラに視線を向けたまま、ノアはゆっくりと上体を起こした。

「行くな、サベラ」彼の口調は荒々しかった。

サベラは首をふった。「わたしにはできない」

「そんなことはない」立ちあがったノアは、まだ硬いペニスをジーンズに押しこむと、注意深くファスナーをあげた。「待つんだ」

サベラがドアノブをつかんだ。ノアは自分でも驚くほど素早く動いたが、サベラはつかまる前にドアの外に出て階段を駆けおりていた。

ノアは悪態をつき、床から拾いあげたシャツを頭からかぶりながら階段を駆けおりたが、解けたままのブーツの靴紐に危うく足を取られそうになった。

「待て、サベラ」オフィスに飛びこんだノアは、工場から走り出るサベラに向かって叫んだ。

ローリーがショックを受けたようにノアを見ていた。トビーの顔が怒りに強ばっている。この坊やはサベラのことになると、やけに保護者面になりやがる。

ノアは椅子に座ると、素早く靴紐を結んで外に出た。しかし、サベラはすでに家に向かって丘を駆けあがっていた。それほど遠くに行く気遣いはない。ノアは自分をそう納得させると、欲情を、彼女のあとを追い、彼女が逃げているものの正体を教えてやりたいという欲求を押し戻した。

サベラの家を、彼の家を、彼の女を見つめながら、ノアは体の脇に垂らした両手を握り締めていた。

しぶしぶサベラの姿に背を向けると、ノアはきっぱりとした様子でオフィスに戻り、勤務表をさっと手に取った。すぐに仕事に戻ったノアは、無理やり仕事に神経を集中させた。こつはわかっている。そうすることだけに、この六年間を費やしてきたのだ。もう少し待つことなどなんでもない。ほんの少しなら。しばらくすれば、サベラは自分が彼のものだと思い知るだろう。昔も彼のものだった。そして、いままた、彼のものにしてみせる。

一時間後、調整していたエンジンから顔をあげると、ノアは無意識のうちに手にしたレンチを指のあいだで回しながら、サベラの車が私道を出て、町に向かう様子を眺めた。

ノアの目が細まった。唇が引き結ばれる。サベラは逃げている。それが気に食わなかった。

ノアは視線を横に向けた。用心深く近づいてきたローリーは手を伸ばすと、ノアの手からレンチを取りあげた。

「前にも言っただろ。これは不思議なレンチなんだ」ノアだけに聞こえるように、ローリーは小声で言った。「おれの兄さんもよく同じことをしていた」ノアの手にレンチを叩きつけるように戻すと、弟はその場を去った。

サベラは怒っている。ローリーも怒っている。最悪だ。故郷に戻ったからには、ノアは自分が失ったと思っていたものをすべて取り戻すつもりだ。自分の町と妻を取り巻くがらくたを片づけたら、すぐにでも。

サベラはうんざりしていた。カイラの家の私道にその日二度目に車を乗り入れたサベラは、深く息を吸った。シエナの車がまだそこにあることは予想外だった。サベラが帰ったあと、シエナがカイラの家に長居をすることはめったになかったからだ。シエナがカイラのことをそれほど好きではないように思えることとさえ、ときどきあった。

「ベラ。入って」魅力的な顔を笑みで輝かせたカイラが、ドアを開けてサベラを招いた。

サベラはTシャツの裾を引っ張って皺を伸ばした。着替えてくればよかった。次に、三つ編みの髪を肩越しに引っ張る。髪もどうにかしてくればよかった。

「シエナはまだいるの？」もう三時近い。

「一時間くらい前にまた来たのよ」カイラは微笑んだ。「それで、ワインを開けて、一日中男の悪口を言おうということになったの」

あらら。家に戻ったあと、シエナはまたリックと喧嘩したらしい。

サベラはゆっくり息を吸いこむと、玄関への階段をあがった。カイラは玄関ドアを出て、ふたたび彼女を歓迎してくれた。

シエナは、ジーンズに明るい色の縞のシャツという格好で、褐色の髪を無造作に頭の上に束ねている。育ち過ぎたティーンエイジャーといった雰囲気だ。それに比べると、カイラ・リチャーズは暗く秘密めいている。その髪は黒く、灰色の瞳は親しみやすかった。

絹のカプリパンツにキャミソールという姿のカイラは、すっきりと洗練されて見えるものの、同時に温かな雰囲気も漂わせている。

「惑星の配置が悪いようね」カイラは星占い師のような口調で静かに告げた。「わたしの予感では、あなたのノアは、男の悪い面を見せているというところかしら?」

「イアンは少なくとも常識を持っているふりをしているみたいね」サベラはため息をついて、シエナの正面にある椅子にへたりこむと、カイラをちらりと見た。

「イアンも男よ。あなた、なにを期待してるの?」そう言ってカイラは笑った。

テーブルの上にはワインのボトル。キッチンに消えたカイラは、すぐにグラスをひとつ手にして戻ってきた。サベラはシエナに目を向けた。

「今朝、ケントをまたリックのお姉さんのところにあずけたから、彼、怒ってるの」シエナはため息をついた。「あの子は伯母さんのことが大好きなんだけど」

そして、シエナは友人たちと過ごす時間が大好きなのだ。サベラはリックの意見に賛成だった。シエナは息子のケントと過ごす時間をもっと作るべきだ。しかし、リックの姉も、ケントを離したがらなかった。そういう状況の難しさが想像はできても、サベラには本当のところはわからなかった。

「サベラ、言いたくはないけど、髭のこすり跡は顎の辺りがひどいわ。あなたのとこの修理工とよく話し合った方がいいかもね」カイラが笑いながら言った。

「話しても無駄よ」サベラはつぶやいた。

「サベラはそういうのが好きなのね」シエナが笑いながら責めるように言った。「今朝ここを出て、三、四時間もしないうちに、もう別の跡をつけてくるんだから。彼から逃げてきたんでしょ」

サベラは唇を噛むと、シエナに目をやった。

「彼が乱暴をしているという通報にリックが対応したという話を聞いたけど、本当?」そう尋ねてカイラは続けた。「あなたがその相手だったの?」彼女は身を乗り出すと、好奇心を剥き出しにしてサベラを見つめた。「あなたが帰ったあとでイアンと話したんだけど、イアンは彼のことを妙だと思っているようなの。首にした方がいいかもよ」

サベラは、眉をひそめてカイラとシエナを見た。

「妙な人じゃないわ」サベラは小声で答えた。カイラはゆっくり腰をおろし、グラスを満たすと、サベラの方に押しやった。少し申し訳なさそうな顔をしながら。

カイラはふたりの友人をじっと見つめた。イアンの妻で、現役の諜報員でもあるカイラは、真相を知っている。実際には未亡人でもないのに、自分を未亡人だと信じている友人に同情しないではいられなかった。ネイサン・マローンが自分の正体を妻に明かそうとしないことが、カイラには気に食わなかった。途方にくれて混乱している様子のサベラを見るのもいやだった。この数年のあいだにサベラとかなり親しくなったおかげで、カイラの心配は増すばかりだ。サベラは夫を忘れられないでいる。しかも、ようやく戻ってきた夫は、別人のふりをしてふたたび彼女を苦しめているのだから。

「今朝あなたに会ったときから、イアンは心配してるのよ」そう告げるカイラの顔には、穏やかな、優しげな微笑みが浮かんでいた。「イアンはネイサンのことを兄弟みたいに思っていたから」いまでもそれは変わらない。一方カイラは、ネイサンの尻を蹴飛ばしたかった。

「知ってるわ」サベラはため息をつくと、ワインをぐいと飲んだ。その口が怒ったようにきっと結ばれる。

カイラは、この話題をとことん追求するつもりだ。

六年のあいだ、サベラは亡くなった夫に誠実だった。そして、彼に捧げた愛の記憶が、彼女を苦しめてきた。しかし、ネイサンがその気になっていたら、その痛みも三年前に消えていたはずなのだ。

サベラは唇を舐め、膝をしっかり合わせた。心を悩ます感情を押し殺そうとしているようだ。

「彼のせいで頭が変になりそうなの」サベラはつぶやいた。「まるでそれが自分の権利だというみたいに、すべてを自分の思いどおりにしようとするのよ」

「それでも、彼が欲しいんでしょう?」

沈黙が落ちた。

「サベラはあんな男なんか必要じゃないわ」シエナがきっぱり言った。「ひとところに落ち着くようなタイプじゃないし、サベラにもそれはわかってるんだから」

「それは違うわ。心の中の夫の場所を脅かす男性にようやく巡り合ったおかげで、罪の意識と恐怖に苛まれているということは、サベラの顔を見ればわかるもの」カイラは静かに告げた。「その男が、一カ所に落ち着くタイプかということは問題じゃない。問題は、サベラにネイサンが忘れられるかということよ」

カイラはいつも前向きだ。ずっと前にサベラは、女性にとっての最悪の行為は自分自身から隠れることだという事実を学んでいたはずだった。

「ええ、そうね。でも、忘れなきゃいけないというわけでもないでしょ?」サベラは眉をひそめた。

カイラは椅子の背にゆったりもたれると、真面目な顔でサベラをじっと見つめた。「確かに、そうね」カイラは頭をふって、ふたたびサベラを見つめた。「イアンはネイサンのことを兄弟みたいに愛していた。ネイサンが死んだと知らされたときには、打ちのめされたような気持ちがしたと、彼は言ってたわ。サベラ、わたしはあなたと知り合ってからずっと、あなたのことを見てきたのよ。やっと、笑うことも、友だちと出かけることも、ほかの男性とデートをすることもできるようになったけれど、ネイサンが亡くなったあと、恋人ができたことはないでしょう？」

「それでもいいのよ」サベラは頭をふった。「わたしが自分のしていることをなんにもわかっていないという風に振る舞う男なんか、いない方がましだから」

「少し飲んだら？」サベラの瞳に浮かんだ悲しみを見ると心が痛み、カイラはつい顔をしかめた。「怒んなさい。あなたを残していったネイサンはひどい男だったって、言いなさい」

「カイラ！」シエナが叱るように言った。緑色の瞳が怒りにきらめいている。「少し言葉を慎んだら」

「彼女がネイサンの記憶から距離を置こうとするたびに、あなたは彼のことを思い出させてたでしょう。ほかにも男はいるという事実じゃなくて。そうでしょ、シエナ？」カイラの声は穏やかだった。「もう何年も、そういう場面をずっと見てきたわ。わたしはいやというほど、ゴシップの種になってきたただの傍観者で、あのろくでなしの親友と結婚したというだけですけどね」

「ネイサンは、ろくでなしなんかじゃなかった」サベラはきっぱり言った。

「彼はSEAL隊員だった。わたしもそのひとりと結婚してるのよ。あの連中はみんな支配的で、気性が激しくて、自分の能力と判断に絶対の自信を持ってるから、結局ろくでなしになるしかないのよ」カイラは楽しんでいるようだ。「いい意味で、ネイサンはまさにSEALそのものだったわ。でも、彼は逝ってしまった。もうこの世には存在しない。あれから何年も経ったいま、どこから見ても、あなたは別の男にすごく惹きつけられているというのに、思い出の中の夫に罪悪感を覚えるというだけの理由で、彼に魅了される自分の気持ちと闘っているのよ」

「出会った男全部とベッドに飛びこむ必要はないでしょ」サベラの声は鋭かった。

「彼が亡くなったからといって、あなたまでお墓に入ったわけじゃないわ」

サベラはカイラをじっと見つめた。カイラの目には同情の色があった。しかし、シエナとのつきあいの方がずっと長い。それに、カイラは、サベラとシエナが知っているネイサンを知らないのだ。

それでも、カイラは正しかった。気に入らなくても、事実を認めるしかない。

「ダンカンは、彼がネイサンに似てると言うのよ」サベラは小さな声で言った。「たぶん、ある面では彼は正しいわ。支配的という点でね」厳しい口調だった。「わたしの人生にずかずか入ってきて、乗っ取ろうとしてるんだから」

カイラは前より少し体を乗り出した。「しかも、ネイサンより暗くて危険なんでしょ? SEALにいたネイサンよりも、荒っぽくて威圧的だってイアンが言ってたわ。だけど、あなただって、もうSEALの典型的な妻というわけでもないでしょう?」

「どういう意味?」サベラは眉をひそめた。

「ネイサンは戦いに行こうというときでも、あなたが涙を見せるのを嫌ったでしょう。彼がいないあいだ、あなたが心配するのもいやがったでしょう。そして、彼を心配させたくないばかりに、あなたは我慢した。ネイサンが家にいたときは、彼の思いどおりにさせて甘やかしたでしょう。でも、もう、そういう日は戻ってこないのよ。そうでしょう、サベラ？　ネイサンは逝ってしまったんだから。そして、あなたは、それまで知らなかった自分の中の興味深い色々な面を発見したわ。あなたは自立した。悲しみは去らなくても、あなたは成長したのよ。昔のネイサンみたいに、あなたの人生を支配しようとしているその男には、あなたが身につけた独立心を押しのけてまで、あなたの人生に踏みこむことなんかできっこない。そうじゃない？」

「ネイサンのいない人生は地獄よ」サベラは怒っていた。「彼に戻ってきてほしい。あれは要らないの」サベラは立ちあがって、手をさっとドアに向けた。彼女が意味したのは、その向こうにある世界だった。「わたしの夫に戻ってきてほしい」

それは真実ではなかった。ネイサンは逝ってしまった。彼女にはそれがしっかりわかっていた。それでも、自分の心をかき乱す感情を、こみあげてくる怒りを、どうすることもできなかった。彼女はノア・ブレイクに振り回されている。危険な男に。扱いにくく、サベラが許したいと思う以上のものを求める男に。ノアは彼女のすべてを求めている。自分のすべてを夫にさらけ出すことができなかったのは、彼女自身のせいだった。さらけ出せなかった部分が、サベラを苦しめていた。その部分をネイサンに見せていれば、彼女の魂のすべてを彼に捧げることができたはずだった。その部分というのは、サベラがいつも目をそらしてきた自らの性欲だった。荒々しく、淫らなセックスをしたいという欲求だった。彼を食い尽くし、彼から激しく、乱暴に攻められたいという願望だった。

「でも、彼は逝ってしまい、ほかの男ともう少しでセックスをしそうになった。楽しんだんでしょ？」カイラはゆっくり立ちあがった。

カイラは何週間もこの機会を待っていた。数年前にふたりと知り合い、サベラと友だちになったのも意図的な行動だった。こういうチャンスが巡ってくることがわかっていたからだ。ネイサン・マローンが妻から隠れているのは誤りだ。そして、そのつけを最も払っているのはサベラなのだ。

「なんてことを言うの、カイラ」小声でそう言ったシエナは、ワインを注ぎ足すと、ぐいと飲み干した。「ちょっと厳し過ぎるんじゃない？」

サベラはシエナに向き直って、援護を求めた。シエナは温かい視線を返したが、カイラに同意しているのは明らかだった。

「あなたたちには関係ないでしょ」サベラは絞り出すように言った。「どうして、急に、みんながわたしのことに口出しできると思い始めたの？」

「あなたがネイサンと一緒に死のうとしているのを見ているのに、うんざりしたからよ」シエナは悲しそうに反論した。「座って、サベラ。昔よくやったみたいに酔っ払いましょう。ノアとリックをめった切りにしちゃいましょうよ。ふたりがどんなに傲慢かをとことん話したら、家に帰って、また明るく生きていけるわ」シエナが涙声でささやいた。「ノアが火星人で角を隠していようが関係ない。こんなあなたを見たのは、ずいぶん久しぶりだもの。生きてるって言ってもよさそうよ。あなたの目に輝きを取り戻してくれた彼の頬っぺに、キスしてあげたいくらいだわ」

サベラはソファに座りこむと、あきれたようにふたりを見つめた。「わからないわ。ネイサンは……」サベラは顔をしかめた。「いまもわたしの一部なの。彼がいてくれたらって思う。わたしの大切な一部なのよ」

カイラは自分の椅子に座ると、サベラのグラスにワインを注いだ。「無理だというんなら、忘れることはないわ。でも、自分が女であることに罪悪感を持つことはないのよ。触れられたい、抱き締められたいと思うのは自然なことだもの。ノア・ブレイクがくれるというものを、もらったらいいのよ」カイラは椅子の背にもたれた。シエナとサベラは空になったグラスをふたたび満たした。

「彼、全部を自分のものにしようとしているの」サベラは叩きつけるように言う。「修理工場も、わたしも。ネイサンが持っていたものは、すべて自分のものだとでも思ってるみたい」

「支配欲が強いだけかも」カイラは、真実を突いたサベラの言葉からそれとなく話をそらせた。「ねえ、彼としばらくつきあったあとできっぱり別れてしまえば、すっきりするんじゃない？　追い出すのはそれからでもいいでしょ。セックスの問題で悩んでいる最中に考えるほど、ものごとは複雑じゃないんだから。セックスを脇に置けば、問題は自然に解消するものよ」

サベラがカイラを見つめた。

シエナは黙っていた。そしてなにかを言う代わりに、ワインをすすりながらサベラを見ている。

「わたしたち、酔っ払うことにしたの？　こんな話は素面じゃできないわ。アルコールのせいにでもしないと。わたしがこの件に鼻を突っこんだといって、リックにまた怒られるもの。それに、彼が怒ってると、わたしの人生までセックスなしになるんだから」

サベラがふたたび空けたグラスを差し出して、ワインを求めた。カイラは楽しそうにふたりを見ていた。

新たに満たしたグラスをまた空にして、ふたたびワインを注ぐ。サベラが突然重々しくため息をついた。

「彼にフェラチオをしたの」

シエナが噴き出したワインがテーブルに飛び散り、カイラは跳びあがった。保安官の妻は喉を詰まらせて、口を覆ったままサベラに向き直った。

「なにをしたですって？」

サベラはワインを飲み干した。シエナがそれほどショックを受けたことがおかしかった。

「言ったとおりよ」

「よかった？」カイラがゆっくりした口調で尋ねた。

カイラはイアンの帰宅を待ちきれなかった。それこそ面白いことになる。それ以上に、今度ノアと顔を合わせるのが楽しみだ。

「とっても、よかったわ」サベラは少し酔っていた。酔ったのはもう何年ぶりだろう。「とっても、よかった。想像してたのより、ずっとずっとよかったわ」

「少なくとも、そのお返しはしてもらったの？」シエナがため息をついた。「わたし、大変なことを聞いちゃった。わかるでしょ？　リックが本気で心配するわよ」

「わたしがノアにフェラチオをしたって、リックに言うつもり？」サベラは小声で訊いた。大変だ。「まさか、言わないわよね？」

「わたし、もっと酔わないとだめだわ」シエナはうめくように言った。「リックと賭けをしたの」

「賭け？」サベラは憤慨した。「どんな？」

「リックは、あなたが彼を追い出すことに賭けて」シエナはサベラをちらりと見た。「わたしは、あなたが彼の耳を引きちぎる方に賭けたのよ」

サベラは不思議そうな顔でまばたきをした。「どうして、わたしがそんなことをするの？」

シエナは、うんざりしたような顔をしてみせた。「わかるでしょ。あなたがイクときに、彼の耳をつかんで引っ張るということ」そして、眉を動かすと続けた。「もだえながら」

ワインを喉に詰まらせそうになって鼻を鳴らしたカイラを、サベラはじろりと見た。

「彼女を酔っ払わせないように注意すべきだったわ」サベラはカイラに告げた。「彼女、お行儀が悪くなるんだから。覚えてるでしょ？」

「そう、ネイサンがわたしの家まであなたを迎えに来た夜みたいにね」シエナは笑った。

「覚えてる、サベラ？　わたしたちが、あなた用に電気毛布とバイブレーターを買うつもりだという話を、わたし、ネイサンにしたのよね?」

サベラはつい笑ってしまった。「彼が興味を持ったのか怒ったのか、よくわからなかったわ」

「バイブレーターのことを想像してたのは確かよ」シエナはそう言うと、前以上に大声で笑った。

サベラは微笑んだ。それは楽しい思い出だった。ネイサンは、彼女をシエナの家から担ぎ出すと、家に連れ戻った。そして、愛してくれた。

「彼がいなくて寂しいわ」静かにそう言うと、サベラはまたグラスを空にした。

「でも、彼は逝ってしまった」シエナの声は静かだった。

「そうね」サベラは深く息を吐き出した。シエナが彼女のグラスにもワインを満たしてくれた。「逝ってしまったのね」

そしていま、ノアが彼女の人生に侵入しようとしている。

「これから、どうしよう?」サベラはふたりの友人を見た。

「彼の耳を引きちぎるのに賭けるわ」とシエナ。

「ネイサンはあなたを置いて逝ってしまったのよ」カイラは優しく言った。「彼にあなたを非難できると思う?」

サベラはしばらくしてつぶやいた。「永遠に、と彼に誓ったのよ」

「永遠に彼と一緒。でも、もうこの世の人ではないわ」カイラは優しく指摘した。「ノアとは永遠につきあう必要はないでしょう、ベラ。彼に一晩あげなさい。十分過ぎるほどセックスをして、そのあとは、またあなたの人生を生きればいいのよ」

「これは浮気じゃないわよね？」カイラの目を見ながらサベラは尋ねた。心の中でなにかがゆるみ、あるべき場所に収まった。ただ、酔い過ぎていたサベラには、それがなんなのかはっきりわからなかった。「浮気かしら？」

「わたしを信じなさい」カイラはサベラに向かって微笑んだ。「浮気なんかであるもんですか。誓ってもいいわ」

乾杯し、ふたたびグラスを満たした三人は、ゆったりと座り直すと、すっかり酔いしれる態勢に入った。数時間後、部屋に入ってきたイアンがショックを受けたように三人を見つめる様子を見て、サベラは、自分たちが少しばかり酔っているのかもしれないと思った。

11

「ああ、大変だ！」ローリーは受話器を戻すと、うめき声をあげて両手で顔を覆った。

オフィスの窓から外を眺めていたノアは、その場に立ったまま振り返ると、眉をひそめて弟を一瞥した。

「なんだ？」

ローリーはあの表情を浮かべていた。恐怖、警告、それに、男ならではのお楽しみを見つけたときのあの表情を。

「ベラが酔っ払ってる」

ノアは硬直した。なんてことだ。彼の股間が恐怖のあまり縮まった。まさに純粋な恐怖だった。酔っているときのサベラは、まるで手加減しないのだから。

「シエナ・グレイソンの家にいるんじゃないだろうな？」

「電話はイアン・リチャーズからだ。彼女はいま奴の家にいる」ローリーはため息をついた。

「シエナを迎えに来た保安官もいる。おれがベラを迎えに行かないと、ベラも、あとのふたりも全員、一晩留置場に入れるといって脅された。どうやら、男全般の悪口を散々言い合って、ずいぶん楽しんでいたらしい。後ろでセックスの悩みだとか言ってる声が聞こえた。イアンは大笑いしていた」

恐怖がノアの股間を鷲づかみにしていた。

「イアンに電話しろ」ノアは大きく息を吐くと、壁にかけたジャケットをつかみ、ローリーの机の上から弟のトラックのキーを取った。「おれたちがふたりで行くと言え」

修理工場の業務時間はとっくに過ぎ、戸締まりも済んでいた。ふたりはサベラが戻ってくるのを待っていたのだ。

「兄さんの幸運を祈ろうか。それとも、新しい墓に置くバラの花束を注文した方がいいかな?」

「イアンに電話して、おれたちが向かっていると言うだけでいい」ノアはうなるように命じると、ドアに向かった。「トラックを回してくるから、待ってろ」

サベラが車で出かけるところを見たときに、予測できたはずだった。容易に予想できたはずの事態だった。怒り狂った妻がシエナの家に向かうことは、頭の片隅ではわかっていたのだ。ただ、カイラの家というのは予想外だった。ふたりが友人同士だということは知っていたが、これほど親しいとは思ってもみなかった。支払う代償はえらく高くなりそうだ。しかも、サベラだけではなく、カイラまで相手にすることになるとは。

イアンの家に到着したノアとローリーは、カイラの小さなスポーツカーの後ろにトラックをとめた。ノアは頭をふった。カイラのことはよく知っている。トラブルメーカーだ。国土安全保障省の元諜報員で、いまは暇を持て余している。結婚するまで、カイラはイアンをきりきり舞いさせていた。イアンが彼女にプロポーズしたときには、ただ少しでも心の平安が欲しかったのだろうとネイサンは思ったものだ。

ノアが玄関に近づくと、イアンがドアを開いて中に招き入れた。部屋の奥からリック・グレイソンが不愉快そうに目を細めてノアを見つめている。ノアの上司の目と唇には楽しげな表情が浮かんでいる。ちくしょう。どうにかしてくれ。

そのとき、三人の女性が視野に入った。サベラはソファの一方の端に手足を伸ばして寝そべり、もう一方の端にシエナがいる。カイラはふたり掛け《ラブシート》ソファにゆったりと体をあずけている。三人ともノアを見つめていた。

「ああ、サベラ」カイラがからかうようにゆっくり言った。「わたしは反対よ。彼、とってもいかがわしそうだもの」カイラはシエナに目をやった。「あなたのだんなさまは、もう身元調査を済ませたの？　犯罪歴があるのに賭けてもいいわ」

「もう二度も調べてるわ。彼はきれいなものよ」シエナは無邪気な様子でそう発表すると、ソファの背越しにノアをちらりと見た。ノアは顔をしかめる。「彼がわたしに誰を思い出させるかわかる？」

「泥棒？」カイラが即答した。

「そうじゃなくて」シエナは眉をひそめた。「つまり……」

「彼の耳、ちゃんと引っ張れるほど大きいと思う？」サベラがノアを見て目を細めると、相手の耳を考え深げに眺めた。

その途端、三人は笑い転げた。

「きみを逮捕するべきなんだろうな」リックがノアに小声で告げた。「こうなったのも、きみの責任だろうから」

ノアはうなり声を漏らして部屋を大またで横切ると、ソファから妻を優しく抱えあげた。サベラは驚いたようにノアを見つめたが、争おうとはしなかった。

「ちゃんと歩けるわよ」サベラはきっぱりと言った。

「そうだろうな」ノアは真面目な顔でうなずいた。「だが、ローリーは今夜デートでね。急がないと遅れてしまう」

それがサベラにはおかしかった。笑い声をあげると、ノアの胸に頭をあずけて、その華奢な手を彼の心臓の真上に置いた。

「おやすみ、リック。イアン。楽しかったわ」ふたりの横を通り過ぎながら、サベラが叫んだ。

「これ以上トラブルに巻きこまれないようにしろよ、ベラ」リックはうなるように応じると、通り過ぎようとするノアに頭をふった。

「みんな、あなたがセクシーだって言ってたわ。知ってた？」トラックに運ばれながら、サベラは甲高い声で言った。

「そうか？」ノアはサベラを見おろした。彼女は物憂げに彼を見ていた。少々酔い過ぎているようだ。

「そうよ」サベラがため息をつく。「ゲール語を知ってる、ノア？」突然の質問だった。

鋼鉄の串が体に突き刺さったような痛みに貫かれ、ノアは胸が締めつけられた。

「知ってる必要があるのか？」ローリーのトラックに近づきながら、ノアは尋ねた。弟はサベラの車の方に歩いている。幸い工場には、彼女の車のスペアキーが置いてあった。

「ないかもね」サベラはつぶやいた。ノアはトラックのドアを開けて彼女を中に入れてから、自分も乗りこんだ。そして、ギアを入れると家路についた。

サベラはなにも言わず、外の景色に見とれているとでもいうように、じっと窓の外に目を向けている。自宅にトラックが到着すると、彼女は無言のまま自分の家を見あげた。その表情は暗い。

「家にいると、ときどき、とっても寂しくなるの」サベラは突然言った。エンジンを切ったノアは、ハンドルを握り締めた。

「ひとりでいる必要はないだろう」その声はかすれていた。

「そうね。カイラとシエナもそう思ってるみたい」深いため息をついて、サベラはそのまま家を見つめた。ノアの表情が曇った。

「彼が死んだあと、どうしてここにとどまることにしたんだ？」

サベラはノアの方を振り向こうともせず、ただ家を見つめていた。彼女の顔に漂う悲しみに、ノアは魂がねじれるような思いがした。水気をすっかり絞り出されてしまったような気分だ。

ようやく、サベラは答えた。「ここが故郷だから」

ノアは頭をふりながらトラックから出ると、サベラが押し開けようとしている助手席のドアに大またで近づいた。そして、妻を車から抱えおろして立たせ、家まで送っていった。

「入らないで」

「サベラ、おれを試すには最悪のタイミングだぞ」ノアはうんざりしていた。自分の心を激しく苛んでいる暗い悲しみにも、体を張り裂きそうな飢えにも。

「わたし、酔ってるのよ。それにつけこむつもり？」ドアの鍵を開け、自分を中に導き入れるノアに、サベラは無邪気そうに尋ねた。

「今日はやめておこう。誘惑するのは明日の夜だ」

サベラは少し口を尖らせてノアをにらんだ。

「意地悪ね、ネイサン。そのことは自覚しといた方がいいわよ」

酔ったサベラが彼の本名を呼んだことに、ノアはぎくりとした。自分でもなにを言っているのか、彼女はわかっていないはずだ。ちょっとした言い間違いだ、ノアは自分をそう納得させた。それでも、荒々しい痛みに満ちたうめき声が、彼の胸を切り裂いてあふれだしそうになる。ノアに体をぶつけそうになりながら、サベラはいとも簡単に夫の名を口にした。何年も前に、彼が彼女を怒らせたときにそうしたように。まるで、真相を知っている、あるいは、少なくとも察しているとでもいうように。

ノアはサベラをふたたび抱えあげると、階段をのぼっていった。彼の喉は、あふれてくる感情で締めつけられていた。ずっと長いあいだ、彼を満たしていた空虚さが、いまは感情で、それに悲しみで、あふれそうになっている。

ノアはサベラをベッドに横たえた。彼女が気持ちよさそうに枕に頭を沈め、睫毛を眠そうに震わせる様子を見つめた。

彼女のブーツを脱がせ、注意深くベッドの横に置く。さらにジーンズを脱がせ、ブラジャーのホックを外してシャツの下から引き出す。サベラはブラジャーをつけたまま寝るのが嫌いだから。

サベラが彼を見あげた。「つけこんでもいいわよ。怒らないって約束するから」

「あとでな」サベラの横に座りながら、ノアは約束した。

「腕に抱いてくれる？」

腕に抱いてくれ？　それ以上のことを求めて、体中が悲鳴をあげている。しかし、これまで彼女から奪ったものの大きさを考えると、それは些細な願いでしかない。

ノアはブーツを脱ぎ、彼がいつも寝ていた側に回って横になると、サベラを腕の中に抱き寄せた。

「悪い夢を見るの」ノアの胸にしっかり抱かれながら、サベラはささやいた。

「わかってる、ベイビー」ノアはサベラの三つ編みを解き、指でほぐした。

「血が見えるのよ。わたしの手が血まみれで、あなたがわたしの前でうずくまってる。あなたが。それがネイサンになって、またあなたになる。そうしたら、ネイサンの姿が遠ざかっていくの。でも、あなたはまだわたしの前にいる。と思ったら、突然、わたしがあなたになってるの。すごい痛みを感じて、あなたがわたしのことを考えているということだけがわかる。あなたは、わたしに助けてくれと必死で頼んでいるのに、わたしは、あなたの前で踊りながら、あなたを誘ってるのよ。だけど、踊ってるのはわたしじゃないの。とても恐ろしい夢よ、ノア」

ノアはぎくりとした。あの地獄をサベラも見ていたのか。フェンテスは、ネイサンを篭絡するために、サベラによく似た女性を連れてきた。娼婦の粉を注ぎこまれ、極限の欲情と闘っていたネイサンにとって、それは鉤爪で全身をぎりぎりとつかまれるような苦しみだった。それでも、彼には、連れてこられた女性が妻ではないことがわかっていた。

「彼を助けられなかった」眠りに落ちながら、サベラはつぶやいた。「彼は必死で助けてくれと頼んでいたのに、わたしにはできなかった」涙と眠気でその声は不明瞭だった。「助けられなかったの」

サベラはようやくノアの腕にゆったりと体をあずけた。ノアは彼女の頭に顔を寄せて、妻をしっかりと抱いた。

「彼は救われた」ノアはささやいた。サベラには、自分が夫を救ったことなどまったく知りようがなかった。だが、以前の彼はもう存在しなくても、サベラを愛し、彼女を心から求め、彼女への誓いによって地獄の体験を耐え抜いた男は生き残った。

すすり泣きながら眠るサベラを、ノアは腕の中で優しく揺らし、慰め、抱き締めた。闇を見つめながら、ノアは泣きたかった。前向きに生きていると思っていた妻は、実際は苦しんでいた。祖父は正しかった。とらえられているあいだも、すぐ横でサベラの心臓の鼓動を感じるほどに、彼は彼女を愛していた。アイルランドの目に関する祖父の話が正しいことはわかっていた。地獄の中で、そこにあるはずのない光景を見た記憶があった。自宅の寝室で、ノアは鏡を、サベラを見つめていた。そのときサベラも、彼の目を通して見ているという感じがした。彼の地獄を見ていると。

妻を抱くノアの腕が強ばり、力がこもった。ノアは頭を反らし、深く息をすることで体中に広がりつつある苦痛を和らげようとした。

「サベラ」彼女の名前をささやき、彼女の存在で胸を満たした。

サベラが身じろぎした。眠っている彼女は官能的で、ノアの心をそそる。「あなたがいなくて寂しかったわ、アイリッシュ」

自分の目の端から零れ落ちた一粒の涙をノアは無視した。苦痛、そして喪失に苦しみながらも、彼女にはわかっているのだ。彼の正体から目をそらしていても、心の奥底でサベラは気がついている。ふたりの絆は、ふたりの誓いは、まだそこに生きているのだから。サベラのもとに戻らなかったことで、彼女に現実と地獄のあいだをさまよわせることになってしまった。彼と結ばれていながら、妻はひとりぼっちで悪夢と直面しなければならなかった。しかも、彼が生きてきた恐怖の体験を垣間見ても、彼女は耐え抜いてきたのだ。

それなのに、ノアは、彼の身に起こったことを直視するには、妻は弱過ぎると信じていた。しかしいまは、サベラは彼の知る誰よりも、遥かに強い女性ではないかという気がしていた。

おそらく、彼女の心と魂の強靭さは、彼をも凌いでいるかもしれない。

温かい。ベッドの中で身じろぎしたサベラは、自分を包んでいる温かさに、うめき声を漏らしかけた。ノアの腕が彼女を包みこみ、しっかり抱いている。そして、ネイサンがよくしていたように、顔を彼女の髪に埋めていた。男の人は皆そうするものなのだろうと、サベラは自分を納得させた。ネイサンは彼女にとって唯一の恋人だった。だから、そういうことでも覚えているのだ。彼女を胸に抱くノアの片脚が彼女の脚に乗っている。片方の腕はサベラの頭の下、もう片方は彼女のウエストに回されていた。

そうしたいと思っても、サベラは身を離すことはできなかった。そうしたいとも思わなかった。サベラはその温かさを楽しみたかった。いつまでも。それなのに、なにかが彼女の心をつつき、つねり、目を覚まさせようとしている。

サベラはノアに体をすり寄せて、そのなにかから逃げようとした。彼女がいたいのは、こなのだから。いままで焦がれたなによりも、この信じられないような平和に満ちた感覚を手放したくなかった。

そのとき、ノアの手が、サベラのシャツの裾の下を動き、彼女のみぞおちに押し当てられた。サベラは体を伸ばすと、温かなノアの体に前よりしっかり背中を密着させた。夢ではない。それにようやく気づいたサベラの呼吸が乱れ、嗚咽とうめき声が同時にこみあげた。

わたしは弱い女。これが必要なの。

カイラはなんと言ったっけ？　セックスの悩みが解消したら、ほかの問題は自然に解決する？　たったいま、納得できた。ノアに抱擁され、彼女のパンティーの上を彼の手が動いているいま、その言葉が納得できた。

「動くな」押しつけられている鋼鉄のように硬く熱いペニスに尻を密着させようとしたサベラの耳に、かすれ、しわがれた声が響いた。

ノアは全裸だ。夜のあいだに服を脱いで、彼女の体を覆う毛布の中に入ってきたらしい。そう考えると、サベラの体を震えが走った。後ろに横たわる、力強く引き締まった裸の肉体の存在がひしひしと感じられた。

サベラは目を開いた。まだ暗い。夜明けの光はまだ部屋の中までは届いておらず、現実を見つめる必要はなかった。ただ感じればいい。

サベラは首をねじって、ノアの喉元に唇を押し当てた。髭のざらつきが官能的でセクシーだ。髭の肌触りがセクシーに感じられることなど、いままで知らなかった。

「キスして」サベラはささやいた。

ノアの手がサベラのみぞおちから腰へと動き、彼女が身動きできないほどしっかり押さえつけた。

「誘惑しているのか、サベラ」暗闇を通してささやく声が彼女を包みこんだ。その振動がサベラの神経を優しく撫でる。

「あなたが欲しい」夫が死んでから、そう感じたことはなかった。しかしいま、サベラはノアを強く求めている。いずれ後悔するにしても、いまはそのことを考えたくない。いまはただ、味わい、悦びを思う存分満喫したいだけ。

緊迫感がふたりの周りを疾風のように駆け巡り、部屋を満たして気温まで上昇させているようだ。

「おれが欲しい?」ノアはうなるような声で応じると、サベラの体を自分の方に向き直らせた。彼女に覆いかぶさるノアの広い肩が陰となって、突然サベラの視野を満たした。「欲しいのはおれか、サベラ? それとも、だんなか?」

サベラは両手をノアの肩に置いて強く撫でた。肩に埋まったその爪が、筋肉の硬さを確かめる。

「気になるの?」そう尋ねながら、サベラの心に、どちらも欲しいという強い気持ちが突然わきあがった。自分が手を差し伸べている相手が誰なのか、何者なのかわからないという混乱と不安は、いやなものだ。「それが気になるの?」

ノアはしばらく答えなかった。答えるつもりがないのではないかとサベラは思い始めていた。

「どうでもいい」答えた声は厳しかった。「おまえをおれのものにする。サベラ、おまえがおれの名を叫ぶとき、実際に誰のことを呼んでいるかはおれにはどうでもいいことだ。だが、だんなと同じようにしてもらえると思っているのなら、がっかりするぞ」

「わたしの夫がどうしたかなんて、あなたは知らないでしょ」サベラはそう言い返すと、頭をあげてノアの胸を舐めた。胸毛が顔をこする。「あなたのものにして、ノア。あなたの好きなように」

ノアは彼女を激しく、荒々しく愛したいはずだ。サベラにはわかっていた。ずっと感じていたことだ。優しい恋人にはなってくれないだろう。サベラも優しい恋人など欲しくはなかった。ずっと彼女の中に蓄積されてきた、暗く激しい欲求を鎮めたいだけだ。こんな夜、悪夢と混じり合い、彼女を苦しめた暗い官能的な夢の産物を。セックスを、そして触れ合いを渇望する欲求に彩られた、暗く物憂い夢の産物を。

闘うことには飽き飽きしていた。ノアとは戦いたくなかった。彼が修理工場に足を踏み入れ、野性的な傲慢さで彼女を魅了した最初の日から、争いたくなどなかったのだ。彼女の体は、彼に触れられたいという欲望にもだえていた。引き裂かれ、ぼろぼろになった彼女の心は、ただ安らぎを求めていた。自分を満たす燃えるような欲情を少しでもいいから鎮めたい。

「サベラ」ノアはささやくように呼ぶと、額を彼女の額に寄せた。「自分の求めているものが本当にわかっているのか？」

「あなたが欲しいの」

サベラは夢を見ているに違いない。ここで、ネイサンのベッドで、彼が妻としてサベラを愛した場所で、ほかの男を求めるなんて。

「消してほしいの、ノア」サベラは夢中でささやいた。「お願い、消してしまって。あの悪夢を。わたしの欲情を。もうじらさないで。わたしを好きにして、そうでなければ、すぐに

――」

ノアの唇が彼女の口を覆った。サベラはそのときを待っていた。狂おしく唇を開いてノアの唇を受けたサベラは、飢えに満ちた荒々しいうめき声を漏らしていた。

ノアの意識の端に暗い欲情が押し寄せ、理性をのみこんだ。サベラにキスし、彼女のTシャツを頭から引き抜く一瞬だけ口を離すと、次にパンティーを剥ぎ取った。

ノアのペニスは我慢できないほど硬く屹立し、睾丸は、それまで彼が自分の手で解放していた以上の快感への期待に張りつめている。

ノアは息が詰まりそうだ。サベラの太腿のあいだに滑らせた手が、あふれた愛液にしっとりと湿った滑らかで柔らかな茂みに触れた。熱く、まるで蜜のようだ。

局部にさらに近づいたノアの指が、膨らんだ肉のあいだを滑り、入り口にたどり着く。ずっと前にサベラの処女を奪った夜と同じように、その内部は彼の指の先を固く締めつけて収縮した。

開いたサベラの脚のあいだにノアは体を入れた。前戯はあとだ。何年ぶりだろう。ああ、本当に長かった。そのうちの一年七カ月を麻薬の強力な影響下で過ごしたノアは、セックスへの飢えに正気を失いかけていた。

彼と、その狂気にも近い欲望のあいだに立っていたのは、妻だった。彼を必死に求める灰色の瞳が、彼の意識にささやきかける彼女の声が、なんとか彼に正気を保たせてくれたのだ。

「ちくしょう」ノアは急に頭を反らせてキスを中断すると、サベラを見つめた。暗がりの中では、彼女の顔はぼんやりとしか見えない。「おまえのことがどれだけ欲しかったかわかるか?」歯ぎしりして、ノアは言葉をのみこんだ。

「それなら、奪って」サベラはあえいだ。「わたしを奪って、ノア。好きにして」

どれほど彼女が必要だったかを言い表す言葉はなかった。

ノアは頭をふった。頭を反らして叫び、激情を発散させたかった。

妻を愛したい。彼女の体に触れ、キスをして、隅から隅まで味わいたい。ノアは身を震わせた。そして、極度に張りきった亀頭をサベラの局部に押しつけると、熱さと滑らかさにうめき声を漏らす。

ノアはペニスをさらに押し入れた。急ぐんじゃない。サベラを愛することを、いままで待ってきたのだ。彼女が悦びを得るまで自分の欲求を抑えることは、なんでもないはずだ。昨日サベラが彼の種を口に受けたときも、彼は彼女を悦ばせるつもりでいた。あのあとも、一向に収まらない興奮に、ノアは正気を失いそうだった。

彼女も彼を求めている。昔の彼を。正体を彼女に告げさえすればいいのだ。ノアはさらに深くサベラの中に体を埋めた。胸を打つサベラの両手首をつかんでベッドに押しつけると、ノアは彼女の体に覆いかぶさり、恍惚の一端を感じながら動きを止めた。ペニスのほんの一部だけが悦びを享受している。

「ノーと言うならいまのうちだ」ノアは吐き出すように告げた。「いま言わなければ、もうチャンスはない。わかったな?」

サベラは頭をあげて、鋭い小さな歯でノアの唇を軽く噛んだ。

「キスして」サベラは荒い口調でささやいた。「わたしを奪いながら、キスして、ノア」

やめてくれとは言えないのか? 目の前にいる男の名を叫びながら、別の男のことを考えるのではないのか?

「ああ、サベラ」ノアはうなった。「いいぞ、ベイビー」

サベラの口を自分の唇で覆うと、ノアは飢えが体中を駆け巡るにまかせた。

最後に妻を自分の体の下に感じてから、長過ぎる歳月が過ぎていた。彼を受け入れるために開く彼女の秘所の甘美な感触を味わってから、そして、彼の唇の下で叫ぶサベラの声を聞き、彼女も彼と同じ悦びの波に揺れているのを感じてから、あまりにも長い年月が経っていた。

ノアの腰が激しく動き、ペニスがぐいぐいと押しこまれる。その動きに合わせるように、サベラは体を強ばらせ、ノアの下で身をのけぞらせた。

サベラの叫びを口で受けたノアは、舌を彼女の口に押しこみ、絡みつく舌をなぶる。そうしながら硬いペニスは、サベラの太腿のあいだの甘い谷間に深々と埋まっていった。

激しく突きまくっていたノアは、我慢が極限に達すると頭を反らしてサベラの唇と手首を解放した。そうして、両手でサベラの腰をつかむと膝立ちになった自分の体に引き寄せ、彼女の尻を膝に乗せて激しくリズミカルに腰を動かし始めた。

自分の喉からこみあげる音を耳にしても、ノアは気にしなかった。情欲に満ちた深くかすれたうめき声を漏らしながら、ノアは目を閉じた。体に汗が玉となって浮いている。熱く、そしてきつく彼のペニスを包みこむサベラのヴァギナが、さざ波のように伸縮していた。ノアはサベラを激しく攻め立てた。途中でやめることなどもうできない。彼の魂を永遠に責めることになるだろう一突き一突きを深く味わい、楽しみながら、ノアは体の中で猛り狂う欲情を一滴も残さずに妻に注ぎこんだ。

サベラは体の下のシーツを握り締めていた。体を満たしてくれる動きに頭がおかしくなりそうで、すがりつけるものが必要だった。

彼女の体が、始めからこれほど燃えたのは初めてのことだ。前戯など要らなかった。ノアのキス、それに彼女をいっぱいに満たすペニスの残忍なほど激しい動きが、快感を、それに、こみあげてくる暗い未知の魅惑に満ちた欲望を徐々に高めていった。

こんな純粋で猛烈な飢えを感じるなんて。これ以上はないというほど凝縮された性欲。矢継ぎ早に襲うペニスがサベラを深々とえぐり、押し広げ、焼いた。燃えあがるような感覚が、火をつけた矢のように彼女の体を切り裂き、駆け巡っている。

ノアは断りもなく、猛烈な勢いで彼女を奪い、狂気のように攻め立てた。まるで、彼女が与える解放だけしか頭にないというように。ほかの誰でもない、彼女にだけできる解放を待ちわびているとでもいうように。そして、彼女を奪うことだけに集中し、サベラが彼の名を叫ぶときまで、彼女と溶け合っていることをだけを望んでいるように。叫び、請い、凄まじい興奮の波の中で絶頂に達した彼女が、彼の下で爆発するまで。

衝撃的だ。実際はなかった前戯が永遠に続いているかのようだ。わざとじらされている気分がする。どんどん高みに押しやられたサベラは、とうとう飛んだ。ノアに体を密着させて体を弓なりに反らしたサベラが精液のほとばしりを感じても、ノアは腰の動きをゆるめなかった。ノアの飢えきったうめき声が部屋を満たし、サベラは彼の下でさらに激しく体をのけぞらせた。

「まだだ！」ノアの叫びが空気を振動させる。

身を反らせたノアは、腹ばいにさせたサベラを引き寄せると、ふたたび彼女の中に押し入った。削岩機《ジャックハンマー》のような猛烈な突きに、サベラはまたも身をのけぞらせた。サベラの腕が後ろに反り、ノアの首に回った。ノアの手が彼女の体を撫で回す。

体中に手を滑らせる。サベラを奪いながら、彼女の太腿を、腹部をさすり、胸に両手を当てて乳首をつねった。自分の両脚を広げながらもバランスを崩すことなく、速い動きで彼女を攻めた。

熱気がふたりの周囲を、そしてふたりの内部を渦巻き、サベラの叫びが夜を満たした。

「すごく締まってる」ノアはうめいた。動きを止めた彼の呼吸は荒々しかった。

「滑らかで、熱く、硬い。腰を使え、サベラ。欲しがっているところを見せろ」

サベラは従った。ノアに自分の腰をすりつけ、腰を浮かしてくねらせてはふたたびおろす。

ノアの動きに合わせて腰を動かしながら、彼の唇と粗い髭の感触を首筋に感じたサベラは、激しくあえいだ。

「言ってみろ」背筋がぞくぞくするような荒々しい声が、サベラの耳にささやいた。「なにが欲しい？」

ノアは両手でふたたび彼女の腰をつかんでいた。

「強くか？」ノアが彼女の中に激しく深く入ってくる。

「ゆっくりか？」ゆっくりと脈打つような穏やかな動きに、サベラは抗議するような叫び声をあげていた。

「強く。激しく、速く。わたしの欲しいものはわかるでしょう」

サベラはノアの腕の中で身震いした。絶頂を求めて、震えていた。ノアは、指の先で彼女のクリトリスを軽く撫で始めた。

ふたたび、サベラの体に戦慄が走った。ノアの腰がまた激しく速く動き始めると、彼女の体に快感が、燃えさかる熱い針に刺されるような感触が走った。

首からサベラの腕を解くと、ノアは力強い片手で彼女の肩をベッドに押しつけ、その体に覆いかぶさった。ノアの動きがさらに速く、激しくなる。汗で湿ったふたりの熱い体が音を立ててぶつかり、溶け合った。ベッドのきしみ、サベラのうめき声、胸の奥からほとばしるノアの叫びが部屋を満たす。ふたりが同時にクライマックスに達すると、苦しいまでの凄まじい快感が音もなく激突したかのような衝撃が走った。

荒々しく息を吐き出したサベラは、体を弓なりに反らせたまま目を見開き、放心していた。

すすり泣くような声が唇から漏れる。体から抜け出し、自由に飛び回った彼女の心は、純粋な歓喜を体験していた。

その後ろで、ノアはじっと動かなかった。サベラの名とも、呪いの言葉とも取れる叫びが空気を満たし、振動させていた。彼はふたたび彼女の中で射精した。熱くほとばしる解放の快感が震えるように体を突き抜け、さらなる激しい悦びをもたらすと、ゆっくりと治まっていった。あとには、絡まったままのふたりの体がベッドの上に横たわっていた。

ノアは体の半分をサベラに乗せていた。彼女の中に埋もれたままのペニスはいまも硬い。ふたりの心臓はまだ激しく打ち続け、疲れ果てたサベラはうとうとしていた。そのとき、聞こえるはずのないものが彼女の耳を貫き、サベラを目覚めさせた。

「ガ・シリー」

サベラは開いた目をまばたいた。恐怖に戦きながらじっと耳を澄ます。その言葉はそれっきり聞こえなかった。消えてしまった。夢のように。ずっと昔に消えてしまった希望のように。

ノアがまだそこにいる。

彼は彼女の中からペニスを引き抜くと、サベラを腕に抱き寄せた。数分後、体を徐々にリラックスさせたノアは、眠りに落ちていった。

サベラは闇の中を見つめていた。目をしばたたかせて涙をこらえながら、みぞおちに触れているノアの腕を抱き締め、彼の体に寄り添った。

「永遠に」サベラの声は、息のようにかすかだった。誰の耳にも届かないほどに。

しかし、永遠は存在しなかった。静かに滴り落ちた一粒の涙は、なんの役にも立たない。涙は傷を癒やさない。清浄にすることもない。しばらくして、サベラはようやく眠りに落ちた。そんな風に安らかに眠れることなど、もう決してないと思っていたのに。夫の腕の中でだけで感じた安らぎを、いま彼女はほかの男の腕の中に見いだしていた。

サベラの後ろで、ノアは静かに横たわっている。一筋の筋肉も動かさずに。サベラの声に含まれる悲しみと苦痛の響きに、魂の内側を苦悩の鉤爪につかまれたような痛みを感じ、息が止まりそうだ。

ノアはサベラを抱き、その感触を慈しみながら、かつては彼の魂だったぼろぼろの傷口の奥底で、妻と共に泣いていた。

12

「ベッドでほかの男を思って涙を流すのは、おれがいないときにしろ」

早朝、コーヒーを淹れていたサベラは、そのときキッチンに入ってきた男に視線を向けた。いつもより大きく威圧感があるように思える。

昨夜のことを、サベラはいまだによく理解できないでいた。朝になってベッドからどうにか抜け出した彼女は、同じことがふたたび起こらないように浴室に避難してシャワーを浴びた。

いまサベラの体は、ジーンズとTシャツに包まれ、ブーツの紐はしっかり結ばれている。サベラは顔をそむけてノアを無視した。それでも、胸の中で高鳴る鼓動までは無視できなかった。

はっきりしないものの、昨夜なにかが起こったことは確かだった。彼女を不安で満たすなにかが。どうしようもなく落ち着かない気分にさせられるなにかが。いま入ってきたノアの様子も、そうした彼女の焦燥感をさらに高めるだけだった。威圧感という言葉だけでは説明できないなにかがあった。その立ち方、目の表情には、サベラの胸を締めつけ、彼女の秘所を熱くさせるなにかがある。

ノアはサベラを怒らせ、しかも同時に興奮させていた。いい組み合わせではない。

「自分のベッドで涙を流すのが、なぜ悪いの？」ノアが戸棚を開けられるように、サベラはコーヒーポットから離れた。ノアは正しい扉を開けると、カップを取り出した。

「おれとやったあとで、泣いたろう？」ノアは鼻を鳴らした。「今度同じことをしたら、サベラ、泣けなくなるまでやりまくってやるからな」

「わたしが泣いたなんて、どうしてわかるの？」サベラはノアを見つめた。コーヒーポットに手を伸ばすその肩の筋肉が、いくつもの瘤のように盛りあがる。「寝ちゃったくせに」

「眠りは浅い方でね」コーヒーを注ぐと、ノアはサベラに向き直った。いかついのにセクシー。湿った黒髪は肩にかかっている。髭は闇よりも黒く、深く濃い青色の瞳を一層際立たせている。

昨夜と同じ服を着たノアは無精っぽく、同時に力があふれて見えた。サベラの心の平安がますますかき乱される。

「でも、そんなこと気にする必要はないわ」しばらくしてそう言うと、サベラは肩をすくめた。「もうふたりともセックスの悩みは解消したはずだから、お互いに噛みつき合う関係に戻れるわ。あなたもまた、自分のベッドで眠れるわよ」

サベラはコーヒーカップをカウンターに置くと、てこでも動かないという様子でノアを見つめた。

ノアはわざと黙っていた。黒い液体をすすりながら、自分のコーヒーカップの縁越しにサベラを観察している。瞳が揺らめくようにきらめいている。怒ってはいないが、サベラの言葉に同意していないのも明らかだった。

「一夜かぎりというわけか？」

その声の調子に、サベラは眉をひそめた。

「ちょうどタイミングがよかっただけよ」サベラは嘘をついた。「これで、あなたもわたしもそれぞれの生活に戻れるわ」

「そして、死んだだんなのために聖堂をつくり続けるのか？」うめくような声だった。

その言い方に、サベラはぎくりとした。心が傷ついて当然なのに、なぜか、そうした言葉は、ノアが姿を現す前ほどの威力を失ってしまったようだ。

どうしてしまったのだろう？　ノアが姿を現してから、それほど日は経っていない。それなのに、知り合ってからひと月もしないうちに、彼とセックスをしてしまった。夫でさえサベラをベッドに誘うまで、少なくともひと月はかかったというのに。彼女は処女だった。それがいままでは、黒いハーレーダビッドソンに乗った男がバイク仲間とその輝く瞳を道連れに町に乗りこんでくるやいなや、彼を生きたままむさぼり尽くそうとしている始末だ。

そこまで考えて、サベラはつい頭をふっていた。

「わたしがなにをしようと、他人に口を出される理由はないわ。昨夜のことはなかったことにしましょう」

サベラは、なにか釈然としなかった。彼女の人生を永遠に変えてしまうようななにかが起こったはずなのに、どうもはっきりしない。

「ほう?」ノアはふたたびコーヒーをすすった。サベラはその場に立ったまま、コーヒーを飲み干すノアをじっと見つめ、気持ちを落ち着けようとしていた。「ついでに、おれがペニスをすっかり埋めてしまうまでイッてないことにしてくれないか? ふたりとも、初めてセックスするみたいに、すぐにイッたりはしなかったということにもしてくれないか?」

「なんですって?」少しして、サベラは訊いた。死刑台のロープがきりきりと締まっていくように、ふたりのあいだで緊張が高まっていく。

ノアの唇がひくついた。「なかったことにはできない。いくら抵抗してくれてもいいが、サベラ、まだ終わっちゃあいない」

「終わったのよ」

ノアは頭をふった。「これからアパートに帰る。服を着替える必要があるからな。今晩は用事があるが、そのあとで戻る」

「ここじゃないところにね」

ノアの見せた表情に、サベラはもう少しで身震いしそうだった。

それでも、腕を組んでノアをにらみ返したサベラは、彼の瞳にちらつく欲望の色に気づかずにいられなかった。

しばらくすると、ノアの唇の端がわずかにあがった。サベラの小鼻を膨らませ、反発心にふたたび火をつけるにはそれで十分だった。

「今夜また来る」そう告げると、ノアは彼女の脇を通ってキッチンを大またで横切り、外に出ていった。

サベラは歯ぎしりをしながらあとを追った。

夜のあいだに、ローリーが彼女の車を戻しに来たらしい。ローリーのトラックは見えず、ノアは修理工場に向かって坂を下っている。サベラがドアに鍵をかけ、苛ついた様子で車の方に歩いていくころには、ノアは長い脚でぐいぐいと工場への距離を縮めていた。

サベラが工場に着くと、ノアの姿はどこにもなかった。ローリーはすでに出勤していた。硬い微笑みを浮かべてオフィスに足を踏み入れたサベラは、ふたつのドアを静かに閉めると、義弟に向き直った。

書類に目を通していたローリーが、彫りの深い顔をあげた。青い瞳で用心深くサベラを見つめながら、無表情を装おうとしている。

「お兄さんほどうまくないわ」穏やかな口調だった。ネイサンは、サベラが彼に腹を立てていることがわかると、いまのローリーのようにいかにも見下すような表情を浮かべて彼女を見たものだ。

「うまいって、なにが？」ローリーは咳払いをした。

サベラはドアに寄りかかったまま義弟をじっと見つめた。

「その顔よ。自分の行動には誰にも文句を言わせない、という表情。ネイサンのは名人芸だった。でも、あなたはもう少し練習した方がいいみたいね」

ローリーの顔に面白がっているような表情が一瞬走ったが、すぐに頬をかいてごまかした。

その動きで上腕の筋肉が盛りあがり、半袖シャツの袖がぱんぱんに張った。

「おれのことを怒ってるんだろ」

そう言うと、アパートメントに続く階段に目を走らせた。

「助けを求めても無駄よ」静かな口調だが、ローリーに向けられたサベラの笑みは冷ややかだった。「自分たちに都合がいいようにわたしを動かせると、本当に思っていたの？」

そのときアパートメントに通じるドアが開き、ノアがオフィスに入ってきた。もう着替えている。ずいぶん素早いことだ。

「ローリー、オデッサに行ってあの部品を入手してきてくれ」ノアはローリーを見ながら言った。「午前中にだ」

ローリーは椅子から立ちあがった。

「逃げようなんて考えても無駄よ」サベラは穏やかに警告した。

ローリーは顔をしかめて、唾をのみこんだ。そして、視線をサベラからノアに向けたあと、ふたたび椅子に腰をおろした。賢く、正しい側を選んだらしい。

「ここの持ち主は誰？」サベラはローリーに尋ねた。

ローリーはまた頬をかいて、咳払いをした。自分はたまたま争いに巻きこまれただけの、疾しいところなどひとつもない傍観者だとでも言いたげに、サベラとノアにちらりと目をやった。疾しいところがないなんてとんでもない。ローリーとノアはなにかを企んでいる。それはわかっている。「わたしたち？」

ローリーを見るサベラの目が細まっていた。「それとも、あなたの分は彼に売っちゃったの？」ノアの方を顎で示しながら、サベラは優しく訊いた。

ローリーはノアを見やった。サベラをじっと見つめているノアの顔には、見た者が誰でも怯え、不安になりそうな表情が浮かんでいる。ずっと昔なら、サベラもそうなっていたはずだ。夫がそんな顔で彼女を見たとしたら。

「いや」ローリーは唇をすぼめて用心深くサベラを見た。

ノアを無視したまま、サベラは部屋を横切った。そして、ローリーの机の上に両手を広げてつくと身を乗り出した。

「わたしの分を買い取りたい？　そうしたら、わたしは荷物をまとめてジョージアに戻るから、ここはあなただけのものになるわ。それが望みなの？」

ローリーの目がショックと驚きに満たされた。「まさか、ベラ、そんな、違う」激しく首をふってノアに目をやると、激高した様子で怒鳴った。「一体、彼女になにをしたんだ？」

「彼はこの工場の権利の一部を持ってるの？」サベラはぴしりと言った。

ローリーは大きく息を吐いた。「いや」

「じゃあ、彼の意見は関係ないわね？」

「そうとも言えない」ローリーは顔をしかめた。「わかってくれよ、ベラ、奴は仕事ができるんだ」

「わたしはできないの？」サベラは背筋を伸ばして、顎を突き出した。「この六年間、彼はどこにいたの？　ネイサンがいなくなったあと、ここに来て悲惨な状況をなんとかしようとしてくれた？」

「いや」ローリーの声は硬く、顔は厳しかった。

「今度同じようなことが起こったら、ローリー、あなたたちふたりだけで頑張ればいいわ」

噛みつくような言い方だった。「前と同じ過ちは繰り返さないことね。でも、わたしの夫は経営権の半分をわたしに残してくれたの。だから、決定権の半分はわたしにあるはずよ。よそ者ではなくね。とりわけ、突然やってきて、ネイサンのものをすべて自分のものにできると思ってる誰かさんには、そんな権利はない。わかった？」

ローリーは首の後ろをこすると、「わかった」とうなずいた。

サベラは、ノアに視線を向けようとさえしなかった。そのままローリーに背を向け、近くのフックにかかっている上着をさっと取ると、大またで工場に向かった。とりあえず自分の立場をはっきりさせたことにサベラは満足だった。

腕組みをしてドアを見つめていたノアは、ローリーに向き直った。弟は汗をかいていた。額が薄い汗の膜で覆われ、青い瞳は恐怖に揺らいでいる。

「あの女は誰だ？」ノアはドアの方を顎で示した。

ローリーは頭をふった。「亭主がいなくなった三年後にここにやってきて、一瞥したあと、経営を立て直し始めたのと同じ女性だ」

ローリーは急に立ちあがると、ノアをにらみつけた。「彼女が正しい。打ち砕かれたベラが、彼女にとって大切なものを全部失いかけていたあいだ、あんたは一体どこにいたんだ？　自分の薄汚い仕事をここでやるんなら、ひとりでやれよな」そして、机の上から鍵束をひったくるようにして取るとドアに向かった。「それに、彼女には近づかないことだ。利口ならな。こんな風にベラを怒らせた最後の男は、もう少しで頭の後ろにレンチを叩きこまれるところだった。あんたが相手だと、わざと狙いを外すような真似はしないだろう。おれが彼女の立場なら、外さないね」

弟がもうひとつのドアの向こうに姿を消すのを見送ったノアは、工場へ通じるドアを見つめ、ふたたびその視線をたったいまローリーが出ていったドアに戻した。敷地を横切って歩いてくるトビー・ジェイムズが、すれ違ったローリーに眉をひそめるのが窓越しに見えた。

ノアが後ろの机に体をもたせたとき、トビーがオフィスに入ってきた。

「また、みんなを怒らせてるのか？」そんな態度をとる権利があるとでもいうように、トビーは不満げに言った。

ノアは冷ややかにトビーを見つめた。

「よくやるよ」トビーはそうつぶやくと頭をふって、ノアが寄りかかっている机に近づいた。

「その尻をどけてくれないか？　仕事があるんだ」

振り向いたノアに見つめられたトビーの顔から、徐々に血の気が引いていった。少なくとも、人を威圧する力がまったくなくなったというわけでもないらしい。

「まあ、いいや」トビーは椅子に座ると、机の横に積みあげられた書類の山から請求書のリストを引き抜いてコンピューターのスイッチを入れた。

ノアは修理工場に通じるドアを開けた。一台の車の下から突き出ている妻の膝を見た途端、ペニスが岩のように硬くなる。とはいっても、もともと硬かったのだが。

サベラの両脚はクリーパーをまたぐように広げられている。車の下で彼女がなにをしているにせよ、結婚していた二年のあいだ、彼女が一度もしなかったことなのは確かだ。

妻はどこに消えてしまったのだ？　それに、妻のふりをしているこの女を見ると、体中を熱い血液が駆け巡るのはどうしてなんだ？

ノアは憤慨と同時に興奮を感じ、さらに好奇心をそそられていた。そして、固く決心した。今夜、絶対にふたたび妻のパンティーの中にもぐりこむと。

車の下から突き出ているジーンズに包まれたサベラの脚から目をあげて工場を見渡したノアの目に、ニコライ・スティールの姿が入った。ここでの名前はニコラス・スティール。身長二メートル近いロシア人は、自分が修理している車から目をあげると、石のように硬い淡青色の瞳でノアを見て、かすかにうなずいてみせた。

ノアは唇を引き結んだ。サベラをふたたび味わうという褒美を自分に許す前に、今夜はやるべき仕事がある。しかし、それさえ終われば、妻の砦に急襲作戦を決行しよう。

ときが過ぎ、ようやく終業時刻が訪れた。週に一度夜の町に繰り出すことにしているノアは、その用意をするあいだも、サベラのことを頭から振り払えなかった。

ローリーと自分をにらみつけたサベラの目。叫びも怒鳴りもせず、涙さえ浮かべずに、ただ事実を述べ、自分の意図を明白にした。彼女の人生に影響を及ぼす決断をローリーがふたたび下すことがあれば、彼女は出ていくだろう。それに、彼女が言ったように、工場を経営危機から救ったのはサベラなのだ。

サベラに修理工場の経営ができるなど、ノアは想像したことさえなかった。美しい髪をしたサベラに。その髪を彼女は染めていた。どうしてそれに気がつかなかったのだろう？　忙しく走り回っているサベラの肩で跳ねる三つ編みにした長く豊かな濃いブロンドの髪を見るたびに、ノアはいまでも落ち着かない気分になった。

マニキュアもペディキュアも、もうしていない。ノアには、それが少し残念に思われた。もっとも、それは「乙女チック」な妻が女の子らしくしていることで、彼が満足感を得ていただけにすぎなかったのだ。

妻が実際はそれほど女の子らしかったわけでもなく、しかも、夫にすべてをさらけ出していなかったことがわかったいま、ノアは怒りを覚えながらも、彼女について自分が知らなかったことをすべて探り出そうと心に決めていた。

その夜、タバコの煙に満ちた薄暗い酒場に座ったノアは、友好的で好奇心旺盛な修理工の役を演じながら、話したくもない男たちと会話を交わしていた。ただ、そのあいだも、昼間のサベラの表情が頭から離れなかった。

彼女の顔には純粋な固い決意が浮かんでいた。サベラは怒りを露わにしなかったが、ノアもローリーも、彼女が本気だったことに露ほどの疑いも抱いていなかった。骨の髄まで本気だった。場合によっては経営権を売って、本当に出ていくつもりなのだ。

気骨。そう、サベラには気骨がある。

結婚していたころ、その部分を彼に見せなかったのはなぜだ？　なぜ隠していた？

おそらく、自分が自らの暗い面を隠していたのと同じ理由なのだろう。心の中で渋面を作りながらノアは思った。ふたりが一緒に過ごしためくるめく最初の数年間、ネイサンもサベラも相手に隠しごとをしていたらしい。一緒にいられたのは二年だった。互いを本当に知るには、あまりにも短か過ぎる期間だった。

「黒襟市民軍だが、奴らはよそ者が質問をして回るのもいやがるぞ」引退するまで町から離れた牧場のひとつで働いていた老人が言った。老人とノアはカウンターの端でビールを飲んでいる。ノアは、祖父の友人のひとりであるこのジェシー・バーンズ老をよく知っていた。

「奴らは大概の人間が気に食わないんだろう」

「特に奴らとは異なる人間がな」声を低くしてジェシーが応じた。「おれには生粋のアイルランド人の友だちがいるがね。その息子がひどい目に遭ったんだ」そう言いながら老人は頭をふった。

ひどい目？　グラント・マローンが？

「どんな？」

ジェシーはまた頭をふった。皺の多い顔は暗かった。「家族全員を失ったのさ」そして、ため息をついた。「ひとり残らず。連中がいま奴に手を出さんのは、奴が目立たんようにしとるからでね。自分の牧場の経営のほかは、なんにもせんから。連中は、奴を殺しても満足できんのさ。だが、失って悲しいようなもんは、あれにゃもうなにも残っちゃおらん」老人は肩をすくめた。「かわいそうなもんだ」

ノアは自分のビールを見つめていた。いまのジェシーの話は、マローン家とは関係ないようだ。

「そんなことをする力が、どうして連中にあるんだ？」ノアはつぶやくように言った。「連中のことはほとんど耳にしたことがない。テキサスはずいぶんあちこち回ったが」ずいぶんもなにも、ここは彼の故郷なのだ。ここで育ち、働き、恋をした。なぜ、市民軍について聞いたことがなかったのだろう。

「静かにしとるのが一番だからさ」ジェシーは肩をすくめた。「秘密を守ることに連中は異常なほど熱心でね。しゃべるのは若い阿呆だ。そういう阿呆がそれなりの地位を得ようとすると、始末される。口をつぐんでいられない連中は、噂に聞く狩りの獲物にされるらしい」ジェシーはノアに顔を向けた。視力の弱まった黒い瞳は悲しげだ。「奴らはもう何年も狩りをやってるが、ＦＢＩの捜査官が殺られるまで、誰も気にはせんかった。ひどいもんだろ？」

ノアはうなずいた。「まったくひどいもんだ」

ビールを飲み干すと、ジェシーに別れを告げて酒場を出た。こうして夕刻、地元の酒場へ通うことで、ノアには自分の故郷の町に起こった変化がかなりわかってきた。あるいは、何十年も隠れて活動していた複雑な地下組織が、ようやく姿を現したと考えた方がいいのかもしれない。

少なくともこの地域では黒襟市民軍の規模はまだ小さく、メンバーのひとりひとりを確定していくのはそれほど容易ではないだろうと、ノアは考え始めていた。それとも、ノアが思っている、よりうまく正体を隠しているというだけなのか。

それでも、マイク・コンラッドの書斎を捜索したことで、とりあえずメンバーのひとりは確定できた。黒いマスクはメンバー用。黒いスカーフは犠牲者用。自分の町で起こっていたことに、まったく気づかなかったのはなぜだ？　市民軍は新しい組織ではない。何十年もかけて成長した組織なのに。

それよりもっと気になるのは、友人としてずっとつきあってきたマイクの本性に、自分がまったく気づかなかったということだ。ネイサンはマイクを信頼していた。一緒に笑い、飲んだ仲だ。それなのに、疑いを抱くことさえなかった。マイクが武装市民軍に関わっていると教えられても、あのころは笑い飛ばしていただろう。

市民軍という組織自体は、新しいものではない。この西部には様々な目的を掲げた市民軍がいくらでも存在する。だが、黒襟市民軍のような活動をしている組織はまれだ。

深夜の不法移民狩り。合法的に入国した外国人を誘拐して国立公園内の峡谷に連れていき、拷問した末に殺害するという手口は、ほかでは見られなかった。

その振る舞いは、人間性に反する残虐行為としか言いようがない。

酒場を出るノアの足が止まりかけた。晩夏の蒸し暑い外気の中に一歩足を踏み出した途端、肌にちくちく刺すような感覚が走ったからだ。

ノアはにやりとしそうになった。体中にあふれているあり余った力を発散するのに、手ごろな相手が見つかりそうだ。どうやら、この数週間、彼が訊き回ってきた質問が気に入らない奴がいるらしい。あるいは、彼の話し相手が。ノアは緊張することもなく、来るべきものに対するこれといった準備もしなかった。相手の居場所はわかっている。駐車場で待つ危険が全身で感じられる。

一匹、それともグループか？　獲物は銃か、ナイフか？

頭を狙う照準器の気配はなかった。銃は使わないということか。照準器の気配ならすぐにわかる。フェンテスにとらわれていたあいだに、察知できるようになっていた。ディエゴ・フェンテスが、捕虜をもてあそぶことを好んだからだ。銃を向けられ、頭から数センチのところに弾丸が埋まる。目隠しをされて壁に鎖で繋がれている状態では、なにが襲ってこようと避けるすべはなかった。

そう、照準器の気配ならよくわかる。暴力のにおいと同じように。そしていま、ノアはそのにおいの源に近づきつつあった。

突然飛びかかってきた暗い人影に対応する用意はできていた。ナイフが上腕をかする間もなく、ノアは相手の動きを利用して、自分の足元に叩きつけて腕を折ると、ナイフを奪った。

動かなくなった相手をそのまま残し、ノアは刃を手首に沿わせるようにナイフを握ると、腕をあげて身がまえた。

いくつもの影が暗闇から流れ出した。いずれも黒いマスクで顔を隠し、手には銃ではなくナイフが握られている。

「町から出ていくんだ、ブレイク」影のひとつが耳障りな声で告げた。五、六人の黒い影がノアを取り囲むように動いている。

「どうしようかな」ノアはゆっくりと言った。「この町が気に入ったんでね。なかなか面白いところだ。もう少しいるとしようか」

ノアは包囲されるままにまかせた。血液が体中を駆け巡り、冷たく無慈悲な殺意が体を満たしていく。捕まりはしない。もう二度と。負けもしない。ディエゴ・フェンテスでさえ打ちのめすことのできなかった男が、数人の田舎のテロリストに負かされたとなれば、いい笑いものだ。

「ここに長居をすると、体によくないかもしれないぞ」別の影が鼻にかかった声で忠告した。

「ずっとおしゃべりをするつもりか、それとも、おれを楽しませてくれるつもりか、どっちだ？」ノアはにやりとしてみせた。「数的には釣り合いが取れている。そろそろ始めようじゃないか」

「六対一だぞ」別のひとりが笑うように言った。「多勢に無勢だ。馬鹿じゃないのか」

ノアは含み笑いをした。彼がどれだけ殺しに長けているかを、連中は少しも知らない。だが、本人にはもちろんわかっている。このささやかなお楽しみが始まるずっと前から、長過ぎるほどの年月、殺しを続けてきたのだから。

「それなら、やってみろ」ノアは軽く手招きした。「できるならな」

敵はなかなかの腕前だった。すり足《シャッフル》——その生死を分けるダンスによって、豊富なアドレナリンがノアの体内に注ぎこまれる。襲ってくる敵の動きに応じるノアの筋肉に力がみなぎった。

鋼と鋼がぶつかり合う。ノアは敵の足を払うと、横に飛びのいた。次の瞬間には、別の相手と対峙する。殺しはしない。死んでもらっては困る。生きて血を流してくれた方が都合がいい。包帯や傷は、尾行するべき相手を、疑うべき相手を確定するいい目印になるのだから。目撃者を残すことで、この連中に、どんな相手に手を出してしまったかを思い知らせたいという気持ちもあった。

敵のひとりの太腿にナイフを埋め、そいつのナイフを奪って、また別の相手の上腹部を切り裂く。それぞれの敵のあちらを切り、こちらを切り裂く。ノアは楽しんでいた。ナイフが肉に食いこむ感触を、傷を負った相手のうなり声を、苦痛に満ちた叫び声を、そして、機会があれば骨が折れる音を。

敵は六人からふたりに減っていた。正面にいるひとりを見つめながら、ノアは血のにおいに酔ったように微笑みを浮かべた。

「もっと続けるか？」もうひとりの敵にノアは尋ねた。黒い目をじっと見つめ、伸縮性のある黒いマスクの下にある顔の輪郭を頭に刻みつける。「どうした、くそ野郎。薄切り、角切り思いのまま、一晩中でも相手になるぞ」

ノアの言葉に嘘はなかった。ひとりの前腕を切り裂いたと思えば、蹴りを入れてきた相手の太腿をジーンズの生地を通して深々とえぐった。さらに、不意打ちを食らわそうとした敵を叩きのめし、相手のナイフを奪うと、もうひとりの敵の肩に深々と埋めた。

「その傷はあとで痛むぞ」ノアは含み笑いをしながらそう告げると、後ろに飛びのいて、襲撃グループがよたよたと逃げていく光景を眺めた。

そのとき、最後に戦った相手が銃を抜いた。

体を回転させながら跳びあがったノアは、男のみぞおちに足をめりこませ、相手の手首をつかむと、銃を離すまでねじりあげた。

相手の反撃を腹部に受けたノアはうめき声を漏らしたが、男の首に肘を打ちおろした。豚野郎。最初から銃を使えばよかったものを。

喉への攻撃に続いて、ノアは相手の下腹部に拳を食らわせた。仰向けにひっくり返った相手は、尻尾を巻いて、仲間のあとを追っていった。そのとき、眩しいヘッドライトの光がノアを包んだ。地面を転がって砂利の上から銃を拾いあげると、ノアは素早く立ちあがった。

そして、後ずさりして数台の車のあいだに体を入れて身をかがめた。一台のトラックが、彼の新しい遊び相手を拾いあげたあと、タイヤをきしませながら去っていった。

ノアは深く息を吸いこんで肩をほぐした。間もなく痛みが襲ってくるだろう。いつの間にか、彼も傷を負っていた。肩と腕、それに体の脇が血で濡れている。敵のナイフは剃刀のように鋭く、一度にすべてを避けるには相手が多過ぎた。

たったいまの乱闘を思い出してにやりとしながら、ノアはジーンズのポケットからキーを取り出すと、自分のハーレーダビッドソンを探した。車体を調べたノアは、すぐに、燃料系統に火花を散らすように設計された小型の装置を発見した。作動していれば、彼は黒焦げになるところだった。

サドルバッグを開けて装置と押収した銃を入れたあと、ノアはふたたびバイクをチェックした。そのとき、ニックが酒場の裏の暗がりから姿を現した。ノアの目をじっと見つめる彼の目は落ち着いている。

大柄のロシア人が戦いの一部始終を見ていたのは明らかだった。ニックはノアの全身にさっと目を走らせた。

「出血してるな。乗せていってやろうか？」低い声で言いながら、ニックはノアに近づいてきた。

「大丈夫だ」

ニックは首を少しかしげたが、そのまま自分が運転してきた四輪駆動の小型トラックの方に歩いていった。この時点で、ふたりが知り合いだということを明かすのはまずかった。ノアが負けそうになっていたら、ニックは手を貸していただろう。しかし、いざというときまでは、知らぬふりをするのが得策だ。

ノアはバイクにまたがると、エンジンをかけてギアを入れ、アパートメントに向かった。まだ出血が止まらず、血が服を濡らしている。あの連中のうち、少なくともひとりは殺しておけばよかった。今夜の予定をめちゃめちゃにされたのだから。妻のもとを訪ねる大切な予定を。

予定は変更するしかない。ノアは腹が立った。サベラは血を見ても動じないかもしれないが、質問攻めに遭うのは避けられない。それに答える用意が、ノアにはまだできていなかった。

13

サベラは待っていた。始終窓に目をやり、夕食の最中も注意深く耳を澄ませていた。そして、修理工場の裏に乗り入れるハーレーダビッドソンの力強いエンジン音が聞こえるころには、サベラは怒り狂っていた。

もう、真夜中を過ぎている。

居間を歩き回っていたサベラは、窓の前で足を止めると、工場の上のアパートメントを見おろした。明かりはついていない。家に戻ったのに明かりをつけないなんて、変じゃない？

彼女の夫を除いては。ネイサンも明かりを必要としなかった。

なぜか、落ち着かない気持ちが治まらない。アパートメントを眺めれば眺めるほど、彼に会いたいという衝動が高まっていった。

セックスの悩みはもう解消したはず。サベラは自分に言い聞かせた。彼と一夜を過ごしたのだから、もうすっきりしたはずだった。でも、彼女は満足していなかった。セックスの問題だけではなかった。彼に会いたい、無事を確かめたいという抑えようのない気持ちの問題だ。

馬鹿らしい。ノアは三十を過ぎている。自分で自分の面倒はみられるはずだ。

ノアは三十四歳。

サベラは、身につけた薄手の袖なしのTシャツの上から、みぞおちを両手で強く押さえた。ノアは夫と同い年だ。

サベラは頭をふった。行くものか。ノアとセックスをしにアパートメントに行くなんてとんでもない。自分を叱りながらも、サベラはスニーカーに足を入れると靴紐を結んでいた。そして、ハンドバッグから鍵束をつかみ出すと、サベラは家を出た。数分後には、彼女の車は工場の裏にとまっていた。

サベラの手にはアパートメントの鍵が握られている。いきなり入っていくなんていけないことだと自分に言い聞かせながらも、足早に裏の階段をのぼって玄関の前にいた。ひょっとしたら、ノアは友人を連れてきているかもしれない。そうでなくても、シャワーを浴びていたりして、いまは手が離せないかもしれない。そう思いながらサベラが鍵を開けてアパートメントに足を踏み入れた途端、彼女は中に引っ張りこまれ、ドアが勢いよく閉められた。次の瞬間には、サベラは壁に押しつけられていた。

彼女の首に押し当てられているのはノアの腕だった。冷酷な、力のこもった腕。ノアの深い青色の瞳は熱を帯びて輝き、豹のように鋭かった。

「危険な生き方が好きなのか？」彼の声は優しかった。ノアはサベラの目の前に顔を突きつけ、半裸の引き締まった体を彼女の体に押しつけている。「おれが、おまえの神聖な夫婦のベッドを汚《けが》すのはいけないが、おまえの方はいつでも好きなときにここに忍びこめるというわけか？」

がさついた声に神経を逆撫でされたように、闇を通してノアを見つめるサベラの体に冷たいものが走った。

彼女の首に当てていた腕を下げても、ノアはまだサベラを壁に押しつけていた。そのまま両手で腰をつかまれ抱えあげられたサベラは、あえぎ声を漏らした。

ノアは半裸ではなかった。全裸だ。サベラの下腹部に勃起して脈打つペニスを押しつけたまま、ノアは魅了されたように熱っぽく彼女を凝視している。

「話があるの」ノアの肩を手で押したサベラは、すぐにそれに気づいた。

肩を押された瞬間に、ノアの体がかすかにびくりとしたのだ。痛みが走ったようだった。ノアの体は湿っている。シャワーを浴びていたらしい。彼の体が水で濡れているのはわかったが、そのほかにもぬるぬるした感触があった。まだ石鹸がついているのだろうか。髪も濡れている。陰になったノアの顔は厳しかった。

「怪我をしたのね」サベラはノアのもう片方の肩を押した。「ノア、なにがあったの?」

「まだだ」うめくような声だった。

「どういうこと――」まだって?

サベラが言い終える前に、ノアは彼女の口を唇で覆った。サベラの唇を吸うノアの喉の奥で、貪欲な低いうめき声が響く。

下唇をノアの唇に挟まれ、舌でちろちろと舐められると、サベラもたまらず唇を開いていた。息をするために、とサベラは自分を納得させた。息をするだけ。飢えた熱い舌が、彼女の唇を舐め、彼女を味わうことを許すためではない。

それでも、サベラの胸は高鳴っていた。

「ノア、大丈夫？」

「あとだ」ノアの唇がふたたび彼女の口を封じた。顔を少し斜めにして彼女の口を覆い、飢えきったように彼女をむさぼっている。

サベラはあまりの快感に、すすり泣くような声を漏らした。ずっと自分に嘘をついていた。それは自分でもわかっていた。ここに来たのは、ノアになにかを伝えるためではない。これが欲しかったのだ。

「なにを着ているか見てみよう」うなるような声だった。ノアの唇がサベラの唇から顎に、そして頬に動いた。「ショートパンツか」ノアの手が彼女の腹部を滑りおりて太腿のあいだに入り、伸縮性のある絹のような布地に覆われる熱く濡れた秘所を包んだ。「体にぴったりの短いTシャツ」サベラはブラジャーをしてこなかった。その格好で寝ることもあった。生地が薄く着心地がいいからだ。でも、薄過ぎるのかもしれない。布を通して伝わってくるノアの手の平の熱さに、サベラは身もだえしそうだ。

ノアは手首をひねって、さらに押さえつけた。

「怪我をしてるのね」サベラは息をのんだ。「なにがあったの？」

「なんにも」

「ノア……」

「ああ、いいぞ、そんな風におれの名を呼んでくれ。おれが欲しいと言ってみろ、サベラ。熱く、荒々しく、またすべてが欲しいと。脈打ちながら広がる、甘く熱いおまえのかわいいヴァギナでおれを包みこみたいと」

サベラははっと息をのんだ。手の下にノアの血が、そして、ふたりを分ける布地を挟んで彼の裸のペニスが感じられる。

「ノア、やめて。出血してるの？」血のにおいが少し漂っているような気もする。

「いや。おれを信じろ。ただのかすり傷だ」ノアの歯が顎を滑る感覚にサベラは身震いした。体の上を、中を、かすかに電流が流れているようだ。

「どんなかすり傷なの？」サベラはうめくように訊いた。

「包帯を巻いてくれればいい」ノアの声は震え、いつもより深く硬かった。「あとで」

「ノア」吐く息でサベラは彼の名を呼んだ。彼女の太腿のあいだから滑らかに移動し、ショートパンツとパンティーの中に入ってきたノアの手が、ぐっしょり濡れて膨れあがった場所に達していた。

「びしょびしょだな、サベラ」ノアの指が割れ目に潜りこみ、そこにあふれる滑らかなクリームの中を動いている。「おれが欲しいと言うんだ。おれにやられたいと頼め」

サベラは激しくあえいでいた。キッチンの壁に押しつけられたサベラの頭の中には、ノアのことしかなかった。体の内にも、外にも彼がいる。

「おれのペニスをまた吸ってくれ」

無遠慮であからさまな要求にサベラはどきりとした。「おれのペニスを口に入れるところをまた見せてくれ。おまえの口が先端を吸う感触がたまらない。すごくよかった。あのときのように、おまえの口の中でイッって、それを楽しむおまえを見たい」

ノアの指が彼女を貫いた。指を一本、深く滑りこませて、敏感な神経の先端をなぶりながら、クリトリスに押しつけた手首をくねらせている。

サベラは震えていた。ノアはいまも出血している。怪我をしているのだ。彼の指に気を取られたりせずに、傷を見せるように彼を説得しないといけないのに。

目を閉じて、脚をさらに広げたサベラの唇から震えるような叫び声があがった。ノアの指の動きに、どうしようもない快感がわきあがる。さらに、ゆっくりと深く滑りこんだ指が、とうとう奥深く隠された例のあの場所を探り当て、刺激した。

「ノア、最高よ」サベラは頭を壁にあずけた。「ぐっしょり濡れて、しかも締まってる。「最高」「くそ最高だろ」ノアが訂正した。「ぐっしょり濡れて、しかも締まってる。サベラ、おれのためにイキたいか、ベイビー？　おまえがイク前にあげるあの甘い声を聞かせてくれるか？　あれを聞くとおれは燃えるんだ。おれのためにイキたいか、ベイビー？　おれの指で？　おまえの甘い中身を味わいたいおれを狂わせたいか？」

ああ、どうして。ああ、どうしよう。そんな言い方をされたら、もうたまらない。あふれる愛液がノアの指をぐっしょり濡らしているのがわかる。彼女の内側を撫でるノアの指先をさらに求めて、自然に腰が動いていた。

「ああ、そうだ、いい子だ」ノアがうめいた。「おれの指とやるんだ、サベラ。おまえがイクときの感じを、この指に味わわせてやれ」

サベラはすすり泣くような声を漏らした。淫らな言葉に、彼女はさらに熱くなった。こんなことは初めてだ。体をなぶられながら、男にそんな言葉をささやかれたことはなかった。

「言うんだ」ノアが彼女の耳に優しくささやいた。「話してみろよ、ベイビー。なにが欲しいか言ってみろ。おれの指でやってくれと頼めば、もう一本入れてやる。二本入れてやるぞ。どうだ？　おれのために燃えたくはないか？」

本気？　まさか？

「おれはあっという間にイケるぞ」サベラの耳を軽く噛み、ノアは彼女の腰にペニスを押しつけた。サベラの体がとろける。「甘い声をずっと聞かせてくれるだけで、おれには十分だ」

ノアは、サベラの耳の下の敏感な部分を舐め、歯を滑らせた。

「狂気の沙汰だわ」サベラはうめいた。

「燃えてると言ってみろ」ノアが命じた。夜の静けさの中で、息づかいが重く荒々しく響く。

「ああ、ノア。とっても燃えてるの」サベラの敏感な筋肉がノアの指を締めつけた。その言葉を口から出しただけで、子宮がうずく。

体をさらに密着させたノアは、指を深々と埋めて、速く激しく動かし始めた。

指を深々と埋めたまま動きを止めたノアに、「やめないで」と叫びたくても、ほとんど声が出ない。

「おれの指でやってほしいと言え」首を噛まれる感覚にサベラは身をのけぞらせた。「サベラ、二本入れてほしいと言うんだ。熱く燃やしてくれと」

「わたしをやって」うめくように言うサベラの体がますますほてってくる。「お願い、ノア、いまよ」

「もっとだ」荒々しい口調に、サベラの神経がわなないた。「もっと言ってみろ、サベラ」

サベラは叫び声をあげた。淫らな要求にさらに燃えた。

「二本」サベラは息をのんだ。「ノア、お願い、指を二本入れて」

外に出たノアの指が二本になって戻ってきた。二本の指に筋肉を押し広げられ、サベラは一層乱れた。

ノアの指がゆっくりと滑らかに動き始めると、たっぷりとした愛液が指を包みこむようにヴァギナの中を流れた。その感触に、サベラはふたたび叫び声をあげていた。

「イカせて」サベラはささやいた。「イカせてちょうだい、ノア」

ノアはうめき声を漏らし、深々と彼女の中に指を埋めた。サベラは爆発寸前だ。

「シャツを脱げ」そう言うと、ノアは少し身を引いた。その隙間から、サベラはノアの瞳に燃える炎を見た。「脱ぐんだ。おまえの乳首を見せてくれ」

「ノア」

「薔薇のようなピンク色の甘く硬い乳首を。吸わせてくれ。早くシャツを脱ぐんだ」ノアの声は前より硬く、彼の全身からあふれ出る飢えが、サベラを包みこんでいた。そして、彼女の血管を、局所をじりじりと焼いた。

身震いし、うめくように息をつきながら、サベラはシャツの裾をつかむと頭から抜いて床に落とした。

「腕をあげたままにしておけ」腕をおろしかけたサベラにノアが要求した。「まっすぐにあげておくんだ」片手でサベラの両手首をつかむと、壁に押しつけた。「いい子だ。そのままにしていろ」乳首を舐め回すようなノアの視線を、サベラは肌にひしひしと感じていた。

「どうして、こんなことをするの?」サベラはうめいた。

「おまえを生きたまま食ってしまいたいからだ。あそこに口をつけて、いまおれの指を覆っているあの熱いクリームを味わいたい。あそこから直接飲みたい。サベラ、舌で舐め尽くしたいんだ」

サベラはノアに体をぴったりと密着させた。

「そのあとで、おまえがおれの前にひざまずくところを見せてくれ。おまえのかわいい唇におれのペニスが沈んでいくところが見たい。おまえの口を犯し、喉に、最後の一滴までおれの種を注ぎたいんだ」ノアの指が彼女の中で動いている。湿った音がサベラの耳を満たし、心を鞭打っていた。

「そうしたいか、ベイビー?」

「ええ、ああ、もちろん」自分でもどうしようもないほどに。

ノアが頭を下げた。サベラには、パンティーを脱がされたのがわかった。ノアは体をかがめて、痛いほどに張りきった彼女の乳首を唇に挟んだ。そのあいだも、ノアの指は彼女の内側を撫で、さすっていた。あまりの快感に、サベラの足から力が抜けていく。彼のペニスに体を満たされたくてたまらない。舌で体中を舐められたい。お返しに彼を舐めたい。ノアが彼女の耳にささやいた淫乱な行為をすべてやってみたい。

ノアが硬く膨らんだ乳首を口に含むと、サベラの体がびくりと反応した。体中を電流が流れたようだった。身を反らせて胸を突き出し、サベラはさらなる奉仕を求めた。

ノアはめくるめく感覚に我を忘れていた。酒場の外での乱闘、それにいまも体中を駆け巡っているアドレナリンの影響だ。何年にも及んだ回復期間は地獄だった。体内に残る麻薬がもたらす猛烈な欲望に、どんなにマスターベーションをしても苦痛が和らぐことはなかった。そのために正気を失いかけたことも、一度や二度ではなかった。

いま彼の腕の中にいるサベラは熱く乱れ、ノアの耳に自らの淫らな秘密をささやきながら奪ってほしいと請うている。ディエゴ・フェンテスがノアの体内に注ぎこんだ媚薬の影響下で、彼の頭を満たしていたエロチックな行為のすべてをするように求めている。

サベラを前にして、ノアは燃えていた。どうしようもないほどに。二本の指を熱いヴァギナに入れて、燃えるように熱いサベラの体を感じながら、ノアは彼女の硬い小ぶりな乳首を吸った。

ノアに比べれば、彼のサベラはすべてが華奢だ。繊細で甘美な体の曲線と、ときおり見せる鉄のような意志が、ノアをますます興奮させた。

「ノア、もう我慢できない」サベラがノアの耳にささやいた。熱い息が彼の肌を焼く。「そんなにじらされると、死んでしまいそう」

あと少しだ。ノアは、サベラの乳首を口に含み、舐め、こすりながら、うめき声を漏らした。もっと聞きたい。欲情にかすれ、愛欲に満ちた彼女の声を。

「どうしてほしいか言ってみろ」ノアはサベラの胸の膨らみに軽く歯を当てた。「どうやってほしいか話すんだ」

サベラは身を震わせた。彼女の愛液で指がぐっしょりと濡れる感触に、ノアはもう少しで自分を失いそうになった。

「激しく」サベラはあえいだ。「とっても激しく。ああ、わたしを貫いて」

「壁に押しつけられたままか？　ここで？」

「ああ、お願い。どこだろうが、かまわない」すすり泣くような声だった。「早く。いまよ」

「本当にもう十分熱くなってるのか？」ノアは彼女の肩にキスし、軽く歯を当てた。「まだ、十分じゃなさそうだな」

ノアはもっと聞きたかった。彼女の淫らな言葉を。言葉で興奮したことなどなかったが、いまは違う。サベラが我を忘れてしまうほど、彼女を燃えあがらせたい。彼が昔どう彼女を愛したかを忘れさせ、いま彼を満たしている暗い欲望にサベラを馴染ませたい。

「もう十分燃えてるわ」サベラはうめいた。

「どれだけ燃えてるか言ってみろ」自由な方の腕をサベラの腰に回して抱きあげると、ノアはテーブルに向かった。彼女の裸の尻をテーブルの端に乗せ、太腿のあいだにひざまずいた。サベラはショックを受けた様子だったが、ノアは無視した。「まだ十分じゃないな。おれが手を貸してやる」

サベラのふっくらと膨らんだ部分に口を当てたノアは、自分が絶頂に達してしまわないようにペニスの根元をきつくつかまなければならなかった。すごい。爆発してしまいそうだ。睾丸が精液ではちきれそうになり、ペニスの先端が激しく脈打っている。

サベラの味はなんとも言えなかった。ノアは彼女の小さな足の片方を自分の肩に乗せて、両脚をさらに押し開いた。

ここの方が明るいとはいえ、ノアが自分で手当てしようとしていた傷がサベラに見えるほどではない。傷のいくつかは縫合が必要なほど深かった。司令部に行って、治療を受ける必要があるのは明らかだ。そうする代わりに、ノアはここで妻の秘所に唇を埋め、めくるめくときを過ごしている。

ノアは恥丘を舐め、口を這わせた。舌を襲う愛液の甘美な味に、ノアの飢えはますます深まっていた。震える秘密の入り口に舌を突き入れると、サベラの体がびくりと震えた。彼女はうめき声を漏らし、後ろに体を倒すと、一層ノアの舌を受け入れやすい姿勢を取った。どんな麻薬もかなわないほどに、ノアは彼女の味に病みつきになりそうだ。

なんという味だ。ノアはサベラをずっと舐めていたかった。舌を刺激する甘く柔らかな味と、清潔な女らしいサベラの香りの中に溶けこみたかった。彼女を朝食、昼食、夕食、夜食、間食にしたかった。

「なにか言ってくれ」クリトリスの硬い蕾に唇を当てながら、ノアは絞り出すように言った。「気持ちがいいと言え。おれに食われたいと言ってみろ。永遠におれに吸われていたいと」

それ以上ノアは待てなかった。彼女の口からその言葉を引きずり出したかった。彼が夢に描いていた妄想だ。

「ノア、クリトリスを舐めて」サベラがうめいた。「舌で巻くように」

そうか。それが好きなんだな？　クリトリスを巻くように舐められるのが。ノアは彼女の要求を満たした。サベラの太腿の片方を手でつかむと脚をさらに押し開いて、彼女が求めているものを与えた。

サベラが腰を突きあげ、体を反らし、彼の名を叫ぶと、荒々しい苦痛にも似た声がノアの唇からあふれ出た。

「ノア。ああ、いい。そこよ」サベラの声は細く高かった。「ああ、素敵。わたしイキそう」

「まだだ」ノアが身を引くと、サベラは叫びそうになった。彼女はノアの髪に絡ませた両手に力をこめて、彼の舌と唇を求める自らの湿った部分に引き戻した。

「あそこを舐めて」サベラは快感に我を忘れていた。ノアは舌を押し入れて彼女を犯し、中からわき出てくる熱く甘美なクリームを余さず味わった。

なんてことだ。こうしていると、自分の手の中に放出してしまいそうだ。そうしたくはない。サベラの中に深々と身を沈めたい。これ以上は無理だというほど深く彼女を満たし、そこで達したい。

自分の種でサベラに印をつけたくてたまらない。彼女の体が誰のものかをサベラが決して忘れられないほど、深く侵入したい。彼女が絶対に忘れることのないように。

だがその前に、彼女の蜜の味から自らを引き離す必要があった。慈悲に満ちた天国を思わせる味から。舌に触れる熱い滑らかな愛液は命にあふれていた。それを離したくはない。やめたくない。

「入れて」サベラの声がノアの意識を焼いた。「早く。いまよ。ノア。あなたのものでわたしを満たして。叫ばせて。ああ、本当にあなたの名を叫びたい。お願い」

ノアは素早く立ちあがった。手にはペニスがしっかり握られている。ノアの五感は、サベラの味と体温であふれていた。次の段階に移るときが来ていた。

ノアは彼女の顔を、瞳を見ていた。ペニスの先でクリトリスをなぶりながら、サベラがあえぎ、自分の手をみぞおちに押し当てる様子を眺めた。ノアが体を近づけて、入り口にペニスを押しつけると、彼女の華奢で優美な指がクリトリスの方に動いた。恥ずかしそうに。躊躇しながら。

ふたりが結婚していたころ、彼はセックスの最中にサベラがそこに触れるのを許さなかった。自分自身だけでなく、彼女に悦びをもたらすのも自分の責任だと思っていたからだ。だが、いま、サベラは与えられるのを待とうとはしなかった。その様子を見るだけで、ノアは爆発しそうだ。ペニスのほんの先端が彼女の中に入っているだけなのに、彼はクライマックスに達しそうだ。

さらにペニスを深く埋めながら、ノアはサベラの指を見つめた。彼自身の指は、頭の中を脈打たせ絶頂を求めている本能を押し戻すために、自身の根元を強く握り締めている。

「やれ」彼の声は硬く、太かった。「指を使うんだ。なにが好きなのか見せてみろ、ベイビー。むちゃくちゃに深く貫いてやる。そうしたら、もう二度とおれを拒絶できなくなるぞ。聞こえたか、サベラ。二度とだ」

その朝、サベラは彼を拒絶した。彼女のベッドに彼の居場所はないと言って拒絶し、さらに、ふたりのあいだで起こった事実を拒絶した。理由はどうでもいい。自分が彼女を欺いていることは自覚している。最も基本的な部分でサベラに嘘をついているのだから。しかし、ノアには本当のことが言えなかった。それでも、いま起こっていることを否定させるわけにはいかない。

ノアはサベラの腰をつかんだまま、彼女の指を見ていた。優美なほっそりとした指が、恥丘の上の縮れ毛の中に滑りこみ、柔らかな肉を押し開いている。

ノアは興奮の極みに達していた。ペニスが炎のように猛り狂い、彼自身を破壊してしまいそうだ。ノアは歯ぎしりしながらさらにペニスを押し入れた。彼女を感じ、見るだけで訪れる純粋な快感に、顔をゆがませながら。ノアはより奥へと侵入し、激しい小刻みな動きでサベラを攻めた。クリトリスに滑り、円を描くように動くサベラの指が、愛液で濡れて光っている。

胃が締めつけられるようだ。睾丸が痛いほどにきりきりと締まる。

「撫でるんだ」大きな声だった。「クリトリスを指でいじれ。もう我慢できない。ちくしょう」ノアはつけ根まで深く突き入れた。サベラの筋肉がさざ波のように伸縮し、ペニスをしっかり包みこむ。

もう自分を抑えきれず、ノアはサベラをしっかりとつかんだ。彼女は両脚を相手の腰に巻きつけ、深く激しく攻め立て始めたノアの尻に踵を押し当てた。

サベラは彼の名を呼んでいた。彼の名を。夫の名ではない。どうやら神はノアに哀れみをかけてくれたようだ。どうして、これまで彼女のもとに戻ろうとしなかったのだ？　こんなに長い歳月、どうしてこの女性から離れていられたのだ？　必要以上は、もうたった一日でさえ離れていたくない。

「絞ってくれ」ノアはうめいた。正体を明かす恐れのある言葉を避ける用心もほとんどしなかった。「おれを絞ってくれ。ちくしょう。すべてを絞りきるんだ。おれのすべてを」

サベラは身をのけぞらせ、歯を食いしばっていた。ヴァギナがきつく締まり、ノアのペニスを包みこんで伸縮している。そして、彼女は絶頂に達した。

サベラは感覚の中を漂っていた。彼女自身が感覚そのものになっていた。純粋な、電流のようなエネルギーそのものになったサベラは、脈動し、快感を吸いこみながら、ノアの腕の中で散り散りになっていた。彼の腕の中で死に、再生した。彼の名を叫びながら、あの悦びを味わっていた。二度と味わうことはないと確信していた悦びを。ひとりの男とだけ味わった悦び。ひとつの心とだけ可能だった悦びを。

サベラの快感が脈動しながらノアに伝わってきた。次いで、彼の中を脈動しながら、ふたたび彼女の中に戻る。彼女の中で炸裂したノアの精液が深く熱くサベラを満たし、体の中に溶けこみ、彼女の一部となった。

体中を駆け巡る究極のオーガズムに、痙攣し、ねじれ、反り返ったサベラの体は、テーブルの上でぐったりとなった。汗で湿った体は疲れ果て、動かすこともできず、息をすることもできず、ノアの助けでようやく存在していた。

ノアのペニスはいまもまだ硬かった。

ノアが彼女の体を抱えあげると、サベラは目を開けた。最も原始的なかたちでサベラと繋がったまま、ノアは暗いアパートメントの端にある広い寝室に彼女を運んでいった。

ノアはサベラをベッドに仰向けに寝かせると、ふたたび腰を動かし始めた。彼の青い瞳の鋭さに、見つめているサベラの目が痛くなるほどだ。ノアの手は硬く、粗い声と共に、過敏になっているサベラの肉体をさらに刺激した。

「おまえが必要だ」ノアは頭をふって、歯を食いしばった。「もっと必要なんだ」

〝永遠に〟

サベラは永遠という言葉を頭から振り払った。奪い去られた夫への愛のほかに、永遠といえるものはなかった。永遠なものはどこにもなかった。

ただ、夜が更け、夜明けが近づくにつれ、その時間は永遠のように思われた。汗にまみれたノアが彼女の横で体をぐったりとさせ、サベラを胸に抱き寄せた。ノアの息づかいが穏やかになってくると、疲れ果てたサベラも眠りに落ちていった。ノアは、彼女のネイサンと、ほんの少しだけ雰囲気が似ているのかもしれないと思いながら。

14

その朝、自宅に戻ってシャワーを浴びたあと、出勤のための身支度を整えながら、サベラは怒り狂っていた。ノアはかすり傷だと言った。大した怪我じゃない、大丈夫だ、と。あれはかすり傷などではない。サベラが目を覚ましたとき、ノアは自分で包帯を巻こうとしていた。サベラの目から隠せると思っていたらしい。信じられない！

ノアの上体には長い切り傷が三カ所あった。上腕と腹部と腰に、それぞれひとつずつ。どれも深く、サベラは病院に行くようにうるさく言った。

しかし、ノアは耳を貸さなかった。自分のやり方でやると固く心に決めた様子のノアを見て、サベラは一瞬、やはり自分の意志を貫くと決意したときの夫をまざまざと思い出していた。彼の眼差しも、引き締まった厳しい顔と体も顎のかたちも、サベラが怒ろうがどうしようがかまわないという態度をとる腹を立てたときのネイサンとそっくりだった。

それを目にしても、認めるのは怖かった。これまでも、そうした小さな点がときおり彼女の注意を引いていた。それでも、そう感じるのは、自らの欲求とノアに対する抑えきれない欲情を正当化するために、彼を夫に置き換えようとしているせいだと自分を納得させてきた。

ノアは、どういう状況で怪我をしたのかも、なにがあったのかも話さない。いかにも当然といった態度で。「意見の相違」というのが、ノアの説明だった。

どうしても怒りを抑えきれず、サベラは車は使わずに工場まで歩くことにした。少しでも気持ちを落ち着かせる時間が必要だ。

修理工場に着いたサベラは、開いたドアから出ていくノアに気づいた。手をタオルで拭きながら、ノアは通りの反対側から歩いてくるトビーを見ている。

トビーはときどき徒歩で出勤した。運動のためだという。そのとき、ガソリンスタンドの前のひびの入ったアスファルトの上を歩いていたノアの目が細まり、体が緊張した。

サベラは立ち止まって、辺りを見回した。ノアの注意を引いたのはなんだろう。サベラにはなにも見えなかった。頭をふって、また進みかけたサベラの目に、交差点に差しかかったトビーの姿が入った。青年が歩道の縁石から足を踏み出して広い道路を渡り始めたとき、ある音がサベラの注意を引いた。車のエンジン音だ。

停車していた車体の低いスポーツタイプの黒塗りの車が、いきなりタイヤをきしませながらトビーに向かって飛び出した。窓が着色ガラス《ティンテッド・グラス》になっていて、車の中は見えない。

「トビー！」車が突進していくさまを見て、サベラは叫んだ。

彼女のその声に驚いたように、反射的に顔をあげたトビーは、自分をめがけて猛スピードで近づいてくる車の方を向いた。

サベラは走っていた。間に合うようにトビーのところまで行く時間はない。ドライバーが彼を轢き殺そうとしているのは明らかだ。サベラにできることはなかった。トビーが歩道に戻る時間さえ残ってはいない。

トビーが体をひるがえし走って逃げようとする様子が、まるでスローモーションの映像のようにサベラには見えていた。車があとを追い、トビーに迫る。サベラは叫び、もっと速く走ろうとした。

朝日を浴びながら、サベラは恐怖と激怒に体が張り裂けそうになる。トビーを轢き殺させるものか。大切に思っている人をまたひとり失うことなど耐えられない。トビーはまだ子どもなのだ。本当に、まだ。

恐怖に駆られて、サベラはふたたびトビーの名を叫んだ。そのとき、ノアが猛烈な勢いで通りを渡り、襲ってくる車の前に、まさに数メートル前に走り出ると、トビーの細い腰を逞しい力強い腕に抱いて横っ飛びに跳んだ。そして、そのまま歩道を転がり、脇の側溝に落ちた。直後、襲ってきた車のタイヤが歩道の縁石に当たった。車はエンジン音を響かせて走り去った。

次の瞬間、道路の向こう側に、白っぽい金髪をした巨人がいた。解雇した修理工の代わりにローリーが雇った男だ。サベラが道路を走って渡るころには、男はすでに側溝に飛びこんでいた。

ノア、どうして。ああ、どうしよう。ノア。彼は大丈夫なはずだ。見えたのだから。ノアが側溝に落ちたのは、確かにあの車が縁石に当たる前だった。それとも、そう見えただけ？

後ろから、誰かにつかまれて引き戻されるまで、サベラは自分がノアの名を叫び続けていたことに気づかなかった。修理工たちが、側溝に向かって走っている。

「ノア！」サベラはふたたび叫び、すすり泣きながら、自分の体をつかんでいる腕に爪を立てた。「ノア！」

「サベラ、やめろ。落ち着くんだ！」ローリーが彼女の体を揺すった。それほど断固とした彼の声を聞くのは初めてだった。ローリーは、鋭い視線をサベラの顔に当てたまま、彼女を激しく揺すっていた。

「放して！」サベラの拳に顎を打たれて、ローリーは後ずさった。彼の手からようやく逃れたサベラは、よろめくように側溝に向かった。

トビーは放心状態で座りこんでいる。ノアは身動きひとつしない。血が腕を伝って流れ、シャツの側面と太腿を濡らしている。

大柄な修理工――ニック――がノアの上にかがみこんで、硬い無骨な手で顔を叩いていた。「触ってはだめ！」いきなり現れたサベラに、大男は不意を突かれたようだった。「救急車を呼んで！」彼女の頭がおかしくなったのではないかと思っている様子で遠巻きに立っている男たちに、サベラは怒鳴った。「さっさとしないと、ひとり残らず首よ！」

サベラはノアの全身に手を走らせた。シャツの端をあげると、脇と腹部にある前夜受けた深い切り傷から血が染み出ているのがわかった。ジーンズも血で湿っている。ノアは失血していた。特に片脚からの出血が心配だ。ひどい人。なんて、ひどい。今朝、ノアが傷の深さをサベラから隠そうとしていたのはわかっていた。わかっていたのに。

サベラは上着を脱ぐと縫い目を裂いた。そして、その綿の布を脇腹の傷口に力を入れて押し当てながら、別の布を金髪の巨人に差し出した。冷たい、怒りのこもった色の薄い目でサベラを見つめていた巨人は、なにか言いたげに口を開きかけた。「肩の傷に当てて。手を貸さないんだったら、どいて。わたしが自分でやるから」

大男が布をノアの肩に押し当てているあいだに、サベラはまたノアの体を調べた。腕、肋骨、太腿。骨は折れていないようだ。

サベラは周囲に立っている男たちをにらみつけた。「救急車よ」

「救急車は要らない」

ノアの声に、サベラはさっと振り向いた。彼女をぼんやりと見ながらまばたきをするノアの姿に、サベラの中で怒りが燃えあがった。

「おれは大丈夫だ」頭をふったノアの視線は、サベラを通り越してニックに向けられていた。

「ナンバープレートは見たか?」

「プレートはついてなかった」ニックが、不機嫌そうな低い声で答えた。「彼女が許可してくれたら、おまえを引きあげておれのねぐらに連れていってやる。病院に行きたくないのなら、そこで手当てをしよう」

「馬鹿言わないで。病院に行かなくちゃだめよ」サベラはふたりの男をにらみつけた。苦痛と恐怖に満ちた彼女の表情には、怒りも入り交じっている。

「病院はだめだ、サベラ」ノアは上体を起こした。「トビーは?」

トビーは大丈夫だ。側溝に座ったまま、ショック状態で周囲を見回している。

「ひどい。どこかのくそばばあが僕を轢き殺そうとした」トビーが大声で言った。「どこかのくそ野郎、と言った方がよさそうだ」そうつぶやくと、ノアはサベラを見つめたまま、ゆっくり立ちあがった。

彼の目が熱っぽく輝いている。この世のものとも思えない不思議なきらめきに、サベラは言葉を失った。周囲では修理工たちが忙しく動き回っている。

「ここに来るんだ」ノアは片手をサベラに差し出した。彼の眼差しには逆らえなかった。

「来い、サベラ」

サベラは、ノアの瞳を見つめたままゆっくり近づいた。ノアは片腕を彼女に回して引き寄せた。よろめいたノアを、ニックがサベラごと支える。

ノアがサベラの耳元でささやいた。「落ち着くんだ。救急車も、病院も要らない。どんな状況であれ、おれが戦えない状態だと思われるわけにはいかない。反論はなしだ、ベイビー。いまは、まだ。あとですべてを説明する」

粗い声に身を震わせたものの、サベラはうなずいた。ノアは病院に行かないつもりだ。医者には診てもらいたくないという。サベラはその理由が知りたかった。

「さあ、行こうか」両脇をローリーとニックに支えられながらノアは道路を渡った。サベラの体をきつく抱いているノアの腕の強さに、彼が自分の力をどれほど自覚しているのだろうかと考えていた。

「少なくとも、おれのところに行く必要がある」ニックがふたたび告げた。「そんなに病院に行きたくないんなら、治療できる奴を知ってるから」

ノアは首をふった。「おれのアパートメントだ」

「階上に連れていく」サベラに向かってそう大声で言ったあと、ニックは彼女とローリーにだけ聞こえる声で続けた。「救援が来る。ローリー、階下で頑張って、砦を守ってくれ。保安官をうまくあしらうんだぞ。すぐに姿を現すはずだからな」

なにが起こってるの？　車のほかに、ニックとノアにどんな繋がりがあるというのだろう？　車と、危険をはらんだ瞳のほかに。

ニックとサベラはノアを裏の階段まで連れていった。ノアの力が弱まっていることが、サベラには心配だ。サベラの手はノアの血で濡れ、鋭く金属的なにおいが鼻腔を満たす。ニックがノアを抱えるように階段をのぼっていく。

「鍵を」ニックが命じた。

サベラはノアのポケットに手を入れて鍵を探った。ポケットの生地を通して感じられるノアのペニスの鋼のように硬い存在感に、サベラは思わずあえぎそうになった。

鍵を抜き出したあと、サベラはふたたびノアを見あげた。体は弱っているのに、目は熱く輝き、眼差しには激しい欲情が感じられる。彼の瞳はいつもの濃い青色ではなかった。明るく、ほとんどサファイアのようだ。ほとんど。ああ、本当に。その瞳はアイルランドの目と言ってもよかった。

サベラはわざと目をそらした。鍵を開け、アパートメントに足を踏み入れかけたサベラを、ノアがぐいと引き戻した。

玄関の手すりにもたれたまま、ノアはニックに暗黙の了解のように、顎でアパートメントの中を示した。ニックは用心深く中に入っていった。捕食動物を思い起こさせる動きに、サベラは、情報局や軍の諜報員が未知の領域に踏みこむ場面を思い出していた。以前、政府提供のドキュメンタリー番組で見た光景だった。

このふたりは諜報員だ。サベラは馬鹿ではない。しかも、SEAL隊員と結婚していたのだ。まったく。自分の夫に関心を払わなかったとでも思っているのだろうか？

夫は、自宅にいるときでも用心を怠らなかった。家の中を調べ、窓とドアをチェックするネイサンの目は、いつも、すべてが正常だと満足するまで鋭く、用心深かった。

そのあいだ、サベラは玄関ホールに座って、爪にやすりをかけていた。いや、そのふりをしていたものだ。そんなとき、彼女の注意は、自分の爪ではなく愛する夫に注がれていた。それは彼との結婚生活の一部だった。危険で獲物を求めているようなネイサンの引き締まった体に欲情を抱いたとしても、サベラは彼の行動を当然のものとして受け入れていた。

「中に入れよう」一分ほどで外に戻ったニックは、ノアを立たせようとするサベラに手を貸した。

アパートメントの中に運び入れたノアを、寝室に連れていく。ベッドの上にかかったシーツをめくったサベラの視線が、目の前の光景に釘づけになった。恐怖のあまりに。

ベッドは血まみれだった。多量の血液。夜を通して出血していたに違いない。

サベラは振り返ってノアを見つめた。そして、ベッドに横になる彼に手を貸したニックが、そのまま腰をかがめてノアの靴紐を解き、ブーツを脱がせる様子を黙って見ていた。

「居間にいろ」サベラを見つめるノアの目は、飢えに満ち、鋭かった。「すぐ行くんだ、サベラ」

「どうして教えてくれなかったの？」サベラはかすれた声でささやいた。「こんなに出血してるなんて、どうして言ってくれなかったの？」

彼女を見あげたニックの視線がベッドに移動する。「起きたとき、体にはどれくらい血がついていた？」サベラへの質問だった。

「彼女が寝ているあいだに、拭き取ったんだ」ぴしりと応じたノアの視線は、じっとサベラに注がれていた。「居間に行くんだ。そこから出るんじゃない。すぐに行け」

サベラは頭をふると、居間に行く代わりに、ノアのシャツの裾を握って捲りあげようとした。

ノアはさっと手を伸ばして彼女の手首をつかんだ。「昨夜のことは覚えているか？」

無言のままノアを見つめ返したサベラの呼吸は浅く、心臓は恐怖に高鳴っていた。

「また、同じことをしよう。誰が見ていようが関係ない。仲間がここに集まる。連中が来たら、ニックに知らせてくれ。ドアは開けるな。わかったな？」

「落ち着けよ、ノア」ニックが小声で言った。明らかに心配している様子だ。

「答えるんだ、サベラ」うなるような声だった。「わかったか？」

サベラは手首を引っ張り、さらにぐいと引いたが、ノアは力をゆるめようとはしなかった。

「サベラ」それは、命令だった。決意に満ちた、うなるような声が耳に入った途端、過去が蘇った。「わかったのか？」

「居間で待ってます」サベラはかすれた声でつぶやいた。「誰か来たら、ニックに知らせます」

ノアはサベラを見つめ返した。瞳は青い灼熱の炎のようだ。

しばらくして、ノアはようやくうなずくと、サベラの手首をつかんだ指を一本ずつ開いて彼女を解放した。後ずさりしながらゆっくり寝室を出て、玄関ホールを抜けキッチンまで来たサベラは、黙ってそこに立っていた。

彼女はＳＥＡＬ隊員の未亡人だ。様々な法執行機関の捜査官を知っている。彼女の父もアトランタ警察の刑事だった。その手の男のことならよくわかっている。体の動きも、表情も。そして、嘘をつかれたときも、すぐにわかる。

ごくりと唾をのみこんだサベラは、居間を見渡した。薄暗い。カーテンが閉まっているが、窓にもしっかり鍵がかけられているのは明らかだ。

どの機関だろう？　懸命に考えながら、サベラはソファに腰をおろした。体が震えていた。国境監視員？　いや、それにしては目つきが鋭過ぎる。関係があるとすれば、この一年ほどのあいだに話題になった国立公園で発見された死体の件しかない。暗闇の中で狩られた不法入国者たち。数カ月前にカレッジから行方不明になったという女の子の件もある。きれいな子だった。リサといったっけ？　トビーの友人だった。

ＦＢＩ？　それとも中央情報局《ＣＩＡ》？　鋭く冷たい目つきをし、自然に人を従わせてしまう力を持つノアは、ＣＩＡといってもおかしくはない。あるいは、ＳＥＡＬ。

サベラの全身に震えが走った。ＳＥＡＬ隊員にもあんな雰囲気がある。でも、ＳＥＡＬがテキサスで捜査に当たることは考えられない。ＳＥＡＬは攻撃部隊で、捜査局ではないのだから。ノアはそれに近いなにかだ。諜報員。元ＳＥＡＬかもしれない。夫と同じくらい背が高く、年齢はネイサンが生きていた場合と同じで、元ＳＥＡＬ。ネイサンと同じように彼女を見つめ、瞳は少し前にサファイア色の炎に燃えていた。ネイサンの瞳と同じサファイア色。

サベラは頭をふった。ノアがネイサンだと信じる必要があるほど、自分は混乱しているのだろうか。ノアに惹きつけられる自分を、そして、彼に対する自分の欲望を正当化するために？　ほかに理由はなかった。確かに、なんとなく似ているという部分はある。ダンカンでさえそれを感じていた。それでも、ノアはネイサンではない。ネイサンは死んだのだから。サベラが愛した男は逝ってしまった。そうじゃなかったの？

ネイサンとノアの違いを見つけようとするサベラの体は緊張に震えていた。露骨な要求をするノアに比べて、ネイサンはいつもベッドの中で優しかった。しかし、ネイサンの中にはどこか暗いものがあった。それがいつか明かされるという気はいつもしていた。一方ノアは、自分の欲望を隠そうともしない。

サベラは親指の爪を噛む。彼女のネイサンには傷跡はなかった。リズミカルな深い響きを持つ声が、サベラの感覚をくすぐったものだ。

ネイサンには、ノアと同じレンチを指のあいだで回す癖があった。車を修理しながら、同じようにガムを噛んでいた。

身震いをしたサベラは、みぞおちに両手を押し当てた。寝室にいる男は夫ではない。夫なら、六年間も彼女から身を隠すはずがない。彼女をひとり残して、悲しみにくれさせることなどなかったはずだ。そんなことを考えるのさえできなかったはずだ。

ノアは諜報員かなにかだ。そして、ときおりネイサンを思い起こさせる。きっと、同じ訓練を受けたのかもしれない。それだけのこと。サベラは自分をそう納得させた。それにしても、一体このアルパインでなにをしているのだろう?

市民軍だろうか。最近国立公園であった殺人に黒襟市民軍が関わっているという噂が流れている。不法入国者が狩られたという話だ。そういう噂はもう何年も密かに流れていた。そうでなければ、麻薬か。修理工場は無関係のはずだ。麻薬が持ちこまれることのないよう、サベラが目を光らせているのだから。

両手をこすり合わせたサベラは、その手で顔を撫でた。涙がまだ頬に残っている。サベラはキッチンに戻ると、顔を拭くふきんを探した。ふきんは一番上の引き出しの中に収められていたが、なにか変だった。真ん中が不自然に盛りあがっている。サベラがふきんを取り去ると、そこには銃が横たわっていた。

グロックだ。サベラはそのタイプの銃を、いや、その型を見たことがあった。彼女の夫が好んだのと同じ型だ。隠してある場所まで同じ。どうして？　どこに武器を隠せばいいかという授業まであるというの？

結婚していた二年間、銃の隠し場所をサベラが全部知っていることを、ネイサンは気づいていなかった。サベラはそれを気にしたり、ネイサンに話したりすることも特にしなかったが、どこにあるかはいつも知っていた。

ネイサンが家の中で武器を隠している場所は、すべてわかっていた。アパートメントに住んでいたときも。引き出しはそうした場所のひとつだった。

ゆっくりと引き出しを閉めたあと、サベラは手に握り締めていたふきんを水道の冷たい水で濡らした。

アパートメントを探し回るつもりはなかった。とりあえず、いまは。パニックがじわじわと襲ってくる。なによりもまず、呼吸を整える必要があった。

寝室で失血死しかけている男は誰？　ネイサンのことを知っていたの？　わたしのことを調査したの？　それで、この修理工場に来たの？　なぜ、わたしの人生に侵入してきたの？

理由がなんであれ、わたしも捜査の一部なの？　修理工場も対象なの？

ふきんを顔に当てたまま、サベラは、逃げたい、隠れたいという本能と闘っていた。これまでの人生の中で、彼女が隠れたのは一度きり――悪夢と苦痛が彼女の魂を余さず焼き尽くした、あの地獄の三年間だけだった。そのあと、苦痛が弱まり、なんとかまともに頭が働くようになったサベラは、ベッドから起き出し、生者の世界に復帰しようと頑張った。

なんのために？　もうひとりの男、もうひとりのアドレナリン中毒者《ジャンキー》に、人生をまためちゃめちゃにされるために？

工場の裏に数台の車が入ってくる音がして、サベラははっと顔をあげた。寝室に向かおうとした彼女の腕を、そこから出てきたニックがつかんで、居間に連れ戻した。

「そこにいろ！」ニックは声を出さずに、口の動きで言葉を伝えた。ドアに近寄り、少し開けて外を見るニックのいかつい顔には厳しい表情が宿り、体は緊張していた。

サベラは後ろに下がって、入ってくる男たちを見ていた。よくガソリンを入れにくる連中だ。名前は知らないが、いま見せている無表情な鋭い眼差しのせいで、いつもとはまったく違った雰囲気を漂わせている。

見たことのない顔がふたつ。最後に入ってきたのは、イアン・リチャーズと妻カイラだった。サベラはもう少しで笑いそうになった。カイラの瞳は同情に満ち、すべてがわかっていると告げているようだ。ヒステリックな笑いがこみあげてくる。イアン・リチャーズが関わっていたなんて。彼の妻まで。サベラは、その理由が知りたかった。

今回は前ほど悪くはない。ベッドのヘッドボードの支柱にニックが結んだ紐を握り締めて、ノアは歯を食いしばって耐えていた。ミカが傷を縫い合わせている。血管の中で沸騰した血液が体を駆け抜け、ペニスに押し寄せていた。

娼婦の粉のせいだ。ディエゴ・フェンテスの野郎。あの野郎は、いまも国土安全保障省の保護を受けながら、元気でにやにや笑っているのだ。ノアの方は、自らの汗と血の中に横たわって、正気を保とうと必死に闘っているというのに。

あまりにも長期間麻薬漬けになっていたせいで、影響が完全になくなることはないかもしれないと、医師団は警告した。その影響がいまでも確かに感じられた。特に、昨夜のように、アドレナリンが多量に放出されたあとでは。熱が出ると一層ひどかった。体に受けた切り傷は、ノアが認めたくないほど深く、出血はなかなか止まらなかった。

頭をいっぱいに満たす猛烈な性欲をなんとか抑えなければならない。こんな自分をサベラに見られたくはない。激しいセックスのことしか考えられない、獣のような自分を。海軍の軍医たちが、抗生剤と鎮痛剤、そして性欲抑制剤を調合して彼のために作った秘薬を、ノアは昨夜使いきっていた。効果はなかった。

「なぜ来たんだ?」ノアは歯のあいだから絞り出すように、イスラエル人の課報員、いや元課報員に告げた。死んだはずの男たち。ここにいる連中は皆、いまは死んだことになっている。

「ジョーダンの命令でね」ミカは低い声で答えた。「トラヴィスの車で来た。工場は監視されていない。トラヴィスがずっと見張っていたんだ。昨夜の酒場での喧嘩までは、それらしい動きはなかった。あのあと、自分で薬を打ったのか?」

ノアはうなずいた。「昨夜の分が最後だった。あまり効かなかったな」

「量が足りなかったんだろう。イアンがすぐにもっと持ってくるはずだ。昨夜新しい荷が届いたからな」

「ここを出ていくところを見られるぞ」ノアは吐き出すように言った。「修理工は全員が信用できるとはかぎらない。それに、サベラが質問してくるだろう」

「ローリーは鷹のような目をしている。ジョーダンは最初に彼に知らせたんだ。ローリーが目を光らせて、あの坊やをオフィスで保護している。それから、まずはミズ・マローンにこの作戦の概要を知らせるようにという伝言をあずかってきた。彼女には部分的な情報を与える許可がおりている。彼女が怒っているとすれば、すべておまえの頑固さのせいだ。自分で対応するんだな。心配するのはやめろ。まるでおれの母親みたいだ」

「ホモ野郎」

「そんな趣味はないぞ、大男」ミカは不満そうに低い声で応じた。「サテンのように滑らかな女性の肌が好みでね。おまえみたいな鮫肌はごめんだ」

「くそったれ」ノアは咳をするように笑った。

「おれたちゃ、みんなそうだろ」ミカはおかしなテキサス訛りでそう言うと、にやりとした。

ノアは枕に深く頭を埋めた。欲情で睾丸を殴りつけられているような気分だ。サベラの香りが漂っているような気がする。抑えようのない性欲に頭がおかしくなってしまいそうだ。熱とアドレナリンが間をおかずに注ぎこまれたことに、体が対応しきれないでいる。怪我をしたあとは、いつも必ず秘薬で体を回復する時間があると考えていた。どうやら、間違っていたらしい。

「イアンがおまえ用の薬を持ってる」ミカの口調は穏やかだった。「それが来るまで、痛みを抑えるものはやれない。あの薬の効果は知ってるだろう。だが、医者どもが新しいやつを送ってきた。連中は、おまえの棒と痛みの両方に効く薬の調合に成功したと思っているらしい」

ノアは頭をふった。「薬は要らない」そのうち症状は弱まり、いずれ消えるはずだ。そうすれば、どうにか普通の状態に戻れる。うんざりするほどのあいだ、ノアはこの症状と闘ってきたのだ。そして、折り合いをつける方法を学んできた。少なくとも、自分ではそう思っていた。そう、昨夜までは。

「熱の方はどうにかしないとな、ノア」ミカが警告した。彼の黒い瞳に心配そうな表情が浮かんでいる。「抗生剤と、何種類かの鎮痛剤の混合剤だ。三カ月前におまえが弾丸を食らったときと同じ薬だ。あのときは効いたから、今回も試してみよう、いいか？」

苦痛を和らげる効果のあるものは実際のところ存在しなかった。軍医が調合する薬は、ノアの正気を保つ役割はどうにか果たすものの、性欲を和らげることはない。女を求める、身の毛のよだつほどの凄まじい性欲までは、どうにもならなかった。

相手は誰でもいいわけではない。彼の女でなければ。彼の妻でなければならないのだ。

汗が入らないように目をしばたたかせると、ノアは紐をつかんでいた力をゆるめて、狂気を追い払った。救助されてから何カ月も、ノアは鋼鉄のような狂気の手に鷲づかみにされていた。絶え間のない猛烈な性欲が、悪性の疫病のように彼の全身を侵していた。

サベラさえいればいい。彼らがここを出ていってくれれば、生き残れる。華奢で優しい妻が、慈雨のように彼を覆ってくれさえすれば。

サベラのことを考えるだけで、荒々しいうめき声がノアの喉から漏れた。燃えるように熱くよく締まったサベラのヴァギナが体の上を漂い、ペニスをのみこんで、彼が与えるすべてのものを吸収する。

「イアンが来たぞ」ニックが玄関先からアパートメントの中に戻ってきた。サベラのいる部屋に。

ノアは耐えがたい嫉妬に駆られた。彼はいつも嫉妬と闘っていた。サベラには気づかれないようにしていたが、ほかの男が彼女に触れるほど近づくたびに、嫉妬心が体の中で獣のように吠え立てた。

いま、ニックが別の部屋でサベラと一緒にいる。大柄で白っぽい金髪をしたニックは、自分より優しいはずだ。あのロシア人が前戯なしでセックスをすることはなさそうだ。ノアが失血死しかけていることも忘れて、サベラをテーブルに座らせ、その脚のあいだに顔を埋めるのだろうか。

「こら、落ち着け、ノア」上体を起こそうとするノアを、ミカはベッドに押し戻した。「せっかく縫った傷口がまた開くようなことをしたら、前みたいに弾丸でノックアウトさせてやるぞ」

もやが少し晴れた。ほんの少し。

ノアはうなるように笑った。苦痛にもだえるノアに医師団が鎮痛剤を与えることを拒否し、しかも、彼が気を失うこともできなかったとき、ミカは最後の手段を使った。ミカが、ノアが乗せられていた車輪つき担架の後ろに行ってなにかしたあと、ノアの意識は暗闇に沈み、痛みがなくなった。ミカがなにをしたのか、ノアはいまでも知らない。

だが、今回は意識を失うわけにはいかない。サベラに危険が迫っているかもしれないのだから。トビーが狙われたとすれば、サベラも標的となっているのは確かだろう。なにかが起こるのはもう時間の問題だ。彼女に近づいたのはとんでもない間違いだった。

「どうだ？」イアンが寝室に入ってきた。

彼の声は粗く、いまのノアの声のようにがらついている。

ノアは親友の顔を見あげた。父の牧場を囲む砂漠の暗闇を切り裂いて届いたイアンの叫び声をネイサンが耳にしたのは、ふたりが十歳のときだった。ネイサンは父をベッドから叩き起こすと、怒鳴りつけるようにして外に連れ出した。

マローン父子は、瀕死の母親を腕に抱いたイアンを見つけたが、怒り狂ったように叫び続けていたイアンの声は、ネイサンたちが着いたころにはすっかりかれていた。

その夜から、ふたりの少年は大の親友になった。ディエゴ・フェンテスがイアンの実の父だとわかったあとも、ふたりの友情は変わらなかった。フェンテスがネイサンを破壊しかけたあとでさえ。

「ひどい顔だな」ベッドのそばに来たイアンに、ノアはうなるように言った。イアンの目は暗く、苦痛と後悔に満ちている。

「チャンスがあるうちにあの野郎を殺しておけばよかった」イアンの声は重かった。「すまない。フェンテスは死んで当然なんだ」

ディエゴ・フェンテスはイアンの父であると共に、ネイサンを拷問にかけ、廃人にしかけた男だ。

「そうだな、国土安全保障省の馬鹿どもが保護を打ち切ったらすぐ、おれにも一度殺させてくれ」ノアは荒く息を吸いこんで、イアンを見つめた。「サベラをここから連れ出してくれ、イアン。基地にいるジョーダンのところに連れていくんだ。この件が終わるまで、彼女を安全な場所に保護してくれ」

サベラの香りがするようだった。甘く温かい雨のような。

「今回はひどい」ミカがイアンに小声で伝えた。「新しい薬は？」

「これだ」イアンは手に持った黒い革の袋をミカに投げると、ノアに向き直った。「ベラは利口だ、ノア。わかっているだろう。任務の概要だけでも知らせる必要がある。彼女もローリーもその許可の対象になっている。いずれにせよ、もう彼女には、おまえが諜報員かなにかだという予想はついているだろう」

「この薬は最低だ」ミカが肩に注射針を刺した途端、ノアはイアンの警告を無視してベッドの上に起きあがると、ふたりをにらみつけた。

「我慢しろ、ノア。前回は効いたんだから」イアンは荒々しく息を吐いた。

「ああ、効いたとも。おれの叫び声が聞こえなくなって、おまえらは一息つけただろうさ」とげとげしい言い方だった。「その代わり、おれの頭は叫び声で割れそうだったんだからな」

「サベラに聞かせたいのか？」ミカが尋ねた。

ノアは首をふった。「おまえがその針をおれに近づけられる理由は、それだけだぞ」

ふたたび横たわったノアは、二本目の注射器の針を突き刺すミカをにらみつけた。「おまえの指を全部折ってやる。そうすれば、そのくそ薬を打てなくなるからな」

ミカはにやりとしてみせた。いつものことだ。互いに悪態をつき、侮辱し、殺すと言って脅すのは、彼らの日課だった。それでこそ、生きていられるのだ。

「そんな風にさえずってると、フェンテスが聖歌隊員に思えるほど、このくそ薬品をめいっぱい打ちこんでやるぞ。わかったか？」

ノアはかすかにうなずいてみせると、乾いた唇を舐めて、息を吐いた。「くそったれ」

「ベラを基地に連れていくわけにはいかない」そのとき、イアンが口を開いた。「それはわかっているだろう、ノア」

ノアは目を閉じた。妻の身に危険が及ぶことは避けたかった。彼自身の狂気から、彼が彼女にもたらした危険から彼女を遠ざけておきたかった。それに、彼女が浴びせたがっているであろう質問からも。おれはなにを考えてたんだ？　この任務は受けるべきではなかったのだ。シベリアに行けばよかった。

「トビーを襲った車を探っている」イアンはベッドの脇の椅子に座った。「修理工の何人かが、昨夜見たようだと言っている。酒場の近くでな。おまえを襲った田舎者のひとりのようだ」

ノアはぎこちなくうなずいた。「ああ、間抜けどもだ。おれを切り刻んで、町から追い出すことができると思ったらしい。トビーの件は警告だ。次は友人が犠牲になるというな」

「実際、おまえを切り刻んだのは間違いない」ミカが鼻を鳴らした。「とりあえず、全部縫って、包帯を巻いてあげましたからね、坊や。明日はまた、悪い子たちと遊んでもいいですよ」

「おれとやりたいか、混血野郎」

「忘れっぽいな。おれは女性から口説かれる方が好みでね」そう言うと、ミカは笑った。

「おまえの宗教に抵触しないのか？　結婚してないと、女と寝ちゃいけませんとか言われなかったか？」吐き出すような口調だった。

こうした、侮辱とも取れる会話はゲームだった。そういう会話で、緊張を和らげるのだ。互いに悪態をつき合うのも、苦痛から気持ちをそらし、リラックスさせる遊びだった。もっとも、それで痛み自体がなくなることはないのだが。

「宗教？」ミカはあきれたという顔をしてみせた。「おまえらのような腹持ちの悪い連中とつきあい始めてから、おれの信仰は地獄の底に落ちてしまった」

「身持ちの悪い、だろ」ミカの言葉を訂正しながらも、イアンの視線はノアに向けられたままだった。

ノアはゆっくり呼吸していた。息を吸うたびに、鼻腔をサベラの香りが満たす。ペニスの中で血管が脈打ち、フェンテスから初めて麻薬を腕に注射されたときと同じ、暴力的な性欲が体中を駆け巡っていた。

ノアはなんとか上体を起こした。ジーンズがペニスに食いこんでいる。必要なのはセックスだ。この六年間、女性を相手にするのは、妻への誓いを破ることだった。しかし、いまは違う。いまそれは、妻の中に自分を埋めるということだ。彼を包みこむ、彼女の甘美な締まった筋肉を感じるということなのだ。

妻を愛し、触れるということだ。彼の下腹部で燃えさかる炎を鎮火させることだ。ただ、たったいまは、身動きの取れない豚のように、ふたたび彼女の全身に血を滴らせることを意味していた。

ノアは荒く息を吸いこんだ。頭がわずかにすっきりしてきたような気がする。注射された薬は最低だが、少なくとも、頭は働き始めたようだ。

「おい」ノアはまた強く息を吸いこむと、イアンに目を向けた。「ミカ、トラヴィス、それにニックをここから出してくれ。トラヴィスにマイク・コンラッドのケツを追わせろ。昨夜おれが襲われた理由と、今日トビーが狙われた理由が知りたい。ローリーに、トビー共々、オフィスから出ないように言ってくれ。ニックなら誰にも気づかれずにふたりに目を配っていられる。ミカには、離れた場所から工場と家を見張っていてもらいたい。おまえらがここに出入りするところを誰にも見られないようにしろ。おまえとカイラが顔を見せるのは誰も不審に思わないだろう。ボスの愛人がアパートメントに戻るのをニックが手伝うのも、当たり前に見えるだろう。それだけだ。残りの連中はここから出してくれ」

「ベラは?」イアンが尋ねた。

「サベラはここにとどまる」彼女をここから動かすにはもう遅過ぎる。ノアは彼女を追っていくだろう。彼女をどこに隠されようと。彼女が直接標的にされないかぎり、司令部に連れていくのは論外だった。

「ノア、おまえは決定を下す状態にない」イアンが静かに言った。「なにが起こるかわかっているだろう。この薬には性欲を抑える効能はまったくない。おまえの目は性欲で燃えている。手術で色は濃くなったが、いまは、ほとんど純粋なサファイア色だ。彼女もここから出す必要がある」

「自制はできる」ノアは確信していた。できるとも。「彼女を傷つけたりはしない」傷つけたことなど一度もなかった。そうするくらいなら、自分の喉をかき切った方がましだ。「目がどうした。痛みが弱まれば、またもとに戻る」

「説明しなければならないぞ。一体なにが起こっているかを」厳しい口調だった。「少なくとも、この作戦に関しては。彼女がそれ以上のことに気づかないと思っているなら、おまえは自分を欺いている。カイラとおれが到着したときの彼女の顔を見ていないだろう」

　ノアは深く息を吸った。そうなれば、自分はおしまいだ。だが、それもなんとかなるはずだ。彼が望みを達したあとでも、彼の正体をサベラが疑うことはないはずだ。いずれにせよ、彼女の夫は、サベラを怒鳴りつけることも、獣のように彼女を奪うこともなかったのだから。それに、危険な作戦の真っ只中に彼女を置くことなどありえなかった。そう、サベラが彼の正体に疑惑を抱くことはないはずだ。

「縫い目が開いたら、またはらわたをえぐられたみたいに出血するぞ」ミカの口調はとげとげしかった。

ノアは頭をふった。「さっさと行け。すぐにだ。ニックには、工場にとどまって援護をするように言ってくれ。こんな風にチーム全員が集まっているのはまずい。連中が動きを見せたら、すぐに対応する必要がある。それまでは突破口は開けないし、このままでは連中を捕まえることもできない」

「そして、おまえがベラに告白したら？」イアンが尋ねた。「おまえが誰で、何者かを告げたら、次はどうする？」

ノアはじっとイアンを見つめていた。そんなことにはならない。絶対に。彼女が愛した男になにが起こったのか、サベラに告げることなど耐えられなかった。その男のために地獄を訪れるほど、彼女は彼を愛していたのだから。

「死人は口をきかない」そう言ったノアの声は暗かった。「彼女が真相を知ることはない。絶対に。彼女の夫は死んだんだ」

イアンはノアを見つめてから唇を引き結ぶと、ミカに向き直ってドアの方にうなずいてみせた。

「奴は嘘をついてる」イスラエル人がきっぱり言った。「彼女を傷つけないほど、自分をコントロールできないはずだ」

いや、自制心はある。イアンにはわかっていた。皆が考えている以上の自制心が。

「さっさと行くんだ」イアンは命じた。「ほかの連中に指示を伝えてくれ。これはノアの問題だ、おまえには関係ない」

立ちあがったミカは、ふたりをにらみつけると、あざ笑うように唇の端をあげてドアに向かった。チームのロシア人、オーストラリア人、それにイギリス人と同様に、このイスラエル人も、ときおり規則を曲げたり新たに作ったりするふたりを理解できないことがあった。効果的な作戦チームとして、この男たちを一致団結させることは容易ではない。それぞれが強い意志を持つ一匹狼なのだから。名誉以外に守るべきものを持たない、死んだはずの男たち。しかし、いい奴らではある。

イアンはノアに向き直った。ノアは疑う余地もなく性欲に突き動かされている。だが、いま以上に凄まじい状態のノアをイアンは見てきた。もっとひどい状態で行方をくらましたことも一度や二度ではなかった。けれども、ベラを傷つけたことは一度もなかった。

一年七カ月のあいだ、ノアは麻薬漬けの状態で生かされていた。医師団も麻薬の正体をいまだに解明していない。その影響下で、ノアはずっと獣のように、凄まじい性欲に苛まれ、正気を失いかけていた。それでも、フェンテスが提供したものを受け入れはしなかった。誓いを破ることは決してなかった。妻への思いを捨て去ることはなかったのだ。

ノアがいまサベラを傷つけることはないという自分の判断を、イアンは信頼するしかなかった。

うなずいてドアに向かったイアンは、自分自身を憎んでいた。考えるだけでもいまだに体中が苦い憤怒で満ちるほど、フェンテスのことが憎かった。

自分の父親がノアをこんな風にしてしまったのだ。血を分けた自分の父親が。そして、自分はフェンテスをいまも生かしている。それはフェンテスが実の父親だからなのか、それとも、国土安全保障省がフェンテスを必要としているからなのか？　そのどちらなのか、はっきり言いきれる自信がイアンにはなかった。

チャンスがあるうちに、あのくそ野郎を殺しておけばよかった。

15

イアンが寝室から出てきたとき、サベラは、キッチンと居間のあいだにある幅の狭いカウンターの前に立って玄関ホールを見ていた。サベラはカイラとまだ言葉を交わしていなかった。無言の会話はあったものの、まだどちらも沈黙を破っていない。

明らかに中東系と思われる諜報員――もちろん、彼女には彼らが諜報員だとわかっていた――が、ニックやほかの男たちと一緒にアパートメントを出ていったのは、ほんの少し前のことだ。あとに残されたサベラとカイラのあいだには、不気味な沈黙が漂っていた。

カイラは、サベラを注意深く見つめていた。その灰色の瞳は物思いにふけっているようだ。イアンが部屋に入ってくると、サベラはすっと背筋を伸ばして、閉じた寝室のドアにちらりと目を走らせた。

「彼、大丈夫？」サベラは両手をジーンズのポケットに突っこんで、夫の一番の親友だった男をじっと見つめた。妙なことに、いまはノアの友人のようにも思える。

「少しすれば大丈夫だろう」姿勢よく立っていたイアンは、近寄ってきた妻の体に腕を回した。

サベラはイアンの目をまっすぐに見つめたまま、口を開いた。

「彼は誰？　何者なの？」

イアンの瞳にきらめいたのは、驚き？　イアンは答えなかった。

サベラはキッチンの引き出しに大またで近づくと、一番上の引き出しから取り出したグロックをカウンターの上に文字どおり叩きつけた。次に、腰をかがめて流しの下の扉を開け、棚の枠にマジックテープで貼りつけられている武器を引き剥がした。

さらに、居間のソファまで素早く移動すると、腰をかがめてソファの下側の隙間から小ぶりの拳銃を取り出し、カウンターに並べた。

「彼は一体何者？　わたしの工場でなにをしてるの？　わたしの人生にまで踏みこんで」サベラは、カウンターをドンと叩いた。「それに、どうしてあなたがここにいるの？　イアン、あなたは、わたしの夫の親友でしょ。ネイサンは、あなたは兄弟みたいなものだと言っていた。それなのに、あなたは彼の妻の人生に諜報員なんかを送りこんできたのね」

「彼の未亡人だ」イアンの口調は穏やかで、優しかった。

サベラは一瞬ひるんだが、すぐさま反撃した。「未亡人ならかまわないわけ？」噛みつくような言い方だった。「ひどい人だわ、イアン。そんな風にして彼を裏切るのね？」

「ベラ、ネイサンを裏切ったわけじゃない」イアンの眼差しは厳しく、鋭かった。「おれがノア・ブレイクに命令することはない。彼がなにをしているにしろ、それは彼自身の意思でやっていることだ。彼を知っていることは認めよう。友人だ。おれがきみの友人であるように」

そう、イアンとネイサンは友だちだった。二年のあいだ、ふたりが一緒のところを見てきた。ふたりは兄弟のように、いや、それ以上に親しかった。おかげでサベラは、イアンの習癖に気づいていた。彼女の父親と同じく、嘘をついても睫毛一本震わせるわけでもなく、表情もまったく変わらない。体が緊張することもない。ただ、その態度があまりにも普通過ぎて、サベラにはかえって不自然に見えるのだ。

「わたしに嘘をつかないで」サベラは震える指を突き刺すようにイアンに向けた。「嘘はつかないで。彼にはナイフの切り傷以外にも、どこか悪いところがあるんでしょ。それに、いまあなたが言った出まかせ以上のことが、ここでは起こっているはずよ」

「それ以上のことが話せるなら、彼はそうしてるわ」カイラが言った。

サベラは、友人に鋭い視線を投げた。カイラの瞳にきらめいている警告はなに？　それは確かに警告だった。はっきりわかった。イアンにも。

「カイラ、外で待っていてくれないか？」イアンが頼んだ。

「いいえ、イアン。それはできない」カイラは夫に微笑んでみせた。彼女の眼差しと笑みに、夫への愛がはっきり刻まれていた。ただ、断固としてその場を動かないという決意もそこには見えた。

イアンは、どうしようもないという表情をしかけた。

「あなたはわたしの友だちのはずよ」サベラの口調は鋭かった。「なのに、そこに突っ立って、イアンがわたしに嘘をつくのを黙って見てるのね。あなたもわたしに嘘をついてるの？」

イアンが荒く息を吐き出した。「サベラ、聞いてくれ」

「彼は何者?」サベラはふたたびふたりに尋ねた。「諜報員なんでしょう?」サベラは震えていた。その事実が改めて意識され、心が張り裂けそうだ。「どこに所属してるの？ FBI?」

イアンは首をふった。「諜報員ではない、ベラ。政府機関の諜報員ではない」

「それじゃあ、民間の機関ね」サベラは自分の想像を口にした。イアンは答えなかった。

「あなたも、その一員?」

「アルパインである作戦が進行中だという事実を知る許可がきみにはおりている、とだけ言っておこう」少しして、イアンはそう告げた。「きみとローリーには、事実を知る許可がおりている」

今度は、イアンは嘘をついていない。サベラは落ち着かない様子で唇を舐めた。

「彼、どこが悪いの?」サベラの息はまだ荒かった。本当にしたい質問はどうしてもできなかった。がっかりするのが怖かったから。

イアンは、歯を噛み締めた。「心配することはない」そうであってほしい。サベラはイアンが口にしなかった思いを感じていた。

「なぜ彼はここにいるの?」

「それは彼自身の口から聞いてくれ、ベラ」イアンはため息をついた。「おれはきみの友人として、そして彼の友人としてここに来た。ほかの連中の耳に入れるのは、それだけだ。トビーが襲われた話を聞き、ノアも怪我をしたという電話を受けたから、自分で状況を確かめたかった」

「嘘」サベラが叫んだ。「ひどい。ふたりとも地獄に落ちるがいいわ。夫が死んだ状況を偽ったときと同じように、今度もごまかすつもりね」突然サベラは両手で顔を覆ってイアンに背を向けたが、すぐに向き直った。「ネイサンは、単に撃たれただけではなかったんでしょう？」サベラの体は震えていた。真実の一部でもいいからどうしても知りたかった。イアンに対して、激しい怒りに似たものを感じていた。「教えて、イアン。わたしの夫に、本当はなにが起こったのかを。それに、あの男がわたしの人生に関わってきた理由を」そう言いつのりながら、サベラは玄関ホールを指差した。その視線はホールに姿を現したノアに向けられていた。

「ベラ」イアンは頭をふった。

「夫にさよならを言うことさえ許されなかったのよ」サベラは怒鳴った。「遺体を見ることさえ――」

「きみのためにその方がよかったんだ、ベラ」イアンがきっぱり言った。「信じてくれ。生前の彼の思い出を大切にしたまま、彼の死を受け入れてくれ。彼は死んだ。おれたちが発見したものを目にしていたら、きみは絶対に後悔していたはずだ」

サベラの喉から嗚咽がこみあげた。一瞬、ほんの一瞬、ほとんど期待し……。サベラは頭をふった。いえ、そんなことがあるはずがない。それはわかっていた。

サベラは片手を口に当てて、三人に背を向けた。誰の顔も見たくなかった。

「ベラ」サベラの背にカイラが話しかけた。

彼女の言葉をさえぎるようにサベラは片手をあげた。静寂が、ただ、静寂が欲しかった。最後の希望の火が彼女の中で消えるまでのあいだ、ひとりになりたかった。

「うちに戻りたい」そうつぶやいて向き直ったサベラの視線が、ノアに向けられた。彼女を見つめるノアの瞳は燃えるようで、表情は苦悩に満ちている。サベラはノアのもとに駆け寄りたかった。彼の体を抱き締めたい。もう一度だけでいいから、安らかな気持ちを味わいたい。

「サベラ、本当に彼のもとを離れたいの?」カイラはサベラに近寄ると、肩に手をかけた。すすり泣くサベラの体の震えが、カイラにも伝わってきた。カイラは友の顔に顔を寄せた。「彼はあなたの夫ではないけれど、あなたにとって大切な人になるかもしれない。それでも、離れたい?」

「彼とセックスをして、セックスの悩みを解消しろって言ったのは誰よ」涙をのみこみながら、サベラは噛みつくように言った。「とんでもなかったわ、カイラ。とんでもなかった」

「本当に、ベラ?」カイラは悲しげな、柔らかい笑みを浮かべた。「あなたの夫は逝ってしまった。でも、あなたまで死んだわけではないわ」

「カイラ、本当のことを言って」彼女は小さな声で言った。苦痛と疑惑に満ちた心が張り裂けそうだ。

「そこまでだ」

サベラは顔をあげた。ノアがほとんどよろめくようにしながら居間に入ってくるところだった。朝はいていたジーンズをきちんと身につけているが、前部は勃起したペニスで張りきっている。

カイラがため息をついた。イアンは妻の横に行き、腰に腕を回した。「もう行こう、トラブルメーカー」

ノアはカウンターに寄りかかって、サベラが見つけ出した武器を見つめた。

「どうして、隠し場所がわかったんだ?」ノアの声はいつもより粗かった。

サベラは歯を噛み締めて、見下したような笑みを浮かべた。「わたしの夫が隠しそうな場所に隠すからよ」

とうとう言ってしまった。ずっと言いたかったことを口にできた。サベラには、ノアが一瞬ひるんだように思えた。

ノアはしばらく無言でいたあとうなずいた。

「おれは、個人企業と契約している諜報員だ」ようやくそう言うと、ノアは手を伸ばしてグロックを取りあげ、カウンターを回った。

そして、サベラが隠し場所から取り出した最初のふたつの武器をもとの場所に戻した。

「アドレナリン・ジャンキーなのね」サベラはあざけるように言った。「わたしに必要な、まさにその人だわ。教えて、ノア。わたしの夫を知ってたの?」

サベラは胸を反らして腕を組み、ノアをじっと見つめながら、心を満たしている疑惑の答えとなるようなサインを懸命に探した。

ノアはなにも言わず、カウンターに置いた自分の手に目を落としていた。顔を下に向けたままのノアの目が、サベラの顔に向けられた。

「おまえの夫のことは知っていた。だが、友人だったわけではない」

「敵だったの?」

ノアの唇が自嘲するように震えた。「いや、敵ではない。ただ、知っていただけだ」

「ノアというのは本名?」

ゆっくりうなずいたノアの視線が、サベラからそれることはなかった。「本名だ」

「テキサスまで来てネイサン・マローンの妻とやろうと決めたのはどういうわけ?」

ノアはぎくりとした様子だった。サベラの心に痛みが広がった。裏切り。そう、裏切られたような気分だった。まるでペテンにかかったような。

「そういうつもりではなかった」ノアは頭をふった。それでも、サベラには彼が嘘をついていることがわかっていた。ひしひしと感じられた。本能的なものだった。香りが臭覚をくすぐるように。夫が嘘をついているときには、いつでもわかった。

「わたしのことも、ローリーのことも知っていて、わたしたちに狙いをつけたんでしょう?」

ノアは下唇を舐めた。不安のなせる業ではなかった。答えを躊躇しているわけでもない。純粋にセクシーな動作だった。眼差しも含めて、彼のすべてがあまりにも露骨にセクシーだ。

「そうだ」ようやく、本当のことが聞けた。

「なぜ？」痛々しい叫びになる。「どうして、わたしにそんなことができるの？　わたしが、まだ十分苦しんでいないとでもいうの？　次に身を置く危険のことしか頭にないアドレナリン・ジャンキーと、わたしがまたつきあいたがっているとでも思ったの？」

ノアは驚いたようにサベラを見つめた。「おまえの夫にとって、ＳＥＡＬにいる意味は、そういうことだと思っていたのか？　おまえが与えることのできない興奮を得られる場所だと？」

「ほかにどんな理由があるの？　自分を見てごらんさい」サベラは手をさっとノアに向けた。「認めなさい。アドレナリンの味がたまらないって。アドレナリンでハイになるのがどうしようもなく好きなんでしょ。セックスよりいいんでしょうよ」サベラは冷ややかに笑った。「そうでしょ、ノア？」

ノアの瞳が、飢えに満ちた瞳が燃えあがった。その熱さに、サベラが存在を認めたくないような場所までがとろけていった。瞳は深い青色ではなく、普段よりわずかに明るかった。アイルランドの目とまでは言えなくても、どこか超自然的な色だった。

体の上を這うノアの眼差しに、サベラは肌を舐められたような感じがした。

「おまえとのセックスほどいいものはない」粗い声だった。「アドレナリンも、麻薬も、どんな危険も、おれのペニスをおまえの中に埋めることにはかなわない。もう一度おまえの中でイケるのなら、おれの血の最後の一滴まで差し出してもかまわない。だが、おれはネイサン・マローンじゃない」

息が詰まり、サベラはよろめくように後ずさった。胸がきつく締めつけられ、空気を求めてあえぎながら、サベラの心はショックに焼き尽くされそうになる。

「自分のはらわたをつかみ出したいほどに、彼に戻ってきてほしいんだろう、サベラ?」ノアは寄りかかっていたカウンターから体を起こし、サベラの方に回ってきた。「決して戻ってくることのない男の思い出の中に生きなければならないほど、彼に帰ってきてほしいんだろう」

サベラは頭をふった。ノアの言葉に、心を焼かれるような気持ちがした。希望のか細い炎が、彼女の中でいまも揺らめいていた。あまりにも必死にすがっているせいで、怖くて名前をつけることさえできなかった希望の炎が。

「遺体を見せてもらえなかったことで、彼が生きているという望みを捨てきれなかったんだな」彼の言葉の残酷さがサベラの心に重くのしかかる。口調の優しさが、冷酷な鞭のように彼女を打ち据えた。

「言わないで」サベラの目から涙が滴り落ちた。痛みが魂を貫き、夫をもう一度抱擁するという最後の夢を切り裂いた。「お願い、それ以上は言わないで」

ノアの手が、サベラの顔にかかった髪を後ろに押しやり、頬を濡らす涙を親指で拭った。

「彼は死んだ」彼の声には苦痛の響きがあった。「逝ってしまったんだ、サベラ」

「いや」サベラはふたたび頭をふった。「もうやめて」

「おまえの夢の中にだけ生きているんだ」ノアの唇がサベラの唇に触れる。「だが、おれはここにいる。おまえの前に。ネイサン・マローンが手にすることのできなかったものをおれにくれ。彼の淫乱な魔女のすべてをおれのものにさせてくれ」

「いや!」体を揺さぶるような苦痛に、サベラは叫び声をあげていた。ノアを殴りたかった。彼の髪を引きちぎり、目をかきむしりたかった。それでも、彼女にできたのは、ノアから身を離すことだけだった。不意に身を離して、なんとかキッチンまで行ったものの、サベラはそれ以上動けなかった。

「彼にすべてを捧げたわけではないだろう」彼女のあとを追いながら、ノアがサベラを責めた。彼の声は粗くても口調は優しかった。ノアは、広げた手でサベラの肩をつかむと、体を強ばらせる彼女の瞳をじっと見つめた。「だが、おれには許した。それは認めるんだ。彼には見せなかった自分をおれにはさらけ出したことを」

「彼を愛してるの」

「愛していた、だろう」ノアの瞳の中の炎が、苦痛と悲しみ、そして欲情に燃えている。

「愛していた、だ、サベラ。彼は逝ってしまったんだから」

「やめて」サベラは頭をふり続ける。

「おれはネイサン・マローンじゃない!」ノアが怒鳴った。その口調の激しさに、彼女を強く揺さぶるノアの力に、サベラは身をすくませた。

頭をふり続けるサベラの胸の奥から、嗚咽がほとばしる。

「ちゃんと理解するんだ、サベラ。おれはネイサン・マローンじゃない。おまえが愛した男じゃない。だが、おまえと寝て、夜中に涙を流すおまえを抱いてやる。おれとしっかりと結びつくことで、おまえは自分を隠せなくなる。すべてを余すことなくさらけ出せるんだ」

「やめて。それ以上は言わないで」サベラはすすり泣いていた。嗚咽を漏らす彼女の目には涙が溜まり、胸から絞り出すような声はかすれていた。

「いや、やめない」ノアはサベラを引き寄せると、しっかりと胸に抱いた。「おれを見るんだ、サベラ」

涙を通して、ノアの顔がかすんで見える。彼にすっかり体をあずけたい。支えてほしい。サベラは立っているのもやっとだ。

「おれはネイサン・マローンじゃない。だけど、おまえはおれを求めている。サベラ、おれにもおまえが必要なんだ。おまえの夫が夢にも思わなかったほどに。おまえに触れられ、キスをしてもらいたいという思いで、心が燃え尽きそうなくらいだ」

ノアは両手でサベラの顔を包んだ。そして、唇をサベラの唇の上に滑らせると口を軽く吸った。サベラの涙と苦痛を味わうことで、ノアの魂からなにかが抜け落ちた。

自分は彼女を傷つけている。サベラのすすり泣く声が鈍い刺のようにノアを突き刺し、心を切り裂いた。サベラがイアンを問い詰める声を聞いた瞬間に、ノアにはわかった。彼女が疑惑を抱き始めていたことが。どういうわけか、彼の賢い小さな魔女は、ノアの中に夫の亡霊の存在を感じていたのだ。

ノアに抱かれたまま、サベラは身を震わせている。娼婦の粉の最後の名残が体を駆け巡り、ノアに感じられるのはサベラの体だけだ。柔らかな唇の感触と、その涙に混じる苦悩の味だけだ。

「サベラ」ノアがささやいた。「おれに触ってくれ。触るだけでいい。目を閉じて、いま本当に一緒にいたい男を思い浮かべればいい。ただ、おれに触ってくれ」

ノアはサベラの両手を、ナイフで受けた傷を覆う包帯の下の引き締まった腹部に押し当てた。サベラの体がびくりとした。

「おまえに触れてもらえるのなら、命も惜しくはない」ノアはふたたびサベラの唇にキスをした。顔をあげたサベラの柔らかな灰色の瞳が、涙と失われた夢で曇っている。

首をふったサベラにノアはまたキスをした。サベラの唇をとらえたノアの唇は、今度はすぐには離れず、彼女を吸い、味わった。彼女をむさぼりたいという欲望を、ノアはあえて抑えていた。

愛する男と、求める男の狭間で心が張り裂けそうになりながらも、サベラはキスに応じた。しかし、ふたりの男が実はひとりで、しかも必死の思いで彼女を求めていることを、ノアは彼女に気づかせるわけにはいかなかった。

「やめて、お願い」唇を離し、彼女を居間へ、そして寝室へといざなうノアに、サベラが小さな声で抵抗した。

「それなら、出ていくんだな」向き直ったノアはジーンズを脱ぎ捨てると、欲望に脈打ちながらそそり立つ太く重いものを自らの手の平に乗せた。

ノアにちらりと視線を走らせたサベラの体が震えた。相反する感情が彼女の中で闘っていることが、顔にはっきりと表れていた。優しく美しいサベラが、怒りと恐れ、それに欲情と闘っている。

ノアはベッドに横たわって、勃起したペニスを撫でていた。それを眺めながら、Tシャツの中で拳を握り締めるサベラの目に、きらきら光る涙が溜まっている。ただ、その顔は紅潮していた。

「おれはちゃんと寝てる」ノアは約束した。「いい子にしてる、サベラ、おまえが上に乗ってくれればいい」

サベラは上に乗るのが好きだった。ノアは覚えていた。彼の上で身を反らせ、ペニスをくわえこみ、自分のペースで楽しむのを彼女は好んでいた。

サベラの瞳が暗くなったことで、体が飢えに苛まれているのがわかる。息が深く重くなっていく。サベラの膨らんだ乳房がシャツを押しあげ、硬く小さな乳首のかたちがはっきり見えた。

「来い」ノアは手を差し出した。「おまえの中がどんな感じがするか教えてやる。ペニスがおまえの口に入るとき、どんな感じがするか、おまえに触れられるとどう感じるかを話してやる」

ノアはサベラに触れられたくてたまらなかった。どうしても。激しい欲求がもたらす苦しみは、拷問より凄まじかった。

サベラは躊躇している。瞳を見れば、彼女がまだ闘っていることがわかる。それは、彼女が手放すことを拒んでいる思い出と、ノアとのあいだの争いだ。

永遠に。彼女がいつもネイサンにささやいていた誓い――永遠に彼を愛するという誓い――を思い出して、ノアの心はかすかに和らいだ。彼も、なにがあろうとも、いつもサベラのもとに戻ってくると誓っていた。

永遠とも思えるときが過ぎたころ、サベラは両手を脇へおろしてからゆっくりとシャツを脱いだ。

サベラの豊かな髪が、重たげに波打って肩の下までかかる。シャツを脇に投げ捨てたサベラの乳房を覆うのは、薄い絹のブラジャーだけだ。

座って靴紐を解いたサベラは、ブーツから小さな足を抜き出し、ジーンズを脱いだ。その動作は男を誘惑しようとするストリッパーのものではなく、ようやく自分の中のなにかを解放しようと決心した女性のものだった。それとも、なにかを試しているのか。ノアには、よくわからなかった。意識はこみあげてくる欲情で曇っていた。

「普通じゃないわ」ベッドに乗ったサベラは、彼の太腿の内側を撫であげた。「こんなに硬く勃起するなんて。昨夜はひどく出血してたでしょう、ノア。少なくともこれだけは教えて。どこが悪いの？」

ノアは歯を噛み締めた。染み出た汗が体を湿らせている。急に熱があがり、意識が遠のきかけた。

「娼婦の粉という言葉を聞いたことがあるか?」

サベラはまばたきをした。「デートレイプに使われている麻薬でしょ。使われてた、と言うべきかしら」

「使われてた、だ」ノアはうなずいた。「それを売ってる男を追っている最中に、おれはとらえられた。しばらくのあいだ、その麻薬を打たれ続けたんだ。まだそれがわずかに体内に残っていて、興奮すると影響が出る。怪我をしたり熱が出たりすると勃起して、セックスをしたくてたまらなくなるんだ」

「相手はなんでも、誰でもいいの?」無残に張りきった睾丸に優しく指を這わせるサベラの瞼が少し下がり、睫毛が目を半分覆った。

ノアは首をふった。「こうなってから、何人の女性を相手にしたの?」

「こうなってから、何人の女性を相手にしたの?」

「それが重要なのか?」サベラに嘘をつくつもりはなかった。少なくともいまは。彼女の指に撫でられているいまは。

サベラが手で包みやすいように脚を広げたノアの唇から、荒々しいうめき声が漏れた。

「いまは問題じゃないわ。でも、将来はそうなるかもしれない」そう答えて、サベラは顔を下げた。小さな湿った舌が睾丸を舐めると、電流に触れたようなショックがノアの全身を走った。

サベラは唇で深く睾丸を覆い、舌を使っていた。ノアは両手をサベラの髪に深々と埋めると、髪をつかんで彼女の頭をさらに近づけ、猫にするようにその頭を揉んだ。サベラの口の下で、ノアの筋肉が伸縮している。

彼女の触れ方には、どこかいままでと違うところがあった。どこが、とはっきりは言えない。まだ、いまは。明日にはわかるだろうか。ペニスを口に含ませたあとなら、わかるかもしれない。ああ、それにしても、サベラの唇が触れる感触は最高だ。睾丸が硬くなっている。熱があがるといつもそうだった。そうなると、無性にサベラに触れられたくなった。それは、苦痛、あるいは飢餓といってもいいほどだった。

そして、彼女を感じることだけしか考えられなくなった。彼女に触れられることだけしか。ほんの少しのあいだでいい。そのうち、飢えが極限に達し、なにかをしなければならなくなった。

サベラはノアの睾丸を吸い、キスしていた。

結婚していたころ、こんなことをしてもらったときはあったか？　絶対になかったと、誓って言える。だが、そのころのネイサンは、大胆になるように妻に勧めたことはなかった。彼女のパンティーの中に入ることしか頭になかったのだから。

しかしいま、ノアはそれ以上のものを求めていた。サベラの中に見え隠れする淫乱な女が欲しかった。淫らな言葉を楽しみ、彼の体を好きにさせたとき、腕の中で激しく燃えたあの女が。

「気に入った？」太く勃起したペニスを舐めあげるサベラのビロードのように滑らかな声、

それに悦びに甘くあえぐ声が、ノアの体を貫いた。

「ああ、すごいぞ！」頭をあげたノアは、歯を食いしばったままサベラを見つめた。ついにサベラの口が亀頭を覆うと、ノアの体の隅から隅までを衝撃が走った。

本当に、すごい。サベラが強く、淫らに、優しく亀頭を吸うこの快感。ノアはサベラの口に向かって腰を突きあげた。サベラは亀頭の下に舌を滑らせ、こすった。彼女ならではの微妙な舌の動かし方だ。

ノアは身を震わせた。ちくしょう。なんてイイんだ。このまま続けられたら、もういまにも炸裂してしまいそうだ。

そのとき、サベラは舐めるのをやめ、今度はペニスを吸い始めた。

「くそ！　最高だ」強く深くリズミカルにペニスを吸うサベラの髪を、ノアはしっかり握り締めた。「吸ってくれ、サベラ。おまえの熱い口の中は天国だ。このままイカせてくれ」

サベラは、それまでにないほど深くノアのペニスを口に含み、舌と口蓋で亀頭を刺激した。そして、絹のように柔らかな唇と柔軟な舌でそれをなぶり、ノアがあまりの快感に爆発しそうになった瞬間、彼を解放した。

「なんて唇なんだ」ノアはうめく。「おれのペニスにこすられて膨らんでいる。それを見ておれがどんなに燃えるか、わかるか？」

彼の魔女。彼の優しく熱い小さな魔女。ノアを見つめ返すサベラの灰色の瞳は暗く、顔が紅潮している。乱れた髪が顔と肩を包んでいた。

「とっても?」そうささやいたサベラは、自分の唇に舌を這わせたあと、亀頭の下を舐めた。

「あなた、こうされるのがとっても好きみたいね」

誘惑しているのか? 小柄でセクシーな恥知らずの女が、亀頭を舐め、先端の小さな割れ目に滲み出た真珠のような精液の一滴を味わっている。

女はうめき声を漏らした。

熱く飢えきったうめき声ほど、ノアを興奮させるものはなかった。手の中で躍るペニスに、サベラは微笑んでいる。自信に満ちたセクシーな微笑みだ。訳知り立てな笑み。その手の平で文字どおり男を踊らせる女の——男の魂だけでなく、ペニスまでも自由自在にする女の笑みだ。

彼のすべてがサベラの手中にあった。ノアにもそれがわかっていた。初めて彼女に会ったあの日から、ずっとわかっていたことだった。仕事の面接と自分の車のことでぴりぴりした彼女が、レンチを借りに来たあの日から。

サベラが欲しかったのは本当にレンチ一本で、彼の助けなど要らなかったことを知っていれば……。

そのサベラが、いま彼のベッドの上で滑るように上体を起こし、傷に触れないように気をつけながら、腰にまたがっている。

熱く濡れた陰部がペニスの上を滑らかに滑り、膨らんだ柔らかな部分を使ってペニスをノアの体に押しつけた。サベラの唇がノアの唇に近づいてくる。

ノアは飢えに苛まれつつ、彼女を待ち受けていた。サベラが欲しい。彼女の腕の中で死んでしまうほどに。サベラはそれに気づいてもいない。彼女の中に種を注ぎこむたびに、ノアは彼女の腕の中で死んでいた。射精するペニスを包みこんで伸縮する、サベラのヴァギナを感じるたびに。

「キスして、ノア」天才音楽家が楽器を奏でるように、甘くセクシーなサベラの声がノアの神経をかき鳴らした。心臓を軽く爪弾かれ、傷ついた魂を鳴り響かせながら、ノアはますます彼女を求めた。

「じらすつもりか」ノアはうめくように言った。サベラの舌が彼の唇を舐めている。

ノアはサベラの腰を片手でつかんで、揺り動かした。彼女の陰唇がペニスの上を滑る一方、舌は彼の唇を味わっている。

「満足させてあげる」サベラはノアの唇を軽く噛みながら、彼を見おろした。

「それなら、早めに頼む」ノアはもう我慢の限界だった。この瞬間にもサベラをベッドに押さえつけ、太い張りきったものを彼女の中に深く押しこみたかった。

ノアが両手で彼女の上半身を撫であげ膨らんだ乳房をつかむと、サベラは腰を浮かせた。硬い小さな乳首にノアが唇を寄せたとき、サベラはペニスの先端を自らの入り口に導いた。

ペニス全体を焼くように、熱いものが走り抜けた。彼女の愛液に触れ、そのクリームに覆われた亀頭から伝わる至福の感触がペニス全体を包みこむ。

ノアはサベラの乳首をさらに強く吸った。乳首に舌を打ちつけると、サベラが彼の名を叫んだ。

「ああ、いいぞ、ベイビー。最高だ」乳首を放したノアは、彼女の顔を両手で挟み、瞳に見入った。「すごく締まってる。いいぞ。おれを攻めてくれ、スイートハート。おれを地獄から駆り出してくれ」

サベラのヴァギナがさらに深くペニスをくわえこんだ。そして、腰を突きあげるノアの動きに合わせて、腰を沈めた。ノアはサベラの瞳を見つめていた。胸が締めつけられるような衝撃と共に絶頂に達しながらも、視線をそらさなかった。サベラもノアを見つめていた。ネイサンを見つめたのと同じ眼差しで。彼女から奪い去られる前の彼を見た、あの眼差しで。

ネイサンは、必要なときはいつでも自分の姿を思い起こすようにとサベラに告げていた。どんな姿であっても、と。サベラはそれほど必死に夫を求めているのだ。彼女と共に過ごす未来よりも、アドレナリンでハイになる方を選んだ男を。しかし、彼は戻ってきた。彼女の腕の中に。失ったものの価値は計り知れなかった。この女性を失うだけの価値のあるものはどこにもなかった。

「そうだ、おれに乗ってくれ。激しく優しくおれを奪ってくれ。次は、またおまえを寝かせて、その素敵な場所を舐めてやる。おまえの甘いジュースを口いっぱい含んでやる。あそこを舌でなぶってやろう、サベラ。おまえが叫び声をあげるまで、おれを求めるまで、クリトリスを吸ってやろう」

サベラは身を震わせ、体をのけぞらせた。彼女の中にさらに深くペニスが埋まる。ますます濡れて滑らかになったヴァギナが、ペニスを一層締めつけた。

以前は、そんな言葉をサベラに投げたことはなかった。彼は、いつも彼女を抱き締めて、自分の本性から彼女を守ろうとしていた。彼の性癖の中の、かすかに暗い影にすぎなかったものから。

「いいわ」サベラはかすかな声で悦びを露わにした。彼女は楽しんでいた。ノアの上で腰を使いながら、頭をのけぞらせていた。ときには速く、ときにはゆっくりと、ノアをじらしつつも快感を与え、そして自分でも感じながら。苦痛とも快感ともつかない悦びに、ノアが叫び声をあげるまで。

娼婦の粉は性欲を増大させたが、快感そのものの質は変わらなかった。サベラのもたらす快感は比類がなく、彼女に触れられるたびに、ノアは自分がばらばらになってしまうような気がした。発情期の雌狐のように振る舞うサベラを、もっと乱れさせたかった。

ノアにまたがって腰を動かしているサベラの目はノアを見つめたまま細まり、顔はわきあがってくる快感に見る間に紅潮していった。

ノアは笑みを浮かべた。硬い強ばった笑みだった。次いで、夫だったときには試みようとしたこともなかった行為を始めた。彼女の体に片腕を回して上体を自分の胸に引き寄せると、彼女の唇を奪った。次に、ペニスを潤しているシロップのような愛液に指を浸して、夫としては一度も触れたことのない場所にその指を当てたのだ。

いまだに探索したことのない場所。そうすることを夢見、いつかは試したいと考えていた場所に。サベラの腰の動きが一層激しくなり、浅く速く息をしながら、猛烈にペニスを攻め立てる。ノアは愛液で滑らかになった指の一本を入り口に押しこむと、サベラから主導権を奪い取った。

ノアは激しく腰を突きあげると同時に、彼女の中を指で探った。ゆっくりと滑らかに。サベラ自身の愛液が、指を出し入れするのに必要な潤滑油となった。

乱れに乱れたサベラは、のけぞらせた体を前後に揺すっている。

「落ち着け、サベラ。ゆっくり楽しむんだ」ノアは引き出した指に愛液をこすりつけると、ふたたび挿入した。指の根元まで押しこんだそこも熱く、締まっている。

ノアは次の動きに移った。

「ここでおまえを奪いたい」ノアはサベラを犯していた。彼女の内部をかき回し、速く激しく彼女を突きあげていた。

「おまえの限界を広げて、目覚めさせてやろう。おまえの熱いあそこに滑りこんで、快感におまえが荒れ狂うところが見たいんだ」

ノアの指はゆるやかに、なんとも軽く滑らかに動いていた。同時に、ヴァギナの中では彼のペニスが猛り狂っている。ノアは最初のさざ波が、最初の警告となる筋肉の伸縮が、ヴァギナの中を伝わってくるのを感じた。サベラは絶頂に達する寸前だ。ノアはますます激しく動いた。ペニスと指の両方でサベラを攻め立てている彼の睾丸は、燃えあがりそうなほど熱くなっていた。

サベラがノアの胸の上で叫び声をあげると、ノアの背筋を炎が駆けあがった。ペニスを包みこんだまま炸裂したサベラは、快感のあまり彼の腕の中で体をびくびくと痙攣させている。

ノアの耳には自らの叫び声が聞こえた。彼女の名を呼ぶ声。彼がいつも与えていた誓いの言葉ではなく、ただ、その名を呼ぶ声だけが。そのとき、これまで一度も味わったことのないほど凄まじいクライマックスが訪れた。暴力的ともいえる勢いで怒濤のように噴出する精液に満たされ洗われたサベラが、ふたたび叫び声をあげた。そのまま身を震わせ、ペニスを包む筋肉を伸縮させながら体を強ばらせたサベラは、脈打つような快感を味わいつつ弱々しく身震いすると、ノアの胸の上でぐったりとなった。

それからずいぶん経ったころ、サベラは闇を見つめていた。横ではノアが眠っている。その片腕はサベラの頭の下にあり、もう片方は彼女の体の上に投げかけられている。サベラの横の枕に頭を沈めたノアの安らかな息づかいが、彼女の耳をくすぐっていた。

女性に関して――とサベラは思った――男には絶対にわからないことがいくつもある。女は利口だから、それを男に知られるようなことはしない。

女性は愛する男を知るために時間をかける。些細な点を知るために。女性はかくも好奇心が強いものだから。それに引き換え、男性は洞察力に欠けることがままある。大柄で強靭なSEALの隊員や超人諜報員でさえ、それは変わらない。

たとえば、男性が女性の――愛する女性の――体に触るときの触れ方だ。といっても、指の感触ではなく、触れ方そのものだ。指の力は変わるかもしれない。しっかりと優しく触れることもあれば、飢えに苛まれているように触れることもあるだろう。それでも、そこにはいつも変わらないものがある。ある種の感触、その男性特有の触れ方が。

セックスもそうだ。激しく速く攻めるときもあれば、ゆっくりと優しく愛するときもある。ほかにも色々な方法があるだろう。それでも、いつも変わらないものがひとつある。その相手だ。

ノアの手と体には無数の傷跡がある。ネイサンにはなかったたこがノアの手にはある。同様に、ネイサンの手にあって、ノアの手にはないたこもある。しかし、ペニスが押しこまれるときの感触、ペニスにこすられる感じ、彼に満たされるときの感覚、彼女を押し広げるときの彼の動き、そのひとつひとつがあまりにもよく似ていた。

類似点が多過ぎる。

〝どうやったらトラックにぶつけられるんだ？　よく見える場所にとめてるのに。はっきり見えただろう、サベラ〟

あの日のことをサベラは思い出していた。記憶に焼きつけられていた。ネイサンは彼女に怒鳴っていた。それまで彼女を怒鳴りつけたことなどなかったネイサンが。彼はいつも自分の感情をコントロールしていた。ただ、あの日は、彼の不意を突く結果になった。ネイサンは彼女の肩をつかんで、トラックの前からどけた。強烈な体験だった。彼のつかみ方が乱暴だったわけではない。しかし、広げた指先で肩をつかまれ、押しのけられたことがショックだった。

そのときの彼の目も覚えている。鋭い眼差しだった。彼女を家の中に連れこむネイサンの瞳は、怒りと興奮、そして純粋な欲情に燃えていた。

鮮烈な体験だった。肩のどの部分に指が触れたかさえ、いまもはっきり覚えている。その感触も、彼の眼差しがどう変わったかも。

彼がどこに銃を隠していたかも。どういうやり方で隠したかも覚えている。

サベラが、彼女のベッドに彼の居場所はないと告げたあの最初の朝、ノアはコーヒーカップがしまってある場所を知っていた。彼女が彼の心をかき乱し、すっかり怒らせてしまったあのとき、ノアはまっすぐに正しい戸棚に行って、カップを取り出した。どこにしまってあるか教えたことは一度もなかったのに。

寝るときの身の寄せ方や抱き方も、夫と同じ。

それに、最初の夜、眠りに落ちる直前に聞こえた言葉が空耳ではなかったことをサベラは確信していた。「ガ・シリー」それを彼女にささやけるのは、夫だけだ。

サベラは首をねじってノアを見た。前髪が額にかかっている。ネイサンはいつも髪を短く刈っていた。それでも、横顔はそれほど変わっていない。最初見たときは騙されたが、いま見ると大きな違いはなかった。

彼は彼女の魂だった。こんな風に彼女の人生に踏みこんで、彼女を自分のものにできる男がほかにいるはずがない。それができるのは、夫だけだ。

彼はずっと彼女に嘘をついていた。

とらえられたとノアは言っていた。数年前にニュースになった恐ろしい麻薬を体中に注ぎこまれたという。サベラは自分の悪夢を覚えていた。彼が生きて、危険にさらされているという確信に、鳥肌が立つような思いがしたものだ。彼女を呼ぶ彼の叫び声が聞こえた。彼を救い、助けてくれと頼む叫びが。あの恐怖と不安。始まりも終わりもない苦痛に叫び声をあげながら、真夜中に跳び起きていたころのことは忘れられない。

ノアは、彼女の夫は死んだと言った。そう告げる彼の瞳は悲しげで、怒りと痛みに満ちていた。その言葉に嘘はなかったのだろう。昔の自分は死んだと本気で思っているのだ。ある意味ではそれは正しいのだろう。それでも、彼はサベラの夫、恋人、魂だ。変わったのは名前だけ。彼はいまでも彼女のものだ。

それなのに、彼は彼女に嘘をつき続けている。ローリーも。サベラの目が細まった。あのくそったれ。ローリーは知っていたのだ。ノアはローリーには打ち明けている。だけど、妻には秘密にしているなんて。

襲ってくるパニックをサベラは押し戻した。ノアは彼女には真実を打ち明けなかった。しかも、ここに戻ったのも彼女のためではないのかもしれない。そう気づいた心の痛みをサベラは押し殺した。ローリーの方が彼女より強い。男だから。彼は真実を知っている。それは間違いない。つまり、なにをしているにせよ、ノアには助けが必要だということだろうか。

修理工場に潜りこむ必要があったに違いない。でも、なぜ？　彼女に近づくため？　ここでする必要のあるなにかをするために？

サベラはゆっくり息を吸いこんだ。理由はなんであれ、いくら彼を愛し、彼に夢中で、彼を腕に抱くことが彼女にとってどれほどの意味があるにせよ、ノアはいま、学ぶ必要がある。サベラに嘘をつくのが、どれほどいけないことかを。

16

翌朝、ショックからはまだ完全に立ち直っていないものの、トビーは時間どおりに出社した。仕事もこのまま続ける。何者かに脅かされたからといって逃げ出すつもりはないと、トビーは宣言した。

サベラは、前日の夕方に修理工場に持ちこまれた一台の車を数時間かけて調整したあと、時計を見て微笑んだ。

その車のボンネットを閉めると、サベラはノアを見た。

ノアは、新品のＳＵＶのコンピューター表示に視線を注いでいる。指のあいだで物憂げにレンチを回し、ガムを噛みながら。まったく！　以前ネイサンが雇っていた修理工がひとりも残っていないのは幸いだった。彼らがノアの癖を見たら、すぐに疑惑を抱いたはずだ。もちろん、ネイサンの癖に気づいていたらの話だが。そうしているネイサンをサベラが見たのは数回だけだったが、うっとりするほどセクシーだった。もうずいぶん前のことだ。

アイリッシュ。急に胸がいっぱいになり、目に涙が滲みそうになったサベラは、喜びのあまり泣きだしそうな自分を抑えるために顔をそむけた。

彼女のアイリッシュ。彼は戻ってきた。そしていま、目の前にいる。そう思うだけで体が震えた。同時に、サベラは怒りのあまり身震いしそうになる。彼の身になにがあったにせよ、それから回復するのにかなりの歳月がかかったのは明らかだった。知っていれば、彼のところに駆けつけたのに。一緒にいてあげられたのに。一日でも、一時間でも彼の支えになることができたなら、命を投げ出しても惜しくはなかった。

でも、彼はそれを許さなかった。彼女がそばに来ることを拒否し、慰められることを拒絶し、いまでさえ、彼女から身を隠そうとしている。

サベラは目の端で、ノアに近づいたローリーがレンチを取りあげて、兄に警告するような視線を投げる様子を見ていた。

そう、ローリーは知っている。ノアの正体を暴露することになりかねないそうした小さなことに気を配る必要があると気づくくらい、真相を知っているのだ。ふたりに背を向けたサベラの目が細まった。裏切られたという気持ちになる。弟には話せたのに、妻には言えないの？

振り向いたサベラは、カウンターからぼろ布を取って手を拭いた。

「ローリー、約束があるから出かけてくるわ」サベラは大声で言った。「五時ごろに戻るから」

ローリーとノアが彼女に顔を向けた。ふたりの顔からすっと表情が消える。くそったれ。

「仕事が山積みなんだ、ベラ」咳払いをしてからローリーは答えた。ノアの方は腕組みをして、考え深げな視線をサベラに向けている。

「断れないのよ」サベラは肩をすくめた。「シエナとカイラに会う約束をしているから、家にすぐ帰ってシャワーを浴びないといけないの」

サベラは布をカウンターに投げて戻すと、後ろポケットから車のキーを引っ張り出し、兄弟に向かって硬い笑みを投げかけた。

「わたしがいなくても、大丈夫でしょ」

朝、シエナと三人でエステで落ち合わないかとサベラが電話で誘ったとき、カイラは驚いたようだった。少し警戒し用心しているような様子だったが、誘いには乗ってきた。そういうところがカイラのいいところだ。思慮深いが、同時に、どうしようもないほど好奇心が旺盛なのだから。

工場を出て、自分の車の方に歩きながら、後ろからノアがついてきていることにサベラは気づいていた。ノアは車の近くで彼女に追いついた。サベラの赤い小型のＢＭＷ‐Ｚ８は、最後の任務に向かう直前にネイサンが彼女のために新品同様に修理したものだった。

フェンダー部分が、ネイサンのトラックに追突したときのままへこんでいる。トラックの方はいまもガレージの中だ。あれから誰も乗っていない。ネイサンの自慢の種だった。ノアはあのトラックを見たのだろうか。彼女に知られずにガレージに入ることは、彼にとっては簡単なはずだ。

サベラは車の前でノアに上腕をつかまれて、足を止めた。

サベラは息を詰まらせ、感極まって目を閉じた。喜び、怒り、悲しみ、そしてわきあがる希望。膨らんでくる希望に、サベラは足がふらつくようだ。しかし、そこには不安もあった。

そうであってほしいと思うあまりに、幻を見ているのかもしれないという不安が。

いや、幻ではない。やはり、彼は彼女のアイリッシュだ。

「なんのつもりだ?」ノアの声は粗く、ざらついている。彼女のためにアイルランド民謡を歌い、詩的な抑揚で彼女の名をささやいた声に、なにかが起こったのだ。

でも、サベラの魂をつかんだのは声ではなく、彼そのものだった。

サベラは咳払いをすると、ノアに向き直って彼の顎を見つめた。

「言ったでしょ。エステに予約を入れているのよ」サベラはノアの手を振り払うと、相手の瞳を見つめた。またこの腕に愛する男を抱けるという、畏怖にも似た感慨を押し戻そうとしながら。彼をまた愛することができるという、跳びあがりたいような喜びを抑えながら。

わたしのアイリッシュ。彼の体を抱き締めて夫の名を叫びたかった。でも、それはできない。

彼にとって、自分たちにとって、それがどれほど危険なことか、彼女には予測もつかなかった。その危険は彼にとって特に大きいはずだ。別人となってまで戻ってきたからには、皆の命を危険にさらすだけの理由があるのだろう。使っている名前がなんであれ、夫はいつも彼女を守ろうとしているのだ。どんな危険が待っていようと、愛する者のために彼は戦うはずだ。

「どうして、今日なんだ?」ノアの声は厳しかった。サベラを外出させたくない、自分が目を配っていられる場所にいてほしいという響きがある。

「問題あるかしら。行っちゃいけない理由でもあるの？」

「従業員のひとりが昨日殺されかけたという事実以外には、なにもない」彼の唇は引き結ばれ、サベラを見つめる瞳は心配と怒りにきらめいていた。

「狙いはあなたで、わたしじゃないわ」事実関係はきちんとさせなければ。「なにがあったにしろ、一昨日の晩に起こったことが、トビーが狙われた原因でしょ、ノア。わたしは関係ない。でも、ちゃんと用心するわ。夫に警戒の仕方を習ったから」サベラはノアにそのことを思い出させた。「軽率なティーンエイジャーじゃないのよ」

ノアは少しぎくりとしたようだった。

「まったく、なんでも自分が決めたとおりにしようとする、頑固なじゃじゃ馬だ」うなるような言い方だった。

サベラは車のドアを開けると、ノアに向き直った。

「シエナとランチを食べて、そのあとでエステに行くことにしてるの。あなたのおかげで工場の経営も順調だから、油にまみれる代わりに、午後は休みを取って、たまには女の子らしくしようと思っただけよ。なにか言いたいことはある？」

ノアの瞳が興奮の火花を散らし、燃えあがった。

「マニキュアをするのか？」あざけるように、ノアの唇の両端が少しあがった。

「ここではマニキュアは無駄ね」サベラは工場の方を手で示した。「それに、爪の手入れよりは、殿方の車と遊んでいる方が楽しいわ。だから、マッサージをしてもらうつもりよ。それに、髪を切ってスタイリングをしてもらうわ」サベラは髪を揺すってみせた。「フェイシャルもやってもらおうかな」そして、脱毛も。

その言葉がふたりのあいだに漂っていた。太腿のあいだの縮れ毛をまた脱毛して、ノアの髭が敏感な裸の肌に触れる感触を、彼の舌が無毛の割れ目を愛する感覚を味わうのもいいかもしれない。夫が戻ってきたといっても、手に入れた自由を手放すことはしたくない。エステという女の園には、サベラが手放したくないものがいくつかある。

彼女を見つめているノアの様子から、サベラは彼がなにを言うつもりかわかった。ゆっくりまばたきをしているノアの表情は硬く、頑固で、威圧的だ。この威圧的な性格は、新しいものだ。それとも、昔はただ隠していただけなのだろうか。

「今日は中止してくれると嬉しいが」ノアがようやく口を開いた。「だが、おれに運転させてくれたら連れていってやろう」

「子守は要らないわ、ノア」サベラは頭をふった。少しのあいだでいいから、彼から離れたかった。「夜にナイフで喧嘩するのをやめれば、心配することもなくなるわよ」

その朝、ふたりが目を覚ましたあと、サベラはノアの傷を調べて新しく包帯を巻いてやった。セックスの最中に彼が失血死しなかったことが不思議なほどだった。

「断れないのよ」そう言って、サベラは車に滑りこんだ。「午後にベッカ・ジーンの車を見るのを忘れないでね。彼女、これから二、三カ月間、あの車を積載量の多い仕事に使うから、コンピューターチップの再調整以外には修理が必要ないようにしておきたいの」

「おれがやろう」吐き出すような口調だった。「くそ。サベラ、少なくとも、用心だけはしてくれ」

「わたしはいつも用心してるわ」サベラはハンドルをつかんで、ノアを見つめ返した。ひどく腹が立っていた。「問題に巻きこまれないようにしていられないのは、あなたの方でしょ」

ドアに手をかけているノアを無視して、サベラはドアを閉めた。それができたのは、彼が許したからにほかならない。それに気づきながらも、サベラはエンジンをかけた。

駐車場から出ながらルームミラーにちらりと目をやると、ノアは携帯電話を耳に当てていた。

子守は誰だろう？

ノアは、小型のＢＭＷがレンガ造りの二階建ての家の駐車場にとまり、サベラが家の中に入るところを見守った。

ノアがサベラと一緒にいられないあいだは、ミカ・スローンとジョン・ヴィンセントが交代で彼女の警護をすることになっている。サベラを自分の目の届かないところに長く置きたくはなかった。彼を連れずにサベラがひとりで町を走り回ることにも賛成できない。市民軍の件に関しては、不明な部分があまりにも多く、まだ十分な情報が集まっていないのだから。

頭をふりながら、ノアはミカへの短縮ダイヤルの番号を押して、サベラのあとを追うように告げた。サベラはきっと、尾行に気づくだろう。電話を切ると、ノアは、手をつけようとしていた小型トラックの修理に戻った。

デルバート・ランサムは、マイク・コンラッドの従弟だ。トラックのパワーと牽引能力をあげるために手を加えた部分を、町にあるほかの二軒の修理工場では修理できなかったといって、マローン修理工場に持ちこんできたのだ。

デルバートは、スマートな小型の四輪駆動車で山岳地帯を疾走し、馬鹿げた振る舞いをするのが趣味だった。近くにあるゲイラン・パトリックの牧場で働いているが、銀行の支配人である従兄、そして町で最も有力な牧場主のひとりと親しくしていることをいつも鼻にかけていた。

口に出かけた悪態をのみこんで、もう一度家の方に苛ついた視線を投げたノアは、クリーパーの上に仰向けになると、新車をデルバートがどう改造したのかを見るために車の下に滑りこんだ。

車体はきれいだった。デルバートは、車をパワーウオッシャーで洗い、ぴかぴかにしておくのが好きなのだ。ノアはほどなく車の下部にそれを見つけた。ノアが手にした懐中電灯の光が奇妙な物体の上を通り過ぎ、また戻った。強力な光に照らされているものを洗い残したとは、ランサムは夢にも思っていないのだろう。車の下にこびりついている泥の中の色の濃い小さな塊は、黒い髪の毛と乾いた肉片だった。

トラックの下から滑り出たノアは、誰も自分の方を見ていないことを確認してから身を起こすと、証拠採取に必要ないくつかの道具と共に、小瓶二本と折りたたみ式のナイフ一本を道具箱から取り出した。

車の下に戻ると、サンプルを削り取ってプラスチックの小瓶に入れ、蓋をしてから、ジーンズのポケットに押しこんだ。機会ができ次第、仲間のひとりに渡して基地に届けさせるつもりだ。

ゲイラン・パトリックは、黒襟市民軍に関わっている、あるいは、リーダーの可能性があるとして容疑者リストに載っている。関係者と繋がりがあるうえ、資金も豊富に持っているからだ。そしていま、牧場の主要な雇用人のひとりが殺人に加担している可能性が浮かびあがってきた。

サンプルのＤＮＡが発見された遺体のどれかと一致すれば、市民軍の主役のひとりが確定できる。うまくいけば、さらに情報も手に入るだろう。

それと同時に、確実に危険も増す。

ノアはトラックの下をふたたびチェックした。すると、パワーウオッシャーが届かなかった場所で、同様の塊がいくつか見つかった。

馬鹿な野郎だ。

サンプルを手に入れたノアは、その車から手を引くことにした。牽引器や動力の問題を解決しようとしてもっと詳しく調べれば、面倒なことになる恐れがあった。マローン修理工場では表面的な検査をしたにすぎないとデルバートが考えてくれれば、ノアが見つけたサンプルのせいで彼が逮捕されることになっても、サベラに嫌疑がかかることはあるまい。あるいは、ノアにも。

満足げな笑みを隠して、ノアは彼がスパイではないかと疑っている修理工を呼ぶと、トラックをまかせた。

ノアは有罪の証拠を見つけたと確信していた。この血色の悪い小柄な修理工が、残っている証拠を見つける可能性はない。証拠がある場所は、車体のかなり奥だ。だが、トラックを解体すれば、デルバートを起訴するのに十分な量が見つかるはずだ。

ノアは階上にある自分のアパートメントに行くと、車に残したままの証拠の場所と、髪の毛と肉片のサンプルを採取した場所を記録した。そして、その紙で小瓶を巻くと、強力な輪ゴムでひとまとめにしてふたたびジーンズのポケットに押しこみ、工場に戻った。

ニックが人知れず工場を出て基地に向かうまでには、あと数時間待つ必要がある。サベラの友人の車を注意深くチェックしながら、ノアは、デルバートのトラックをまかせた修理工の動きにも気を配っていた。

修理工がなにか見つけたら、デルバートはすぐにでもトラックを回収に来るだろう。なにも見つからなかったら、修理工はいまやっているように、どこが悪いかわからないという様子で頭をかきながら、燃料噴射装置を調べ続けるだけだ。標本のこびりついている場所は、燃料噴射装置からは遠く離れている。

サベラが自宅の私道から車を出していた。数秒後に、近くの通りにとまっていたミカの車が発進し、彼女を追っていった。サベラは護衛されている。だが、彼女を護衛するのが自分でないことがノアには悔しかった。

頭をふりつつ工場内に戻ったノアは、デルバートのトラックをいじる手を休めて自分の方を見ている修理工ににやりとしてみせた。その修理工も親しげに頭をふって、にやりとした。「なかなかいい女だ」修理工――チャック・レオン――は、またにやりとすると、汚れた金色のヤギ髭を引っ張った。「この辺りにゃあ、いい女はあんまりいねえからな」

「ああ、そのとおりだ」ノアはうなるように応じた。「だが、仕事をする気がないんだったら、新しい修理工はいくらでもいるぞ」

茶色の瞳をきらりと光らせたものの、チャックはゆっくりうなずくと、車の上に身をかがめて仕事に戻った。

ノアがここにいるのは、市民軍のメンバーと親しくするためではない。連中の正体を暴き、刑務所に叩きこむためだ。それでも、その気になればレオンが修理工としてずば抜けているということは、ノアも認めていた。

ノアはニックと目を合わせた。ロシア人は別の車の上に身をかがめている。もうひとりの修理工はコンビニのレジに座っていた。ニックは社交的なタイプではない。白っぽい金髪と淡青色の瞳を持つこの大柄なロシア人は、レジ担当というよりは、殺人担当といった方がやはりぴったりする。

振り返って道路を一瞥したあと、ノアは歯を噛み締めながら仕事に戻った。外の駐車場には修理を待つ車がずらりと並んでいる。ニック目当てにカレッジの女の子たちがやってくるらしい。どうやら、彼のいかついい風貌がお気に召しているようだ。トビーの友人で、いままでよその修理工場を使っていた連中も、必要なときにはマローン修理工場に車を持ってくるようになった。さらに彼らの親たちまでやってきて、立ち寄っては様子を見ていく。

そこには活気が生まれていた。ノアは、日に日にその波に馴染んできている自分に気づいていた。同時に、それまでになくサベラの存在が、彼の魂そのものをますますしっかりとらえつつあった。

これほど彼女の虜になっているというのに、すべてが終わったあと、ふたたびサベラを残して去ることができるのだろうか。そんな疑問がノアの頭をかすめるようになっていた。エリート作戦部隊のメンバーは、全員が死んだはずの男たちだ。例外は、ノアが以前共に戦い、現在共同作業に当たっている元ＳＥＡＬの隊員だけだ。以前の自分として復活できる可能性はない。ネイサン・マローンが生き返ることは不可能なのだ。アルパインに戻ることも、家族のもとに、そしてサベラのもとに戻ることも。

しかし、彼女を残して去ることも不可能だろう。


「女だけで飲みに行く必要が絶対にあるわ」シエナはマッサージ台の上で伸びをしながらそう宣言した。横ではサベラとカイラ・リチャーズが同じく薄いシーツに覆われてマッサージ台に横たわり、熟練した手に体を揉みほぐされている。

「ガールズ・ナイト？」サベラはつぶやいた。「覚えてるわよ。最悪だった。シエナ、あなたと飲みに行くと、いつも二日酔いで大変だったんだから」

シエナはクスクス笑った。「夜、家にずっと閉じこもってるのに飽きちゃったんだもの。リックは夜が更けるまで戻らないし、やっと帰ってきたと思ったら、さっさと寝ちゃうのよ」

彼女の声には、かすかに怒りがこもっていた。ここ数年のあいだに、サベラはそれと同じ口調を何度か耳にしていた。

「まだ勤務時間のことでリックと喧嘩してるの?」

「相変わらずよ」シエナは軽く手をふった。「でも、あなたが生者の世界に復帰したことを祝って飲むのもいいかな、って思ったわけ」

サベラは一瞬考えを巡らせた。

「新しい修理工には指導が必要なの」サベラは冗談めかして言った。「わたしが担当よ」

カイラが鼻を鳴らし、シエナはうめき声をあげた。「あなたがあの修理工といやらしいことをしてるなんて、信じられない。ネイサンはカンカンよ、サベラ」

剥き出しの神経にシエナの言葉が触れ、マッサージ室に重苦しい沈黙が落ちた。シエナは、サベラとネイサンの友人だっただけでなく、ネイサンとは昔つきあっていたこともあった。

「ネイサンは、わたしに幸せになってほしいと思ってるわ」ようやく口を開いたサベラの声は穏やかだった。

「彼にそっくりな別の男と?」シエナが訊いた。「ねえ、だからつきあってるんでしょ。あの男の目と態度がだんなさまを思い出させるから。あの手の男は、自分が誰かの身代わりでしかないということに耐えられないわよ。もうすぐキレちゃうかも」

「そうなったら、彼は出ていけばいい。それだけよ」サベラはどうでもいいという様子で肩をすくめた。

シエナともっと話し合いたいという気持ちにならないのはなぜだろう？　なぜか、自分の発見を彼女に教えたいという気になれない。シエナには、いつでもなんでも話していたのに。彼女とはなんでも分け合っていたのに。そう、ネイサンが死ぬまでは。

いまは、知っていることを誰にも話したくなかった。もちろん、ノア・ブレイクについてカイラを問い詰めたいという気持ちは、必死に抑えなくてはならないほど強いけれど。イアンが知っていることは、カイラも知っている。サベラはそう確信していた。

「言ったじゃない。セックスの悩みを片づけなさいって」サベラの横のマッサージ台でカイラがつぶやいた。もやもやが解消すれば、すっきりするんだから」

面白がっているようなカイラの口調は、どういう意味にも取れた。

「いつか、そのアドバイスのつけを払ってもらうわよ」サベラは警告した。「あの人、すごく独占欲が強いんだから。頭がおかしくなりそう」

カイラには、勝手に解釈させればいい。

「ネイサンは大らかだったわね」シエナがため息をついた。「嫉妬するなんて絶対になかったもの」

そうとも言えない。サベラは心の中でつぶやいた。ネイサンは嫉妬深かった。それを隠していただけだ。サベラにさえ。ネイサンはおうようで、よく笑い、礼儀正しかった。だが、夫の心の奥底には、いつも激情が熾火のようにくすぶっていた。それがいまようやく解放されたのだ。嫉妬心もそのひとつだった。何年も前にサベラは、ネイサン――ノアの前身――が、そういう気持ちに蓋をしていることに気づいていた。ただ、彼はそこを見せないようにしていた。彼女を信頼していたからだ。彼には、任務に赴いているあいだも、そして、家にいるときも、サベラを閉じこめておけないことがわかっていたから。だからといって、ネイサンが嫉妬しなかったということにはならない。サベラには夫の心の動きがひしひしと感じられた。

「そうね。ネイサンは嫉妬なんてしなかった」サベラは同意するふりをした。

それも、シエナが知らないことのひとつだ。でもサベラは、わざわざ教えるつもりはなかった。ノアが正体を隠しているのは、それ相応の理由があるからに違いない。彼がなにをしているにせよ、邪魔するような危険は冒せない。彼の命が危うくなるかもしれないのだから。

「彼、ネイサンと似てる?」頭をあげたシエナが、まっすぐにサベラの目を見つめた。

サベラは友人の目を見つめ返したが、心の中に疑惑がわき起こっていた。同時に、世界で一番大切な友人を完全に信じることができないという事実に、サベラは傷ついた。

「いいえ」サベラはようやく答えたが、ある意味では、それは本当だった。「ネイサンの方が大らかだった。いつも微笑んでいたし、いつも愛してくれた。ノアはより一途で、無口よ。もっと威圧感があると言えるかもしれない」

「獣ね」カイラが震えるふりをした。「ベッドで荒々しくなるタイプよ」

「言葉を慎みなさい」サベラは笑いながら叱った。

「彼、ベッドで獣になるの、ベラ?」シエナが含み笑いをした。

「獣というのは正解ね。うなって、噛みついて、うめいてばかりなんだもの。でも、彼がベッドでどう振る舞うかは、それとは関係ないわ」

カイラとシエナが同時に頭をあげて、ショックを受けたという表情でサベラを見つめた。

「いつから、そんな……?」わざとらしく驚いた様子で、カイラは目を丸くしてみせた。

「結婚したらの話でしょ、きっと」シエナがうめくように言った。「セックスをしまくって、あとは寝るだけ、ってね」

カイラもサベラもシエナを見つめた。シエナはあげた眉を上下に動かしてみせると、笑い声をあげてマッサージ台に頭を戻した。

シエナの言葉と笑い声には、引っかかるものがあった。サベラは、彼女の言葉になにか裏があるという思いを捨てきれなかった。

会話が途切れ、マッサージも終わり、サベラは服を着て料金を支払った。脱毛とマッサージ、髪のスタイリングにペディキュア。爪も磨いて、かたちを整えてもらった。サベラは女らしい気分になっていた。もう何年も、そんな気持ちになったことがなかった。ずっとそうだったような気がする。いまは恋ができるような気がして、ほとんど妻という立場に戻ったような感じだ。ふたたび体の中を自由に流れ始めた感情と女らしい気持ちに、心が高揚する。

高揚感がサベラの全身を包んでいた。ノアの持つ硬く飢えに満ちた危険な雰囲気が、サベラが抑え続けてきた感情を呼び覚ましていた。

ノアは淫らな言葉を口にした。恥ずかしいことをして、彼女を乱れさせた。サベラは彼にさらに強烈な行為を要求したくなり、以前なら口にするのもはばかられたことをしたくなった。昔、セックスの主導権を握っていたのはネイサンだった。結婚していた二年のうち、サベラが彼と過ごした時間は十分とはいえなかった。ネイサンの任務はほとんど途切れることがなく、ときには何週間も家を空けることがあった。彼が戻ると、サベラは夫が必要とするものを提供した。それでもサベラは、年が経てばふたりの関係が成熟したものになると信じていた。ずっと一緒に生きていったら。

運よくエステの入り口近くに車を駐車していたシエナに手をふったあと、サベラとカイラは無言のまま自分たちの車に向かってゆっくり歩いた。ふたりのあいだには不快ではないものの、ずっしりと重い緊張感が漂っていた。

「ノアはどうしてる?」カイラは歩きながら両手をショートパンツのポケットに入れて、興味深そうにサベラを見た。「傷はよくなってる?」

「とりあえずは」サベラはうなずいて、深く息を吸いこんだ。イアン同様、カイラもなにかを知っている。疑う余地はない。ふたりの立場は理解できても、嘘をつかれるのはいやだった。

「彼が襲われたことをシエナに言わなかったわね」カイラが言及した。「どうして?」

自分の車の後ろで立ち止まったサベラは、カイラに向き直ると相手の目を見つめた。「その話がどれだけ広がっているのかわからないから。彼が怪我をしたことを誰も知らなければ、弱っているところを襲われることもないでしょう。トビーが轢かれそうになった件は届けたし、シエナも今朝そのことを訊いてきたわ。でも、それ以上のことを教える必要はないと思ったのよ」

カイラの深く探るような視線がサベラの瞳を貫いた。

「うちでワインを飲まない？」少ししてカイラが誘った。「イアンは明日の朝まで帰ってこないのよ。シエナじゃないけど、ときどき寂しくなるの」

その言葉は信じられなかったものの、しばらくのあいだ駐車場を見回したあと、サベラはカイラに向き直った。

「うちに来ればいいわ。ネイサンのワインが地下室にたくさんあるの。彼が好きだった一本を開けましょう」ノアは恐怖に戦くだろう。「また酔っ払って、男の悪口を言い合いましょうよ」

「まだ彼のことを怒ってるの？」尋ねるカイラの瞳には、好奇心に満ちた光が宿っていた。

「わたしに嘘をつくような男には腹が立つのよ」サベラは説明した。「規則にもあるの。怒ってもいいって」

うなずくカイラの唇がにやりとするようによじれた。「あなたの車についていくわ。サベラ、あなたには、イアンやノアが認めている以上に、すごく洞察力があるのね。あの人たち、不安に思ってるみたい」

「いい気味よ」サベラは笑ったが、すぐにもう一度そのことを考えて、歯ぎしりした。

イアンとノアが、彼女に大嘘をついている本当の理由を突き止めることが、サベラの目標だ。自分ひとりですぐに理由を見つけられなければ、威圧的で独占欲の強い嘘つきの元ＳＥＡＬを叩くだけだ。黒い鉄のフライパンの底で。

17

「問題が起こった」ノアに近寄ってニックが告げた。ノアは修理工場の広い入り口に立って、丘の上の家を見あげていた。彼の目は細められ、歯が噛み締められている。

一時間前に、サベラのあとからカイラ・リチャーズが車でやってきた。そして、いくつか食料品の袋を家に運びこんだあと、ふたりは姿を見せていない。

サベラは、銀行にあずけ入れる分を回収にも来なかった。ローリーに電話して、代わりに銀行に行くように告げただけで、ノアと話したいとさえ頼まなかった。

「どうした?」腕組みをして家の方に厳しい眼差しを向けたまま尋ねながら、ノアは、サベラが外に出てくることを期待していた。

「ミカが数分前に報告してきた。奴はサベラがイアンの奥方と家に戻ったあと、町をうろついていたんだ。マイク・コンラッドがエステに行って、担当したマッサージ師とエステティシャンを呼び出した。ミカが見たところでは、コンラッドはそいつらをかなり荒っぽく問い詰めていたらしい」

ノアはニックをちらりと見た。「奴にはなにも発見できなかっただろう」

市民軍に危険が及ぶほどの情報をサベラは持っていない。たとえ、彼女がなにかを知っているにせよ、それは問題ではなかった。彼女は口軽な女ではない。

「おそらくな」ニックは同意した。「問題は、奴が疑っているということだ。だから、彼女に危険が及ぶかもしれない」ニックは家の方にうなずいてみせた。サベラのことだ。

「そうなったら、奴は死ぬだけだ」ニックに向けられたノアの瞳は、凍るような決意に燃えている。

ニックはゆっくりうなずいた。彼の青白い顔は、死神を思わせるように冷たく暗い。ニックが、失った家族のことを思い出しているのがノアにはわかった。ニックも家族を守るためならなんだってしていただろう。

「おまえの背中はおれが守る」ニックが告げた。「ノア・ブレイク。なにがあっても、おれがいることを忘れるな」

ニックは背を向けると、工場の中に戻った。ノアはそのまま、サベラの家を見つめていた。ふたりの女性が一体なにを企んでいるのかと考えながら。

「トビー、ニックが家まで送っていく」ノアはオフィスに向かって怒鳴った。「用意しろ」

ノアは時計を見た。そろそろ七時になる。終業時間だ。サベラはエステで何時間も過ごしてきた。そういう一日がかりのエステツアーのことはよく覚えている。そういう夜に、彼の知るかぎり最も美しい太腿のあいだに滑りこむと、なにが待ち受けているのかも。

滑らかな裸の肌。愛液に光り、官能的で甘美な、かすかにアーモンド油の味のする肌。その肌を味見する障害になるものは、なにもないはずだ。

「いまは人手が足りてるから、ガソリンスタンドとコンビニの閉店時間をもう少し遅らせたいと、ベラが言ってるんだ」数分後に外に出てきたローリーがノアに告げた。「今夜はあんたが当番か？」弟の口調にはひとりで面白がっているような響きがあった。

「おまえが死んだらな」ノアはゆっくりローリーに向き直った。「無駄口を叩きたいようだな。そうできないようにしてみせようか？　だが、効果を期待するには死んでもらうしかないだろうが」

濃い灰色の仕事用ズボンのポケットに両手を突っこみながら、ローリーは顔をしかめてノアをにらみつけた。「今夜はデートなんだ」

「おれもだ」ノアは弟に教えた。

「おれのデートの方が重要だ」不満そうな口調だった。「彼女をもう何カ月も追いかけてたんだ。心理学を専攻してるかわいい子だよ」ローリーはため息をついた。「いい体をしてるんだぜ、ノア」

「その子は今夜、失望する運命だな。時間どおりにおまえが店を閉めないと」

ローリーはサベラの家を見あげた。「彼女、気づくかな？」

「たぶん」

ローリーはノアに向き直った。その目が細められ、ノアがよく知っている計算高い表情を浮かべている。

「早めに閉めるから、気づかれないように彼女の気をそらしてくれよ」ローリーは提案した。

「それに気づいたサベラが食ってかかったら、おれがなだめるからさ」

「おまえが店を早めに閉めるんだから、サベラの怒りも自分で受けるんだな。おれがおまえの計画に加担したことがわかったら、想像もできないほど面倒なことになるぞ」ノアの声は低く、深刻だった。「だから、そうならないように神様に祈っていろ」

ノアはローリーを残したまま、修理工場を大またで横切ると、オフィスに入ってアパートメントへのドアを開けた。そして、ドアに鍵をかけ、階段を一度に二段ずつ駆けあがった。二階に着くと、鍵穴に差しこんでいた爪楊枝の破片を取り除き、ゆっくりと中に足を踏み入れる。

ベランダに出るドアの上で、セロテープがかすかに光を反射している。ノアが貼ったときのままだ。部屋の反対側に位置するドアにも開けられた気配はない。

それでも、用心深い足取りで浴室に入ったノアは、頑丈なドアを閉めて鍵をかけた。サベラはエステに行った。ノアは待ちきれなかった。彼を待ち受けているものへの期待で体が震えそうだ。


キッチンのテーブル兼カウンターの上に空のワインボトルが立っている。サベラは気難しい表情で半分空になった自分のグラスを見つめていた。残念なことに、グラスにはワインがほとんど残っていない。

「アルコール依存症になりそう」サベラは目をあげてカイラに視線を投げかけた。

カイラはハイバックのスツールに細い脚を組んでゆったりと座り、自分のグラスを見つめている。

「とってもいいワインね。あなたのだんなさまがいなくてよかった。いたらお尻を叩かれてたわよ。年代物なんでしょう?」

サベラはその言葉ににやりとした。カイラは慎重に言葉を選んでいる。カイラはいつも冷静だった。彼女の夫とよく似ている。いつもよく考えて行動し、ありのままの自分に自信を持っているのだ。

「運がいいでしょ、わたし?」

カイラは片方の眉をあげた。「修理工さんとは、ずいぶんうまくいってるようね」

「まだ、グラスを投げつけたことはないわ」サベラはスツールに深く座り直すと、興味深げにカイラを見やった。「ネイサンには、結婚して一年も経たないうちにグラスを投げつけていたわ。とってもいい人だったけど、わたしに『指導』が必要だなんて考えるから」

「なんの指導?」

カイラの灰色の瞳が愉快そうにきらめいた。サベラはワインをすすって、友人を見た。カイラの持つ自信と勇気に満ちた雰囲気がサベラにはうらやましかったが、自分もそうなりたいとは思わなかった。

「SEALの妻となる指導」サベラはにやりとしてみせた。「彼が地獄にでも行ってきたみたいに体中を傷と痣だらけにして戻ってきて、ただ『ひどい任務だった』と言っても、わたしは心配してはいけないって。痣を見ることも、傷にキスしてあげるのもだめだって。それで、グラスを投げつけてやったの。彼のためになると思ったから。悪党には自分を好きなようにさせるくせに、わたしには心配しちゃいけないって言うんだもの」サベラは眉をあげた。

「それなら、わたしも痣をつけてあげる、ってね」

「『させる』っていま言ったわよ。『させた』じゃなくて」カイラが指摘した。

その言葉は、常に用心を怠らないネイサンを思い出させた。いまでもそれは変わっていない。

「ただの言い間違いよ」サベラは肩をすくめた。そうではないことは、ふたりともよくわかっていた。

「それじゃあ、あなたの修理工さんは、あなたを指導しようとしないのね？」

「わたしはもう子どもじゃないから」サベラはワインをふたたびすすった。「グラスを投げるような真似はもうしないわ」

カイラは片方の眉をあげた。「じゃあ、なにをするの？」

サベラは、自分のグラスに目を落としたあと、残っていたワインを飲み干した。「やりたいことをするの。男に都合のいいように生きるのはやめたから」サベラは自分を見つめているカイラの視線を受け止めた。「それに、もう嘘を受け入れることもしない。カイラ、誰の嘘もね」

「わたしは嘘をついていないわ」カイラは微笑みながら指摘した。

サベラはうなずいた。「それを称えて、わたしの夫が自慢にしていたワインを一緒に飲みましょう」にやりとして続ける。「わたしの修理工君がワインを味わおうなんていう勇気を見せたら、それこそわたしはだんなさまにお尻をぶたれるわ」

心の中で大笑いしながらも、カイラはまばたきひとつしなかった。この数年のあいだに、カイラはサベラのことが大好きになっていたが、サベラの本当の強さがわかってきたのはこの数週間のことだ。

「イアンは、ジョーダンが引退する少し前にＳＥＡＬを辞めたでしょう?」サベラが訊いた。

「そうよ。もう十分だって言って」

「それで、いまはなにをしてるの?」

「大したことじゃないわ」カイラは微笑んだ。「いくつかの会社の相談に乗ってるのよ。警備関係」そう言うと、自分には全然わからないという仕草で手をふってみせた。

くだらない。サベラはゆっくりと息を吸った。その答えは事実の半分だけしか告げていない。それでも、イアンとノアが一緒に仕事をしていることはわかった。カイラは、夫のイアン、そしてノアと一緒に働いている。彼女がシエナに近づいた理由はそこにあるのだろう。サベラと確実に知り合うことが目的だったのだ。

「カイラ」サベラは身を乗り出した。「ノアがここでなにをしているのか、知っているのなら教えて。それに、わたしの夫の最後の任務、特に、彼の遺体の発見状況について情報を持っているのなら、どんなことでもいいから教えてくれない?」

カイラはしばらくのあいだ考え深げにサベラを見つめていたが、ようやく口を開くと、穏やかに告げた。「いいえ。それはできない」彼女は体を乗り出した。「あなたのことが好きよ、サベラ。とっても大切な友だちだと思っているの。だから、あなただけには、あることを教えてあげる。誰にも言わないでね」

　サベラは体を起こした。知りたいことは教えてもらえないらしいが、カイラの話は聞いてみよう。

「あなたは勘がいいわ。刑事をされていたお父さまが、あなたに直感を使うように教えてくださったという話をしてくれたことがあったわよね」

「そのとおりよ」父が亡くなるまで、彼はサベラにとって一番大切な人だった。父から教わったことは数知れない。

「それなら、その直感を信じなさい。お父さまはあなたを愛していらっしゃった。あなたに身の守り方から、人の見方、それに、相手の本心を知る方法を教えてくださった。お父さまの言葉を信じるのよ。そして、あなたのだんなさまが教えてくれたことをね」

「ワインより、コーヒーが欲しいわね」サベラはグラスをカウンターに置くと、話題を変えた。知りたかったことはわかった。これ以上カイラとの友情を試すことは避けたかった。サベラとカイラは真実を知っている。それを口にすることも、知っているのを認めることもできないけれど、知っている事実に変わりはない。「町にはいつまでいるの？」

「わからないわ」サベラがコーヒーメーカーのところに行くと、カイラは自分のグラスをカウンターに置いた。「イアンはまだ決めてないみたいだし、わたしたち、ここで一緒に過ごせる時間を楽しんでるから」

サベラはうなずいてみせた。つまり、任務が終了するまで、ということだ。

任務が終了したら、ノアはどうするつもりだろう。そのときは、彼の正体と、彼の身に起こったことを話してくれるのだろうか。

「ノアとつきあうことに問題でもあるの？」突然カイラが尋ねた。「大変なのは想像がつくけれど。だんなさまが亡くなってから、あなたは誰ともつきあわなかったって、シエナが言ってたでしょ」

「彼女が言ったみたいに、似てるからつきあってるのかってこと？」サベラは鼻を鳴らした。「いいえ。問題はまったくないわ」

サベラは短いデニムのスカートの後ろポケットに両手を突っこんで、キッチンの大きな窓の前に行った。

修理工場の裏が見える。コンクリートの建物のそばに佇むノアのハーレーダビッドソンが、夏の夕日に照らされて黒く輝いている。

「あなたとシエナのつきあいはずいぶん長いんでしょう？」カイラが言った。「だけど、わたしなら、友人にあんなことは言えないわ」

サベラは肩をすくめた。「シエナは無遠慮な物言いをすることがあるのよ。リックと喧嘩しているときは、特にね」

「ふたりは仲がよくないの？」

サベラはカイラに向き直った。「仲はいいのよ。ただ、彼の勤務時間が気に入らないだけ。リックは仕事のこととなると、夢中になってしまうから」

「国民を守る関係の仕事をしている男どもは、ほとんどそうね」カイラはうなずいた。「あなたが何日か前にリッサ・クレイに電話したことをホロラン提督が話していたって、イアンが言ってたわ。ありがとう」

サベラは眉をひそめて、髪をかきあげた。落ち着かない気分になる。

リッサ・クレイを含む三人の女性の救出が、夫の最後の任務だった。リッサに電話をしたのは質問をするためではなかった。あの夜のことを彼女がほとんど覚えていないと、サベラは告げられていた。それでも、ときおり彼女に電話を入れていた。リッサとは以前から顔見知りで、気になっているからだ。幸い、もうひとりの女性は順調に回復しているらしい。

「誘拐事件の前からリッサのことを知っているから」サベラの口調は穏やかだった。「ネイサンの叔父のジョーダンに会いに、ネイサンとふたりでときどきワシントンに出かけることがあったの。それで、リッサとはよく顔を合わせていたのよ。彼女はお父さんと近くに住んでたから、何度かパーティーにも招かれたし。気持ちのいい子だったわ」

そのリッサがあんな目に遭うなんて、あまりにもひど過ぎる。

「本当にとっても素敵な女性よね」カイラがうなずいた。「二、三週間前にわたしも会ったの。誘拐の恐怖からよく立ち直ってる。六年という年月が経ったおかげで、なにか踏ん切りがついたみたい」

サベラは黙っていた。リッサの体験が心に重くのしかかっていた。ネイサンは、上院議員のふたりの娘とリッサ・クレイの三人を救出する任務の遂行中に死亡したことになっている。姉妹のひとりは死亡し、生き残ったエミリー・スタントンは、ネイサンの友人でSEALの同僚だったケル・クリーガーと結婚している。

工場の裏でノアのバイクのエンジンがかかる音を聞きつけたサベラは、カイラがさらになにか言う前に、窓に向き直っていた。

まあ。ノアは体にぴったりしたジーンズにバイク用の革ズボンをはいている。上半身を覆う黒いTシャツが、盛りあがった筋肉を誇示していた。バイクは彼女の家を目指している。「革ズボンをはいてハーレーに乗ってる男以上にセクシーなものはある?」サベラの背後でカイラが尋ねた。「女なら、とろけちゃうわね」

まさしく、サベラはとろけていた。ノアはガレージの横を回ると、家の裏に続く砂利道に入った。近づいてくるエンジン音に、サベラは興奮を抑えきれなかった。

「わたしは退散した方がよさそうね」明るく笑いながらカイラが告げた。「玄関まで送ってくれなくてもいいわよ」

サベラは友人の言葉に従った。ハーレーダビッドソンが家の裏の砂利を敷いた駐車スペースに乗り入れ、裏口に近づいてくる音がする。サベラはドアを開けてベランダに出た。バイクから飛びおりたノアが、大またで歩いてくる。

きりっとした歩き方、長い脚。体が震えるほど魅力的だ。サベラの体を飢えが満たし、胸を高鳴らせた。

「エステは効果があるようだな」階段の下で立ち止まったノアが、サベラを見あげている。「これから出かけないか？　町で食事をしてもいい。少し、バイクを乗り回そう」

サベラが最後にバイクに乗ったのは、まだティーンエイジャーのころだった。バイクに目をやったサベラは、視線をノアに戻した。

「着替えないといけないわ」

ノアは彼女の短いデニムのスカートとTシャツにちらりと目をやった。

「そいつは残念だ。ミズ・マローン、おまえの脚はずいぶんと目の保養になるからな」

ネイサンほど魅惑的な男をサベラは知らなかった。結婚する前、ネイサンはあの巨大なトラックに乗っていきなり姿を現すと、彼女を車の中に座らせながら悪戯っ子のようににんまりとしたものだ。彼は典型的なガキ大将だった。そして、彼のすべてが彼女のものだった。いまでもそれは変わらない。

「生足とバイクはいい取り合わせとは言えないわ」サベラは指摘した。

ノアは真面目な顔でうなずいてみせたものの、彼の目は悪戯っぽくきらめいている。「それはそうだ。きれいな脚を危険な目に遭わせるわけにはいかないな」

サベラはベランダの柱に寄りかかって、ノアを見た。「トラックがあるのよ」と言うと、片手を腰に当てた。

「本当か？」ノアの目が輝いたのは、ただの強い独占欲のせいなのか。それとも、そこに一瞬きらめいたのは、あの玩具のことを耳にした喜びだったのか。

ノアは辺りを見回した。「ここでトラックを見たことはないが」

「ガレージの中なの」サベラはさりげなく言った。「ベンチシートの大きな黒い怪物よ。高燃費四輪駆動の鉄とクロムメッキのパワフルな塊」

ノアがにっこりした。あの玩具は彼の誇りなのだ。

「おまえは小さいのに、どうしてそんなにでかいのが必要なんだ？」からかうような言い方だった。

サベラは肩をすくめた。「夫のだったの。でも、いまはわたしのよ」最後の言葉にノアの目つきが鋭くなる。

「おまえが運転するのか？」

「いつもね」サベラは意地悪く嘘をついた。「もう夫はいないから、ノッキングしても平気だもの。彼、ノッキングが嫌いだったから」

彼、いまごくりと唾をのみこんだ？

「ノッキングするのか？」

サベラは鼻を鳴らした。「たまにね。あの怪物を運転したいの？　それとも、ずっと質問を続けるつもり？　ジーンズにはき替えて、あなたのバイクで行ってもいいのよ。どうするの？」

どうする、って？　ノアはサベラをじっと見つめた。彼女がトラックを手放さなかったことに、ノアは驚きをほとんど隠せなかった。家と工場のローンが未払いになったことがあるのは知っていた。遺族年金は到底十分とはいえなかったからだ。彼が死んだあとの最初の数カ月で、サベラは家も工場も失いかけた。それでも、彼女がトラックを手元に置いていたことが、ノアには言いようもなく嬉しかった。同時に、彼女が夫以外の男にトラックを運転させようとしていることに、これまた言いようのない恐怖を感じていた。

　相反する気持ちがノアの中で格闘していた。そうさせた罪で、罰としてサベラの尻を引っぱたいてやろう。

「亡くなっただんなのものを使わせてくれるなんて、えらく寛大なんだな」

サベラはノアににっこりしてみせた。「あなたのおかげで、気持ちにゆとりができたのかも。それに、あなたはもう彼の奥さんと寝たんだから、トラックを運転するのも当然でしょ？　今日、カイラが、彼の一九二五年物のシャトー・フェイティ・クリネの赤を飲んだわ」

　きっと、いまの自分は青ざめているはずだ。ノアには、自分の顔から血の気が引いていく音が聞こえるようだ。彼の一九二五年物のシャトー・フェイティ・クリネを？　いや、サベラがあれをカイラ・リチャーズと飲んだなんて、嘘に決まってる。妻を除けば、カイラは、あのワインの宝庫にサベラが手を出したと聞いてノアがどれほど戦くかを知っている、世界で唯一の人間なのだ。

「だんなは、一九二五年物のシャトー・フェイティ・クリネを持っていたのか？」ノアはほとんど息を切らしていた。穏やかな口調を保っていられた理由は、ノア自身にもわからない。

訓練の成果が、あっという間に無に帰したことは確かだった。「それをイアン・リチャーズの奥方と飲んだって？」

「ワインはいくらでもあるのよ」サベラは肩越しにノアに視線を投げかけた。「いつか夜に、あなたと一緒に飲んでもいいわ。修理工場であなたを拾いましょうか？　すぐに車を持っていくわ」

彼のトラックを運転させると思ってるのか？　頭がおかしくなったんじゃないのか？

「バイクはここに置いていこう」ノアはベランダにあがりながら、裏庭の駐車スペースの方にうなずいてみせた。「戸締まりを手伝う」

「お願い」そう言って先を歩くサベラの腰の動きに、ノアはよだれが垂れそうになった。そして、ほとんど――完全にではないが、ほとんど――ワインとトラックのことを忘れていた。

彼のワインを飲んだって？　彼のトラックを運転したって？　ローリーは、なぜ警告してくれなかったんだ？

サベラがハンドバッグと薄手のデニムジャケットを寝室から取ってくるのを待ちながら、ノアは裏口に鍵をかけて家の中を点検した。階段の下で待っていたノアに、サベラはトラックのキーをふってみせた。そのキーを手に、サベラのあとからガレージに向かいながら、ノアは嬉しさのあまり息をつきそうになる。

クロムメッキの黒いフォード社製四輪駆動車を目にした途端、修理工場から戻ってきた日以来、サベラが車を動かしていないことがわかった。小型のＢＭＷをトラックにぶつけたサベラが、それは全部彼のせいだと言いつのったあの日のことが思い出される。

ネイサンが上半身裸で芝を刈っていたせいで、彼に気を取られてトラックに気づかなかったと言って。

あれは、小柄で快活な妻を自分がどれほど愛しているかに気づいた日でもあった。怒り狂う代わりに、トラックのことを心配する代わりに、彼は妻を抱えあげて家の中に運びこんでセックスをした。

「いい車だ」ノアはボンネットの横を軽く叩いて、車体の曲線を手でなぞった。

「そうね。ネイサンは自分の子どもみたいに大切にしてたわ」声には楽しげな、甘やかすような響きがあった。

「おまえじゃなく？」ノアはボンネット越しにサベラを見つめた。彼女はいつも彼の命だった。いまでもそれは変わらない。

彼にとって一番大切なものは彼女だと気づかない程度の愛し方しか、できなかったのか？

「わたしは妻だったから」サベラはドアを開けると、踏み板に足をかけて助手席に乗りこんだ。

運転席側のドアを開けて、ハンドルの前に座ったノアは、彼女の答えに満足していなかった。サベラが彼の妻だったのは確かだが、それだけではなかった。彼女は彼の心、彼の魂だったのだ。そして、一年七カ月のあいだ、彼の精神の拠り所となってくれた。

「最後にエンジンをかけたのはいつだ？」

サベラはフロントガラス越しに前を見つめていた。「ずっと前よ」

彼女の口調の不自然さに、ノアはイグニッションにキーを差しこもうとしていた手を止めた。

「二週間ごとにエンジンをかけてたの」サベラは肩をすくめた。

サベラは、膝の上で両手をもじもじさせながら顔を下に向けて頭をふった。それから、シートベルトを締めると、肘を窓枠に乗せてノアに顔を向けた。

「ベッドでなかなか眠れなかったときは、ここで寝てたの」

「だんなのことが恋しいんだな」ガレージの暗さが、ふたりのあいだの闇が、ノアにはありがたかった。

「恋しいわ」そう答えて、サベラはダッシュボードの上のボタンを押した。「ガレージの扉を開けるボタン。彼が最後の任務に出かけたあとにつけたの。驚かせるつもりだったのよ」

ガレージの扉がするするとあがった。夕日の中で影が長く伸びている。

「ここに来い」ノアはサベラのシートベルトを外して彼女の手首をつかみ、自分の横に引き寄せた。そして、サベラに真ん中の席のシートベルトをさせると、自分もシートベルトを締めて、車をバックさせた。

トラックをガレージから出したノアは、扉を閉めるボタンを押した。ガレージの扉は開いたときと同じようにスムーズに閉まり、最後に自動的に錠がかかった。この自動扉がどうしても欲しくて、最後の任務に赴く前には夢にまで見たほどだった。だが、そのころ彼は、ほかのことに使おうと貯金をしていた。サベラのために使おうと。

サベラは彼のために自動扉を取りつけた。ノアは胸がいっぱいになった。生きていたあいだは気づこうともしなかったことが、いまは次々に明らかになってくる。あのころ見ようともしなかったことが、どうしようもなく悔やまれた。

「本当にだんなのトラックを運転してもいいんだな？」ノアは訊いた。たたみかけるようにサベラに確認する理由が、自分でもわからない。

六年間、サベラは悲嘆にくれていた。しかし、この数週間という短い期間のうちに、彼女はノアと寝て、夫のトラックを運転させている。セックスを許し、夫のベッドで寝ることも認めた。

ノアが実際は彼女の夫だという事実は別問題だ。この場合は。

「いいわ」サベラはゆっくりうなずいた。「そうするときが来たのよ」

「そうするとき？」

サベラはノアに顔を向けて、目を合わせてきた。彼女の表情は穏やかで、冷ややかといってもよかった。

「夫に別れを言うときだと思うの。あなたもそう思わない、ノア？」

そんな質問に、どう答えればいいんだ？　ノアは歯を噛み締めると、車のギアを入れて家をあとにした。

夫に別れを言う、ね。サベラにすっかり心を奪われて、ノアは自分を見失っていた。真実を彼女に告げるチャンスは、とうの昔に失われている。

救出されてから何年も経ったいま、彼がサベラに連絡しなかった理由を、彼女にそばにいてほしくなかった理由を、わかってもらえるとは思えない。そのころ彼の心を蝕んでいた魔物のことを彼女に話す機会も――ありがたいことに――失われた。彼女について考え、求めた夜を、彼女が知ることはない。彼女のもとに戻り、彼女を抱き、いまのように愛することができなかったのがどれほどつらかったかを、サベラが知ることもないのだ。

ノアはいまでも、彼を猛り狂わせ、その心を満たし、頭を暗い妄想でいっぱいにする欲情のある部分を抑えこんでいた。これまでのつきあいの中でサベラが彼の本性を、あるいはその一部をわかっていると思っていても、彼女には到底理解できそうにない欲望を。

沈黙の中で、車は町に近づきつつあった。ノアはそれまでに自分が犯した間違いに気づいていた。結婚生活の中で、それに、救出されたあとで犯してしまった過ちに。

サベラはふたりの生活のすべてを大切に守っていた。ノアの正体を知らなくても、彼の腕の中に、彼の夢に、彼の人生に当然のことのように戻ってきた。

「だんなは、馬鹿だったな」ノアはようやく口を開いた。

サベラはしばらく黙っていたが、ノアの顔を見あげた瞳は暗く、悲しげだった。「どうしてそんなことを言うの?」

「彼のように、自分の命と、おまえを失うような危険を冒すのは、阿呆だけだからだ」あの任務を容易なものだと考えてしまった。心の片隅では、そうでないことがわかっていたのに。

そういう直感を無視することは、いまはもうなかった。だが、あのときは無視してしまったのだ。

サベラは顔をそらし、フロントガラス越しに前を見た。そして、ノアの言葉には答えずに、自分の指に目を落とす。そうするのは、彼女が悲しく寂しく感じているときだとノアにはわかっている。心の中でどんな感情がわき起こっているにせよ、サベラはそれを表に出さなかった。おそらく、その方がいいのだろう。夫を忘れて、自分の人生を生き、恋人を作って過去を忘れる方が、彼女にとっては幸せなのだろう。

そのときが来れば……。この任務が終了すれば、彼女をふたたび失うことになる。そのことは考えたくもなかった。

ノア・ブレイクは死ななくてもいい。ノア・ブレイクは、サベラ・マローンを自分のものだと宣言ができる。彼女を抱き、自分のものにして、結婚し、丘の上のあの家で暮らすことができるのだ。

そこまで思って、ノアは思考を中断した。ノア・ブレイクに個人としての人生はない。彼はエリート作戦部隊のものだ。書類に署名したのだから。妻に与えるべきものをこの部隊に与えてしまったのだから。彼の未来を。

事前に警告されたように、一度書類に署名すれば、彼の再生料を支払った組織がどれほどいかがわしいものであれ、彼はその所有物となった。画期的な手術と、骨と筋肉の再生にかかった費用は、組織の後ろ盾がなければ到底支払えるような金額ではなかった。

手術を受けないままサベラのもとに戻っていたら、彼の体には障害が残り、ＳＥＡＬにとどまることもできず、それまでの彼自身の抜け殻として人生を送っていただろう。

ネイサン・マローンとしての人生を署名ひとつで捨て去った彼には、退職という選択肢はなかった。しかし、ノア・ブレイクは人生を選べるのだろうか？　それが、唯一残った疑問だった。

18

ノアが選んだのは最近開店したレストランだ。その〈ステーキハウス・アンド・グリル〉の持ち主は、ネイサンが学生時代から知っているサリー・ブルックメイヤーと夫のトムだ。夫妻の五人の子どもたちも両親の店で働いている。サリーとふたりの娘、それに長男が接客を担当し、トムと次男、そしてもうひとりの娘が、数人の従兄弟たちと料理をしている。従兄弟のこともサベラは知っていた。

レストランに入ったサベラとノアに、客の視線が集まった。夫が死んでから六年、サベラはとても静かに生きてきた。それがいまでは、バイク用革ズボンをはき、ネイサン・マローンのトラックを運転する荒っぽい男と町中を走り回っている。人々のささやき声が聞こえても、サベラは平気だった。噂の種になっても、いままで気になったことはないし、ノアといればなんでも来いという気持ちになれた。

ふたりが分かち合いながらも、そ知らぬ顔をしている秘密。そのおかげで、サベラはますますノアに近づいたような気持ちがしていた。

「サベラ・マローン。楽しそうにしてるあなたを見ると、わたしまで嬉しくなるわ」レジから出てきて、背の高い豊満な体でサベラを抱き締めたサリー・ブルックメイヤーは、満面に笑みを浮かべていた。「それに、あなたと町を走り回ってるこのハンサムさんはどなた?」

ぴったりと背中に当てられたノアの手の感触をサベラは意識した。

「サリー、こちらはローリーとわたしの友人、ノア・ブレイク。ノア、彼女は友人のサリー・ブルックメイヤーよ。サリーとだんなさまは、このレストランのオーナーなの」紹介される前からサリーがノアの名前を知っているのは明らかだった。町の誰もが、ノアのことも、ローリーの触れ回っているオデッサのバーで出会ったという作り話も知っているはずだ。

馬鹿みたい！

「よろしく」ノアは握手のために手を差し出した。悪戯っぽく目をきらめかせてノアの手を握ったサリーは、サベラをからかうように見た。

「凄腕みたいね、ベラ」サリーはわざとらしく叱るように、人差し指を顔の前でふってみせた。茶色の瞳が浅黒い顔の中できらめいている。「気をつけなさい。この人は女泣かせよ」

「それはわかってるわ、サリー」サベラは笑いながら応じると、ほぼ満席のレストランの中を見回した。「空いてる席はある？」

「テラスでいいなら。ムード満点のロウソクをつけてあげる」サリーは身を乗り出し、ささやいた。「あそこならじろじろ見られなくてすむから」

サベラは、にっこりした。「よさそうね」

「それでは、こちらにどうぞ」サリーは二枚のメニューと、ナイフとフォークのセットを手に取ると、ふたりの先に立ってレストランの中を歩いていった。「あなた方にちょうどいい席があるのよ」

　店中の目がふたりに向いていた。ノアの肩まで届く長い乱れた黒髪が、髭を蓄えた険しい顔を縁取っている。彼の引き締まった細身の体は、ぴっちりしたジーンズとTシャツ、そしてバイク用革ズボンに包まれて、危険な雰囲気を発散させていた。全身から漂い出る危険は、ノアそのものだ。サベラは彼が注目の的になっていることをすっかり楽しんでいた。

　この中には、彼がネイサンだと見破れる人間はひとりもいないだろう。その点では、彼は安全だった。それが、彼の必要としているものだとしたら。

　サリーは開いたガラスのドアを通って、ふたりを板敷きのテラスに導いた。明かりが低く落とされ、テーブルを覆う日よけの大きな傘には、ロウソクを灯したランタンが下がっている。ロマンチックで魅力的な雰囲気だ。

　テラスはそれほどこんでいなかった。音楽の音量が低く抑えられ、客のプライバシーが尊重されている。それに引き換え、レストランの中は皆で楽しもうという雰囲気があった。

「メニューをどうぞ。ドリンクと食事の注文を取りに、すぐにケーティをやるわね。それじゃあ、ごゆっくり」サリーはサベラに顔を寄せた。「食事は店のおごりよ。あなたが戻ってきたお祝い。どう？」

　サベラは申し出に目をぱちくりさせた。「わたし、どこにも行ってないわよ、サリー」冗談っぽく応じながらも、サベラの目には涙があふれていた。

「いいえ、ネイサンが逝ったときに、彼と一緒にわたしたちを置いていってしまったでしょ。サイクスの坊やと何度デートをしようともね」サリーはサベラを強く抱き締めた。「やっと、わたしたちのところに戻ってきてくれた。しかも、こんなハンサムさんまで連れて」サリーはノアにウインクをしてみせた。

サリーが去ると、サベラはテーブルクロスにじっと目を落として、何度も唾をのみこんだ。自分の心がどこかに行っていたことに、いままで気づかなかった。体は、ここアルパインにずっといたのに、心は別の場所にあった。過去に、そして失ったものに埋没して、夫が誇りにしていた事業を立て直すことだけに必死だった。彼がいなかったあいだ、彼女の人生は過去にとどまっていたらしい。あの身も凍るような時間に。

「ごめんなさい」サベラはつぶやいて、メニューを開きながらテラスのドアに目をやった。

「サリーとトムは、わたしの夫のいい友だちだったのよ」

「気にはしてない」椅子の背にもたれてテラスを見回すノアをサベラは見つめた。

「サベラ・マローン。あんただと思った」荒っぽい男の声に、サベラは体を硬くして顔をあげた。

ゲイラン・パトリックだ。アルパインでも指折りの牧場主が、ドアからよたよたと歩いてくる。四十五歳のゲイランはいまでも頑健に見えるが、腹部と太腿にはかなり脂肪がついている。歩き方はまるでアヒルのようだ。しかしサベラは、彼が去勢牛を押さえこむところを見たことがあった。皺の多い顔には贅沢な生活からくるたるみが見え始めているものの、太い両腕はいまも力に満ちている。

頭の禿げたゲイランの目はハシバミ色で、眉は黒く太い。いつも怒鳴るように話し、笑い声は耳が痛くなるほどだ。ネイサンが死んで数週間としないうちに、どういうわけかサベラが喜んで自分と寝ると考えたらしく、彼女に迫ったことさえあった。

「ええ、わたしのようね」ふたりのテーブルの横で立ち止まってノアをじろじろと見ているゲイランに、サベラが答えた。

「で、友だちの名は？　よそ者だな？」ゲイランはノアに手を差し出した。「ゲイラン・パトリックだ。マローン修理工場の救い主らしいな。よくやった」

「ノア・ブレイクです」握手に応じながらも、ノアの眼差しは冷ややかで、その表情は読みがたかった。「それから、工場を救う必要はありませんでしたよ。サベラがよくやってますから」

「ローリーのおかげだな。奴もよく手伝っている」ゲイランはうなずいてみせた。「かわいそうな娘だ。未亡人で、ほかにも色々あってな。おれたちは心配したもんだ」

サベラは、あえてなにも言わなかった。身のほど知らずにも彼女に迫ったゲイランを家から叩き出したすぐあとに、彼女のガソリンスタンドとの契約を解消したのも、彼女のことが心配だったからなのか。このくそったれ。事業が目当てだったくせに。そのためなら未亡人と結婚するのもやぶさかではないと、彼ははっきり言った。しかも、どういうわけか、彼女がそれをありがたく受けるべきだとゲイランは考えていたらしい。金ですべてが解決すると。

「サベラはよくやってます」ノアが言った。「やる気のある修理工があと数人いればいいんですがね」

サベラは、もう少しで跳びあがるところだった。ティミー——ローリーが首にした修理工——は、ゲイランの牧場主任の遠縁の従弟なのだ。

「そうだろうな」ゲイランは怒鳴るような声で応じた。サベラを見おろす顔には、あからさまな敵意が浮かんでいる。「だんなが死んだのは残念だったな。ネイサンはなかなかの男だった。誰からも好かれていたからな。奴が死んだときは、ベラまで死んでしまうかと思ったもんだ」

サベラは口元を引き結んだ。ゲイランは、彼女が最も傷つくと思われる場所を突いていた。

「彼女は十分生き生きしてるように見えますがね、パトリックさん」ノアは粗い声でゆったりと告げた。「彼女のだんなさんが亡くなって、もう六年ですから。あなたが心配されることも、もうないでしょう」

「ここにはいつまでいると言った?」ジーンズのベルトを腹の上に引っ張りあげると、ゲイランはわざとらしく親しげにノアを見た。

「そういうことはなにも言ってませんよ」ノアは微笑んだ。「まだ、決めてませんから」そして、サベラを見ると続けた。「いまはまだ、よそに行くことは考えてないんです」

「そりゃそうだろう」ゲイランは引きつるように笑ってから「うむ」と言うと、垂れた顎を手で拭った。「そろそろおいとましよう」サベラに目を向ける。「今夜はあんたの義父と一緒なんだ。おれのテーブルに来て、挨拶をするといい」

サベラは膝の上で拳を握り締めて、ゲイランを見あげた。いまの攻撃は効いた。

「グラント・マローンはわたしの顔を見なくても気にはしませんわ」サベラはきっぱりと言った。

「家族なんだから、ベラ」ゲイランは頭をふった。「仲直りはそれほど難しいことじゃあるまい」

「この場合は、そんな必要はありません」彼女の笑みは硬かった。「お話ができてよかったわ、ゲイラン。わざわざ足を運んでくれてありがとう」でも、さっさと向こうに行ってちょうだい。

「うちにもいつか寄ってくれ」大声でそう言って笑う声のわざとらしさに、サベラは神経を逆撫でされる思いがした。「よく彼女の面倒をみるんだぞ」ノアに向けられた目は嫌悪に満ちている。

「もちろん」ノアは口元だけで微笑んだ。「最優先事項ですから」

ゲイランはうなずくと、ドアの方によたよたと戻っていった。

「グラント・マローン?」彼の声にはなんの感情もうかがわれない。「だんなの父親か?」

サベラはうなずいた。

「だんなの家族とうまくいってないのか?」

「夫の家族というだけだから」サベラは小さな声で答えた。「ローリーとはずっと親しくしているけど。わかるでしょう。わたしには子どもがいないから。そういう場合は、関係が遠のくものなのよ」

「ローリーの祖父という人は修理工場に来るだろう」ノアはサベラに思い出させた。

老人のことを言われてサベラは微笑んだ。「リアダンおじいちゃんね。とってもいい人よ。ローリーとわたしは、おじいちゃんには心配をかけないようにしてるの。わたしもときどきお宅にお邪魔するけど、うちや工場にも寄っていってくれるわ。わたしのことをいつも『娘』って呼んでくれるのよ」

サベラはマローン老を愛していた。老人が工場に顔を見せたあと、ノアは彼に会いに行ったのだろうか？　自分が生きていることを祖父には告げたのだろうか？　ローリーには話したのだ。祖父に話していてもおかしくはない。

サベラの自問自答は、サリーの娘のケーティが注文を取りに来たことで打ち切られた。そのあと、会話は弾まなかった。ワインをすすりながら、サベラはノアに問い質したい、答えを聞きたい、という気持ちを抑えようとしていた。

サベラはテラスに出てくる客のひとりひとりに目をやった。そのうち何人かはふたりのテーブルまで来ておしゃべりをしたり、挨拶をしていった。ほとんどの連中は、ただ好奇心に駆られているだけだったが、ゲイランのように機会を見ては意地の悪い言葉を投げかける者もいた。

そのせいで、食事のあいだ中、サベラは気の休まることがなかった。オデッサに行くようにノアに頼めばよかった。ネイサンとサベラは、外食をするときはオデッサまで出かけていた。オデッサではめったに知り合いと出くわすことがなかったからだ。ここでは――彼の故郷の町では――ネイサンは人気者だった。町で食事をすると、ただ料理とふたりだけの夜を楽しみたいと思っているときでさえ、テーブルには友人が集まってきてパーティーのようになってしまうのが常だった。

「そろそろ出ようか？」食事を終え、もてあそんでいるワイングラスを見つめて眉をひそめているサベラにノアが声をかけた。

「ええ」サベラはグラスをテーブルに戻した。ノアは立ちあがってチップをテーブルの上に置いた。普通よりかなり多めだ。食事をおごってくれたサリーに、彼が多額のチップを残したことがサベラは嬉しかった。

レストランの中を通り抜けながら、ノアがゲイランのテーブルに一度も目を向けなかったことに、サベラは気がついた。しかし、グラント・マローンは、じっとふたりを見ていた。

サベラはときどき、グラントのことがかわいそうになった。ネイサンと結婚していた二年のあいだに、サベラは、グラントが息子への本当の気持ちを押し殺していると感じたことが何度かあった。表に出している感情以上のものがそこにはあった。ネイサンは、父親が彼にまったく無関心で、牧場のことだけしか頭にないと信じていた。ネイサンが死んだあと、グラントは息子が所有していた不動産類をどうにかして自分のものにしようとした。その理由がサベラにはまったくわからなかった。グラントは、ゲイラン・パトリックやマイク・コンラッドと同じくらい熱心だった。まるでなにかの象徴だとでもいうように。彼の熱意をサベラは理解できなかったが、その理由を本当に知りたいのか、自分でもわからなかった。

この数年間、サベラは、自分がここにとどまることにした理由を何度も自問していた。なぜ闘ったのだろう。ネイサンはいないのに、どうしてここで生きていこうとしたのだろう。ようやく理由がわかった。そのせいで、サベラの魂は奥底まで揺さぶられた。ここにとどまったのは、彼が戻ってくることがわかっていたからなのだ。

ノアはレストランの入り口の近くにトラックをとめていた。車に乗るサベラに手を貸しているあいだも、運転席の側に回るあいだも、ノアは口をきかなかった。

運転席に座ってエンジンをかけたあと、ノアは黙ってレストランを見つめていた。サベラはすぐに彼が見ているものの正体に気づいた。

ふたりに続くように外に出てきたグラント・マローンがレストランの入り口に立って、両腕を脇に垂らしたまま、青い目を細めてトラックをじっと見つめている。

「だんなの父親か？」ノアは用心深い口調で尋ねた。

サベラはうなずいた。しばらくのあいだグラントと目を合わせていたサベラは混乱した。彼の瞳に漂う悲しみに気づいたからだ。

ノアはトラックをバックさせると、ギアを入れ替えて駐車場から出た。そのあいだなにも言わず、振り返って後ろを見ることもしなかった。表情にも、態度にも、後悔している様子はなかった。それでも、サベラにはノアが後悔していることが、心が後悔に満ち、苦しんでいることがわかっていた。

父親であるグラント・マローンといつか和解できる日が来るのをネイサンがいつも夢見て

いたことを、サベラは知っていた。

「なぜ、だんなが死んだあともここにとどまったんだ?」道路に出て家に向かいながら、ようやくノアが口を開いた。「どこかに引っ越すこともできただろうに」

サベラは肩をすくめた。「夫がいたから」

「だんなは死んだんだ」吐き出すような言い方だった。「お守りみたいにだんなにすがってるんだな、サベラ。まるでいまも生きてるみたいだ。だが、もう彼はいない」

サベラは首をふった。「彼はここにいるわ。夫が愛したものに囲まれてここにいるかぎり、わたしは彼と繋がっているのよ」サベラはノアを見つめた。ふたりの心を苦痛が満たしていった。

「おまえがそんな風にして生きていくのを、だんなは望んだと思うのか?」怒っているような口調だった。「ここにとどまって、彼の死を悼み続けることを? あのくだらない連中のいやがらせを我慢しながら? だんなはおまえのことを愛してなかったのか?」

「夫がどれだけわたしを愛してくれたかということは関係ないのよ。ただ、わたしがそれほど彼を愛していたということなの。どうしてあなたがそんなことを気にするの、ノア?」

ハンドルを握るノアの両手が強ばった。「それなら、おまえは馬鹿だ」うなるような声だった。「それとも、若くて世間知らずだったのか。だんなが死んだとき、おまえはいくつだった? 二十歳《はたち》か? おまえのだんなは赤ん坊と結婚したんだな」

サベラはしばらく返事をしなかったが、窓の外を過ぎ去る夜景を見ながら、心の中では次第に怒りがこみあげていた。

「一年七カ月のあいだ、夫がありとあらゆる方法で殺される悪夢を見ていたわ」ようやく口を開いたサベラの口調は冷ややかだ。「最後の任務に彼が出かけたとき、わたしは二十歳だった。六年前のことよ。本当に自分が殴られたようなひどい痛みを感じて、夜中に跳び起きたことがよくあったわ。叫び、懇願しながら目が覚めるのよ。夫が色々な方法で殺されるのが目の前に見えるようで、わたしはほとんど正気を失いかけていた」サベラはネイサンが体験した地獄を見ていたのだ。いまではそれがわかっていた。「わたしに馬鹿だなんて言わないで、ノア。わたしは彼を愛していた。そこに議論の余地はないし、話し合うようなこともなにもないわ。彼のベッドでたまに寝て、彼のトラックを運転して、彼の妻とセックスをしても、わたしと夫のことに意見を言う権利を保証する書類をあなたは持っていないのよ」

サベラは自分がノアを煽っていることを知っていた。

ノアは横目でサベラをにらんだ。「一体どういう意味だ?」

「婚姻証明書のことよ、ノア。あなたはわたしの夫じゃない。父親でも、兄でもない。あなたには意見を言う資格がないのよ」

「おれはおまえとつきあっている」怒ったようなうなり声だった。「だから、資格はある。それに、ネイサンのことを聞くのは、もううんざりだ。これ以上聞かされると、吐き気がしそうだ」

「わたしから見れば、あなたには資格はない。重要なのは、このわたしがどう考えるかということよ。それはそうと、わたしの家をいま通り過ぎたわよ」

「知っている」ハンドルを握るノアの手に力がこもった。「初めから、そのつもりだった」

サベラは警戒するようにノアにちらりと目を向けた。「それを聞いて安心したわ」

ノアは、サベラに顔を向けると一瞬にらみつけて、また道路に視線を戻した。「やんわりと皮肉を言う癖があるようだな、サベラ」

昔はそんなことはなかったのにというノアの思いが、サベラには聞こえるようだ。サベラは浮かんでくる笑みを押し殺した。

「やんわりと？　あら、きつく言ったつもりなのに。もっと練習しないといけないわね」

前に延びる道路を考え深げに見つめるノアの表情は硬く、かなり機嫌が悪そうだ。

「くそ野郎ども」ようやく口を開いたノアは、悪態をついた。「おまえを頭の足りない女のように扱いやがって。むかつくぜ」

サベラはその言葉に笑い声をあげた。「夫はわたしのことを、ただのかわいい女の子だと考えてたわ。典型的な愚かな金髪娘だって。彼は上背のある筋骨隆々の男で、わたしが頼りなくしているのが好きだったのよ」

それは本当だったが、ノアには気に入らなかった。いやでたまらなかった。いまの彼には受け入れがたい、以前の彼の一面だった。ネイサンはサベラに頼ってほしかった。しかし当時は、それがまるっきりの勘違いだったことに彼は気づいていなかった。実際には、彼が彼女に頼っていたのだ。任務から戻った彼が、笑いと温かさを取り戻せたのは、サベラのおかげだった。彼が人間らしくしていられたのは、彼女の笑い声と愛のおかげだったのだ。

「それをおまえは我慢していたのか?」

「彼のために頼りなく振る舞うのは楽しかった。でも、そのあと、わたしは成長したわ、ノア。わたしは人形でも、馬鹿でもない。寄りかかれる大きな強い男がいなくても生きていけるのよ。それを証明してきたわ。自分自身にも、そして、わたしのことを愚かな金髪娘だと思っていた人たちにもね。もっとも、わたしがそう見せていただけなんだけど。信じられないことに、ネイサンと結婚したとき、わたしは十八歳だったのよ。最後の任務で彼が死んだときは、二十歳。ネイサンのことを心の底から愛していた。でも、わたしはもう子どもじゃないから、そんなお遊びとは縁を切ったの。あなたもそういうわたしに慣れた方がいいわ。あなたのために頭の足りないふりをするつもりはありませんから」

「だんなは、おまえにふさわしい男じゃなかったようだな」ノアは顎が砕けそうなほど歯を噛み締めていた。

「彼は、わたしのすべてを自分のものにして当然の人だった」サベラは穏やかに応じた。「そうできなかったのは、わたしのせい。わたしが若過ぎたせいよ。でも、時間が経てば成熟した関係を築けたと思うわ。そうしたら、お互いに相手の目から隠していたことを、すべて解放できていたでしょうね」

ノアはオデッサに向かっているというサベラの予想に反して、車は舗装されていない脇道に入った。トラックのヘッドライトが闇を貫き、松の木々を照らした。小さな峡谷に入ったあと車の向きを変えると、ノアはヘッドライトを消した。

「どうしてこんなところに来たの？」サベラは暗闇の中で辺りを見回した。

「こうするためさ」サベラに向き直ったノアが、彼女のシートベルトを外した途端、ベンチシートの背が後ろに倒れて後部座席と繋がった。できあがったのは一種のベッドだ。

「こうなるなんて知らなかった」どぎまぎしたように小さく叫んだサベラを抱きあげて、頭が後部座席に乗るように寝かせると、ノアは両手で彼女のウエストをつかんだ。

ノアの呼吸は深く荒かった。瞳には野性的な輝きが宿り、顔は飢えに満ちている。

「こんなところにとどまる必要はなかったんだ」ノアは吐き出すように言った。「自分とベッドに行ってセックスをするのが当然だと思っているような顔でおまえを眺めるくそ野郎どもと、我慢してつきあう必要はなかったんだ。自分たちのお楽しみ用の玩具でも見るように、おまえを眺める連中なんかと」

嫉妬。それがノアの全身からあふれ出ていた。瞳に燃える嫉妬の炎が、サベラが自分でも知らなかった部分を刺激した。

「あなたにとって、わたしはそれ以上のものなの？」サベラは両手を頭の両脇に置いたまま、ノアを押しのけることも、自分の中にわきあがってくる欲情と闘うこともしなかった。「あなたは、自分がそうしたいから、他人にかこつけて文句を言ってるんでしょ、ノア。それは独占欲よ」

なにか反論したげにノアは口を開いたが、気を変えたようにサベラに顔を寄せると、唇にキスをした。

ガソリンにマッチの火を近づけたように、飢えと欲望がふたりの中で瞬時に燃えあがった。

トラックの中でサベラとセックスをする必要性について、ノアは、すべてとはいわないいまでも、一部は説明できた。赤の他人だと思っている彼に、サベラが運転を許したから。彼女が彼のすぐ隣に座ったから。理屈に合わない嫉妬に彼が苦しんでいるから。ノアには、自分の印をトラックにも彼女にもつける必要があった。このトラックを運転するのが、そして、この女とセックスをするのが、自分をおいてはほかにいないということを、はっきりさせる必要があった。

彼のものだということを。

独占したいという気持ちが彼の心を蝕んでいた。身勝手さに気づいていても、理性は欲情に抑えられてしまい、自分ではどうすることもできなかった。任務に赴く前も、とらわれていたあいだも、救出されたあとでも、サベラのベッドに招かれたいと思っている男がいくらでもいることはわかっていた。彼女のもとを去って三年が過ぎたころ、ノアは彼女にはすでに恋人がいるものと諦めていた。彼女に恋人がいるのを願ったことさえあった。そうなってしまえば、彼は心置きなく新しい人生に足を踏み出し、完全に過去を忘れられるからだ。

しかし、サベラのキスで満たされ、むさぼるようにキスを受け、絶えることなくわきあがってくる飢えに翻弄されているいまは、そうした思いに意味がなかったことがわかった。なにが起ころうと、ふたりはこうなる運命だった。時計の秒針が進むたびに、ノアはサベラのもとに少しずつ引き寄せられていたのだ。彼女を求める気持ちがどうしようもないほど強烈なことが、いずれは証明されていたはずだ。

ただ、今夜はやり過ぎたかもしれない。ネイサンがシートのレバーを改造して、小型のベッドになるようにしたことを知っているのは、ローリーだけだった。前部座席の背が後部座席の端と接触して、そこで固定されるようにしたのだ。

ヘッドレストは、座席の背が下げられると自動的に後ろに折れ、座席を固定する楔の役割を果たすようになっている。

今夜のような用途に使うことを念頭に置いて改造したのだ。車の中でサベラとセックスをするために。ネイサンにはそれを実行するチャンスがなかった。しかしいまは、妻から隠れて常に闘ってきた妄執がわきあがり、心を切り裂いていた。

サベラは夫が死んだと信じている。逝ってしまったと。そして、ほかの男が彼女に触れ、彼女を抱き、夫が大切にしていたトラックを運転することを許した。

いかなる未来が待ち受けていようと、今夜、ひとつのことははっきりさせたかった。どんな男も、彼のものには絶対に手を触れてはならないということを。

サベラの唇を奪いながらうめき声を漏らし、彼女の腰をつかんでいるノアの両手にさらに力がこもった。ノアは舌でサベラの口の中を舐め回す。欲望が、炎の一群のように脈打ちながら、ふたりの周りで揺らめいている。

治りかけた傷口がまた開きそうだったが、ノアは気にしなかった。どうでもいいことだ。

感じられるのはサベラの体だけだ。革製の後部座席をしっかりつかんでいるサベラにキスしながら、ノアは激しく相手の体を求めていた。

ノアは頭をあげてサベラを見おろした。トラックの中に差しこんだ月光が、彼女の顔に、灰色の瞳に、膨らんだ唇に降り注いでいる。サベラがあえぐたびに、薄い絹のブラウスの下で胸が上下している。ノアは歯を食いしばって、ブラウスを引き裂きたい衝動を抑えていた。

サベラに覆いかぶさるようにして、ノアは彼女の体に目を走らせた。パンティーが見えそうなほどスカートが太腿の上に捲れあがっている様子を見た途端、下腹部を殴られたような衝撃を感じ、息が止まりそうになった。

サベラの太腿が月の光の中でかすかに輝いている。まるでサテンのように。魔法をかけたように甘美に柔らかく。ノアにとって、サベラはいつも魔法のような存在だ。彼女を愛することで、彼の魂は救われたものの、同時に、最大の苦しみを味わうことにもなった。さらに、最も熾烈な飢えを経験することにもなった。

「完璧だ」ノアは片手をサベラの太腿に当て、柔らかな筋肉がさざ波のように動く様子を見ていた。手の平に彼女の反応が返ってくる。

「そうかしら」サベラがささやいた。ハスキーな声がノアの体を貫き、抵抗しがたい欲情を燃えあがらせた。

ノアはサベラの太腿を優しく愛撫していた。その肌の感触は、どんな麻薬より急速にノアの感覚に染み渡った。

「裸になってくれ」記憶の中にあるとおりの彼女の肢体と感触で、頭を満たしたかった。「ここに手を入れておけ」ノアはサベラの両手を座席の奥に押しやった。クッションのついた背もたれと座席の浅い隙間に差しこまれたサベラの指が軽く曲がる。「いい子だ。体を触らせてくれ」

「でも、わたしもあなたに触りたいわ」ノアがブラウスの小さなボタンに指を近づけるとサベラは体を反らせた。ボタンはとても小さく、ノアの指の動きはぎこちなかった。体が震えるほど、彼はサベラが欲しかった。

アドレナリンが全身に注ぎこまれる感覚が広がっていく。彼女を裸にすることを考えるだけで、激しい欲情が体中を駆け巡った。

ほかの女ではだめだ。彼がそうなってしまう力を持つのはサベラだけだ。地獄にいたころ、太腿のあいだで苦痛に震えるほどペニスが勃起していても、ほかの女に触れることなど考えるのさえ耐えられなかった。

彼にはいつもわかった。欲情と麻薬でいくら頭が混乱していても。連れてこられた女性がどんなにサベラに似ていても、肌に触れた途端、彼にはわかった。それが彼の妻、彼の魂ではないことが。

「おまえのことを夢に見るんだ」ノアがつぶやいた。ブラウスの端から、美しい白い肌が現れた。「おまえに触れ、味わう夢だ」本当に、ずっと夢に見てきた。

「夢を?」陰になり黒く見える瞳で、サベラはノアを見ていた。睫毛が頬の上に羽毛のような影を落としている。「夢を見る必要はないでしょ、ノア。わたしはここにいるんですもの」

ノアはブラウスを開いてサベラの胸を見おろした。透けるように薄いレースのブラジャーに包まれた乳房の上で、硬い乳首が立っている。そのかたちは彼の記憶に焼きついていた。色も。舌で触れ、口に含んだ感触も。それらの記憶は鮮烈で、もっと味わいたいという強烈な願望がわきあがってくる。

女性が男性に対して、これほどの力を持つことがあっていいものだろうか。この女性が彼に及ぼすほどの影響力を。しかし、彼女の力をノアはずっと前に受け入れていた。受け入れ、愛していた。ふたりのあいだに流れる情熱と欲望を享受していた。

背もたれの下側を握っているサベラの両手を引き寄せたノアは、彼女の上体を抱えあげて肩からブラウスを引き抜くと、露わになった素肌を撫でた。

サベラの唇が首に触れ、ノアは歯を食いしばった。彼女はノアの首を舌で舐め、唇を首筋に滑らせた。睾丸を強く深く貫く欲情に、ノアは咆哮したいほどの興奮を感じていた。

サベラの腕からブラウスを抜き取ったノアは、ホックを外してブラジャーも剥ぎ取った。なんという胸だ。女性の胸のどこが男をこんなに魅了するのだろう？　硬く締まった乳首。官能的な乳房。女性の反応は胸に現れる。乳房は膨れて赤みを帯び、色の深まった乳首は硬く立って甘美な欲望に満ちている。

ノアは両手をぴったりとサベラの背に当て、彼女の上体を少し抱えあげると、つんと立った乳首に顔を寄せた。

乳首のひとつをノアが舌で巻くように舐めた途端、サベラはうめき声を漏らした。ノアの全身を優しく愛撫するような声だった。

「おまえの乳首はたまらない」ノアはため息をついてから、唇をすぼめて柔らかく吸うように硬い乳首にキスをした。「甘く締まって、熱く硬い」

サベラの体が強ばり、のけぞった。

ノアはサベラを座席の中央に移動させ、その脚にまたがって彼女の上体を下におろすと、ふたたび自分の顔を寄せた。

「おまえの乳首を吸ってやる、サベラ。それだけでおまえがイクように、深く優しく吸ってやろう」

以前、そうしたことが一度あった。ずっと昔に。ふたりが結婚する前のことだ。サベラは熱く燃え、ぐっしょり濡れていた。彼女の完璧な体を、飢えにまかせて無情なまでに攻め立てたあげく、乳首の片方を吸うことで、彼女に絶頂をもたらしたのだ。

もう一度そうしてみたい。彼女を乱れさせ、秘所を舌で舐めてほしいと請わせたい。濃く滑らかな愛液で唇を濡らしたい。彼女を熱くしとどに濡れさせ、ふたりの愛欲の印を深くしっかりと車の中にとどめたい。将来、この車の中に彼女がほかの男を連れこむことが決してないように。

ノアが顔を寄せると、サベラは身をもだえさせた。ノアは彼女の乳首の周りを舐め、膨らんだ乳房の下部にキスした。そうしてから、乳首の近くまで歯を滑らせ、とろけるように柔らかな肉を軽く噛んでかすかに赤い跡を残すと、口に含んだ。

彼の刻印。小さな愛の噛み跡は色濃く残り、彼女が彼のものだという印になる。

「甘く、みずみずしい」サベラの体に目を落としたまま、ノアは自分のシャツを頭から引き抜いて脇に放り投げた。

「あなたに触りたい」サベラの声は、欲望にかすれ、飢えに満ちていた。「触らせて、ノア」

「まだだ」ノアは手の平をサベラの腕に滑らせて、彼女の両手を座席と背もたれのあいだにさらに深く押し入れた。「そこに手を入れておくんだ。動かしたら、もうこれ以上なにもしない」

そう、やめなければならなくなる。サベラに触れられたら、ノアは炎のように燃えあがり、ふたりともなにが起こったのかわからなくなるほど、彼女を猛烈に攻め立てることになってしまう。

「そのまま動くな、サベラ。このままで、おまえを愛させてくれ」

19

彼にどんな力があるというのだろう。夫とは似ても似つかない面がノアにはあった。結婚していたころはサベラが気づかなかった部分を、ノアは彼女にさらけ出している。それと同時に、彼女が隠していた部分も彼によって解放されていた。ノアの力は、ネイサンには絶対になかったものだ。

乳房をノアの両手に包まれて、サベラは背中をのけぞらせた。ノアの少し荒っぽい触れ方から、危険とあふれるような飢えの一端がわずかに感じられた。ノアは、乳房が触れ合うほどにサベラの胸を揉みながら、乳首の周りを舐め、指を、そして舌を乳首に這わせている。

ネイサンはいつも十分にサベラを愛した。しかしいまは、彼の中で猛り狂う飢えが、彼女のありとあらゆる部分を余すことなく求めている。彼女のすべてを。魂までも。

乳房は敏感な場所だ。すべての神経がその硬い乳首に集まっているようだ。短く刈りこんだ髭で乳房をこすりながら、ノアは唇を滑らせ、乳首を軽く挟んだ。サベラは舌で愛撫してほしかった。身を反らせ、よじらせながら、魔性のような舌をさらに求めた。ようやくノアが乳首を巻くように舌で舐めると、そのたびにうっとりするような感覚がサベラの秘所に鋭く走った。

サベラはすっかり濡れ、体中の神経が敏感になっていた。欲求のあまりの激しさに、唇から漏れるうめき声は、懇願しているようにしか聞こえない。

「気に入っただろう」ノアの粗い声は、自信と悦びに満ちていた。

「大嫌いよ」サベラはあえぎつつ嘘をついた。

含み笑いをするノアの声に、一瞬サベラは過去に戻っていた。粗くくすぐるような笑い声は、過去から聞こえる声だった。その瞬間を選んだように、ノアが唇で硬い乳首をねぶり、サベラはもう少しで絶頂に達しそうになった。

「ぐっしょり濡れてるんだろう」ノアが粗い声で優しくささやくように言った。「割れ目に舌を滑らせると、べとべとになりそうだ。おれの唇を濡らし、情欲の味で楽しませてくれるんだろうな」

声の粗さにもかかわらず、口調は詩的に聞こえた。サベラは身を震わせた。秘唇から零れ出る愛液が素肌を濡らす。

「あそこの縮れ毛が、すっかり濡れそぼっているんだろうな、サベラ?」

サベラはノアを見あげて微笑んだ。「そうなる縮れ毛があればね」

ノアの体が凍りつき、瞳が燃えあがった。欲情と飢えにゆがむ顔を見ただけで、サベラの子宮を激しい衝撃が貫いた。

そう。ネイサンは、すべすべなあそこが好きだった。滑らかな秘唇を吸い、舐め、キスをするのが好きだったのだ。

ノアの息づかいが荒くなった。歯を噛み締めている。

かくて、すべすべなの」

「剥き出しか？」胸と上腕の筋肉に力がこもり、盛りあがった。

「すべすべよ、ノア」サベラは、訳知り立てな笑みをゆっくり浮かべた。「絹のように柔らかくて、すべすべなの」

ノアは鞭に打たれたように、体をびくりとさせた。

次の瞬間、片手でベルトを抜くと、ジーンズを脱ぎ捨てた。そして、ふたたび彼女の胸に顔を寄せたノアの唇に乳首を覆われて、サベラは叫び声をあげかけた。

サベラの胸を愛撫しつつ、ノアはペニスをしごいている。それに気づいたサベラは、触りたくてたまらなかった。彼のペニスを味わいたかった。しかし、乳首をノアの唇でなぶられながら、子宮が、ヴァギナが、猛烈な快感に襲われ、サベラは絶頂を迎えた。

目のくらむような激しいオーガズムではない。それでも、子宮で火花を散らすように炸裂した快感がヴァギナに伝わり、サベラは叫び声をあげて身を震わせ、快感に身もだえした。

乳首をちろちろと舐めているノアの胸の奥からも、うめき声がこみあげる。

急に顔をあげたノアは、サベラの髪に片手を埋めて頭をあげさせると、彼女が求めていたものを与えた。

口に押しこまれた太いペニスを、サベラは貪欲に吸った。そうしながら、片手でスカートの前ボタンを外すと、ファスナーを下げてスカートを太腿に沿って下げた。

ノアがスカートを剥ぎ取ろうとする。サベラは腰を浮かせて、片手でスカートを押し下げ、ノアの動きを手伝った。唯一彼女の腰を覆う絹の下着から滲み出た愛液が、肌を濡らしている。

勃起したペニスの先端を口に含んだサベラは、下側を舐め、吸いながら、小さな割れ目から零れた精液の味にうめき声を漏らした。

「いいぞ」凄まじいまでの快感を満喫しながらノアがささやいた。「おまえの口は最高だ。熱く濡れている。もっと深く吸ってくれ、サベラ。もっと深く、ベイビー。もう少し深く」

サベラはさらに深くペニスをくわえこむと、平らにした舌で、前後に動くペニスをしごいた。ノアはわざと腰をゆっくり動かし、彼女の口を、五感を、彼の味で満たした。

ノアはサベラを見おろし、彼を見あげる彼女に視線を合わせた。彼女の口が、熱い口が、痛いほど硬くなったものを愛撫している。耐えられないほどの快感だ。サベラは貪欲にペニスを吸っていた。彼を味わい、彼を感じることがたまらなく好きだという様子で。

ペニスで感じる彼女の口の感触は最高だ。サベラの無心な表情に、ノアはそれ以上は無理だと思えるほど硬くなり、飢えがますます深まった。彼女はまるで処女のように、初めてのときのように無垢に見えた。

ノアはペニスの根元をきつく押さえた。サベラが片手でノアの太腿を撫であげて睾丸をつかむと、ノアの太腿が強ばった。

サベラの手の感触に、ノアはうなり声を漏らした。滑らかな熱い口が強くペニスを吸っている。

サベラの伸縮する腹部にノアは片手を滑らせた。そして、パンティーの中に指を押し入れた瞬間、動きを止めた。まだだ。いま滑らかな愛液に指を触れれば、おしまいだ。あっという間に彼女の唇のあいだで痙攣し、精液で熱い口を満たすことになる。自制しようとする試みが無に帰してしまう。

「悪い子だ」舌と唇で彼をなぶるサベラに、ノアは称賛するような硬い笑みを見せた。

サベラが顔をあげて、自らの上唇に舌を滑らせると、ノアの胸の奥からうめき声がわきあがった。

ノアはサベラのパンティーの中に入れていた指を引き出し、淫らな行為を約束するように彼女を見つめた。濡れた絹の上から、彼女の秘部に軽く触れる。

体を凍りつかせたサベラの灰色の瞳は、ほとんど黒く見えた。わきあがってくる欲情にまかせて、サベラは亀頭をむさぼるように吸った。

「気に入ったか、ベイビー?」ノアがささやいた。「濡れたあそこをお仕置きしてやろうか?」

サベラは体をびくりとさせ、さらに深くペニスを吸った。睾丸がこれ以上ないというほど硬くなる。ふたたび絹に覆われた恥丘に強く指を当てたノアは、ペニスを満たす精液が一滴残らず噴き出しそうな感覚に襲われた。

ペニスを深く口にくわえたまま、サベラは叫び声をあげようとした。深く強く撫でられている敏感な場所から、快感が全身にさざ波のように広がっていく。

優しい触れ方ではなかった。サベラは優しさなど求めてはいなかった。強く撫でられるたびに、さらに深く激しくノアのものを吸い、敏感な亀頭の割れ目を舌で鞭打ち、言葉では言い尽くせないほどの快感を自分が味わっていることを相手に伝えた。

「これが好きだろう」ノアはサベラの恥丘を手で包み、手の平でクリトリスをこね回した。「少し荒いのが好きなんだろう、ベイビー？　ほんの少しな。クリトリスが燃え始めるくらいに」

サベラには、その焼けるような感覚がたまらなかった。

彼がトラックの中でこんなことをしているのが、サベラには信じられなかった。ネイサンと知り合ってから姿を消すまでのあいだ、ここまでやったことはなかった。彼がこんな風にサベラを愛し、まるで欲情と飢えに駆り立てられているように彼女を奪ったことは一度もなかった。

なんてことだ。ノアの頭の中では、欲望が炸裂していた。アドレナリンが体中を駆け巡り、欲情が全身を切り裂いている。これ以上我慢できない。サベラの熱い口からペニスを離さなければ、爆発してしまう。

ノアはペニスを引き抜いた。濡れたパンティーを手の平で撫でると、サベラは鋭く息を吸いこんだ。ノアはふたたび激しく愛撫した。強く押すようなノアの手の動きに、サベラは十二分に燃え、クリトリスが脈動している。それでも、絶頂にまでは至らなかった。いまはまだ。ノアは唇と舌で彼女をイカせたい。彼女の陰部が収縮し、愛液を滴らせ、きつく締まるところを感じたい。

ノアは体を起こしてサベラを抱きあげ、ハンドルからは斜め向かいになる角に彼女の頭がくるように横たえた。そうしてからサベラの脚を大きく広げると、恥丘を覆う濡れた淡いピンク色の絹を見おろした。

太腿に沿ってパンティーを下げ、サベラの両脚を合わせて膝を曲げさせた。そして、脚を持ちあげて絹のパンティーを脚から引き抜き、見事なピンク色の恥丘と腰の曲線を見つめた。

ノアは、双丘の美しい曲線に手を滑らせて持ちあげると、軽く打った。本当に軽く。

月光がサベラの白い肌を輝かせている。ノアの指が、狭い割れ目を愛撫するように滑りこみ、蕾の下の入り口を覆う愛液に触れた。

「欲しいか、ベイビー?」

「ノア」うめくような声でサベラが呼んだ。夢見るような声だった。同時に、革製の座席に爪を食いこませたサベラは、永遠に残る跡をそこにつけていた。

サベラが革に傷をつけたことで、ノアは叫びたいほど満足した。彼女の情熱の跡。彼だけでなく、車にもその跡がついたのだ。

サベラの脚をふたたび広げたノアは、陰になった美しい秘所を見つめ、歯を噛み締めた。

もっとよく見たい。

ノアは車内の小さな電灯をつけた。蕾を濡らす愛液を目にすると、ふたたび歯を噛み締めた。

「舐めるぞ」ノアはかすれた声で告げてから、後ずさりして片膝を床につき、サベラの太腿のあいだの甘美な柔肉に顔を寄せた。

彼のサベラ。

すっかり濡れている。

熱く。

「ああ、ノア。素敵」サベラは腰を浮かせた。

「どうしてほしい、サベラ?」ノアは熱い息を、濡れた肌にかける。「言ってみろ、ベイビー。どうしてほしいかを。ゆっくり、優しくか?」膨れた陰唇を舐めて愛液を舌にすくい、新鮮な甘さにうめき声を漏らす。

「それとも、強く? 速くか?」ノアがサベラの腰を持ちあげて舌を中に滑らせると、あえぐサベラの唇から細い叫び声が漏れた。

ノアの舌を繊細な柔らかい筋肉が締めつけ、絞った。それに反応するように、ノアのペニスが跳ねあがる。充血した亀頭が脈打ち、震えた。サベラに触れ、味わい、奪わなければ、死んでしまいそうだ。もう一度彼女を自分のものにしなければ、体が弾けてしまいそうだ。

彼女のすべてが欲しい。あらゆる部分を、その味を自分だけのものにしたい。

サベラは両手を脇に動かした。爪が、倒した背もたれに食いこむ。革の表面に長い引っかき傷がついた。もうひとつの跡。もうひとつの刻印。サベラは決して忘れないだろう。彼女が誰のものかを。

彼のものだということを。

ノアはサベラの中でふたたび舌をちろちろと動かし、甘美な柔らかさを楽しんだ。舌がとうとう隠された神経の末端に触れると、サベラは腰を突きあげた。

ノアに体を引き戻されたサベラは、彼の両手の中で身を震わせた。膨れた陰唇にキスし、吸い、舐めるノアの舌が、次第にクリトリスの蕾に近づいていく。

ノアは指で陰唇を開いた。そして、クリトリスを包んだ唇をすぼませると、指を一本熱いヴァギナの中に滑りこませた。もう一本の指をゆっくり微妙に動かしながら、指先をアヌスの小さな入り口に侵入させる。

「ノア」サベラは両手で男の髪をかき乱す。腰を浮かせると、さらに深くクリトリスをノアの唇に押しつけた。「ああ、すごいわ。ノア。お願い、吸って。クリトリスを吸って。イカせて。ああ、お願い。わたしをイカせて」

ノアはクリトリスを吸った。舌で舐め回しながら、初めは優しくゆっくりと、次に強く吸いながら、サベラの味で全身を満たした。そのとき、サベラの体を突き抜ける絶頂の衝撃がノアを襲った。

体を起こしたノアは、硬く勃起したペニスを片手に握ってサベラに覆いかぶさり、素晴らしく甘美な秘丘の熱く滑らかな陰唇に亀頭を押しつけた。サベラは両腕をノアの肩に巻きつけた。

「ゆっくりやるぞ」ペニスの先を包みこむ快感に圧倒されながら、ノアはようやく言葉を押し出した。「ゆっくりと、深く」

サベラがノアに体を寄せた。乳首がノアの胸を撫で、胸毛の中に埋まった。小さな熱い石で愛撫されているようだ。

「すごく締まってるな、サベラ」

ノアを見つめるサベラの紅潮した顔は快感に強ばり、瞳を瞼が重く覆っている。

サベラの中に自分を埋めたまま、ノアは無上の悦びを感じていた。彼女の顔によぎる表情を、そこに満ちる痛々しいまでの欲望を見ることは、ノアにとっては至福の体験だ。

ペニスを動かしながら、ノアは息をのむサベラの表情を見つめた。自分自身の筋肉が強ばってきても、ノアは欲求を押し戻した。我慢しなければ。あとほんの少しだけ。この身もだえしたいほどの素晴らしい快感を、あと数分味わいたい。

ペニスが押しこまれる快感に、サベラは無我夢中になっていた。彼の太いものが彼女を貫き、彼女の中をうごめきながら、ヴァギナを押し広げていく。サベラは、体の中で燃え始めた炎の熱さを感じていた。

ノアはサベラの瞳から目をそらさなかった。彼の瞳の中で、感情がいつもより明るく、暗く、ロウソクの青い炎のように揺らめいている。陰になっていても、ノアの瞳を満たす欲情ははっきり見て取れるはずだ。

サベラの中に深く体を埋めたノアの長い髪が強ばった顔を覆い、彼女の顔にもかかっている。

「感じる」粗いノアの声が、サベラの耳を快くこすった。「おれを締めつけるおまえの筋肉を」

ヴァギナの筋肉がペニスを絞るように伸縮し、染み出る愛液が、侵入してくる重いものを包みこむように流れる。

「ああ……」サベラはあえいだ。「ああ、いいわ、ノア」

「締まって、熱い」優しくささやきながら、ノアが唇を彼女のものに近づけると、サベラは睫毛を震わせながら目を閉じた。ノアはサベラの唇を自らの唇でかすめるように撫で、軽く開いた彼女の唇を舌で舐めた。「まるで、小さな熱い口で、深く、強く吸われているようだ。おまえも感じるか、サベラ？　おまえのあそこがおれを吸っているのがわかるか？　おれのものを愛撫しているのが？」

体をびくりとさせたサベラは、子宮を突かれるような快感に叫び声をあげた。

「これが好きなんだな、スイートハート？　少し淫らで、少し荒々しいのが。少しだけ危険なのが」

いまのような彼が、サベラは好きだ。もっとこんな風にしてほしい。サベラは目を開いた。欠けていたのはこれだ。結婚していたころ、彼が彼女から隠していたのはこれだったのだ。

「あなたは、とっても危険だわ」サベラはうめき声を漏らして、ノアに身を寄せた。そう告げるサベラの唇が、ノアの唇に触れていた。

「しっかりつかまっていろ。もっと激しく燃えさせてやる」

ノアの髪をつかむサベラの両手に力がこもった。

ノアが腰を突きあげて深々とペニスを埋めた瞬間、サベラの唇から細くかすれた嗚咽のような声が漏れた。

「いいぞ、そうだ。叫べ」

片手でサベラの腰をつかんだまま、先端だけを残してペニスを引き抜くと、ノアは速く激しく突き入れた。

サベラは絶頂に達しそうになる。しかし、彼女が叩きつけられるような衝撃を感じた途端、ノアはペニスをすっかり埋める前に動きを止めた。サベラが彼の名を叫ぶ。ノアは荒々しいうめき声を漏らした。

「もう一度だ。また叫ぶんだ、サベラ。おれの名を叫んでくれ」ノアは身を引いた。「おまえを貫いているのは誰だ、サベラ?」

ノアは、激しい突きでサベラを満たした。サベラは腰を浮かせて身もだえした。「ノア」サベラが叫んだ。「すごいわ、ノア」

「いいぞ、最高だ」ノアはふたたび貫いた。彼女を攻めながら、恥骨でサベラのクリトリスをこね回す。サベラの両脚があがり、ノアの腰に巻きついた。サベラは自分を絶頂に導く、あの最後の押しを求めていた。

「いいぞ、ベイビー。おれの名を叫ぶんだ。おまえを貫き、おまえを奪っているのは、ノアだとな」そして、身を引くと訊いた。「この甘く熱い子猫《プッシー》は誰のものだ?」

速く、激しく貫かれて、サベラはノアの名を叫んでいた。

「そうだ。ノアだ。おまえを奪っているのはこのノアだ」

サベラは目を開き、欲求にもだえながらノアを見あげた。顔をゆがめたノアの瞳が、明るく、それに暗く燃えている。またも激しく彼女の中に入ってきたノアは、今度はその動きを止めることはなかった。

ふたりの体がぶつかり合う音、ペニスが深々と愛液を貫く音、自分自身の叫び声がサベラの耳を満たしていた。激しい一突きごとにクリトリスがこすられ、サベラは高みへと押しあげられ、思わず叫んでいた。絶頂が近づいてくる。ついにそれが爆発すると、とてつもない快感が全身に波のように広がり、サベラを完全にのみこんだ。

ノアの声が聞こえた。割れた声で苦しげに彼女の名を呼んでいる。彼はサベラを深く激しくさらに二度貫いたあと彼女の中で身を震わせ、熱い精液で内部を満たした。

トラックの中は、セックスのにおいと充実感で満ちていた。彼のにおい。彼女のにおい。ふたりのにおいが混じり合い、互いに印をつけ、座席に、車に、サベラの魂に刻印を押した。サベラの上にぐったりと身を投げ出したノアは、両腕を彼女に巻きつけるようにしっかり抱いた。サベラは涙を押し戻した。説明してほしいという願いと共に。

夫とセックスをし、以前は彼の中に感じるだけだった暗い情熱も受け入れた。それでも、彼の信頼は得られない。

自分が信頼されていないと自覚することは、サベラにとっては大きなショックだった。弟は信じられても、わたしのことは信頼できないの？

ノアに回した腕に力をこめながら、サベラの目から思わず涙が一粒零れ落ちた。

理由はなんであれ、夫はいまここにいる。ここで彼女を求めている。ノアのペニスは、まだ硬いままサベラの中に埋まり、ゆったりと動いている。荒い息づかいと優しさで、彼女を満たしている。

「もう一度」ノアはサベラの耳たぶを軽く噛み、首筋にキスした。そして、亀頭だけを彼女の中に残し、いまだに太く硬いペニスを引き抜いてから、ふたたび押し入れた。

ゆっくりと優しく腰を動かしながら、ノアは彼女の唇を軽く吸い、舌で味わった。粗目のビロードのような舌を、サベラの唇の上で滑らせる。

ノアはサベラの目をじっと見つめた。きらめく、鋭い瞳で。瞳は苦悩と感情にあふれていたが、ノア自身はそのことに気づいていない。

歯を固く噛み締めたまま、ノアはなにも言わなかった。言葉を、いつも彼女に捧げていたゲール語の誓いを、ノアは懸命にのみこんでいた。いつも全身全霊で与えていた約束を。

「やめないで」サベラはささやき、片手をあげてノアの髭に覆われた頬に触れると、ノアの体が自らの体に沿って動く感触を慈しみながら、彼を引き寄せた。「続けて、ノア。そのまま、やめないで」

トラックの湿った熱気の中で、ふたりの息づかいが荒く響いていた。ふたりの体が互いの上を、革製の座席の上を滑る。ノアはうめき声を漏らして、腰の動きを速めた。歯は噛み締められている。

「そのまま続けて」サベラは叫んだ。ふたたびわき起こってくる快感と共に、ノアの名を大声で呼びつつ腰を突きあげている。「ああ、ノア。やめないで」

彼女の中で激しく動きながら、ノアは苦痛にも似た快感と共に射精した。体を苛んでいた欲求の最後の名残が薄れていく。

サベラといるといつもこうなる。どうしても彼女が欲しくなる。何度でも、できるかぎり。しかし、いまはその欲求が炎のように常に燃えている。すっかり治まるとは考えられなかった。

ふたりはあえいでいた。ノアはサベラを腕の中に引き寄せ、背もたれを倒した簡易ベッドの上で、彼女を包むように体を丸めた。ふたりの下の座席の革が濡れている。

ノアは静かにサベラを撫でる。サベラの背中がノアの胸に触れ、ノアの腰はサベラの腰に当たっている。そうしていると、欲望がわきあがってくるはずだったが、なぜか寛いでいた。

サベラを抱き締めたままノアは彼女の顔から髪の毛を払うと、額に優しくキスをした。

「大丈夫か?」ノアがささやく。サベラの息づかいがようやく静かになった。

サベラが漏らしたかすかな笑い声は弱々しく、嗚咽のようにも聞こえた。

「とりあえず生きていることで、大丈夫と言えるなら」彼女の声はハスキーで、ノアの声と同じように小さかった。それより大きな声を出せば、ふたりを包む親密な雰囲気が乱れるとでもいうように。

「生きていてほしいのは確かだ」ノアは微笑むと、彼の腕を枕にして横たわっているサベラの裸の腕に指を滑らせた。

ノアに触れているサベラの体は、リラックスしているようで柔らかかった。眠りかけた小さな猫のようだ。喉をゴロゴロいわせていないだけで。

「いい気持ち」そうつぶやくと、サベラは滑らかな動きでノアの方に向き直って、相手の顔を見つめた。「ずいぶん激しいのがお好みね、ノア」

そのコメントにノアはうなり声で応じた。「あれが激しい？ ベイビー、あれはささやかなる前菜だ。ただのお遊びだぞ」

わざとらしく目を丸くするサベラに、ノアはにやりとしてみせた。

「じゃあ、あなたが本気になったら、わたし死んじゃうかも」その光景を想像して、サベラは唇をすぼめた。「ビタミン剤を倍の量のんだ方がいいかしら？」

サベラの表情に笑いだしそうになりながら、ノアは彼女の鼻の先を軽く噛んだ。指がサベラの腰を撫でている。

「悪い子だな」ノアは忠告した。「尻を引っぱたくぞ」

「わたし、叩かれるの好きよ」サベラは横目でノアをにらむように見た。「でも、脅しだけでしょ、ア――」言葉が途切れた。

しまった！ サベラは乱暴に指で髪をかきあげた。もう少しで彼を「アイリッシュ」と呼ぶところだった。彼の正体を知っていることをばらしてしまいそうになるなんて。

「なんだって？」ノアはにやりとして、身を引いた。

サベラはごまかすように微笑んだ。「口だけでしょ」

ノアの目が細まった。「そうは思わないな」

「今夜はどう?」サベラは低く、物憂げな笑い声を漏らした。「まずうちに戻りましょうよ。本物のベッドの方が楽だもの」

うち。ノアは黙ったままサベラを見つめていた。

「うち、ね?」

突然不安に駆られたように、サベラの瞳が揺れた。それがノアの家《うち》ではないことを、改めて彼は強調したのだ。

いまの自分は別人なのだ。サベラを抱き、セックスをしても、彼女の心は昔の彼のものだ。ちくしょう。こんな堂々巡りはやめなければならない。自分自身に……嫉妬し続けていたら、最後には正気を失ってしまう。

「わたしの家に行きましょう」サベラは肩をすくめた。「うちというのは、心の休まる場所のことでしょうから。アパートメントのベッドの方がいいというのなら、わたしはかまわないわ」

サベラは体を起こすと、トラックの床から自分の服を拾い集めて身につけ始めた。

「おまえを傷つけてしまったようだな。そういうつもりはなかったんだ」サベラの背中を見つめながら、ノアは顔をしかめた。くそ。もっと気をつけなければ。

「いつまでこの町にいるつもり、ノア?」

その問いにノアは驚いた。サベラの背中を見つめる目が細まる。サベラが彼に背を向けているのはわざとに決まっている。

「おれが出ていった方がいいのか？」

苛立ったように鼻を鳴らす音がトラックの中に響いた。激怒した女性のものだ。

「わたし、出ていくように頼んだ？　ただ、しばらくここにいるつもりなのか、ほかに予定があるのかということに興味を持っただけ、とは考えられないの？」声にこめられた怒りに、ノアは体を強ばらせた。

「ほかの予定、というと？」

「どこかよそに行くとか。あなたは、どこからともなくこの町に流れてきて、わたしの人生とベッドを乗っ取ったでしょ。わたしと何度か寝る以上のことを考えているのかな、って思っただけかもしれないじゃない？」

サベラは約束を求めているのだ。男と簡単に寝る女性ではない。それは最初に会ったときからわかっていた。この任務が終了すれば彼女を残していかなくてはならないのは、初めから決まっていたことだ。

「よそに行ってやらなければならないことが、いくつかある」ようやくノアは答えた。まだ、彼女にはどんな約束もできない。いまはまだ。エリート作戦部隊に命をあずけたことが、彼のすべてを売り渡したことになるのかを確認するまでは、彼女に永遠を約束することはできない。

サベラは目を閉じて、心の痛みと闘っていた。どちらが苦しいのだろう？　偽りの死で彼を失うことか。それとも、彼が自分の意思で去っていくのを見送ることか。

後者の方が、心の痛みは深いだろう。それでも、少なくとも、彼の生死を思い悩む必要はない。彼が安全で、生きていることはわかるはずだ。だが、地獄の炎のように収まることのない怒りが心の中で燃え続けるだろう。

「わかったわ」サベラは乱暴な仕草でブラウスのボタンをかけると、パンティーとスカートに手を伸ばした。

「なにが？」ノアは本当に答えを知りたそうだ。

「あなたが、将来のことを考えられる人じゃないって。たまたま足の向いた場所で、誰とでもすぐに寝るんでしょ」自分には関係ないという様子でサベラは肩をすくめた。

ひどい。なんてひどい人。こんな人、どうなってもいい。もう、いや。もう、たくさん。

サベラは素早くスカートをはいた。

「早く服を着て。うちに戻らないといけないんだから。明日は忙しいの。一日中寝てるわけにはいかないわ。もう十分に人生を無駄にしてるんだから」

「どういう意味だ？」ノアの声は冷たく、硬かった。

サベラは向き直った。そして、背もたれをもとに戻しながら、目を細めて彼女をにらみつけているノアと視線を交えた。

「言ったとおりよ。ちゃんと生きてわたしのところに戻ってくるほどには、わたしを愛していなかった男の死を悲しむことで、もう何年も無駄にしてしまったの」サベラは蔑むようにノアを見た。「いつまでここにいるのかさえ、わたしに知らせる必要はないと思っているような男とは、あと一日も無駄にすることはできないわ」

「約束は、愚かな人間のすることだ、サベラ」ノアの声は厳しかった。「だんなからそれを学ばなかったのか？」

「そのとおりよ。学んで当然だったわ」サベラは、ジーンズをノアに投げつけた。「本当に、あの人からはもっとたくさんのことを学んでいて当然だったのよ。その一番目は、彼が自分自身とくだらない仕事しか愛せないいくそったれだったことだわ。それは、しっかりわかった。あなたを相手に、同じ間違いはしないつもりよ」

ノアの顔にシャツが当たった。「服を着なさい。もうくたくただから、寝たいの。自分のベッドで。ひとりでね」

「勝手にしろ」

「そうするわ」サベラはつぶやいた。「セックスをしたらさっさと逃げ出すような、責任感のないくだらない男と寝るのはもうごめんよ。さあ、うちまで送って」

サベラは目に涙を浮かべることもなく、服を着るノアを見ていた。慌てた様子も見せず、悠々と服を身につけるノアに腹が立った。ノアは、細めた鋭い目でサベラを見つめている。

「おれはあのベッドでおまえと寝る」約束だ。「責任感のないくだらない男で、運に見放されたくそったれかもしれないが、忘れるな。おれがここにいるあいだは、おまえはおれのものだ」

サベラはノアを見つめ返した。「夢を見続けなさい、ノア・ブレイク。わたしのベッドにあなたの居場所はないんだから」

20

二日後、ノアは指のあいだでレンチを回し、チューインガムを噛みながらサベラを見ていた。

サベラの言葉は嘘ではなかった。彼はベッドからだけでなく、どうやら、彼女の人生からも放り出されてしまったようだ。少なくともいまのところは。

本来修理中のはずのSUVの内部を見るふりをしながら、ノアは少し閉じた瞼の下からサベラを見ていた。

「精が出るな、おい」フェンダーに寄りかかって、ニックが車の内部を覗いた。「手を貸そうか？」

「頼む」ノアは上の空といった様子でつぶやいた。「なにか連絡は？」

密かに基地に届け、ジョーダンが鑑定のためによそに送ったDNAサンプルに関する情報のことだ。今朝、デルバートが車を取りに来た。にやにやと自己満足に浸っている下衆だ。車をそれ以上パワーアップできないと告げたノアを、まるで下水管から這い出してきた虫かなにかのような目つきで見た。

自分で勝手にパワーアップすればいい。ノアがわざとそのまま残した証拠を探すためにFBIがあの車を分解するころには、デルバートにはそんな暇もなくなっているだろうが。

「まだだ。ただ、今夜、少し手伝ってもらいたいことがあってな。おまえの手が空いていれば、だが」ふたりともオフィスにいるサベラに目を向けた。

サベラはトビーの話を聞きながら眉をひそめている。

今朝、サベラは髪をおろしたままだ。今日の彼女は車をいじっていない。代わりに、オフィスに閉じこもって書類を整理し、トビーの仕事に手を出しては青年を苛立たせていた。

「忙しくはなさそうだ」ノアはゆっくり答えた。相変わらず指のあいだでレンチを回しながら、今度は机の上の書類を見て眉をひそめているサベラの顔を縁取る豊かに波打つ濃い金髪を眺めた。

「捨てられたのか?」ニックが尋ねた。

一瞬止まったレンチが、ふたたび回り始める。

「誰がそんなことを言った?」

妻が言ったのだ。妻が。サベラは彼をトラックから叩き出した。それよりこたえたのは、ベッドから放り出されたことだった。出ていかなかったら保安官を呼ぶといって脅された。ちくしょう。これ以上面倒な状況に陥っている奴がいたら、会ってみたいものだ。

サベラは正しい。彼は最低だった。正真正銘のちくしょうだ。彼女に近づく価値さえない、無責任なくそったれだ。

ノアが近くにある道具箱に放りこんだレンチが、ほかの道具に当たって大きな音を立てた。その音を聞きながら、ノアはフェンダーから油まみれの布切れを取って素早く手を拭った。

「おれになにをしてほしいんだ?」

ニックは顎をかきながら、ノアがレンチを放りこんだ辺りを見ている。

「ダチに会う必要があってさ」ニックは痛ましげな顔で合言葉を告げた。

基地で会議があるということだ。

「くそ!」ノアは髪をかきあげると、顔をしかめた。

ローリーをつかまえて、サベラを護衛させる必要がある。トビーが襲撃されたいま、サベラをひとりにしておくことなど到底考えられなかった。

「すまんな。手を貸すって約束してくれただろ」ニックはノアの肩を親しげにピシャリと叩いた。「だからといって、今夜彼女に会えないということもなかろう。彼女はなかなかの女だ。どんな男が相手でも、いい妻になる。おれがおまえの立場なら、その点を考えるね。いま彼女と別れれば、いつか別の男が現れる。それでもいいのか?」

ノアは唇をひくつかせた。怒りがこみあげてくる。大柄なロシア人をにらみつけたが、冷ややかな笑みが返ってきただけだった。

確かに、約束はした。自らの手で書類に署名をして、妻のもとに戻る代わりにエリート作戦部隊に魂を売り渡した。あのとき、もとの生活には決して戻れないと警告された。死ないかぎりは、退職も手を引くことも認められないと。

自分の正体を明かすことも禁止されている。それでも、ノア・ブレイクが結婚できないという条項も、恋に落ちてはいけないという条項もなかった。しかし、ベラと一緒に、ここに、故郷の町にとどまり、永遠にノア・ブレイクの仮面をかぶって生きていけるだろうか？

エリート作戦部隊は刑務所ではないが、契約を破れば恐ろしい結果が待っている。グアンタナモ米軍基地はノアが行きたい場所ではなかった。しかし、自分の正体を明らかにして、その事実が本部に伝われば、敵性戦闘員としてグアンタナモに送られ、そこで生涯を終えることになる。

自分が彼女の死んだ夫だと告げないまま、サベラと一緒にここで暮らせるだろうか？　もう二度と戻らない男を妻が恋しがるからといって、自らの前身を憎みながら生きていけるだろうか？

嫉妬が、酸のように彼の魂を焼いている。いくら彼女と一緒に暮らしたくても、心に秘密を抱いたままで、いつまで彼女と生活していけるだろうか？

妻はもう、六年前に彼が残していった美しいだけの華奢な女性ではない。二日前の夜、激怒して、涙も見せずに彼をにらみつけたサベラは、彼があの宿命的な最後の任務に赴いたころの、頼りなげな心優しい若い女性とは似ても似つかなかった。

彼が覚えている妻は、任務から戻った夫の体についた新しい傷を見ては涙を流したものだ。浅いナイフの切り傷を見ても、彼女の目は恐怖に曇った。地名もうまく発音できないような場所で、六週間、あるいは八週間、ときにはもっと長い期間にわたる任務を終えて戻ると、彼女の目にはたったいま悪夢から覚めたというような表情が浮かんでいた。

彼の記憶にあるサベラなら、何度も何度も殴られた末に破壊された彼の顔を見ただけで、気を失っていただろう。彼の背中、胸、そして太腿は、鞭で打たれた末にぼろ布のようになっていた。まともに食料も与えられず、性欲だけに満たされた彼は、まるで獣だった。

三年間、彼はずっと獣のようだった。ペニスが赤剝けになるほどマスターベーションをし、再訓練中の任務では、まさに死神の使いのように振る舞った。質問も、手加減もしなかった。自分を攻撃し、とらえるチャンスを誰にも与えなかった。

サベラと一緒に生きる人生は終わったはずだった。自分がよく知っている妻には、変わってしまった自分を受け入れることはできないと考えていた。

いま、愛していた女性のことを自分がまったく理解していなかったことを知った。まったくなにも。自分が見たいものだけを見ていたせいだ。頼りなげで華奢な金髪の南部美人。か弱いセクシーな若い女の子を。

それが、彼が見たいものだった。サベラの芯の強さに気づいていれば、いまのサベラが予想できていただろう。彼がどんなに変わろうと、彼の力になってくれることがわかったはずだ。それなのに、愚かなプライドが、そう、そのプライドのせいで、サベラに見てほしいと思う姿以外の自分を彼女にさらすことができなかったのだ。

無敵な自分だけを見せたかった。現実の彼はそうではないのに。フェンテスが二年近くかけても、彼が落ちなかったことは事実だ。しかし、救出されるころには、生きる意志を、あるいは戦う意志を自分が失うのも時間の問題だと自覚していた。そんなときでも、サベラは彼のそばにいてくれた。すっかり打ちのめされていたあの暗黒の日々、サベラの存在だけが彼の魂を救ってくれたのだ。

彼女には鋼鉄のような肝っ玉がある。しかも、百歩離れた場所からでも、見るだけで男をずたずたにしてしまう目を持っている。もっとも、彼女が光栄にも目を向けてくれたらの話だが。地獄にいた彼を、夢を通して支えてくれた女性だ。それなのに、彼女には、痛めつけられ苦痛にあえぐ自分を支えきれないと考えてしまった。

馬鹿だった。いま彼女を残して去ることになれば、自分が死ぬほど苦しい思いをすることはわかっている。しかし、とどまれば、そのせいで彼女は殺されるかもしれない。

「何時に出る？」なんとかサベラから目をそらして、ノアはニックに尋ねた。

「終業時間のすぐあと」そのころはもう暗い。

夜の闇を利用して、明かりを使わず密かに基地に入れる。

ノアはゆっくりうなずいた。

「ダチにおれたちが行くと知らせておく」ニックが小声で言った。首の後ろをこすったノアは、修理工場を出るとコンビニに入った。レジに当番のローリーが座っている。

店内に客の姿はなかった。こういう凪のような状態が数時間ごとにやってくる。

近づくノアを眺めるローリーの目にも顔にも、これといった表情は浮かんでいない。この一週間、ローリーはいつもそういう風にノアを見る。

「なにが欲しいんだ？」店とオフィスのあいだの閉じたドアにちらりと目をやりながら、ローリーは腕を組んだ。

「今夜出かけることになった」ノアは興味深い眼差しでローリーを見つめた。

ここ数年で変わったのはサベラだけではなかった。ローリーも成長したらしい。その過程を見逃したという思いに胸が締めつけられるようだ。弟なのだ。グラント・マローンは、ローリーとその黒髪の母親を捨てた。オデッサ出身の店員が生んだ赤ん坊を認知することを拒んだのだ。

顔を赤くして泣いていた黒い髪の赤ん坊を受け入れたのは祖父だった。泣きわめくちっぽけな塊の面倒をみたのは、老人と十歳の少年だけだった。

ノアはローリーの育ての親のひとりだった。それなのに、怠け者で向こう見ずだった若者が、いま目の前にいる男に変身する瞬間を見逃してしまった。

「わかった。行けばいいさ。彼女からは目を離さない。いずれにしろ、おれはずっとそうしてきたんだからな」ローリーは肩をすくめた。弟の動作になぜ怒りがこもっているのか、ノアにはわかっていた。サベラが怒っているのも、結局同じことが原因なのだ。

ノアは深く息を吐き出すと、床に目を落とした。

「サベラには言わなくていい」ローリーに向き直りながらなんとかそう告げたノアの声は、厳しかった。「この前のことがあるから、心配させたくないんだ」

「彼女のことを見守ってきた、と言っただろ」ローリーは不満そうだ。「言い訳は要らない」

「じゃあ、なにが訊きたいんだ?」噛みつくような口調になった。「うじうじしてないで言ってみろ」

「うじうじしてるのは、そっちだろ」ローリーはからかうような笑みを浮かべた。「心配するな。別に悪気があるわけじゃない。自由気ままなご身分だもんな。そうだろ？　自由気ままにしてるがいいさ。おれには仕事があってね」

ノアはふたたびドアに目をやった。この二日のあいだ、サベラの涙と苦悩をひしひしと感じていた。

「そういう態度は改めた方が身のためだぞ、ローリー」脅すような口ぶりだった。「もう、いつなにが起こってもおかしくない状況だ。なにがあろうと、おまえはうまく対応できると、考えていいんだろうな」

最悪の事態になれば、ローリーにはサベラを連れて町の外に避難してもらわなければならない。サベラを巻きこむわけにはいかないのだから。

「やるべきことはわかってる」きっぱり言ったローリーの声は苛ついていた。「おれたちのひとりがそのことを覚えていてよかったな」

自分でも止める間もなく、ノアの手がさっと前に出てローリーの首をつかんだ。次の瞬間、歯を噛み締めながらゆっくりと身を引いたノアを、ローリーは目を丸くして見つめていた。

「自分のやるべきことを忘れるな」そう告げるノアは、サベラがオフィスと店のあいだのドアの取っ手をつかんだままふたりを見つめているのに気づいていた。

彼女の顔は青白く、目の下が黒ずんでいる。すでに硬くなっていたノアのペニスが震えた。サベラを見るだけで、いつも信じられないほど硬くなってしまう。

「わたしが知っておいた方がいいような問題が、ふたりのあいだにあるの？」

ローリーは歯を食いしばったものの、「問題はないよ、ベラ」と、ノアの分の返事もした。

「彼はときどきむしゃくしゃするらしい」

「そうなの？」店の中に入りながら、サベラは片方の眉をあげた。「少し出てくるわ。オフィスを仕切ってるのはトビーだから、わたしがいると彼を苛々させちゃうみたい」

「修理しなきゃならない車があるが」ノアがかすれた声で言った。

「あなたひとりで十分でしょ」冷ややかに応じながら、サベラはドアを閉めた。「また明日ね」

「どこに行くんだ？」考える前に口が動いていた。

ノアの中で、そして、ふたりのあいだで、緊張が高まった。サベラは約束を求めていた。約束がどれほど簡単に破られてしまうかを、彼女は知っていて当然なのに。ノアにはわかっている。そのせいで、彼の魂は苦しみ、心が刻々と引き裂かれているのだ。彼女になにを約束しても、この瞬間にも、それは塵と化すかもしれないのだから。無に帰してしまうかもしれないのだから。

「わたしがどこに行こうと、あなたには関係ないでしょ、ブレイクさん。それでも知りたいというのなら、教えてあげる。家の掃除よ」サベラの瞳が、ノアの魂を締めつける。「それじゃあ、明日ね」

サベラは冷蔵ショーケースから冷たいミネラルウオーターのボトルを一本取り出すと、店を出ていった。そのままガソリンスタンドのアスファルトの上を横切り、自宅に続く歩道を歩いていくサベラを、ノアは見守った。

サベラの足取りはゆっくりと軽やかで、腰の動きに合わせて尻が上下している。彼女の双丘を手で包んだ感触を思い出して、ノアは両手を握り締めた。彼女を抱けずに過ごしたこの二日間の長さは、あの六年間に匹敵した。

「あんたのせいで、彼女は死んじまうかもしれない」ローリーが告げた。「いきなり戻ってきて、彼女を生きる気にさせたと思ったら、また突然、彼女はうつろな目をして静かになっちまった。あんたのことが憎らしくなるぞ、ノア」

ノアはゆっくりうなずいた。よくわかる。兄弟だから。弟の怒りがひしひしと伝わってくる。自分でも自分がいやになった。ノアは頭をふると、店を出て工場に戻った。修理を待つ車があり、終了すべき任務が待っている。それでも、この方がましだ。少なくとも、サベラは家に隠れず、ベッドにもこもらず、もうこの世にはいない男を思って涙を流していないのだから。

サベラは怒っている。傷ついているかもしれない。しかし、彼女はうまく乗りきるだろう。そう自分に言い聞かせた。

ノアはレンチを手に取ると、ＳＵＶのフレームに両手をかけて、自分が乗りきれる可能性を推し量った。すでに、心が裂かれるような苦痛が体中に広がり、生傷が開いたような痛みが走っていた。

サベラに触れてもらい、彼女の笑い声を聞き、笑顔を見たいという欲求がノアの魂を苛んでいた。

自宅に戻ったサベラは乱暴にドアを閉めた。そんな彼女を写真が迎える。居間を満たす何十枚という写真が。ネイサンの写真。サベラとネイサンが一緒に写っている写真。ネイサンと祖父。それに、ネイサンとローリーの写真。

写真の数々が、サベラを見つめ、あざ笑っている。

暖炉の前に行き、炉棚の上にある三枚つづりの写真立てを手に取ったサベラは微笑んだ。結婚式の写真。彼女は信じられないほど若く、愚かだった。サベラは、ネイサンのがっしりした顎を指でなぞった。いまは前より鋭く、ほっそりしている。

今朝、サベラはインターネットでそうした顔かたちの変化をもたらす原因を調べた。最も可能性が高いのは、骨が粉々に砕かれたことだった。あるいは、折れた骨が、きちんともとに戻らないまま治ってしまったという可能性もある。

サベラは目を閉じると、ごくりと唾をのみこんだ。そういう場合、正常に戻す手術は、最初に骨が折れたときと同様の苦痛をもたらすらしい。ノアの下唇は以前より薄く、片側には、ほとんど目につかないほどのかすかな傷がいくつも残っている。

サベラは、自分が結婚した男の写真に顔を寄せた。

「愛してる」サベラはささやいた。「愛してる、ノア」いまの名前はノアだから。しかし、ノアの中には、いまもネイサンが息づいている。ネイサンが彼女に一度も見せなかった部分が表面化した姿がノアなのだろう。

写真をもとの場所に戻すと、サベラは重い足取りで階段をのぼり、浴室に向かった。町のバーのひとつでシエナとカイラに会うことになっている。シエナが行くのをリックが気にしない、数少ないバーのひとつだ。

ずっと昔にネイサンがそうだったように、リックも妻の安全に気を使っている。そう思うと、サベラは思わず頭をふっていた。

出かける用意をするまでに、まだ数時間ある。

寝室に入ったサベラはベッドを見つめると、掛け布団とシーツを手早く剥がした。次は、まだ彼のにおいが残っている枕カバーを。

新しいシーツをかけたあと、剥がしたシーツと枕カバーを階下にある洗濯機に入れ、洗剤と漂白剤を注いだ。

地下室におりたサベラは、ネイサンのコレクションの中でも最も値段の張るワインの一本を抜き出して、階上に持ってあがった。ノアが飲むことはもうないのだから。もうすぐ出ていく彼のために、わざわざワインを荷造りしてやるつもりもない。

サベラは掃除をして、ワインを飲んだ。家中の埃を払い、磨きあげ、彼のにおいをすっかり追い出した。掛け布団も替え、客用の寝室から枕を持ってきてベッドの上に置いた。当然ながら、枕からはノアのにおいはまったくしなかった。

サベラはかけている音楽のボリュームをあげた。ゴッドスマックと、ナイン・インチ・ネイルズ。ネイサンが大嫌いだった、けたたましいハードロックバンド。彼が家にいるときは、サベラが絶対にかけなかった種類の音楽だ。ワインを飲み終えたサベラの体はほてっていた。爪にやすりをかけてマニキュアをする――足にはペディキュア。それからシャワーを浴び、体にボディーローションをすりこむと、髪を整えて、三年ぶりに化粧をした。

結婚前にネイサンから贈られた上品なアンクレットが、足首を優美に飾る。

銀製のネックレスを首の後ろでとめながら、サベラは自嘲するような笑みを唇に浮かべていた。ネックレスと上腕にはめた銀製のアームバンドは、彼が死ぬ少し前に買ってくれたものだった

「くそったれ」サベラはつぶやいた。「やらなければならないことがいくつかあるから、もうすぐ行かなければならない、ですって？　勝手にすればいいわ」

真相を聞きたかったわけではない。ここにとどまるつもりかと訊いただけだ。お節介な質問でもなければ、訊いてはいけないような内容でもないはずだ。プレッシャーをかけようとしたわけでもない。相手は、自分の夫なのだ。

サベラは、数カ月前に外した結婚指輪を見つめた。指輪を手に取って見つめながら、こみあげてくる涙を目をしばたたかせて押し戻す。内側には「ガ・シリー」の文字。「永遠」という意味のゲール語。ようやくその意味を調べた。「永遠」それは、彼の誓いの言葉。

「永遠といっても、そんなにもたなかったわね」それでもサベラは、右手の薬指に指輪をは

めた。

未亡人だから、結婚指輪は右手に。夫は本当に死んでしまったのだから。夫なら「やらなければならないことがあるから」彼女を残していかなければならないなんて、言うはずがない。

右手でも、指輪をすると心が安らいだ。その感覚を追い払おうと、サベラは深く息を吸った。

体の線を強調するデニムのショートパンツと袖なしのブラウスを取り出したサベラは、歯を噛み締めた。シエナからどうしてもと言われて同意したものの、なぜか今夜は出かけたくなかった。だけど、サベラはブラウスをショートパンツの中に押しこむと、革のベルトを締めた。

それから、足の指にトーリングをはめる。それもネイサンからの贈り物だった。足の指を動かしてサクランボ色のペディキュアを念入りにチェックしたあと、サベラは上品な革のサンダルを選んで履いた。

仕あげに気に入りのオーデコロンを軽く振りかけると、階下におりた。キッチンに入ったところでハーレーダビッドソンのエンジン音が聞こえ、サベラは窓に近寄った。バイクのヘッドライトが闇を切り裂き、修理工場から急速に遠ざかっていく。

どこに行くのだろう。また、喧嘩だろうか。

ノアがここにいるのは任務のためだということをサベラは思い出した。それはわかっていても、内容までは推測のしようがない。尋ねたこともない。意気地がないといえば、確かにそうだ。任務のことを尋ねれば、どうしても次の質問をしないわけにはいかなくなる。任務が終了すれば、どうするつもりかと。アルパインにいる理由がなくなれば、どうするつもりなのかと。

その答えはわかっていた。どこかに行ってしまうのだ。やらなければならないことがあるから。

サベラは頭をふって受話器を取りあげると、タクシーを呼んだ。今夜は運転したくなかった。気が進まないとはいえ、行くからには楽しむつもりでいる。友人たちと一緒に笑い合うのに十分なだけアルコールを飲んで、感覚を鈍らせよう。そして、もう一度女の子らしい気分を味わおう。

本当に女らしい気分で女らしく振る舞えたのは、もうずいぶん昔のことだ。自分が自由の身だという気分も、もう長いあいだ味わっていなかった。でも、自由というのもつらいものだ。心がずたずたになるほどに。

ショートパンツの後ろポケットにクレジットカードと家の鍵を押しこんで、サベラは玄関ホールでタクシーの到着を待った。

気分が落ちこんでいて、出かける気分ではなかった。自分の知っていることをノアに告げ、真実を求めてわめき散らすべきだ。そうすることができないのは、彼女自身のプライドのせいだ。妻のことを思い出すからという理由だけで、その女と寝るような男など要るものか。

タクシーが私道に入ってくると、ローリーがコンビニの外に出てきて、家を見あげるのが見えた。

「最初にコンビニに行ってちょうだい」サベラはタクシーを運転してきた若者、アート・ストリックマンに頼んだ。アートの父親が所有する三台のタクシーが暇にしていることはあまりなかったが、金曜の夜は特に忙しそうだ。

「了解しました、ミズ・マローン」アートはサベラに笑みを投げかけると、本道からコンビニに乗り入れた。

ローリーはサベラを待っていた。「一体どこに行くんだ?」

サベラの姿を目にした途端、ローリーはもう少しで口をあんぐり開けそうになった。なんてこった。ノアが見たら、爆発するぞ。

かつてのローリーが知っているサベラだった。まるで女神のようにローリーの前に立っている女性は、昔のサベラだ。ふわふわの髪が顔を縁取り、夕暮れの淡い光の中で灰色の瞳がけぶっている。信じられないほど長い脚。サクランボ色の足の爪。

「ガールズ・ナイトよ」サベラは眉を上下させた。「わたしは遅くなるから、きちんと戸締まりをして、現金袋を忘れないで持って帰ってね。明日の朝、わたしが銀行に持っていくから」

「ちょっと、えーと、ベラ」ローリーはごくりと唾をのみこんだ。「ちょっと待っててくれないか。おれも一緒に行く。あと一時間で店を閉めるから」

「女だけの夜なのよ、ローリー」からかうように笑いながら、サベラはローリーの頬を軽く叩いた。「シエナとカイラ・リチャーズとね。さっき、ネイサンの一八〇〇何年かのフランス産のワインを一本空けたけど、これから、もっと楽しもうというところなの。わたしがいなくても、あなた、大丈夫でしょ」

くそ、大変だ。ローリーは髪をかきあげながら、周りを見回した。そのとき、後ろでドアの開く音がした。

「ミズ・マローン。わーお。かっこいい」トビーの声はほとんど裏返っていた。「お出かけですか?」

「彼はいい子ね」サベラは鼻の頭に皺を寄せて、ローリーを見た。「ガールズ・ナイトなの。トビー、ちゃんと車で送ってもらうのよ。歩こうなんて考えちゃだめ。いい?」

「もっちろん」トビーは笑った。「どこに行くんです? あとで僕も行きますよ」

サベラは、トビーに鋭い視線を投げかけた。「子守が要るように見える?」サベラは自分の体を手で示すと、色っぽく挑発するように腰をふってみせた。その光景に、ローリーもトビーも舌をのみこみそうになった。ノアがこれを見たら、核爆弾よろしく爆発すること間違いなしだ、とローリーは思った。ちょっとしたイケないお楽しみを求めてやってきたセックスの女神のような姿でサベラが町に出かけたことを、兄には必ず知らせなければならない。

サベラが娼婦のように見えるというわけではない。彼女は美しい。美し過ぎた。本来の彼女らしい色っぽくセクシーな装いだが、あまりにも純真過ぎて、金曜の夜の町に繰り出すカウボーイどもに自分がなにを見せるのかに気づいていないのだ。

現実にうんざりし、傷心した女を。

「そんなことはありません」最初に口を開いたのはトビーだった。「ただ、あとで花火を見に行こうかなと思って」

なにも言わずにトビーをじろりと見たローリーの視線を、若者は無視した。

「花火？」

「ブレイクが、ベラさんを見つけたときにアルパインにあがる花火です」トビーは笑いながら答えた。「金曜夜の乱闘、ってね」

「ああ、あの『やるべきことのある無責任男』ブレイクさんね。心配しなくても大丈夫。彼は全然気にしないから」

サベラは本気でそう思っているらしい。

彼女の表情と瞳の輝きから、ローリーにはそれがわかった。ノアがまったく気にしないと、サベラは本気で思っているのだ。今夜誰かが傷つくのは確実だ。それがサベラではないことを、ノアでないことを、とりわけ自分ではないことを、ローリーは祈った。

ローリーに幸運の女神が微笑んでいたとしても、彼女を行かせたというだけで、ノアは彼の頭を引きちぎることだろう。

それでも、ローリーはサベラをそのまま行かせた。遠ざかっていくタクシーを見送りながら、深く息を吐き出した。

「トビー、おまえ、何歳《いくつ》になる？」

「十九。でも、町のどのバーにもダチがいるから、どこでも入れますよ」

ローリーはトビーをしげしげと見た。確かに二十一歳で通る。

「おれたち、死んだも同然だ。ノアに殺されちまう」ローリーはうなるように告げた。

「なにか妙なことが起こってるんだったら、彼女をひとりで行かせるのはまずいですよ。ノアとローリーさんを見てたら、僕でも、なにかがあるってわかりますからね」トビーがきっぱりと言った。「あとをつけましょう。ノアに連絡してください。まずいです。金曜の夜だし。彼女をナンパしようとする男でいっぱいですよ。狼の群れに小羊を放すようなもんだ」

腕時計を見たローリーは、口から出かけた悪態をのみこんだ。あと二時間しないとノアの携帯は通じない。ローリーはノアにそう告げられていた。ノアに連絡できるのはジョーダン叔父だけだ。くそ、まずいぞ。

「戸締まりをしろ」

ふたりは急いで店の中に戻った。ガソリンスタンドを閉めて電灯を消し、ちょうどそこに入ってきて給油ポンプの前でうるさくクラクションを鳴らしている車も無視した。

「おまえのダチに電話して、ベラがどのバーに行ったか突き止めろ」三十分後、車の中に飛びこみながら、ローリーはトビーに命じた。「おれは、ノア・阿呆・ブレイク氏に連絡がつくか、知り合いに当たってみる。男ってのは、どれだけ阿呆になれるもんかな？」

「ブレイククらい？」トビーが訊いた。

「言葉のあやだ、坊や」ローリーはうなるように答えた。「そのつもりなんだがな」

慌てふためいたローリーのボイスメールを聞いたジョーダンは眉をあげて、窓越しにエリート作戦部隊の隊員が集まった会議室の中を見た。

「ノアに連絡してくれ。すぐに。どうやってベラを怒らせたのか知らないが、彼女、女友だちと飲みに出かけた。すべての男の夢から抜け出たみたいな格好で。〈ボーダーライン〉に向かってるらしい。そこで、カイラ・リチャーズとシエナ・グレイソンと会うつもりだ。そこにいるあの精神異常のくそったれが怒り狂っておれを責めに来る前に、おれに護衛をつけてくれ。また、おれの首に奴が手をかけたら、神に誓って、神に誓ってだぞ、ジョーダン、じいちゃんにばらしてやる。あんたのこともだ。そうなったら困るんだろ。でも、ばらしてやるからな」そこで、声は切れた。

ジョーダンはボタンを押して、同じく慌てふためいた次のメッセージを聞くと、笑みを浮かべかけた。ローリーは完全に動転している。次はノアが動転する番だ。

「よく聞けよ。じいちゃんに言うぞ。おれたちはみんなおしまいだ。みんなだ。奴に伝えるんだ。またやったら、みんなおしまいだって。おれは自分の身がかわいいからな、あんたらのことをじいちゃんに全部言ってやる。そう伝えるんだぞ」

メッセージはそこで終わった。

祖父にすべてをばらすとローリーは脅している。ジョーダンは昔に戻ったような気分になった。ローリーは、自分がジョーダンやネイサンのせいで厄介ごとに巻きこまれそうだと思うたびに、老人に告げ口をしたものだ。

ローリーは夢にも思っていなかったようだが、老人はいつもその前に問題を察していた。それでも、少年が自分を信頼し、愛していることを再確認して、老人は大いに喜んでいた。しかし残念なことに、今回はそうした解決法を認めるわけにはいかない。

椅子の背にもたれて甥を見るジョーダンの顔に、笑みが浮かびかけた。ただ、そのとき、なにかが起こっているのを察したように、ノアがジョーダンを見つめ返したことで、笑みは押し戻された。ジョーダンには、なにが起こるかがはっきりわかっていた。

ジョーダンは甥を愛していた。彼が死んだと思ったとき、ジョーダンの中でもなにかが死んだ。ネイサンが生きていることがわかったときには、喜びに魂までが軽くなったような気がしたものだ。

そして、心配した。特に、ネイサンがベラに生きているのを知らせることを拒否したときには、心配で気が狂うほどだった。

だが、この計画はうまくいっているようだ。ジョーダンは立ちあがって会議室に入っていった。甥にとっても、なかなかうまくことが運んでいるらしい。うまくいけば……。ジョーダンは心の中でうなずいた。うまくいけば、密かに甥を操ってきた自分の作戦が功を奏することになる。完璧に。

その前に、ノアに殺されなければの話だが。

「よし、みんな。報告書だ」ジョーダンはファイルの束をテーブルに投げた。「ＤＮＡの照合ができた。朝一で、保安官と州警察に、デルバート・ランサムをしょっぴく命令が出される。それでは、準備にかかろう」

21

ミカの撮った写真があった。深夜の偵察によって、この一週間のうちに何度か真夜中の狩りが行われたことが判明していた。幸い、犠牲となった獲物は発見されなかった。しかし、証拠写真がここにある。遠距離から撮ったものだが、その一枚にデルバート・ランサムの小型トラックが写っている。

「カイラとテイヤがほかの車の照合に当たっているが、いまのところ確定できたものはない」一時間後、ジョーダンはまだ報告書の概要を説明していた。

ノアは写真から顔をあげて、叔父を見つめた。

「テイヤは通信と物資の補給を担当する」ジョーダンはドアの方にうなずいてみせた。ドア枠にもたれて立っている小柄な赤毛の女性は、体にぴったりしたTシャツの上で腕を組み、ジーンズに包まれた脚を足首で交差させている。

「なにがあったんだ?」ノアが尋ねた。「遺産相続人に変身した孤児は、ここにとどまることにしたのか?」

テイヤの唇の端が愉快そうにあがった。「フィッツヒューの遺産相続人として名乗りをあげたことはないわ。ジョセフ・フィッツヒューが死亡した作戦の報告書から、わたしの名前は消されているの。遺産は借金の返済と、彼の邸宅にとらわれていたあの若い女性の将来を保障するのに使われたわ」

自分の父親がテロリストで白人奴隷売春斡旋の元締めだったことを、しかも、そのあまりの凶悪さに身元を確認して逮捕するために、麻薬シンジケートのボスの身の安全を保証しなければならなかったことを、喧伝したい人間はいないだろう。

長い赤毛を首の後ろで束ねたテイヤの緑色の瞳が、会議室の中を皮肉な様子で見つめている。

「それから、ゲイラン・パトリックの家政婦が新生児と一緒にいたという報告もある」ジョーダンは書類に目を落とした。「誘拐された合法入国者のひとりに子どもがいた。生後数カ月の赤ん坊だ。赤ん坊の死体は発見されていない。ランサムのトラックから発見されたDNAは、父親のものと一致した。だが、母親のものと一致するDNAは発見されていない」

「それでも、FBIはその夫婦の死に関して、ランサムを逮捕できるんじゃないか？」ミカが尋ねた。彼の厳しい顔の中で、瞳が黒い氷のようにきらめいている。

「その方向で捜査が進められている」ジョーダンはうなずいた。「連邦、州、郡の法執行機関が、明朝パトリックの牧場に集合する。FBIが逮捕状を持って到着する前に、アルパインの小さな警察ではなく、グレイソン保安官個人に逮捕計画が知らされる予定だ。ランサムが逃亡しようとしても、あるいは、トラックを処分しようとしても、捜査官らが待ちかまえているはずだ。完全に秘密裏に決行する。逮捕に関する情報がパトリック牧場に送られることも阻止できるだろう」

「疑惑の根拠はなんですか？」ノアが尋ねた。

「匿名の垂れこみだ」ジョーダンは冷ややかな笑みを浮かべた。「昨夜、峡谷で、ランサムのトラックが人を追い回している光景を見たという人物がいるらしい。ひとりで歩いていたハイカーだ」

ノアはうなずいた。修理工場に疑いの目が向けられないようにしなければならない。

「マイク・コンラッドが支配人をしている銀行の持ち主、コールトン・ジェイムズの娘にジョンが近づいた。コールトンの娘ケーティ・ジェイムズは銀行の会計課で働いている。コンラッドが管理している口座の一部に関して、彼女は疑問を抱いているらしい」ジョーダンはオーストラリア人にうなずいてみせた。

ジョン・ヴィンセントはジョーダンに皮肉な表情を向けてから、口を開いた。

「大口口座に関して、少しばかり偶然が重なり過ぎているとケーティは考えている。具体的に言えば、コンラッドが管理しているいくつかの法人口座が、多額の資金の洗浄に使われている可能性があるらしい」

「彼女はそれをなぜおまえに話したんだ？」ノアが尋ねた。「ケーティのことは知っているが、彼女は口座の話は絶対にしないぞ」

ジョンはにやりとしてみせた。「しゃべりはしない。だが、かなり詳しい日記をつけてるのさ。気をつけないと、彼女はあのいかにも美味そうなおケツを、とんでもない面倒に突っこむことになるぞ」

ノアは頭をふった。そういうことか。サベラは日記をつけているのだろうか。ノアには見当もつかなかった。

「コンラッドの書斎で見つかった証拠と資金洗浄疑惑、さらにランサムが関係していることで、ゲイラン・パトリックの容疑がかなり深まった」そのままジョーダンは続けた。「ケーティが怪しいと思っている大口口座のひとつは、パトリックが関係しているものだ。奴の牧場は国立公園に隣接しているから、疑惑を受けても公園内にいた口実を作りやすい」

「それに、パトリックは怪しまれる危険を避けるためか、合法入国者を雇っている」ノアは指摘した。「コンラッドのパソコンに入れたプログラムはどうなった？　なにかわかったのか？」

「まだなにも」テイヤが答えた。「いくつかのファイルの暗号を解読しているところです。でもそれ以外は、パソコンからはなにも見つかっていません」

「ジョン、明日はミカと町に行ってくれ」なにか言いかけたノアをさえぎるように、ジョーダンが告げた。「ジョン、きみはミス・ジェイムズに張りついていてくれ。もっとなにか聞き出せるか試すんだ。ミカ、いつもより早めに警察署に出勤して、署内で交わされる会話に注意してくれ」ジョーダンは次にトラヴィス・ケインを見た。「パトリック牧場を見おろす丘から見張ってくれ。誰にも見られないようにな」

　トラヴィスは重々しくうなずいた。その貴族的な風貌は冷ややかで、落ち着いている。

「ニック、きみは工場でノアと待機だ。あそこには噂話が集まる。耳をよく澄まして、逮捕に対する動きにすぐに対応できるようにしておいてくれ」

ニックはうなずいたが、ノアは叔父を注意深く見つめていた。

「なにかが起こると考えているんですか?」ノアは尋ねた。

「ああ」ジョーダンは答えた。「報告書を読んでみろ。この郡のあちこちで拾われた噂によると、黒襟市民軍が修理工場を入手したがっていることがよくわかる。ベラを排除するのは容易だが、連中には彼女を殺害できなかった。わたしの個人的な関心を引くことになるからだ。甥の妻が殺されたとなれば、わたしが捜査に乗り出すのは明らかだからな。しかし今夜、彼女が町に出かけたことで、興味を持っている連中がなにか仕かけてくるかもしれない。誰が手を出すか待ってみよう」

ノアは凍りついたように、叔父を見つめた。慎重に縛りつけている怒りの塊が、その鎖から滑り出てくる。

「さて、容疑者リストにある残りの狩猟パーティーの件に移ろう。報告書のページ――」

「いま、なんと言いました?」ノアはゆっくり尋ねた。ジョーダンは言葉を途切らせると、驚いたようにノアを見つめ返した。ノアは自分の声の鋭さと、会議室に満ちる緊張をひしひしと感じていた。

「報告書のページ――」

「今夜? 出かけたって?」

「ブレイク諜報員。なにか忘れていないか? ここで話し合うのは任務の件だ。市民のひとりがガールズ・ナイトを楽しんでいるバーの件ではない。わかったか？」

なにかが爆発した。ノアの頭の中でなにかが弾けた。

金曜の夜。アルパインの町で、バーにいる？

ガールズ・ナイト？　馬鹿な。六年前でも、彼女にはそんなことをしないだけの分別はあった。週末のバーがどんなところか、彼女にはよくわかっているはずだ。金曜の夜に独身女性が町に出かければ、飢えた狼の群れに肉を投げこんだようになることは、よくわかっているはずだ。

「くそったれ！」荒々しい声が部屋中に響いた。ノアはテーブルから体を離すと、椅子を蹴倒して会議室から大またで出ていった。

自分を呼び戻すジョーダンの鋭い声が耳に届いたが、ノアは無視した。

ノアは契約書に署名した。自分が死んだことを認め、妻を諦めた。彼女の人生にふたたび足を踏み入れて以来、ずっとそう自分に言い聞かせてきた。戻ってきたのは、彼女のためだった。もう一度愛することではなく、生きることを教えるために。舞い戻ったときと同じように、ふらりと立ち去るつもりでいた。これ以上はないというほどあっさりと、悲嘆にくれることもなく。

しかし、彼女を愛することは、ノアにとって死ぬほど苦しかった。心が砕かれそうだ。束縛や責任はごめんだという彼の言葉をサベラが文字どおり受け取ったと知って、ノアの頭の中は超新星のように燃えていた。コンクリート製の駐車場に続く金属の階段を駆けおりたノアは、重いドアを開錠するセキュリティーのボタンを押した。ハーレーダビッドソンにまたがり、イグニッションに差しこんだキーを回したあと、ドアが横に滑っていく音に耳を澄ませる。

ぎりぎり通り抜けられるほどに開いた出入り口から走り出たノアは、明かりを消したまま、目を細めて峡谷を走り抜け、舗装されていない道に入った。

しばらくして本道に入ると、ノアはヘッドライトとテールライトをつけ、さらにスピードをあげた。

金曜の夜にアルパインの町に出かけるなど、とんでもない。

基地周辺の電波妨害域を出ると、ノアはベルトから携帯電話を引き抜いた。メッセージが残されていることを示す光が点滅している。電話を耳に押し当てたノアの耳に、ローリーの脅し文句が聞こえてきた。

じいさんに話す？　くそったれ、首を絞めてやる。なにを考えてるんだ？　サベラの外出を許すなど、とんでもないことだ。よりによって、大変な騒ぎが始まろうとしているこのときに、サベラがパーティーに行くとは。カイラ・リチャーズとシエナ・グレイソンと一緒に飲むだと？

神よ、哀れみを垂れたまえ。

特に、彼に対して。ノアは自分がなにをするかわかっていた。なにをするつもりなのか。彼女をバーから引きずり出して、彼女が自分のものだと宣言する。そして、この地を去り、サベラだけでなく自分の心をも破壊する結末を迎える。

　ここにとどまることはできない。そうすれば、遅かれ早かれ、自分の正体を暴露してしまうことになるだろう。彼女から永遠に真実を隠してはいられない。サベラがそのことを知ったら、夫になにが起こったのかを理解したら、決して許してはくれないだろう。救出されたあと、四年以上も彼女を放っておいた。彼女を自分のもとに呼ぶこともせず、妻ではなくエリート作戦部隊にその命を捧げてしまったのだ。そんなことをした彼を、サベラが許すはずがない。契約を破ることはできない。任務を拒否することもできない。しかも、彼が永遠に戻れない可能性は、任務のたびに増していく。

　サベラはノア・ブレイクに惹かれている。夫に似ているからだ。彼女はすぐに類似点に気づいたではないか。ノアはそう考えて納得しようとした。彼女もそう説得しよう。

　しかし、町に入ると、そうした思いに関係なく、独占欲と興奮、それに男ならではの純粋な怒りがノアの心を満たしていた。自分を偽ることはできなかった。真実を知っている自分自身を。

　どう変わろうと、彼はサベラのものだ。これまでもずっとそうだった。それはこれからも変わらない。すぐに、彼はひとつの決断に迫られる。一度去れば、永遠に彼女のもとには戻れない。ここに残れば、いずれサベラに真相を話すことになる。疑う余地はない。サベラのことはよくわかっている。なにも言わなくても、彼女はひとりで真相に到達するだろう。

金曜夜の〈ボーダーライン〉は、夫か恋人のつき添いのない女性のいる場所ではない。ワインをすすりながら、サベラは自嘲的に考えていた。カウボーイたちがサベラたちのテーブルを見ている。

サベラとカイラ、そしてシエナに、もう五、六人の男がダンスを申しこんできた。サベラは踊りたかった。相手の選り好みをする方ではない。

三人が店に入って間もなく、イアンがやってきた。妻の後ろの椅子に腰をおろしたイアンの顔には、愉快そうな表情が浮かんでいる。カントリーミュージックの最新ヒット曲を演奏するライブバンドの音がひときわ大きくなると、イアンは妻の肩に顎を乗せてカイラの話を聞いていた。

「踊らないのね、サベラ」カイラは灰色の瞳を楽しそうに輝かせてダンスフロアを眺めている。「シエナと同じくらい踊るのが好きだと思ってたのに」

サベラは、ふたりのカウボーイと踊っているシエナに目を向けた。

踊るのは好きだ。ただ、カウボーイを相手にしたくなかった。サベラは微笑んだ。ネイサンと踊るのはいつも楽しかった。でも、一晩だけの相手になるかを値踏みされるようで、今夜は気が進まなかった。

そこまで考えて、サベラは口元を引き結んだ。いや、もうすでにノアの一夜妻になっている。

「おい、ベラ、おれと踊ろう」

顔をあげたサベラは笑い声をあげた。マーティン・スローズはローリーの友人だ。若く、ハシバミ色の瞳は笑いに満ちている。少し酔っているらしく、片方の手にビールのボトルを持っている。

マーティンは腰をふった。ぴったりしたラングラージーンズは股の辺りがきつそうで、ウエスタンシャツのボタンを、すべすべした胸の中ほどまで外している。濃い茶色の髪は短く刈りこまれ、どうやらヤギ髭を生やそうとしているらしい。

サベラは首をふった。マーティンは彼女の裸の脚を舐めるように見ながら、意味ありげに眉を上下に動かした。

サベラとマーティンは同い年だが、サベラは自分がずっと年上のような気持ちがした。

「今夜はやめておくわ、マーティン。また今度ね」

「冷たい女だな」マーティンは口を尖らせて言った。それでも、そのまま女子学生たちが座っている隣のテーブルに移っていった。

サベラはマーティンの膨れっ面を見て笑った。彼には魅力があった。そう見えるように努力していると言った方が正解かもしれない。知性に欠けるが、懐の豊かな育ち過ぎた子どもといったところだ。もっとも、彼の給料では、そう懐が豊かとも言えないが。

「ここは友好的な町ね」カイラは身を乗り出した。マーティンとサベラのやりとりを見て、満面に笑みを浮かべている。

サベラはイアンにちらりと目を向けた。ダンスフロアを見ているイアンの目が、一瞬、鋭く冷ややかになる。彼は仕事でここにいるのだ。では、カイラはここでなにをしているのだろう。

「そういうときもあるわ」サベラはカイラに同意した。そのとき、シエナが自分の椅子に戻って、紅潮した顔の上で手をふった。

「カウボーイたちのおかげで、くたくたよ」シエナは笑いながら言った。

サベラは友人の中に起こった変化について考える。シエナはいつも踊るのが好きだった。でも、今夜の踊り方は以前よりずっと激しく、男たちとの接し方も、以前なら考えられなかったほど馴れ馴れしい。

曲がゆったりとしたものに変わり、シエナはマーティンとダンスフロアに戻った。カイラとイアンもあとに続く。

サベラは三人の男から声をかけられたが、いずれの誘いにも首をふって、代わりに、〈ボーダーライン〉に入ってくる客に注意を向けた。

彼女がいる側の後方のテーブルに座っているローリーとトビーにも気づいたが、サベラはそ知らぬふりをした。ローリーはビールを手に、にらみつけるように辺りを見ている。トビーの方は、炭酸飲料らしきものを手にローリーをにらみつけている。どうやら、ローリーにアルコールを禁止されたらしい。

あのふたり、こんなところまでつけてきて、なにをするつもりなの？　子守のつもり？

そんなことを考えながら、サベラは爪でテーブルをコツコツ叩いていた。ノアがなにをしているにせよ、彼の行為が彼女に跳ね返ってくることを心配しているのは確かだ。すでにトビーが犠牲になりかけたのだから。しかし、妙だ。サベラが知るかぎり、ノアは特になにもしていない。日中は車の修理をし、夜は彼女を攻め立てるだけだ。週に何度か夜中にニックと一緒にどこかに姿を消すほかは、彼の身分が偽り――修理工――ではないことを示すものはなにもなかった。ナイフを持った相手と戦うのが好きなところは、明らかにただの修理工とは違っているが。

サベラはビールをすすったが、苦い味に顔をしかめかけた。明日また、ネイサンが自慢にしていた年代物の高級ワインを一本開けよう。いずれにせよ、彼は飲みはしないのだから。ただ集めるのを楽しんでいただけだ。

トラックと妻も、コレクションの一部なのだ。

「やあ、ベラ。踊ろうぜ」曲がテンポの速いものに変わると、マローン牧場のカウボーイ、ジェイソン・ドゥガルがサベラを誘った。「来いよ。一晩中そこに座ってるつもりじゃないだろ」

ジェイソンの目は楽しげに輝き、汗で湿った金髪が額にかかっている。

「一曲だけよ」サベラはビールをぐいとあおって立ちあがると、ジェイソンに手を取られてダンスフロアに向かった。

踊るのはもう何年ぶりだろう。それでも、すぐに勘が戻り、サベラは笑いながらツイストを踊っていた。ジェイソンはかなりうまく、一緒に踊って楽しい相手だ。サベラのウエストより下に手を回すこともなかった。サベラがステップを間違い、ジェイソンが彼女の体を回して正しいステップに戻らせるたびに、ふたりは笑い合った。

その曲が終わっても、ふたりは次の曲を踊った。そして、次の曲も。彼女とネイサンが友人たちと出かけ、このバーで踊った夜のことをサベラは思い出していた。楽しかった。それまで色々な理由で機会がなく、結婚してから初めて踊った夜だった。

踊りに踊り、ついに足元がおぼつかなくなり喉が渇いたサベラは、次の曲を断ってテーブルに向かった。しかし、視野の端に慌ただしい動きが入り、サベラは振り返った。

入り口の周辺に急に生まれた空間から大またで姿を現したのは、まるで地獄からやってきた究極のバイカーといった風情のノア・ブレイクだ。ぴったりしたジーンズの上に革のバイク用ズボンをはき、足はごついブーツで覆われている。黒いTシャツの上には革のジャケット。浅黒い顔の中で、青い瞳が炎のように燃えている。黒い長髪が風に吹かれて乱れ、なまめかしく肩にかかっている。バイクを走らせるノアの髪を風が愛し、人には見えない指でその髪をすき、再生された鋭い骨格を最高の角度で見せるように整えたみたいだ。

ノアは一直線にサベラの方に向かってきた。そのとき、ゆっくりとムードに満ちた曲がダンスフロアに流れ始めた。サベラの息づかいが荒く、深くなる。

二日間。サベラはノアに二日間も触れていなかった。最低の二日間だった。「やらなければならないこと」をするために彼が行ってしまったら、彼女はどうなってしまうのだろう。

ノアが彼女にぐんぐん近づいてくる。ゆったりとした危険な腰の動きに、サベラの口は乾き、胸が高鳴った。ノアの意図を察する間もなく、サベラはノアの腕に抱かれて、ゆっくりと揺れる群集の中にいた。

それは、ラブメイキングだった。ゆっくりと時間をかけるセックスだった。

ノアは両手でサベラの腰をしっかりつかみ、サベラの方は両手をノアの胸に押し当てている。音楽に合わせて体を揺らしながら、サベラの指はジャケットの下で軽く曲げられていた。

「楽しいか？」ノアの瞳は激情に燃え、声は深く、暗かった。

「もちろんよ」サベラは両手をノアの胸に沿って上に滑らせ、相手の肩にかけると、体をさらに寄せた。

ああ、また彼を失ったら、どうしよう。「やらなければならないこと」をするために、彼が行ってしまったら、どう生きていけばいいのだろう。

サベラは結婚している。未亡人でもなければ、離婚したわけでもない。いまも結婚していて、夫を愛している。彼女に対する彼の愛が、いつかどこかで死んでしまったとしても。

頭をノアの胸にあずけて、サベラは目を閉じた。思い出を作ろう。彼が行ってしまったあとで、拠り所にできるものを。ノアに抱かれたサベラの裸の脚が、革のバイク用ズボンの上を滑った。トラックの革の座席と、そこに染みついたセックスのにおいをサベラは思い出した。

サベラの体が熱くなる。胸とクリトリスが膨らみ、全身の神経が張りつめる。そのとき、背中に回されたノアの手が、丈の短いブラウスの下の素肌に触れ、サベラは深く息を吸いこんだ。

「寂しかった」ノアの息が耳にかかり、サベラは自分も、というように体をびくりとさせた。目を閉じてノアの胸に顔を埋めたサベラが、表情や瞳に宿る痛みを人に見られる心配をする必要はなかった。ノアが彼女を隠し、守ってくれているのだから。

「寂しく思うようなことはなにもないでしょ」しばらくしてサベラは答えた。彼は行ってしまう。また彼女を置いて、行ってしまうのだ。それを忘れてはいけない。

ノアは顎でサベラの頭の横を撫でていた。

「おまえが欲しい、サベラ。あの大きなベッドでおまえと寝たい。おれの下で熱く濡れるおまえの体を感じたい」

「いつまで？」ノアの胸に頭をあずけたまま、サベラは首をふった。「いつまでなの、ノア？　一晩？　二晩？　一週間？　わたしになにを求めているの？　風のようにこの町にやってきて、風のようにわたしのベッドに入ってきて、そのまま夕日に向かって去っていくのをわたしが受け入れると、どうして思えるの？」

その声に滲む苦しみを、ノアはひしひしと感じていた。彼女の本当の価値を彼女自身の目から見えなくした男をサベラがいまも思っていることへの嫉妬と、いまの自分の状況に、ノアは心が引き裂かれそうだ。

サベラにはもっとまともな男がふさわしい。なにかあるたびに、夜中に麻薬の残滓が体を駆け巡るような男ではなく。そんな夜は、欲情と飢えの激しさで自分自身が怖くなり、どんな女性にも近づけなかった。特に、彼のサベラには。

それを彼女に告げることはできない。自分の中で猛り狂う獣のことも、エリート作戦部隊と交わした契約のことも。さらに、自分が生きていることをサベラに知らせなかった事実も忘れるわけにはいかない。

嘘と同様に、真実も彼女の心を砕くだろう。しかし、嘘を信じていれば、サベラには少なくとも夫の思い出と、彼に愛された記憶が残る。

「おまえの知らないことが、たくさんあるんだ」ノアのため息が、サベラの耳たぶにかかった。「おれがここにいる理由や、おれがなにをしなければならないか」

「それなら、教えて、ノア」サベラは顔をあげて、ノアを見つめた。柔らかな灰色の瞳が、怒りと決意に燃えている。「わたしは子どもでも、馬鹿でもないわ。現実を理解して対応するくらいのことはできるのよ」

ノアはサベラを見つめ返した。ふたりのあいだで飢えが激しく脈打っている。答えを聞くまで諦めないという強い意志が、サベラの瞳を満たしていた。

「その一部はもうわかってるわ」穏やかな口調だった。「わたしと寝て、わたしが求めるものを拒否して、わたしを苦しめることはできても、真実は言えないの？」

彼女が知っていることは、ほんの少しにすぎない。だが、明日起こることを考えれば、その一部を彼女が理解していることは重要だ。一旦事態が動き始めれば、凄まじい勢いで進展することになる。ノアは、サベラが自分の身は自分で守れることを知っておく必要があった。

そして、サベラ自身にも、彼女が安全な場所にいる必要のあることを納得させなければならない。彼のために。彼の正気を保つために。

「バイクに乗ろう」ノアは誘った。今夜、真実の一部を告げなければならない。それでも、彼の正体は明かせない。永遠に。

「ショートパンツなのよ」

ノアは頭をふった。「気をつけて運転する。行こう」音楽がやむと、ノアは身を引いた。「バイクで走ろう」

サベラはノアの手を取った。彼女の胸はどきどきし、心の中で希望が膨らんでいた。だが、頭の片隅では、彼に正体を明かすつもりのないことはわかっていた。それでもいい。

そう思っても、希望を捨てることはできなかった。

バーを出るふたりを見守る目にサベラは気づいていた。ふたりが通り過ぎると、ローリーとトビーが立ちあがった。サベラは、ローリーにさっと鋭い視線を投げかけた。彼とは、いずれとことん話し合う必要がある。それも、近いうちに。

しかし、いまはそのときではない。ノアが去ったあとだ。どうしても知る必要があるのだから。夫になにがあったのか。帰ってきて当然なのに、どうして彼女のもとに戻らなかったのか。でもいまは、彼女を残して永遠に姿を消すつもりのないことを、彼に確認したかった。やらなければならないことがなんであれ、ここに戻ってくることを。彼女をまた自分のものにすることを。

「ローリーが電話したんでしょ?」サベラは尋ねた。ハーレーダビッドソンの後部に乗るサベラに手を貸したあと、ノアは自分もバイクにまたがった。

「そうだ」ノアの声は前より厳しく、冷ややかだった。「市立公園はどうだ?」

ノアは脱いだジャケットをサベラに渡すと、振り向いて彼女がそれを着るのを手伝った。サベラはゆっくりうなずいた。「いいわね」

バイクが命を吹き返し、絞られたエンジンのパワーに振動した。ノアはスタンドを蹴りあげると、ギアを入れて駐車場を出た。

暖かい風がサベラの髪をなびかせた。公園を目指すノアの引き締まったウエストにしっかり腕を回したサベラは、以前味わった覚えのある解放感をふたたび感じて、思わず笑みを浮かべていた。

メディナ公園は小さいものの、よく手入れの行き届いた美しい公園だ。無人の駐車場で、ノアはバイクからおりるサベラに手を貸した。

サベラの手を握ってノアは狭い歩道を進み、周りを木々に囲まれた小さなピクニック場に入った。陰になった場所にテーブルがひとつぽつんと佇んでいる。バーベキュー用の鉄板の輪郭がぼんやり見えた。

サベラはジャケットのポケットに両手を突っこんだまま、テーブルに固定されたベンチをまたいで座った。

「なぜここに来たの?」

「立ち聞きされる恐れがないからだ」ノアはため息をつきながら答えた。「もし、誰かいたら、すぐにわかる」

ノアは陰の中を調べるように、辺りを見回した。

「暗闇でもよく目が見えるのね？」ネイサンはいつも驚くほど視力がよかった。暗がりの中でさえ。

「おれがここにいるのには理由があることはわかっているだろう、サベラ」しばらくしてそう言うと、ノアはサベラの後ろに座って力強い脚で彼女の脚を挟み、上体に腕を回して自分の胸に抱き寄せた。

「国立公園で見つかった死体の話を聞いたことがあるか？」

サベラはかすかにうなずいた。

「ここ数年で、合法、不法を問わず入国者が殺された。ＦＢＩ捜査官も三人殺害された。残酷な狩りの犠牲になったんだ。襲撃した連中を見つけて、必要な証拠を集め、この件を担当しているＦＢＩ捜査官に渡すのがおれの仕事だ」

「あなたは捜査官ではないの？」どこかが固く締めつけられたような痛みがサベラの体を走った。

「おれはフリーランスだ。契約で働いている」ノアはサベラの耳に唇を触れさせた。「事件はここだけにとどまらない。サベラ、関係者は、この小さな郡の外にも大勢いる。犯罪は広がりを見せていて、国の安全までが脅かされている。次にどこに行くかという選択権は、おれにはないんだ」

「それなら、本当に行ってしまうのね？」

サベラは動揺していた。どうやって落ち着いた外見を保っていられるのか、彼女自身にもわからなかった。

サベラは背後のノアの存在を強く感じていた。サベラの問いがふたりのあいだに漂い、まだ熱い夜の空気を緊張と悔恨の思いで満たした。

「おまえに会ったことは、おれの人生の中で最高の出来事だ」しばらくして、ノアが告げた。「おまえに触れて、抱くのが、人生で最高の喜びだ。だが、人生には予想もできないことが起こるものだ。ベイビー、そういうことが、ずっと前におれの身にも起こった」

サベラの目から最初の涙が零れ落ちた。あとに続く涙を彼女はのみこんだ。

それでも、心の中の痛みまでは消せない。胸の奥からあふれだしそうな嗚咽を押し殺そうとしても、心を鷲づかみにして情け容赦なく引き裂こうとする痛みは治まらない。サベラは唇を震わせながらも、なんとか嗚咽を押し戻した。どうやってそうできたのか、自分でもわからなかった。

「おまえには安全でいてほしい」ノアが続けた。「これからは、バーにも町にも近づかないでくれ。おれがここでなにをしているのかと疑う奴がいる場合に備えて、おれの目の届くところに、おまえの安全を保証できる場所にいてくれ」

「なにかが起こるのね？」

「いつかはわからない。だが、事態は進展している。なにかが起こっても、影響がおまえには及ばないようにしたいんだ」

うなずいたサベラの体が強ばった。首筋をゆっくり優しく吸うノアの唇の感触に、サベラは目を閉じた。初めて彼の唇が触れたときに、初めて衝撃が体を貫いたときに、どうして気づかなかったのだろう。そんなことができるのは、夫だけ。彼女が魂を捧げた人だけなのに。サベラは自分でも気づかないうちに頭を傾けて、ノアのキスを受けやすくしていた。もっと吸ってほしかった。彼はまた、彼女を残して行ってしまう。わめき散らし、地団太を踏んでもおかしくない。泣き叫んで当然だ。それでも、彼女のぼろぼろに傷ついた心の中には、いまも希望が脈打っていた。

ここまで話してくれた。彼は事態の進展を待っているのだ。起こるかもしれない事態に、彼女を備えさせようとしている。ノアが永遠に去ってしまうことはないだろう。彼女のノアは、そんなことはしないはずだ。その手を彼女の体の上で強ばらせ、荒く息をしながら、彼女の上で飢えを燃えあがらせている彼が行ってしまうことなどないはずだ。

彼女のノアがそんな風に、彼女の前から姿を消すことなどありえない。自分の意思で、そんなことをするはずがない。彼女の夫は、そんなことはしない。

22

「誰を追ってるの、ノア？」

それは、ノアが恐れていた質問だった。

「おれといるこの瞬間と同じくらい、おまえは安全だ」ノアはサベラの顎の線をなぞって、羽毛のように軽く唇を滑らせた。「おまえが知っている情報が少ないほど、守りやすい」

「知識は力よ」サベラはノアが触れやすいように首を傾けた。首の横の敏感な部分をノアの唇と舌が撫でる。

「この場合は当てはまらない」ノアはサベラの首を軽く噛んだ。「今回は、おまえにとっては、無知が最大の武器になる。だから、これ以上は話せないんだ、サベラ」

サベラの体から力が抜けた。必要としていたものを与えられ、安心したというように。ノアが彼女を気にかけ、安全でいてほしいと思っていることを確信できたからなのだろうか。

ノアにとっては、彼女の安全がなによりも重要である。セックスをしなくても生きていける。サベラから離れていても生きてこられた。しかし、サベラがこの世からいなくなれば、生きてはいられない。心臓は鼓動をやめ、生きる意志がすっかり体から流れ出てしまうだろう。

彼女と結婚する前から、そのことはわかっていた。自分の心臓が、この華奢な女性のために打っていることに気づいたあの夜、それまでの自由気ままな生き方を捨てて、彼女と結婚することがわかった。

ふたたびサベラを失えば、彼の魂は引き裂かれるだろう。魂がずたずたになり、いまの自分の抜け殻として生きることになるのは確実だ。

「ベッドにひとりでいると、おまえのことが恋しくなる」ノアはサベラの肩からジャケットを取るとふたりの横に敷いて、彼女の剥き出しの肩と両腕を愛撫した。

ノアは、自分が贈った銀製のアームバンドを撫でた。サベラによく似合っている。官能の闘いに赴こうと着飾った、蛮人の王女のようだ。

「こんなことをしても、なんの解決にもならないわ」サベラのか細い声は、苦悩と欲望に満ちていた。

その苦悩の響きにノアの心が痛む。胸の中からなにかをむしり取られたようだ。ノアはサベラの首に顔を埋めて、自分をむさぼり尽くそうとする痛みを抑えこもうとした。

それでも、彼女に触れることはやめられなかった。サベラを腕の中に抱き締めていると、そうせざるをえなかった。まるで麻薬中毒患者のように、サベラを求める気持ちを自制できなかった。彼女に触れることがどうしても必要だった。彼女のもとを立ち去るとき、できるだけ多くの思い出を持っていきたかった。彼を待つ、長く孤独な夜を生き延びるために、必要なだけの記憶を。

「おまえには、もっと素晴らしい男がふさわしい」ノアはささやいた。彼の手がブラウスの中に入り、脇腹を包んで、重い乳房の絹のような肌を愛撫した。「欠けたところのない男が。そんな男こそがおまえにはふさわしい、サベラ。おれはもう完全じゃない。もう長いことな」

サベラの呼吸が乱れた。彼女の体が嗚咽に震えていることに、ノアは気づいた。

「おれのサベラ」ノアはサベラを自分の方に向き直らせ、両脚を自分の太腿の上に置くと、彼女の上体を腕の中に包みこんだ。サベラの顔は涙で濡れていた。「おまえに嘘はつかない。そんなことはできない。おれがここにとどまり、お互いの夢を現実のものにできるとは言えないんだ」ノアはサベラの涙に指を触れさせた。「お互いに――それがお互いのためであっても――嘘をつくことはできない。おれはおまえの夫ではない、サベラ。おれたちはふたりとも、おまえの夫以外におまえの心を満たす男がいないことを知っている」

ノアはサベラを突き放した。そうしなければならなかった。彼女はなにが起こるかを知る必要がある。現実に直面しなければならないのだ。

サベラの目がきらめいた。

顔をめがけて飛んできた手をつかんだノアの心に、じわじわと驚きが広がった。

ノアは自分がつかんだ手と、怒りをひらめかせるサベラの顔を見た。

「サベラ、おれを殴ろうとしたのか?」ノアは慎重に尋ねた。

ふたりが結婚していたときの約束ごとのひとつだった。サベラは、なにを投げてもいい、どんなにわめいてもいい、ののしってもいい、ネイサンをくそったれと呼んでもいい。でも、殴ろうとしてはいけない。奇襲攻撃も禁止。不意に後ろから飛びついたり、物陰から飛び出してもいけない。

研ぎ澄まされた反射神経を持ち、生存本能が異常に発達しているネイサンは、サベラを怖がらせてしまう恐れがあった。

もちろん、サベラを傷つけるはずはないが、なにが起こっているかふたりともわからないうちに、彼女の首に手をかけて床の上で羽交い絞めにして、彼女を怯えさせるような真似はしたくなかった。

「わたしが銃を持ってなくてよかったわね」サベラはノアの膝から滑りおりると、ベンチの上で危なっかしくよろめいた。ノアはとっさにサベラの体を支えた。

ノアは驚いたようにサベラを見つめた。腕の中で甘えていたかと思えば、次の瞬間には怒った小さな猫のように唾を吐きかけるのだから。

「どこに行くつもりだ?」ノアはジャケットをつかむと、駐車場に向けてほとんど走るように大またで歩き去るサベラのあとを追った。「待つんだ、サベラ」

「地獄に落ちればいいんだわ！」

「おかげさまで、もう行ってきた」ノアは言い返した。「できれば、戻りたくはないね」

「じゃあ、夜によく出かけている別の地獄に行くのね」サベラはノアに手をふった。その顔も、体も怒りに燃えていた。「この前の夜にも言ったでしょ、ノア・ブレイク。もうたくさんなの」

「だが、おれはまだ満足してない」ノアはつぶやいた。

まだ存分に、サベラに触れてもらっていない。彼女の笑い声も、キスも、まだ十分には受けていない。自分の横に感じる彼女の存在も。

「まあ、それはお気の毒。あなたの規則とやらも、あなたがわたしをいたぶって楽しんでるゲームも大嫌いよ」駐車場の中央で立ち止まって、サベラはノアに向き直った。ノアも足を止めた。

二日前の夜、彼女の瞳に浮かんでいた決意が、今夜も見逃しようもなくきらめいている。生々しい苦悩、怒り、それに自信が。

ノアはふたたび自問していた。おれが結婚した女はどこにいるんだ？　ここにいるのは、頼りなげな小柄な金髪娘ではない。しかし、それまでなかったほどに、ノアを興奮させる女性だ。

「おまえと真剣につきあいたい」ノアは両拳を腰に当ててサベラをにらみ返した。「いい加減にしろ、サベラ。おれは誠実に話をしようとしているんだ。おまえを傷つけたくはないから」

駐車場の外灯の下に立つサベラの顔を縁取るように、波打つ豊かな髪が肩にかかっている。きりりと締まったほっそりした腰に片手を当て、もう一方の手はいつでも攻撃に移れるように、油断なく脇に垂らしている。

「誠実さなんか要らない」サベラはあざけるように告げた。「どこかに捨ててしまって。むかつくわ」

サベラはノアに背を向けると、歩き始めた。

「どこに行く?」サベラを追ったノアは、彼女の腕をつかんで引いた。「新鮮な肉を探す狼のようなカウボーイ連中がおまえの周りを嗅ぎ回るあのバーか? とんでもない」

「あら、無責任さん。妬いてるの?」サベラの皮肉な口調がノアを刺激した。あの感覚がわき起こる。熱が出たときのように、欲情が、支配欲が、暗い欲望が体を満たす。「あなたの言うとおりよ。あなたはわたしの夫じゃない。わたしになにができて、なにをしちゃいけないかなんて馬鹿なこと、あの人は言わなかったもの」

結婚していたころ、サベラがこんな風に面と向かって抵抗したことは一度もなかった。皮肉で、挑戦的なこんな態度で。サベラはいつもネイサンを甘やかしていた。いまではそれがわかる。胸にあふれてくるサベラへの愛情に、ノアは息が詰まりそうになる。誇りが胸を満たす。それに——ちくしょう——恐怖もだ。

彼はサベラが六年前に愛した男ではない。アイルランドの子守唄を優しく口ずさみ、サベラを喜ばせるためにゲール語で「永遠に」とささやいた男ではない。

体にも心にも傷を受け、彼は変わってしまった。心の傷は永遠に癒えない。それを彼女に打ち明けることは、彼の死を意味した。彼女は答えを求めるだろう。このサベラは絶対に答えを求めるだろう。彼が彼女に連絡するのを拒んでいたことを知ったら、サベラは彼を憎むはずだ。彼が彼女を弱い女だと考えたことを知って、彼を憎むはずだ。彼が怪物になった事実に直面できないほど弱い女だと思われたことで、彼女のプライドは粉々に砕けるに違いない。

　自分で自分の周囲に張り巡らせた糸に搦めとられて、ノアは抜け出すすべを見失っていた。

「わたしになにを求めているの、ノア?」サベラの叫び声に、ノアは慌てて彼女に視線を戻した。サベラの頬に涙が流れている。

「泣くな!」ノアはうめくように言った。「涙を武器にするんじゃない」

　彼女に泣かれるのが一番こたえる。静かな涙が。いままで涙をこらえようとしていたサベラの声が、嗚咽に震えている。

　サベラは頭をふって髪をかきあげると、ノアに背を向けて歩き始めた。

　彼女がなにをするつもりか、しばらくノアは気づかなかった。サベラは歩いている。バイクの横を通り過ぎ、彼から歩み去ろうとしているのだ。

「サベラ、止まれ」ノアはサベラに追いつくと腕をつかみ、彼女の前に立ち塞がった。「ちゃんと話し合おう」

「話すことはなにもないわ」サベラはぴしりと応じた。「どこかの町にふらりと舞いこんで、何週間かセックスできる相手を見つけて、また、ふらりと出ていくなんて信じられない」サベラは腕を引いてノアの手を振り払った。「ああ、ノア。わたしの心をずたずたにしておいて、それが気にもならないのね」

「ほかの男のことが忘れられない心を、どうやったらおれが傷つけられるんだ?」嫉妬に身もだえしながらノアは叫び返した。「あの家のあらゆる部屋に奴の写真が飾ってある。おまえが奴と寝た寝室の棚には、まだ奴の服がかけてある。それに、これを見ろ」ノアはサベラの手を持ちあげた。外灯の下で、金の結婚指輪が光った。サベラが指輪を左手ではなく右手にはめていることで、ノアは心が切り裂かれるような思いがした。「この指輪を見ろ、サベラ。おまえは、まだ奴の指輪をはめている」

彼も同じ指輪を持っている。彼の指にサベラがはめた指輪が、ノアの太腿を焼いていた。ポケットにいつも入れている指輪が。それは、彼の一部だ。

サベラは泣いている。嗚咽で呼吸が乱れ、灰色の瞳が、ダイヤモンドのようにきらめく痛々しい涙に洗われている。ノアの魂に鋭い痛みが走った。

彼女は口を開き、なにかを言いたげに片手をあげた。そのとき、サイレンの音が一瞬響き渡った。

その音にさっと振り向いた。近づいてきたパトカーから姿を現したのは、リック・グレイソンだった。まずサベラを見たリックは、すぐにノアに鋭い視線を向けた。

「パトカーに乗るんだ、ベラ」リックは助手席を顎で示した。

「サベラ、行くな」ノアは身じろぎもせずに立っていた。あらゆる本能が、彼女を保安官と一緒に行かせてはならないと叫んでいた。保安官は容疑者リストから外されたが、サベラはいまでも彼の妻なのだ。

彼女に危険の存在を思い出させようと、ノアはじっとサベラを見つめた。「お願いだ、サベラ」

サベラはリックに向けていた視線をノアに戻した。その顔と瞳に、迷いが浮かんでいる。無言のままふたりを見ていたリックは、銃の台尻に用心深く手をかけたまま顔をしかめた。

「家まで送ろう」ノアが言った。「送るだけだ。約束する」

サベラは嗚咽を漏らした。「ひどいわ」

「わかってる、ベイビー」本当だった。ふたりを引き裂こうとしているのはノア自身だが、彼にとってそれがどれほどつらいことか、サベラにはまるでわかっていないようだ。

サベラは下を向いて頭をふると、ノアの横を通り過ぎてバイクに近づいた。ノアは保安官をじっと見つめた。サベラを見守るリックの顔には心配そうな、気遣うような表情が浮かんでいる。リックはノアに視線を戻すとしばらく黙っていたが、銃の台尻から手を離し、パトカーの開いたままのドア枠に両腕を乗せた。

リックの眼差しには訳知りらしい表情が浮かんでいた。どこか疑いを秘めたような目に、ノアは気持ちを引き締めた。

「わたしは」ようやくグレイソン保安官が口を開いた。「この町に流れてくる本物の負け犬を見てきた」

「そうか?」ノアはゆっくりと応じた。まるで、興味があるとでもいうように。

「そうだ」リックはうなずいた。「だが、いままで見てきた中でも、きみは最大の負け犬だ。おかしなことに、そうなるとは夢にも思っていなかった」

「ご意見をありがたくうけたまわっておこう」ノアはうなるように言って、頬を拭いながら公園に目を向けているサベラを見やった。

「その尻に銃弾を撃ちこんだ方がよさそうだが」リックは不満げに頭をふった。「面倒なことに巻きこまれないように気をつけるんだな、ブレイクさん。さもないと、わたしとみっちり話し合うことになるぞ」

ノアは眉をあげて、わざとなにも言わずに保安官に背を向けると、すでにバイクにまたがっているサベラのところに行った。

ノアは自分のジャケットをサベラにかけ、腕を通させた。そして、彼女の顔を上に向かせて、涙の溜まった目を見つめた。ノアは彼女の顔を両手で挟んで、親指で震える唇を優しく撫でた。

「あと一晩だ、サベラ」ノアはささやいた。彼女を求める気持ちは言葉では言い尽くせない。ペニスもすっかり硬くなっている。自分がどこまで我慢できるか、ノアには自信がなかった。

「もう一晩、一緒に過ごそう」

ノアを見つめ返すサベラの心の中では、怒りと苦痛、それに恐れがぶつかり合い、荒れ狂っていた。しかし、そこには欲求も交ざっていた。猛烈な飢えが。この六年間、セックスをせずに生きてこられたことが、不思議なほどだ。

「ろくでなし！」サベラはすすり泣いていた。

「最低のろくでなしだ」ノアはささやいた。彼女の唇に、涙をあふれさせる目に、キスをする。

サベラは鼻をすってからノアの手首をつかむと、唇から力を抜いてノアのキスに応じた。もっと欲しい。それ以上のものが欲しい。

「家まで送って、ノア」サベラはささやいた。「お願い。ただ、送ってちょうだい」

もう泣かない。

バイクは自宅に向かっている。ノアにしがみつき、その背中に顔を埋めたサベラの頬に、彼の心臓の鼓動が伝わってくる。サベラは将来のことを考えていた。近い将来のことを。そして、遠い未来のことを。サベラは自分の感情を整理しようとしていた。もう家はすぐそこだ。

バイクが私道に乗り入れると、サベラは顔をあげた。ノアは、バイクをおりるサベラに手を貸したあと、自分も飛びおりた。

「家の鍵は？」

まさしく、彼女の夫だ。

つきあっていたころ、サベラを彼女の小さなアパートメントに送り届けたあと、ノアはいつも中をチェックした。結婚してからアパートメントに住んでいたときも、この家に移って以降も、いつも彼が最初に中に入った。常に、彼女の安全を第一に考えてくれた。

サベラは、鍵を手渡した。ノアはドアを開けて用心深く中に入ると振り向いた。続いて入ったサベラは、ノアが家の中をチェックするあいだ、広々とした玄関ホールと居間で待った。

サベラはノアのジャケットを強く体に巻きつけて、彼のにおいを深く吸いこみ、もう一度自分自身に約束した。もう絶対に泣かない、と。

怒りにまかせて、また彼を叩き出そうか。それとも、もう一晩だけ彼と過ごそうか。そのあとも、彼が去るまで、彼に仕事がない夜は一緒に過ごすことになるのだろうか。今度、彼が行ってしまえば――サベラは家の中を見回した。今度、彼が行ってしまったら、することは決まっている。

彼を失う悲しみに打ち勝つためには、そうするしかない。

居間に入ったサベラは、炉棚の上の写真を見つめた。ふたりが顔を寄せている結婚写真。中でもネイサンの青い瞳が目を引く。サベラの白い頬に触れているネイサンの浅黒い顔は穏やかで、自信に満ちている。

写真に近寄りながら、サベラは指にはめた結婚指輪を回していた。その指輪は、いまは左手にある。未亡人ではなく、妻なのだから。彼がどんな名前を使っていようと、彼女はいつも彼の妻なのだから。情けない振る舞いだろうか？　彼が戻りたくなかったのもわかる。彼の妻は、挑戦も反抗もしない女だった。彼を愛することしか知らない女だったのだから。

ノアは寝室に入ると、ネイサンの服がまだかかっているクロゼットの中と、サベラとふたりで設計した広々とした浴室を調べた。

そのあと、寝室に戻ったノアは、ベッドの横の小さなテーブルの前に立って、ふたりの写真を見おろした。

結婚したばかりのふたりを、シエナ・グレイソンが撮影したものだ。彼の指がサベラの頬に触れている。新しい結婚指輪が光っている。

ノアはジーンズのポケットに手を入れると指輪を取り出して、指のあいだで回した。指輪を見つめる。もう新品ではないが、いまも輝き、温かい。

一度握り締めた指輪を、ノアは指にはめた。ふたたび拳を握り締めたノアの顔は、激しい苦悩に満ちていた。サベラに話してしまいたい。それは、彼女を自分のものにし、彼女が恋しく思っている男に、彼女が愛する男にもう一度なりたいという欲求だ。だが、身の毛のよだつような地獄から戻ってきた男は、サベラの夫と同じ男ではない。それに、エリート作戦部隊と契約した彼の生きる道は、サベラが一緒にたどりたいと思うようなものではない。自らの意思では、それることのできない道だ。ネイサン・マローンはSEALを辞めることができた。ノア・ブレイクがエリート作戦部隊から身を引こうとすれば、彼はこの世界から姿を消し、二度とここには戻れなくなる。

常に嘘をつき、隠れ回る人生だ。以前は、自分にそれができると考えた。一番いいと思えた。しかし、指にはめた結婚指輪を見ていると、異なる人生を歩んでいた可能性を考えざるをえなかった。とはいえ、違う人生を考えようとしても、できなかった。彼はいまではノアなのだから。昔の彼女とは見違えるほど変わってしまったけれど、サベラが、以前愛した夫以外の男を受け入れることはないだろう。

サベラは頑固で、意志が強い。彼女は彼のことをわかっているると思っているが、間違いだ。

ノアは指から外した指輪をしばらく見つめたあと、ジーンズのポケットに戻した。それはお守りだ。命綱だ。そして、自分が手にしていたかもしれない別の人生を、一生彼に思い出させるものでもあった。

ノアが階段をおりてくる気配に、サベラは炉棚から向き直った。すぐに彼女の姿に気づいたノアの目が、彼女の後ろの写真に向けられた。

立ち止まったノアの瞳に、ほんの一瞬だけ悲しみが浮かび、消えた。

「きれいな花嫁だ」サベラの前に立ったノアは、優しく告げた。しっかりとその上体を支える両脚を包む黒いバイク用ズボンが、ジーンズの重い膨らみを強調している。

あんなに大きく硬くなってる。サベラの体がうずいた。最後に彼に触れられたのがほんの数日前ではなく、何年も前だったように、彼を求めて体がうずく。

「彼と一緒に写れば、どんな女性だってきれいに見えたわ」悲しげな口調だった。「彼、写真写りがとってもよかったから」

「そして、おまえを愛してくれた」質問ではなかった。

「とても」それはわかっていた。「だけど、いまのわたしを愛してくれるか、わからないわ」

ノアは首をかしげて、しばらく写真を見つめていた。ゆっくりうなずいたノアの表情が、わずかに和らいだように見えた。

「愛していただろうな」ノアはふたたびサベラと視線を合わせた。「あの写真の中の男は、愛し方を知っていた。生き方も。顔を見ればわかる」

でも、彼はいま、もうそんなことはしない。愛することも、愛のために生きることもしない。サベラは、それを受け入れることができた。受け入れるしかなかった。

サベラはノアに近寄った。この二日間彼女を苦しめてきた飢えと欲求が、体からあふれそうだ。公園で、ノアは彼女の心を裸にした。彼女の目からすべての幻想を払い落とし、彼女が対応しているものの正体を教えた。夢も、幸福な美しい記憶も、過去のものだった。

腕からジャケットを滑らせて床に落としたサベラを見つめる、ノアの目が細まった。サベラの視線が、彼のジーンズに下がる。

「あと一晩?」サベラは訊いた。

「おまえが許してくれるかぎり、幾晩でも」

「あなたが、行ってしまうまで?」

ノアの舌がサベラの下唇に触れた。彼女の中のあらゆる部分が緊張した。

「おれが行ってしまうまで」ノアは認めた。

サベラの口からかすかな笑いが零れた。苦い、あざけるような笑いだった。

「あなたが行ってしまっても、わたしは平気よ」サベラはノアににじり寄り、流し目を向けた。「わかる、ノア?」

「なにがだ、サベラ?」その用心深い口調には警告がこもっていた。それでも、サベラは気にしなかった。

サベラは尻を叩かれるようなことをしようとしている。叩いてほしい。

ノアの胸を指で横に撫でた。「たぶん、あなたが行ってしまうのが一番いいのね」

「本気か？」その粗くかすれた声の底には、サベラがいつも愛したあのセクシーで詩的なアイルランド訛りがかすかに響いていた。

彼女は微笑んで上唇を舐めると、睫毛の下から上目遣いにノアを見た。

「考えてもみて。夫のことで、わたしがはまっていた泥沼に比べれば、あなたが去ったあとの寂しさなんて、きっとそよ風のようなものね。ここにはそんなに長くはいないんでしょ？」

ノアの目が少し暗く、鋭くなったように見えた。

「それ以上は言わない方がいいぞ、ベイビー」ノアは柔らかく警告した。

サベラは微笑んでみせた。ゆっくりと無心に。そして、下唇を噛むと、ノアをからかうように見た。

「どうして？　本当のことを聞きたくないの？」

ノアは両手でサベラの腰をつかんだ。彼の厳しい瞳に、突然、それまで以上に野性的で飢えに満ちた輝きが宿る。

「本当のことではないだろう」うめくような声だった。

サベラは背を伸ばして舌でノアの下唇を愛撫すると、軽く噛んだ。次いで、強く。

びくりとして身を引いたノアは、小さな噛み跡を舌で舐めながら目を細めた。しかし、次の瞬間にはサベラを抱き寄せて、みぞおちに勃起したペニスを押しつけていた。

「でも、行ってしまうんでしょ、ノア」サベラは愚弄するように言った。「風のように」からかうような口ぶりだった。「さよなら、バイバイって。わたしの夫と同じようにね」サベラは振り向いて写真を見た。

写真の中のネイサンの愛情に満ちた笑顔が、彼女をあざ笑っている。優しく愛にあふれ、同時に欲望に満ちた青い瞳は、彼女が見るたびに嘘をついた。

そのことが、最も受け入れがたかった。ノア・ブレイクの正体に気がつかなければよかった。気がつかなければ、もっと楽だった。これほど深く彼を愛することもなかっただろう。いまほどに、彼を求めて深く傷つくこともなかっただろう。泣き言も言わず、ノアに別れを告げることができただろう。ネイサンのものである彼女を盗んだことで、彼を憎んでいただろうから。でも、ネイサンだった男を憎むことなどできるはずがなかった。

「さよならを言って、ノア。今夜中にね。どうせわたしの人生から姿を消すつもりなら、いま言っても同じだもの。もう、男を待つのはたくさん。また生きた聖堂になるのは、まっぴらよ」

23

ノアはそれが燃えあがってくるのを感じていた。

サベラの挑戦と抵抗、そして、今夜かぎりで関係を断つという彼女の決意を聞いて、ノアの支配欲に火がついた。

ノアはサベラの顔をしげしげと見た。下唇に残るかすかなうずきが、彼女の意図的な挑発を思い出させる。

サベラの柔らかな灰色の瞳が、葛藤を映すように揺らめいている。ノアは彼女に優しくしたくてたまらない。彼女を自分のものとして抱く最後の夜を、あふれるほどの優しさに満ちたものとして覚えていたい。しかし、サベラは優しさを求めていない。ノアの中でわきあがりつつある感情も、優しさとはほど遠い。

情け容赦のない欲情も和らぐことはなかった。狩猟の最中に心を満たす死のように、サベラを求めてノアの中にわきあがってくる欲情も、忍耐強く執拗だ。

サベラはあざけるように微笑んでいる。彼には無理だと言いたげに。彼女を支配することなどできないと、彼女が生きた聖堂となってまで守っている男の思い出と闘うことなどできないと、言っているようだった。

サベラの後ろにある写真にちらりと目をやったノアの魂を、鋭く激しい痛みが貫いた。自分はもうあの男ではない。ノアは心の隅では、ネイサンに戻りたいといまも願っている。ネイサンである必要があった。だが、あの男は本当に死んでしまった。灰から蘇った部分だけを残して。

ノアはサベラから身を引くと、バイク用ズボンに触れずにジーンズのファスナーを下げ、太く重い勃起したペニスを解放した。根元から亀頭まで、ノアは手でさすってみせた。後ずさりしようとしたサベラの髪を、さっと前に出たノアの手がつかむ。

「全部欲しいか、サベラ?」ノアはゆっくり尋ねると、彼女に微笑んだ。サベラへの挑戦だ。

「これが欲しいのか。それとも、ただの戯れに、おしゃべりを続けるのか、ベイビー?」

サベラはノアをにらみつけた。唇をわずかに開き、歯を噛み締めている。

「今夜は、わたしを探しにバーに来たんでしょ?」

「そうだ」下を見たノアは、歯を剥き出して続けた「おまえはおれのものだ。いま、ここではな。締まって甘いあそこを、おれのために濡れさせるかぎり、おまえはおれのものだ。気に入った雌馬の周りを鼻息を荒くして歩き回る牡馬の群れのように、おまえの周りをうろつく馬鹿なカウボーイのものじゃない」ノアは急に激しい怒りを覚えた。「奴らと踊っただろう」

「あなたはどこにいたのよ?」サベラはからかうように唇を尖らせて、わざとらしく尋ねた。

「どこにいたの、ノア? ここにいた? あなたの雌馬を満足させてた? それとも、牧場に放してたの?」

ノアは目を見開いてうなる。「小さな魔女め」

サベラの髪をつかむノアの指に力がこもった。「おれの代わりを見つけたか?」

「まだ、探し始めてないわ。そうする前に、あなたに声をかけた方がいい?」

イキそうになるペニスの根元をノアはきつく握った。今夜のサベラは挑戦的どころではない。ノアの前に立ちはだかって挑発し、彼の中の暗く熱い飢えに大胆にも挑戦している。

「おれが姿を消すのが待ちきれないのか?」ノアはうなるように言うと、サベラの顔を仰向かせた。サベラは、ノアがシャツの上に着ている革のベストをつかんだ。彼女の髪をつかんでいるノアの腕からベストを脱がそうと、引っ張った。

「ダンスフロアにいた田舎者のひとりに、これほどのことができると思うのか、ベイビー?」

ノアは脱いだベストを床に落とす一瞬のあいだだけ、彼女の髪とペニスを解放した。

その隙にサベラはノアから逃れようとしたが、無駄だった。ノアは片手をサベラの髪に埋めると、もう一方の手を彼女の腰に当てて階段の側面に押しつけた。ノアを見あげて、サベラは唇を少し開き、あざけるような笑みを浮かべた。しかし、彼女の瞳は苦痛にきらめき、涙があふれそうになっている。

おれはサベラになにをしているんだ? そして、おれ自身にも。

そう思っても、サベラを押さえつけたまま、ノアは腕をあげて素早くTシャツを脱いだ。彼の裸の胸をちらりと見たサベラの呼吸が速くなる。

我が胸は汝のために打ち。

我が魂は汝のためにあり。

我が体、我が手、我が唇の愛する者。

それは汝のみ。


その言葉がノアの心に蘇った。それは、サベラへの誓いだった。結婚初夜、互いの体をむさぼり合う行為と快感にぐったりしながら、彼がサベラにささやいた言葉だった。その言葉がいま、ノアの魂に響き渡る。

言葉は、震えるように唇の上を漂った。

口をつきかけた悪態を押し戻したノアはサベラを激しく抱き寄せ、彼女の唇に自分の唇を強く押し当てて、まるで追い立てられているような強引さで奪った。

ノアの心は、あふれんばかりの支配欲に満たされる。

獣のような飢えに辛丸が鷲づかみにされている。

そして、愛。愛が両刃の剣のようにノアの魂を貫き、失ったもののすべてを容赦なく思い出させていた。

ノアは、これが最後のキスででもあるかのようにサベラの唇をむさぼった。舌を絡めるのも、飢えに駆られたうめき声を漏らすのも、柔らかな女性の体に触れるのも、これが最後だとでもいうように。

ノアの魂に、サベラのすべてが刻みつけられる。夜が明ける前に、サベラの魂にも彼のすべてを刻みつけるつもりでいる。昔の自分ではなく、いまの姿を。ネイサン・マローンの思い出を拭い去り、ノア・ブレイクの思い出を永遠に彼女の心に刻みつけるのだ。

それが済んだら、姿を消そう。

彼はちくしょうだ。最悪のくそったれで、しかも、改善される余地はない。壊れたものはもとに戻らず、署名をした書類から名前を消すことはできない。サベラが、失った夫ではないいまの彼をそのまま受け入れることはないという思いから逃れることも、ノアにはできなかった。

だから、いま自分の腕の中にあるものをむさぼるしかなかった。ふたりの思い出を散りばめた写真に囲まれて、ノアはサベラの唇を噛み、吸い、彼女の中に溶けこんでいった。

サベラのみぞおちに押しつけた屹立した太いペニスの重く張りきった先端が脈打ち、捲れあがったシャツから覗く彼女の素肌に精液がわずかにかかった。

ノアはさっと身を引いてサベラに熱い眼差しを投げかけると、ボタンのかかったブラウスの前を一気に開けた。

怯えたサベラが、ぎくりとして息をのむ。そうなるはずだった。

それなのに、なんて女だ！

サベラはクリスマスのプレゼントをもらったように瞳をきらめかせて、顔を興奮に輝かせている。それも、ほとんど彼自身の欲情に匹敵する激しさで。

「気に入ったか、ベイビー？」ノアはサベラの肩からブラウスを脱がせると、ブラジャーに押しあげられたふくよかな乳房に赤みが広がる様子を見つめた。

「大嫌いよ」からかうように応じたサベラの瞳は、言葉とは裏腹に輝いている。硬く尖った乳首も、彼女の言葉を裏切っていた。

「熱くなってるんだろう」ノアはゆっくりそう言うと、ブラジャーの前ホックを外して肩から滑らせた。「おれが溺れるほどに、濡れてるんだろう」

「あなたの硬さと同じくらいに、とっても」

サベラがペニスをつかむと、ノアの呼吸が乱れた。ペニスの太さは彼女の手には余った。ノアは下を見てサベラの手が覆いきれなかった隙間を確認すると、また彼女の顔に視線を戻してにやりとした。

「おれは硬いぞ、ベイビー。完全にがちがちだ」

「そうかしら？」サベラがペニスをさすると、ノアは片手を彼女の髪に埋めた。

「どれだけ硬いかすぐにわからせてやる」うめくように言う。「くわえてくれ、サベラ。吸ってくれ。どれほどやられたいか見せてくれ」

サベラは一瞬ノアの目を見た。彼女の瞳には飢えと反発が宿っていたが、勝ったのは飢えの方だった。ノアが吸ってほしがっているのと同じくらい、サベラも彼を欲していた。

「やるんだ」己の欲求の激しさに体が震える。サベラは、ノアの胸に当てた唇を次第に硬い腹筋へと滑らせた。ちくしょう。彼女の口がペニスに達する前に、ノアは爆発しそうになる。

「すごいぞ、サベラ。スイートベイビー。なんて唇だ」

ノアの体がびくりと痙攣した。粘膜の姿をした炎がペニスの先を包み、撫で、うめき声を漏らしながら揺らめいている。

ノアはサベラを見おろした。ペニスをくわえこむピンク色の唇が押し広げられ、亀頭が沈みこむ。ノアの全身が粉々に砕けそうだ。

激情にゆがむノアの顔を見あげるサベラの体を、苦痛が貫いた。つかもうとしてもつかみきれない痛みと飢え。叶えられるはずのない希望と、暗い恐れが。

ああ、彼はいまも昔と同じように彼女の一部なのだ。サベラは深くひたむきに吸った。ノアの瞳の中で燃えさかる炎を見ながら。その顔に漂う暗い欲情と、その顔をゆがめる苦悩を見ながら。サベラは彼を、悦びで満たしたい。彼は楽しんでいる。彼女を完全に支配する感覚を。そして、支配されまいと抵抗するサベラのことも。ノアは彼女の反抗心を煽りながらも、服従を求める彼の力に挑戦するサベラを歓迎していた。

これから彼女が味わう快感と欲望の闘いの前では、これまで彼がサベラに振るってきた力も取るに足らないものに思えることだろう。今夜、彼女は奪われる。今夜サベラは、彼が隠していたもののすべてを味わうのだ。今夜サベラは、彼のすべてをようやく知ることになる。彼女に抱き締められはしても、心の暗い奥底を覗かれることを拒んできた男のすべてを。

サベラは楽しんでいた。ふたつの相反する感情を。抵抗しつつ、服従するという行為を。ノアは確実にサベラを服従させていた。両手を彼女の髪に埋めて、サベラが頭を動かせないようにしっかりつかみ、彼女の口にペニスを埋めたまま腰を動かしている。

「吸え。好きなんだろ」サベラの頭をしっかりつかんだままゆっくり引き出したペニスを、ノアはふたたび口の中に押しこんで、激しく小刻みに出し入れしだした。「好きなんだな、ベイビー。口におれのペニスをくわえこんで、おれのために燃えるのが」

ノアの太腿をつかんだサベラの指の爪が、バイク用ズボンに食いこんだ。革とデニムのあいだからそそり立つペニスを目にして、興奮しきったサベラのヴァギナから愛液がわき出ていた。パンティーを濡らすその滑らかな熱い液体が秘唇を覆い尽くし、クリトリスを苛む。サベラは股をぎゅっと締めた。目がくらむ。腰を激しく動かしているノアの頭が反り返り、長い黒髪が顔の周りで揺れている。口でしっかり包んだペニスの下にさざ波のように舌を這わせながら、サベラはうめき声を漏らした。

こんなにセクシーな人はほかにいない。これほど熱い人はいない。これほど完璧に彼女を言いなりにできる人は。ノアは彼女の中に押し入るだろう。深々と貫かれれば、彼から自由になろうと思い悩む必要などなくなるはずだ。

「ちくしょう」ノアはあえいでサベラを見おろすと動きを止め、ゆっくりと引き出したペニスが彼女の唾液で濡れているのを見て、一瞬自制心を失いそうになった。それでも、再度、自分のものを彼女の口に押し入れると、快感を求めて追い立てられるようにサベラの口を犯した。

燃えあがるような熱く鋭い快感がペニスの先端を包み、睾丸を襲った。その感触が背筋を駆けのぼり、脳の底をじりじりと焼く。

すごい。サベラに会うまでは、これほどの快感を味わうことはなかった。

ノアは懸命に自分を押しとどめて、深々と荒い息をついた。

身を引くと、彼女の口の中に精液を放出してしまわないようにペニスを抜き、サベラを立ちあがらせて背を向けさせた。彼女の手首をつかんで、階段の手すりの桜木の心棒につかまらせる。

「そのまま動くな」ノアに肩を軽く噛まれて、サベラは背中をのけぞらせた。デニムのショートパンツに包まれたサベラの尻が、ノアのペニスをこすっている。

サベラの腰の前に手を回したノアは、手早く彼女のベルトをゆるめてボタンを外し、ファスナーをおろすと、太腿に沿ってショートパンツを下げた。

次いで、サベラの太腿のあいだに手を滑らせ、熱く湿ったサベラの秘所をパンティーの上から覆った。ノアは、しっとりとした欲望と彼女の腰の膨らみを感じながら、クリトリスをもてあそんだ。

ノアのもう片方の手はサベラの乳房を覆い、乳首を転がすように撫でている。

「すごく硬い乳首だ。こりこりだぞ」ノアはサベラの肩に唇を這わせながら、彼女の横顔にちらりと目を走らせた。

閉じられた目を取り巻く睫毛が、羽毛のように震える影を頬に落としている。紅潮した顔は、快感に酔いしれているようだ。開いた唇は、ペニスにこすられたせいで赤く膨らんでいる。

サベラの肩に唇を当てたままうめき声を漏らしたノアは、パンティーをおろすと、露わになった秘所に手の平を当てた。

「ぐっしょり濡れて、滑らかだ」サベラの肩から首筋に向けてノアは歯を滑らせた。

サベラは快感に我を忘れていた。階段の心棒を固く握り締めたまま、津波のように体中に押し寄せ、彼女をのみこんでいく快感の上で揺らされていた。

「なんてかわいい子猫だ」ノアは秘所を包んだ手の指で、クリトリスの周囲を愛撫した。サベラがオーガズムに達しないほどに。「小さくてかわいらしい。固く締まって熱い。考えるだけでイキそうだ」

愛液がヴァギナを満たす感触に、サベラはさらに両脚を広げ、絶頂を求めて身を震わせた。

「おれがいやらしいことをするのが好きなんだろ、サベラ?」ノアはサベラの首筋を舐めて、片手を彼女の喉元に当てると首を後ろに反らさせた。「おれを見ろ、ベイビー。おれとどんなに淫らなことをしたいか言ってみろ」

目を開いたサベラは、ノアの瞳の中で燃える濃い青色の炎を見つめた。

まだ彼に屈服するつもりはない。

サベラはあざけるように微笑んでみせた。「あなたは最悪よ」ゆっくりとした口調で、南部訛りを強調しながらノアを誘惑する。以前の彼が手にしていたものを、すべて思い出させるために。「でも、つきあってあげる」

軽い音を立てて、ノアの手がサベラの尻の膨らみを打った。その感触が神経の末端から全身に走り、彼女が待っていたささやかな衝撃をもたらした。体を駆け巡る快い痛み、心を焼きながら貫くこの濃密な感触を待っていたのだ。

「ちゃんとお願いした方がいい?」サベラはあえぎながら、ノアの手の平にさらに自らの双丘を押しつけた。「恐ろしくて、こんなことはできませんって?」

ノアの唇に笑みが浮かんだ。淫らで危険な、自信に満ちた笑みが。

「冗談だろう、ベイビー」ノアがうなる。

「本当よ、わたし怖くて」

ふたたびノアの手が尻を打つと、サベラは爪先立った。さらに強く心棒にしがみつくサベラの口から、あえぐような叫び声が漏れる。

息を整える間もなく、また一打ち。そして、もう一度。尻の左右に一回ずつ。

サベラの腰をつかむノアの片手が、彼女をしっかり押さえている。もう一方の手で強く揉まれて、サベラの尻の痛みが快感に変わった。快感がサベラの秘唇に、クリトリスに伝わっていく。敏感な乳首にまで。

ノアの手から逃れようと身もだえしながら、尻を打つ手にもっと近づこうとするサベラの頭が、相手の胸に当たった。うめき声を漏らし、もっと打ってほしいと請う言葉をのみこむために唇を噛むサベラの肌は、汗に濡れていた。

「もう満足か?」ノアはサベラの耳を噛んだ。

「疲れてきたの？」サベラはすすり泣くような声で返す。

「サベラ、ベイビー、自分がなにをしているのか気づいていないな」ノアはサベラの太腿のあいだを撫でた。指がねっとりした愛液をすくい取りながら、双丘のあいだの敏感な入り口にゆっくり近づく。「このまま進めば、おまえが行ったことのない場所に出るぞ」

目を開いたサベラはからかうような笑みを浮かべた。「わたしがどこに行ったことがあるか、どうしてあなたにわかるの、ノア？　本当はわたしとそこに行くのが怖いんでしょ」

サベラの瞳をじっと見つめるノアの目が細まり、表情が厳しくなる。

ノアの指が完全にアヌスに埋まると、サベラは絶頂に達しそうになった。もう少しで。白目になった目を閉じたサベラの体が、激しく痙攣した。

「そんなに簡単にイケると思うのか？」ノアがサベラの耳にささやく。「なあ、ベイビー。どうだかな」

アヌスに埋めた指でサベラを貫いたまま、ノアは彼女の尻にふたたび手をふりおろした。打たれた場所から、アヌスに埋まったまま伸ばされるノアの指から、焼かれるような快感がサベラの全身に広がっていった。

体の中にさらに深く指をくわえこもうとしながら、ノアの名をあえぐように呼ぶサベラの声は、懇願しているように聞こえた。

またも打たれて、サベラはノアの名を叫んだ。甘美な痛みに我を忘れ、さらなる衝撃を必死に求めた。あともう少し。強く揉まれ、軽く叩かれるたびに、サベラの体は熱く燃え、その熱がクリトリスを固く包みこむ。

　絶頂はすぐそこにある。体を焼く狂おしいまでの快感の一端が、サベラには感じられるほどだ。

「イキたいか、ベイビー？」ノアは、サベラの首に、肩に、キスをした。ノアに噛まれ、吸われながら、触れられるたびに息の詰まるような快感を覚えていた。「言ってくれ、サベラ。おれの恋人。おれのためにイキたいか？」

　ええ、とても。サベラはもう我慢できなかった。

「考えてみるわ」サベラはかすれた声であえいだ。ノアは驚いたように小さく笑った。

「なあ、ベイビー。考えている場合じゃないだろう。本当はおねだりしたいんだろ？」

　ノアが指を抜いた。サベラは唇を噛んで、失望のあまり漏らしそうになった叫び声をのみこんだ。そのとき、ノアがひざまずいた。

　サベラは体を凍りつかせて、ごくりと唾をのみこんだ。ああ、どうしよう。そんなことをされたら、もう……。

「いい尻だ」ノアは、片方の膨らみにキスをすると舌で舐め、もう片方を軽く叩いた。サベラの両足から力が抜けかけた。ノアの目の前ですっかりとろけてしまいそうだ。もう少しで、火花をまき散らしながら炸裂してしまいそうだ。

「このかわいい尻を貫いてやろう」ノアは指で双丘を分けた。彼の舌が割れ目に沿って下がり、少し前に指で貫いた小さな入り口の周囲を強くさっと舐めると、サベラの口から細い叫び声が漏れた。

「サベラ、手すりをしっかり握っていろ」ノアはふたたびサベラの尻を打った。あまりの快感に足がふらつき、サベラは床に座りこみそうになった。「しっかり握ってろ。まだ終わってない」

サベラの両脚をさらに開かせると、ノアは彼女を向き直らせた。その動きをサベラが意識する間もなく、ノアは彼女の太腿のあいだに顔を埋めて、秘所を口に含んだ。

たこのできた長い指でサベラの裸の秘丘を押し広げて、愛液にまみれている敏感な割れ目を舐める。ノアの舌が柔肉の中を滑り、貫くと、サベラの体は快感で焼き尽くされ、全身を駆け巡る欲望にもだえた。

「日差しのような味だ」クリトリスを舐める舌を休めて、ノアはうめくように言った。「なによりも甘い。神話に出てくる神々の食べ物のようだ」クリトリスを舐めながら、ノアは愛液に浸した指でふたたびアヌスを貫いた。さらに、もう一方の手の指の一本を苦悶にあえぐヴァギナに滑りこませる。

「熱く締まってる」それぞれの場所を貫く二本の指が動いた。階段の手すりに頭をもたれさせて、サベラは快感のあまりすすり泣く。

「気に入ったと言え」そう要求したあと、ノアはすぼめた唇でクリトリスのすぐ上にキスをし、さらに舌で舐めた。

「あっ、すごい、ノア！」サベラは、すすり泣きながらノアの名を叫んだ。

「おれまでぐっしょり濡れるほど、おまえはびしょびしょだ。熱く乱れろ、サベラ。おれのためにもっと乱れてくれ、ベイビー。すっかりさらけ出してみろ」

二本の指がより深く滑りこみ、サベラの体を串刺しにし、さすった。そこまでしているのに、サベラはオーガズムを許してもらえなかった。欲望にあふれ返るサベラの体をノアは指で犯し、秘所を舌で攻めた。

「おれのためにイク用意はできたか、サベラ？」抜き出した指をふたたび彼女の中に埋めると、ノアはゆっくり動かした。サベラはもっと激しい動きを求めて身もだえしていた。「かわいいクリトリスを舐めてやろうか？　それとも、もう少し考える時間が欲しいか？　あと二、三分待ってやってもいい。手すりにおまえの手を縛りつけて、あと二、三時間待ってもいいぞ」
二、三時間も？　サベラは快感に苛まれながら、呆然とした様子で目をしばたたかせた。肌を濡らす汗と太腿を覆う滑らかな愛液を感じながら、サベラは、手すりを握り締めている自分の両手を見つめた。そんなには待てない。二、三時間もなんて。
「サベラ」深くリズミカルなノアのかすれた声が、サベラをさらに愛撫するように響いた。「言ってみろ、ベイビー。それとも、縛られたままもう少し考えたいのか？」

「ノア」サベラの声はかすれ、息づかいは深くつらそうだ。「ああ、イカせて。お願い。イカせて」

「いい子だ」

ノアはほうびを与えた。ヴァギナとアヌスに差しこんでいた指を引き出し、二本を合わせてアヌスに深々と押しこんだのだ。そして、クリトリスを唇で挟んで、吸い、舐めた。サベラの頭の中で火花が散った。

あまりの快感に叫び声をあげるサベラの全身を爆発にも似た衝撃が走り、体が痙攣するように激しく震える。打ち寄せる快感の波に浮かんで、サベラは漂った。サベラの頭の中で自らのうめき声が響き渡り、足がふらついた。ノアは両手でとっさに彼女の太腿をつかむと、その体を支えた。

それでも残る欲望の激しさに、サベラはすすり泣いた。快感が全身を駆け巡っているいまでさえ、彼女はまだ満足していなかった。欲情が肌の下を這い回り、ノアの瞳の中に見えたのと同じくらい切迫した性欲がサベラの全身を焼いていた。

「まるで山猫だ」サベラの背後に回ったノアは、手すりをつかむ彼女の指を引き剥がして抱き寄せた。「かわいいセクシーな山猫だ」

ノアは唇でサベラの唇を覆い、彼女と自らの味を、そして淫らな欲求を味わった。快感にうめき声を漏らしたサベラは、ノアの体を這いあがって、太く勃起したノアのペニスを本来あるべき自分の体の中に導こうとした。それをくわえこめなければ、死んでしまいそうだ。ほかのことは考えられない。体の中に彼を感じたいという欲求だけが頭を満たしていた。

「きれいだ」ノアの声はかすれ、瞳と同じように荒々しかった。「さあ、ベイビー。もうひとつプレゼントがある」

サベラは、手には余るほど大きなノアのペニスをつかんでさする。彼のペニスを見ただけで、オーガズムに達しそうだ。ジーンズとその上のバイク用ズボンの生地のあいだからそそり立つペニスは、太く硬かった。セックスを司る神のように。サベラはその小さなペットの奴隷だ。

ノアはペニスをつかんでいるサベラの指を引き離して、サベラに背を向けさせると、階段をのぼらせた。サベラは寝室に招かれるように最初の二段をあがった。

そのとき、ノアが彼女を引きとめてひざまずかせた。次の瞬間、ノアのペニスが彼女の中に押しこまれた。

「もう待てない」ノアは両手でサベラの腰をつかみ、しっかり引き寄せた。「ああ、サベラ。もう我慢できない」

ノアは激しく深々とサベラの中に入ってきた。ヴァギナの中の隠された神経の末端をペニスの表面にうねる静脈でこすられ、愛撫されて、サベラは弓なりに身をのけぞらせながらノアの名を叫んでいた。

ノアは死んでしまいそうな快感の中にいる。目をしばたたかせて汗を払ったノアの息づかいは荒く、深い。サベラのヴァギナがペニスを包みこみ、強く締めつけている。

ノアはサベラの中で我を忘れた。いつも蓋をしていたあの暗い欲情が解放され、思うままにノアを駆り立てている。飢えに突き動かされる猛り狂った欲情を制御するすべはなかった。そうするつもりもまったくなかった。

サベラを貫きながら、ノアは下を見た。サベラの中から引き抜いた太いペニスが愛液にまみれている。それをふたたび、最高に締まって熱いヴァギナに埋める。

これを諦めて生きていけるのか？

ここを去ることはできるのか？　彼女を残して。

ノアは頭をふって、さらに激しく深々とサベラの中に押し入った。硬いペニスを包みこむサベラのヴァギナの締まりのよさと滑らかさに、ノアはうなり声を漏らした。

深くペニスを埋めたノアの耳に、サベラのうめき声が入る。彼の名を呼ぶ声は、懇願しているようだ。サベラのヴァギナが彼を絞り、むさぼっている。ふたりの体のぶつかり合う音がノアの耳を満たす。サベラの筋肉が滑らかに彼を抱擁している。彼の体の下で奉仕しながら、同時に、彼から奪っていた。

サベラの名をうめくように呼んだ。なにかを考えることも、口をきくこともできない。彼女をむさぼることしかできない。激しく、深く。

「くそ。そうだ。すごいぞ」ノアはサベラを激しく突いた。ペニス全体でサベラのヴァギナを少しも余すことなくこすり、愛撫した。「いいぞ。絞れ。おれのペニスを絞ってくれ、ベイビー。ああ、すごい。そうだ。そのままイケ。おれをくわえたままイッてみろ、ベイビー」

サベラはオーガズム寸前だ。ペニスを固く絞る筋肉がさざ波のように痙攣し、サベラはノアの名を叫んでいた。欲情以上の、欲求以上の荒々しい情熱に満ちた声で。ノアは、自らの種を注ぎこみサベラを満たすと、彼女の上でぐったりとしてあえいだ。

すぐに動いたら、ノアの体は粉々に砕けてしまいそうだ。体内では、さらなる欲求が膨れあがり、ノアをむさぼっている。一体どうすればいいんだ？　どんな危険が待っていようとも、サベラを残して去る自信はもうなかった。

24

サベラのベッドからは、また彼のにおいがしていた。翌朝サベラが目を覚ますと、ノアが生きた毛布といった格好で、彼女の背中を抱きこむようにして寝ていた。彼から自由になることなど考えられない。それを改めて自覚して、サベラはため息をついた。彼からは離れられない。絶対に。でも、ノアの任務がどういう結末を迎えるのか、誰にも予想はつかないのだ。

サベラはノアの腕に手を滑らせた。腕に生えた黒く硬い体毛に触れながら、サベラはしばらくのあいだ彼の体の感触を楽しんだ。

ノアは荒々しかった。階段でのセックスのあと、ベッドの上でもふたたび彼女を奪った。まるで、いくらやっても満足できないというように。それはサベラも同じだった。

「もう少し眠れ」背後でノアがつぶやいた。そのハスキーで眠たげな声を聞くと、サベラは昔に戻ったような錯覚に陥った。

「目が覚めちゃったの」サベラはささやくような静かな声で答えた。

「まだ、夜も明けてない」

確かに、まだ暗い。それでも、サベラは彼と一緒にいる時間を一秒でも無駄にしたくなかった。

「日の出を見たことはある?」サベラはそう尋ねると、仰向けになってノアの顔を見つめた。密に生えた長い睫毛。頬骨は以前ほど高くない。鼻の骨の折れた箇所がよくわかった。ひどい体験だったに違いない。それを彼はひとりで耐えたのだ。一体どうやってそんなことができたのだろう。

「何度か」つぶやくようにノアは答えた。

「わたし、日の出が好きよ」サベラは窓を見た。東向きの窓からは、家の中に差しこむ最初の日の光が見える。「暖かいのよ。冬でもね。新しい始まりを見ているような気分になるわ。ベッドを出る新しい理由ができるの。毎朝太陽がのぼるのなら、希望を持つ理由はあるって」

ノアは目を開けた。彼の瞳から初めて荒々しさが消えていた。色もいつもほど濃くはない。サベラは、ショックと涙を抑えきれなかった。ネイサンの瞳。アイルランドの目。その浅黒い顔の中で、笑いと愛に輝く宝石だ。

「変な奴だな」ノアは目を閉じてサベラを引き寄せ、彼女の首に頭をすり寄せた。

サベラはウエストの上に置かれたノアの腕を撫で、彼の肩を愛撫した。ノアがふたたび目を開け、置き時計を見る前に漏らした眠たげな低いうめき声を聞いて、微笑んだ。

ノアはできるかぎり遅くまで寝ていたかった。午前六時。あと二時間で、デルバート・ランサムの逮捕令状が執行される。彼も準備をする必要がある。

ノアは上体を起こすと、サベラを見おろした。「アパートメントに戻らないといけない」

ノアから目をそらしたサベラは、唇を引き結んで窓を見つめた。また彼女を傷つけたようだ。求められていないと、愛されていないと思わせ、こんな風にサベラを傷つけるたびに、ノアの心も痛んだ。これほど彼女を求めているというのに。

「いいわ。行って」サベラはドアを示した。「わたしはひとりで、シャワーを浴びるわ」

ノアはシーツの上からサベラにのしかかると、彼女の頭を両手に挟んだ。サベラの顔を、傷ついた心を映している柔らかな灰色の瞳を見つめた。ノアがなにかを言うたびに、それ以上のことを聞けるのではないかと期待している瞳。儚い夢が現実になることを祈っている瞳。しかし、彼女に夢を与えることはできない。それでも、これ以上サベラを傷つけたくはない。そんなことを、したいはずがない。彼女を傷つけることは、フェンテスに閉じこめられた牢獄の中で失ったと信じていた彼自身の一部を、剥ぎ取ることでもあるのだから。

「山猫」ノアはサベラの唇を軽く噛んだ。キスをして、少しのあいだだけ彼女を愛撫する。「これ以上いたら、間に合わなくなる。おまえの安全がなにより重要なんだ。ベイビー、おまえが思う以上に」

ノアを見あげるサベラの眼差しは前より穏やかだった。不思議な小さな笑みを唇に浮かべると、サベラはノアの肩に両腕を巻きつけた。

「わたしになにかあったら、悲しい、ノア?」

サベラの身になにかあったら、と考えるだけで、ノアは胃を鷲づかみにされたような痛みを感じた。彼女の肌にかすり傷がつくことさえ我慢できない。

「おまえになにかあったら、絶対に復讐してやる」ノアはそうささやいて、サベラを見つめた。前にも抑えつけようとした激情があふれ出てきそうだ。しかし、感情をさらけ出すわけにはいかない。それは許されないことだ。「おれがなんとか保っている正気の最後の糸が切れてしまう。スイートハート、そのときは、おまえもおれもおしまいだ」

ノアの下で体をリラックスさせたサベラは、彼の髪に両手を埋めた。ノアは思わずサベラにキスしていた。一晩中ノアに愛撫されていたサベラの唇は甘く、ふっくらとしている。彼の唇の下でとろけ、その情熱でノアを焼いた唇。この唇のせいで、ノアは太腿のあいだで脈動する屹立したペニス以外には、ほとんどなにも考えられなくなるのだ。

「おまえのせいで、脳みそが焼けつきそうだ」ノアはサベラから体を離すと、髪をかきあげて、ボクサーショーツとジーンズを床から拾いあげた。ショーツとジーンズをはくノアに、サベラはベッドの上に座ったまま、熱くうっとりとした眼差しを投げかけていた。なかなか思いどおりにならないあの部分を綿のショーツとジーンズに押しこんで、ゆっくりとファスナーをあげるノアの様子に、サベラはにやりとした。

「無駄にするのは残念ね」そう言って、サベラはベッドから滑り出た。恥ずかしげもなく全裸のまま。

ベッドからゆったりとした足取りで離れるサベラの姿に、ノアは口の中がからからになった。その尻の曲線がノアを誘う。太腿のあいだの露わなピンク色の肌が、かたちよく張った乳房と赤みを帯びた硬い乳首が。初めて彼女を奪ったときと同じくらい、ノアは興奮していた。

「シャワーを浴びるわ」

ノアはうめき声を漏らした。「おれはアパートメントに戻る。家を出る前におれに電話を入れてくれ。そうすれば、おまえに目を配ることができる」

「そうするわ」不承不承身支度をするノアを残して、サベラは浴室のドアを閉めた。

携帯電話を手に取ったノアは、ニックの番号を押した。

「やあ」ニックの声に眠気はまるでなかった。

「どこだ？」

「おまえのアパートメントだ。一晩中待ってたのに、戻ってこないんだから」

冗談めいたニックの口調に、ノアはうなり声で応じた。「いまから戻る。おれがシャワーを浴びるあいだ、サベラの家を見ていてくれ。話はそのあとだ」

「了解」ニックに続いて、ノアも電話を切った。

ブーツを履き、バイク用ズボンを肩にかけたノアはにやりとした。ズボンの下にはいたジーンズからそそり立つペニスをしゃぶる、サベラの顔を思い出したのだ。とろけるような顔だった。

ノアは頭を強く一振りすると、階段をおりて、床から拾いあげたシャツを頭からかぶった。さらに、ジャケットとベストを拾って、ドアの側の椅子にバイク用ズボンと一緒にかけた。

そのあと、ノアは念のために家の中を調べた。ふたたび二階にあがって客用寝室と浴室を調べてから玄関に戻ったノアは、椅子にかけていた服を取って外に出た。そして、慎重にドアに鍵をかけると、ハーレーダビッドソンの方に歩いていった。バイクを調べ、サベラの小型のBMWもチェックする。

すべて問題なし。

周囲を見回したノアは、深く息を吐き出した。デルバート・ランサムはドブネズミだ。FBIに締めあげられれば、すぐにキーキーしゃべりだすだろう。そうなれば、黒襟市民軍のメンバーと密告者が明らかになる。捜査に関する情報を流している密告者の名が。

しばらくのあいだ、リック・グレイソンがその容疑者と考えられていた。しかし、ノアが読んだファイルによれば、リックは白らしい。ノアの知るかぎりでも、リックが密告者だとは考えられなかった。ティーンエージャーのころから、この地域の保安官になるのがリックの夢だった。保安官のバッジを裏切るような真似をするはずがない。

つまり、リック以外の警察関係者が密告をしているということだ。何者かが、三人のFBI捜査官の正体を市民軍に知らせた。特に、地元の大学生のふりをして捜査に当たっていた若い女性捜査官の件が問題だった。彼女の正体は誰も知らないはずだった。誰も。

ノアがバイクを修理工場の裏にとめると、ニックが階段をおりてきて、建物の側面の目立たない角に隠れた。そこからなら、サベラの家がよく見える。ハコヤナギの木とユッカの陰にいれば、外から見られる恐れはほとんどない。

だが、ロシアのバイキングは体がでか過ぎて、どこに隠れようが丸見えだ。

頭をふりながら、ノアはシャワーを浴びるために急いで階段をのぼった。デルバートのトラックはいまはもう工場にないが、逮捕のニュースが流れた途端、噂が立ち始めるだろう。火事が広まるよう急速に。その火の粉の行方に、ノアは注意しなければならない。サベラの頭の上に降ってくる恐れがあるのだから。それをみすみす許すわけにはいかない。

その日の午後、サベラは歩いて修理工場に行った。ジーンズに袖なしのTシャツ、その上にネイサンの古い仕事用のシャツを上着のように羽織っている。工場に入ったサベラは、修理工用のテーブルから当番表を取りあげた。

ノアは、最新型のセダンのボンネットを開けて身をかがめている。しかし、彼の注意はその車ではなく、ガソリンスタンドに入ってくる車とコンビニを訪れる人々に向けられていた。ガソリンスタンドを担当しているローリーは、顧客の車にガソリンを入れながら、笑顔でしゃべっている。トビーはコンビニで客の相手をしている。見たところ、すべて順調そうだ。

若いメキシコ人夫婦の残虐な殺人事件に絡んで、デルバート・ランサムが逮捕されたというニュースはすでに流れていた。噂ではデルバートのトラックから発見されたＤＮＡが、殺害された夫のものと一致したという。

テレビの中でアナウンサーが淡々と読んでいるニュースによれば、発見されたとされる場所に証拠が付着したのは、ランサムが犠牲者を何度も轢いた結果だろうということだった。

逮捕のきっかけは匿名の密告だった。事件が起こった場所を歩いていたハイカーが、ランサムのトラックが人を轢くところを見たという。

リック・グレイソン保安官が逮捕令状を執行し、ＦＢＩ捜査官らは車置き場で待機していた。証拠はその数時間後に発見された。

ノアは振り向いてサベラを見た。ニュースを聞く彼女の目が細まっている。誰がどこで証拠を発見したのか、彼女にはわかっているのだ。ランサムのトラックが彼女の修理工場にあるあいだに、ノアが発見したことを。

サベラはゆっくりと息を吸いこんで、工場内を見回した。修理工がひとり足りない。チャック・レオンはおしゃべりな方ではないが、欠勤したことはなかった

「チャックはどこ？」サベラはノアに近寄ると小さな声で訊いた。

「まだわからない」ノアも小声で答えた。

サベラは、ノアに顔を寄せた。「ランサムのトラックを担当したのは彼でしょ？」

「ああ」ノアはうなずくと、セダンの配線用ハーネスの接続部のひとつをテストするために手を伸ばした。「そうだ」

「彼に電話してみた？」サベラはさらに声を落とした。

「トビーが電話したが、誰も出なかった」サベラにだけ聞こえるようにノアは答えた。「車の修理を続けるんだ、サベラ。目立たないようにしていろ。心配することはない」

外の駐車場にまた車が入ってくる音に、ノアは視線をあげた。

その車の周囲に目を向けたサベラは、ますます人が集まっているのを見て顔をしかめた。ネイサンの修理工場はいつも噂のたまり場だった。位置的には町外れだが、工場の前にある

駐車場は広く、ほかの車に妨害される心配がなく、何時間でも駐車していられるからだ。老人たちがドアの外でコーヒーを手にぼそぼそ話している。あちこちでだらだらと立ち話をしている顧客らは、自分が耳にしてきた情報を噂につけ加えている。

「おれから見える場所にいるんだ」サベラにそうささやいて、ノアは彼女に鋭い視線を向けた。「常に」

サベラは外を見てうなずくと、スポーツカーの方へ足を向けた。

ノアは外にいる連中の動きに注意しながら、聞こえてくる会話に耳を澄まし、頭の中でメモを取っていた。

ランサムは仲間と走り回るのが好きだった。捜査の段階でその連中の名が挙がることはなかったが、もう明らかになっているだろう。

ジョーダンとテイヤを経由して、車置き場からの情報が入ってきた。連邦保安官のひとりが捜査に鼻を突っこんできたらしい。ゲイラン・パトリックとの関係が知られている人物だ。ジョーダンが現在、その男の背景を調べている。

デルバート・ランサムはまだ口を割っていない。

しかも、ノアがスパイではないかと疑っていたチャック・レオンが行方不明になっている。町にあるチャックの小さなアパートを調べたミカによれば、内部に争った形跡があるらしい。ソファの下で、開いたままのチャックの携帯電話が見つかった。最後にかけられた番号は暗号化されていて、相手の身元は不明だ。

ノアは、チャックがかなりの面倒ごとに巻きこまれたのではないかと疑い始めていた。さらに、ワシントンの政府機関のひとつが、諜報員に関する情報の一部をエリート作戦部隊に伝えていなかったのではないか、とも。

とんでもないことになりそうだ。

ノアは頭をふって、いじっていた車を残してコンビニに入った。ノアが小さな店の奥に向かって歩いていると、入り口のベルがまた鳴り、たまたま客のいない店内に大またで入ってくる男の姿がちらりと目に入った。

グラント・マローンだ。

ローリーに近づいていくグラントを冷蔵ショーケースのガラス越しに見ながら、ノアは別のショーケースからソーダを一本取った。

「一体全体なにが起こってるんだ、ローリー？」息子の腕をつかんだグラントは、ローリーが腕を振りほどく間もなく、自分の方に向き直らせた。

「ここでなにをしている？」ローリーは小声で応じた。「貧民街の見学か？」

「阿呆に話してるんだ」グラントは低く抑えた声で吐き出すように言った。「いつまでここにいるつもりだ？　面倒に巻きこまれることになると、何度言ったらわかる？」

「出ていけ」ローリーはきっぱりと言った。父子共々、怒りをみなぎらせている。「おれを町から追い出す気か、えっ？　任務に行く前のネイサンとした約束に背を向けたのを忘れたのか？」

グラント・マローンの背中にじっと視線を当てたまま、ノアは手にしたボトルを握り締めていた。五十五という年齢にもかかわらず、グラントはまだまったく衰えを見せていない。髪はほとんど白くなっているが、肌は健康そうに日に焼け、肩もがっちりしている。マローン家の男は、少々のことではくたばらない。グラントがそれを証明していた。

「おまえと同じで、彼女も分別のある意見に耳を貸そうとしないからだ」グラントはぴしりと応じた。「おまえは自分の身を危険にさらしているんだぞ。どこに行っても、ランサムの話で持ちきりだ。奴のトラックがここにあったことを知らない者はいない。なにを見つけた?」

ローリーは、いかにもショックを受けたという顔をすると、「頭がおかしくなったんじゃないのか?」と言って父親を押しやった。「なにか見つけてたら、おれが自分でデルバートの野郎を八つ裂きにしてたさ。あんたは最低だ。今度はそういう風にしてサベラを裏切るつもりか? そんな馬鹿げた話を広めて、誰かが忍びこんで彼女の喉をかき切るのを待つつもりか?」

もう十分だ。

「ローリー」ノアは鋭い声で弟の名を呼んだ。

ふたりの顔がノアを向いた。グラントが目を細めて、拳を握り締める。ノアはゆっくりふたりに近づいた。

「ガソリンスタンドがおまえの担当だろう」ノアは顎で外を示した。「トビーひとりの手には負えないぞ」

ローリーは苛ついたように、手で顔を拭った。「くそ、まったくいいときに来てくれるぜ。鼻を突っこむ気か」

「なんの用だ?」グラントが半開きの目をノアに向けた。なにかを考えている顔つきだ。「おまえは彼女と寝ているだけだろう。彼女が死のうがどうなろうが、かまわないくせに」

そう言った次の瞬間、グラントは空気を求めてあえいでいた。

ノアは手首に食いこむ爪を無視して、グラントの首をつかんだまま冷蔵ショーケースに押しつけた。ノアは怒りのあまり、片手だけで父親の体を釘づけにしていた。

「いつか誰かに、その手をかっ切られるぞ」そうつぶやくと、ローリーは怒ったように大またで店から出ていった。

ノアは父親の瞳を見つめた。急に土気色になった顔の中でもひときわ目立つ青い瞳の中で、緑色の斑点がきらめいている。

「出ていくんだ」ゆっくりとノアは告げた。「そして、二度とここには戻ってくるな」

ノアを見つめ返すグラントの目に恐怖の色はなかったが、その眼差しは意味ありげだ。ノアには、それが気に食わない。

「もうやめなさい」サベラの声に、ノアの注意が父親からそれた。

声の方にゆっくりと顔を向けたノアは、サベラを見つめた。

「手を離して」彼女の血の気の引いた唇が動いた。「いますぐよ」

「サベラ、車の修理を終わらせたらどうだ」ノアは普段の口調で提案した。「マローンさんと、ちょっと親しく話をしているだけだ」

サベラは店の外を見た。「すぐ観客が集まるわよ。手を離しなさい。すぐに」

ノアはゆっくり父を解放した。ノアを見つめるグラントの顔には、驚愕にも似た表情が浮かんでいる。彼は手をあげて首をこするとなにか言いかけたが、そのまま口をつぐんだ。

「それでいい」ノアは静かに告げた。「なにも言わない方がいい。そのまま出ていくんだ。おまえの車共々な。もうここには関わりたくないだろう。わかったな？」

グラントは目をしばたたかせた。

「答えは？」ノアはゆっくりと微笑んだ。「あとで話し合いたいか？　真夜中はどうだ」声が低まる。「おまえがベッドの中で安らかに眠っているころに訪問してやろうか。おまえの悪夢の中に滑りこんでやるから、そこで話し合おう」

「そんなことをする度胸はあるまい」グラントも静かに応じた。「どうだ？」

ノアはにやりとした。「おれを待ってろ。そんな勇気があるならな」

「もう行かせてあげなさい、ノア」妥協の余地はないという声だった。これ以上挑発されなくても、いまにも爆発するという口ぶりだ。

ノアは、グラントをそのまま行かせた。父はノアの横を通り過ぎると、悠々と出ていった。

向き直ったノアは、サベラをにらみつけた。

「おれのやることに二度と口出しをするな」警告だった。

彼はサベラの横を通って、工場に戻った。激しい怒りが全身を駆け巡っていた。父。あのくそったれが自分の父親なのだ。憎らしくてたまらなかった。サベラを残していくようローリーに勧める言葉を聞いたときは、殺してやりたかった。彼女とマローン家を繋ぐ、最後の絆を断とうとするとは。ローリーがそんなことをしないとわかっていても、関係ない。腹が立つのは、グラントがいまだにそうさせようとしていることだ。しかし、父の動機がわからない。どうしても理由がわからなかった。ノアはソーダの蓋を取りボトルを傾けると、体中で燃えさかる怒りを静めるかのようにごくごく飲んだ。効果はなかった。次の瞬間には、衝動にまかせて、まだ半分中身の残っているボトルを工場の壁に叩きつけていた。水雷のようにコンクリートの壁に当たって弾けたボトルの残骸が床に落ちる。

修理をしていたトラックからニックが顔をあげた。ボトルに、それからノアに向けた視線を、オフィスのドアの方に移動させた。

ノアはさっと振り向いた。サベラが見つめていた。灰色の瞳は悲しげで、苦痛に満ちている。

彼がここにとどまれない理由のひとつはそれだ。サベラを傷つける者を八つ裂きにしたいという激しい欲求を抑えきれない。一旦怒りに火がつけば、理性も自制心も吹っ飛んでしまう。そうなったノアが味わいたくなるのは、血かセックスだ。ときには、その両方が欲しくなる。同時に。

サベラはゆっくり唇を舐めると、ドアから離れてノアに近づいてきた。彼女の顔は青白く、涙に覆われた瞳が、暗い灰色のダイヤモンドのようにきらめいている。

ノアの前で足を止めたサベラがなにも言わずに彼の胸に額をつけると、ノアの怒りがすっと消えた。ノアは両腕をサベラの体に回して、人目の届かない車のボンネットの陰で彼女を抱き締めた。そうしながら、ノアは心の中で叫んでいた。サベラを残して去ることなど、できるわけがない。

「仕事に戻ろう」ノアは体を離した。

髪をかきあげたノアは、グラントがサベラのことを話しているのを聞いたときに感じた、裏切られたという気持ちを思い起こした。

父に頼んだのはたったひとつのことだった。十年以上のあいだに、ただ一度。自分の身になにかあったら、サベラを守ってくれと。彼女の面倒をみてくれと。グラントはそうすると誓った。その言葉は嘘だった。サベラを苦しめ、ネイサンが彼女に残した家と事業を取りあげようとしたのだ。

ノアは頭をふると、仕事に戻った。グラント・マローンについてはあとで考えることにして、頭の隅に追いやる。そう、あとで片をつけよう。忘れはしない。

25

二時間後、ノアは閉めきったオフィスの中で立ったまま、盗聴される恐れのない携帯電話を耳に当てていた。ジョーダンの報告を聞くノアの歯が、怒りに噛み締められている。

「デルバート・ランサムは、テキサス州ヒューストンの連邦裁判所判事カール・クリフォードの命令で釈放された。ケヴィン・ライル連邦保安官が一時間前にその命令を携えて空港に到着した。ＦＢＩの捜査はライルが引き継ぐことになる」

「ＦＢＩはなんと言っていますか？」ノアは慎重に尋ねた。

「わたしの接触相手はご立腹だ」吐き出すような口調だった。「クリフォード判事が奴を釈放した理由は、ランサムのトラックが事件当時は盗まれていて、数日間その在りかが不明だったという馬鹿げたものだ。善良なるデルバートが車の盗難を届けなかったのは、酔っ払っていたからだそうだ。酔いが醒めたころには、トラックはすでに放牧場のひとつで発見されていたらしい。駐車した場所が悪かったと、奴は思ったそうだ」

ノアはそれを聞いて鼻を鳴らした。

「まったくだ。わたしもそう思う」ジョーダンはうなるように応じた。「だが、わたしたちは有利だとも言える。ここでは、規則に縛られる必要はないからな。ノア、わたしたちが受けた指令は、市民軍の活動をやめさせることだ。どんな手段を取ろうと」

つまり、誰を殺害することになろうと、という意味だ。必要とあれば相手を殺すことに、ノアはなんのためらいも感じなかった。それでも、引き金を引き、ナイフを振るう前に、少しばかり証拠が欲しい。

「見張りをつけましょう」ノアは静かな口調でジョーダンに告げた。「トラヴィスをもとの任務に戻す。必要な情報が手に入るでしょう」

「おまえが疑っている連中の背景を調べているところだ。テイヤが可能性のある場所に見当をつけて、その地域を人工衛星が通過する時間をチェックしている。気をつけろよ。情報が入り次第、すぐに動く必要がある」

ノアたちは目を光らせて、じっと待つ。次に狩りに出かけた連中は、少しばかり驚くことになるだろう。

「尋問でなにかわかりましたか?」ノアはそう尋ねながら、修理工場に続くドアの大きなガラス窓越しに、工場の中を見ていた。サベラが、担当しているスポーツカーをコンピューターでチェックしている姿が見える。

サベラは汗と油にまみれ、ポニーテールにした髪が少し乱れている。ノアにとって、彼女はなによりもセクシーな存在だ。

「ゼロ。完全黙秘だ。弁護士を呼べとも言わない。ただ座って、取調官の顔を見ていたらしい。そして、釈放命令が出ると、あのくそ野郎はにやりとしたそうだ」

自分が釈放されることを知っていたのだ。狩猟パーティーのメンバーはどいつも、自分たちが安全なことを知っている。ノアはゆっくりとうなずきながら、頭の中で計画を練っていた。

「関係する高位カードに目を配りましょう」ノアはジョーダンに告げた。町にいる連邦保安官を誰かに見張らせようというのだ。

「グレイソン保安官をこの件から外す必要がある」ジョーダンが言った。「連邦保安官を殴ろうとしたらしい。怒りまくって署から飛び出していったそうだ。情報が漏れている。逮捕の前に証拠が出たという話を上層部が知っていた。どうやら、保安官のオフィスから漏れたらしい。グレイソンは助手をオフィスから叩き出して、秘書を家に帰らせたあと、オフィスに鍵をかけて出ていった。そのあと、彼の姿を見た者はいない」

ノアの目が細まった。リック・グレイソンに話をするときが来たようだ。

「おれがカードを配ります」ほかのメンバーを必要な場所に配置するという意味だ。「手元に優先事項がひとつ。行方不明者を捜索中です」チャック・レオンを。ノアは、彼がただの修理工でも、市民軍のスパイでもないと考え始めていた。

「こちらは漏洩源を追う」ジョーダンが約束した。「すぐに見つかるはずだ。グレイソンも躍起になって捜査しているだろう。情報が集まり次第、連絡する」

ゆっくり携帯電話を閉じたノアは、そのままサベラを見つめていた。

顔にかかった髪を後ろに押しやったサベラのこめかみに油の跡が残った。

サベラの修理工としての腕はなかなかだ。車体関係には手を出さないが、エンジンの修理にかけては一流だ。彼女の家で自動車関係の説明書を見たノアは、彼女が最新の調査や基準、それに流行を頭に入れていることを知った。新しい多目的車に関してオデッサで開かれる勉強会にも、ローリー共々申しこんでいる。

彼の溌剌とした小柄な妻はおてんば娘だったのだ。それを彼は全然知らなかった。しかも、強く、快活だ。サベラはいま、魂のすべてをかけて彼女を愛した男の思い出から抜け出そうとしている。

サベラは恋人を作った。その恋人が実は夫だという事実は関係ない。彼女は知らないのだから。寝室から、家の中から、彼のトラックから、サベラは夫の亡霊を祓い清めた。

ノアは下を向いて、油の染みのついた作業用ブーツを見つめた。サベラは過去にふんぎりをつけた。それを止める権利は彼にはない。ノアが去ったあとで少し涙を流しても、サベラはすぐに立ち直って、もっとふさわしい男を見つけるだろう。完全な男を。悪魔につかれてもいず、隠さなければならない過去もない男。地獄の炎を背負ってもいない男を。

ローリーがオフィスに入ってきてドアを閉めると、ノアはびくりとしたように頭をあげた。弟はまだ怒っている。むっつりとした顔の中で、瞳が見間違いようもない怒りに燃えている。

ローリーはあざけるようにノアを見てから、窓越しに修理工場に目をやった。

サベラがノアを見つめている。彼女の視線を感じながら、ノアはうつむいた。彼女と目を合わせるのが怖かった。

ローリーはドアから向き直ると、ノアをにらみつけた。「ここから出ていったら、二度と戻ってくるな」

ノアは顎を撫でて、ゆっくりと頭をふった。「自分の仕事をしろ、ローリー。おれに突っかかるのはよせ」

「あの男に言ったのと同じことを言ってやるよ。出ていけ」ローリーは言い返した。「その手でもう一度おれの首を絞めたら、じいちゃんに言うからな」

「十歳のガキじゃあるまいし」ノアは鼻を鳴らした。

「効果があるなら、なんだってやるさ」ローリーはつぶやくように言うと、クリップボードを取ってコンビニに戻っていった。

ノアはにやりとしかけた。弟の告げ口の癖は直っていないらしい。しかし、本気で祖父のところに行くようなら、その口を閉ざすために始末しなければならなくなる。

ちくしょう。祖父。サベラ。それに、ローリーまで。ノアは頭をふった。どうしてこんなことになったんだ？　この任務をこなして、しかも平気で立ち去れるなどと、どうしておれは考えたんだ？

どうしようもない阿呆だったからだ。

修理工場は七時に閉まった。たまに暇な時間があったものの、ほとんど一日中忙しかった。町中が噂で持ちきりで、どこの店でもおしゃべりが絶えなかった。噂のほとんどは修理工場にも流れてきた。工場まで達しなかった噂は、町を歩き回るニックとミカが拾っていた。トラヴィスは、牧場にあるパトリックの自宅を見張っている。午後遅く、パトリック宅に姿を現したのは、なんとケヴィン・ライル連邦保安官とデルバート・ランサムだった。

チャック・レオンの行方はようとして知れず、リック・グレイソンはオフィスに閉じこもってファイルに目を通し、噂によれば、漏洩した情報に関する答えを求めて電話の相手に怒鳴りつけているという。

期が熟しかけている。間もなくなにかが起こる。ノアの第六感がそう告げていた。

サベラの前に立って家に向かうノアの感覚は、異常に研ぎ澄まされていた。家中を調べるノアの頭には、埃のひとつひとつが、床に張られた堅木の裂け目のひとつひとつが刻みつけられていた。

ノアが二階からおりると、サベラはドアの側の椅子に座っていた。昔そうしていたように。ただ、いまは爪にやすりをかけることもテレビを見ることもせず、床に視線を落として左手の薬指にはめた結婚指輪をいじっている。

サベラは指輪をにらみつけるように見て、眉をひそめていた。指輪を回しながら、なぜそれが自分の指にあるのかと考えているようだ。

「異常はない」階段をおりたノアはキッチンに向かった。「なにか食いたいな。ピザはどうだ?」

キッチンに入ったノアは、百年物のワインを湛えていたボトルをふたたび見やった。家と工場のローンを払い終えた日を祝うために取っておいたワインだった。収集家のために一九五七年製のシボレーをほとんど無償で再築した代償として手に入れた逸品だった。

その横にあるのは、サベラがカイラと空けたワインのボトルだ。ノアは平静な表情を崩さなかった。以前なら、髪をかきむしっていたことだろう。そう考えると思わず唇がよじれた。

そのとき、背後でサベラがキッチンに入ってくる気配がした。

「わたしの家でずいぶん我がもの顔に振る舞うのね」ノアはコードレス電話のキッチンにある子機をつかんで、壁に貼りつけてある番号を押していた。サベラがよくピザを注文しているのは明らかだった。

「トッピングはなににする？」押した番号を実際にかける前に、ノアはサベラに訊いた。

サベラはからかうような表情をノアに向けた。「なんでも適当でいいわ」そう言って肩をすくめた。

少なくとも、そのあたりは昔と変わっていない。

注文を終えて電話を切ったあと、ノアは空のボトルの一本を手に取ってサベラに向き直った。

「まだほかにあるのか？」

ボトルを一瞥したあと、サベラはノアに視線を戻した。「たくさん。夫が集めてたから」

「ピザを食いながら一緒に飲もう」

ノアがカウンターに戻したボトルを見ながらサベラは眉をひそめた。

「地下室よ」サベラはドアを示した。「勝手に選んで」

彼女の体に垂らしてすすりたい特別の銘柄があった。特別な日のために取っておいた、目玉が飛び出るほど高価なライトボディーの年代物のワインだ。銀婚式、あるいは最初の子どもの誕生を祝うために。一緒に飲む相手はサベラしかいない。それを、いま彼女と味わいたい。

「玄関のドアを開けるなよ」ノアは警告した。

サベラは言われなくてもわかっているという顔をした。「そんなつもりはないわ」

ノアはうなずくと、地下室に通じるドアを開けて、昔自分で取りつけた木製の階段をおりていった。

電灯で明るく照らされている広々とした地下室を見回した。ほとんどなにもない。ビリヤードテーブルにかけられたカバーは埃っぽく、陰にある木製のがっちりしたワイン棚に並んでいるボトルにも埃がうっすらと積もっている。

サベラがほとんど地下室を使っていないのは明らかだった。ノアも、彼女が使うだろうとは考えていなかった。ここは彼の縄張りだ。そのことをサベラはいつも理解していたようだった。

ワインを選んだノアは、ラベルを見つめながら、ふたたび胸を切り裂かれるような痛みを感じていた。そこには約二ダースの年代物のワインが並んでいる。合法的にアルコールを飲める年齢になる前から、ノアはワインを集めていた。物々交換、あるいは交渉の末に手に入れたものもあれば、運よく入手できた逸品もあった。彼にとっては、その一本一本が特別だった。そして、それぞれのボトルを開ける日を、機会を、心の中で決めていた。

ワイン棚に背を向けて、ノアはもう一度地下室をゆっくり見回した。そのとき、戸口に来たサベラがノアを見おろした。

その顔は陰になっていたが、ノアは彼女の全身に漂っている不安に気がついた。

「掃除をしてないのよ」階段をのぼるノアにサベラは静かに告げた。「地下室のことだけど」

ノアは階段を駆けあがった。キッチンに戻ったサベラの顔には、考え深げな表情が浮かんでいた。「掃除した方がいいわね」

「ただの地下室だ。どうせ、あんまり使ってないんだろう」

「そうね。そんなに使うこともないわね」サベラは首をふってノアから顔をそむけた。「わたし、シャワーを浴びてくる」

サベラは急いで二階にあがった。大丈夫。目からあふれそうになる涙を押し戻しながら、サベラは片手でみぞおちを押さえた。大丈夫。サベラは自分に言い聞かせた。ちゃんと乗りきれる。もしノアが去っても、なにがあっても、生き抜いてみせる。彼がとどまるという希望をサベラは捨てきれなかった。いまは、その望みだけが彼女を正気に保っていた。

ピザは期待を裏切らない味だった。ピザを食べながらふたりが半分空けたワインは、神々の口にも合いそうなほどだった。真夏だというのに、サベラはエアコンの温度を思いっきり下げると、暖炉に火を入れた。暖炉の前でふたりは食事をした。かすかに音を立てながらエアコンからおりてくる冷気に冷やされたふたりの体を、暖炉の火が温める。

食べ終わったあと、ふたりはソファの背もたれの大きなクッションを引きずり出して床に敷いた。静かでのんびりした雰囲気だ。ノアがサベラの膝に頭を乗せても、彼女は驚かなかった。それが普通だったから。寒い冬の夜、ふたりはよくそうしていたものだ。膝の上に乗った夫の髪を、サベラはいつも指でもてあそんだ。

彼、覚えているかしら？　胃の上で手を組んで炎を見つめているノアは、ちょうどこんな風に一緒に過ごした夜を覚えているのだろうか。

そんなときにした、ほかのことも。

そこまで考えて、サベラはついにやりとした。暖炉の炎は、ふたりの愛撫をずいぶん見てきたはずだ。互いに触れて、抱き合った夜。ふたりが互いをむさぼった夜。情熱にまかせてキスをし、ため息をついた夜を。

サベラは、眠たげに瞼を半分閉じたノアの顔を見つめた。その野性的な青い瞳に炎が映っている。視線をノアの体に下げジーンズの膨らみを目にしたサベラの中で、子宮がいつものように反応した。

「いつもそうなの？」そう尋ねるサベラの声は穏やかだったが、愉快そうな響きもあった。

ノアはサベラの瞳を見つめた。「おまえが近くにいると、いつもだ」ノアは残念そうに認めた。「おまえはおれに悪影響を及ぼすようだ、サベラ。淫らな思いを助長させる」

「本当？　どんな淫らな思い？」

ノアは上体を起こして座ると、サベラを見た。

「おまえがどれだけおれのために濡れてくれるかとか」ノアは片手をサベラの頬に当てた。その指が、サベラの顔を縁取る髪の中に埋まる。「おまえを貫いて、おれの名前を何度も何度も叫ぶまでやりまくることとか」

「新鮮味がないわね」サベラはささやいて、後ろのクッションにもたれた。「それはもう全部やったでしょ」

「ああ、確かにそうだ」ノアは顔を寄せて、唇をサベラの唇に触れさせた。「繰り返す必要があるんだろう」

ノアのキス。彼の唇に自らの唇を触れさせたまま、サベラはうめき声を漏らした。ノアの深いキスは、それ自体がラブメイキングだ。そうしながら、ノアはサベラを味わい、彼女を自分の中に引きこんだ。

ノアの肩に腕を巻きつかせたサベラは、ノアがのしかかってくるとその肩に爪を立てた。もうひとつの思い出。いつか支えとなる、もうひとつの束の間の記憶。ノアの手が、カジュアルな薄手のサマードレスに覆われたサベラの太腿を愛撫していた。

絹のドレスは太腿から腰の周囲までやすやすと捲れあがった。ノアはサベラから身を離した。

立ちあがったノアの姿を炎が照らしている。少し前にシャワーを浴びたノアは、清潔なジーンズとシャツに着替えていた。その服をさっと脱いで全裸になったノアの日に焼けた肉体が、暖炉の柔らかな光を受けて輝いている。そそり立つペニスの表面には静脈が浮き、先端は色が濃い。

「おまえの番だ」サベラの横に膝をつくと、ノアはドレスの裾を握って彼女の頭から引き抜いた。

サベラはパンティーをはいていたが、ブラジャーはつけていなかった。そのほかに身につけているのは、アンクレットと結婚指輪だけだ。

彼女には夫がいる。ひどい夫が。正体を彼女から隠している理由がなんであれ、サベラはいまも彼の妻なのだ。いまは、たったいまは、彼女はサベラ・マローンである。そして、彼はネイサン・マローン。亡霊。別の顔を、別の名前を持った過去の幻想。それでも、彼女が愛した男だ。

「キスして」サベラは、暖炉の前の床を覆う驚くほど柔らかな厚い敷物の上で思いっきり体を伸ばした。

さらに、クッションを押しのけると背中を反らす。ノアの瞳が驚きに輝いた。

「どこに?」ノアの唇が淫らにゆがむ。

「ここ」サベラは指の一本で唇を軽く叩いた。「ほかの場所については、追々話し合いましょう」

ノアは眉をあげた。サベラの大胆さを明らかに楽しんでいるようだ。彼女の横に身を寄せたノアは、片手でサベラの腰をつかんで自分の方に向き直らせた。

「途中でやめたりしないわよ」サベラは軽く笑いながら告げた。「キスして、ノア。ちゃんとしたキスを」

ノアの目が燃えあがった。より暗く、情熱的に。

「どうすればいいんだ？」彼の声はいつもより粗く、口調は荒々しかった。

「キスをする夢を見たことはないの？　夢に見たようなキスをしたいと思ったことはない？」

「いつも、おまえにキスする夢を見る」ノアは親指でサベラの唇を軽く撫でた。

「そんなキスをして。夢の中のような」

サベラの腰をつかむノアの手に力がこもり、瞳に感情があふれた。まるで初めてサベラにキスをするように、彼は彼女の唇を覆った。サベラの上に四つん這いになったノアの体で彼女に触れている部分は、唇と舌だけだ。深いキス。顔を傾けて彼女の唇を覆うノアの唇から伝わる切羽詰まったような飢えが、サベラの魂を貫いた。

鬱積した夢、彼を求めて身もだえした寂しい夜、彼の名を呼びつつ、あえぎながら悪夢から目を覚ました夜、そのすべてがノアに応じるサベラのキスにこめられていた。

サベラも唇だけでノアに応じた。爪を体の下の敷物に食いこませるサベラの上で、ノアの体が強ばった。ふたりは口だけで、舌だけで愛し合う。舐め合い、撫で合うふたりの中で欲望が燃えあがり、体からわき出るうめき声が部屋を満たした。

口を離してふたりはあえいだ。空気を求めるあえぎではない。サベラは、両腕をノアの背中に回して、彼の体を引き寄せた。サベラの乳首が彼の胸をこする。ノアは彼女の首筋に唇を当てた。

　ふたりの中で飢えが脈打っていた。飢えが部屋を満たし、ふたりの中を、上を、炎が舐め、汗が肌を光らせている。

「あなたが欲しい」サベラはノアの首筋に息を吹きかけた。舐め、軽く噛んで、短く刈りこまれた髭の中に赤みがかった小さな跡を残した。サベラは、さらに彼に密着しようとする。

「あなたのすべてが欲しいわ、ノア」

「おれはおまえのものだ、サベラ」ノアの唇が下へ下へと下がっていき、彼の舌がサベラの胸の上部の膨らみを舐めた。次の瞬間、硬い乳首の先をノアは口に含んでいた。サベラは叫び声をあげながら、弓なりに背中をのけぞらせた。

　電流のような衝撃がサベラの体を走り抜けた。サベラは身を反らし、うめき声を漏らす。彼を抱き締めたい、永遠に彼のすべてを自分の中で抱き締めていたい。もし、彼が去ったとしても、どんなささやかなものでもいいから、彼が彼女に残してくれるものを抱き締めていたい。

　もし、行ってしまったら。彼が去ることなど考えられない。考えたくもない。彼女の愛だけで彼を引きとめられるはずだ。サベラは自分に信じさせようとしていた。そのはずだと。「脚を広げるんだ、サベラ」

「夏のような味がする」サベラの胸から腹部に唇を滑らせながら、ノアはうめいた。「おれを必要としているか見てみよう」

　膝を曲げて脚を開いたサベラは、膝をついて身を引くノアをじっと見ていた。両手で彼女の脚をさらに広げたノアは、太腿のあいだの膨れあがった秘部を見つめて目を輝かせた。

「びしょびしょだ」ノアがささやく。「いつもおれのために濡れてるんだな。いい子だ」

愛液がサベラの肌を濡らして光っていた。サベラは大胆かつ挑発するような動きで、下腹部に滑らせた自らの指を狭い割れ目に差しこむと、膨らみきったクリトリスの蕾の周囲をゆっくりと撫でた。

ノアのペニスが跳ねあがった。サベラを見つめるノアのペニスの先の小さな割れ目に、クリームのような精液が真珠の粒のようにわき出てきた。

「そうするのが好きなのか?」ノアはうめく。「ゆっくり優しいのが?」

サベラは誘うように唇の端をあげてみせた。「そうしてくれる?」

ノアは下唇を舐めて、サベラの目をちらりと見た。「獣のようにおまえを奪うのがおれの好みだ」粗い声だった。「おまえが、やられていることしかわからなくなるほど、激しく深々とな」

ノアの目を意識しながら、サベラはさらに指を下に滑らせて濡れた秘唇を開いた。そうして、割れ目に指を入れ、引き出す様子をノアに見せつける。サベラの指は自らの愛液にまみれて光っている。その指をサベラはノアの唇に近づけた。

口を開いてサベラの指を吸いこんだノアの喉の奥から、荒々しいうめき声がわきあがった。同時にノアの手が下に伸び、サベラは身を反らせた。二本の指に満たされて、サベラは苦しげな叫び声をあげていた。

ノアがさらに深々と指を挿入する。貫かれる衝撃と快感にサベラはあえいだ。さらに深く押し入ったノアの指の先が、あの言いようのない感覚を秘めた秘密の場所を愛撫した。

腰を突きあげたサベラの目が、ノアの動きを追っていた。それは彼女が想像もしなかったほどエロチックな光景だ。指が彼女を貫き、外に出て、ふたたび中に押しこまれる。ノアはサベラの太腿のあいだに顔を寄せた。

「飴玉のようにおまえをしゃぶってやろう、ベイビー」セクシーでエロチックなノアの声が、サベラの子宮に染み渡る。「最高に甘い飴玉みたいにな」

クリトリスの周囲を舌で舐め回しながら、ノアはサベラを見つめ、彼女の視線をとらえていた。そして、十分に膨れあがった硬い蕾を舌の先でなぶると、ノアはさらにその下に舌を滑らせて、ぺろぺろ舐めた。ゆっくりと時間をかけて。そのあいだも、彼女の中のノアの指は動きを止めなかった。

「そんなにじらされると、死んでしまうわ」サベラはあえいだ。

「死ぬほど、やってやろう」ノアはうめくように応じると、敏感な神経が集まった蕾を吸い、得も言われぬ快感を彼女にもたらした。ノアの舌に繊細な部分をこすられて、サベラはノアの名を叫ぶ。

「すごい」

「ああ、なんて甘いんだ」ノアは小さな蕾に優しくキスした。

「あなたに触らせて」

「おまえに触られたら、頭がおかしくなる」ノアはサベラの太腿を軽く噛んだ。「飢えをかき立てられて、我を忘れてしまうんだ」

「本当に?」サベラはささやくように答えると、両肘を床に突っ張って上体を起こし、ノアを見つめ返した。「あなたに触れられると、わたしもそうなるわ。仰向けになって、ノア。わたしに触らせて。上に乗らせて」サベラはノアをちらりと見た。「無理なお願いかしら?」

そうだ。そのとおりだ。それは挑発だった。彼女がこんな風に彼に挑戦したことは一度もなかった。

きつく締めつけるヴァギナから指を引き抜いたノアは、にやりとして、指を覆う愛液をすすった。サベラの顔が紅潮し、灰色の瞳が濃くなる。その顔は、いつにも増して美しかった。

ノアは身を引くと、言われたとおりに仰向けになった。自分が彼女にしたように、太腿のあいだに入ってくるサベラを見つめるノアの体が強ばった。

「楽しみだわ」サベラは両手で、ノアの硬く盛りあがった太腿の筋肉を撫であげた。苦痛にもだえる睾丸にもう少しで、あと少しで触れそうになるまで。

「これは危険なゲームだぞ、ベイビー」そう忠告するノアの声はかすれていた。全身を血液が猛烈に駆け巡っている。

ノアは両手を頭の下で組んだ。そうでもしないと、サベラを自分の上に押さえこんで、いずれにせよ、彼女がくれるはずのものを無理やり奪ってしまいそうだ。

「危険な生き方が好きなのよ」サベラの唇が下に、さらに下に下がる。

「ああ、ちくしょう!」

睾丸に触れたサベラの唇が開き、玉の一方を口の中に含んだ。舌がなぶるようにちろちろ動き、硬く張りきった袋を舐めている。ノアは思わず腰を突きあげていた。

サベラのうめき声に頭を満たされながら、ノアは彼女を見つめていた。目が離せない。彼が知らなかった妻の別の一面が露わになっている。猫のような。魅惑的な。舐め、さすりつつ、サベラはペニスの表面にうねるように浮き出た静脈に沿って口を動かしていた。そして、ついにゆっくりと亀頭を含んだ。

先端を舐めるサベラをノアは見つめた。口の中に彼を入れる様子を。驚くほど硬く勃起したペニスを余すところなく愛撫する彼女を。

ノアは自分の額に浮かんでくる汗を感じていた。恍惚感が全身を貫く。

サベラはうめき声を漏らし、さらに深く亀頭を吸った。舌で舐め、むさぼった。彼女を求めるあまり、ノアの体は散り散りに砕けそうだ。彼女を自分のものにしたい。サベラが彼の名を叫ぶまで、彼女を貫きたい。

ようやく、サベラが唇を離して立ちあがった。ノアは、愛液にまみれた美しい裸の陰部を見あげながら唇を舐めた。味わいたい。彼女をふたたび奪いたい。

両手を頭の下から引き抜くと、ノアは片手でペニスをつかんで、先端をサベラに向けた。さらにもう片方の手で、彼女の足首を円を書くように軽く撫でる。

「見たいんだ」ノアはうなるように要求した。「おまえがおれをくわえこむところを見せてくれ、サベラ」

サベラは足の裏を床につけて股を大きく開いたまま、膝を曲げていった。ノアはサベラの脚を撫であげると腰をつかみ、見つめた。張りきった亀頭がサベラの膨れあがった陰部を押し開く様子に、ノアは苦痛にも似た快感を覚えていた。

サベラの秘唇に押し入った丸い先端を、身を焦がすような熱と彼女の中からわき出てくる滑らかに濡れた欲望が包んでいた。腰を沈めるサベラを見ながら、ノアはペニスがヴァギナを貫いていく感触を味わっていた。

サベラは、すぐに腰をあげ、ペニスの先端を濡らす愛液をノアに見せたあと、一層深く腰を沈めた。深々とペニスをくわえこみ、ふたたび腰をあげる。

滑らかな白い太腿が強ばる。乳首を硬く立てたふくよかな乳房が、暖炉の火に照らされている。ノアは自分を奪うサベラを見つめる。少し身を沈め、身を引く。その動きを繰り返しながら、徐々に深くペニスをくわえこんでいく。サベラが身を沈めるたびに、ヴァギナがペニスを撫でた。彼女が腰をあげるたびに、自分のものに絡みつく熱いシロップが見えた。

サベラはゆっくりと腰を沈ませ、貫かれる感触をじっくり味わいながら、ペニスを固く締めつけるヴァギナが押し開かれる感覚を楽しんでいるようだ。そして、また彼を解放する。

ノアの体は玉のような汗に覆われていた。サベラは彼の胸に爪を食いこませ、ペニスをゆっくりと根元まで中に収めた。

サベラが快感に我を忘れた瞬間がノアにはわかった。同時に、彼も我を忘れていた。ノアはサベラを引き寄せ、彼の腰にしっかりまたがっている彼女の体を自分の胸に抱こうとした。サベラは膝を床についたまま、背中をのけぞらせている。

ノアはサベラの尻を両手でつかんだ。サベラは約束どおり、一押しごとに深くくわえこみ、腰を激しく動かして、ノアを駆り立てた。ゆっくり動いたかと思えば、ふたたび激しくノアを攻める。ノアは腰を突きあげながら、サベラの胸を両手で包んだ。サベラが絶頂に近づいていることを察したノアは、硬く小さな乳首を指でつまんで、彼女をオーガズムの彼方に送るのに十分な力を加えた。

ノアの体は粉々になりそうだ。サベラの顔を、そこに漂う得も言われぬ恍惚の表情を、その首をいくつもの筋になって流れる汗や乳房を見つめていると、ノアは夢の中を漂うような気分だ。サベラの名をうめき彼女を抱き寄せたノアは、ペニスの先端から精液をほとばしらせつつ、彼女の奥深くに自らを激しく注ぐ。

ノアは唇を彼女の唇につけたまま、舌で舐め、味わい、愛撫した。

快感の果てに、サベラはノアの胸の上で体をぐったりさせた。まるで疲れ果てた子猫のように。彼のサベラ。

ふたたび息をし、考えられることができるようになったノアは、サベラを床に仰向けに寝かせて、体を離した。抗議の言葉をつぶやくサベラを見てにやりとしたノアは、彼女を腕に抱きあげた。

そのままサベラを寝室に運んでベッドに寝かせたあと、ノアは階下に戻って火を消し、暖炉のガラスの扉を閉めた。

サベラとのラブメイキングに疲れ果てたノアは、全裸のまましばらく赤々とした残り火を眺めていた。ノアが寝室に戻るとサベラは眠っていた。右腕は頭の先に投げ出され、毛布の上の左手は胃の辺りに乗っている。その薬指にはめられた結婚指輪が、ノアをからかうようにきらりと光った。

彼女はネイサン・マローンの妻だ。結婚指輪はそれを彼女に思い出させる。ノアには、サベラがまた指輪をはめている理由がわかっていた。ほかの男に体を許しても、心は夫のものだということを、サベラは自分自身に思い出させているのだ。

毛布の中にもぐりこむと、彼女の寝顔を見つめた。サベラはぐっすり眠っている。

ノアは彼女の手を持ちあげて、自分が八年前にその指に滑らせた指輪にキスした。そして、心にわき起こる痛みを感じながら目を閉じた。

「ガ・シリー」サベラの指の小さな金の指輪に向かってささやいたノアの魂を、やるせない痛みが走った。「永遠に、サベラ。おれはいつもおまえのものだ。永遠に」

サベラの横の枕に頭を沈めたノアは、彼女の手を握った。そして、自らも眠りに落ちた。

サベラの目の端から落ちた一粒の涙を、ノアは見なかった。彼女の震える唇が「永遠に」という言葉をかたち作るところも。ノアは理解していないようだが、サベラにはわかっていた。彼がどこに行こうと、どんなに懸命に逃げようと、その誓いが常にふたりを結びつけていることを。

26

月曜の朝までに、かなりの情報が集まっていた。ジョーダンからノアにふたたび連絡が入ったあと、夜明け前に修理工場の上のアパートメントで会議が開かれることになり、エリート作戦部隊が集合した。牧場を見おろす丘の上で見張りを続けるトラヴィスのラップトップから送られてきた写真と、前夜にテイヤがハイジャックした商業用人工衛星から入手した衛星写真が用意された。

パトリック牧場でなにかが起こっているのは明らかだ。

「ケヴィン・ライル連邦保安官だけでなく、カール・クリフォード連邦裁判所判事の姿もある」パトリックの自宅を見おろす絶好の位置からトラヴィス・ケインが撮った写真の数々をジョーダンは示した。「ほかにも牧場主が何人か写っている」何枚かの写真が提示されたが、グラント・マローンはその中にいなかった。

グラントが含まれていないことがわかっても、ノアはこみあげてくる安堵感をあえて無視した。自分の父親であるべき男との絆は、いまではもうすっかり切れているのだから。

「これも見てくれ」

家の裏に駐車している黒いライトバンの写真だった。その車からひとりの男が、ふたりのカウボーイに引きずり出されている。両手が縛られ、顔は黒い布で覆われている。

「チャック・レオンです」ノアが告げた。「行方不明の修理工の」

「行方不明の覆面ＦＢＩ捜査官と言ってくれ」ジョーダンは鼻を鳴らした。「市民軍の下っ端メンバーになり、上の階級に這いあがろうとしていた。この地域で六年以上目立たないように潜伏して、いくつかの牧場でも働いていた。二日前に彼の正体がばれた理由は不明だ。ここととワシントンのあいだのどこかに密告者がいることは確実だが、どうしてもその身元がつかめない。病原菌のようなものだ。腹の立つことにな」

ジョーダンの表情は険しかった。

「ＦＢＩ捜査官が四人。それぞれに完全に異なる身分を使って活動していた」ジョン・ヴィンセントが指摘した。彼の冷徹な灰色の目が光る。「情報が漏れているというより、観察眼のある奴がいるということじゃないのか」

ノアは興味を持ったようにジョンを見た。

迷彩ズボンと濃い緑色のＴシャツという姿のヴィンセントは、椅子に座ったまま身を乗り出して、四人の捜査官の写真を指でコツコツと叩いた。「大学生、車のセールスマン、薬剤師、それに修理工。四人の偽りの身分だ。それぞれが、異なる場所で異なる仕事についていた。しかし、どの仕事も、なんらかの点で一般市民との接触がある。おまえらはどうだか知らないが、おれは諜報員を一キロ先からでも嗅ぎ分けられる。どこの国のスパイだろうとな。おまえのところの修理工は、それでも結構うまくやってはいたが」そう言って、ヴィンセントはノアにうなずいてみせた。「だが、おれたちは全員、彼は市民軍のスパイだと疑っていた。同業者か訓練された者にだけわかる、スパイ独特の雰囲気があったからだ」明るい茶色がかった金髪の頭を傾げて、写真を見つめた。「保安官が白なのは確実なのか?」

「保安官は白だ。疑いの余地はない」ジョーダンが答えてうなずいた。「なら、ほかの奴だな。警官か助手、あるいは、捜査官を見分ける訓練を受けたほかの法執行機関の諜報員か。スパイを見分けるには特別の目が必要なのは知ってるだろう。グレイソン保安官にはその目がある。おれたちを見るたびに、奴は疑わしげな目をしてなにか考えているからな」

ノアは顎鬚をかきながらソファから腰をあげると、ゆっくりと居間を歩き回った。「グレイソンが白なら、ほかに誰がいる?」

ノアはチームを見回した。誰も答えなかった。

「地元の奴に違いない。ここととヒューストンのあいだで、四人のFBI捜査官と接触した何者かだ」

「見つけるのは到底無理だな」ニックは皮肉な調子で言うと、ジョーダンを見た。「レオンを救い出すのか?」ロシア人の大きな顔は期待に満ちていた。

「いまのところは静観する」ジョーダンの表情に迷いはなく、眼差しは鋭かった。「奴らはただ殺すことはしない。狩るんだ。連中が彼を狩りに連れ出すまで待ってみよう」

この作戦のためだけに何カ月も訓練を受けてきたノアの体が緊張した。メンバー全員が、狩られる役を経験していた。ハンター役のSEALから逃げ回りつつ、同時にメンバー同士が協力してひとりだけを追わせるように仕向けながら、反対にハンターらを包囲するという訓練だった。もっとも、レノ・チャベス率いるSEALチームを捕獲することは容易ではなく、成功率はうんざりするほど低かった。

だが、ゲイラン・パトリックと狩猟パーティーは、特別な訓練を受けたSEALではない。「警戒態勢で待機だ」ジョーダンは持ってきた革製のアタッシュケースに書類や写真を戻し始めた。「連中がレオンを連れ出し次第、行動を開始する」

腕組みをしてキッチンに入ったノアの頭の中で、様々な可能性が浮かんでは消えていた。心の中になにか引っかかるものがあったが、その正体ははっきりしなかった。

「グレイソンが白なのは本当に確かなんですね?」ノアは振り向いてジョーダンに尋ねた。

「それは絶対だ」ジョーダンはうなずいた。「保安官のオフィスを盗聴したテープをテイヤが調べた。彼は、決死の覚悟で密告者を見つけ出そうとしている。何者かが情報を漏らしていることは彼も確信しているが、どこから漏れているのか、どうしてもわからないようだ」

「警察関係者だ」ノアはうなるように言った。「この狭い地域で、おれたちが見過ごしている何者か。修理工とも接触した人間だ」

「それがわかったら、すぐに行動に移れるんだが」ジョーダンは肩をすくめた。「それまでは、集めた情報をもとにつつき回るしかない」

ジョーダンは、外の闇の端をうっすらと照らす陽光に目を向けた。「さあ、解散して持ち場につく時間だ」

全員がアパートメントに集合するのは得策とは言えない。ジョーダンとジョン、そしてミ力が密かに工場を離れると、ノアはニックに向き直った。

ロシア人は椅子にぐったりと座っている。歩き回るノアに向けられている氷のような目が細まった。

「予感がしてるんだろ？」ニックがうめくように言った。「とんでもないことが起こるという」

ノアは大きくため息をついた。「ああ、べらぼうなことがな。準備完了か？」

その質問にニックはうなずいた。以前狩りが行われたことが明らかな山岳地の要所要所に、多量の武器と機器を配置したということだ。それはふたりが立てた計画の一部だった。

ふたりともスイッチを切った発信器をベルトのバックルにつけている。それに、正規の手続きを経ずに手に入れた最先端の暗視コンタクトレンズも持っている。この玩具は、開発中の三年間、軍で試用されることもなかったものだ。

「彼女は？」ニックが尋ねた。

ノアは横目でニックを見た。「護衛をつけている」

ローリーひとりだけだが、ニックに知らせる必要はない。

ノアの答えに、ニックはにやりとしながらうなずいて立ちあがった。ノアは玄関から外に出ると、辺りを見回してから階段をおり、サベラの家に向かった。

キッチンに明かりがついている。コーヒーをわかしているのだろう。そう考えながら裏口から入ったノアを、過去が津波のように襲い、一瞬、思い出だけを残してあらゆる思考を押し流した。

バスローブをまとったサベラが、ビスケットを作っている。コンロの上のフライパンの中でベーコンがジュージューと音を立て、粗びきトウモロコシに混ぜる湯が沸騰している。カウンターの上には卵が並んでいる。ノアを見て微笑んだサベラの目は、まだ少し眠そうだ。

乱れ髪のサベラはセクシーだ。しかも朝食を作っている。それは、自分と人生を共にした女性を、彼の魂をしっかりとらえて離さなかった女性のことをノアに思い出させる数少ない機会のひとつだ。

「もうシャワーを浴びたのね」サベラはノアに向かって口を尖らせた。「つまり、仕事に戻るということ?」

思わず微笑んだノアはサベラに近づいてコンロの火を消すと、手早くベルトをゆるめてサベラに向き直った。そして、トウモロコシ粉の入ったボールを脇にどける。

サベラは目を丸くした。ノアは、彼女のウエストに手を回して抱きあげカウンターに座らせると、その太腿のあいだに入った。ジーンズのファスナーをおろし、猛り狂うペニスを引き出す。

「ノア、頭がおかしくなったの?」サベラは笑ったが、彼女の欲情も駆り立てられていた。その興奮がノアの鼻腔をくすぐる。ノアはサベラの太腿を広げ、ぬらりと光る柔肌を見た。彼女が燃えているのは確かだ。

ノアは身をかがめて、サベラの秘所に舌を滑らせた。物憂げな夏の朝のような味がする。

あるいは、冬の暖炉の火のような。実現するはずがないと自分に言い聞かせてきた夢の味。サベラは、地獄の真っ只中で彼を癒やすオアシスだった。あのころと同じように、ノアはふたたび彼女を必要としている。いますぐに、ここで。

ノアは硬く膨らんだクリトリスの蕾の周囲を舐め、舌で包みこんだ。そして、彼女の小さな両足を自分の肩にすっと乗せると、彼の親密なキスに体を後ろに反らせて反応するサベラの顔を見あげた。

張りきった蕾の周りを舐め、蕾そのものをなぶり、吸いながら、ノアはサベラを見つめた。そのとき、絶頂を迎えたサベラが、背中をのけぞらせた。

穏やかなオーガズムがサベラの全身に広がり、秘所を震わせる。立ちあがったノアは、ペニスの根元を握り、体勢を整えてから彼女の中に押し入った。

「ノア！」サベラが叫ぶ。

得も言われぬ快感がサベラの体を貫いた。快感が神経の末端をなぶり、股間を痙攣させながら全身に広がっていく。サベラは我を忘れかけた。

サベラの手はカウンターの端を握り、脚は彼女の腰をつかんで引き寄せるノアの両腕にかけられる。

前戯らしきものはほとんどなかった。サベラにはそんなものは必要なかった。朝ひとりで目を覚まし、ノアの体を求めていたサベラは、すっかり用意ができていた。なにかが起ころうとしていることをサベラは感じていた。そうなる前に、もう一度彼に触れてほしかった。

もう一度キスをしてもらいたかった。

「すごいぞ。まるで万力だ」ノアはうめいた。サベラに顔を寄せると、唇で彼女の唇をかするように軽く撫でる。「炎と恍惚の味がする」

新たな侵略に体を慣らしながら、サベラはあえいだ。ペニスを一気に根元まで入れられると、快感と痛みが同時に襲った。言葉では説明できない感覚が地獄の釜のようにたぎり、オーガズムの淵まで追いやられたサベラは、両手をノアの髪の中に埋めた。しっかりと唇を合わせたふたりは、口で、舌で、愛し合った。腰を打ち合わせるふたりの全身を、物狂おしいほどの快感が貫く。サベラはキスをしながらうめき声を漏らし、さらなる悦びを求めた。

ノアはサベラの期待に応えた。サベラの中にふたたび押し入ったノアに快感の淵に投げこまれたサベラの心が、虹のような様々な色で満たされる。ふたりは同時にクライマックスを迎えた。

自らの種をサベラの中に注ぎこみながら、満足と欲求が入り交じった荒く鋭いうめき声を漏らしつつ、ノアはサベラを抱き締めた。そして、サベラの体に両腕を巻きつけて抱き寄せ、肩に顔を埋めた。ふたりとも、快感の波に揉まれながら体を震わせている。

彼と別れることなど、サベラにはもう考えられない。そんなことを頭に浮かべることさえできない。

優しくキスされながら、サベラはノアの顔を見つめていた。そのとき、ノアが目を開けた。

「こんなお楽しみが待っているとは予想もしなかった」サベラは微笑んだが、過敏なヴァギナをこするようにしてペニスが抜ける感触に息をのんだ。ノアがサベラを抱きあげて床におろす。「すぐには歩けそうにないわ」

サベラはノアの胸を手で撫でた。ノアは顔を寄せて、もう一度彼女にキスした。

そうして、サベラに向かって一瞬にやりとしてみせると、ようやく後ろに下がってジーンズのファスナーをあげた。

浴室に行ったサベラがすぐに戻ってきたとき、ノアはコーヒーを飲みながら、キッチンの大きな窓越しに工場を見ていた。

「今朝は早く起きたのね」サベラはまたコンロの火をつけて、ビスケット作りに戻った。

「シャワーを浴びて、着替える必要があったんだ」ノアの声はよそよそしかった。「おまえが起きているとは思わなかった」質問するような口調だった。

サベラは顔をしかめた。「今日、クリニックに予約を入れていたのを忘れてたのよ。キャンセルするわけにもいかなくて」サベラは眉をひそめてノアに向き直った。「予約を入れてなかったら、お楽しみはおあずけになるところだったわね」

ノアは残念そうな顔で微笑んだ。「ローリーをつけよう。ひとりで出歩かない方がいい」

「いつもは、シエナが一緒に行ってくれるんだけど」そう言って、サベラは一瞬考えてから肩をすくめた。「でも、ローリーに一緒に行ってもらってもいいわ。彼女とはクリニックで会えばいいから」

サベラは前の月にインフルエンザで二週間近くも寝こみ、かかりつけの医師を心配させた。

回復にも普通より時間がかかり、ノアが戻ったころも、まだ全快はしていなかった。今回はたまたま再検査の時期が、定期的に受ける必要のある避妊注射の時期と重なっていた。

「ローリーを迎えに来させよう。クリニックまで、車で連れていってもらえばいい」

その提案にサベラはうなずいたあと、「問題はない？」と尋ねた。昨日デルバート・ランサムが釈放されたことで、ノアが心配しているのはわかっていた。

「いまのところは」ノアは厳しい顔を囲む漆黒の長い豊かな髪をかきあげた。

それを目にするだけで、サベラの胸は高鳴った。たったいま彼とセックスをしたばかりだというのに、また彼の体が欲しくてたまらなくなる。

それ以上なにも言わないノアに、サベラはうなずいてみせた。そのあと、会話は弾まなかった。ふたりはただ、修理工場についてを、注文する必要のある部品や修理工場に戻りつつある客足のことを話した。

ふたりは、サベラが購入したがっている新しい機具のことで口論した。新しく市場に出る、チップに対応できる最新型のコンピューターだ。サベラが申しこんだオデッサで開かれる勉強会と、サベラが実行しようと考えている事業計画の長所と短所についても話し合った。

ノアはサベラと話しながら、彼女が自分にとってどれほど完璧な女性だったかということを改めて思い知らされて愕然とし、一瞬心臓が止まりそうになった。六年前にそれに気づかなかったということが、いまでも信じられない。

救出されて以来犯してきた過ちが、ノアの頭に次から次へと蘇ってくる。サベラから隠れるべきではなかった。一体なにを考えていたんだろう。それでも、彼女と顔を合わせず、自分の選択の結果に直面する必要のなかったあいだは、疑いが頭をよぎることさえなかった。

すべては、彼の愚かなプライドのせいだった。昔とは違う自分を、サベラに面と向かって拒絶されることが怖かった。どうしようもない阿呆だった。しかしいまは、逃げ道は断たれている。

いま真相を告げたらサベラがどういう顔をするか、ノアには想像がついた。〝ああ、ところで、ベイビー、おれはおまえの夫なんだ、ほら、あの死んでしまった、六年間もおまえを放っていた男さ〟サベラはやすやすと受け入れてくれるだろう。

とんでもない。

いまのサベラなら、彼の目をかき出し、彼の銃でノアを撃つに違いない。そのあとで離婚だ。彼女は昔の彼を忘れられないのだから。いまでも左手の薬指に結婚指輪をしているほどの相手を。居間をその写真で埋め尽くしている男を。

ちくしょう。サベラがシャワーを浴びて、クリニックに行く仕度をしているあいだ、ノアは苛立ちを抑えきれなかった。彼女を自分の目の届かない場所に行かせたくない。

怒りに満ちた足取りで電話の置いてある場所まで行ったノアは、ローリーを呼び出して、サベラをクリニックに連れていくよう命じた。それでも、自分が一緒に行きたいという気持ちは治まらなかった。

しかし、事態が急展開を見せたときに、ほかのことに縛られている危険は冒せない。それに、いつもと違う行動をとった場合、真っ先に疑われるのはサベラだろう。ローリーなら前にもクリニックに同行したことがある。サベラがひとりでクリニックに行くことはほとんどなかった。医者嫌いのサベラは、待合室でひとりで待つことが耐えられない。サベラとシエナは、よく一緒にクリニックに行って、用事が済むと買い物と食事を楽しんでいた。ネイサンが死んだあとは、ローリーが同行していたことをノアは知っていた。以前シエナと一緒にしていたことをふたたびするようにと、ローリーが優しく辛抱強くサベラを説得したことも。

「あら、子守さん、いらっしゃい」しばらくしてキッチンに戻ったサベラは、ノアと一緒にローリーがいるのを見てにやりとした。「わたしの工場の世話は誰がしてるの?」

「トビーとニックだ」ローリーが不服そうに答えた。「あの坊やは、頭がおかしくなったみたいに熱心でさ。自分が共同経営者かなにかだとでも思ってるみたいだぜ」

「勉強中なのよ」サベラは肩をすくめてみせると、ローライズのジーンズを引っ張りあげてからサンダルに足を入れた。「トビーは頭がいいもの。わたしたちの運がよければ、あと一年はうちで働いてくれるかもね」

ローリーは顔をしかめた。ノアも、トビーの有能さに気づいていた。あの小僧はもっといい仕事に転職するだろう。ノアがまだ生きているうちに、世界はトビーに支配されているかもしれない。

「それじゃあ、行きましょう。シエナには電話をして、待合室で待ち合わせることにしたから」ローリーを見て、サベラはにやりとした。「待合室まで来る？　それとも車の中で待ってる？」

ローリーは顔をしかめた。「待合室の女どもはおれが入っていくと、初めて男を見たみた

いな顔をするんだ」

ノアは、突然激しい嫉妬を感じた。六年間、ローリーはサベラに気を配り、面倒をみてき

た。一緒にクリニックに行き、涙を流すサベラを慰め、彼女がひとりぼっちにならないよう

に気をつけながら、復帰に手を貸してきた。本来なら、弟の動機を疑ったりせずに、感謝す

るべきなのに。

「まあ、色男さん」サベラはローリーをからかった。「女の子たちに笑顔を見せてウインク

すれば、みんなあなたに夢中になるわよ」

「レイプされちまう」ローリーは冗談ぽく小さな声で応じた。

三人は外に出た。サベラがローリーの小型トラックに乗る前に、ノアは彼女を抱き寄せた。

彼女の唇を奪い自分のものだということを彼女の体に刻みつけてから、身を離す。

「なんのつもり？」ノアの肩をつかむサベラの爪が、彼のシャツに猫の爪のように食いこん

でいる。ノアの体は原始的な飢えで揉みしだかれるようだ。

「思い出させるためだ」ノアはうなるように答えた。

「なにを？」サベラの瞳の中でなにかがきらめいている。怒りと固い決意の炎だ。

「おまえが誰のものかを」ノアは吐き出すように言った。「それを忘れるな、サベラ」

サベラは首をかしげた。初めて目にする生き物を見ながら、それがなんであるかを理解しようとしている顔つきだ。

「もうすぐ、行ってしまうんでしょ」サベラは穏やかな口調でノアに思い出させた。「いつもそのことをわたしに思い出させるじゃない。ノア、ずっと一緒にいるつもりもないのに、わたしを自分のものだなんて主張できないわよ」

サベラの言葉はもっともだ。ノアはふたたび顔を寄せてキスをすると、彼女の抵抗を抑えこんだ。ノアは舌を押し入れて、サベラの口を自分のものにした。サベラを貫き、彼女がオーガズムの叫びをあげるたびに、彼女の体は自分のものだと宣言するときのように。そして、両手でサベラを引き寄せると、下腹部に満ちる独占欲を抑えながら、ジーンズの生地越しに勃起したペニスを彼女の腹部に押し当てた。

欲望を抑えることはできなかった。燃えるような支配欲を押し殺すのは到底無理だ。サベラが、彼女が誰のものかを、彼女の手の平に誰の魂をつかんでいるのかを、二度と忘れないようにしたいという本能を抑えきれなかった。

ノアは身を引いて、サベラをにらむように見た。「忘れるな」

体を離しながら、ノアはサベラの目に浮かぶ涙をあえて無視した。そうしなければ、心が砕けそうだった。いまにも切れそうな細い糸の上を歩いているように神経が昂り、ときには自分でも自分がわからなくなる。それでも、この作戦がすぐにでも終了しなければ、あるいは、ほんの少し距離を置くことを忘れれば、彼女を残して去ることができなくなるとわかっていた。しかし、とどまれば、ふたりとも命を失う結果を招きかねない。

27

「ずいぶん彼と親しくなったのね？」

サベラはローリーの顔を見つめた。彼の顔は、ぎょっとするほどネイサンと似ている。完璧な男性美を備えたたくましい体。悪戯っぽい青い瞳を縁取る密に生えた長い睫毛。ただ、彼の黒髪は、ネイサンと違って長い。

ローリーは、ネイサンの双子の弟と言ってもおかしくはない。あまりにもネイサンに似ているローリーの顔を、サベラは二年近くも直視できなかったほどだ。

「悪いかな？」ローリーがノアの正体を知っているのはわかっている。そのことがずっしりと重く心にのしかかり、サベラを傷つけた。

もう怒りはない。しかしノアが、彼の魂をかけて誓った妻ではなく、弟を信じたことが悲しかった。しかも、サベラが眠っていると思いこんで、ノアは無謀にもふたりのベッドであの言葉をささやいた。彼女に嘘をつきながら、ふたりのベッドで、よりにもよってあのゲール語の誓いをささやいたのだ。彼女に触れながら、キスをしながら。かすれた声で嘘をつきながら。

しばらくして、ローリーは肩をすくめた。「あいつはずっとここにいるつもりかな？」声と表情の暗さに気づいて、サベラの怒りは霧散した。

サベラはローリーから顔をそむけて、窓の外に目を向けた。過ぎ去っていく見慣れた町の風景が、突然自分とは無縁のものに思われた。

「そうは思わないわ」少しして、サベラはささやくような声で真実を告げた。ローリーだけではなく、自分自身にも向けた言葉だった。「もうすぐ出ていくつもりでしょう」

サベラは自分の手に視線を落とすと、結婚指輪に触れた。そして、指輪をゆっくり指から外し、ハンドバッグにしまった。シエナに見られたら、質問攻めに遭うのは確実だ。疑惑を抱かれるようなことは避けなければならない。

「あのなあ、ベラ」咳払いをしたローリーのハンドルを握る手に力がこもった。「あんたはおれにとっては本当の姉さんみたいに大事な人だ。それはわかってるだろ？」

「忠告はお断りよ、ローリー」彼がなにを言いたいかはわかっていた。そのときサベラは、義弟の善意に満ちた忠告を受け入れる余裕さえ自分にはないことに気づいた。ローリーはクリニックの駐車場に入ると、シエナの車の横にトラックをとめた。

車から飛びおりたシエナに向かってローリーはうなずいた。灰色のカプリパンツに袖なしのTシャツを着たシエナは、スマートに見える。入念にウエーブをかけた長い栗色の髪が肩の下までかかり、緑色の瞳はいつものように楽しげに生き生きと輝いている。

「やっと来たわね」ローリーのトラックからおりたサベラを、シエナは笑いながら抱き締めた。「それに、町一番のハンサムさんまで」ため息をついたシエナは、突然悲しい現実に気づいたようにその顔を曇らせた。「ネイサンにそっくりね、ベラ」

少し前にサベラが思ったのと同じことをシエナは口にした。

ローリーの顔に一瞬走った痛みにサベラは気がついた。

「そんなことはないわ。ローリーはローリーよ」サベラは静かに応じた。確かによく似てはいる。それでも、同じではない。ノアがネイサンと似ているようで、そうではないのと同じだ。いまではもう、それほど似ているとは思えない。

「あなたが、再検診を忘れかけるなんて信じられない」シエナはサベラを叱った。「重病だったのよ、ベラ。もっと自分の体に気をつけなきゃ」

確かに、症状は重かった。かなり悪性のインフルエンザだったのだ。

「ちゃんと気をつけてるわ、シエナ」建物に入りながら、サベラは微笑みを浮かべて約束した。受けつけを済ませて、待合室の椅子に腰をおろす。

インフルエンザがまだ抜けきっていないのかもしれない。この二、三日体調が思わしくなく、気分もすぐれず、到底絶好調といえる状態ではなかった。しかし、精神的にローラーコースターに乗っているような激動に満ちた日々を過ごしているのだから、それも不思議ではない。

「みんな、おれのことを見てる」横に座ったサベラにローリーがささやいた。

サベラは微笑んで頭をふった。「あなたがかわいいからよ」

顔をしかめたローリーは、すぐににこりとした。「そうかな?」

マローン家特有の笑みと青い瞳に宿る楽しげな輝きを見て、サベラはまた頭をふった。女泣かせなんだから。友人で、しかも義弟とはいえ、困った人だ。

「わたしが守ってあげる」サベラはささやいた。「守ってもらいたいように見えるか?」

ローリーは驚いたようにサベラを見つめた。

サベラは笑うしかなかった。

一時間後、サベラの顔から笑みが消えていた。泣きたかった。叫びたかった。喜びと同時に、恐怖がサベラの心を満たしていた。

「一週間か、もしかすると、もう少し経っているわね」診療台の前のスツールに座って、アミー・エーケン医師が穏やかな口調で告げた。「セックスをしていないというお話だったから、分量を少なめにしていたのよ。再注射が一週間以上遅れてるし、抗生剤も……」医師は肩をすくめた。「そういうことよ、サベラ」

サベラは妊娠している。

腹部に手を押し当てた。ようやく、神は彼女の祈りを聞いてくださった。ノアの一部を与えてくださったのだ。心の支えにできるように、苦しみに打ち勝てるようにと、彼女の大切な人の一部を与えてくださった。

サベラはごくりと唾をのみこんだ。しばらく黙っていたあと、「看護師さんたちには言わないでいただけませんか?」と頼んだ。「先生とわたしだけの秘密にしておきたいんです。少しのあいだだけでも」

看護師たちに知られれば、すぐに噂が広まってしまう。エーケン医師が、簡単な検査ならできるだけ自分の手で行うのも、それが理由のひとつではないかとサベラは疑っていた。血液検査も、サベラが待っているあいだに診療室でやってくれた。エーケン医師は良心的で、いつも親身になってくれる。医師は、彼女のもとを訪れるすべての女性にとって、友のような存在だ。しかも、看護師たちの欠点もよく知っている。

「問題があるの、ベラ?」医師は穏やかに尋ねた。

サベラは首をふった。「ひとりでよく考えたいんです」そう小さな声で答えた。「ほかの人に知らせる前に」

それを聞いてエーケン医師はため息をついた。「ここは小さな町よ」彼女は立ちあがって検査の結果を手に取ると、折りたたんで白衣のポケットに入れた。「あなたのファイルに入れるのは二、三週間待ちましょう」医師はウインクした。「ときどき、忘れてしまうのよ」

エーケン医師はまたスツールに座った。「産むつもりなの、サベラ?」静かな口調だった。

サベラはさっと顔をあげた。「もちろんよ」そして、深く息を吐き出した。「想像もしなかったんです」口をつぐむと頭をふった。「考えてもみませんでした。抗生剤のことも忘れていて。修理工場で色々あったものですから」彼女の人生にも。ネイサンが戻ってきたというショックで、サベラにはほかのことを考える余裕がまるでなかったのだ。

エーケン医師が微笑んだ。青い斑点のあるハシバミ色の生真面目そうな瞳に、暗い表情が浮かんでいる。心配しているようだ。「三週間後にまた来てちょうだい。そのときに血液検査の結果を渡すわ。それからまた精密検査をしましょう。先月あなたが受診したときは妊娠していなかったから、受胎して何週間と経っていないわ」

サベラは頭をふった。何週間と経っていない。それでも、わかっていた。お腹の中にノアの子がいる。自分の体の中でその子が育っている。もう存在を感じることさえできる。この数日間感じていた不思議な感覚も、理由のわからない不安な気分も、ノアのせいだけではなかった。この子が、自分の存在を母に知らせていたのだ。

「服を着ていいわよ」エーケン医師は立ちあがった。少し黙ったあと、サベラを見る。「話をしたいときは、いつでもいいからわたしに電話をしてね。わたしの家に来てくれてもかまわないわ。一緒にコーヒーでも飲みましょう」しかし、不意に微笑を浮かべた。「でも、あなたのはカフェイン抜きよ」

カフェイン抜きでもかまわない。サベラはすでに食生活を改善することを考えていた。もっと食べるものに気をつけなければ。食事を抜いたりせずに。カフェイン抜きの生活なんか、なんでもない。

お腹に、ノアの赤ちゃんがいるのだから。

サベラは素早く服を着た。雲の上に立っているような感じで、突然浮揚した心がそのまま宙に浮いているようだ。ジーンズのボタンをかけ、ファスナーをあげたサベラは、ふたたび下腹部に手を当てた。ただ触れて、自分の中で育っている命を感じたかった。

ネイサンが、その最後となった任務から戻ったら、子どもの件を真剣に話し合うことになっていた。ふたりとも子どもは欲しかったが、その前に安定した環境を整えたかった。まず、借金の一部を返済してしまうつもりだった。ネイサンが帰ってきたあとで、しっかり話し合う予定だった。しかし、彼は帰ってこなかった。いまになるまで。

サベラは悲しげな微笑みを浮かべた。ノアを引きとめられるかもしれない。子どものことを話せば、彼は決して彼女を捨てないだろう……。サベラは頭をふった。だめだ、彼を無理やり引きとめることはできない。ノアが行ってしまうつもりなら、彼には知らせられない。そのときは、彼女もここを去ろう。ローリーとジョーダンが、子どものことを彼に秘密にしておくはずがない。きっと彼に知らせるだろうから。そうなれば、また振り出しに戻ることになる。彼は、彼女のためではなく、子どものために帰ってくるのだから。

だが、この子のことを知っていながら、それでも彼が去ったらどうなる。そうなったら、彼への愛情がすっかり断たれてしまうだろう。そんなことは耐えられない。ノアが戻ってきたことは、彼女にとって人生最高の出来事だった。彼を愛することで、人生がこのうえもなく満ち足りたものになった。たったいままでは。

サベラは服を着終わると、診療室を出て待合室に戻った。

「大丈夫か?」ローリーが立ちあがって、支払いのために受付に向かうサベラに声をかけた。

「すべて順調よ」サベラはローリーに向かって無理に微笑んだ。「少し待ってて」

看護師はサベラから小切手を受け取ると、コンピューターに情報を打ちこみ始めた。おかげで、避妊注射を受けなかったことを訊かれずにサベラはほっとした。

「永久に出てこないかと思ったわ」クリニックの建物を出て駐車場に向かいながら、シエナがからかうように言った。「いつもはあんなにかからないでしょ」「先生が、インフルエンザがぶり返していないか、念入りに検査してくださったからでしょう」サベラは肩をすくめた。

誰かに話したくてたまらないのに、どうしてシエナには話したくないのだろう。ローリーにも。屋根のてっぺんから叫びたいくらいなのに。妊娠している。やっと子どもを授かった、と。しかも、夫の子を。

サベラはゆっくり息を吸いこんだ。三人は建物の角を曲がって裏の駐車場を横切り、ローリーのトラックに向かって歩いていた。あふれるような喜びをローリーとシエナの目から隠そうと下を向いていたサベラには、その車が見えなかった。

「サベラ！」ローリーの叫び声に、サベラははっと顔をあげた。ライトバンがいつの間にか横にとまっていた。ローリーが腕を伸ばして、彼女をつかもうとしている。

そのときシエナが、大きく開いたドアに向かってサベラを乱暴に押した。黒い覆面。黒づくめの服。拳銃がローリーを狙っている。叫ぼうとするサベラの口を何者かの手が覆った。荒っぽく彼女を車の中に押しこもうとする相手とサベラは争ったが、無駄だった。

恐怖に満ちた表情を浮かべたローリーが肩から血を噴き出しながら地面に倒れる姿が、最後にサベラの目に入った。ドアが乱暴に閉められた途端、タイヤをきしませながら駐車場から飛び出したライトバンの勢いで、サベラとシエナは車の後部に投げ出された。車は、そのままスピードをあげながら町の外を目指した。

恐怖に駆られながらもサベラは彼女をとらえている相手と争ったが、とうとう床に押しつけられ、両腕を背中にねじ曲げられてしまった。腹部が無防備のまま床に当たっても、サベラにはなにもできなかった。こんな状態では、お腹の子を守ることができない。

信じられない気持ちで、友人を——親友を——見つめるサベラの両手首に手錠がかけられ、口がテープで塞がれる。

シエナは手錠もされず、猿ぐつわもはめられていない。それどころか、覆面をした誘拐犯のひとりの膝の上に座って、唇に微笑みを浮かべながら首をかしげ、虫けらを目にしたような嫌悪感も露わにサベラを見ていた。

シエナはしばらくサベラを見つめたあと立ちあがって、ライトバンの天井に手をついて体を支えた。そして、サベラが意図を察する間もなく、手の甲で彼女の顔を殴った。その勢いでサベラの頭が車の側面に当たり、目の前で火花が散った。

床に倒れたサベラは、体を起こそうともせず、目をしばたたかせた。鼻血が流れるのを感じながら、冷徹な傲慢さを隠そうともせずに笑うシエナを見つめた。

「馬鹿なあばずれだよ」シエナがゆっくりと口を開く。「リックが面倒をみろと言うから、あんたの泣きっ面と何年もいやいやつきあってやったんだ。ネイサンの結婚相手だからってね。淫売。地元の男は地元の女にまかせておけばいいものを」そう言うと、シエナは少し前に彼女を抱いていた男の膝の上に戻った。

覆面の中から茶色い目がサベラをにらみつけている。マイク・コンラッドの目。その悪意に満ちた目が、満足感と嫌悪感でぎらついている。

サベラは体を丸めて、ノアの子を守るために腹部を太腿で覆った。そうしながらも、マイクとシエナをいまだに信じられないという思いで見つめる。

マイクのことはわかる。でも、シエナまで？　ネイサンの棺が埋められたときに一緒にいてくれたシエナ。泣きじゃくるサベラを抱き締めてくれた親友。家に閉じこもるサベラを外に連れ出し、何年ものあいだ愛情に満ちた友人の役を自然に務めてきた女性だった。

「あの顔を見なさいよ」シエナが笑った。「言ったでしょ、あなた？　あたしは最高だって。誰もあたしのことを疑わなかった」

本当にサベラは疑ってもみなかった。しかし、いま思えば、心のどこかでは無意識のうちに、この女が自分の友ではないとずっとわかっていたのだ。しかも、いまシエナがサベラを殺そうとしていることも、はっきりしていた。

でも、連中がどんなにうまく隠れても、どんなに深くサベラを埋めても、ノアは見つけ出す。そのときは、シエナが女だということも、彼にとってはなんの障害にもならないだろう。マイク・コンラッドがネイサンの友人だったなど、ノアの意識にのぼることさえないだろう。

ノアがふたりを殺す。じわじわと痛めつけながら。

サベラは、自分が殺される前に彼が助けに来てくれることを祈っていた。

遠くから聞こえてくるサイレンとタイヤのきしる音、それに、激しく鳴らされるクラクションを耳にして、ノアは工場の外に出た。

その後ろにニックが続く。修理工たちだけでなく、トビーまで駐車場に出てきた。スピードを落とさずに、タイヤをきしませながら町角を曲がったローリーのトラックが工場を目指して突進してくる光景を見て、ノアの全身を冷たいものが走った。その後ろを走るパトカーの回転灯が点灯している。

ノアは凍りついたように突っ立っていた。ニックが悪態をつく。ロシア人の声に、ノアは周囲の緊張感が突然高まったことに気づいた。猛スピードで駐車場に乗り入れたローリーが急ブレーキをかけ、トラックは左右に揺れながらスリップしつつもようやくとまった。

ノアは周囲の動きには注意を払わなかった。トラックに飛びついてドアを開けたノアの腕に倒れこんできたローリーのシャツは血にまみれ、顔は涙でぐっしょり濡れている。

「ノア！」ローリーが叫んだ。彼の目が極度の興奮でぎらついている。「ああ、ノア。すまない。本当にすまない」

ノアは弟を抱きかかえて、工場の中へ、オフィスへと運んだ。リック・グレイソンがその後ろに続く。ノアのシャツと肌を、ローリーの血が濡らしていた。

「サベラはどこだ、ローリー？」ノアは弟を椅子に座らせると、修理工が使うようにいつも置いてある清潔な布切れを片手いっぱいにつかんで、ローリーの肩に押し当てた。「サベラはどこにいる」

ローリーはすすり泣いていた。そして、椅子の背につくほど頭を反らせると、怒号をあげた。「攫われた！　彼女とシエナが。ノア、おれはサベラをつかもうとしたんだ。でも、シエナがつまずいて。奴らはサベラを攫っていった」

ノアはローリーを見つめた。言いようのない怒りが心を鷲づかみにしていた。

「どういう意味だ。奴らに攫われた？」ノアを押しのけようとしながら、リックは怒りも露わに問い詰めた。「なにが起こってるんだ？」

ニックはリックを押し戻して、手から拳銃を取りあげると、保安官をにらみつけた。ノアはふたりを無視した。リックのことなどどうでもいい。

「相手は誰だ、ローリー？」穏やかな口調でノアは尋ねた。「誰か知ってる奴はいたか？」

「覆面」ローリーは激しく首をふった。「覆面をしてた。おれがサベラをつかもうとしたら、ひとりが銃を撃ちやがった。サイレンサーつきだ。おれは横に避けて、彼女をつかもうとした」ローリーは自分の肩を抱いて前にのめった。「ああ、どうしよう。すまない、ノア。すまない」

「ニック、連絡を頼む」ノアは静かな声で命じた。

「いまやっている」

「ローリー」ノアは弟の顎をつかんだ。「ローリー、おれを見ろ。見たことを話すんだ」

ローリーはノアを見つめ返した。痛みと失血で意識が朦朧としているようだ。シャツがぐっしょりと血に濡れている。

「褐色のライトバンだ」ローリーは頭をふった。弟の目に涙があふれている。「覆面も服も黒かった。その車がおれたちの横にとまって、シエナがつまずいた」そして、また頭をふった。「なぜだかわからない。彼女がベラにぶつかって、ふたりとも車のドアの方に倒れこんだ。おれは彼女をつかもうとしたけど、奴らが中に引っ張りこんだんだ。タイヤにも車体にも泥がついていた。最近ついたものだ。車のナンバーを見ようとしたけど、プレートはついてなかった。茶色の目だ」ローリーはノアを見あげた。「ベラを引きずりこんだ男は、茶色い目をしていた。黒っぽい目だ。見覚えがある」

コンラッドの目だ。

「ニック、救急車を呼んでくれ」ノアは静かに言った。ローリーには医者が必要だ。ふたたび弟に向き直る。「なにか聞こえたか？　思い出すんだ、ローリー。誰か口をきいたか？」

ローリーはあえいでいた。ショック症状だ。それでも、朦朧とした目でノアを見つめながら、意識を失うまいと懸命に努力していた。

「聞こえた。いい狩り、って。ドアが閉まりかけたときだ。誰かが笑って、いい狩りになるだろう、って」

「チームが動き始めた」ニックが報告した。「二十分で到着する」

「いつのことだ、ローリー？」ノアは尋ねた。「いつ起こった？」

体を震わせながら、ローリーは手首に目を落とした。腕時計の文字盤が血で覆われている。

ノアは時計から血を拭うと、弟の顔をじっと見た。ノアの表向きの冷静さは前触れだ。氷が張り始めている。ノアはそれを感じていた。

ローリーはすすり泣きながらつぶやくように答えた。「一時間。ノア、一時間前だ。おれは気を失ってしまった。駐車場はほとんど空だったから、誰も見てなかった。すまない」

「ニック。トラヴィスからの報告は？」

「レオンが連れ出された。五分前だ。追跡しようとしているが、Tが信号を見失った」

Tはテイヤだ。

ノアは向き直って、ずっと黙っているリックを見つめた。リックはローリーからノアに視線を移した。

「死んだはずだろ」リックの声は弱々しかった。「きみを埋めるところも見たぞ」

他人のふりをして故郷に戻り、残した妻を取り戻そうとすれば、当然伴う危険だった。

「いまでもそれは変わらない。死んだままだ」ノアはリックを脅すようににらんだ。「おまえは味方だ。だが、連中に加担していたら、ただでは済まなかったぞ」

ローリーが激しく身を震わせた。ノアは弟に向き直った。

「ノア、彼女は奴を『ベイビー』って呼んだ」

弟の言葉を聞き漏らすまいとしながらノアは訊いた。「誰が？」

ローリーは眉をひそめた。「ドアが閉まりかけたときだ。シエナが言った。彼女を中に引きずりこんだ茶色い目の男を『ベイビー』って呼んだんだ」

「聞き違いだろう」ふたりの後ろでリックが反論した。「聞き違えたんだ。そうだろう、ローリー」彼の声に力はなく、苦々しさと痛みに満ちていた。

ノアは振り返った。保安官の強ばった顔には、同時に納得したような表情も浮かんでいた。リックは、霧を振り払うように頭をふった。ノアを見つめ返す黄褐色の瞳が苦悩に満ちている。「ローリーは聞き違えたんだ」

ローリーの聞き違いではなかった。アルパインの保安官オフィスから秘密が漏れていたことに疑問の余地はない。最初に容疑者として名前が挙がったのはリックだった。しかし、真犯人はシエナだったのだ。

「ニック、なにか情報は？」

「救急車が来た」

とっさに周囲を見回したノアからにらまれて、ニックは顔をしかめた。「まだ、なにもわからん。チームは全力を尽くしている。トラヴィスは追跡中。Tは信号を追っている。いまのところはそれだけだ」

「きみは何者だ？」リックがノアの腕をつかんだ。

保安官の首をかき切りたいという衝動を抑えるために、ノアは意識的にゆっくりとリックに向き直って微笑んだ。

血液が全身を激しく駆け巡り、筋肉に力が満ちてくる。視野の縁が赤く血の色に染まり、怪物が解き放たれた。

「黒襟市民軍にとって最悪の、悪夢の体現者」ノアの口調は穏やかだった。「死神の使い。

奴らをひとり残らず、地獄への道連れにする者だ」

28

ローリーは強制的に病院に送られた。彼はどうしても行きたくないと言い張ったが、そうするしかなかった。そのあとで、チームがアパートメントに集合した。誰にも見られず、誰にも知られずに。

裏口の前で、緊張した様子で狭い窓から外をうかがうリックの耳にも、エリート作戦部隊のメンバーが、持参した道具を組み立てる音が届いていた。追跡装置。通信機器。それに、武器。

トラヴィス・ケインが、FBI捜査官チャック・レオンの移動に使われたライトバンを追跡した経過を報告をしている。そのとき、ノアの携帯電話が鳴った。

突然落ちた静寂の中で、ホルダーから電話を抜き出したノアは、声を出さずに口の動きで「サベラの携帯からだ」と全員に伝えた。

電子GPS追跡装置を取りつけたあと、ノアは携帯電話を開いた。

「ブレイクだ」

「ごめんなさい」サベラがささやいた。

サベラの声は涙にかすれていた。

「心配するな、ベイビー」ノアは優しく言った。「連中はそこにいるのか?」

「話したい――」サベラの声が途切れた。かすかに彼女の叫び声が聞こえる。

ノアの鼻腔が膨らんだ。血に飢えた欲望がわきあがり、頭を満たす。

「保安官が一緒だな。おれたちにはわかっているぞ」変声機を通した声が告げた。

「そうだ」

相手の細い含み笑いは機械的だが、それでも敵が楽しんでいることがわかった。

「そのままそこにいるように伝えろ。動けば、人質は死ぬ」

「わかった」

少しのあいだ、相手からの反応はなかった。「協力的だな。結構だ」

ノアは答えなかった。

「トラックを点検したのはおまえだろう、ブレイク？」ゆっくりとした口調だった。「証拠を見つけて、報告したな？」

「そうだ」

奴らは知っている。ノアにもそれはわかっていた。連中にそこまでは教えてやろう。

「そうだろうな。おれたちが尋問した間抜けな捜査官には無理な仕事だ。ところで、奴はまだ生きてるぞ。気になるか？」

「別に」

ふたたび含み笑いが伝わってきた。「おまえは、捜査官じゃないな？　何者だ？」

「憂慮する傍観者といったところだ」ノアはゆっくりと答えた。「お袋がメキシコ人でね。

おまえらのことは気に入ってもらえないだろうな」

嘘だった。ノアの母親は由緒ある家柄の出だ。

「それなら、おまえの母親は淫売だ。おれたちは淫売を殺す」

ノアは待った。脈が打つ。一、二、三。

「なにが望みだ?」ノアの声は常に冷静だった。氷のように冷ややかな声。そこには、燃えるような怒りも、苛立ちも感じられない。犯人から電話があることは予期していた。

「ベラもなかなかきれいな淫売だ」得意然としたからかうような言い方だった。「おまえが死んだら、なかなかいい玩具になってくれるだろう」

「それには、まずおれを殺す必要がある」ノアは指摘してやった。

ノアは部屋にいる仲間の方は見なかった。視線の先には、サベラがアパートメントにずっと飾っている一枚の写真があった。結婚する前のふたりの写真だ。

ネイサンがサベラの肩を両手で抱いている。カメラに視線を向けた彼女の表情は柔らかく、繊細なその顔は愛情に満ちあふれている。そのときの香りが漂ってくるようだ。サベラの香水の香り、ふたりを包んでいたセックスのにおい。

「そうだな。まずおまえを殺してやろう」電話から笑い声が漏れてきた。「おまえと一緒にいるのが保安官だけというのは都合がいい。おまえのところの修理工は、みんな自分の持ち場にいる。まるでビーバーみたいにせっせと働いてるぞ、ブレイクさんよ」ちゃんと見ているということを言いたいのだろう。

「それが仕事だからな」

感情をうかがうことのできない口ぶりだった。実際、ノアはなにも感じていなかった。ただ、自分とサベラの写真を見つめていた。いや、サベラと彼女の夫の写真だ。当時の彼は、いまの彼とは似ても似つかない。ノアは恐れも、不安も感じなかった。感じるのは、死の存在だけだ。どんな結末になろうと、血が流れることはわかっている。しかし、流れるのは彼の血だけではない。ただし、サベラの血は一滴も流さない。

「おまえはいい獲物になるだろう」ノアをいたぶるように、誘拐犯が告げた。「面白い狩りになりそうだ。要らないことに鼻を突っこむからだ」

ノアはゆっくりうなずいた。ようやく本題に入るらしい。

「いまから言うことをやってくれ、ブレイクさん。ひとりでな。おまえ以外の人間が工場を出れば、人質は死ぬ。指示に少しでも従わない場合も、結果は同じだ。おまえが遅れてもな」

やけにメロドラマ調だ。ノアは待たされるのは嫌いだ。

「わかった。おれが屁をこいても、人質は死ぬんだろう」

少々下品なノアの言葉にジョーダンが顔をしかめ、ほかのメンバーも同様の反応を示した。

電話の向こうから、含み笑いをする声がまた聞こえてきた。「国立公園を知っているか？」

自分の手の平のように知っている。「よくは知らないな。観光する時間がなかったもんでね」

答えはすぐには返ってこなかった。ノアはじっと待った。迫りくる危険に思いを馳せるでもなく、自然体でいる。彼はここでは、よそ者だ。連中はなにも疑っていない。ただの修理工で、それ以上でも以下でもないと。

「FBIの女が見つかった場所を知っているか？　もうその話は耳に入っているだろう」

車で一時間ほどの峡谷だ。

「知っている」

「そこで待っている。電話を切って一時間後だ。ガールフレンドに別れを告げたいか？」

「狩りをする前に、生きている彼女に会えるんだろう？　死んでしまえば、別れは不要だ」

また笑い声が聞こえてきた。耳障りで意味ありげな声だった。

「そうだな。会ってから別れを言うがいい。待っている。一時間後だ」

ノアは電話を切って、椅子の背からジャケットを取った。バイク用ズボンはすでにはいている。体をぴったりと包む柔らかな革が、ノアの動きを妨げることはない。足にはハイキング用のブーツ。両肩の肌には発信機が貼りつけられている。ベルトのバックルにも。スイッチは、いまはまだ入れない。

「ほかの連中と一緒に密かに出てくれ」ドアに向かいながら、ノアはリックに告げた。

「冗談じゃない。わたしの妻が関係しているのなら、自分で決着をつける」ノアの腕をつかんだリックの目は、怒りに燃えていた。

「今度またおれの腕をつかんだら、その首をかき切ってやるぞ」ノアは保安官の手を引き離した。「ほかの連中と一緒に行動しろ。サベラが簡単に奴らの手に落ちたのは、シエナが手を貸したからだ。おまえにも、それはわかっているな」

リックは歯を噛み締めた。顎の筋肉が激しく痙攣している。

「起訴する相手が必要だ、ノア」ジョーダンが忠告した。「狩りが始まっても、それを忘れるな。わたしたちは、いつでも行動できるように待機する。おまえが相手に接触した時点で、Tが追跡を開始する」

ノアはうなずくと、ドアを荒々しく閉めてアパートメントを出た。

自分に向けられている視線が感じられる。接触地点に着くころには、辺りはほとんど暗くなっているだろう。ほかのメンバーが密かに持ち場につくには都合がいい。人目を避けて修理工場から出るのも、難しくはないはずだ。

ＳＥＡＬにいたノアは、退却ルートを確保する重要性を体に叩きこまれている。ジョーダンもそれを熟知していた。

ハーレーダビッドソンにまたがったノアは、キーを回したあと、少しエンジンを慣らしてからギアを入れ、駐車場を猛スピードで飛び出した。

ノアの髪をなびかせる風の中で、サベラの明るい笑い声や情熱的なうめき声が聞こえたような気がした。そして、電話を伝わってきた涙声が。

電話を通して、サベラの怯えが感じられた。だが、そこには別の感情もあった。信頼が。彼女は冷静さを失っていなかった。助けてくれと請いもしなかった。ノアが救出に来ることがわかっているからだ。サベラの声からそれが伝わってきた。彼女にはわかっている。彼を信じている。

どんな男でも、自分のものだと胸を張って言えるような女性、それがサベラだ。それでも、彼女の心は傷つきやすい。そして、誰かを愛するときは心の底から愛する。彼の前身を、彼女はそのように愛してくれた。

心の底から。

ノアはさらにスピードをあげて、バイクを駆り立てた。目的地ははっきりしている。この町に移動してきたあと、ノアはそこら一帯を歩き回り、徹底的に調査していた。死肉をあさっていた動物に掘り起こされたＦＢＩ女性捜査官の遺体は、小高い丘の麓で発見された。その地域に関する報道も広く行われていた。

一瞬、ほんの一瞬、サベラの顔がノアの心をよぎった。白い顔、血の気の引いた唇、なにも見ない目が大きく開いている。ノアは、バイクを飛ぶように走らせた。急に激しい怒りがわきあがった。その怒りを、血を求める冷酷な飢えがふたたび抑えこむ。

彼は夫ではない。恋人でもない。死んだ男だ。地獄への道行きの連れができる。それだけのことだ。この六年間そうして生き延びてきた。そうしてこの世に復帰した。そうして自分を再建してきたのだ。

彼は夫だ。恋人だ。この手からなによりも大切なものがもぎ取られ、その存在が危機に瀕している。同じ過ちは二度と繰り返さない。

夕闇がおりるころ、ノアはＦＢＩ捜査官の遺体が発見された場所から数メートルと離れていない場所にバイクをとめた。丘の麓にとめられた四輪駆動車の上に、覆面をした三人の男の姿があった。

ノアはスタンドを立てると、エンジンを切った。バイクからゆっくりおりて、三人を見つめる。マイク・コンラッドの姿はない。だが、デルバート・ランサムの水っぽい茶色い瞳がドブネズミの目のように光っている。ほかのふたりも、顔かたちと目の色から正体がわかった。ひとりはマローン牧場の使用人。もうひとりは保安官助手、ハーシェル・ジェンキンズ。ローリーが怒り狂うことだろう。ハーシェルとは、一時期飲み友だちだったのだから。

車から離れたハーシェルが、後ろの荷台を示した。彼の手にはプラスチック製の拘束具が握られている。

ノアは全地形対応車《ATV》の後ろに行くと、上に乗った。ノアの手首をハーシェルが荷台の端に固定する。その直後、車は夜の闇を切り裂いて走りだした。

ノアの左肩に貼りつけられた最初の電子発信装置が温まってきた。これから五分間信号を送り続けることになる。すでに追跡は始まった。ノアは自分を追う目の存在を感じていた。ＳＥＡＬも持ち場についているだろう。レノ、クリント、ケル、メーシー、それにイアン。接触地点が明らかになった瞬間に、基地を出て行動を開始したはずだ。

人工衛星が車の動きを追っている。ヘッドライトが闇を切り裂く。ノアには自分を見守る別の目があることもわかっていた。市民軍の目だ。ノアが完全にひとりだということを確認するために、どこかで見張っているはずだ。

ノアはひとりどころではない。

奴らは、サベラがノアを牛耳ると思っていたのだろう。だが、結果はその逆だった。よそ者が、市民軍が手に入れたかったもの――修理工場――をかすめ取り、工場と所有者を意のままにした。連中は、サベラがよそ者の思いのままになるとは予想もしていなかったに違いない。

ノアは荷台につかまって体を支え、わざと荒っぽく走る車の揺れに体をまかせた。連中は人を痛めつける方法を知っていると思っている。痛みのことをなにひとつ知らないくせに。狂気のことも。死のことも。

ノアは知っている。どんな怪物を自分たちの中に解き放とうしているのか、連中はまったく気づいていない。

暗視コンタクトレンズはうまく機能しているが、ゴーグルには劣る。それでも、薄い緑色の影に見える地形ははっきりわかった。松の林の中に隠された小型トラックに乗っている男が、ゲイラン・パトリックの牧場の使用人だということも。

その後ろを動く影を見て、ノアはにやりとした。今夜はずいぶんたくさんの影がこの山岳地帯を動き回っているらしい。

十分、十五分、二十分。

小さな谷間に入ったATVは、ほとんど垂直にそそり立つ絶壁の下の洞窟の前でようやくとまった。

この場所のことは、ノアたちも知らなかった。林と藪で入り口が隠され、崖から張り出した岩で上からもまったく見えない。中からかすかに光が漏れている。拘束具が切られ、代わりにライフルが顔に押し当てられた。ひとりが洞窟を指し示した。

ほかのふたりを叩きのめして、ライフルを保安官助手の尻の穴に突っこむのは簡単なはずだ。音もなく。まったく音も立てずにやれる。

その代わりに、ノアはにやりとして洞窟の入り口に足を踏み入れると、奥に進みながらコンタクトレンズが明るさに対応するのを待った。誘拐犯らが、光が外に漏れないように用心して光量を絞っているおかげで、次第に明るくなっていく光にレンズが馴染む時間は十分にあった。最も大きな洞窟に入るころには、すべてがはっきり見えるようになっていた。

中に足を踏み入れたノアの目に、すぐにサベラの姿が入った。

殴られたらしく、頬に痣ができ、鼻にはまだ血の跡がある。暗く燃える灰色の瞳を満たしているのは、怒り、そして、恐怖だ。

結構大きな洞窟だ。サベラは折りたたみ式ベッドの金属製のフレームに、手首を手錠で繋がれて座っている。

洞窟の反対側から、マイク・コンラッドがノアに向かってにやりとした。覆面もしていない。開いた脚のあいだに座っているシエナは、髪の先をもてあそびながら、悪意に満ちた目でノアを見つめていた。

「革の服がセクシーねえ」シエナがゆっくり言った。「ねえ、マイク。あなたが狩りに出かける前に、あたしに彼とやらせてよ。先月あなたが誘拐した不法入国の下衆にしたみたいにさ。かみさんがとっても哀れな様子で泣いたわよねえ。恋人があたしとやるのを見て、ベラが泣くところを見たい。死んだ亭主とやったみたいにね」

ノアはシエナと寝たことはなかった。彼女が相手だと、なぜかいつもやる気がなくなった。征服のし甲斐がなく、深みというものがなかったからだ。

「裸になるんだな」そう応じると、ノアは肩をすくめてシエナを見つめた。「そうすれば、相手をしてやってもいい」

心理戦だ。それなら得意だ。

シエナはあざけるような顔をして口を尖らせた。「冗談じゃない。その小娘とやったんなら、病気持ちだろうよ」彼女は、サベラを顎で示した。

ノアは、軽くほぐすように肩をあげると、マイクの方を向いた。

昔はこいつを親友だと思っていた。妙な気分だ。いまのいままで、マイクの目が血に飢えているように見えたことはなかった。なにがあったんだ？　なにが奴を変えた？

マイクは歯を剥き出しにやりとした。「ご覧のとおり、彼女は生きている。あんまりおしゃべりはしてくれないが」

ノアはサベラに視線を向けた。右肩の発信装置が温かくなってくるのを感じながら、洞窟の内部を見回して頭をふった。

ノアを見守るマイクとシエナは、彼の反応が気に入らないようだ。

「こいつを怯えさせるのは、おまえらが思ってるほど簡単じゃないと言っただろう」

ノアは体をぴくりともさせず、声の方に振り向きもしなかった。リラックスした様子で佇んでいる。その声には聞き覚えがある。ゲイラン・パトリックだ。ノアは少し間をおいて、わずかに体を回すとゲイランを視界に入れた。

よたよたと入ってくるゲイランの厚い唇に笑みが浮かんでいる。後ろから、ゲイランより背が低く、彼ほど太っていないカール・クリフォード連邦裁判所判事と、太鼓腹を突き出したケヴィン・ライル連邦保安官が続いた。

「なかなか豪勢だな」ノアはゆっくり感想を告げた。

ゲイランの小さなハシバミ色の目が自己満足に満ちている。

「そのとおりだ。遊び好きの名士が揃っておってな」ゲイランはマイクとシエナに近づいた。シエナは硬い乳首をゲイランにねじられて、発情期の雌犬のようにうめき声をあげると男に寄りかかった。

軍専属の娼婦か。こんなこととは想像もしていなかった。

「サベラとふたりだけで少し話したいんだが」ノアはゲイランをじっと見た。こいつが一座の団長か。

「そうさせてやる理由でもあるのか？」ゲイランは愉快そうにノアをじっと見た。

ノアは微笑んだ。その場にいる者の予想を遥かに上回る、自信と力にあふれる男の笑みだった。彼の挑戦的な表情を見て、ゲイランの目がぎらりと光った。

「狩りをするんだろう?」ノアが言った。

「ああ、おまえが獲物だ」ゲイランは笑った。「夜明け前にくたばらないようなら、その頭に弾をお見舞いするだけだ。おまえの女をレイプするようなことはしない。おまえが生きていても、おまえに無理やり見せることもしない。単純だ。おまえは夜明けまでに捕まるか、そうでなければ死んでいる。そのあと、女はちょっとした玩具になる。あの女捜査官のようにな」

ノアは微笑みを浮かべたままうなずいた。「よほど手強い相手が欲しいようだな」

「手強いのは歓迎だ」ゲイランは大声で笑った。

「彼女とふたりだけで話させてくれ。そうすれば、存分に相手になってやろう」ノアは声を低めて、内なる怪物の声を響かせた。

シエナが興奮したように身を震わせた。「夜明け前に彼を捕まえたら、まず女をレイプさせてくれない?」

ゲイランは、お気に入りのペットを見るようにシエナを見つめた。

「おまえのために女を生かしておこう」そう約束すると、ゲイランはノアに向き直った。

「自分が手強いと思っているようだな?」

ノアは眉をあげてみせた。「おれを捕まえるのは、おまえらには無理だ」

ゲイランはにやりとした。「ほかの連中も同じことを言ったがな」

「おれはほかの連中とは違う」ノアはすでに死んだ男だ。そして、今夜死ぬのが誰かということもわかっている。

ゲイランは厚い唇に笑みを浮かべて、短くうなずいた。「三分だけだ。おれは寛大な男でな。しっかりキスしてやることだ。おまえの死に際の声を聞く前にな」

そう言うと、ゲイランは洞窟の隅に設置してある無線装置を顎で示した。「おまえの女に、おまえが豚のようにキーキーわめく声を聞かせてやろう」

ノアはなにも言わずに、じっとゲイランを見ていた。

ゲイランは大声で笑うと、シエナの肩に腕を回した。「来な。出かける前にくわえてくれ」

シエナは高校でチアリーダーをしていたころのように、クスクス笑った。

サベラのそばに行ったノアは、腰をかがめて彼女の頬を両手で包んだ。サベラの目には涙があふれている。ノアは、ほんの一瞬だけ自分の感情を解放した。

自制心を失いそうになるほどの怒りを超え、さらに、サベラがどれほど怯えているかと考えるだけで心を満たす耐えがたいまでの憤怒を超えて、魂の中にしっかり収めてある感情にたどり着く。彼女に初めて会った瞬間に感じた、愛に。

修理工場に入ってきたサベラの顔に浮かぶ微笑みが、陽光の中で輝いていた。そのなにも見逃さない瞳は謎めいて見えた。あの日以来、ほかの女性は目に入らなくなった。

ノアは身を乗り出すと、額をサベラの額につけて、自信に満ちた笑みを浮かべた。

「奴らは死ぬ」ノアは約束した。ひとり残らず。

唇を震わせるサベラの頬を、さらに涙が流れ落ちた。

「用意をしておけ」サベラにだけ聞こえる低い声でノアは告げた。「注意を引かないように、連中を怒らせないように用心するんだ」

サベラは強ばった顔でうなずくと、彼の身を気遣うようにノアの目をじっと見つめた。

「おれは大丈夫だ、ベイビー」

サベラはふたたびうなずいた。その震える唇にノアはキスをしてやりたかった。彼女の唇を覆い、一瞬でも不安を和らげてやりたかった。だが、それはできない。サベラにキスをすれば、彼女を求めて常に脈打っている飢えが、あの究極の暗い核をさらけ出してしまう。

「ノア――」ノアはサベラの唇に指を当てた。

「おまえには手を触れさせない。いまもわずかに残っているおれの魂にかけて誓う。サベラ、指一本も」

「ローリーは?」

「大丈夫だ」

サベラはうなずいた。

サベラの目の下を拭った親指を自らの唇に当て、彼女の苦悩と恐怖のこもった塩辛い涙を味わったノアの中で、凍りつくような怒りがさらに揺るぎないものになった。

「誰に殴られた?」誰を最初に血祭りにあげたらいいのか知りたかった。

「シエナよ」

ノアはそれを聞いてからサベラの唇に親指を当て、彼女の髪に触れると、ゆっくりと身を引いた。そのとき、マイクが部屋に戻ってきた。

ノアは立ちあがった。サベラのくぐもったすすり泣きの声が氷のような心を包み、さらに硬く冷たく凍らせた。かすかな温かみさえなかった。ノアの心の中には温もりも、熱く燃える感情もなかった。そこにあるのは死だけだ。

ノアはマイクに向き直った。

「遊びに出かけるのか？　それとも、フェラチオをしてもらうのを待っているのか？」

マイクの目が細まり、サベラの方を向いた。「おまえが死んだら、その女を大の字にして、口を犯してやろう。口いっぱいにおれをくわえたまま死なせてやる」

ノアはうなり声を漏らした。「くだらない話はやめろ、コンラッド。さっさと片づけようじゃないか」

サベラを残して、ノアは入り口に向かった。すぐに戻ってくる。すぐに。ノアは、自らに約束するようにマイクを見た。最初に殺るのは、こいつだ。

マイクを殺すことに良心の呵責は感じなかった。この町に戻ってきたばかりのころ、酔ったマイクがサベラを侮辱する光景を見たときに、いずれこうなることはわかっていた。自分の命とも言える女性の面倒を、家族や友人がみてくれると信じていたのに。

狭い入り口からふたりが出ようとしたとき、洞窟の奥からゲイラン・パトリックが姿を現した。男の赤らんだ顔に満足げな表情が浮かんでいる。

「えらく早かったな、えっ？」ノアはからかうように声をかけた。

ゲイランはノアをにらみつけた。「おまえを殺すのは楽しいだろうな」

ノアの中で怪物が頭をもたげた。凍てつくような殺意がノアの心を満たしていた。アドレナリンによる興奮ではない。凝縮された意志。固く、残虐な決意だ。

ノアはにやりとした。「面白い。おれも同じように、おまえを殺すのを楽しもうと考えていたところだ」

サベラは下を向いて涙をこらえようとしていた。乱暴を受けた体が痛い。肩も、脚も、腰も、背中も。だけど、シエナはまだ腹部には手を出していなかった。妊娠のかなり初期の段階では、腹部を殴られても胎児に影響はないのだろうか。ノアの子を身ごもっていることをシエナに知られたらと思うと、恐ろしかった。

シエナは気が狂っている。

洞窟の反対側で、親友の姿を借りた精神異常者が、マイク・コンラッドと戯れている光景をサベラは見ていた。シエナはマイクの股を撫で、男の方は彼女の胸の谷間に顔を埋めている。ふたりはサベラの目を気にする様子もなく、挿入以外のあらゆる痴態を繰り広げていた。この連中はサベラを誘拐したとき、自分たちが同時になにを解き放ったのかにまったく気づいていないのだ。

サベラにはわかっていた。ノアの目の中にそれが見えた。青い瞳にある緑色の斑点は人工的なものだ。瞳は一点の曇りもない青色。内側から無慈悲な冷たい炎で照らされた、氷のような青だ。

　そこに見えたのは、怒りでも憤りでもない。冷酷な死だった。

　夫の目ではなかった。ディエゴ・フェンテスにとらわれていたあいだに彼の身に起こったなにかが、夫を変えてしまった。彼の変化は、サベラの背筋に冷たいものを走らせた。六年前、夫の中には凍りつくような怒りの硬い塊などなかった。しかし、いまはそれがありありと見えた。その目に宿るのは死だ。

　今夜のノアは血に飢えている。それは、確かだ。飢えが瞳の中に見えた。市民軍のメンバーが、ひとり残らず死に値しないとは言わない。連中は自信満々だ。ずっと長いあいだ思いどおりに殺しを続けてきたせいで、もう平気で犠牲者に顔を見せるようになっている。長い期間、起訴される恐れもなく狩りを続けてきたせいで、自分たちの力を疑うこともなくなっている。

「かわいそうなベラ」洞窟を横切りながら、シエナがわざとらしく優しくささやいた。

　そして、サベラの前まで来るとその顎をつかんで顔をあげさせた。緑色の瞳が興奮で、ほとんど狂気のような歓喜にぎらついている。

「かわいそうなリック」サベラはささやいた。「彼はあなたのことを愛しているのよ、シエナ」

　シエナはまったく関心がない様子で、あきれたような顔をした。

「あいつ、二年以上もあたしに触れてないんだ」シエナは不満そうに言うと、口を引き結んだ。「あたしとまだ一緒に暮らしているのは、あたしが信用できない女だと思わせるように、少しからかってやってるからさ」

サベラの顎を放したシエナは、横にある折りたたみ式ベッドの上に勢いよく座って仰向けになった。サベラは体の脇と腹部をかばおうと壁の隅に動いた。

「あんたがどんなに情けない女か、ずっと教えてやりたかった」シエナがクスクス笑った。「死んだネイサンのことを思っては泣きながら、彼の家に幽霊みたいに住みついて」彼女は手をあげて爪を念入りに眺めたあと、サベラを見た。「あんたのベッドで彼とやったのさ」

嘘に決まっている。ネイサンがほかの女とセックスするなんて考えられない。特にシエナとは。それに、そんなことがあれば、すぐにわかったはずだ。

サベラは、自分が傷ついたように見せるために、わざとうつむいた。

「退屈な女だね」シエナは苛ついたようにため息をついた。「さあ、ベラ。認めな。あたしがあんたの亭主とやったのがわかったから、気分が悪いんだろ。あんたのあのいけ好かないバイカーとやってもよかったけど、どうせ大したものは持ってないんだろうよ」

部屋の端にあるテーブルの上に置かれた武器のところまで行ったマイクが、含み笑いをした。

「あたしがあんたをレイプするところを、あいつに見せたいねえ」シエナがささやいた。サベラはほとんど閉じた目の端で、シエナをにらんだ。「あんたをレイプするのは楽しそう、サベラ。笑っちゃうね。噛んでやるよ」シエナは物欲しげに身を震わせた。「あんたに叫ばせてやるよ。助けてくれって、ノアの名を叫ばせてやろう」

「そんなチャンスはないわよ」サベラは静かな声で応じた。「彼はあなたを殺すわ、シエナ」

シエナは淫らに唇を舐めた。「狩りで生き残った者はいないよ、ベラ。あんたの友だちは一時間と持たないね。そうしたら――」シエナは身を乗り出すと、痣ができるほど強くサベラの顎をつかんだ。「ほかの連中にあんたを押さえさせてから、張り形《ディルド》をつけて、レイプしてやるよ。ネイサンとあのバイカーが最高だと思ってるあんたのヴァギナに押し入って、あんたが叫ぶところをあいつに見せてやる」

サベラは首をふった。「いいえ、シエナ。彼の前でわたしを痛めつけるチャンスはないわ。彼が戻ってきても、あなた方は気づかないでしょうね。気づいたときには、あなたはもう死んでるわ」

サベラはノアの瞳の中に死を見ていた。彼の身になにが起こったにせよ、彼が属している集団がなんであれ、ノアたちは準備ができている。サベラにはそれがわかっていた。

シエナはにやりとすると、サベラが身を引く間もなく、彼女の唇に自分の唇を押しつけた。急に怒りを感じたサベラは、口をしっかり閉じてさっと上体を反らし、気がついたときにはシエナの顔に頭を叩きつけていた。

怒り狂ったシエナは、金切り声をあげてサベラの顔を殴りつけた。

サベラの目の前でふたたび火花が散った。拳で頬を殴られた衝撃が白熱の痛みとなって、悲鳴をあげながら全身を走った。

シエナはそのままベッドから飛びおりて、跳ねるようにマイクのところへ戻った。マイクは笑っていた。シエナを抱き寄せると、髪を撫で、サベラの頭突きを受けた頬にキスした。「かわいそうなあばずれちゃん」マイクは優しくささやいた。「気にするな。おれたちがその女をやったあと、おれたちみんなにフェラチオをするといい。そして、おれたちのペニスについた女の血を吸うがいいさ」

シエナの全身が快感に震える様子がサベラには見えた。狂人だ。親友のふりをしていた女が明らかに精神障害者である事実を、どうして見過ごしていたのだろう。ふたりが友だちづきあいをしていることに、ネイサンがいい顔をしなかったのも当然だ。

サベラは深く息を吸った。口の中に血の味がする。こみあげてくる吐き気をサベラは必死に押し戻した。ノアは戻ってくる。きっと、今夜のことをただの不愉快な思い出にしてくれる。

狩りが始まる場所は、峡谷からそれほど離れていなかった。市民軍のメンバーは全員覆面をしている。しかも、ノアと一緒に走る仲間まで連れてきてくれた。ご親切なことだ。

チャック・レオンは少々くたびれて見えた。顔が腫れあがり、脚には止血帯が巻かれている。洞窟に戻る前に、この男の面倒をみる必要がある。

「調子はどうだ？」小さな谷の真ん中に突っ立ったまま、ノアは連れに尋ねた。

ノアは辺りを見回した。それほど広くない川が流れ、いくつかの深い小峡谷に囲まれている。仲間の姿は見えないが、市民軍のメンバーが暗視ゴーグルをかけていることを考えれば、当然だった。

ハコヤナギと松が、あるところでは密に、別のところではまばらにと、うまい具合に生えている。

「ひどい」チャックはいい方の脚に体重をかけた。「連中は、いつもふたり以上の獲物を用意する。すぐに殺せる相手と、手強い相手の二種類だ。今夜は、おれがすぐに殺られる役らしい」

それでも、チャックにはまだ闘争心が残っていた。その証拠に、ハシバミ色の瞳が怒りにきらめいている。

「ひとつアドバイスをしてやる」ノアは静かに告げた。「かりかりするな。頭を使って、周囲に気を配れ」

チャックは頭をふった。「おれたちはいい鴨だ」

ノアはそれ以上口をきかずに、ほかの車が入ってくる様子を眺めていた。十二台。頭数は二倍以上だ。人数としては多くない。この小さなグループには、完全に信頼できる奴しか加えないという方針なのだろう。

「なにか戦略はあるのか？」体をかがめて止血帯の具合を確かめているノアにそう尋ねながら、チャックは顔をしかめた。

「ああ」

「それに乗せてくれないか？」

ノアは低くうなり声をあげた。サベラの命がかかっているときに、他人を信用することはできない。特に馴染みのない捜査官は。

「小峡谷に飛びこんで、北に向かえ」仲間のひとりが彼を救い出すだろう。「そうすれば、生き残れる可能性がある」

捜査官は、信じられないという顔でノアを見つめた。「冗談だろ？」

ノアは冷ややかにチャックを見つめ返した。「冗談を言っているように見えるか？」

「まじなんだな」チャックは髪をかきあげた。「わかった。小峡谷に飛びこんで、北だな」

「絶対に止まるな。この谷は別の谷に合流して、本道に繋がっている。足止めを食わなかったら、そのまま進め」

仲間はチャックをそのまま通過させて、町に救援を求めに行かせるかもしれない。仲間がなにをするつもりか知りたい。谷の端の藪が吹き抜ける風になびいているには、少し激し過ぎる揺れ方をしていることにノアは気づいていた。ほかにも、サベラがとらえられている峡谷を目指しているらしい、エリート作戦部隊の動きも目に入った。

ノアもその方角に向かうつもりだ。市民軍の奴らには、ふたりが容易な獲物だと思わせておけばいい。ノアがサベラのもとに戻り、彼女を安全な場所に連れ出すまで、仲間が連中の相手をしてくれるだろう。サベラの安全を確認したら、ノアも狩りに加わるつもりでいる。

「全員集合しているようだ」諦めたような口調だったが、チャックの声には、いままでは腹をくくったような響きがあった。

まだ若いが、度胸がある。ノアはうなずいた。ゲイラン・パトリックが、乗ってきたパワフルな四輪駆動車からおりたところだ。暗視ゴーグルをかけている。ハイテク好きの田舎者か。ノアは心の中であざけった。

「用意はいいか?」ゲイランはクスクス笑った。厚い唇を大きく横に広げて笑みを作り、よたよたと歩いてくる様子は、精神に異常を来したピエロのようだ。

ノアはベルトの下に両手の親指を差しこんで、発信装置のスイッチを入れた。そして、待った。体を探られ、バイク用ズボンとジャケットは脱がされたが、体の動きに影響はない。

ノアはゲイランを見つめ返した。コンタクトレンズを通して見る相手は緑がかっているものの、男の目の中で光る邪悪さははっきりわかった。

「おまえらには十分やる。好きなところに向かって走るんだな」ゲイランはまたクスクス笑った。「そうすれば、狩りが面白くなるというもんだ。おれたちは十分待ってから、おまえらのあとを追う」

十分。ノアは楽しくなってきた。馬鹿め。十分もくれるというのか？

「普通、獲物にはもっと時間をやるんだが」ゲイランは辺りに響き渡るような声で笑った。「おれたちはおまえのことが心底気に食わなくてな。それで、おまえを懲らしめてやることにしたというわけだ」

ノアは谷間を見やった。この地域のことを彼ほどに知らない人間にとっては、三十分という時間でも短く思えるだろう。しかしノアは、子どものころからこの国立公園で遊び、キャンプを楽しみ、狩りをしてきた。自分の手の平のように、隅から隅まで知り尽くしている。三十分あればマローン牧場の近くまで楽に行ける。十分あれば、サベラがとらえられている洞窟のかなり近くまで戻れるはずだ。

「無口だな。えっ？」ゲイランはうきうきしているようだ。「力を無駄遣いしたくないか？」

ノアは微笑んだ。ふざけたような笑みではない。ゲイランが初めて、少し落ち着かない様子を見せた。

腕時計を見ながら、ゲイランが苛立たしそうにうなり声を漏らした。「十分だ、下衆野郎。行け」

チャックは足を引きずりながら、それでもかなりの速さで小渓谷を目指した。ゲイランは、その場から動かずに自分を見つめているノアに向かって片方の眉をあげると、笑った。

「背後に気をつけろ」ノアはゲイランに告げた。「よく気をつけているんだな。振り向いたらおれがいるぞ」

ゲイランは笑い声をあげた。ノアはゲイランに背を向けると、ヘッドライトを消した車を見回した。テイヤが人工衛星で何台かでも追跡してくれればいいが。証拠が必要なのだ。ひとりでも殺し損ねたときに備えて。

ノアは走り始めた。持ち時間は十分を切った。とにかく小峡谷にたどり着き、あとは仲間たちが持ち場につく時間があったことを祈るしかない。

背中を狙われている感触がする。待ちきれない奴がいるらしい。照準器を向けられれば、すぐにわかった。ノアは、硬い粘土質の地面を強く蹴って全速力で小峡谷を目指した。その中に飛びこんだ瞬間、最初の銃声が響き渡った。

銃弾が上腕をかすめ、鋭い痛みが走った。かなり出血しそうだ。岩だらけの地面に打ちつけられるように倒れたノアの胸に、乾いた谷間を満たす硬い石が食いこんだ。痛みをほとんど感じる間もなくノアは立ちあがって、狭い谷間を進んでいった。

後ろから笑い声とエンジンを吹かす音、そして、一、二台のダートバイクの轟音が聞こえた。連中は最新技術でフル装備し、よく練られた計画のもとに行動している。何度も何度も同じことを繰り返してきたおかげだ。しかし、それも今夜が最後だ。

「つかまえた」

五分後、曲がり角を回ったノアをニックが待ちかまえていた。

「ここにいろ。奴らが動き始めたら、クリントが先行して、谷から林に飛びこむ。レノがレオンのふりをして、メーシーがレオンの安全を確保した。おまえにも援護がついている」

「おれは洞窟に戻る必要がある」傷口に迷彩救急絆を貼るニックを、ノアは苛立たしげに見た。

「武器をくれ」

ノアの手にまずライフルが、続いて拳銃が押しこまれた。拳銃はベルトに差しこみ、ライフルは手に持つ。

「ナイフだ」エンジンを吹かす音が聞こえてきた。ニックは自分のロシア製軍用ナイフをノアに渡した。

「谷の警備が前より厳重になっている」ニックが告げた。「片づける相手は五人だ。おれにはおまえの援護はできないが、ジョーダンと保安官が向かっている。だが、予定より少し遅れているらしい。ここに向かう道路の見張りが増えていたせいで、遠回りをする必要があったんだ」

「あの捜査官を早くここから連れ出してやれ」そのとき、ふたりの背後でクラクションが響いた。

雄たけびが聞こえ、車が動き始めた。

「通信用だ」ニックから耳に押しこまれたイヤホンをノアは調節した。

仲間の声が聞こえてきた。

「ワイルドカード、準備完了」ノアは慎重に告げた。

ノアの暗号名。任務用の暗号名だ。ノアたちが追っていた密告者の呼び名でもあった。密告者はシエナだった。女を殺すのは気が進まないが、洞窟で見たのは女ではなかった。疫病だ。

「ワイルドカードは移動して、テントウムシを確保する」レノの声がイヤホンを通して伝ってきた。「準備完了。同地点から移動中」

「行け」ノアの背中を叩いたニックは、自らも武器を手にその場を去った。

身を隠し続けるのは容易ではないだろう。浅い谷を通って峡谷に戻り、そこから見つからずに崖の下を移動しなければならない。重要な点は、数人で司令部を襲うあいだ、市民軍の大半を離れた場所に引きとめておくことである。

数人というのは、ジョーダンとノアのことだ。しかも、ジョーダンの到着は遅れている。

「ワイルドカード。空の目があなたを見ています」テイヤの声だ。「敵が二名接近中。三十五メートル左と二十二メートル右。気をつけて進んで」

ノアは身を低くして、テイヤが口頭で伝えてくる指示と、レノとクリントからもたらされる情報に従いながら進んだ。

「バイク一台破壊」クリントが報告した。いつもは物静かなクリントの声が、いかにも嬉しそうに弾んでいる。

土手沿いに生えた松と杉の陰に身を隠して谷を抜け出る。敵が背後にいる。ノアは見つからないように細心の注意を払いながら、次の山道まで腹ばいになって進んだ。

崖の下で起きあがったノアは、身をかがめたまま藪や木立に身を隠しつつ先に進んでいく。

「崖に敵一名」テイヤが報告した。「谷の各地に熱反応。あなたの目的地を監視しています。必要な場合は最後の手段を取ってください」

必要なら殺せ。

それはまだだ。いまのところは、あの洞窟にいる全員に、偽りのものとはいえ安心感を与えておきたい。

「注意をそらしてくれ」ノアは小声で頼んだ。

すぐに返事はなかった。

「すぐにやる」ミカの声だ。「待機していろ」

谷の入り口付近でなにかが動いた。

見張りが振り向いて持ち場を離れた隙に、ノアは洞窟の入り口に滑りこんだ。

「潜入成功」テイヤがノアの動きをチームに伝えた。

「クリント、十二メートル左。かがんで身を隠して」カイラが指示した。「イアン、あなたのセクシーなお尻をそこから動かして。敵一名接近中」

「セクシーなお尻?」くぐもったレノの声には面白がっているような響きがあった。「新しい暗号名か？」

　壁に背中を張りつけるようにして狭い入り口を通り抜けていたノアのイヤホンから、くぐもった笑い声が聞こえた。ノアは崖の中の洞穴に侵入した。

　指令室に向かうノアのコンタクトレンズが、次第に周囲の明るさに馴染んできた。無線機から耳障りな声が聞こえる。ノアのチーム同様、狩猟パーティーのメンバーも、ひとりひとりが個人用通信装置を身につけているらしい。

　連中はふたりの獲物を追っていると信じきっている。そして、目標の姿を見失うたびに怒鳴り声や雄たけびを、ふたたび姿をとらえるたびに嬉しそうな歓声をあげている。

「奴らはなかなか健闘してるぞ」判事の狂気じみた嬉しそうな叫び声が聞こえた。「おら、おら、轢いちまえ」

「時間がかかり過ぎてる」不平を零すシエナの声は甲高く、苛立っていた。「ゲイランは、すぐに終わるから、ここで楽しめるって言ったのに」

　その言葉にマイクは笑ったが、どこか不安げだった。

「ひとりは捕まえていてもいいころじゃない」シエナがぴしりと言った。「ねえ、マイク。女を押さえつけて。そんなにひどくは痛めつけないって約束するから。あの女に、あたしがどんなにうまいか見せたいの」

　駄々をこねているような口調だった。

「あの女は、乗り気には見えないな」そう応じるマイクの声は欲情に満ちている。「シエナ、その代わり、おれが女の口を犯すときは手を貸してくれよな」

「いいわ」シエナがささやくように答えた。

サベラはなにも言わなかった。乱れた深い呼吸音だけが聞こえた。

「女の叫び声を、ノア・ブレイクのちくしょうに聞かせたいねえ」シエナがゆっくり言った。

ノアはニックのナイフを握り、もう一方の腕にライフルを抱いた。

「ジョーダンと保安官が接近中。ワイルドカード、友軍到着」テイヤが報告した。

「シエナ、やめて。ノアに殺されるわよ」

サベラの声だった。彼女の声を彩る恐怖がノアの魂を貫いた。

「ずっと祈ってるんだね」シエナはあえいだ。「そうだ、ベラ。あたしがあんたのあそこをむさぼるあいだ、祈り続けるがいいさ。マイクがあんたの喉を埋めてくれるよ」

そんなことはさせない。

ノアは部屋の中に足を踏み入れた。

一瞬遅れて、マイクが手にしていた拳銃を握り締めて振り返る。ノアの投げたナイフが、マイクの肩に埋まる。シエナが甲高い叫び声をあげながら、飛ぶようにノアに向かってきた。シエナは問題なかった。力も入れずに顎に見舞ったパンチひとつで、彼女は倒れた。しかし、倒れたシエナの体がノアの足の自由を奪い、そこにマイクが突進してきた。

肩からナイフを引き抜いたマイクの茶色い目は怒りに燃え、顔は真っ赤になっている。しかも、いまは腹の辺りに脂肪がついているとはいえ、マイクは戦い方を知っていた。マイクとネイサンは、よくふたりでスパーリングをしたものだ。マイクは激怒している。ノアは、腰の後ろに差しこんでいた拳銃が床に滑り落ちたことをかすかに意識した。

マイクはノアの体に両腕を巻きつけて、壁に投げ飛ばした。サベラの叫び声が岩に囲まれた空間に響き渡った。

最初の衝撃は腎臓の辺りにきた。次は胃。そのあと、ノアは反撃に移った。ノアの肘を喉に食らってマイクが後ろによろける。マイクの喧嘩の腕はあがっていた。続いて襲ってきたマイクの足蹴りをノアはかわした。マイクの怒りは、ノアを満たす冷たく残忍な氷に比べれば無に等しい。

ノアは腰を落として床を転がると、落ちたナイフをつかんだ。ふたたび襲ってきたマイクの肩に片腕を回して、ナイフを振るう。ナイフが肉を切り、マイクの胸を貫いて心臓を切り裂く感触が、ノアの手に伝わってきた。

マイクの体が強ばり、ノアを見つめる目が見開かれた。

「ネイサン・マローンだ」ノアはマイクの耳にささやいた。「ずっと昔、警告したはずだ。おれのものには手を出すなとな」

マイクの瞳を感情がよぎった。悔いか。恐れか。ノアにはわからなかった。マイクは手をあげた。そして、口の端から血を滴らせながら、口を相手の名前のかたちに動かすと、声も立てずにそのままゆっくりと床に滑り落ちた。

シエナが床に横たわったまま、ノアに拳銃を向けていた。

らついている。

「人を殺したことはあるんだからね」鼻から血を流しているシエナの緑色の瞳は、狂気にぎ

麻薬だ。彼女が薬の影響下にあることは明らかだ。麻薬中毒だったのか。

「おまえを殺したくはない、シエナ」洞窟の隅に体を押しつけたまま、恐怖と苦痛に苛まれながらその光景を見つめているサベラの存在を、ノアはひしひしと感じていた。

彼がサベラに味わわせた体験は、どんな女性も経験してはいけないものだった。夫の死も。他人となった夫の帰還も。彼女が信頼していたすべてのものが、彼女の周囲で崩壊していくさまを見ることも。

「でも、あたしはあんたを殺したいのさ、ノア・ブレイク」シエナはあざけるように笑うと、涙を流しながら鼻をすすった。「マイクを殺したからね」女は顔をゆがめて叫んだ。「これからは誰とやればいいのさ、くそったれ」

ノアは頭をふった。「刑務所では無理だな、シエナ」

シエナはそれを聞いて、笑った。「あの清廉潔白のリックのくそったれは、あたしを刑務所にぶちこみたくてしょうがないのさ。くそ野郎。あんたの次はあいつを殺ってやる。まだあいつは知っちゃいないけどね。ここからは出さないよ」シエナは銃をふってみせた。

ノアの耳のイヤホンから声が聞こえた。「戦闘開始。指令室は落ちた。敵の動きを封じろ」

ノアは口元を引き結んだ。

洞窟の隅の無線機から最初の銃声が聞こえた。

シエナは目を見開いた。

「ちくしょう！　こんちくしょう！　いったいどこから来やがったんだ？　どこから来やがった？」

その顔は恐怖にゆがみ、銃を握っている手が震えている。

「殺してやる！」シエナはノアに怒鳴った。

「一発で仕とめるんだな」そう告げると、ノアは両腕を広げてみせた。「どうぞ」

麻薬に侵された目をぎらつかせながらシエナはにやりとすると、手にした銃をサベラに向けた。サベラの恐怖が、荒く乱れた呼吸と心に秘めた恐れが、音もなく部屋を満たす。

体を緊張させたノアは、銃声が響くと共に跳んだ。サベラの悲鳴が響く。ノアは叫んだ。

「ベラ！」

サベラの前におり立ったノアは、サベラを壁際に押しやると体を強ばらせて銃弾を待ち受けた。しかし、なにも飛んではこなかった。

さっと振り返って入り口を見たノアの目に、ジョーダンとリック・グレイソンの姿が入った。リックの手に拳銃が握られている。床に長々と伸びたシエナの首の下に血だまりが広がっていた。

妻を見おろす保安官の顔は無表情で、目はうつろだった。腰をかがめてノアが落としたライフルを拾いあげると、リックは洞窟を出ていった。ノアは素早くサベラの手錠を外した。

「ノア。ああ、ノア」

ノアは両腕をサベラの体に回して抱き締めた。

「来てくれると信じていたわ」そうささやきながら、サベラはノアにしがみついた。ノアは、心を引き裂く痛みに苛まれつつ目を閉じていた。「わかっていたわ、ノア。来てくれるって」

ノアはサベラの頭にキスをした。ジョーダンが近づいてくる。

「家まで送ってやってください」ノアは叔父に頼んだ。

ジョーダンはうなずいた。「ローリーもいる。それにじいさんも。わたしも彼女と一緒にいよう」

「いや!」サベラは身を反らしてノアを見つめた。

サベラの瞳は雷雲のようだ。彼女のそんな目を見たことはなかった。ショックと恐怖に満ちた目だ。その顔は蒼白で、体ががくがく震えている。

「わたしを置いていかないで!」ノアのシャツをつかんで体を揺さぶろうとするサベラの目から、涙が零れ落ちていた。「お願い、ノア」

ノアは顔を寄せると、唇でサベラの唇に触れた。彼女は彼の一番いい面を覚えている。結婚していたころの彼の思い出、いまのようになる前の彼の思い出を。それを破壊することはできない。絶対に。

サベラをゆっくりジョーダンに渡しながらも、ノアは心の中で抵抗していた。彼女を手放したくない。サベラの中で生き続ける彼の思い出を傷つけないためには、彼女を解放するしかないとわかっていても。

「わたしを残していかないで！」サベラは叫んだ。それは命令だった。瞳は燃えるように輝き、唇は震えていた。涙を止めることも、感情を抑えることもできないようだ。「もし出ていったら、ノア・ブレイク。これが終わっても戻ってこなかったら、もう二度とわたしの前に姿を現さないで」

ノアはサベラの頬に触れ、唇を親指でなぞった。「おまえはおれの良心だ」ノアはささやいた。「それを覚えていてくれ、サベラ。最後に残った良心だ」

彼をつかみ、抱き締めようとするサベラの手をすり抜けるようにノアは身を引いた。そして、マイクが部屋の反対側のテーブルの上に並べたライフルの一丁をつかみ取ると、洞窟を出た。

ニックが負傷していた。一方、市民軍のメンバーは、沈む船から逃げ出すネズミのように散り散りになっていた。奴らを殲滅するときが来た。地獄のゲームの始まりだ。悪魔のカードを配るのはノアの役だ。

洞窟を大またで去るノアの頭の中に、サベラのすすり泣く声が響いていた。彼を求めて泣く彼女の声を聞くべきではなかった。その声は、ノアの感覚と自制心を引き剥がし、心の中を満たす氷だけを無傷で残した。ゲイランが結成した市民軍のメンバーはひとり残らず、サベラを、妻を脅かした。彼女の命を、彼女の世界を危険にさらした。もう二度とそうできないようにしてみせる。

サベラは泣をのみこんだ。そしてジョーダンの腕を解くと、マイク・コンラッドとシエナの死体を見つめた。洞窟は死と血のにおいで満ちている。サベラは下腹に、お腹の子に手を当てた。

「家まで送って」

ノアは去った。サベラは心の隅で彼が二度と戻ってこないことを理解していた。洞窟から出たい。これ以上、自分の子どもにこのにおいを嗅がせ、残虐な行為が行われた場所にとどまらせたくはない。ここで死んだ無実の人々の叫び声が聞こえてくるような気がする。

シエナのほっそりした体が、自らの血の中にうつ伏せに横たわっている。長い髪が顔を覆っていた。すぐに彼女の死が胸に染みてくるだろう。シエナのことを姉のように愛し、信頼していたのだから。

「サベラ」ジョーダンが優しく呼んだ。「この件に関しては他言しないでくれ」

サベラは手をあげて、ジョーダンを黙らせた。「わかってるわ。ＳＥＡＬ隊員と結婚してたのよ。覚えてる?」

ジョーダンはゆっくりうなずいた。

「わたしはなんにも見なかった」サベラは涙声でつぶやくように言った。「なんにも。家まで送って、ジョーダン。わたしの気が狂う前に」

無線機から死に際の叫び声が聞こえてきた。逃げろ、待ち伏せをしろという命令が、悪態や悲鳴が、洞窟中に響き渡る。ジョーダンに腕をつかまれて、サベラは外に出た。

遠くで火花が見えた。銃声が、こだまとなって大きく響き渡る。サベラはぎくりと身を縮めた。ジョーダンはサベラに手を貸して、リックと一緒に乗ってきたらしいSUVに乗りこませた。

シートベルトを締めたサベラは、夜の闇を見つめた。峡谷を猛スピードで走る車にしっかりつかまって、揺れに体をまかせる。ジョーダンは運転しながら大声で指令を下している。無線機は見えないが、サベラは彼の耳になにかが挿入されているのに気づいた。

「ニック、さっさと避難しろ」ジョーダンが命じた。「きみが猛戦士《ベルセルク》の生まれ変わりだろうがなんだろうがかまわん。さっさと退却しろ」悪態をつく。

ニック。彼女の工場の修理工。サベラは腕組みをして横の窓に顔を向けた。そして、泣いた。車が州間高速道と合流する狭い舗装されていない道に入ると、サベラは涙が流れるままにまかせて、過去を解放した。

夫は死んだ。そのあとを埋めた男は戻ってこない。彼の目がそう言っていた。彼の手がそう告げていた。でも、今度はひとりぼっちではない。

サベラは下腹に手を触れて、目を閉じた。今度は、愛の一部がこの手の中に残されたのだから。彼の子が。

30

ジョーダンはサベラを家まで送った。

サベラは居間の椅子の上で丸くなって待った。ジョーダンと牧師が、ネイサンの死を告げに来たあの日も座っていた椅子だった。

サベラは涙を流すことなく、椅子のコーナーに置かれた枕に頭を埋めていた。マローン老はサベラの体をキルトでしっかり包むと、その横に自分の椅子を持ってきて彼女の手を握った。

老人は、何時間もただそこに座っていた。ジョーダンとローリーがキッチンに姿を消したあと、ふたりのあいだに沈黙が落ちた。

しばらくすると、老人は深くため息をついた。サベラの手をぽんぽんと叩く老人の皺だらけの顔は、悲しみに満ちていた。

サベラは目をあげて老人を見た。青い瞳。猛るアイルランドの目。あの目から解放されることはあるのだろうか。

「あれはおまえを愛しとる」老人は優しく言った。「いつだってな。おまえがここに来た日から、ずっと。あれが戻ってきた日もな」

サベラが驚きのあまり口を開きかけると、老人は黙っているようにという仕草をした。

「あのふたりには言わないでおこう」そう言って、老人はキッチンの方にうなずいてみせた。「あれたちは知っておるが、おれたちが知っていることは、おれとおまえの秘密だ。いいね?」

サベラは目をしばたたかせて涙をのみこんだ。

「おれのエリンが死んだとき、おれは一緒には逝けなんだ」彼の声は涙にかすれていた。「エリンの死は、おれの魂を隅々まで満たした。だが、おれにはネイサンとローリー、それにグラントがおった。まあ、グラントはあのとおりだが。いずれにせよ、子どもたちの面倒をみる必要があったのさ」

サベラは涙声で告げた。「彼はもう戻ってこないのよ」それが悲しかった。サベラは全身で痛みを感じていた。彼が死んだと思ったときよりも、激しい苦しみが彼女を吸い尽くし、心を切り裂いていた。

老人はうつむいた頭をふると、サベラをふたたび見つめた。「あれは、全身全霊をかけておまえを愛しとる。戻ってこんとしたら、それはおまえを思ってのこったろう、ベラ。自分の都合ではなくな」そして、サベラの腹部を見た。「それに、あれは命を残していった。怒ったりせんでくれ、娘や。あれがおまえを愛しておらんなどと考えてくれるな。おまえにはよくわかっとるだろう」

サベラは泣きじゃくった。ネイサンの死が伝えられたあとも、老人はこの家に来て同じことをしてくれた。サベラを両腕で抱いて、痛みを和らげるように優しく揺すってくれた。しばらくして、サベラは身を引くと、頭をふった。

涙を拭った。ノアを思って泣いたのはこれが最初だ。そして、最後にしよう。ある意味では、老人は正しかった。ネイサンはいつも名誉を重んじ、妥協しなかった。だから、ノアがサベラを残していくとしたら、それは彼女を守るためだ。ノアの正体に気づいたときから、彼が死んだふりをして正体を隠していることを知ったときから、サベラにはそれがわかっていた。彼女の命か、悲しみかという選択を迫られれば、彼は喜んで彼女を悲しませる方を選ぶだろう。彼女もそうするはずだ。

それでも、椅子から立ちあがることができなかった。サベラは待った。太陽が真上に来ても。電話が鳴っても、誰も受話器を取らなかった。しばらくして、ようやくリックが姿を現した。

疲労困憊といった様子だ。一晩で何歳も年を取ったように見える。その服には血の染みがつき、顔には悲しみが刻まれている。目はうつろなままだ。

「州と連邦の捜査官が現場で全員を検挙している」リックはジョーダンに報告した。「判事の関わりは公にしないようだ。最初に現場に到着したふたりの捜査官が、急いで判事を連れ出した。連邦保安官は死んだ。ゲイラン・パトリックは小渓谷で発見された。魚のようにはらわたをえぐり出されていた。シルバート市長もあそこにいたのは確実だ。市民軍のほとんどのメンバーは死亡した。生き残った連中もそう長くは持たんだろう。そのほかに、死体は見つかっていない」

ノアは生きている。

「そして、きみは？」ジョーダンが尋ねた。「どこまで公にするつもりだ？」

リックは口を引き結んだ。「シエナとサベラが誘拐された。救出作戦の途中でシエナは死亡した。それが、FBIから告げられた筋書きだ」ふたたび口を引き結ぶ。「いずれにせよ、ケントは、自分の母親が殺人狂の麻薬中毒者だったということを知る必要はない。それに、わたしはいまはまだなにも考えたくない」

ジョーダンはうなずいた。

リックはサベラに向き直ると、姿勢を正してまっすぐに彼女の目を見た。「本当にすまなかった、ベラ。わかっていれば……」

サベラは首をふった。「誰にもわからなかったのよ、リック。それに、もう終わったことだわ。この話を蒸し返すのはやめましょう」

しかし、まだ完全には終わっていなかった。炉棚を向いて写真を見たサベラの中で、なにかが萎んだ。

「おじいちゃん、ローリー。ジョーダンとふたりきりで話したいの」

「ベラ」老人がサベラの方に足を踏み出した。

老人は腰が曲がり、すっかり老けたように見える。彼がいかに自らの息子を、そして、孫――ノアであれネイサンであれ――の嘘を黙って受け入れているかを考えると、サベラは心が痛んだ。ノアは祖父にさえ真相を告げなかった。老人とサベラは、ふたたび彼を失おうとしている。

「ジョーダンとふたりだけでよ、おじいちゃん」サベラは小声で言った。「少しのあいだだけ」

ローリーは頭をふり老人はため息をつくと、リックと一緒に玄関から出ていった。サベラは大きな窓から、老人とローリーが保安官を車のところまで送る様子を見ていた。

ジョーダンに向き直ったサベラは、彼にゆっくり近づいた。

「わたしの夫はどこ?」サベラはジョーダンにわかりやすい言葉ではっきりと告げた。どんな愚か者でも、その質問の意味はわかるはずだ。

ジョーダンは深く息を吸った。そして、サベラの目をじっと見ながら、嘘をついた。「ネイサンは死んだんだ、ベラ」

自分でも気づかないうちにサベラは拳を握り締めていた。気づいたときには、右フックを食らわせていた。父も誇りに思うはずの強烈なパンチだった。

「なんだ!」ジョーダンは後ずさった。彼の目がショックと信じられないという思いで満ちている。「なんなんだ、ベラ。わたしを殴るなんて」

「もう一度尋ねる必要があるの?」

ジョーダンはサベラを見つめ返した。それでも、いまは彼女からかなり離れて立っている。サベラを探るように見る眼差しには、マローン家の男特有の冷徹さが見え隠れしていた。

「なにをしようが、答えは変わらないよ、ベラ」

ジョーダンは硬く、引きつったような笑みを浮かべた。「もう帰って。もうここにいてくれなくてもいいわ」

「ベラ」抗議するジョーダンの声は低く、荒かった。

ハンサムな人。ローリーと同じくらいネイサンに似ている。マローン家の男どもは、いずれも男性美のすべてを備えている。とりあえず、外見だけは。しかも、ジョーダンは友人だった。昔の話だけれど。

「夫が死んで六年。いずれにせよ、彼はわたしが思っていたような人ではなかったわ。ずっとここにいたいと思うほどわたしを愛していない男のことで、お悔やみを言ったり、同情したりしてほしくない」

ジョーダンはサベラを見つめたまま、なにかを言いかけた。

「出ていって！」サベラは叫んだ。「出ていきなさい」

ジョーダンは去った。

老人とローリーに帰ってもらうには、もっと時間がかかった。ふたりに帰るように頼みながら、サベラの心ははちきれそうだった。それでも、ようやく家の中は静かになった。サベラは電話のスイッチを切り、ドアに鍵をかけると、炉棚の方に歩いていった。写真の方に。

写真の中で彼女を抱く身知らぬ男を、彼女が結婚した身知らぬ男を見つめた。ふたりは愛し合っていた。しかし、互いのことを完全に理解することはなかった。サベラは夫の中で渦巻いている暗闇を感じていたが、彼が彼女にそれを見せることはなかった。一方、彼女は

した。
嚙み裂き、魂に鋭い爪を立てた。全身を満たす怒りと痛みが、叫び声となって喉から噴き出
写真を見つめながら、サベラの心の中に激しい怒りがわきあがった。その怒りが心の中を
を演じていた。あの女性に戻ることはもうない。彼のためには。いまの彼のためには。
――サベラは手近な写真の中の夫の額に手を触れた――夫が求めていると自分が思った女性

サベラの腕が一気に炉棚の上を滑り、すべての写真を床の上に叩き落とした。割れたガラ
スがサベラの周囲に飛び散る。サベラは両拳をみぞおちに当てて、最初の嗚咽を漏らした。
胸の奥から絞り出るような声だ。嗚咽が全身を貫いた。苦悩に満ちたサベラの叫びが家中に
こだまする。玄関に立っていた男は、思わず身をすくめた。
ノアも、心の中でサベラの痛みを感じていた。ディエゴ・フェンテスから受けたどんな痛
みより鋭い、全身に染み渡るような痛みを。
サベラは割れたガラスに囲まれたままひざまずくと、枠の壊れた結婚式の写真を手に取っ
て、全身で包みこむように胸に抱いた。
彼女の泣き声のあまりの切なさに、ノアはどうしていいかわからなかった。洞窟から出た
瞬間から、心の痛みをどうすればいいかわからなくなっていた。
ノアは自制心を失った。あの氷のような冷徹さを失った。そして、自分でも怖くなるよう
な高揚した白熱の怒りの塊となって、市民軍のメンバーを殺しまくった。
ノアは血にまみれた姿のまま部屋を横切った。服を着替えていないノアの全身には、泥と

血がこびりついている。死のにおいがその体から染み出し、漂っていた。それでも、彼女から離れていることはできなかった。サベラを残して去ったとき、彼女の瞳がすべてを知っていると告げていた。最後に耳に入った悲しみに満ちた泣き声が、いまでも聞こえるようだ。

サベラは知っていた。ずっと。彼の正体をベラは知っていた。それでも、愛してくれた。彼を待ち、涙を流しながらも、彼女なりの方法で、全力で、彼のために闘っていたのだ。

ノアは膝を曲げてサベラの前にしゃがむと、目の前で破壊された過去を見つめた。

サベラは顔をあげた。涙の跡のついた青白い顔は怒りに燃えていた。

「六年間」サベラは責めながらすすり泣いていた。「六年間もどこにいたのよ？」

ノアはサベラを、そして、写真を見つめた。真実はひとつだ。「ネイサンは本当に死んだんだ、サベラ。生き残ったのは、おまえへの愛だけだ」

でも、彼は死んでいない。夫も死んではいない。

ノアの声には納得したような、諦めたような静かな響きがあった。彼の言葉の一部は正しい。彼は変わった。驚くほど変わってしまった。それでも、彼女が愛した人であることには変わりない。

「でも、彼の一部がここにいるわ」サベラはささやいた。「いつもここにいたのよ」

サベラは泣きやむことができなかった。涙が、痛みが止まらない。「そして、わたしの中で生きてきた。名前なんか関係ない、ノア。あなたが自分をなんと呼ぼうと、あなたはいつもわたしと一緒だった」

ノアは曲げた膝のあいだに両手を垂らしていた。もつれた埃まみれの髪が、古い絹糸のように鋭利な顔にかかっている。

姿を消す前よりその目は険しく、暗い。顔の輪郭もほっそりとなったが、眉は同じだ。下唇は昔より薄い。それでも、彼女のアイリッシュだ。夫であることに変わりない。

床の上に散らばった写真をしばらく見ていたノアは、ふたりが一緒に写った一枚を手に取ってサベラに見せた。「この男は」優しい声だった。「ネイサン・マローンは暗闇を知らなかった。サベラ、人がどんな地獄を作り出せるかを知らなかった。自分の中に潜んでいた怪物の存在も知らなかったんだ」

サベラは頭をふった。

「よく聞くんだ、ベイビー。おまえが結婚した男は、なにも考えずに殺すことはなかった。任務中も血を追い求めることはなかった。手加減をして、いつも公正であろうと努めた。地獄で製造された麻薬を一年七カ月のあいだ体に注ぎこまれるまではな。死なせてもらうには、おまえへの誓いを破りさえすればよかった。そうすれば、地獄から解放されたんだ。連れてこられた者とセックスしさえすればよかった。そうすれば、平安を得られた」

ショックと信じられないという思いに、サベラの心は凍りついた。

ノアは大きくため息をついた。「おれはSEALにいた。しかも、かなり機密度の高い任務に当たる、数少ない隊員のひとりだった。おれは機密情報を知っていた。おまえへの誓いをおれに破らせることができれば、残りの自尊心も砕け散ると奴らは考えたんだ」そのときのことを思い出して、ノアは頭をふった。「おまえに似た女たちが連れてこられた。おまえの魅力的な南部訛りを真似できる女たちだ。だが、おれにはおまえではないとわかっていた。いつもだ。女を見ながら、心の中ではここに戻ってきた」部屋の中を見回すノアの表情は暗く、苦痛に満ちていた。「おまえの目を通して見ていた。おまえの痛みを、愛を感じた。苦しみのあまり正気を失いそうだった。だが、おまえもおれの目を通して見ていたんだろう、ベラ？」

ベラ。ベラと呼んでくれた。サベラではなく。飢えと痛みに満ちた声で。ベラと。昔呼んでいたように。

「わかってたわ」サベラは涙声でささやいた。「ジョーダンに電話しても、嘘をつかれるだけだった」その唇が震えた。「そして、あなたも嘘をついたのよ、ノア」

ノアは首をふった。「おまえに嘘をついたことはない」

「自分が死んだって言ったじゃない」激怒したようにサベラは叫んだ。「わたしの目を見つめて、嘘をついたじゃない」

「ベラ、ネイサン・マローンは死んだんだ」ノアはサベラの肩をつかんで揺すった。

「いや！」サベラは叫び返した。ノアを殴れなかった。そうしたいのに、できなかった。

「おれを見ろ」ノアが怒鳴った。「おれを見るんだ、ベラ。あの出来事でおまえの愛した男は殺されてしまった。残ったのはこれだけだ。いまおまえの前にいる男、いまの名前だけだ。そのほかは、すべて失われてしまったんだ」

「いや！」サベラは身を引き離して、足を踏み鳴らした。全身にあふれ返る怒りに身を震わせる。「名前は死んでも、あなたは死んでない。あなたは、ただのSEALじゃなかった」サベラは叫んだ。「ただの友だちでも、ただの息子でも、孫でも、兄でもなかったのよ。ただの兵士でもなかった」サベラは拳を握り締めて、みぞおちに押し当てた。全身のあらゆる細胞が痛みに苛まれているようだ。「あなたはわたしの夫。わたしの恋人なのよ。それなのに、わたしから隠してた。ノア、結婚していたあいだ、あなたがわたしから隠していた暗い情熱をわたしも持ってたのよ。それに、あの山でわたしをなんとしてでも守ろうとするあなたのすごさも見た。あなたの名前がネイサンだろうがノアだろうが、くそったれだろうがかまわない。あなたは、わたしの恋人。わたしの魂。わたしの心なのよ。あなたは生きてるわ。あなたが死んだら――」サベラの唇が震えた。「あなたが死んだら、わたしも生きてなんていられない。わからないの？　それがわからない？　わたしを愛してくれた人が逝っていたら、わたしもいまごろは灰になってたわ。ここで、常識よりもプライドにあふれた馬鹿な男に怒鳴ってることなんてなかったわよ！」

ノアは自分の心が開くのを感じた。それと共に、魂の中の暗く狂気を帯びたなにかが激しく揺さぶられていた。ノアはゆっくり立ちあがると、妻を見つめた。その強さがよく見えた。いつもどこか面白がっているように彼を見ていた女性が見えた。彼女にはわかっていたのだ。彼女が彼の思っていた以上の女性だったことに、彼はまったく気づいていなかった。しかし、彼女の方はいつも彼のことを理解していた。いつも彼の中の暗闇の存在を感じていた。彼の過剰ともいえるプライドにも気づいていた。

「ずっと知ってたんだな」ようやくノアが言った。「そうだろう?」

「そうよ」サベラが涙を拭いながら怒ったように叫んで、ノアをにらみつけた。「体の大きなタフなSEAL。自分がいるおかげですべてが存在するみたいな顔をして、いつもこの家に入ってきたわよね。この家の主みたいな顔で。なんでも直せる大層な戦士さま」サベラは鼻を鳴らした。「あなたがなにかを直したことが何度あったと思うの?」

一度もなかった。ときには、彼がしなくてはならないことを考えるようにと、サベラに命じたことさえあった。そして、直さなければならないと彼が考えていたことを彼女が人を雇ってやってしまったと、サベラを責めたことも一度ならずあった。

「ベラ」ノアは頭をふった。「おまえはいつもおれの命だ」

「しばらくのあいだを除いて」あざけるような言い方だった。「どこにいたの?」

「回復しながら、再訓練を受けていた」

「ひとりで」サベラはノアの胸を強く指で突いた。「わたしに知らせずに」

そう、彼女に知らせずに。

ノアの手は震えていた。自分が見つめている女性は、容易に許すことも、忘れることもしそうにない。

ノアはごくりと唾をのみこんだ。長く待ち過ぎたのか? まさか。それは考えられない。そんなはずはない。過ちを犯した。それは事実だ。彼女は過ちなら許してくれるだろう。そうしてもらわなければ。

「愛してるよ、ベラ」ノアはささやいた。

しかし、サベラの顔を見たノアは一瞬ひるんだ。女ならではの怒りと、信じられないという思い、それに、許せないという表情がありありと見て取れた。ちくしょう。

「どうして？」サベラがぴしりと言った。「どうして待ったりしたの？」

「おれはひどい状態だったからだ」ノアは短く答えた。「どうしようもない無知な阿呆で、弱った自分を妻に見られることが、とてつもなく恐ろしかったんだ」とげとげしい口調になった。「それを理解するのは、そんなに難しいことか？」

「弱ったあなた、ですって？」サベラは怒鳴り返した。「相手かまわずののしって、怒鳴りまくっていたんでしょうよ」

怒り狂っていてもおかしくないはずなのに、ノアの唇は笑いをこらえるようにぴくぴく動いた。

「おまえにも怒りまくったと思うのか？」ノアは吐き出すように言った。

「わたしの権利だったのよ」サベラはノアの顔に噛みつかんばかりだ。「聞こえた、ノア？あなたの世話をするのは、わたしの権利だったの。喜んでしてあげたのに。くそったれ！」

ノアは飛んできたサベラの拳をつかんで、しげしげと見た。その目が細まる。

「サベラ、殴るのは禁止のはずだろう」ノアは、サベラの痣のできた顔を、怒りに燃える瞳を見つめながら、噛んで含めるように言った。

ああ、なんて素晴らしい女だ。ひざまずいて神様に感謝したいくらいだ。

「ずっとここにいるの？」サベラは挑戦するように顎をあげた。「そうでなかったら、いますぐ出ていって」

「いるさ！」鼻を突き合わせるふたりの周囲で、怒りが炎のように揺らめき、弾けていた。結婚していたころ、怒りをこれほど表に出すことはなかった。「おれを捨てようったって、そうはいかない」

鼻を突き合わせて彼女と言い合うことなど一度もなかった。その代わり、彼は押し黙って、地下室に隠れたものだ。だが、おそらくこの方がいいのだろう。突然、ノアの全身を燃えるような興奮が押し包み、サベラの瞳の中で暴れまくっている嵐と同じように、彼の体を鞭打ちながら駆け巡った。

「あなたを捨てたいなんて言った？」怒りに満ちたハスキーなサベラの声が、ほかのなににも真似のできないほどノアの感覚をくすぐった。

「言ったとしても、おまえの思うようにはいくもんか」ノアは噛みつくように応じた。「だが、マローンは死んだままだ、ベラ。いまはブレイクだ。以上」

サベラの目が細まった。「あなたが属してる部隊のため？　そのせいなの？」

「理由はあとで説明する」ノアはサベラの両腕をつかむと、引き寄せた。「おれたちのあいだでもだ、ベラ。おまえとおれのあいだでも、ネイサンは死んだままだ。わかったな？」

サベラには夫のことがわかっていた。彼の瞳に浮かんだ表情には見覚えがあった。ノアがそう言うのは、ふたりの安全を慮ってのことなのだ。彼のプライドとは関係ない。「名前は死んだままにしておくわ」サベラは訂正した。「でも、本人の方は……」サベラの唇が震えた。「あなたは、わたしの命なのよ」

痣のできた顔を二粒の涙が零れ落ちた。この痣をつけたせいでシエナは死んだ。男であれ女であれ、なにも、何人《なんぴと》も彼のものに手を出す過ちはもう犯さないだろう。

サベラの柔らかな頬を両手に包みこみながら、ノアの目は潤み、喉に塊がこみあげていた。「おれのベラ」ノアはささやいた。「おれの心はおまえを求めて死にかけていた。毎日、毎分、少しずつ。おれが別人だとおまえが信じていると思うたびに。おれが死んだとおまえが信じていると考えるたびに」

サベラの微笑みに、ノアは全身が内も外も明るく照らされたような気分になった。それは、おずおずとした儚げな笑みだった。「わたしの体に触れているのが誰なのか、いつもわかっていたわ」サベラはささやいた。「あなただけよ、ノア。わたしに触れることができるのは、あなただけだわ」サベラは指先でノアの頬に、唇に触れた。「でも、まずシャワーを浴びてね、船乗りさん。臭いわよ」

自らの胸の奥からわきあがった笑い声にノアは驚いた。あふれてきた愛と歓喜は、不安に満ちているはずだった。ずっと長いあいだ満たされてきた不安に。サベラがいまの自分を受け入れないのではないかという不安。彼女が後悔するかもしれないという不安。彼女がかけているはずのバラ色の眼鏡を通して、彼を見てくれないのではないかという不安に。

いままではノアにもわかっていた。サベラは一度も色眼鏡を通して彼を見たことはなかったと。そうしていたのは、彼の方だった。しかも、自分の意思で。自らのプライドを守るために。彼女を失うかもしれないという恐れのために。サベラを失うことが、なによりも怖かったからだ。

「一緒にシャワーを浴びよう」ノアはサベラを抱きあげると、腕に抱いた。「背中を流してやる」

割れたガラスの上を移動し、身軽に階段をのぼりながら、ノアはサベラをしっかり胸に抱いていた。

「条件はあとで話し合いましょう」サベラはノアに体をすり寄せた。

「条件?」

「結婚の条件よ、ブレイクさん。わたしたちの子どもを非嫡出子にするわけにはいかないわ。逃げようなんて思いもしないでね」寝室の中で突然立ち止まったノアを、サベラはいかにも満足げに見た。目を見開いたノアの胸は、パニックに高鳴っていた。

「なんだって?」

サベラは勝利に満ちた女らしい笑みを浮かべた。その顔は愛情にあふれている。

「わたしたちの子よ、ノア。昨日クリニックに行ったときに、先生が教えてくれたの。抗生剤と避妊注射は相性が悪いって。そんなこと考えもしなかったのよ」

ノアは頭をふった。「赤ん坊?」

彼らの子？ 妊娠してる？

サベラはノアの顎に手を当てると、唇にキスをしてささやいた。「わたしたちの子よ、ノア。妊娠してるの。お腹にいるのは、わたしたちの子よ」

ノアはゆっくりとサベラをおろして、床に立たせた。

「シャワーを浴びるまで待てない」ノアのペニスは脈打っていた。荒々しく、激しく。充血しきったものは痛いほど硬くなり、解放を求めていた。

「シャワーが先よ」そうささやいて、サベラはノアの手を取ると浴室に導いた。

ショックのあまりなにも考えることができないまま、ノアはただ彼女に従った。サベラが彼をどこに連れていこうと、ノアは従うだけだった。

31

ノアは無事だった。しかも、彼女のもとにとどまると言ってくれた。

サベラは、降り注ぐシャワーの下でノアを見あげていた。彼の体に触れずにはいられなかった。その顔、その濡れた髪、傷跡の残る胸、たくましい太腿。そして、太くそそり立つ勃起したペニスは官能的で浅黒く、うっとりするほど見事だ。

ノアはサベラの髪を洗った。昔していたように。優しく時間をかけて洗ったあと、サベラの額にキスをしながら体を抱き寄せて、髪を指ですくようにしてリンスを馴染ませた。それから、彼女の体を洗った。

ノアは痣のできたサベラの頬にキスして、謝罪の言葉をささやいた。サベラは嗚咽を漏らしそうになった。わからないの？　痣なんてなんでもないのよ。あなたが無事で、わたしを抱いてくれるのなら、どんなことでもしたわ。

「おまえのことを夢に見た」ノアはシャワーの下で彼女の顔を両手に挟むと、サベラの唇に自らの唇を触れさせたままささやいた。「目を閉じるたびに、ベラ、最後の日のおまえの姿が頭に浮かんだ。おれをからかいながら、笑っているおまえが。行く前にもう一度と言って、おれを誘っているおまえの姿が。おまえが欲しくて、頭がおかしくなりそうだった」

「夢の中であなたに触れた」サベラはノアの唇に触れ、髭を撫でた。「あなたにキスをして、抱き締めたわ」

「おまえがおれを救ってくれたんだ」ノアは顔を寄せてサベラにキスをした。そのキスには、ただの欲情以外の感情がこもっていた。飢え以外の感情が。ようやくうちに戻ってきたというあふれるような喜びが。その熱さに、サベラは息をのんだ。

ノアの唇が彼女の唇を愛し、むさぼった。唇で撫で愛撫しながら、ノアは舌でサベラの舌を舐めつつ、口の中に深く押し入った。夢のような感触に、サベラは我を忘れる。

夫が帰ってきた。生きていた。怪我をし、彼女から隠れていたとしても、サベラ・マローンを愛した男は昔と変わりなく、誇り高く生きている。

「ベラ、すぐにでもおまえとやれなかったら、頭が破裂しそうだ」

サベラのウエストを両手でしっかりつかむノアの顔は厳しく強ばり、いまは隠そうともしない欲情に満ちていた。

そのあからさまな言葉遣いは新鮮で、サベラは気に入った。抑えきれない赤裸々な欲望と同じように、自らの欲情を口にしたいという思いも、夫が隠していたことなのかもしれない。

サベラはノアの胸に当てていた手を下に滑らせると、太く鋼のように硬いものを握った。

「ねえ、どんな風にわたしをやるの？」上目遣いにノアを見あげて続ける。「最近あなたが口にしてきた脅し文句を考えれば、わたし、気をつけた方がいいのかしら？」

ノアの瞳の中で青い炎が燃えあがった。

「脅しなんかじゃない。約束だ」そう告げると、ノアはサベラの体を値踏みするように見た。

彼の眼差しに、サベラの体がうずく。

ノアはシャワーを止め、手を伸ばしてタオル掛けから大きなバスタオルを取った。

「でも、言葉だけでしょ」サベラはため息をつくと下唇を噛んだ。自分は彼のものだと言いたげな表情をする。彼が自分のものであるかぎりは、という。

ノアはなにも言わずに、サベラと自分の体をタオルで拭いた。しかし、その眼差しがサベラに警告していた。この数週間口にしてきた約束は、絶対に守ると。

それを思うだけで、サベラのアヌスがきゅっと締まった。太腿のあいだから愛液があふれ出し、抑えようのない熱い欲情がサベラを満たした。抑えたくもなかった。

夫はいつも彼女をそうさせた。女っぽく、色っぽく、高揚した気分になり、性欲を満たされたくてたまらなくなる。待ちわびるようになる。彼を悦ばせたくて待ちきれない思いにかき立てられる。

サベラは、彼女をタオルで拭いているノアを見つめた。彼女の前にひざまずいたまま、一瞬、ほんの一瞬だけ、手を広げてサベラの下腹に触れたノアの睫毛が震えた。

その目を見たい。そこに見えるはずの、希望に満ちた、あふれるような父性愛を見たい。ふたりとも子どもが欲しいと思っていた。それでも、彼にもっと家で過ごせる時間ができ、子どもが育っていく様子を見守れるようになるまで待つつもりだった。

それを思うと、喜びが稲妻のようにサベラの全身を走った。そして、神経の末端をじりじりと焼き、手足の指先を、硬くなっていた乳首を、さらに、クリトリスの膨らんだ蕾を貫いた。

　そのとき、ノアがキスをした。クリトリスのすぐ上の、ふっくらとした秘丘に。クリトリスにノアの熱い息がかかると、快感がさざ波のように広がり、サベラは恍惚となった。

　サベラはノアの濡れた髪に指を埋めた。ノアは、両手を彼女の太腿の内側に当てて、脚を開かせようとしていた。たこのできた手が優しく肌を撫で、筋肉を軽く揉みながら愛液を滴らせる秘所に近づいてくる感触に、サベラは息をのんだ。ノアの手は、まだそこに触れてもいないのに。

「そんなにじらされると死んでしまいそう」サベラは荒く息を吐き出した。

　ノアはただ「むむ」という声を漏らすと、クリトリスにキスをした。絶頂に達しそうになったサベラは、必死にオーガズムを求めた。

「剥き出しのここがたまらない」ノアは顔をあげ、淫らに輝く深い青色の瞳でサベラを見あげた。「ぐっしょりとして、絹のように滑らかだ」

　彼の粗い声にサベラは身を震わせた。

「すぐにでもイキそうよ」サベラはあえいで、さらに脚を広げた。ノアが秘唇を開いて見あげると、サベラは顔を真っ赤にした。

　秘所を見つめるノアの視線に撫でられているようだ。そのとき、ノアが飢えきったように唇を舐めた。

「まず食ってやろう」うなるような声だった。「キャンディーのようにしゃぶってやろう。

ベラ、甘く溶けた砂糖を舐めてやる。おまえの叫び声を聞かせてくれ」

本当に熱く溶けた砂糖のように、彼の上でとろけてしまいそうだ。粗くかすれたノアの声の底には、リズミカルなアイルランド訛りが漂っている。

ノアはゆっくり立ちあがった。両手が彼女の尻の曲線をなぞりながら上に滑り、背中に沿ってさらにあがって、サベラの体を優しく引き寄せた。乳首がノアの胸毛に触れる。

サベラは、濃過ぎず、セクシーにカールする彼の胸毛が好きだ。肌に感じる彼の体温と胸毛の感触がたまらなく好きだ。サベラは身を震わせた。体の中にわきあがってくる欲望に、うめき声が漏れた。サベラは頭を後ろに反らして、首筋や顔の痣を愛撫するノアの唇を存分に味わった。

「愛してる、ベラ」ノアがサベラの耳にささやく。夫にしがみつくサベラの喉から絞り出すような声が漏れた。自分の中に彼を包みこもうとしているのか、自分が彼の中に入りこもうとしているのか、サベラにもわからない。

「あなた」サベラはノアの首に両腕を回し、ふたりは欲情にまかせるように唇を重ねた。

ノアがサベラを抱きあげて寝室に運ぶあいだも、ふたりは激しく互いの口をむさぼっていた。そのキスが過去を押し流し、現在と未来だけがふたりの前に残った。そのキスで、ふたりのあいだの境界が消え去った。そして、ふたりのあいだで渦巻きながらも、ふたりがいまだに解き放っていない、あらゆる感情をさらけ出した。

いまだに蓋をしたままの暗闇、飢え。一年七カ月に及ぶ殺伐とした記憶と暗い妄想。失った相手を互いに求めてきた切ない思い。それに、優しい愛の思い出を。

そうした感情がふたりのあいだで渦巻き、ふたりを揺さぶり、昂らせた。互いをむさぼりながら、ふたりはベッドに倒れこむ。唇と舌で、歯と手で、ふたりは互いをむさぼり合う。ほかにはなにもできない。夫が戻らないと思ったあのとき、サベラを襲った鋭く強烈な痛みが、いまでも彼女の魂を焼いている。ふたたび自分の腕の中に戻ってきた夫への感謝、愛、そして凄まじいまでの熱い思いが、サベラを駆り立てていた。

感極まって、サベラは泣いた。ノアを抱き締めながら、熾烈な感情と情熱が交錯し、サベラは心置きなく涙を流す。ノアの胸で泣き、キスし、愛し、自分の欲求をささやく。

「ああ、ベラ」ノアはサベラを抱き締めた。彼の声は、サベラと同じ思いに満ちていた。「絶対だ。誓う。二度とおまえを手放さない」

サベラは彼の胸を、肩を打った。最初は怒りにまかせて、あとは、ただそうしたくて。

「ベイビー、叩くのをやめてくれ」ノアはサベラの両手首をつかんで、彼女の頭の上にあげると、その体に覆いかぶさった。「叩くのは規則違反だ」

「死ぬこともよ」サベラは叫んだ。「わたしを置いて死んじゃったじゃない。叩いてもいいはずよ」

ノアは唇の端を曲げた。「おまえがもう叩かないと約束すれば、おれももう死にはしない」

「冗談なんかにしないで」サベラは息をのんだ。恐怖のあまり体が凍りつきそうだ。「冗談でも、そんなことは言わないで」

ノアはサベラの顎にキスした。

「そんな心配は忘れさせてやろう」

ノアの唇が粗い絹のようにサベラの鎖骨の上を滑った。そんな愛撫さえ、サベラを夢中にさせる。ノアの唇の感触がサベラの全身にくまなく染みこみ、肌を炎でなぶった。唇が下の方に動いていくと、サベラは身を反らせた。

ノアが乳首を口に含んで吸った瞬間、クリトリスにまで電流のような熱さが走った。サベラはあえぎ、さらに身を反らせた。ノアのうめき声が敏感な乳首の上で震える。サベラの全身が次第に熱く燃え始め、瞳が揺らいだ。

「ああ、いいわ」ノアに手首をつかまれたまま、サベラは体を強ばらせた。「ああ、そうよ、ノア。そのまま。いい気持ち。とっても」

ノアは口に含んだ乳首をむさぼるように舌で舐め、周囲に歯を滑らせた。

「おまえのキャンディーを味見したいな、サベラ」ノアは荒く息をつきながら、彼女の腹部に向かって動いた。「おまえのヴァギナに溜まっている甘い砂糖を。おまえのあそこはすごいぞ。何時間でもしゃぶっていられる。それだけで腹がいっぱいになりそうだ」

ノアはサベラの手首を放し、太腿のあいだに顔を埋めた。そして、狭い割れ目をこすりあげた舌を愛液で満たした。

そのまま、舌を使って舐め、吸い、中を探りながら、ノアは指を押し入れた。サベラはノアの下でもだえ、体をよじった。彼の奉仕を受けて、飢えと欲求がさらに高まっていた。

「そこにいろ」

サベラは言われたとおりにした。ノアは数日前に持ってきて、サイドテーブルの下に置きっ放しにしていた革製のバッグのところまで行った。

にやりとしてバッグを持ちあげると、潤滑剤の入った小瓶を取り出した。

サベラの呼吸が速くなった。ノアがなにをするつもりなのかわかった。これから起こることへの期待と興奮に、尻が緊張する。

「腹ばいになれ」ノアが命じた。

ゆっくり姿勢を変えるサベラの耳に、バッグが床に落ちる音が入った。

「尻をあげろ」

サベラは膝をついて尻をあげ、掛け布団をきつくつかんだ。ノアはサベラの後ろに回り、片手で彼女の尻の膨らみを撫でながら褒めた。

「最高の尻だ」

尻の割れ目の上端にノアが唇を押しつけると、サベラは思わずうめき声を漏らした。ノアは、彼女の太腿のあいだを濡らすぬらりとした愛液の中に指を滑らせた。

そうしてから、その先の秘密の入り口に触る。サベラは息をのんだ。結婚していたころ、ネイサンがそこを犯したことは一度もなかった。冗談ぽく口にすることはあっても、実際にそこまでやったことはなかった。

ノアは待ちきれなかった。サベラも同様だ。

ノアはサベラを優しく撫で、さすりながら、準備をした。サベラの中で信じられないような飢えがわきあがってきた。この行為で、なにかが完結するとでもいうように。服従の姿勢とノアが彼女の中につのらせている欲求が、これ以上はないというほど強くふたりを結びつけるとでもいうように。

ノアは時間をかけてサベラをリラックスさせていった。サベラの下に横になり、ぐっしょり濡れた秘丘を舐めながら、指でアヌスを押し広げて準備をする。サベラの体内を灼熱の炎が駆け抜けた。

サベラはあまりの飢えに我を忘れていた。

ノアがクリトリスを舐め、吸い、締まったヴァギナの中に舌を押し入れると、サベラの全身を快感が走った。ノアは指でアヌスにたっぷりと潤滑剤を塗り、押し広げ、もう一方の手では、尻を優しく撫で、軽く叩く。尻を叩く手にさらに力が加わった途端、サベラの双丘が淫らに熱く燃え始めた。

サベラはこんな行為を楽しめると思ったことはなかった。自分と夫の欲求に、なにもかも忘れてすっかり没頭できるなんて、彼の濃密な愛撫以外にはなにも欲しくなくなるなんて、考えたこともなかった。

掛け布団の上で爪を立てているサベラの広げた太腿のあいだに、ノアが入ってきた。激しい欲求の高まりに、サベラの全身が緊張する。体から汗が滴り落ち、肌を濡らしていた。

「おまえのあそこは最高に美味いな」ノアはサベラにのしかかった。「おまえの締まったヴァギナに入る感覚は最高だ。だがな、サベラ。こいつは、おれたちを吹っ飛ばすぞ」

サベラのアヌスにペニスの先端が押しつけられた。

少し前に指で中を優しく撫でられていたおかげで、筋肉がほぐれている。秘所を愛撫され、欲情に火をつけられたサベラもリラックスしていた。ペニスの太い先端を包みこむように小さな入り口が開き、燃えあがったそのとき、サベラの全身に緊張が走った。

ゆっくりしたノアの腰の動きに合わせて、痛みと快感がサベラの体を駆け抜ける。太いものを前後に動かしながら、ノアは片腕を彼女の腰に回して、クリトリスを指で愛撫していた。

羽毛で撫でられるような感触に、サベラは叫び声をあげながら、さらに尻を押しつけた。

「ベイビー、おれのものをくわえこめ」ノアはささやいた。「根元まですっかり。サベラ、おまえが欲しくてたまらない。ベイビー、最後までやらせてくれ。おまえのすべてをおれのものにさせてくれ」その声がかすれた。「おまえのすべてを、ベラ。おれのかわいいベラ」

ペニスの先端が硬く緊張した筋肉の中に押し入ってくると、サベラは叫び声をあげた。痛みの混ざった目もくらむような快感に貫かれて、絶頂に達しかける。ペニスが根元まで彼女の中に滑りこみ、押し広げながら満たすと、ヴァギナからさらにわき出た愛液がノアの指をぐっしょり濡らした。

それは理性の及ばない原始的な快感だ。サベラには、自分の中を鞭打つように駆け抜ける感覚も感情も理解できなかった。でも、それを受け入れた。アヌスを貫かれることで、彼女の中でなにかが解き放たれたようだ。

サベラはいつも夫を信じていた。しかし、いまのいままで、その信頼が魂の奥底に至るものではなかったことには気づいていなかった。彼女が彼を知っているほどには、彼は彼女のことを理解していなかった。これからは、理解してくれるだろう。生きているあいだも、死んでからも。彼から自分を隠すことはもうしない。

ノアはサベラの頭に自らの頭を当ててあえいでいた。酸素を求めて。まだ動くわけにはいかない。動けば、失ってしまう。彼女の中で射精し、サベラの魂を自分の魂に鎖で繋ぐ間もなく、彼女の中で魂を見失ってしまう。

ああ、なんという快感。ノアは目を閉じて、ペニスの周囲で伸縮する筋肉の感触を味わっていた。そこには別の感覚もあった。それまで、彼女をこれほど身近に感じたことはなかった。このひとりの女性が彼のすべてであるという認識と確信は、彼がずっと魂の中で感じていた繋がりは、完全なものではなかった。愚かにも男のプライドにしがみつくあまり、それに気づいていなかったのだ。いままでは。

こうなるまでは。彼女の内部に通じる、肉体的なものだけではない入り口をサベラが開けてくれるまでは。

ノアは動いた。サベラが悦びの叫びをあげる。それは彼を完全に受け入れ、信頼し、そして理解したという証しだ。

ふたりとも、骨の髄まで互いをさらけ出していた。ノアは、サベラのアヌスの敏感な深みの中でペニスを動かし、サベラは彼を受け入れ、より深く貫かれることを懇願していた。

「美しいベラ」ノアはため息をつき、サベラの肩と首にキスをした。「おれのベラ」その声はかすれていた。

ああ。彼女が欲しくてたまらない。サベラを満たしながら、心が砕かれ、ふたたび生まれ変わったような気持ちになる。サベラが、彼の心と魂を満たしている。感情が注ぎこまれ、醜い傷口を癒やし、凄まじいまでのプライドを、隠された不安を和らげた。

ノアはサベラの中で動いていた。最初はゆっくりと。優しく。

ノアは背中を反らして、サベラの双丘を押し広げた。そして、見た。自分のペニスが彼女のピンク色の柔肉の中に沈み、燃えるような至福の洞窟を掘り進む様子を。

「もっと。深く」サベラは懇願した。ノアを求めて叫んだ。快感に満ちた声が、優しくゆっくり攻めるつもりだったノアの気持ちを砕いた。さらに、その自制心を砕き、隠されていた不安を叩きのめした。ノアは、それまで自分たちが到達したことのない場所へとふたりを導いていく。

ノアが硬く膨れあがったクリトリスの周囲をこする。髪から、顔から汗を滴らせながら、腰を突きあげて、硬く勃起したものを深く、激しく押し入れる。一方サベラは、ノアに尻を押しつけながら、彼の名を叫んでいた。もっと激しくと、叫んでいた。

「もっとよ。ああ、素敵。ノア。そうよ。わたしのすべてを奪って」

「おれのベラ」ノアはうめいた。サベラの尻に激しく腰をぶつけているノアの睾丸が、彼女の濡れた肌を打つ。クライマックスに達したいという欲求が睾丸を鷲づかみにし、背筋を駆けあがる。

最初にオーガズムに達したのはサベラだった。体を強ばらせた彼女の口から、驚いたような叫びが、悪態が、祈りがわきあがる。ノアは、彼女が恍惚の深淵に飛びこむ瞬間を感じた。すぐに、彼自身もサベラのあとを追った。爆発するような感覚に酔いながら、二本の指をヴァギナに押し入れ、サベラをふたたび快感の中へと追いやった。

精液がサベラを満たした。彼女の中で激しい噴流となってほとばしる精液は、睾丸からでなく、彼女の名を叫ぶノアの魂から噴き出しているようだ。

「おれのベラ！」ノアは頭を垂れ、片手でサベラの腰をつかむ。それでも、彼女の中で自分を見失ってはいなかった。自らを彼女に捧げていた。すべてを。そして、精液を噴き出し、彼女の名前をうめきながら、サベラの上でぐったりとなった。


ノアが目を覚ましたとき、サベラはまだ眠っていた。彼女を包みこむように横たわっていたノアは、サベラの左手を見た。ノアの胸に乗せられたその手に指輪はなかった。サベラの体に回している自分の左手にあるはずの指輪の重みを思うと、ノアの心が痛んだ。

ゆっくりサベラから離れたノアは、ぶつぶつと寝言を言いながら仰向けになった彼女を見てにっこりした。寝続ける彼女の手は、胎児を守るように下腹の上に乗っている。

ノアはまず、寝室と浴室で彼女の結婚指輪を捜した。前日、ローリーと一緒に家を出るとき、彼女は指輪をしていた。ノアにはそれを見た覚えがあった。しかし、洞窟の中では見なかった。

次にキッチンにおりて、彼女のハンドバッグを探る。整理整頓に長けたサベラのことだ。思ったとおり、ファスナーのついたポケットの中で小さな指輪がきらめいていた。ノアは胸が締めつけられるような思いがした。

二階に戻ったノアは、自分のジーンズを手に取って結婚指輪を引っ張り出すと、指にはめた。ふたつの指輪の外側は滑らかで、ただの金の指輪に見える。サベラが装飾を嫌ったからだ。だが、その内側にはゲール語の誓いの言葉が彫ってある。「永遠に」ガ・シリー。

彼の指輪の内側に刻まれた言葉は、「永遠に、我が魂」。揃いの誓い。しっかり結ばれた心。

ノアはサベラの左手を持ちあげると、薬指に指輪を滑らせた。

彼の妻。

ノアは自分の指をサベラの指に絡ませて、乳白色の肌を見つめた。

彼の妻。

視線が、サベラの平らな腹部に移る。

彼らの子。

サベラの下腹に触れるノアの手は震えている。その震えが体中に広がり、息をすることも考えることもできなくなった。

なんてことだ。おれたちの子なんだ！

ショックに満たされたまま、ノアは妻の腹部を眺めた。ショックは畏怖に変わった。

手を広げてサベラの下腹部に触れたノアの喉に、胸の奥から塊がせりあがってきた。目の奥が熱くなる。

サベラの下腹に落ちて光る小さな水滴を、信じられないという思いでノアは見つめた。

涙？

まばたくと、また一滴、涙が零れた。

感情が怒濤のように押し寄せてくる。愛、後悔、それに畏敬の念が、心を満たす。ノアが目をあげると、サベラが見つめていた。その目からも涙が零れ落ち、頬の痣の上を流れた。痣はいずれ消えるだろう。だが、このひとときが、彼の記憶から薄れることはないだろう。

「ガ・シリー」ノアはささやいた。サベラへの誓いを新たにする声には、ほとんど、そう、ほとんど昔のままの軽快な響きがあった。

「永遠に、ノア」涙声でささやくサベラの手は、下腹部に乗せられたノアの手を包んでいた。喜びのあまり、サベラは息が詰まりそうになる。心の中に、もう痛みはなかった。「永遠に、愛しい人」

エピローグ

四カ月後。九月。うんざりするように暑いその日、祖父の家の砂利敷きの私道にトラックを乗り入れたノアは、すでにそこにとまっている何台かの車を見つめながら、はらわたに染み渡るような怒りを感じていた。グラント・マローンが来ている。

「奴が来るとは、聞いてなかった」ノアはサベラに目を向けながら、冷ややかに告げた。頬の痣はずっと前に消えていたが、もう少しで彼女を失いかけたという記憶はいまも生々しい。ノアの隣に座っているサベラは、腹部のかすかな膨らみに片手を当てたまま、考え深げにフロントガラスを通して外を見ていた。

しばらくして、ノアに向き直ったサベラの灰色の瞳には、決意がみなぎっていた。「そのときが来たのよ。おじいちゃんがみんなを呼んだの。ノア、わたしたちに話があるって。どんな話か、ちゃんと聞かないといけないわ」

「奴とか?」ノアは父の仕事用トラックを鋭く指差した。「ごめんだ、ベラ。とんでもない。いやだね」

ノアは父に会っていなかった。彼の悪夢を訪れるという脅しも実行していない。いまさら礼儀正しい会話などできるはずがない。父に頼んだことはひとつだけだった。サベラを守ること。しかし、六年間、彼の妻を周囲から守ったのはローリーだけだった。それに、彼女自身の断固とした強さだけだった。そのことを忘れるわけにはいかない。

ノアは口に出かけた悪態をなんとかのみこんだ。赤ん坊の前で悪態をついてはいけないのなら、いまから練習しておいてもいい。そうだろう？

ふたたびサベラの腹部に視線を向けたノアの中で、なにかが和らいだ。まだほとんど目立たないが、それでも、彼らの子がそこにいる。そう思うだけで、ノアの心が震えた。気持ちが高揚して体がはちきれそうな気分だ。いまでも――四カ月経ったいまでも。

ノアは深く息を吐き出すと、ほかの車を見た。ローリーがいる。そして、ジョーダン、祖父、グラント。奴はグラントだ。父ではない。親父などとは呼べない。

「結婚の条件にはなかっただろ」ノアは歯のあいだから絞り出すように言った。サベラが彼との結婚に同意する前に、ふたりで話し合ったレポート用紙一枚分の条件が頭に浮かんだ。

小銭を巡って争う弁護士たちのように、ふたりは交渉した。一歩も譲ろうとしないサベラを見てすっかり興奮したノアは、ふたりが座っていたキッチンのテーブルの上で彼女を貫いた。そのときのことを考えるだけで、勃起するほどだ。

「あるわよ」穏やかな口調でサベラは答えた。

「どこに？」サベラに顔を向けたノアの手は、ハンドルをきつく握り締めていた。少し声を荒らげただけで、彼女が泣きながら逃げ出すのではないかという心配をする必要はもうなかった。「一体全体どこに？」

「サベラはいつも正しい、という項よ」

ノアは歯を噛み鳴らして顔をそむけた。ちくしょう、それを忘れていた。最後の項だ。あのとき、その部分をどうにか外させようと考えてはいたのだが、彼女の絹のスカートの中にもぐりこむのに忙しくて交渉どころではなくなったのだ。

「あれはずるだ」ノアはまた、サベラに向き直った。今度は鼻を突き合わせる。「再交渉の必要がある」

「もう遅いわ。結婚の誓いと一緒にあなたは署名をしたんだから。もう逃げられないわよ、ノア・ブレイクさん」サベラは満足げに唇の端をあげてみせた。しかし、目は暗かった。その表情を見れば、父に会うことがいまのノアにとってどれほど困難なことかを彼女が理解しているのは明らかだった。

サベラは、ノアの腕に手をかけた。「おじいちゃんはもうかなりのお年よ、ノア。どんな話であれ、おじいちゃんにとってはとても大切なことなんだわ。おじいちゃんの話を聞きましょう。あなたが心にしまっている質問の答えを聞けるかもしれないでしょ」

どうしてサベラを守らなかったか？　どうしてネイサンの父親らしく振る舞わないのかという質問はどうでもいい。どうして不倫をしたのか？　どうしてローリーを認知せず、家族として受け入れなかったのか？　一体全体、どうして老人に背を向けて、老人が懸命に働いて築きあげてきたものをすべて横取りするようなことをしたのか？

コンビニでグラントとやりあった四カ月前のあの日に、忘れることにした質問だった。

「わかった」ノアは頭を激しく一回ふった。「それでも、なにも変わりはしないぞ」

「おじいちゃんの話を聞いてあげてって頼んでいるの。グラントの話じゃないわ」サベラは約束した。「愛してるわ、ノア。終止符を打つ必要があることもあるのよ。わたしたちのためではなくても、子どものために」

終止符を打つ、か。ノアは深く息を吐き出すと、トラックをおりて、大またで助手席の方に回った。車高の高いトラックからサベラを抱きおろすと、気をつけながら地面に立たせた。サベラは少しのあいだ、ノアの胸に頭を押し当てていた。

「貸しにしておく」ノアはつぶやいた。「これは条項にあることだからな。全知全能のサベラさまにおれが妥協する場合は、おれにフェラチオをすること。以上」

「いつもやってあげてるでしょ」サベラは笑いながら応じた。

「それはそうだが、特別なのが欲しい」

「特別なやり方があるの？」サベラの瞳が輝いた。

そういうサベラがノアは好きだ。戯れや淫らなことをする用意がいつもできている。

「あとで話し合おう」ノアはうめくように告げた。彼女がペニスを吸わせてくれと必死に頼むまで、彼女をじらしてやろう。それが彼にとっての特別なやり方だ。

ささくれ立ったポーチに向かいながら、ノアはサベラの背中に手を当てていた。彼女に触れる感触は格別だ。彼女に触れる機会は絶対に逃さない。いまはそうできる。彼の妻なのだから。

ジョーダンは協力的だった。エリート作戦部隊に資金援助をしているのが何者であれ、状況の変化を聞いても眉ひとつ動かさなかったらしい。この数カ月のあいだに遂行したいくつかの任務で、ノアは援護の役を与えられた。黒襟市民軍の残党の行方に関する情報をいまも待っている状況だったが、なにかがわかっても、ノアは関わるつもりはなかった。マローンという名は失っても、彼が夫であり、父であることには変わりない。もう自らの命を危険にさらしたくはなかった。以前ほどにはそれもサベラの条件のひとつだった。

ノアの仕事の危険性は高いが、それでも、危険は可能なかぎり低くなっていた。彼はエリート作戦部隊の契約書を隅々まで読むべきだったのだ。退職も命令拒否も認められないが、隊員が戦闘活動にふさわしくないと思われる年齢に達した場合、あるいは効果的に任務を遂行または完遂できなくなった場合は免責条項があった。そういう場合、隊員は援護役か技術部隊に回されることになっていた。

エリート作戦部隊が必要としているのは、隊員の能力であり、魂までは求めていなかった。ノアの魂の所有者はサベラなのだ。

祖父は待っていた。ドアが開き、ふたりは小さな居間に入った。グラントはソファに座り、ジョーダンとローリーはソファに向かい合う椅子に腰をおろしている。その横に、いつもは寝室にある椅子が二脚並んでいる。

グラントはうつむいて、膝の上で手を組んでいた。ジョーダンの顔は暗く、ローリーの目は怒りにきらめいている。

「どうしたの、おじいちゃん？」サベラは老人の頬にキスしながら尋ねた。彼女の後ろからノアは中に入った。

祖父はノアの目をじっと見ていた。妻のもとに戻った日の翌日、ノアは老人に会いに行った。ふたりはしっかり抱き合い、祖父は泣きながらノアの肩をぴしゃりと叩いた。そのあと、ふたりは墓地に行った。そして、ノアは真実を知った。

墓石にはただ「ネイサン」とだけあった。それだけだった。祖父は彼が死んだことをまったく信じていなかったのだ。

「グラントは、息子に言いたいことがあるそうだ」

ノアは祖父を見た。そして、顔をあげたグラントを見てショックを受けた。信じられないという思いで頭がいっぱいになった。涙をあふれさせたグラントの目が、知っていると言っていた。知っていたのだ。コンビニで、ノアから冷蔵ショーケースに押しつけられた日に浮かべていたのと同じ表情だ。グラント・マローンは、ノアの正体に気づいていたのだ。

「誰に聞いた?」ノアはうなるように言った。

「わかったんだ」グラントは小さな声で答えた。「おまえを見た瞬間に」グラントが頭をふると、涙がその頰を流れた。「親父が、おまえの墓石をちゃんと彫らせなかったときに気がついていた。サベラに恋人ができたと聞いたときも、そうだと思った」ふたたび頭をふった。

「ずっと知ってたんだ」

「それでも、なにも変わりはしない」ノアはサベラを抱き寄せ、非情であろうとした。そんなことは重要ではないと言いたかった。

「大切なことだ」サベラのかすかに膨らんだ腹部を見たグラントの目から、ふたたび涙が零れた。「大切なんだ、ノア」

グラントはノアを見つめた。「三十五年前、おれは愛してもいない女と結婚した。彼女の目当ては、おれが牧場にもたらす金だった。それはおまえも知っているだろう。おれが彼女と結婚したのは、将来持つはずの息子たちのために財産を築きたかったからだ。だが、牧場を手に入れたものの、長男が生まれるころには、危険が迫っていることに気がついた」

ネイサンは両親が愛し合っていないことを知っていた。生前の母タミー・マローンは、自分が結婚したのは、彼女の父親が失いかけていた牧場を救済するためだったことを隠そうともしなかった。しかも、夫を「アイルランドの下衆」と呼んではばからなかった。

「そして、おまえが生まれた」グラントはつぶやくように言った。「そのころ、市民軍がおれを標的にするようになった。ノア、おれがアイルランド人だからだ。連中にとって、おれは目障りだったんだな。だが、おれを殺すこともできなかった。おれを殺せば、おれがタミーの父親と交わした契約が無効になるからだ。彼女の父親は市民軍のメンバーだった。しかし、連中は親父と息子を傷つけることはできた」グラントはローリーを見た。「そう、おれのもうひとりの息子を」

ノアは身動きできなかった。

「だから、傷つけることでおれを破壊できるものはなにも残ってないと、連中に思わせるようにするしかなかった」グラントは唾をのみこんだ。「親父は知っていた」老人に向かってうなずいてみせた。「親父とふたりで、おまえとローリー、それにベラが安全であるように図った。じいさんがそうしていたことは、おまえも知っているだろう、ノア」

「じいさんのものを全部取りあげたくせに！」ノアはあざけるように言った。「いまさら嘘をつくな」

「それは違う」グラントは白髪の多くなった頭をふった。「外からそう見えるようにしていただけだ。誰もがそう信じるようにな」そう言うと、ごくりと唾をのみこんだ。「ローリーの母親が死んだのは、彼女がおれにとって大切な女性だと連中が考えたからだ。それは正しかった。だが、そうではないというふりをするしかなかった。おまえの母親さえ知らなかったことだ。彼女は連中の妻の何人かと親しくつきあっていたから、息子の命を危険にさらすわけにはいかなかった。ふたりの息子の命をな」ふたたびごくりと唾をのみこんだ。「おれが気にかけていないと連中には思わせておいた。おれを傷つける方法はないと信じさせたんだ。うまくいっていた。おれは目立つことを避け、牧場を経営しながら、おれに跳ね返ってこない方法で奴らに仕返しできる方法を探っていた」グラントは両手で顔を拭った。「狩りの写真をＦＢＩに送ったが、その結果、捜査官が死んだ。そのあと、最後の手段として、おれはジョーダンに連絡を取ったんだ」

　ノアは叔父に顔を向けた。ジョーダンはうなずいた。「政府機関との関係を誰も疑うはずのないチームを派遣したのはそのためだ。死んだ捜査官は四人にとどまらない。計六人だ。誰かを送るたびに正体がばれた。理由はまったくわからなかった。シエナのことが明らかになるまではな」

シエナは夫のコンピューターに侵入していた。しかも、彼女は目を光らせ、耳を澄まし、人を欺くすべを知っていた。

「シエナと連邦保安官、それに連邦裁判所判事の三人のせいで、どの機関の諜報員も、確実な証拠を手に入れられるほど組織に接近することができなかった」

「八年前のことだ。おまえはベラと婚約していた」グラントがつぶやくように言った。「おまえがいないあいだ、おれは彼女を守るためにできるかぎりのことをしたんだ、ノア。どうしようもなくなったときには、おまえのじいさんがローンの返済をしてやった。そして、おれが手を貸そうともしないいろくでなしだと、自分の友人たちに触れ回った。親父にはつらい仕事だった」

「おれが言ったときに、売っちまえばよかったものを」老人が不満そうに言った。

「そうしていたら、すべてを失うことになった、親父もわかってるだろう。おれが息子たちのために、孫たちのために築いてきたすべてを。それまで何年もかかって蓄えてきたあらゆるものをなくすことになったんだ」

「貧しくても幸せなら、それも悪くはなかろう」

ふたりが、そのことで何度も何度も議論してきたことは明らかだった。

グラントはただ頭をふった。ノアは緊張を解いて、サベラを膝の上に引き寄せた。彼女から離れていられなかった。いままでずっと知っていると思っていたことが、目の前で崩壊しつつあった。

　ネイサンは妻のことを知らなかった。町で展開していたことにも、父の身に起こったことにもまるで気づいていなかった。彼はただＳＥＡＬと自分の仕事、サベラを愛することだけに夢中で、ほかに目を配る余裕がなかったのだ。

　死んだおかげで、自分がどれほど小さく生きてきたのか、どれだけ無知だったのかがわかった。

「おれには話してくれなかった」ノアは小さな声で言った。

「おまえもおれが守ろうとしていたもののひとつだ」グラントが絞り出すように応じた。

「それに、あれのためだ」と言って、サベラの腹部を指差した。「おまえの将来。サベラ。おまえたちの子どものためだ。ほかのことはどうなってもいい。ノア、おれはおまえを愛している。ローリーのこともだ。おれはできるかぎりのことをした。それが十分でなかったことは認めるが、それでも、自分にできるかぎりのことをしてきた。そして、おれがやり残した分を、親父がやってくれるようにと祈っていた」

　老人は息子の期待に報いた。

　ノアは頭をふった。

「許してくれとは言わない。理解してくれともな」つぶやくような声だった。「だが、赤ん坊には会わせてくれ、ノア。じいちゃんと呼ばれたいんだ。おまえは子どものころに、おれを父さんと呼ぶのをやめたが、それは我慢してきた。それでも、本当は父親らしくしたかった。その願いは叶わなかったが、祖父としての役割は果たしたいんだ」

誰もなにも言わなかった。老人はノアの後ろに立って、孫の肩に手を置いた。

「現実はいつも、おれたちが思ってるものとは違うもんだ、ノア」老人はノアが何度も聞いた言葉を繰り返した。「いくつも層がある。すべてわかったと思っても、まだ層がある。これもそのひとつにすぎん」

「でも、愛は変わらないわ」そうささやいて、サベラは下腹部に置かれたノアの手に自らの手を重ねた。

「ネイサン・マローンはもう存在しない」ノアは父に告げた。長年のあいだ父親とは思わないようにしてきたにもかかわらず、いまは目の前にいる男のことを父としか思えなかった。

「だが、ノア・ブレイクは存在する」グラントが告げた。「そして、サベラ・ブレイクは、優しく思いやりのある女性だ。それを知らない者はいない。グラント・マローンが祖父のふりをする必要があるのなら——」そう言って、頭をふった。「いずれにせよ、おれはかなりの変人として知られている。それに長いこと、ほかの連中が首をかしげるようなことをずいぶんしてきたから、おれが祖父のふりをしても大した噂にもならんだろう。おれももう年を取った。ローリーはノア・ブレイクとその奥さんと親しい。誰も、おかしいとは思わないだろう」

それは確かだ。

急にノアの唇の両端があがった。

「条件がある」ノアがつぶやくように言うと、サベラはからかうように小さく鼻を鳴らした。

「聞こう」グラントはうなずいた。

期待のこもった目で自分を見つめている家族に、ノアは顔をしかめてみせた。

「ノア」サベラの声には、意味ありげな警告の響きがあった。

ノアは咳払いをした。「正しいのはいつもおれだ」

グラントは理解できないという表情で眉をひそめた。サベラの体が震えた。彼女が声を出さずに笑っているように、ノアには思えた。

「ノアが常に正しい、というのが条件だ」

「なにについて?」グラントはさらに眉をひそめた。

「おれが正しいと思うことすべてだ、くそ」ノアはうなった。「ノア・ブレイクには親父はいない。孤児だからな」グラントは沈痛な面持ちをし、顔からは血の気が引いた。「だが、ネイサン・マローンの父親が息子の代理を欲しいというのなら」ノアはそう言って、肩をすくめた。「おれは彼の奥方と結婚し、彼のトラックを運転している。だから、彼の親父さんを自分の父親にしても文句を言う奴はいないだろう」

そのとき、羽毛のように軽い動きを感じたノアは、自分が手を置いている妻の腹部をぎくりとしたように見た。次いで、彼女の目を見つめる。

感じたのだ。

ノアの手を握ったままサベラが微笑んだ。彼女の瞳を満たすものは、愛、未来、そして、永遠だ。

赤ん坊が動いた。彼のこの手の下で、父の言葉に賛成するように。あまりにも軽いその感触に、サベラの目を見るまでノアは確信が持てなかった。

「永遠に」ノアはささやいた。

サベラの目に涙がうっすらと溜まった。「永遠に」

グラントに向き直ると、心なしか、父の瞳の緑色の斑点がいつもより少なく見えた。自分が受け継いだサファイア色のアイルランドの瞳のようだ。もしかすると、これまで知ることのなかった父を理解できるかもしれない。

ノアは父に手を差し出した。グラントは目をしばたたかせて涙をのみこんだ。ふたりは握手した。ノアの条件に合意したことを示すために。そして、未来に向けて。

ようやく、未来が見えてきた。六年遅れて。大量の意固地なプライドと、長過ぎるほどの歳月を失ったあとで。ノア・ブレイクは愚か者ではない。それ以上時間を無駄にするつもりはない。愛を失うつもりはない。ノア・ブレイクは、ネイサン・マローンが失ったものすべてを取り返し、全力を尽くして守るのだ。

未来を。

訳者あとがき

何年も前に死んだはずの愛する人が、いきなり目の前に現れたら、あなたならどうしますか？　しかも、彼は、名前だけでなく顔も体格もまったく違う人物となっているうえに、諜報員として危険な任務に就いているらしいのです。その正体に気づいたあなたが問い詰めても、彼は本当のことを話してくれません。彼の弟には真相を告げている様子なのに。

愛する人が生きていたことを、あなたはただ嬉しく思うでしょうか？　それとも、あなたを信頼していないかのように嘘をつき続ける彼に怒りを覚えるでしょうか？　そのうえ、あなたの身にも刻々と危険が迫ってきて……。

本書は、エロチックロマンス小説の書き手として「ＳＥＡＬシリーズ」をはじめとする多数の作品を発表し、根強いファンを持つアメリカのベストセラー作家ローラ・リーによる「エリート作戦部隊シリーズ」の第一作として発表されたものです。本書で活躍する元イスラエル諜報員ミカ・スローンを主人公とする『Maverick』が、シリーズ第二弾として二〇〇九年四月にアメリカで出版され、本書を含むリーの他の作品同様、高い評価を得ています。

本書でも登場するＳＥＡＬとは、実在するThe United States Navy Sea, Air, and Lands Forces（米国海軍特殊部隊）の略称で、体力・知力共に抜群の能力を誇る隊員たちによって構成される精鋭部隊です。

優秀なSEAL隊員であるネイサン・マローンは、麻薬シンジケートの元締めを追う作戦中に捕らえられてしまいます。そこで受けたむごい拷問の末、顔も体も打ち砕かれたネイサンは、救出されたあとも、愛する妻サベラの元に戻ることを頑固に拒み、度重なる手術を経てノア・ブレイクという別人として生まれ変わります。

そして、同じく過去を捨てた男たちを隊員とする特殊工作部隊の一員となったノアは、残虐な不法入国者狩りを行なっている市民軍を摘発するという任務にあたるために、サベラと家族の住む故郷テキサスの町アルパインに戻ることになります。

一方、二十歳という若さで〝未亡人〟となったサベラは、ネイサンのことを忘れられないまま、彼が遺していった自動車修理工場の経営を唯一の生き甲斐として暮らしていましたが、突然目の前に現れたノアの危険な魅力にどうしようもなく惹かれていきます。

アメリカでは、メキシコから国境を越えてくる不法移民が大きな問題となっており、ここで描かれる市民軍のような存在も、単なる絵空事ともいえない雰囲気があります。

そうした現実味のある背景に加えて、ネイサンのなかなか一筋縄ではいかない祖父、愚痴をこぼしつつも頼りになる弟ローリー、誰にも明かせない秘密を抱えた父グラント、常に冷静ながらも温かい心を持つ叔父ジョーダンといった魅力的なマローン家の男たち、友人、同僚、それに、あくの強い敵役らが入り乱れ、ストーリーは思わぬ方向へとスリリングに展開していきます。

愛すべき主人公たちが究極の真実を発見するこの物語は、ネイサンが集めている年代物の赤ワインのように芳醇な香りを漂わせて切れがよく、後味も爽快です。どうぞゆっくりお楽しみください。

マグノリアロマンス／既刊本のお知らせ

危険なエクスタシーの代償

ラリッサ・イオーネ著／多田桃子訳

愛しあうためには、
命を賭けなければならない……。

異形のものが潜むニューヨーク。デーモン・スレイヤーのテイラは戦いで傷つき、敵の巣窟である病院へと運びこまれてしまう。その病院の医師イードロンは、誰をも魅了するセクシーな外見を持つが、彼もまたテイラの敵のひとり——女性と交わるために生きるインキュバスだった。敵どうしでありながら急速に惹かれあうふたりは、けっして結ばれてはならない。しかし、あらがえぬ運命にふたりは翻弄され……。
〈デモニカ・シリーズ〉開幕！

禁じられた熱情

2009年08月09日　初版発行

著　者　ローラ・リー
訳　者　菱沼怜子
（翻訳協力：株式会社トランネット）
装　丁　杉本欣右
発行人　長嶋正博
発　行　株式会社オークラ出版
〒153-0051　東京都目黒区上目黒1-18-6　NMビル
営　業　TEL：03-3792-2411　FAX：03-3793-7048
編　集　TEL：03-3793-4939　FAX：03-5722-7626
郵便振替　00170-7-581612（加入者名：オークランド）
印　刷　株式会社光邦

定価はカバーに表示してあります。
乱丁・落丁はお取り替えいたします。当社営業部までお送りください。

ISBN978-4-7755-1393-4